BASTEI
LÜBBE

Über die Autorin:

Maeve Binchy wurde in Dublin geboren, studierte Geschichte und wurde Lehrerin. 1969 ging sie als Kolumnistin zur *Irish Times*. Sie hat zahlreiche Romane, Kurzgeschichten und Theaterstücke geschrieben. Ihre Romane wurden in England, den USA und in Deutschland zu Bestsellern.

Maeve Binchy

ECHO VERGANGENER TAGE

Roman

Aus dem Englischen von
Christa Prummer-Lehmair, Barbara Reitz
und Gerline Schermer-Rauwolf,
Kollektiv Druck-Reif

BASTEI
LÜBBE

BASTEI LÜBBE TASCHENBUCH
Band 15 051

1. Auflage: November 2003

Vollständige Taschenbuchausgabe

Bastei Lübbe Taschenbücher ist ein Imprint der Verlagsgruppe Lübbe

Titel der englischen Originalausgabe: *Echoes*

Lizenzausgabe mit Genehmigung der Droemerschen Verlagsanstalt
Th. Knaur Nachf. GmbH & Co., München
Umschlaggestaltung: HildenDesign, München
Titelbild: Michael Keller, CORBIS
Satz: hanseatenSatz-bremen, Bremen
Druck und Verarbeitung: Nørhaven Paperback A. S./Viborg
Printed in Denmark
ISBN 3-404-15051-1

Sie finden uns im Internet unter
www.luebbe.de

Der Preis dieses Bandes versteht sich einschließlich
der gesetzlichen Mehrwertsteuer.

Meinem geliebten Gordon

PROLOG

Man musste es ihnen nicht sagen, die Menschen schienen zu spüren, dass etwas passiert war. Sie kamen aus ihren Häusern und gingen die Hauptstraße hinunter. Das Murmeln wurde lauter, und ohne genau zu wissen, was sie taten, blickten sie sich nach ihren Familienmitgliedern um. Da war die Gestalt eines Menschen, der, das Gesicht nach unten, im Wasser lag. Man konnte nicht genau erkennen, ob es ein Mann oder eine Frau war.

»Vielleicht ist es ja ein Matrose von einem Schiff«, hieß es. Aber eigentlich war jedem klar, dass es kein Matrose war, der über Bord gegangen war. Kein angenehm anonymer Tod von jemandem, den man nicht kannte. Es war nicht damit abgetan, dass man die Behörden informierte und ein paar Gebete für die Seele des unbekannten Matrosen sprach. Diesmal war es jemand aus Castlebay.

Sie standen schweigend in Grüppchen oben auf den Klippen und sahen zu, wie die ersten zum Strand hinuntergingen: der Junge, der das schreckliche Strandgut, das die Wellen ans Ufer gespült hatten, zuerst erspäht hatte; dann noch andere Männer, Menschen aus den Geschäften in der Nähe und junge Burschen, die rasch den Weg zum Strand hinunterlaufen konnten. Jetzt eilte auf dem anderen Weg, vom Haus des Arztes her, jemand herunter und kniete neben dem reglosen Körper nieder, für den Fall, dass irgendetwas aus der schwarzen Tasche ihn wieder zum Leben erwecken könnte.

Als Father O'Dwyer mit wehender Soutane eintraf, war das Gemurmel einem monotonen Gesang gewichen – die Menschen aus Castlebay beteten einen Rosenkranz, erflehten Frieden für die Seele, welche dem Körper, der mit dem Gesicht nach unten an ihrem Strand lag, entflogen war.

TEIL I

1950–1952

Sie nannten die Echohöhle auch »Brigid's Cave«, und wenn man seine Frage laut genug in die richtige Richtung schrie, erhielt man anstatt eines Echos eine Antwort. Im Sommer drängelten sich dort Mädchen, die ihre Fragen hineinriefen. Mädchen, die ihre Ferien in Castlebay verbrachten und wissen wollten, ob sie einen Jungen abkriegen würden oder ob Gerry Doyle dieses Jahr wohl Augen für sie haben würde. Clare fand es verrückt, dass sie der Höhle ihre Geheimnisse anvertrauten. Ganz besonders, da Leute wie ihre Schwester Chrissie und deren Clique oft zur Höhle gingen und nur darauf lauerten, dass jemand intime Fragen stellte. Dann wollten sie sich vor Lachen ausschütten und erzählten es überall herum. Niemals, sagte Clare, auch wenn sie noch so verzweifelt wäre, würde sie dem Echo eine Frage stellen. Weil es dann kein Geheimnis mehr wäre. Aber dann ging sie doch dorthin, denn sie wollte erfahren, wie der Geschichtswettbewerb ausgehen würde. Aber das war etwas anderes.

Es war etwas anderes, weil es Winter war und im Winter kaum Urlauber nach Castlebay kamen. Und es war auch deshalb etwas anderes, weil es nicht um Liebe ging. Außerdem war es angenehm, von der Schule über die Cliff Road nach Hause zu gehen; man musste sich nicht mit jedem, der einem unterwegs begegnete, unterhalten, sondern konnte das Meer betrachten. Und wenn sie schon diesen gewundenen Weg, auf dem all die Warnschilder standen, wählte, dann konnte sie ebenso gut in der Höhle rasch ihre Frage stellen und am Strand entlang und über den befestigten Treppenweg wieder zurückgehen. Sie wäre in der gleichen Zeit zu Hause, wie wenn sie auf der Straße ging, wo sie sich mit allen möglichen Leuten unterhalten müsste. Da im Winter in den Geschäften nicht viel los war, wurde man oft hereingewunken und bekam einen Keks oder wurde gebeten, einen Botengang zu machen. Wenn sie also den Weg über Brigid's Cave und den Strand nehmen würde, wäre sie genauso schnell zu Hause.

Es hatte nicht geregnet, deshalb waren die gefährlichen Stellen nicht ganz so gefährlich. Clare glitt ohne Mühe die Klippen hinab zum Strand. Der Sand war fest und hart, die Flut war noch nicht lange zurückgegangen. Der Eingang zur Höhle sah pechschwarz und ein wenig Furcht erregend aus. Doch sie straffte die Schultern; im Sommer war es dort nicht anders, und trotzdem gingen die Leute in Scharen hinein. Sie schob ihre Schultasche auf den Rücken, damit sie beide Hände frei hatte, um sich hineinzutasten. Wenn man sich erst einmal an das Licht dort gewöhnt hatte, war der schmale Grat, auf dem man stehen musste, leicht auszumachen.

Clare holte tief Luft: »Wer gewinnt den Geschichtswettbewerb?«, schrie sie.

»Erb erb erb erb«, rief das Echo.

»Wenn du ›Clare‹ als Antwort haben willst, musst du die Frage anders stellen«, hörte sie eine Stimme direkt neben sich sagen. Clare zuckte vor Schreck zusammen. Es war David Power.

»Das macht man nicht, jemanden belauschen. Es ist so, als würde man bei der Beichte zuhören«, sagte Clare verärgert.

»Ich dachte, du hättest mich gesehen«, meinte David bloß. »Ich habe mich nicht versteckt.«

»Wie hätte ich dich sehen können? Ich bin doch aus dem Licht ins Dunkle gekommen, und du hast hier drin gelauert.« Sie war außer sich vor Wut.

»Das hier ist keine Privathöhle. Man muss nicht die ganze Zeit laut ›Höhle besetzt‹ rufen«, gab David laut zurück.

»Etzt etzt etzt etzt«, hallte es zurück.

Die beiden lachten.

David Power war wirklich ein netter Junge, er war genauso alt wie ihr Bruder Ned – fünfzehn. Sie erinnerte sich daran, wie Ned jemandem voller Stolz erzählt hatte, sie seien zusammen in die Grundschule gegangen – um wenigstens etwas mit dem Sohn des Arztes gemein zu haben.

Wenn David vom Internat nach Hause kam, trug er Anzug und Krawatte, und zwar jeden Tag, nicht nur am Sonntag zur Messe. Er war groß und hatte Sommersprossen auf der Nase. Sein Haar war ein wenig struppig, es stand lustig nach allen Seiten ab, und ein Großteil fiel ihm in die Stirn. Er hatte ein hübsches Lächeln und erweckte immer den Eindruck, als würde er liebend gerne plaudern, müsste aber gerade etwas Dringendes erledigen. Gelegentlich trug er eine Klubjacke mit einem Abzeichen, und darin sah er wirklich fantastisch aus. Aber er rümpfte nur die Nase und erklärte, das sehe bloß dann gut aus, wenn man nicht jeden Tag in der Schule hundertachtzig solcher Blazer vor Augen habe. Seit über einem Jahr war er jetzt schon auf dem Internat, das zurzeit wegen Scharlach geschlossen war. Außer ihm besuchten nur noch die Dillon-Mädchen aus dem Hotel ein Internat – und natürlich die Wests und die Greens, aber die waren Protestanten und mussten, weil sie keine eigene Schule hatten.

»Ich habe nicht erwartet, dass das Echo mir wirklich antworten wird. Ich hab es nur zum Spaß versucht«, sagte Clare.

»Ich weiß. Ich habe es auch schon mal zum Spaß versucht«, gestand David.

»Was hast du es denn zum Spaß gefragt?«, wollte sie wissen.

»Weiß ich nicht mehr«, antwortete er.

»Das ist nicht fair! Schließlich hast du meine Frage auch gehört!«

»Nein, das habe ich nicht, ich habe nur ›erb erb erb‹ gehört.« Er rief die drei Worte ganz laut, und das Echo antwortete wieder und wieder.

Clare war zufrieden. »Ich glaube, ich gehe jetzt besser, ich muss noch Hausaufgaben machen. Du hattest bestimmt seit Wochen keine Hausaufgaben mehr auf«, meinte sie neidisch und neugierig.

»Doch. Miss O'Hara gibt mir jeden Tag Unterricht. Sie kommt um ... oh, schon bald.« Sie gingen hinaus auf den nassen, harten Sand.

»Miss O'Hara gibt dir Privatunterricht? Das muss herrlich sein.«

»Ja, sie kann Dinge wirklich wundervoll erklären – ich meine, dafür, dass sie eine Frau ist.«

»Na ja, wir haben hier nur Lehrerinnen und Nonnen«, erklärte ihm Clare.

»Das hatte ich vergessen«, meinte David mitfühlend. »Trotzdem, sie ist wirklich großartig, und man kann sich gut mit ihr unterhalten, wie mit einem richtigen Menschen.«

Clare gab ihm Recht. Sie gingen einträchtig weiter zu dem Treppenweg, der vom Strand nach oben führte. David wäre auf dem Weg mit den Warnschildern, der fast bis in seinen Garten führte, schneller zu Hause gewesen; aber er meinte, er wolle ohnehin noch

im Laden der O'Briens Bonbons kaufen. Sie unterhielten sich über Dinge, von denen der andere noch nie etwas gehörte hatte. David berichtete, dass man die Sanitätsstation des Internats nach den beiden Scharlachfällen ausgeräuchert hatte; und Clare nahm an, dass er damit das Sanatorium auf dem Hügel meinte, in das man die Leute brachte, die an Tuberkulose erkrankt waren. Sie wusste nicht, dass es um eine Station in seiner Schule ging. Clare wiederum erzählte David eine lange und verwickelte Geschichte darüber, wie Mutter Immaculata eines der Mädchen gebeten hatte, die Schulhefte an einen bestimmten Ort zu bringen. Das Mädchen hatte sie nicht richtig verstanden und war so aus Versehen in den Teil des Klosters gelangt, der den Nonnen vorbehalten war. David hatte keinen Begriff davon, was das bedeutete – weil er nämlich nicht wusste, dass es *allerstrengstens* verboten war, diesen Teil des Klosters zu betreten. Aber es kümmerte die beiden nicht weiter, sie gingen einander wenigstens nicht auf die Nerven – und das Leben in Castlebay konnte einem gehörig auf die Nerven gehen. Ihre Unterhaltung war eine nette Abwechslung. David ging in den Laden, und da gerade niemand bediente, zog Clare ihren Mantel aus, hängte ihn auf und suchte das Glas mit den Nelkenbonbons. Sie zählte die sechs Stück für einen Penny, die er kaufen wollte, ab, bot ihm höflich eines an und nahm sich dann selbst eines.
Er sah sie neiderfüllt an. Es musste ein tolles Gefühl sein, in einem Süßwarenladen auf einen Stuhl klettern zu können, ein Bonbonglas herunterzuholen und, wenn man wollte, dem Kunden eines von den Bonbons anzubieten. David seufzte, als er nach Hause ging. Wie gerne hätte er wie Clare O'Brien einen Laden und Geschwister gehabt. Dann hätte er zur Melkzeit mit einer Kanne zum Milchholen gehen oder Algen sammeln dürfen, um sie dann gebündelt für warme Algenbäder zu verkaufen. Er war ziemlich langweilig, jetzt zu seiner Mutter nach Hause zu gehen, die nur wieder »Ach, David!«, seufzen würde. Es war das Aufreizendste, was er je gehört hatte. Und besonders aufreizend daran war, dass es sich anscheinend auf alles und jedes beziehen konnte, doch nie zweimal auf dasselbe. Nun, jedenfalls würde Miss O'Hara diesen Abend kommen, und ihr Unterricht war wesentlich interessanter als der in der Schule, was er dummerweise einmal seiner Mutter gegenüber erwähnt hatte. Er dachte, sie würde sich freuen, aber sie

sagte, Miss O'Hara sei für eine Grundschule auf dem Land ganz passabel, doch man könne sie keineswegs mit den Jesuiten vergleichen, die auf einem völlig anderen Niveau wären.

*

Auch Clare seufzte. Sie dachte daran, wie herrlich es sein musste, nach Hause zu gehen, wenn man ein Zuhause hatte wie David Power. Dort gab es ganze Regale voller Bücher, und in jenem Raum im vorderen Teil des Hauses brannte ständig ein Feuer, auch wenn niemand darin war. Es lief kein Radio, und niemand machte Lärm. Man konnte stundenlang Hausaufgaben machen und wurde nicht gestört oder aus dem Zimmer vertrieben. Clare konnte sich gut daran erinnern, wie das Haus innen aussah, weil Dr. Power dort einmal ihr Bein genäht hatte, das sie sich an einem rostigen Maschinenteil aufgerissen hatte. Um sie abzulenken, hatte er ihr aufgetragen, die Bände der Enzyklopädie auf dem Regal zu zählen. Clare war völlig verblüfft darüber gewesen, dass eine einzige Familie so viele Bücher besaß, und vergaß ganz, dass sie genäht wurde. Dr. Power hatte ihrer Mutter nachher erzählt, sie sei mutig wie ein Löwe gewesen. Auf dem Heimweg wurde Clare von ihrer Mutter gestützt. Sie machten an der Kirche Halt, um der heiligen Anna dafür zu danken, dass sich die Wunde am Bein nicht infiziert hatte. Während ihre Mutter vor der Grotte der heiligen Anna niederkniete, um ein Dankgebet zu sprechen, hatte Clare sich ausgemalt, wie himmlisch es wäre, in so einem großen, ruhigen Haus voller Bücher zu wohnen, anstatt sich gegenseitig auf die Füße zu treten und für nichts Platz zu haben – und auch keine Zeit. Daran musste sie an jenem Abend wieder denken, als David Power die Straße hinauf nach Hause ging, zu jenem Haus, in dem die Teppiche so groß waren, dass sie den ganzen Raum und nicht nur die Mitte des Zimmers einnahmen. Jemand hätte Feuer gemacht, und es wäre ruhig und friedlich. Seine Mutter wäre vielleicht in der Küche und Dr. Power in der Praxis. Später käme Miss O'Hara und würde David Privatstunden geben, und es wären keine anderen Schüler da, um sie abzulenken. Was konnte es Besseres geben? Einen Augenblick lang wünschte sie, sie wäre seine Schwester, aber dann fühlte sie sich plötzlich schuldig. Das würde ja bedeuten, dass sie ohne Mammy und Daddy, Tommy, Ned, Ben und Jimmy sein wollte. Oh, und ohne Chrissie. Aber auch wenn es nicht recht von ihr war – Chrissie würde sie keinen Tag der Woche vermissen!

*

Die Ruhe im Laden war nur von kurzer Dauer. Daddy hatte an der Rückseite des Hauses die Fassade getüncht, und nun kam er mit ausgestreckten Händen herein und sagte, jemand solle ihm die Flasche mit Terpentinersatz geben und sie öffnen, und zwar auf der Stelle. Im Winter wurde in Castlebay furchtbar viel gestrichen, weil die Seeluft die Farbschichten immer wieder abblättern ließ und alles sehr schäbig aussah, wenn es nicht regelmäßig gerichtet wurde. Mammy kam im gleichen Augenblick herein; sie war auf dem Postamt gewesen und hatte etwas Schreckliches entdeckt: Chrissie und ihre zwei nichtsnutzigen Freundinnen waren auf das Dach von Miss O'Flahertys Geschäft geklettert und hatten mit einem langen Stück nasser Algen herumgewedelt, um Miss O'Flaherty zu erschrecken. Die arme Frau hätte einen Herzanfall bekommen können; sie hätte, Gott behüte uns, in ihrem eigenen Laden mausetot umfallen können, und dann hätten Chrissie und ihre beiden feinen Freundinnen bis zum Jüngsten Tag und in alle Ewigkeit die Sünde des Tötens auf ihre Seelen geladen! Sie hatte Chrissie an der Schulter, am Zopf und am Ohr gepackt und sie nach Hause gezerrt. Chrissies Gesicht war vor Ärger rot angelaufen. Clare fand es gut, dass sie Miss O'Flaherty erschreckt hatten, denn das war eine grässliche Person, die Hefte und Schulsachen verkaufte, obwohl sie Schulkinder hasste. Sie fand, es war wirklich großes Pech, dass Mammy gerade in diesem Augenblick vorbeigekommen war. Ihr teilnahmsvolles Lächeln wurde von Chrissie nicht sehr wohlwollend aufgenommen.

»Hör auf, so überlegen zu gucken«, rief Chrissie. »Seht nur, wie schadenfroh Clare ist. Unser Tugendlämmchen, die dumme, langweilige Clare.«

Dafür bekam sie einen Klaps auf den Kopf, was sie bloß noch mehr erzürnte.

»Seht doch nur, wie sie sich freut«, machte Chrissie weiter, »sie freut sich darüber, wenn jemand Ärger kriegt. Das ist das Einzige, worüber sie sich überhaupt freuen kann – wenn jemand anderer heruntergeputzt wird.«

»Du bekommst heute kein Abendessen, Chrissie O'Brien. Und das ist noch nicht alles. Du gehst sofort auf dein Zimmer, hörst du. *Auf der Stelle.*« Agnes O'Briens dünne Stimme klang wie ein ärgerliches Pfeifen, als sie gleichzeitig die aufsässige Chrissie in ihr Zimmer verbannte, mit einem in Terpentinersatz getränkten Lappen die meiste Farbe von den Händen ihres Mannes abwischte und es auch noch schaffte, auf Clares Mantel, der am Haken hing, zu deuten.

»Ich bin doch nicht euer Dienstmädchen!«, sagte sie. »Nimm deinen Mantel und häng ihn dort auf, wo er hingehört.«

Das war sehr ungerecht und versetzte Clare einen Stich. »Wir hängen unsere Mäntel immer dort auf. Dort gehört er hin.«

»Hast du das gehört?« Agnes sah ihren Mann Hilfe suchend an, wartete aber seine Antwort nicht ab, sondern ging zur Treppe. Jetzt war Chrissie wieder an der Reihe.

»Kannst du nicht aufhören, deine Mutter zu quälen, und endlich deinen Mantel wegräumen?«, fragte er Clare. »Ist es wirklich zu viel verlangt, wenn man mal seine Ruhe haben will?«

Clare nahm ihren Mantel vom Haken. Sie konnte nicht nach oben in ihr Zimmer gehen, das sie mit Chrissie teilte, denn dann wäre sie mitten in ein Schlachtfeld geraten. Also blieb sie im Laden, obwohl sie dort nichts zu tun hatte.

Vater sah müde aus. Es war so *gemein* von ihm zu behaupten, sie quäle Mammy, denn es stimmte nicht, aber das konnte man ihm nicht begreiflich machen. Seine Haltung war gebeugt, als hätte er einen Buckel, und er sah sehr alt aus, eher wie ein Großvater als ein Vater. Alles an ihm war grau, sein Haar, sein Gesicht und sogar seine Strickjacke, nur seine Hände waren weiß von der Farbe. Clare fand, dass sich seine gebückte Haltung seit ihrer Erstkommunion vor drei Jahren noch verstärkt hatte; damals war er ihr sehr groß erschienen. Und jetzt war auch sein Gesicht voller Haare – aus der Nase und den Ohren wuchsen Haarbüschel. Immer wirkte er irgendwie besorgt, so als ob er nicht genügend Zeit oder Platz oder Geld hätte, was normalerweise auch der Fall war. Der Haushalt der O'Briens lebte von den Einnahmen der Sommersaison, die kurz und außerdem unberechenbar war. Eine verregnete Saison, ein be-

liebter neuer Ferienort oder überhöhte Mieten für die Häuser an der Cliff Road konnten sie völlig zunichte machen. Und von den Einnahmen in den Wintermonaten konnte man nicht leben, sie reichten gerade, um sich über Wasser zu halten.
Wenn man den Laden betrat, machte er einen verwinkelten Eindruck. Es wäre vorteilhafter gewesen, in die Ecken und Winkel Regale zu stellen oder sie abzuteilen, aber bisher war niemand dazu gekommen. Die Decke war sehr niedrig, und daher wirkte der Raum bereits überfüllt, wenn sich nur drei Kunden darin befanden. In den Regalen war kein System erkennbar, und nur die O'Briens wussten, wo jeder einzelne Artikel stand. Weil sie befürchteten, sie würden sonst nichts mehr finden, änderten sie nichts an dieser Anordnung. Dabei hätte man die Waren in dem kleinen Lebensmittel- und Süßwarenladen viel übersichtlicher ordnen können. Alles wirkte sehr beengt und unpraktisch. Die Kunden konnten nicht durch die Tür in die Wohnräume sehen, aber dort war es keinen Deut anders. In der Küche stand ein Herd mit einer Wäscheleine darüber, der Esstisch nahm den größten Teil des Raumes ein. Die kleine Spüle im hinteren Teil des Raumes war so winzig und dunkel, dass man das Geschirr, das man spülte, kaum erkennen konnte. Es gab nur eine Lampe in der Mitte des Raumes, deren gelber Schirm einen Sprung hatte. In letzter Zeit hielt Tom O'Brien seine Zeitung zum Lesen näher an die Lampe hin.
Agnes kam die Treppe herunter. Ihrem Gesichtsausdruck nach zu urteilen, hatte sie soeben eine unangenehme Pflicht zu ihrer Zufriedenheit erledigt. »Das Mädchen wird noch am Galgen enden«, stellte sie fest.
Sie war eine kleine, dünne Frau, die früher viel gelächelt hatte; jetzt aber schien der kalte Wind in Castlebay tiefe Falten in ihr Gesicht eingegraben zu haben, und selbst wenn sie im Haus war, erweckten die zusammengekniffenen Augen und der strenge Mund den Eindruck, als verzöge sie im eisigen Wind das Gesicht. Im Geschäft trug sie einen gelben Kittel, angeblich zum Schutz ihrer Kleidung – aber eigentlich besaß sie kaum etwas, das es zu schützen galt. Für den Kirchenbesuch hatte sie vier gute Kleider, und ansonsten trug sie schon seit Jahren dieselben alten Strickjacken, Kleider und Röcke. An ihrer Strickjacke steckten immer Abzeichen und Anstecker mit Heiligenbildern darauf. Man musste sie vor

dem Waschen abnehmen, aber einmal hatte sie es vergessen, und ein Anstecker mit einem Bild der Kleinen Theresia, der auf einer Unterlage aus rotem Satin befestigt war, war ganz rosarot geworden, und auch die blassblaue Strickjacke hatte sich rosa verfärbt. Agnes O'Brien trug ihr Haar in einem Dutt: Dazu zog sie es durch ein weiches, rundes Etwas, das wie ein Schmalzkringel aussah, und steckte es anschließend ringsherum fest. Sie hatten ihr nie bei dieser Prozedur zugesehen, aber einmal hatten sie den Dutt allein liegen sehen, und Clare war darüber sehr erschrocken, weil sie nicht wusste, was es war.

Agnes O'Briens finsterer und sehr verärgerter Blick fiel auf Clare.

»Hast du dich endlich entschlossen, auch zu dieser Familie zu gehören und zu tun, was man von dir verlangt? Könntest du also bitte diesen Mantel da wegräumen, bevor ich ihn in den Ofen stecke und verbrenne, oder ist das zu viel verlangt?«

Clare wusste, dass sie das niemals tun würde. Sie hatte gehofft, ihre Mutter hätte die Sache vergessen, während sie oben war. Aber der Mantel war immer noch ein Streitpunkt.

»Ich hab' es ihr gesagt, Agnes, wirklich, das habe ich, aber diese Kinder heutzutage …«, beteuerte Tom. Er klang niedergeschlagen und kleinlaut.

Clare stopfte ihren Schulmantel in einen überquellenden Schrank unter der Treppe und nahm ein paar Kartoffeln aus dem großen Sack, der auf dem Boden stand. Zu ihrer und Chrissies täglichen Pflichten gehörte es, die Kartoffeln für das Abendessen zu kochen, und da Chrissie in Ungnade gefallen war, war sie an diesem Abend offenbar allein dafür zuständig. Ihre beiden kleinen Brüder Ben und Jim saßen in der Küche und lasen einen Comic. Tommy und Ned, die beiden Älteren, würden bald von der Schule nach Hause kommen, aber keiner der Jungs würde ihr helfen. Jungen mussten nicht beim Kochen oder Abwaschen helfen, das wusste jeder.

*

Nach dem Abendessen hatte Clare viel zu tun. Sie wollte ihre gelben Haarbänder bügeln. Falls sie den Geschichtswettbewerb wirklich gewonnen hatte, wollte sie auf jeden Fall hübsch aussehen. Sie wollte ihre Hausschuhe säubern, die sie extra mit nach Hause genommen hatte, und noch einmal versuchen, die beiden Flecken von ihrem Schulkittel zu entfernen. Mutter Immaculata könnte vielleicht eine Bemerkung darüber machen, wie wichtig es für den guten Ruf der Schule war, dass die Schülerinnen ordentlich gekleidet waren. Sie durfte sie auf keinen Fall enttäuschen. Miss O'Hara hatte zu ihr gesagt, sie sei in all den Jahren als Lehrerin noch nie so zufrieden gewesen wie beim Lesen von Clares Aufsatz; es gebe ihr die Kraft weiterzumachen. Das genau waren ihre Worte gewesen. Sie hätte Clare doch wohl nicht auf dem Flur angehalten, um ihr das zu sagen, wenn sie nicht den Geschichtswettbewerb gewonnen hätte. Allein die Vorstellung, dass sie all die fünfzehn anderen geschlagen hatte! All diese Bernie Conways und Anna Murphys. Von nun an würden sie wohl für Clare etwas mehr Interesse aufbringen. Und auch zu Hause musste man sie jetzt mit anderen Augen sehen. Nur allzu gerne hätte sie es ihnen noch an diesem Abend erzählt, aber sie beschloss, dass es besser war, noch zu warten. Heute Abend gab es schon genug Aufregung, und außerdem würde Chrissie dann eine noch schlechtere Figur machen; schließlich war sie zweieinhalb Jahre älter als Clare. Chrissie würde sie umbringen, wenn sie an diesem Abend die Katze aus dem Sack ließe. Sie nahm ein dickes Käsesandwich, ein wenig gekochten Schinken und eine Tasse Kakao mit nach oben.

Chrissie saß auf dem Bett und betrachtete prüfend ihr Gesicht in einem Spiegel. Sie hatte ihr Haar zu zwei dicken Zöpfen geflochten; die Zopfenden waren buschig und hingen nicht wie bei anderen Leuten einfach so herunter, sondern wirkten, als wollten sie sich von ihren Fesseln befreien. Sie trug einen Pony, den sie selbst schnitt, aber das erledigte sie so schlecht, dass ein Friseur ihn ordentlich nachschneiden musste. Über Nacht wickelte sie die Ponyfransen um Pfeifenreiniger, damit sie sich richtig kräuselten.

Sie war viel kräftiger als Clare und hatte schon einen Busen, der sich sogar unter ihrem Schulkittel deutlich abzeichnete.

Chrissie beschäftigte sich sehr stark mit ihrer Nase – Clare begriff nicht, weshalb, aber sie nahm sie ständig unter die Lupe. Sogar jetzt, trotz des ganzen Ärgers und ohne Abendessen und trotz der heillosen Aufregung darüber, was sie Miss O'Flaherty angetan hatte, beäugte sie ihre Nase auf der Suche nach reifen Pickeln. Auf ihrem runden Gesicht lag immer ein überraschter Ausdruck –

doch wirkte sie nicht angenehm überrascht, nicht einmal dann, wenn ihr jemand unerwartet ein Abendessen brachte.
»Ich will nichts«, sagte sie.
»Dann lass es«, gab Clare nicht ohne Schärfe zurück.
Sie ging wieder nach unten und versuchte, ein Plätzchen zu finden, wo sie das Gedicht für morgen auswendig lernen konnte. Außerdem musste sie noch vier Rechenaufgaben machen. Sie fragte sich oft, wie es nur möglich war, dass von sechs Personen, die in diesem Haus wohnten und zur Schule gingen, sie immer als einzige Hausaufgaben machen musste!

*

Gerry Doyle kam herein, als sie gerade dabei war, ihre gelben Haarbänder zu bügeln.
»Wo ist Chrissie?«, fragte er flüsternd.
»Sie ist oben. Hier war der Teufel los, weil sie Miss O'Flaherty mit einem Bündel Algen zu Tode erschreckt hat. Frag nicht nach ihr, die spielen alle verrückt, wenn du ihren Namen auch nur erwähnst.«
»Hör mal, könntest du ihr ausrichten ...« Er hielt inne und besann sich anders. »Nein, du bist noch zu jung.«
»Ich bin nicht zu jung«, sagte Clare – es war unfair von ihm, so etwas zu sagen, und es verletzte sie. »Aber ob ich nun jung oder alt bin, es interessiert mich sowieso nicht. Ich werde deine schmachtenden Botschaften nicht an Chrissie weitergeben, denn sie wird böse sein, und Mammy wird mich windelweich prügeln. Es wäre mir also lieber, wenn du sie für dich behalten würdest.«
Sie wandte sich wieder entschlossen ihren Haarbändern zu, die mittlerweile ganz glatt waren und glänzten. Morgen würden sie sich herrlich bauschen. Sie konnte sich nicht mit Chrissies Angelegenheiten belasten, weil das garantiert Schwierigkeiten geben würde. Nein, sie musste sich hübsch ruhig verhalten und sich auf morgen vorbereiten, auf den überraschten Gesichtsausdruck von Mutter Immaculata und auf das Entsetzen in Bernie Conways und Anna Murphys Gesichtern.
Gerry Doyle lachte gutmütig. »Du hast ganz Recht. Jeder soll seine Dreckarbeit selbst erledigen«, sagte er.

Der Ausdruck »Dreckarbeit« drang auf irgendeine Weise durch alle anderen Geräusche in der Küche zu Agnes O'Brien, die gerade den gesamten Inhalt des Unterschränkchens der Anrichte auf den Boden leerte. Tom hatte behauptet, sie hätte das Stück Kabel weggeworfen, das er dazu benutzen wollte, um außen an der Hintertür eine Lampe anzubringen. Sie war sich aber sicher, dass sie es irgendwo gesehen hatte, und wollte auf keinen Fall, dass dieses Vorhaben aufgeschoben wurde.
Tommy und Ned sahen wie jede Woche die Zeitung nach Stellenanzeigen durch und markierten mit einem Rotstiftstummel verschiedene Inserate; Ben und Jimmy spielten ein Spiel, das alle paar Minuten ruhig begann und dann zu einer Balgerei ausartete, bei der einer von beiden schließlich zu weinen anfing. Tom war damit beschäftigt, das Radio zu reparieren, das das ganze Treiben mit seinem Knistern begleitete.
»Was für eine Dreckarbeit?«, rief Agnes. Dieser Gerry Doyle war ein großartiger Bursche, aber man musste wie ein Luchs aufpassen. Bei jedem Unfug, der im Gange war, hatte er bestimmt seine Finger im Spiel!
»Ich habe gerade zu Clare gesagt, dass ich kein Talent für Hausarbeit habe oder überhaupt für Arbeiten, bei denen man aufpassen muss. Ich tauge nur zu Dreckarbeit.« Er lächelte zu ihr hinüber, und die Frau, die vor einem Haufen von Dosen, Schachteln, Papiertüten, Wolle, Röstgabeln und verrosteten Backblechen kniete, erwiderte sein Lächeln.
Clare sah ihn verwundert an. Wie leicht und flüssig ihm diese Lüge über die Lippen gekommen war! Und wegen nichts und wieder nichts!
Gerry war zu den Jungs hinübergegangen, die die Zeitung nach einem Job durchforsteten, und erzählte ihnen, dass seines Wissens jemand von einer großen Stellenvermittlung in England nach Castlebay kommen werde und im Hotel Vorstellungsgespräche führen wolle.
»Gilt das denn nicht nur für die besseren Jobs, für Leute mit einer Ausbildung?«, fragte Ned. Er wollte nicht glauben, dass jemand nach Castlebay kommen würde, um sich ausgerechnet für jemanden wie ihn zu interessieren.
»Denk mal nach, Ned: Gibt es hier irgendjemanden, der eine Aus-

bildung hat? Du kannst dir bestimmt viel Lauferei und Portokosten ersparen, wenn du nicht auf all die Stellenanzeigen antwortest, sondern einfach wartest, bis der Mann hierher kommt und alles Nötige erklärt.«

»Du hast leicht reden.« Tommy, der Älteste, war bekümmert. »*Du* musst nicht weggehen, um Arbeit zu finden. Du hast dein Geschäft.«

»Das hast du auch«, sagte Gerry und deutete auf den Laden. Aber das war nicht das Gleiche. Gerrys Vater hatte das Fotogeschäft am Ort; im Winter lebte er von den Tanzabenden und der einen oder anderen Veranstaltung, die dann stattfand. Im Sommer klapperte er dreimal am Tag den ganzen Strand ab und machte Familienfotos, und am Abend ging er zum Tanzsaal, wo sich gut Geschäfte machen ließen, denn die Nachfrage nach Schnappschüssen von den Liebespaaren war groß. Seine besten Kunden waren Mädchen – sie liebten es, ihre Ferienerinnerungen in Form von Fotos mit nach Hause zu nehmen, die sie im Büro herumzeigen und bei deren Betrachtung sie noch seufzen konnten, wenn der Tanz schon lange zurücklag. Gerrys Mutter und seine Schwester entwickelten die Aufnahmen und fertigten die Abzüge an, oder, wie es in der Familie hieß, sie »halfen mit«. Gerrys Vater erwartete, dass sein einziger Sohn aktiv mitarbeitete, und so war Gerry seit seiner Kindheit hinter ihm hergetrottet und hatte sich die Psychologie und Technik des Fotografierens angeeignet.

Du darfst die Leute nie verärgern, hatte sein Vater ihm beigebracht. Sei höflich zu ihnen und ruhig ein bisschen distanziert; solange sie noch ganz ungezwungen dastehen und unvorbereitet sind, drückst du zum ersten Mal auf den Auslöser, und wenn sie dann interessiert sind und sich richtig in Positur stellen, machst du das eigentliche Foto. Das erste Mal hast du nur so getan als ob, um ihre Aufmerksamkeit zu wecken. Erinnere sie ganz dezent daran, dass sie die Fotos nicht kaufen müssen und dass die Probeabzüge am nächsten Tag zur Besichtigung fertig sind. Geh dann gleich weiter und verliere keine Zeit mit Plaudereien, wenn du das Foto erst einmal im Kasten hast. Lächle ihnen freundlich zu, aber nicht schmierig. Du darfst nie jemanden auffordern, sich in Pose zu stellen, und wenn Horden junger Mädchen sechs oder sieben Aufnahmen von sich haben wollen, musst du daran denken, dass sie

höchstens eine davon kaufen werden. In diesem Fall ist es besser, den Großteil der Aufnahmen nur vorzutäuschen.
Gerrys Schwester Fiona war eine Schönheit mit schwarzen Ringellocken; wenn sie nicht gerade zu Hause in der Dunkelkammer arbeitete, saß sie den Sommer über in der Holzhütte oben auf den Klippen und verkaufte die Schnappschüsse. Gerrys Vater war der Ansicht, dass es in einem so kleinen Ort wie Castlebay keinen Sinn habe, das Geschäft zu vergrößern und jemanden einzustellen. Wenn er es im kleinen Rahmen betreiben würde, nur als Familienbetrieb, dann würde Gerard Anthony Doyle eine gute Erbschaft machen.
Aber Gerry hatte nie den Eindruck eines Jungen erweckt, der eine gesicherte Zukunft vor sich hat. Er ging die Zeitung genauso eifrig nach Stellenanzeigen durch wie die O'Brien-Jungs, ganz so, als müsste er mit ihnen zusammen das Schiff nach England nehmen. Es gab keine Garantie dafür, dass er hier seinen Lebensunterhalt würde verdienen können. Eine clevere Firma, die sich den Sommer über hier breit macht, könnte schon genügen, um uns zu ruinieren, sagte sein Vater immer. Wer wusste, was die Zukunft bringen würde? Vielleicht wollten die Leute in Zukunft Farbfotos, oder vielleicht gab es irgendwann neuartige Kameras. Sein Vater sagte immer, sie lebten am Rand eines Abgrunds. Die O'Briens konnten sich zumindest darauf verlassen, dass die Leute immer Brot, Butter und Milch brauchen würden. Daran würde sich bis zum Jüngsten Tag nichts ändern, und solange Feriengäste hierher kamen, würden die O'Briens auch sicher bis zum Jüngsten Tag Eiscreme, Süßigkeiten und Orangen verkaufen, oder?
Gerry stellte alles immer aufregender dar, als es in Wirklichkeit war. So auch Tommys und Neds Zukunft: Sie würden in England arbeiten, und wenn sich die Engländer dann darüber Gedanken machten, wo und wie sie ihren Sommerurlaub verbringen sollten, würden Tommy und Ned nach Castlebay zurückkehren, ein bisschen im Laden mithelfen und nebenbei auch noch großartige Ferien verleben. Und beim Tanz wären sie begehrte Partner, weil sie durch ihre Erfahrungen in England in allen Dingen so bewandert wären. Tommy wandte ein, dass sie von den Ferien nicht viel hätten, wenn sie zu Hause im Geschäft schufteten, gerade in der harten Sommersaison, in der der Laden von acht Uhr morgens bis Mitternacht geöffnet war. Aber Gerry lachte nur und meinte, das

müssten sie in Kauf nehmen, denn es war ganz einfach die einzige Zeit im Jahr, in der es für alle genügend Arbeit gab. Außerhalb der Sommersaison traten sie sich im Geschäft gegenseitig auf die Füße, denn da war niemand, den sie hätten bedienen können; aber im Sommer sollte die ganze Familie zusammenhelfen, damit jeder ein wenig Schlaf abbekam und das Geschäft lief. Es war in allen Badeorten das Gleiche.

Gerry klang sehr überzeugend. Tommy und Ned sahen eine rosige Zukunft vor sich: Eigentlich hatte Gerry ja Recht! Warum sollten sie nicht einfach warten, bis der Mann hier ankam und ihnen seine Liste mit den freien Stellen zeigte, anstatt all die Anzeigen durchzusehen, aus denen sie letztendlich doch nicht schlau wurden?

Clare hatte das Bügeleisen hochkant neben den Herd gestellt; sie faltete die Decke und das Bügeltuch und fragte sich, wo sie beides verstauen sollte, da anscheinend der gesamte Inhalt der Anrichte auf dem Fußboden lag. Gerry Doyle hockte auf dem Tisch und ließ seine Beine baumeln, und plötzlich durchzuckte sie das Gefühl, dass er ihren Brüdern einen schlechten Rat gegeben hatte. Sie waren nicht so begabt und selbstsicher wie er; sie waren Menschen, die sich leicht von anderen beeinflussen ließen.

»Hat der Mann, der ins Hotel kommt, Stellen anzubieten, bei denen man vorwärts kommen kann, oder nur Jobs, bei denen man sehr hart arbeiten muss?«

Alle waren überrascht, dass sie etwas sagte. Ihr Vater hob seinen Kopf aus dem Gehäuse des Radios.

»Das ist doch das Gleiche, Kind. Man kommt doch nur durch harte Arbeit vorwärts.«

»Ich meine, so etwas wie eine Ausbildung«, sagte Clare. »Erinnerst du dich noch an die Leute von diesem Orden, die einmal nach Castlebay kamen? Die Mädchen sollten in den Orden eintreten und Postulantinnen werden, um dann dort ihr Abschlusszeugnis und eine Ausbildung zu machen.«

Ned brach in höhnisches Gelächter aus. »Eine Postulantin! Willst du etwa, dass wir Postulantinnen werden? In Habit und Schleier würden wir uns bestimmt gut machen!«

»So habe ich das doch nicht gemeint ...«, fing sie an.

»Ich glaube nicht, dass die Ehrwürdige Mutter uns nehmen würde«, sagte Tommy.

»Schwester Thomas, ich glaube, wir müssen wirklich etwas wegen Ihrer Stimme im Chor unternehmen«, sagte Ned geziert.

»Oh, ich tue schon mein Bestes, Schwester Edward, aber was fangen wir bloß mit Ihren Nagelschuhen an?«

»Sie müssen gerade reden, Schwester Thomas, Sie mit Ihren behaarten Beinen!«, machte Ned weiter.

Ben und Jimmy waren aufmerksam geworden. »Und Sie müssen aufhören, im Konvent Fußball zu spielen«, sagte Ben.

»Nonnen, die Fußball spielen«, schrie Jimmy begeistert. Sogar Mammy, die am Boden kniete und endlich triumphierend das gefundene Stück Kabel in der Hand hielt, lachte. Und auch Dad lächelte. Aber Clare erhielt unerwartete Unterstützung.

»Ha, ha, sehr witzig«, meinte Gerry Doyle. »Mutter Thomas und Mutter Edward, das ist wirklich komisch! Trotzdem hat Clare Recht. Es hat keinen Sinn, auf einer Baustelle zu arbeiten, wenn man nicht wenigstens als Maurer oder Zimmerer ausgebildet wird. Was man diesen Herrn eigentlich fragen muss, ist nicht, wie viel die Stelle einbringt, sondern um was für eine Arbeit es sich handelt.«

Clare errötete vor Freude. Alle nickten jetzt zustimmend.

»Ich habe fast vergessen, warum ich eigentlich hergekommen bin«, sagte Gerry. »Vater hat mich gebeten, von verschiedenen Plätzen aus die Aussicht zu begutachten; er spielt mit dem Gedanken, eine Ansichtskarte von Castlebay zu machen, und überlegt, welche Perspektive wohl die beste für ein solches Foto wär. Dabei ist ihm eingefallen, dass die Aussicht von Ihrem oberen Stockwerk aus vielleicht genau richtig wäre. Ob ich wohl mal nach oben gehen könnte, um es mir anzusehen?«

»Nachts?«, fragte Clares Vater.

»In der Dunkelheit kann man die Silhouette besonders gut erkennen«, entgegnete Gerry, der schon mit einem Fuß auf der Treppe stand.

»Na, dann geh schon.«

Sie nahmen alle ihre Arbeit wieder auf, und nur Clare wusste, dass Gerry Doyle mit seinen fünfzehneinhalb Jahren nach oben gegangen war, um die dreizehnjährige Chrissie O'Brien zu besuchen.

*

Als David hereinkam, kniete Nellie mit dem Blasebalg in der Hand auf dem Boden. »Ich mache gerade ein schönes Feuer für deinen Unterricht«, sagte sie zu ihm.
Von der Anstrengung war ihr Gesicht gerötet, und ein paar Haarsträhnen hatten sich aus dem Häubchen gelöst. Sie schien sich mit dieser Kopfbedeckung nicht wohlzufühlen, sie saß nie gerade, und außerdem sah es stets so aus, als steckte ihr ganzer Kopf voller Haarnadeln. Nellie war schon alt, zwar nicht so alt wie Mammy, aber immerhin schon fast dreißig, und sie war fröhlich und dick und schon immer hier. Sie hatte eine Menge verheirateter Brüder und einen alten Vater. Als David noch klein war, hatte sie ihm oft erzählt, dass sie es besser hatte als alle ihre Brüder, weil sie in einem schönen, sauberen Haus wohnen konnte, in dem alles so komfortabel war, und weil es hier immer genügend zu essen gab. David dachte oft, dass sie sich, wenn die ganze Familie zu Hause war, in ihrer Küche sehr einsam fühlen musste. Aber ihr rundes Gesicht verzog sich zu einem Lächeln, und sie versicherte ihm, ihr ginge es mindestens so gut, als wenn sie gut geheiratet hätte – und im Grunde genommen ging es ihr sogar noch besser, weil sie ihr eigenes Geld verdiente, von allem nur das Feinste bekam und jeden Donnerstagnachmittag und jeden zweiten Sonntagnachmittag Ausgang hatte.
David wollte ihr beim Feuermachen helfen, aber Nellie stand kreischend auf und meinte, dies sei nicht nötig, und außerdem käme gerade seine Lehrerin zum Tor herein.
Tatsächlich erschien Angela O'Haras rotes Fahrrad auf dem Kiesweg. Sie war groß und schlank und hielt ihren Mantel immer mit einem Gürtel zusammen, als ob sie ihn sonst verlieren würde. Andere Leute benutzten dazu Knöpfe, aber natürlich sausten die nicht so viel mit dem Fahrrad durch die Gegend. Ihr rotbraunes Haar band sie mit einem Band oder einer Kordel so locker zusammen, dass es wirkte, als trüge sie es lose. Sie hatte große, grünliche Augen und warf stets den Kopf nach hinten, wenn sie lachte.
Miss O'Hara war ganz anders als andere Erwachsene. Sie fragte David zum Beispiel, ob die Schulgebühren zurückerstattet wurden, da die Schule doch jetzt wegen Scharlach geschlossen war. David wusste es nicht und versprach, sich zu erkundigen. Aber das wollte Miss O'Hara nicht, es sei nicht so wichtig und außerdem könnte

der Eindruck entstehen, sie wolle ein höheres Honorar, was nicht der Fall sei. David hatte ganz vergessen, dass sie für die Privatstunden Geld bekam. An so etwas dachte man bei ihr einfach nicht! Irgendwie hatte er angenommen, sie täte es rein aus Interesse. Das hatte sie sehr witzig gefunden und gesagt, in vielerlei Hinsicht tue sie es auch aus Interesse, aber schließlich stünde schon irgendwo im Evangelium, dass jede Arbeit ihren Lohn wert sei. Und wenn sie um Gotteslohn arbeiten solle, wie sähe es denn damit bei diesem ach so großartigen Priesterorden aus, wo er zur Schule gehe – dort unterrichte man ihn doch bestimmt auch nicht umsonst. David sagte, seines Wissens sei der größte Teil der Schulgebühren für Verpflegung und Unterkunft bestimmt, er könne sich nicht vorstellen, dass der Unterricht selbst etwas koste.

Sie kam jeden Abend für eine Stunde, wenn sie mit ihrer Arbeit an der Schule fertig war und nach ihrer Mutter gesehen hatte. Mrs. O'Hara war von ihrer Arthritis ganz krumm und schief, und David fand, dass sie wie ein alter Baum auf einer Abbildung in einem seiner Kinderbücher aussah. Ein Buch, das seine Mutter wahrscheinlich säuberlich aufbewahrt hatte, für die Zeit, wenn es wieder gebraucht würde. Miss O'Hara hatte zwei Schwestern, die in England verheiratet waren, und einen Bruder, der im Fernen Osten Priester war. Sie habe als Einzige Irland nie verlassen, erzählte sie David. Er wollte wissen, was denn geschehen wäre, wenn sie auch weggegangen wäre und ihre Mutter sich wegen ihrer Krankheit nicht mehr hätte allein versorgen können?

»Dann wäre ich zurückgekommen«, entgegnete Miss O'Hara leichthin. Mit zwei verheirateten Schwestern und einem Priester als Bruder wäre es ohnehin ihre Aufgabe gewesen, ihre Mutter zu versorgen.

Das Haus der O'Haras lag ein wenig außerhalb, an der Straße, die zum Golfplatz führte. Miss O'Hara benutzte für alle Wege, die sie zu machen hatte, ihr großes rotes Fahrrad, an dem vorne ein Korb für die Schulhefte angebracht war. Sie hatte immer Schulhefte zu befördern, die sie bei Regen wasserdicht einpackte. Im Winter hüllte sie sich in einen langen Schal, und wenn es stürmisch war, stand ihr Haar manchmal nach hinten ab. Davids Mutter hatte einmal gemeint, dass sie aussehe wie eine Hexe, die auf die Cliff Road zusteuere, und dass man sich nicht wundern würde, wenn sie sich mit ihrem Fahrrad über dem Meer in die Lüfte erheben würde. Aber Davids Vater hatte sich jeden Tadel an ihr verbeten. Niemand könne sich vorstellen, wie aufopfernd sie sich rund um die Uhr um ihre Mutter kümmere, die von ihrer Arthritis praktisch gelähmt sei. Was man schon daran sehen könne, dass drei Pflegepersonen, die teilweise sogar im Hause wohnten, nötig waren, um die kranke Frau zu versorgen, wenn die arme Angela einmal im Jahr für zwei Wochen verreiste – und trotz dieses Aufwands sei das Ergebnis nicht zufrieden stellend! Davids Mutter mochte Miss O'Hara nicht, was wohl damit zusammenhing, dass diese gewissen Dingen nicht die gebührende Bewunderung zollte und es nicht schrecklich aufregend fand, wenn seine Mutter gelegentlich zum Bummeln nach Dublin fuhr. Sie hatte es nie ausgesprochen, er hatte nur so ein Gefühl.

Man hatte den Tisch mit seinen Büchern näher zum Kamin gerückt, und Nellie würde Tee und ein Stück Kuchen oder Apfeltörtchen servieren.

Miss O'Hara unterhielt sich mit Nellie viel öfter als mit Davids Mutter. Sie erkundigte sich nach Nellies altem Vater, der auf dem Land wohnte, danach, ob sie noch immer Krach mit ihren Brüdern habe und ob sie etwas von ihrer Schwester in Kanada gehört hätten. Sie kicherte mit Nellie über eine Bemerkung von Father O'Dwyers Haushälterin, die eigentlich Miss McCormack hieß, aber von jedem »Sergeant McCormack« genannt wurde, weil sie nicht nur über Father O'Dwyer und die Kirche das Kommando führen wollte, sondern über ganz Castlebay.

Miss O'Hara kam nun herein und hielt ihre vom Fahrtwind kalt gewordenen Hände ans Feuer.

»Ach, Nellie, es ist doch eine Sünde, dass dieses große Feuer extra für David und mich angezündet wird. Wir könnten doch ebenso gut in der Küche neben dem Herd arbeiten.«

»Aber nein, das geht auf keinen Fall!«, rief Nelly entsetzt.

»David, würde es dir etwas ausmachen?«, begann sie ... und besann sich dann doch anders. »Nein, hört gar nicht auf mich, ich will nur immer die Welt verändern – das ist mein Problem. Wir haben es hier in diesem herrlichen Zimmer doch so gut und sollten es genießen. Nellie, was für ein Ungetüm wird denn da neben dem Hotel gebaut?«

»Soviel ich weiß, soll das eine Glasveranda werden«, sagte Nellie wichtig. »Sie wollen da im Sommer Stühle und Kartentische aufstellen und auch Tee servieren.«
»Wenn der Sommer so ausfällt wie letztes Jahr, werden sie dazu auch noch Wolldecken und Wärmflaschen verteilen müssen. Fangen wir an, kleiner Studiosus. Hol dein Geografiebuch heraus, dann machen wir aus dir einen weltberühmten Experten für die Passate. Wenn du erst wieder in deiner hochherrschaftlichen Schule zurück bist, werden die anderen grün und gelb vor Neid. Wir werden ihnen schon zeigen, wie man in Castlebay einen richtigen Gelehrten heranzieht.«

*

Paddy Power war ein großer, gedrungener Mann mit einem wettergegerbten Gesicht. Sein Gesicht war allen möglichen Witterungen ausgesetzt, aber vor allem dem schneidenden Wind, der immer vom Meer her wehte, wenn er seine Hausbesuche zu Fuß machen musste, weil er mit seinem großen, verbeulten Auto auf den Straßen nicht weiterkam. Sein Haarschopf wuchs wild in alle Himmelsrichtungen, so als hätte er drei Wirbel. Früher war sein Haar braun gewesen, dann graumeliert, aber jetzt war es fast völlig grau. Wegen seiner massigen Gestalt und seinem wirren Haar wirkte er zuweilen grimmig, aber nur auf Menschen, die ihn noch nicht kannten. Er hatte eine wunderbare Art, mit seinen Patienten zu sprechen. Während er sie untersuchte, führte er mit ihnen harmlose, scherzhafte Gespräche. Das Geplauder diente jedoch nur zur Ablenkung des Patienten, bis er das Körnchen im Auge, den Splitter in der Hand oder die Glasscherbe in der Fußsohle gefunden hatte; oder wenn er den Unterleib nach der schmerzenden Stelle abtastete und verhindern wollte, dass sich der Patient dabei verkrampfte und aufregte.
Er war kräftig gebaut, weshalb er nie gut sitzende Kleider fand, was ihn aber nicht sonderlich störte. Das Leben, so sagte er, sei viel zu kurz, um seine Zeit bei einem Schneider zu verbringen, der nur lauter Unsinn über Schnittmuster, Futter und Aufschläge erzählte. Doch trotz seines massigen Körperbaus, und obwohl er seiner äußeren Erscheinung nur wenig Aufmerksamkeit widmete, war er

ein kerngesunder Mann, der beinahe sechs Monate im Jahr von seinem Garten aus zum Meer ging, um zu schwimmen, und außerdem einmal die Woche Golf spielte. Aber heute war Paddy Power müde; er hatte einen langen Tag hinter sich, war siebenundzwanzig Kilometer gefahren, um nach einer jungen Frau zu sehen, die wohl bis Weihnachten sterben würde, aber zuversichtlich hoffte, dass es ihr besser gehen würde, wenn erst wieder gutes Wetter käme. Ihre fünf Kinder hatten lärmend und unbesorgt zu Füßen des Arztes gespielt, und ihr bleicher junger Ehemann war nur dagesessen und hatte mit stumpfem Blick ins Feuer gestarrt. Er hatte auch ein unerquickliches Gespräch mit einem der Dillon-Brüder vom Hotel geführt, dem er wegen eines drohenden Leberschadens ins Gewissen reden musste. Obwohl er sich so vorsichtig wie möglich ausgedrückt hatte, war er doch nur auf Unverständnis und Ablehnung gestoßen. Schließlich hatte ihm Dick Dillon erwidert, er solle sich bitte schön um seine eigenen Angelegenheiten kümmern. Und er, Paddy Power, sei ja wohl gerade der Richtige, ihm Vorhaltungen zu machen, wo doch jeder wisse, dass er vor drei Jahren beim Rennen sternhagelvoll gewesen sei. Man solle nicht Steine werfen, wenn man im Glashaus sitze. Außerdem hatte es zwei schwere Grippefalle gegeben, und das bei älteren Leuten, die schon vorher recht schwach gewesen waren. Bei beiden war die Lungenentzündung nur noch eine Frage der Zeit. Die Leute sprachen immer von der *guten Seeluft* und der *kräftigenden Meeresbrise*. Die sollten einmal im Winter hierher kommen, in seine Arztpraxis, dachte Paddy Power düster, dann würde ihnen solches Gerede bald vergehen. Molly erzählte ihm, dass David mit dem Lernen prächtig vorankomme und dass er sogar jeden Morgen zwei Stunden allein arbeiten würde.

»Angela ist wirklich eine gute Lehrerin. Zu schade, dass sie dafür nie die verdiente Anerkennung bekommen hat«, sagte Paddy, während er müde seine Stiefel auszog und in seine Hausschuhe schlüpfte.

»Keine Anerkennung? Sie ist Lehrerin an der hiesigen Schule und bekommt dafür ein gutes Gehalt, hat alle nötigen Zeugnisse ... Für Dinny O'Haras Tochter ist das doch eine ganze Menge«, meinte Molly spitz.

»Du begreifst nicht, worauf ich hinauswill, Molly. Sie ist ein intelligentes Mädchen und sitzt hier in Castlebay fest, wo sie Kinder unterrichtet, die später einmal Kellnerinnen oder Verkäuferinnen werden. Und was ist das für ein Leben bei ihr zu Hause? Ich meine, die Little Sisters würden für ihre Schäfchen nicht so viel tun wie Angela für ihre Mutter.«

»Ja, das weiß ich doch.« Molly hätte jetzt liebend gerne das Thema gewechselt.

»Aber vielleicht kommt ja eines Tages ein Mann auf einem weißen Pferd und holt sie.« Er lächelte bei dem Gedanken daran.

»Über dieses Alter dürfte sie mittlerweile hinaus sein«, sagte Molly.

»Angela ist erst achtundzwanzig, ein Jahr älter als du warst, als wir geheiratet haben.«

Molly hasste es, wenn er in Nellies Gegenwart von solchen Dingen sprach. Sie war nicht von hier, sondern in einer großen Stadt aufgewachsen und in Dublin zur Schule gegangen. Es passte ihr nicht, dass jemand über ihre Privatangelegenheiten Bescheid wusste, und erst recht galt das für ihr Alter.

Sie betrachtete sich im Spiegel: Sie war nicht mehr jung, hatte sich aber gut gehalten. Seit sie sich einen Einkäufer in einem Dubliner Geschäft zum Freund gemacht hatte, war es für sie kein Problem mehr, an gute Kleidung heranzukommen. Flotte Wollkostüme, die weit genug waren, um darunter ein warmes Unterhemd oder sogar einen dünnen Pullover zu tragen. In Castlebay musste man sich dick einpacken. Paddy hatte ihr im Lauf der Jahre einige hübsche Broschen geschenkt, mit denen sie immer elegant aussah. Wer auch immer in ihr Haus kam, Molly empfing jeden Besucher adrett gekleidet; ihre Frisur war stets tadellos und gepflegt (sie ließ sich alle drei Monate in der Stadt eine Dauerwelle machen); außerdem schminkte sie sich dezent.

Sie betrachtete prüfend ihr Gesicht. Ihre Befürchtung, das Klima hier könnte ihre Haut frühzeitig alten lassen, was bei den meisten Frauen in Castlebay der Fall war, hatte sich nicht bewahrheitet. Aber diese Frauen benutzten wahrscheinlich nicht einmal eine Gesichtscreme.

Sie lächelte ihrem Spiegelbild zu, wobei sie den Kopf leicht zur Seite neigte, damit sie die hübschen Ohrclips sehen konnte, die sie vor kurzem passend zu der grünen Brosche auf dem grüngrauen

Wollkostüm geschenkt bekommen hatte. Paddy sah, wie sie lächelte. Er kam auf sie zu, stellte sich hinter sie und legte ihr die Hände auf die Schultern.
»Du hast ganz Recht, du bist umwerfend«, sagte er.
»Das habe ich jetzt gar nicht gedacht«, entgegnete Molly entrüstet. »Das solltest du aber«, meinte Paddy. »Du bist eine bezaubernde Frau und siehst überhaupt nicht wie eine Mutter und Ehefrau aus.«
Molly dachte einen Augenblick lang daran, dass sie Mutter war. Sie hatte gedacht, sie könnte keine Kinder bekommen – es hatte so viele Fehlschläge gegeben. Nach den ersten Wochen, in denen sie voller Vorfreude gewesen war, war es im dritten Monat zu einem Abgang gekommen, dreimal. Dann hatte sie zwei Totgeburten. Und dann, als sie kaum noch daran glaubte, kam David. Genau das Kind, das sie sich gewünscht hatte.

*

David war ein großartiger kleiner Bursche, fand Angela. Mit seinen abstehenden Haaren, den losen Schuhbändern und der schief sitzenden Krawatte sah er aus wie die Jungen in den Büchern von Just William. Wenn er lernte, löste sich seine tadellose Erscheinung gewissermaßen auf.
Wäre es nicht herrlich, wenn sie immer intelligente Schüler unterrichten könnte und nicht ständig Rücksicht auf die schlechteren Schüler nehmen müsste? Sie beobachtete ihn, während er eine Karte von den Passatwinden zeichnete und sie ihr dann triumphierend reichte.
»Warum lächeln Sie?«, fragte er misstrauisch.
»Ich weiß nicht. Vielleicht werde ich ein bisschen verrückt. Ich ertappe mich in letzter Zeit hin und wieder dabei, dass ich immer dann lächle, wenn ein Schüler etwas richtig macht. Es ist so eine Überraschung, weißt du.«
David lachte. »Gibt es an unserer Schule denn nur hoffnungslose Fälle?«
»Nein, nicht nur, manche sind sogar blitzgescheit. Aber was hilft es ihnen? Was können sie damit groß anfangen?«
»Sie werden ihren Abschluss schaffen.«

»Ja, das werden sie.« Sie stand auf, ein wenig wie ein Erwachsener, der das Gespräch mit ihm nicht länger fortsetzen wollte. Er war enttäuscht.

*

Angela fuhr bei Wind und Wetter mit ihrem Fahrrad von Dr. Power nach Hause. Die Böen peitschten ihr ins Gesicht, und die salzige Seeluft brannte in ihren Augen. Im Winter erschien ihr jede Fahrt wie eine Exkursion zum Südpol. Wie schon so oft dachte sie darüber nach, ob es nicht besser wäre, wenn sie mit ihrer Mutter in einer Stadt leben würde. Der feuchte Wind, der durch jede Ritze des Hauses drang, setzte ihr sicher hart zu, und zweifellos war es nicht das Gesündeste für sie, an einem Ort zu leben, der drei Viertel des Jahres nur für Robben und Möwen geeignet war. Aber sie brauchte sich nichts vorzumachen: Wenn sie umzögen, dann um *ihretwillen*, damit *sie* etwas vom Leben hätte, und nicht ihrer armen Mutter und ihren alten, schwachen Knochen zuliebe. Und was hätte sie schon davon, in einer Stadt zu leben? Sie wäre nichts weiter als eine kleine Lehrerin mit einer kranken Mutter, falls sie überhaupt eine Stelle bekäme. Eine Lehrerin, die auf die dreißig zuging – nicht gerade umwerfend. Hör auf zu träumen, Angela, zieh den Kopf ein, und tritt in die Pedale, es sind nur noch ein paar Minuten. Das Schlimmste ist schon vorbei, den Wind, der durch die Felsspalte pfeift, hast du hinter dir. Du kannst doch schon das erleuchtete Fenster erkennen.

Die Leute nannten ihr Haus Kate, weil es von vorn betrachtet so klein wirkte; tatsächlich gab es aber noch ein oberes Stockwerk. Es war weiß getüncht und hatte den obligatorischen kleinen, von einer Hecke umzäunten Garten. Ein schmaler Pfad führte zur Haustür.

Sie fragte sich, wie sie alle in diesem Haus Platz gefunden hatten, als ihr Vater noch lebte und sie noch klein war. Es musste sehr beengt gewesen sein. Damals hatten ihre Eltern in einem Zimmer im ersten Stock geschlafen, die drei Mädchen in einem zweiten Zimmer und Sean, der einzige Junge, im dritten. Der Raum unten, den sie jetzt als Schlafzimmer für ihre Mutter eingerichtet hatte, war wohl so etwas wie ein Wohnzimmer gewesen. Damals hatte es im Haus noch keine Bücher gegeben, keinen glänzenden Messingzierat, keine kleinen Blumensträuße oder Schalen mit Heidekraut und Stechginster, wie Angela sie jetzt hatte. Aber natürlich war das Häuschen damals das Heim von einem Trunkenbold, einer überarbeiteten und ausgelaugten Mutter und vier Kindern gewesen, die alle so schnell wie möglich das Weite suchen wollten. Damals war keine Zeit gewesen für den Luxus von Büchern und Blumen.

Ihre Mutter saß auf dem Nachtstuhl, in den Angela sie gesetzt hatte, bevor sie zu den Powers gefahren war. Sie hatte ihren Stock fallen lassen, und der andere Stuhl stand zu weit weg, sodass sie sich nirgends aufstützen und deshalb nicht aufstehen konnte. Aber sie beklagte sich nicht, es tat ihr eher Leid, dass Angela so viel Mühe mit ihr hatte. Angela leerte den Nachttopf und schüttete etwas Dettol hinein. Dann holte sie eine Schüssel mit Seifenwasser und einen Waschlappen für ihre Mutter und half ihr dabei, sich zu waschen und zu pudern. Sie zog das Flanellnachthemd, das sie am Kamingitter angewärmt hatte, über den kleinen, gebeugten Kopf ihrer Mutter und brachte sie in dem Zimmer neben der Küche zu Bett. Sie gab ihr den Rosenkranz, ihr Glas Wasser und stellte die Uhr so auf, dass ihre Mutter sie sehen konnte. Angela gab ihrer Mutter keinen Kuss – das war in ihrer Familie nie üblich gewesen. Stattdessen tätschelte sie ihre gefalteten Hände. Anschließend ging sie in dic Küche und nahm die Aufsätze heraus, die sie morgen ihren Schülerinnen zurückgeben würde. Die Gewinnerin stand schon lange fest, aber sie wollte unter alle Aufsätze eine kleine Bemerkung schreiben. Schließlich hatten die Schülerinnen die Aufsätze in ihrer Freizeit geschrieben, um an dem von ihr ausgeschriebenen Wettbewerb teilzunehmen. Angela wollte sie damit ermutigen und ihnen zeigen, dass sie alle gelesen hatte, auch die schlechten.

Mit einer Kanne Tee machte sie sich an die Arbeit. Draußen heulte der Wind, und bald konnte sie ihre Mutter, die nur ein paar Meter entfernt schlief, leise schnarchen hören.

*

Clare O'Brien war schon sehr zeitig in der Schule. Sie hatte sich den Hals beinahe wund gewaschen, so energisch hatte sie ihn geschrubbt. Der Fleck auf ihrem Schulkittel war kaum noch zu sehen, sie war ihm mit einer Nagelbürste zu Leibe gerückt. Ihre

Hausschuhe glänzten vor Sauberkeit, sie hatte sogar die Sohlen geputzt, und die gelben Haarbänder waren eine wahre Augenweide. Um sie im spiegelnden Schulfenster betrachten zu können, drehte sie mehrmals den Kopf hin und her. Sie sah genauso gut aus wie all die anderen – die Bauerntöchter, die eine Menge Geld hatten und jedes Mal, wenn sie aus ihrem Schulkittel herausgewachsen waren, einen neuen bekamen, während sie und Chrissie sich damit begnügen mussten, aus dem alten Kittel die Nähte auszulassen oder falsche Säume anzubringen.
Ungeduldig erwartete sie die erste Unterrichtsstunde. Wie aufregend würde es sein, vor der ganzen Schule nach vorne zu treten. Die anderen würden vor Überraschung nach Luft schnappen, weil sie noch so jung war, einige Jahre jünger als manche andere, die beim Wettbewerb mitgemacht hatten!
Chrissie würde natürlich toben, aber was machte das schon, sie regte sich schließlich über alles Mögliche auf und würde sicher darüber hinwegkommen.
Clare ging zum Ende des Korridors, um am schwarzen Brett nach Neuigkeiten zu schauen, aber es gab nichts Neues. Vielleicht würde mittags eine Notiz über den Geschichtswettbewerb dort stehen. Jetzt hing da nur der Stundenplan, eine Liste mit den verbindlichen Feiertagen, nähere Informationen zu dem Schulausflug nach Dublin – und auch sein Preis, was Clare jegliche Hoffnung raubte. Außerdem war da noch ein Brief von Father O'Hara, Miss O'Haras Bruder, der als Missionar tätig war. Er dankte darin der Schule für das Silberpapier und die Briefmarkenkollekte. Er sei sehr stolz darauf, schrieb er, dass die Mädchen seines Heimatortes so tatkräftig mitgeholfen hätten, das Wort des Herrn all jenen Armen zu verkünden, die es noch nie vernommen hatten.
Clare konnte sich an Father O'Hara nicht mehr erinnern, aber jeder sagte, er sei einfach fabelhaft. Er war wohl sehr groß, größer als Miss O'Hara, und sah sehr gut aus. Clares Mutter hatte gesagt, dass es einem warm ums Herz werde, wenn Father O'Hara komme, um in der Kirche eine Messe zu lesen, und außerdem sei er ein wundervoller Sohn. Er schrieb seiner Mutter von den Missionsstationen, sie zeigte seine Briefe oft herum – wenigstens hatte sie das früher getan, als sie das Haus noch hin und wieder verlassen konnte.
Nach Father O'Haras Beschreibung zu urteilen war das Leben als

Missionar das reinste Vergnügen. Clare wünschte, er würde jede Woche einen Brief schreiben. Sie fragte sich, was ihm Miss O'Hara wohl zurückschrieb. Würde sie ihm diese Woche vom Geschichtswettbewerb erzählen?
Gerade eben rauschte sie auf ihrem Fahrrad durch die Toreinfahrt.

*

Mutter Immaculatas Gesicht war spitz wie eine Feder.
»Ich hätte Sie gerne gesprochen, Miss O'Hara. Nur für einen Augenblick, das heißt, wenn Sie eine Minute erübrigen können.«
Eines Tages, schwor sich Angela, würde sie Mutter Immaculata antworten, dass es im Moment ungünstig sei, sie habe keine Zeit, weil sie den Älteren noch dabei helfen müsse, Kartoffelschnaps zu brennen, und die Drittklässler auf ihr zukünftiges Dasein in den Klauen von Mädchenhändlern vorbereiten müsse. Doch jetzt war noch nicht der richtige Zeitpunkt, nicht, solange sie noch auf die Arbeit hier angewiesen war. Sie stellte ihr Fahrrad im Schuppen ab und schnappte sich den Packen Aufsätze, den sie zum Schutz vor den Elementen eingepackt hatte.
»Selbstverständlich, Mutter«, antwortete sie mit einem falschen Lächeln.
Mutter Immaculata sprach erst, als sie in ihrem Büro waren.
Sie schloss die Tür hinter sich und setzte sich an ihren Schreibtisch; da sich auf dem einzigen Stuhl, der sich sonst noch im Raum befand, haufenweise Bücher stapelten, musste Angela stehen. Sie beschloss, sich diesmal nichts gefallen zu lassen. Wenn diese Schwester sie wegen irgendeiner völlig belanglosen, ihr noch unbekannten Sache wie ein ungezogenes Kind behandeln und sie in angstvoller Erwartung hier stehen lassen wollte, würde sie sich eben zu ihrer vollen Größe aufrichten, sodass Mutter Immaculata einen steifen Nacken bekäme, weil sie so weit nach oben schauen musste. Angela stellte sich unauffällig auf die Zehenspitzen und reckte ihren Hals wie eine Giraffe. Es wirkte. Mutter Immaculata musste ebenfalls aufstehen.
»Miss O'Hara, stimmt es, dass Sie bei diesem Aufsatzwettbewerb einen Geldpreis ausgesetzt haben? Können Sie mir erklären, wie es dazu kam und wann Sie mit mir darüber gesprochen haben?«

»Oh, ich habe den Kindern einen Aufsatz aufgegeben, und für den besten gibt es einen Preis.« Angela lächelte ziemlich einfältig.
»Aber wann wurde das besprochen?« Mutter Immaculatas hageres, spitzes Gesicht bebte ob der Respektlosigkeit, die ihr hier entgegenschlug – oder vor Ärger über die Entdeckung der Missetat.
»Aber, Mutter, wir müssen doch nicht alles, was wir im Unterricht machen, vorher mit Ihnen besprechen, oder? Ich meine, Sie würden ja zu gar nichts mehr kommen, wenn wir ständig zu Ihnen rennen würden, bloß um zu besprechen, welche Hausaufgaben wir aufgeben sollen.«
»*Das* habe ich auch nicht gemeint. Ich finde allerdings, dass hier eine Erklärung notwendig ist, Miss O'Hara. Seit wann bezahlen wir die Kinder dafür, dass sie lernen?«
Angela fühlte sich mit einem Mal müde. So würde es immer und ewig weitergehen. Bei dem kleinsten bisschen Begeisterung und Engagement wurde einem sofort ein Dämpfer versetzt. Für alles und jedes musste man kämpfen, sogar für das Privileg, dass man von seinem eigenen spärlichen Einkommen ein bisschen was abzweigen durfte, um auch noch die größten Dummköpfe anzuspornen, sich in ihre Geschichtsbücher zu vertiefen.
Es war wie ein langsamer, schwerfälliger Tanz. Man musste eine ganz bestimmte Schrittfolge einhalten. Jetzt war es an ihr, Erstaunen zu heucheln. Gleich würde sie sagen, dass es ihr furchtbar Leid täte und dass sie geglaubt hätte, Mutter Immaculata würde sich darüber freuen – was natürlich gelogen war, weil sie genau wusste, dass Mutter Immaculata das Ganze verhindert hätte, wenn sie früher davon Wind bekommen hätte. Dann musste sie sich ratlos darüber zeigen, was jetzt zu tun sei. Alle Aufsätze seien bereits korrigiert worden, sehen Sie nur, Mutter, und die Kinder erwarteten heute die Ergebnisse. Dann musste sie Mutter Immaculata auch noch bitten, so freundlich zu sein und den Preis selbst zu überreichen. Er sei hier in einem Umschlag – einundzwanzig Shilling, eine ganze Guinee. Oh, und außerdem gebe es noch einen Buchpreis für ein anderes Kind, das gute Arbeit geleistet habe. Schließlich galt es noch, Mutter Immaculata zu »danken« und – die größte Lüge – zu »versprechen«, dass so etwas *nie wieder* vorkommen würde.
Mutter Immaculata setzte nun eine gnädige Miene auf, was noch unerträglicher war als ihre Feindseligkeit.

»Und wer hat nun diesen unglückseligen Wettbewerb gewonnen?«, fragte sie.
»Bernie Conway«, erwiderte Angela. »Ihr Aufsatz war zweifellos der beste. Aber die kleine Clare O'Brien hat auch eine sehr gute Arbeit abgeliefert, das arme Kind muss sich schrecklich abgemüht haben. Ich hätte ihr die Guinee gerne zugesprochen, dachte aber, dass die anderen dann auf ihr herumhacken würden, weil sie doch noch so jung ist. Deshalb habe ich dieses Buch hier für sie ausgesucht. Mutter Immaculata, könnten Sie vielleicht noch etwas dazu sagen, dass sie ...«
Mutter Immaculata war natürlich nicht bereit, etwas Derartiges auch nur zu erwägen. Diese Clare O'Brien aus dem kleinen Laden an der Straße zum Strand war doch nur eine von den Kleinen, die teilgenommen hatten. Nein, das wäre höchst unpassend. Man konnte sie unmöglich mit Bernie Conway vom Postamt auf eine Stufe stellen. Es war einfach undenkbar, Chrissie O'Briens kleine Schwester nach vorne zu rufen. Völlig unvorstellbar.
»Aber sie ist doch ganz anders als Chrissie«, gab Angela kläglich zu bedenken. Doch sie hatte verloren. Die Kinder versammelten sich schon in der Aula, um gemeinsam zu beten und die Hymne zu singen. Mutter Immaculata hatte die Hand ausgestreckt und den Umschlag genommen, in dem die Guinee steckte, zusammen mit einer Karte, auf der stand, dass Bernadette Mary Conway den Preis für den besten Geschichtsaufsatz gewonnen hatte. Sie ließ das hübsch verpackte Exemplar von Palgraves »Golden Treasury«, das Clare O'Brien »für ausgezeichnete Leistungen im Geschichtsaufsatz« erhalten sollte, auf dem Schreibtisch liegen.
Angela nahm es an sich und machte sich wieder einmal klar, dass es kindisch war zu glauben, man könne immer gewinnen.
Nach dem Gebet ergriff Mutter Immaculata das Wort, um allgemeine Mitteilungen zu machen. Clare hatte das Gefühl, die Worte würden überhaupt nicht mehr über die dünnen Lippen der Nonne kommen.
Zunächst gab Mutter Immaculata bekannt, dass Father O'Dwyer die Schülerinnen darin unterweisen würde, die Antworten in der Heiligen Messe zu sprechen. Sie würden nicht ministrieren, das konnten nur Jungen tun, aber eben lernen, die Antworten zu sprechen. Die Schülerinnen sollten der Unterweisung mit größter Auf-

merksamkeit folgen, damit es hübsch klinge. Es gab auch eine Beschwerde darüber, dass die Mädchen, die für die Schulaltäre verantwortlich waren, nicht genügend Sorgfalt darauf verwendeten, die Vasen immer mit frischem Wasser aufzufüllen. Was konnte man für ein Kind erhoffen, das nicht einmal in der Lage war, sich ordentlich um die Vasen für Unsere Liebe Frau zu kümmern? Das war sicher einer der kleinsten Dienste, die man der Mutter Gottes erweisen konnte. Dann ließ sie sich noch über das Tragen von Straßenschuhen im Klassenzimmer aus. Schließlich war es soweit. Mutter Immaculatas Stimme hatte plötzlich einen anderen Tonfall. Clare konnte sich keinen Reim darauf machen – es klang ganz so, als würde sie den Preis nur *ungern* verleihen.

»Ich habe erst heute Morgen erfahren, dass eine Art Geschichtswettbewerb stattgefunden hat. Natürlich erfüllt es mich mit Zufriedenheit zu sehen, dass an unserer Schule fleißig gearbeitet wird. Nach dieser kleinen Vorrede habe ich nun das Vergnügen, im Namen unserer Schule den Preis zu überreichen.«

Sie hielt einen Augenblick inne, und ihre Augen glitten über die Reihen der Mädchen, die vor ihr standen. Clare strich nervös ihren Schulkittel glatt. Sie musste daran denken, langsam zu gehen und nicht zu laufen, denn auf den Stufen zum Podium, wo Mutter Immaculata, die anderen Schwestern und die weltlichen Lehrerinnen standen, konnte sie leicht stürzen. Sie würde sehr gefasst sein und Miss O'Hara danken. Und natürlich durfte sie auch nicht vergessen, Mutter Immaculata zu danken ...

»Nun, ich will euch nicht länger auf die Folter spannen ...« Mutter Immaculata schaffte es, die Spannung noch ein paar Sekunden länger aufrechtzuerhalten.

»Den Preis erhält Bernadette Mary Conway. Meine Glückwünsche, Bernadette. Komm her, mein Kind, und nimm deinen Preis entgegen.«

*

Clare zwang sich, weiterzulächeln. An ihrem Gesichtsausdruck durfte sich nichts ändern. Wenn sie nur immer daran dachte, und an nichts anderes, würde es schon gehen. Sie konzentrierte sich erbittert darauf, zu lächeln; durch das krampfhafte Lächeln weiteten

sich ihre Augen ein wenig, und wenn darin Tränen waren, würden die anderen es nicht bemerken.
Sie lächelte noch, als die dumme Bernie Conway immer wieder ihre Hand vor den Mund legte, und dann an die Brust. Ihre Freundinnen mussten sie anstupsen, damit sie aufstand. Als sie nach Luft rang und hervorstieß, es könne nicht wahr sein, biss Clare die Zähne fest zusammen und lächelte weiter. Sie sah, wie Miss O'Hara in die Schülerrunde blickte, und auch ihr einen langen Blick zuwarf. Clare lächelte zurück, frostig. Sehr frostig. Miss O'Hara würde nie erfahren, wie sehr sie sie hasste. In Clares Augen war sie die niederträchtigste und abscheulichste Lehrerin auf der ganzen Welt – noch viel abscheulicher als Mutter Immaculata! Hatte sie ihr doch erzählt, sie hätte den Preis gewonnen, ihr all die Lügen aufgetischt, dass ihr Aufsatz der beste gewesen sei, den sie in all den Jahren als Lehrerin gelesen hätte! Clare schaffte es, so lange weiterzulächeln, bis es Zeit war, sich in die Klassenzimmer zu begeben. Dann fiel das Lächeln plötzlich von ihr ab, es war jetzt nicht mehr wichtig. Sie bemerkte, wie sich eines ihrer Haarbänder löste, aber auch das war nicht mehr wichtig.

*

Die Mädchen aßen mittags ihre belegten Brote im Klassenzimmer und mussten dabei, aus Angst vor Mäusen, sehr darauf Acht geben, nicht zu krümeln. Clare hatte für sich selbst und für Chrissie, die immer noch in Ungnade war, dicke Stullen geschmiert. Aber eigentlich hatte sie überhaupt keinen Appetit. Sie wickelte die Brote aus, warf einen Blick darauf und wickelte sie dann wieder ein. Josie Dillon, ihre Banknachbarin, sah sie neidisch an.
»Willst du sie wirklich nicht?«, fragte sie, als Clare ihr die Stullen wortlos hinüberschob.
»Nein, wirklich nicht«, sagte Clare.
Da es regnete, konnten sie nicht hinaus auf den Hof gehen. Es war sehr unangenehm, die Mittagspause im Klassenzimmer verbringen zu müssen, weil die Fenster ganz beschlagen waren und es überall nach Essen roch. Die Schwestern und Lehrerinnen kontrollierten nacheinander alle Klassenzimmer, damit der Radau nicht überhand nahm. Sobald eine dieser Autoritätspersonen auftauchte, wurde es

schlagartig leise, und wenn die Schülerinnen dann wieder ohne Aufsicht waren, begann der Lärmpegel von neuem zu steigen.

Josie war die Jüngste von den Dillon-Kindern. Ihre Geschwister besuchten das Internat, aber Josie würde man wohl nicht dorthin schicken, dazu war sie nicht klug genug. Sie war ein großes, blasses Mädchen mit einem unzufriedenen Gesichtsausdruck – sie lebte nur dann auf, wenn ihr jemand etwas zu essen anbot.

»Die sind wunderbar«, sagte sie mit vollem Mund zu Clare. »Du bist wirklich verrückt, dass du sie nicht selbst isst.«

Clare lächelte mit Tränen in den Augen.

»Geht es dir auch gut?«, fragte Josie besorgt. »Du siehst ein wenig grün um die Nase aus.«

»Mir fehlt nichts«, erwiderte Clare. »Überhaupt nichts.« Sie sagte das mehr zu sich selbst als zu Josie Dillon, die gerade das zweite Pausenbrot auspackte und voll Vorfreude ansah.

Miss O'Hara kam ins Klassenzimmer, und sofort wurde es leiser. Sie erteilte ein paar Anweisungen: »Hebt sofort diese Krümel auf, macht das Fenster auf, damit frische Luft hereinkommt, nein, auch wenn es noch so nass und kalt ist, macht es trotzdem auf.«

Und wie oft sollte sie ihnen noch sagen, dass sie, *bevor* sie zu essen anfingen, *zuerst* die Bücher wegräumen sollten! Und dann hieß es auf einmal: »Clare, komm bitte, ich möchte dich einen Augenblick sprechen.«

Clare wollte nicht zu ihr gehen, sie wollte nie wieder ein Wort mit Miss O'Hara reden. Sie hasste sie dafür, dass sie sie so zum Narren gehalten und ihr erzählt hatte, sie hätte den Preis gewonnen und ihr damit Hoffnungen gemacht hatte. Aber Miss O'Hara wiederholte es noch einmal. »Clare, komm jetzt bitte.«

Widerwillig ging sie auf den Flur hinaus, der voller Menschen war, die auf dem Weg von oder zu den Waschräumen waren, um sich für den Nachmittagsunterricht fertig zu machen. Jeden Moment würde es läuten.

Miss O'Hara legte ihre Bücher auf den Fenstersims genau über dem Herz-Jesu-Altar. Fast an jedem Fenstersims gab es einen Altar, und jede Klasse war für einen verantwortlich.

»Ich habe auch einen Preis für dich, weil dein Aufsatz so gut war. Er war wirklich gut, und wenn du dich mit Schülern aus deiner Altersgruppe hättest messen müssen, hättest du ganz klar gewonnen.

Wie dem auch sei, jedenfalls habe ich dir das hier mitgebracht.« Miss O'Hara überreichte ihr ein kleines Paket. Sie lächelte und wartete gespannt darauf, dass Clare es öffnete. Aber Clare konnte man nicht mit einem heimlichen Preis kaufen.
»Vielen Dank, Miss O'Hara«, sagte sie und machte keine Anstalten, das Geschenkband zu lösen.
»Willst du es dir nicht ansehen?«
»Das mache ich später«, antwortete Clare. Sie war gerade so patzig, wie sie es sich zu sein traute, und für den Fall, dass es vielleicht ein bisschen zu patzig war, fügte sie noch hinzu: »Wirklich, vielen Dank«.
»Clare, hör auf, beleidigt zu sein, und mach es auf«, sagte Miss O'Hara bestimmt.
»Ich bin nicht beleidigt.«
»Natürlich bist du das, und das ist eine scheußliche Angewohnheit. Hör sofort auf damit und mach dieses Päckchen auf, das ich dir netterweise von meinem eigenen Geld gekauft habe.« Das war ein Befehl; und außerdem hatte Clare das Gefühl, sich schäbig verhalten zu haben. Was auch immer in dem Päckchen war, sie wollte nun besonders höflich sein.
Es war ein Gedichtband mit dem Titel *The Golden Treasury of Verse*. Das Buch hatte einen weichen Ledereinband, auf den ein kunstvolles Blumenmotiv aufgemalt war; die Blumenblätter waren aus Blattgold. Es war wunderschön.
Das kleine Gesicht mit den großen Augen erhellte sich wieder ein wenig. »Schlag jetzt das Buch auf, und sieh nach, was ich hineingeschrieben habe.« Angelas Ton war immer noch sehr lehrerinnenhaft.
Clare las dic Widmung laut vor.
»Dies ist das erste Buch für Deine Bibliothek. Eines Tages, wenn Du eine große Bibliothek mit vielen Büchern besitzt, wirst Du Dich an dieses Buch erinnern; Du wirst es herausnehmen und jemandem zeigen, und dabei wirst Du sagen, dass es Dein erstes Buch war und dass Du es gewonnen hast, als Du zehn warst.«
»Werde ich denn eine eigene Bibliothek haben?«, fragte Clare aufgeregt.
»Wenn du willst, wirst du eine haben. Du kannst alles haben, was du willst.«

»Ist das wahr?« Clare hatte den Eindruck, Miss O'Hara mache Spaß, ihre Stimme klang ein wenig blechern.
»Nein, das stimmt nicht ganz. Ich wollte dir dieses Buch eigentlich vor der gesamten Schule überreichen, ich wollte, dass Immaculata es dir gibt, aber sie ließ nicht mit sich reden. Weil es dich hochmütig machen würde oder so etwas Ähnliches. Nein, es gibt einiges, was ich gerne hätte und nicht bekomme. Aber das ist nicht der Punkt. Der Punkt ist der, dass du es versuchen musst, denn wenn du es nicht versuchst, kannst du nie etwas erreichen.«
»Es ist wunderschön.« Clare strich zärtlich über das Buch.
»Ein ganz ausgezeichneter Gedichtband, und viel schöner als dein Buch in der Schule.«
Clare fühlte sich sehr erwachsen: Miss O'Hara sprach in ihrer Gegenwart von »Immaculata«, ohne »Mutter« davor. Miss O'Hara fand das Gedichtebuch für die Schule *nicht* ausgezeichnet! Versöhnlich sagte sie: »Wenn ich gewonnen hätte, hätte ich mir von dem Geld sowieso ein Buch gekauft.«
»Ich weiß, dass du das getan hättest, und diese doofe Bernie Conway wird sich wahrscheinlich eine Handtasche oder eine Sammlung Haarbänder davon kaufen. Was ist eigentlich mit den schönen gelben Haarbändern passiert, die du heute Morgen getragen hast?«
»Ich habe sie abgenommen und in meine Schultasche gesteckt. Sie passten irgendwie nicht.«
»Weißt du, vielleicht passen sie *nachher.*«
»Ganz bestimmt, Miss O'Hara. Vielen Dank für das wunderschöne Buch. *Vielen, vielen* Dank.«
Miss O'Hara schien verstanden zu haben. Dann sagte sie plötzlich: »Du kannst *alles* erreichen, Clare, wenn du nicht aufgibst und dir sagst, dass es hoffnungslos ist. Du musst nicht so enden wie alle anderen.«
»Ich würde furchtbar gerne ... nun, wissen Sie, weiterkommen«, gestand Clare. Nun war es heraus. Sie trug diesen Gedanken schon seit so langer Zeit mit sich herum und hatte nie gewagt, jemandem davon zu erzählen, aus Angst davor, man könnte sie auslachen. »Aber es wird bestimmt sehr schwer, nicht wahr?«
»Natürlich ist es schwer, aber dadurch wird es gerade erstrebenswert. Wenn es einfach wäre, könnte es ja jeder schaffen. Gerade weil es so schwer ist, ist es etwas Besonderes.«

»Genauso, wie eine Heilige zu sein«, sagte Clare mit leuchtenden Augen.
»Ja, aber das ist ein ganz anderer Weg. Lass uns erst einmal sehen, dass du eine gute Ausbildung bekommst. Du kannst eine Heilige sein, wenn du möchtest, aber erst wenn du erwachsen bist und nicht schon als Kind, hörst du?«
Es läutete, und für einen Moment wurde ihr Gespräch unterbrochen.
»Ich möchte jetzt auch lieber keine Heilige sein. Die sind doch für ihren Glauben meistens den Märtyrertod gestorben, nicht wahr?«
»Ja, fast ohne Ausnahme«, erwiderte Miss O'Hara und riss fast die Herz-Jesu-Statue herunter, als sie ihre Bücher für den Unterricht zusammensammelte.

*

Chrissie und ihre beiden grässlichen Freundinnen Peggy und Kath wollten sich bei Miss O'Flaherty persönlich entschuldigen. Gerry Doyle hatte Chrissie am Vorabend erklärt, das sei mit Abstand das Beste, was sie tun könnten. Schließlich wusste Miss O'Flaherty, dass sie es gewesen waren, man hatte sie auf frischer Tat ertappt, und ihre Eltern hatten sie dafür bestraft. Warum sollten sie also nicht zu Miss O'Flaherty gehen und sich bei ihr entschuldigen; sie würde ihnen verzeihen müssen, sonst würde man ihr nachsagen, sie sei eine böse, nachtragende alte Schachtel. Chrissie hatte sich zunächst noch gesträubt, aber Gerry war sehr überzeugend gewesen. Was hatten sie schon zu verlieren, argumentierte er. Es musste ihnen ja nicht *wirklich* Leid tun, sie müssten nur so tun. Dann würde Gras über die ganze Sache wachsen, und sie könnten sich auf die Pläne für die Höhlenparty konzentrieren. Andernfalls bekämen sie alle Stubenarrest.
»Bringt es so bald wie möglich hinter euch und tut so, als läge es euch sehr am Herzen«, hatte Gerry ihnen geraten. »Die Erwachsenen werden weich wie Butter, wenn sie meinen, dass man sich gebessert hat. Tragt ruhig dick auf.«
Clare war erstaunt, als sie sah, wie das Trio vor Miss O'Flahertys Geschäft stehen blieb. Sie war eigentlich sicher gewesen, dass die drei so schnell wie möglich daran vorbeihuschen würden, und nun

gingen sie ganz unverfroren hinein. Clare tat so, als würde sie die schmuddelige Auslage betrachten, die, solange sie zurückdenken konnte, noch nie verändert worden war. In Wirklichkeit wollte sie mitkriegen, was drinnen gesprochen wurde.
Die Gesprächsfetzen, die sie aufschnappte, waren verblüffend. Sie hörte Chrissie sagen, dass sie wegen dieser Sache die ganze letzte Nacht nicht habe schlafen können, Peggy ließ den Kopf hängen und murmelte betreten, sie hätte gedacht, es sei nur ein Scherz, aber wenn sie genauer darüber nachdenke, fände sie, es sei ganz und gar nicht komisch, jemanden zu erschrecken. Und Kath bot sich an, Botengänge für Miss O'Flaherty zu erledigen, um alles wieder gutzumachen.
Miss O'Flaherty war eine große, konfuse Person mit einer Frisur, die aussah wie ein Vogelnest. Die Entschuldigung brachte sie völlig aus der Fassung, und sie wusste beim besten Willen nicht, wie sie damit umgehen sollte.
»Jedenfalls tut es uns allen wahnsinnig Leid«, sagte Chrissie, um das Ganze zu einem Ende zu bringen.
»Und natürlich sind wir zu Hause bestraft worden«, fügte Kath hinzu. »Aber das macht die Sache für Sie natürlich nicht besser, Miss O'Flaherty.«
»Vielleicht könnten Sie zu unseren Müttern, falls sie kommen, ja sagen, dass wir ...«
Miss O'Flaherty bot ihnen aus einer Dose Kekse an. Die Angelegenheit sei damit für sie erledigt. Im Grunde seien sie doch nur harmlose, übermütige Mädchen, und außerdem hätten sie genug Anstand besessen, zu kommen und ihre Missetat zuzugeben. Sie verzeihe ihnen voll und ganz und wolle das auch ihren Müttern sagen. Als freie Menschen stürmten sie aus dem Geschäft. Clare fand sie widerlich. Miss O'Flaherty war eine solche Hexe und verdiente es, mit Algen erschreckt zu werden! Warum sagten sie, dass es ihnen Leid täte, und warum erst jetzt? Es war ihr ein Rätsel.
Chrissie, die sich über Clares Anwesenheit ärgerte, trug auch nicht viel zur Aufklärung bei.
»Es tut mir wirklich Leid, Peg und Kath, aber meine blöde kleine Schwester läuft uns anscheinend nach.«
»Ich laufe euch nicht nach, ich gehe gerade von der Schule nach

Hause«, widersprach Clare. »Ich muss diesen Weg nehmen, auf der Cliff Road ist es zu stürmisch.«
»Ach«, meinte Kath.
»Was du nicht sagst«, fügte Peg hinzu.
»Ihr könnt euch wirklich glücklich schätzen, dass ihr keine kleine Schwester habt«, sagte Chrissie. »Die sind schlimmer als Kletten.«
»Ich sehe nicht ein, warum. Über Ben und Jimmy beklagt sich ja auch keiner«, wandte Clare ein.
»Die sind auch normal«, sagte Chrissie. »Sie laufen einem nicht ständig nach und jammern und quengeln.« Die beiden anderen nickten mitfühlend.
Clare trödelte noch ein wenig herum und sah sich das Schaufenster des Textilgeschäfts an. Auch hier kannte sie alles in- und auswendig – die grüne Strickjacke hing schon seit Ewigkeiten an der Büste, und auch die Schachteln mit den von der Sommersonne ausgebleichten Taschentüchern waren immer noch ausgestellt. Clare wartete, bis die anderen um die Ecke gebogen waren. Dann ging sie langsam die Straße hinunter auf die große Felsspalte zu, dorthin, wo die Stufen zum Strand hinunterführten. Nach Hause, in jenen Laden, von dem alle behaupteten, er müsse eine kleine Goldgrube sein, weil er so günstig am Weg zum Meer hinunter lag. Es war das letzte Geschäft, an dem man vorbeikam, wenn man zum Strand hinunterwollte, darum kauften die Leute meist dort ihre Süßigkeiten und Orangen. Und es war das erste Geschäft, auf das sie beim Heimweg trafen, wenn sie nach einem Eis oder einer Brause lechzten. Es war auch das nächstgelegene Geschäft, in das man sein Kind schicken konnte, wenn einem an einem sonnigen Tag die mitgebrachte Verpflegung ausging. Tom O'Brien machte mit seinem Laden dort bestimmt ein kleines Vermögen, meinten die Leute kopfnickend. Clare fragte sich, warum um alles in der Welt die Leute das dachten. Der Sommer dauerte für die O'Briens auch nicht länger als für alle anderen. Genau elf Wochen. Aber dafür war der Winter für sie länger und kälter, weil sie dem Wind viel stärker ausgesetzt waren und ihr Haus nicht so geschützt lag wie all die Häuser in der Church Street.

*

Molly Power meinte, David müsse sich ohne Freunde hier bestimmt einsam fühlen. Und deshalb hatte sie sich überlegt, dass er doch einen seiner Freunde zu sich nach Hause einladen könnte. Paddy war zwar der Ansicht, es gebe genügend junge Burschen hier im Ort, mit denen er schließlich schon gespielt habe, bevor er aufs Internat ging. Aber Molly fand das nicht passend; sie wollte, dass David seinen Freund James Nolan aus Dublin fragte, ob er nicht gerne ein paar Tage hier bei ihnen verbringen würde. Seine Familie konnte ihn in den Zug setzen, und sie würden ihn vom Bahnhof abholen. David freute sich sehr, es würde herrlich sein, Nolan hier bei sich zu haben, und auch Nolan hatte am Telefon sehr zufrieden geklungen. Es sei angenehm, von zu Hause wegzukommen, er habe bisher gar nicht gewusst, wie verrückt seine Familie sei. Seit er im Internat sei, müsse es noch schlimmer geworden sein, er habe das bisher gar nicht mitbekommen. David warnte ihn, dass es ihm nach Dublins Lichterglanz bei ihnen sehr ruhig vorkommen würde. Aber Nolan entgegnete, dass es mit dem strahlenden Lichterglanz von Dublin nicht so weit her sei, und außerdem lasse ihn seine Mutter aus Angst vor Flöhen nicht ins Kino gehen. Er könne es kaum erwarten, ans Meer zu kommen.
»Und wird sich dadurch die Anzahl meiner Schüler verdoppeln?«, fragte Angela O'Hara, als sie hörte, dass Nolan kommen würde. Das hatte sich David noch gar nicht überlegt. Er wusste es nicht. Über so etwas hatte er sich keine Gedanken gemacht.
»Zerbrich dir nicht den Kopf darüber«, sagte Angela energisch. »Ich werde das mit deinen Eltern regeln. Aber wir hatten für unsere Arbeit zwanzig Tage eingeplant, und wenn Mr. Nolan kommt, sind es sechs Tage weniger. Was willst du also tun? Mittendrin aufhören oder versuchen, das Pensum trotzdem zu schaffen?«
Er war verlegen, deshalb kam Angela ihm zu Hilfe.
»Ich glaube, es ist besser, wenn Nolan nicht sieht, dass du von einer Frau unterrichtet wirst. Es wirkt so gouvernantenhaft, wenn eine Provinzlehrerin ins Haus kommt.«
»Nein, um Himmels willen, darum geht es nicht.« Davids offenes Gesicht war bekümmert. »Ehrlich, Sie wissen gar nicht, wie viel ich gelernt habe, seit Sie mich unterrichten – wenn ich zu Hause etwas davon erzählen würde, würden sie mich nicht mehr zurück ins Internat schicken wollen, sondern hier in die Klosterschule.«

Er war eine rührende Mischung aus Charme und Unbeholfenheit. David kam ganz nach seinem Vater, rau aber herzlich, doch mit einem gewissen Schliff, der wohl aufs Konto seiner Mutter ging.
»Ich könnte für dich und Mr. Nolan jeden Tag ein paar Aufgaben vorbereiten, etwa für eineinhalb bis zwei Stunden. Ich würde sie dann korrigieren, ihr würdet gar nichts von mir mitbekommen, und es wäre für niemanden peinlich.«
Die Erleichterung war ihm ins Gesicht geschrieben.
»Ist Mr. Nolan genauso schlecht in Latein wie du?«, fragte sie.
»Ich glaube, er ist ein bisschen besser. Er will Jura studieren, da wird er es brauchen.«
»Ist sein Vater Rechtsanwalt?«
»Strafverteidiger«, sagte David.
»Das ist natürlich eine ideale Voraussetzung«, bemerkte Angela mit einem kleinen, bitteren Lachen.
David war verwirrt, aber sie wechselte das Thema. Es war nicht David Powers Schuld, dass das System auf diese Art funktionierte. Ein System, in dem es ganz selbstverständlich war, dass David Power wie sein Vater Arzt werden würde und James Nolan aus Dublin Rechtsanwalt wie dessen Vater, in dem es aber für eine Clare O'Brien sehr schwer war, überhaupt irgendetwas zu werden. Angela straffte die Schultern: Es war hart, aber nicht unmöglich. Clare hatte schließlich in ihr, ihrer Lehrerin, das beste Vorbild der Welt: Angela O'Hara, jüngste Tochter von Dinny O'Hara, dem Trunkenbold und Taugenichts, der überall in Castlebay um eine milde Gabe bettelte. Und trotzdem hatte sie die Aufnahmeprüfung für die Universität geschafft, hatte auf dem College bessere Noten als alle anderen. Zu Hause hatten sie geknausert, um ihren Bruder zur Mission schicken zu können, und heute hatte sie Nichten und Neffen, die in England ein behagliches Leben führten. Niemand in Castlebay hatte Grund gehabt, sie zu bemitleiden, als sie vor fünf Jahren hinter dem Sarg ihres Vaters hergeschritten waren. Wenn Angela es mit einem trinksüchtigen Vater und einer verkrüppelten Mutter geschafft hatte, konnte auch Clare es schaffen. Das heißt, wenn es ihr wichtig genug war. Aber im Augenblick sah es so aus, als wäre es ihr fast zu wichtig.
»Komm, kleiner Studiosus«, sagte sie zu David, »wir machen jetzt

am besten mit unseren heimlichen Studien weiter, bevor der noble Herr aus Dublin ankommt und uns als Bücherwürmer entlarvt!«
»Sie sind klasse, Miss O'Hara«, sagte David bewundernd. »Zu schade, dass Sie kein Mann sind, dann hätten Sie Priester werden und uns ordentlich unterrichten können.«

*

Molly wachte besorgt darüber, dass für Davids jungen Freund alles angemessen vorbereitet wurde. Sie instruierte Nellie in einem fort, dass sie das Frühstück ans Bett servieren und das beste Silber aufdecken sollte, bis David schließlich den Wunsch äußerte, ganz normal unten zu frühstücken wie sonst auch. Nach dem Frühstück hatten sie noch die Hausaufgaben für Miss O'Hara zu erledigen, und dann lag ein langer, freier Tag vor ihnen. Nolan fand es großartig, dass sie so nah am Strand wohnten; er sagte neidisch, es sei fast, als habe man einen Privatstrand. Man brauchte nur über einen Zaunübertritt am Ende des Gartens zu klettern; von dort führte ein Pfad zum Sandstrand und zu den Höhlen – ein Pfad, der übersät war mit Warnschildern. Nolan erkundete die Echohöhle und die anderen, kleineren Höhlen. Mit Gummistiefeln ausgerüstet, kletterte und rutschte er über die Pfützen zwischen den Felsen; er hob ungewöhnliche Muschelschalen auf; er ging bis zum Ende der Cliff Road, um nachzusehen, ob aus dem Pierloch Gischt hochspritzte. Und er schritt den Golfplatz ab und beschloss, mit David zusammen im nächsten Sommer Golfstunden zu nehmen. Nolan konnte nicht glauben, dass sie am Abend ins Kino gehen durften. In Dublin hatte er bisher nur Matineen besucht, und das auch nur, bis seine Mutter von den vielen Flöhen erfahren hatte.
Nolan war in Castlebay bald sehr beliebt. Zum einen sah er sehr gut aus; er war klein und hatte markante Gesichtszüge. Sein Haar stand nicht in alle Richtungen ab wie das von David, sondern fiel ihm in einer weichen Welle in die Stirn. Er hatte Adleraugen, denen nichts zu entgehen schien, und trug seine Kleider mit lässiger Eleganz – den Kragen hochgestellt und beim Gehen die Hände tief in die Taschen vergraben. Oft machte er einen Scherz über seine Körpergröße, er sagte, er leide deswegen wie Napoleon und Hitler unter einem Minderwertigkeitskomplex.

Mrs. Power gegenüber zeigte er beste Manieren, und von den ausführlichen Erklärungen Dr. Powers über medizinische Sachverhalte konnte er nicht genug bekommen. Er lobte Nellies Kochkünste und bemerkte, Castlebay sei der schönste Ort in ganz Irland. In kürzester Zeit war er ein gern gesehener Gast. Sogar Angela O'Hara mochte ihn. In zierlicher, sauberer Handschrift machte er pflichtbewusst seine Hausaufgaben. Denn zusammen mit den ersten Korrekturen hatte Angela ihm eine Anmerkung geschickt: »Sei bitte so freundlich und verwende eine weniger kunstvolle, aber dafür lesbare Schrift. Man kann unmöglich erkennen, ob Du bei der Deklination der Substantive die korrekten Endungen verwendest. Ich lasse mich nicht für dumm verkaufen.«

»Sie ist bestimmt eine sehr eigenwillige Persönlichkeit. Warum bekommen wir sie nie zu sehen?«, fragte er David.

David hatte das unbestimmte Gefühl, die Wahrheit wäre für ihn nicht sehr schmeichelhaft. »Sie ist schüchtern«, log er und fühlte sich dabei noch schlechter.

Am nächsten Tag sahen sie, wie jemand auf einem roten Fahrrad wie ein Derwisch an ihnen vorbeizischte. Das Gefährt machte eine halsbrecherische Kehrtwendung, und ein Umschlag mit Papieren wurde David aus dem Korb zugeworfen.

»Da hast du sie, kleiner Studiosus, das erspart mir den Gegenwind auf dem Weg zu eurem Haus.«

David fing den Umschlag geschickt auf.

»Das ist also der junge Mann, der das Neutrum Plural nicht von einem Loch im Boden unterscheiden kann«, rief sie fröhlich. »Die Adjektive haben auch eine Pluralendung, mein Freund. Es nützt nichts, sie einfach nur hinzuschreiben und darauf zu hoffen, dass sie sich von selbst deklinieren.«

»Können Sie uns nicht zu Hause unterrichten?«, fragte Nolan und legte den Kopf zur Seite.

»Dazu habe ich zu viel zu tun, aber unser Fernkurs funktioniert doch großartig.« Ihre Mähne wehte wie bei einer Filmschauspielerin in einem Cabrio. Sie trug einen grauen Mantel und einen grauweißen Schal.

»Sie ist sagenhaft«, flüsterte Nolan.

»Miss O'Hara?«, meinte David ungläubig. »Die ist doch steinalt.«

Sie unterhielten sich immer noch lachend darüber, wie alt Miss O'Hara schon wäre, wenn Nolan fünfundzwanzig war – das Alter, in dem er sich vorstellen konnte zu heiraten –, als Gerry Doyle ihnen über den Weg lief. Mit Gummistiefeln und Fischerpullover passte er viel besser hierher als sie beide. Gerry war so ungefähr der Einzige, der David je danach fragte, wie es in seinem Internat denn war, was sie dort zu essen bekamen und welche Autos die Eltern ihrer Mitschüler fuhren.
»Ich hätte eigentlich gedacht, sie würden eure Schule wegen dieser Seuche niederbrennen«, sagte Gerry freundlich. Seiner Einschätzung nach sei die Lage dort viel ernster, als man ihnen weismache, es würden Pest und Cholera und Scharlach wüten. Warum würde man sonst eine so große, bedeutende Schule schließen? Er riet ihnen auch, sie sollten, wenn sie wieder zurück wären, in stehenden Gewässern und in den Vorhängen nach Bazillen suchen.
David machte sich in Gedanken eine Notiz, dass er zu Hause mit seinem Vater darüber sprechen wollte.
»Habt ihr Lust, zu einer Mitternachtsparty zu kommen? So etwas habt ihr in eurem Internat doch bestimmt ständig veranstaltet, ich meine, vor der Sache mit der Pest.«
»Ich war nur auf einer, und wir wurden auch noch dabei erwischt«, sagte David bedauernd.
»Ich war auf zweien, bei einer wurden wir nicht erwischt«, ergänzte Nolan, um die Aufzählung komplett zu machen.
»Also, die Party steigt morgen Nacht um halb zwölf in der Robbenhöhle. Es wäre gut, wenn ihr ein paar Würstchen mitbringen könntet, und was zu trinken für euch, Orangensaft oder vielleicht auch Bier.«
»Dürfen wir?« Nolans Augen glänzten.
»Warum denn nicht? Wir sind hier schließlich in Castlebay, und nicht bei den Hinterwäldlern in Dublin«, sagte David mutig. Und Gerry Doyle erzählte ihnen noch, dass auch Mädchen dort sein würden und es Bohnen und Würstchen aus der Dose geben würde ...
Gerry Doyle hatte Chrissie eingeschärft, Tommy und Ned kein Sterbenswörtchen über die Höhlenparty zu verraten. Nicht, dass er etwas gegen die Jungen gehabt hätte, aber sie waren nicht ge-

rade verschwiegen, sie konnten sich aus Versehen verplappern. Er sagte, er würde es nicht einmal seiner eigenen Schwester erzählen, weil es bei ihr das Gleiche war. Chrissie war, genauso wie Peggy und Kath, froh darüber, dass Fiona nicht kommen würde. Für ihren Geschmack war sie nämlich ein bisschen zu attraktiv; natürlich war sie auch schon vierzehn, wodurch sie automatisch besser aussah als die anderen. Aber wenn Fiona dabei war, fühlten sie sich einfach immer ein bisschen zweitklassig. Chrissie hatte natürlich keine Sekunde daran gedacht, Tommy und Ned einzuladen, sie waren einfach zu unzuverlässig – sie würden sich schon Tage zuvor laut Gedanken darüber machen, und am Ende würde man sie erwischen, und das Höhlenpicknick wäre gestorben. Wie Gerry erzählt hatte, würden ungefähr ein Dutzend Leute kommen, es gab also keinen Grund, die ganze Stadt in Aufregung zu versetzen. Sie wollten sich um halb zwölf in der Höhle treffen, und alle sollten sich, um nicht aufzufallen, in Zweier- oder höchstens Dreiergrüppchen auf den Weg dorthin machen.
Clare drehte sich gerade im Bett um, als sie sah, wie Chrissie am anderen Ende des Zimmers ihre Beine auf den Boden schwang. Zu ihrer Überraschung war Chrissie komplett angezogen. Sie bewegte sich sehr leise und tastete nach ihren Schuhen. Der Lichtschein der Herz-Jesu-Lampe fiel auf Chrissie, die gerade einen großen Haufen Würstchen und Frühstücksspeck aus dem Laden in weißes Papier wickelte, wobei sie hin und wieder nervös zu Clares Bett schielte.
Clare fiel es wie Schuppen von den Augen: Chrissie wollte von zu Hause ausreißen! Einerseits war das herrlich – sie würde von nun an ihr eigenes Zimmer haben, und Chrissie würde sie nicht mehr Tag und Nacht piesacken. Es würde insgesamt weniger Streit zu Hause geben. Aber etwas anderes war weniger fabelhaft: Mammy und Daddy würden sich furchtbar aufregen; am Morgen würde die Polizei auftauchen; und wenn die Flut kam, würde Father O'Dwyer zusammen mit anderen die Klippen entlanggehen und nach einem angeschwemmten Körper Ausschau halten – so wie jedes Mal, wenn in Castlebay ein Unglück passierte. Man würde für Chrissie beten, und Mammy würde sich die Augen ausweinen und sich fragen, wo Chrissie wohl war und wie es ihr erging. Nein, seufzte Clare widerstrebend, sie sollte Chrissie besser nicht

weglaufen lassen, das würde letztlich mehr Ärger einbringen, als die Sache wert war.

Chrissie sah argwöhnisch zu Clare hinüber, als sie ihr Seufzen hörte.

»Willst du weglaufen?«, fragte Clare beiläufig.

»Lieber Gott im Himmel, es ist wirklich eine Strafe, so eine blöde Schwester zu haben! Ich gehe auf die Toilette, du dumme Pute.« Aber ihre Stimme hatte einen ängstlichen Unterton.

»Warum bist du dann angezogen und nimmst Würstchen und Speck mit, wenn du nur zur Toilette gehst?«, fragte Clare zaghaft. Geschlagen setzte sich Chrissie aufs Bett. »Oh, es gibt eine Menge schlimmer Dinge, die ich dir antun möchte, du Spionin. Du bist schon als Spionin auf die Welt gekommen! Es stand dir auf die Stirn geschrieben, du wirst nie etwas anderes tun, als den Leuten nachzuschnüffeln und ihnen das Leben zur Qual zu machen. Du hasst mich, deshalb verdirbst du mir alles, was ich tue.«

»Ich hasse dich nicht, das ist das falsche Wort dafür«, stellte Clare richtig. »Wenn ich dich richtig hassen würde, würde ich dich weglaufen lassen.«

Chrissie schwieg.

»Aber Mammy wäre dann völlig verzweifelt, und Dad auch, ich meine, sie würden furchtbar weinen. Ich spioniere dir nicht nach, ich dachte nur, ich könnte dich fragen, wo du hingehst, für den Fall, dass sie glauben, du seist tot oder so.«

»Ich laufe nicht weg, ich mache einen Spaziergang«, sagte Chrissie.

Clare setzte sich in ihrem kleinen Eisenbett auf. »Einen Spaziergang?«, fragte sie ungläubig.

»Pscht! Ja, einen Spaziergang, und wir nehmen auch ein bisschen Proviant mit.«

Clare richtete sich auf und blickte durch das Fenster hinter der Herz-Jesu-Statue und der kleinen roten Lampe. Draußen war es stockfinstere Nacht. Nichts regte sich in Castlebay. »Gehen Peggy und Kath auch mit?«

»Pscht, leise. Ja, und Clare ...«

»Macht ihr ein Picknick?«

»Ja, aber du kommst nicht mit. Du wirst nicht alles, was ich unternehme, verpatzen; du wirst mir nicht den Spaß daran verderben.«

»Ach, wenn es nur ein Picknick ist, dann ist es schon in Ordnung.« Clare hatte sich wieder in die Decke gekuschelt. »Ich wollte nur die ganze Aufregung vermeiden, falls du weggelaufen wärst. Das ist alles.«

*

Auf dem Kaminsims in der Küche stand ein kleiner roter Reisewecker, den David mit ins Bett nahm. Nolan hatte zwar versichert, er würde im Gästezimmer rechtzeitig aufwachen, aber David wollte kein Risiko eingehen. Der Wecker lag unter Davids Kopfkissen und klingelte deshalb nur gedämpft, aber immerhin laut genug, um ihn aus seinem tiefen Schlaf zu reißen. Eine Weile wusste er nicht, was los war, aber dann fiel es ihm wieder ein. Er hatte eine Flasche Apfelwein und die Würstchen sorgfältig in seine Schulsporttasche gepackt. Nolan hatte vier Flaschen dunkles Bier und zwei Packungen Marshmallows gekauft, die, wie er erklärte, über dem Feuer geröstet fantastisch schmeckten. Sie wollten nämlich im hinteren Teil der Robbenhöhle ein Lagerfeuer anzünden, so hatte Gerry Doyle ihnen erzählt. Es gab einen Platz in der Höhle, der hervorragend dafür geeignet war; sie hatten es schon einmal ausprobiert.
Das einzige Problem war Bones, der Hund, der – wie Davids Vater stets sagte – jedem Eindringling oder Mörder die Hand lecken würde, aber das ganze Haus wachbellte, sobald ein Familienmitglied das Haus betrat oder verließ. Er war eigentlich mehr eine Belastung als ein Wachhund. David und Nolan beschlossen, Bones zur Mitternachtsparty mitzunehmen, da sie ihn sonst würden betäuben müssen. Nolan hätte es vorgezogen, ihn für ein paar Stunden außer Gefecht zu setzen. Aber für David, der in dieser Hinsicht sehr streng erzogen worden war und in einem Haushalt lebte, wo sogar Aspirin weggeschlossen wurde, war das völlig undenkbar.
Er schlich ins Gästezimmer, wo Nolan fest schlief, aber sofort aufwachte.
»Ich habe nur gerade mit geschlossenen Augen nachgedacht«, behauptete er.
»Klar, und dabei hast du auch noch geschnarcht«, bemerkte David.
Sie machten sich gegenseitig Zeichen, ruhig zu sein, und schlichen

vorsichtig die Treppe hinunter. Bones sprang erfreut hoch, und David hielt ihm mit einer Hand das Maul zu, während er ihn mit der anderen hinterm Ohr kraulte. Das löste normalerweise ein einfältiges Glücksgefühl bei Bones aus, und als Nolan behutsam die Tür aufgeschlossen hatte, war die Gefahr vorüber. Bones trottete schweigend vor ihnen quer durch den Garten zur hinteren Mauer und schien an der späten Stunde nichts Ungewöhnliches zu finden. David und Nolan stolperten vorwärts, sie hatten ihre Taschenlampen in den Taschen gelassen, denn sie konnten sie nicht anknipsen, bevor sie den Zaunübertritt überquert hatten. Bestimmt würde nämlich Davids Mutter gerade in diesem Augenblick ins Badezimmer gehen und aus dem Fenster schauen, und dann würde sie die ganze Nachbarschaft alarmieren.

Auf dem Pfad mit den Warnschildern benutzten sie dann die Taschenlampen, aber trotzdem rutschten und schlitterten sie mehr, als dass sie gingen. Jetzt hatte es zwar aufgeklart, aber im Laufe des Tages hatte es geregnet, sodass der Boden auf dem gewundenen Pfad ziemlich glitschig war.

»Das hier ist einfach fantastisch«, sagte Nolan, und David war ungeheuer stolz. Wenn sie wieder in der Schule waren, würde Nolan allen anderen erzählen, wie sagenhaft es bei den Powers gewesen war, und das würde David in der Achtung der anderen steigen lassen. Bisher hatte er in der Schule nur ungern von Castlebay erzählt, weil es im Vergleich zu den ach so großartigen Orten, aus denen all die anderen kamen, doch tiefste Provinz war. Aber wenn er es mit Nolans Augen betrachtete, fiel ihm auf, dass Castlebay weit mehr zu bieten hatte, als er bisher gedacht hatte.

Unten am Strand rannte Bones wie ein Verrückter hin und her, zum Ufer und wieder zurück, und bellte dabei aufgeregt. Aber hier konnte er so lange bellen, wie er wollte, das Tosen der Wellen und des Windes übertönte ihn. Mr. und Mrs. Power würden sein Kläffen nicht einmal in ihren Träumen hören.

Die Robbenhöhle sah dunkel und geheimnisvoll aus. David war froh, dass er nicht allein hier war. Im hinteren Teil der Höhle flackerte ein großes Feuer; Gerry hatte Recht gehabt, es gab dort tatsächlich einen trockenen Platz, wo es nicht tropfte. Sie hatten schon zu kochen angefangen. Speckstreifen baumelten gefährlich an langen Stöcken und einigen Grillgabeln. Um das Feuer herum saßen mindestens ein Dutzend Leute, auch ein paar kichernde Mädchen, die sich gegenseitig anstupsten und dann in lautes Gelächter ausbrachen. Da waren Peg und Kath, von denen er gewusst hatte, dass sie kommen würden; und Chrissie O'Brien aus dem Laden. David sah sich nach Clare um, aber sie war wahrscheinlich noch zu jung. Die beiden Schwestern waren wirklich grundverschieden, dachte er. Chrissie kreischte vor Lachen und schnippte den anderen das Essen von der Gabel. Clare war ernster und irgendwie viel sanfter.

David hatte noch nie dunkles Bier getrunken, aber die anderen tranken es auch. Er musste sich dabei fast übergeben; es schmeckte nicht so, wie ein Drink schmecken sollte. Doch tapfer leerte er die erste Flasche und öffnete eine zweite. Da es Nolan zu schmecken schien, wollte er neben ihm nicht wie ein Schwächling dastehen. Aber Gerry Doyle war sein angewiderter Gesichtsausdruck nicht entgangen.

»Wenn du möchtest, kannst du auch Apfelwein haben, der schmeckt ganz anders als Bier, aber eigentlich ganz gut«, meinte er. David probierte ein wenig davon: Ja, das war es schon eher. Es schmeckte süß und prickelnd. Wirklich sehr angenehm.

Gerry, dieser kleine und geschäftige Bursche, hatte sich am Feuer niedergekauert. Er machte einen sehr wissenden Eindruck.

David hielt sein Glas gegen das Licht. »Das Zeug ist gut«, bemerkte er anerkennend.

Später, als die Fummelei schon begonnen hatte, aber David nicht zum Zuge kam, griff ihm Gerry noch einmal unter die Arme. Mit der hat es keinen Zweck, die lacht nur die ganze Zeit. Vielleicht solltest du es mal mit der probieren, die ist ein bisschen entgegenkommender. Ein verschwörerisches Blinzeln von Mann zu Mann, das von David unsicher erwidert wurde. Gerry Doyle war ein guter Freund, der einem einen Stups in die richtige Richtung gab.

*

Rätselhafte Krankheiten grassierten am nächsten Tag in ganz Castlebay, aber sämtlichen Unkenrufen zum Trotz bewahrten alle Stillschweigen, und die Mitternachtsparty blieb ein Geheimnis. Als Chrissie O'Brien nach Hause gekommen war, war sie über und

über mit Schlamm bespritzt gewesen und hatte Schürfwunden an den Beinen, weil sie auf dem Treppenweg, der vom Strand aus nach oben führte, ausgerutscht war; außerdem musste sie sich im Schlafzimmer zweimal in den Nachttopf übergeben. Clare brummelte, sie hoffe, dass solche Mitternachtspartys nicht zur ständigen Einrichtung würden. Aber Chrissie war zu sehr damit beschäftigt, sich zu überlegen, wie sie am nächsten Tag den Zustand ihres zerrissenen und vor Schmutz starrenden Mantels erklären sollte, und blieb Clare eine Antwort schuldig. Am Ende beschloss sie, das Haus am Morgen vor allen anderen zu verlassen, noch bevor irgendjemand sehen konnte, in welchem Zustand sie war; sie konnte dann noch einmal hinfallen und würde daraufhin als zu krank gelten, um zur Schule geschickt zu werden. Es klappte sogar, niemandem fiel auf, dass der Schlamm schon angetrocknet war und die Wunden an den Beinen schon zu heilen begonnen hatten. Chrissies Freundin Peggy schaffte es bis in die Schule und hielt auch den ganzen Tag lang durch, aber Kath wurde es im Klassenzimmer schlecht, man musste sie nach Hause schicken.
Bei den Powers war an James Nolans Lippe auf rätselhafte Weise eine Brandblase aufgetaucht, für die es anscheinend keine Erklärung gab. Er hatte nämlich eine Wurst direkt von dem Spieß gegessen, auf dem sie gebraten wurde, und sich dabei den Mund verbrannt. Doch er behauptete, als er am Morgen aufgewacht sei, sei die Blase wie aus heiterem Himmel da gewesen! Molly Power machte sich die ganze Zeit über schreckliche Sorgen, was wohl seine Eltern dazu sagen würden, wenn er wieder zu Hause wäre, und konnte sich gar nicht darüber beruhigen, wenn sie sich nicht gerade über David aufregte, der kalkweiß war und alle paar Minuten zur Toilette gehen musste. Und dann war da noch Bones, der offensichtlich einen Weg gefunden hatte, sich nachts allein aus dem Haus zu stehlen, und den man am Morgen schlafend in der Garage gefunden hatte – mit einem Würstchen zwischen den Pfoten. Dr. Power sagte zu Molly, es sei auf lange Sicht oft besser, nicht zu viel nachzugrübeln und nicht auf alle Fragen Antworten zu suchen. Manchmal sei es für das eigene Wohl besser, den Dingen einfach ihren Lauf zu lassen.
Gerry Doyles Vater erzählte Gerry beim Frühstück, er habe mitten in der Nacht ein schreckliches Gejaule gehört, und fragte ihn, ob er irgendetwas darüber wisse. Es habe sich angehört wie eine krei-

schende Frauen- oder Mädchenschar direkt vor dem Haus. Gerry sah ihn über den Tisch hinweg an. Er habe auch etwas gehört und gedacht, es sei der durchgedrehte Hund von den Powers gewesen, der gebellt und gejault habe, als wolle er ganz Castlebay aufwecken. Ja, das könnte es gewesen sein, meinte sein Vater wenig überzeugt und bemerkte naserümpfend zu seiner Frau: »Hier stinkt's wie in Craig's Bar.« Dann stapfte er in sein so genanntes »Büro«, den Raum, der neben dem Elternschlafzimmer zur Straße hin lag. Gerrys Mutter wurde wütend und knallte das Frühstücksgeschirr auf den Tisch.

»Um Gottes willen, Gerry, putz dir die Zähne und iss eine Orange oder so etwas, bevor du in die Schule gehst.« Fiona war nicht nur reizend, sondern auch noch praktisch veranlagt.

Dankbar sah Gerry sie an. »Ich habe mir schon gedacht, dass noch ein Hauch davon zu merken ist«, grinste er.

»Ein Hauch?«, sagte Fiona. »Es zieht einem fast die Schuhe aus. War es wenigstens lustig?«

»Ja, das kann man sagen.«

»Ach, hättest du mich doch bloß ...«

»Nein«, erwiderte er sehr streng.

»Aber ich bin doch sogar schon älter als einige, die dabei waren.«

»Darum geht es nicht. Du bist nicht wie die. Niemand soll behaupten können, dass er mit *dir* herumgemacht hat. Du bist alles, was ich habe. Ich muss auf dich aufpassen.«

Er meinte es ernst. Fiona war überrascht.

»Du hast doch die ganze Familie ... wir alle haben uns ...«, entgegnete sie unsicher.

»Was haben wir denn? Wir haben Dad, der in seiner eigenen Welt lebt. Wann hat er überhaupt schon mal irgendetwas gesagt, was nichts mit dem Geschäft zu tun hatte?«

»Er hat gerade eben Craig's Bar erwähnt«, meinte Fiona lachend.

»Ja.« Gerry nahm gedankenverloren ein Pfefferminzbonbon aus seiner Tasche und wickelte es aus.

»Was ist denn los?«, fragte sie und blickte ihn aus ihren großen, dunklen Augen besorgt an.

»Ich weiß es nicht. Er ist einfach nur so träge, hat keinen Unternehmungsgeist. Wie sollen wir es je zu etwas bringen, wenn wir so zaghaft bleiben wie er? Und Mam, ehrlich gesagt ...«

»Ich glaube, es geht ihr im Moment ein bisschen besser«, sagte Fiona sanft. Sie hatten noch nie darüber gesprochen.

»Nein, das ist nicht wahr. Das hast du nur gesagt, weil sie gerade in den Garten gegangen ist, um Wäsche aufzuhängen. Du findest, dass das schon ein Fortschritt ist. Sie hat das Haus seit sechs Monaten nicht mehr verlassen. Ein halbes Jahr. Sag mir, ob das normal ist oder nicht.«

»Ich weiß. Aber was sollen wir machen? Sie wollen nicht mit Dr. Power darüber sprechen.«

»Das ist alles nur seine Schuld. Er glaubt, dass wir irgendwelchen Ärger kriegen werden, wenn wir es Dr. Power sagen.«

In diesem Augenblick kam Mr. Doyle zurück, der ebenso klein und dunkel war wie sein Sohn und auch das gleiche einnehmende Lächeln und sein fast elfenhartes Gesicht besaß. »Hat eigentlich irgendjemand hier die Absicht, heute zur Schule zu gehen, oder habt ihr alle schon euren Abschluss gemacht, ohne dass ich es mitbekommen habe?«

»Ich bin schon weg, Dad. Vielleicht schaue ich bei David Power vorbei. Soll ich dann fragen, ob Dr. Power vorbeikommen könnte, um mit ...?«

»Wenn hier irgendjemand einen Arzt braucht, wird er schon selbst zu Dr. Power gehen, und wenn er nicht selbst dorthin gehen kann, werden wir Dr. Power holen«, entgegnete sein Vater unnachgiebig. Er ließ nicht mit sich reden. Gerry ging ins Badezimmer, um sich, wie man ihm geraten hatte, die Zähne zu putzen. Auf dem Weg dorthin traf er seine Mutter, die sich an der Wand entlangdrückte, weil sie das Wort »Arzt« in Schrecken versetzt hatte.

»Mach dir keine Sorgen, Mary. Geh wieder in die Küche. Wir brauchen keinen Arzt«, sagte sein Vater.

*

Gerry machte am Abend einen Besuch in der Praxis.

»Was gibt's, Gerry?«

»Ich weiß es nicht, Dr. Power.«

»Wenn du schon vergessen hast, wo es wehtut, kann es ja wohl nicht so schlimm gewesen sein.« Der alte Arzt klang fröhlich.

»Ich bin gar nicht krank.«

»Ach so. Fehlt denn jemand anderem etwas?« Dr. Power hatte eine gute Beobachtungsgabe.
Gerry zögerte. »Nein. Ich glaube, jeder muss sich selbst um seine Krankheiten kümmern, nicht wahr?«
»Das kommt ganz darauf an. Wenn du einen Verletzten auf der Straße liegen siehst, dann wirst du auch nicht sagen, er soll sich um sich selbst kümmern.«
»So etwas ist es nicht.«
»Möchtest du mir sagen, was es ist?«
Gerry fasste einen Entschluss. »Nein, nein. Nicht jetzt. Ich wollte eigentlich nur fragen, ob David und James Nolan heute Abend ausgehen und sich ein bisschen amüsieren möchten.«
Dr. Power war nachdenklich. »Ich finde, ihr habt euch in letzter Zeit genug amüsiert. Für die beiden ist es jetzt langsam Zeit, mal wieder was zu tun.«
Gerry sah ihm ins Gesicht. »Heißt das, sie dürfen nicht ausgehen? Wollen Sie das damit sagen?«
»Du bist ein kluger Junge, Gerry. Du weißt genau, was ich sage und was nicht.«
»Gut. Richten Sie ihnen dann bitte aus, dass ich hier war und dass ich es schade finde, dass sie nicht ausgehen dürfen.«
»Den Teufel werde ich tun. Sag es ihnen selbst, wenn du möchtest.«
Gerry Doyle hatte ein feines Gespür und wusste, wann er weit genug gegangen war. »Dr. Power, Sie sind eine harte Nuss«, sagte er mit einem Lächeln und war verschwunden.
Paddy Power fragte sich, ob Gerry wegen seines von Sorgen gequälten Vaters gekommen war oder wegen seiner verschlossenen Mutter, die möglicherweise unter Angstzuständen litt. Vielleicht fand er aber auch beide völlig normal. Er war ein seltsamer kleiner Bursche.

*

Mit der Post kam ein Paket für Angela, eine kleine, flache Schachtel. Es enthielt ein wunderschönes Kopftuch von James Nolans Eltern. »Wir möchten Ihnen vielmals dafür danken, dass Sie unseren Sohn mit Ihrem Unterricht unterstützt haben. Ihre Schüler in Castlebay können sich glücklich schätzen, eine so fähige Lehrerin zu haben.« Das quadratische Tuch war mit einem sehr üppigen Muster verziert, in der Art, wie es die feinen Damen trugen. Angela freute sich sehr darüber. Sie zeigte ihrer Mutter den Brief und das Kopftuch. Aber die alte Frau hatte einen schlechten Tag; all ihre Gelenke schmerzten.

»Warum sollten sie dir nicht dankbar sein und dir etwas schenken? Sie hätten lieber Geld schicken sollen. Der Postbote bekommt schließlich auch Geld dafür, dass er Briefe austrägt.«

Angela seufzte. Am Abend erzählte sie es David. »Das war wirklich sehr aufmerksam von ihnen«, sagte sie.

»Da oben in Dublin wissen die Leute eben, was sich gehört«, erwiderte David wehmütig. »Wir hätten nie daran gedacht, Ihnen so etwas zu schenken. Dabei hätten wir es wirklich tun sollen.«

»Sei nicht albern, kleiner Studiosus. Ich habe es dir nur erzählt, damit du weißt, dass deinem Freund der Unterricht gefallen hat.«

»Er fand, dass Sie sehr gut aussehen«, sagte David plötzlich.

»Ich fand ihn auch nicht übel, nur ein bisschen zu klein für mich. Wie alt ist er denn jetzt? Ungefähr fünfzehn?«

»Ja. Gerade fünfzehn.«

»Ach, das ist ja fast gar kein Altersunterschied. Sag ihm, dass ich mich melde, wenn er fünfundzwanzig ist. Dann bin ich in den besten Jahren.«

»Ich glaube, das wäre ihm sehr recht«, lachte David.

*

David traf Gerry Doyle erst kurz vor seiner Rückkehr ins Internat wieder.

»Warst du seit der Nacht in der Höhle nochmal einen trinken?«, fragte Gerry.

»Ich glaube, ich werde in Zukunft lieber Abstinenzler. Mir ist noch nie so schlecht gewesen. Am nächsten Tag musste ich mich elfmal übergeben«, gestand David ehrlich.

»Wenigstens hast du es bei dir behalten, bis du zu Hause warst«, entgegnete Gerry. »Was manche Leute nicht von sich behaupten können. Aber es hat trotzdem Spaß gemacht.«

»Es war klasse. Nolan hat gesagt, er hat noch nie so einen großartigen Abend erlebt.«

»Er hat mir erzählt, dass du einen eigenen Plattenspieler, eine richtige Musiktruhe in deinem Zimmer stehen hast. Stimmt das?«
»Es ist keine Musiktruhe mit Türen, sondern nur ein Plattenspieler, den man an der Steckdose anschließt.«
»Wie viel kostet denn so was?«, wollte Gerry neidisch wissen.
»Tut mir Leid, das weiß ich nicht. Es war ein Geschenk. Aber ich könnte es herausfinden.«
»Ich würde ihn mir zu gerne mal ansehen«, sagte Gerry Doyle.
David zögerte nur kurz. Seine Mutter hatte ihm nie ausdrücklich verboten, Gerry Doyle mit nach Hause zu bringen, aber er wusste, dass es ihr nicht recht war. »Komm mit, ich zeig ihn dir«, sagte er.
Jeder andere Junge in Castlebay hätte vielleicht gezögert, aber nicht Gerry Doyle. Er schlenderte kameradschaftlich mit David die Cliff Road entlang, als ob er schon sein Lebtag lang im Haus des Arztes ein und aus gegangen wäre.
Die Ferienhäuser wirkten wie ausgestorben, als sie daran vorbeigingen, wie Geisterhäuser. Man konnte sich nur schwer vorstellen, dass im Sommer darin Familien wohnten, Kinder, die mit Eimern und Schaufeln bewaffnet herumflitzten, und Erwachsene, die in den Vorgärten Liegestühle aufstellten.
»Man muss doch wirklich verrückt sein, wenn man sich so ein Häuschen für den Sommer mietet.« Gerry nickte mit dem Kopf zu der unregelmäßigen Häuserzeile hinüber.
»Ich weiß nicht. Vielleicht, wenn man nicht am Meer wohnt«, entgegnete David, der mehr Verständnis dafür hatte.
»Aber wenn man genug Geld hat, um eines von diesen Häusern für ein paar Monate zu mieten, warum fährt man dann nicht gleich nach Spanien oder noch weiter, vielleicht sogar nach Griechenland?« Gerry konnte einfach nicht glauben, dass irgendjemand sein gutes Geld dafür ausgab, um ausgerechnet in Castlebay Ferien zu machen.
»Aber wenn man verheiratet ist und Kinder hat, kann man doch nicht die ganze Familie mit ins Ausland nehmen«, argumentierte David vernünftig.
»Ach so. Ich wäre eben nicht verheiratet. Das ist wohl der Unterschied.«
»Jetzt noch nicht, aber später einmal.«
»Niemals. Willst du denn heiraten?«

»Ich denke schon.«
»Du bist ja nicht ganz bei Trost, David Power«, sagte Gerry Doyle freundschaftlich.

*

Mrs. Power war gerade in der Diele und arrangierte Zweige in einer Vase.
»Hallo«, sagte sie, als sich die Eingangstür öffnete. »Oh, hallo Gerry, willst du zu meinem Mann?« Sie wirkte ein wenig verwirrt und hatte schon den Kopf der Praxistür zugewandt. Die Patienten benutzten normalerweise nicht die Vordertür, sondern kamen durch den überdachten Seiteneingang.
»Nein danke, Mrs. Power. Ich möchte mir Davids Plattenspieler ansehen«, entgegnete Gerry selbstsicher.
»Wie bitte?« Sie war höflich, aber eisig.
»Ich wollte Gerry den Plattenspieler zeigen ... Wie viel hat er eigentlich gekostet?« David fühlte sich bei weitem nicht so mutig, wie er klang.
»Das war ein Geschenk, lieber David«, sagte seine Mutter mit einem aufgesetzten Lächeln. »Man fragt nicht, was ein Geschenk gekostet hat.«
»Ich weiß. Aber vielleicht könntest du es Gerry sagen, er überlegt, sich einen zu kaufen.«
»Das dürfte Gerrys Mittel wohl ein bisschen übersteigen«, erwiderte Davids Mutter in jenem Tonfall, den er nicht ausstehen konnte. Aber Gerry schien es überhaupt nicht zu bemerken.
»Sie haben wahrscheinlich Recht«, sagte er fröhlich. »Es wäre sowieso erst am Ende der Saison möglich. Ich arbeite, um mir Taschengeld zu verdienen, aber bis die Sommergäste kommen, habe ich nichts Richtiges zu tun. Ich würde ihn mir trotzdem gerne ansehen.« Er strahlte Mrs. Power an, die ihn missbilligend musterte, und hatte schon einen Arm auf das Geländer gelegt und einen Fuß auf die erste Stufe gesetzt, als er David zurief: »Ist er da oben?«
David folgte ihm, ohne sich noch einmal nach seiner Mutter umzudrehen. Er wusste, dass sie ihm verärgert nachsah.

*

Beim Mittagessen wartete Mrs. Power, bis Nellie den Raum verlassen hatte. »Paddy, könntest du David bitte sagen, er soll Gerry Doyle nicht mehr mit nach Hause bringen.«
Dr. Power sah bedächtig von seiner Zeitung auf. »Er sitzt doch neben dir, Molly. Warum sagst du es ihm nicht einfach selbst?«
»Du weißt, was ich meine.«
»Habt ihr Streit?« Der Arzt sah erst seine Frau, dann seinen Sohn an.
»Von mir aus nicht«, kam es von David.
»Da siehst du, was ich meine«, sagte Molly Power.
»David, nicht diesen gleichgültigen Ton gegenüber deiner Mutter.« Dr. Power wandte sich wieder seiner Zeitung zu.
»*Paddy*, bitte. Mach David klar, dass gegen Gerry Doyle nicht das Geringste einzuwenden ist, aber dass er in unserem Haus fehl am Platze ist.«
Dr. Power legte widerwillig die Zeitung zur Seite. »Also, worum geht's?«, fragte er und sah von einem zum anderen.
Er bekam keine Antwort.
»Was hat der junge Doyle denn Schlimmes getan? Weshalb die ganze Aufregung?« Wieder blickte er von dem geröteten Gesicht seiner Frau zu dem seines Sohnes, das einen aufsässigen Ausdruck hatte.
»Nichts.« David zuckte mit den Schultern. »Er kam mit nach oben. Ich habe ihm meinen Plattenspieler gezeigt. Er hat ihn bewundert, und dann ist er nach Hause gegangen.«
»Molly?«
»Darum geht es nicht, wie du sehr genau weißt. Du bist kein kleines Kind mehr, David. Du weißt sehr genau, wovon ich rede.«
David setzte eine ausdruckslose Miene auf.
»Deine Mutter möchte damit sagen, dass sie viel Mühe darauf verwendet, dieses Haus hübsch in Ordnung zu halten, und deshalb möchte sie nicht, dass alle möglichen Leute hier hereinmarschieren. Das ist doch ein berechtigter Wunsch, nicht wahr?«
David schwieg eine Weile und überlegte, ob er diese Erklärung schlucken sollte. Dann erkannte er seine Chance. »Natürlich, entschuldige, Mammy, ich habe nicht gewusst, dass es darum geht. Ich dachte, du hättest etwas gegen Gerry Doyle. Du weißt schon, wie Nolans Mutter, die glaubt, dass jeder Flöhe hat. Nein, das ist schon

in Ordnung. Selbstverständlich frage ich dich in Zukunft zuerst, bevor ich jemanden mitbringe.«
Molly lächelte unsicher. Sie war sich ganz und gar nicht sicher, ob sie gewonnen hatte.
»Und heute Nachmittag besuche ich Gerry Doyle. Er will mir die Dunkelkammer zeigen, und ich darf ihm dabei helfen, Fotos zu entwickeln, die sein Vater bei einer Hochzeit aufgenommen hat.« Strahlend lächelte er seine Eltern an und nahm sich ein Glas Orangensaft.

*

Gerry Doyles Schwester sah umwerfend aus. In ihrem Kittel, der an einen Künstlerkittel erinnerte, wirkte sie wie aus einem Bilderbuch. Sie machte einen schüchternen Eindruck und antwortete nur mit »ja« und »nein«, wenn David sie etwas fragte. Aber sie war sehr höflich und hilfsbereit, erbot sich, Kakao zu machen, und wollte sogar bei den O'Briens ein Viertelpfund Waffelbruch holen.
»Warum hast du sie nicht gefragt, ob sie mit zur Robbenhöhle kommt?«, wollte David wissen.
»Ach, man kann doch seine eigene Schwester nicht zu so einer Party mitnehmen. Das ist was für Chrissie und Peggy und Kath und so. Diese Art von Mädchen erwartet man bei einer solchen Fete, aber doch nicht Fiona.«
David spürte, dass er einen heiklen Punkt berührt hatte, von dem er bisher nichts geahnt hatte. Er war verlegen. Und er fand auch, dass das den Mädchen gegenüber, die dort gewesen waren, ungerecht war. Sie hatten alle großen Spaß gehabt und Flaschendrehen gespielt; die Jungs hatten ihnen Apfelwein und Bier gegeben und sie zum Trinken überredet. Dann waren die Mädchen ein wenig albern geworden, und ein paar hatten zu weinen angefangen, und Kath war übel geworden, und sie waren gestolpert und all das. Aber das gehörte eben dazu. Irgendwie war es grausam zu sagen, dass Fiona nicht so eine war, die man auf ein solches Fest mitnahm, aber es war was dran. Als Fiona mit dem Kakao und den Keksen zurückkam, dachte auch David, dass es ihm nicht gefallen würde, wenn sie auf so eine Party ginge.
Er hätte sie gerne gebeten, ihm zu schreiben, wenn er wieder im

Internat war. Nolan kannte ein Mädchen, das ihm lange Briefe schrieb. Aber dann dachte er, dass es wohl zu kompliziert wäre, das alles zu arrangieren. Denn wenn Fiona einverstanden gewesen wäre, hätte er ihr zuerst einmal das ganze System, nach dem sie vorgingen, erklären müssen. Da ihre Briefe von den Priestern gelesen wurden, mussten die Mädchen, die schrieben, sich als Jungen ausgeben. Nolans Freundin Alice unterschrieb mit Anthony. Außerdem mussten sie daran denken, nicht von Hockey-, sondern von Rugbyspielen und dergleichen zu erzählen. Ja, oft waren die Briefe so verschlüsselt, dass man kaum sagen konnte, was eigentlich drinstand. Trotzdem war es für Nolan eine feine Sache, dass er Briefe bekam und jedem erzählen konnte, wie gut Alice aussah. Es wäre schön, wenn er Fiona als Brieffreundin hätte. Aber wenn Gerry schon dagegen war, dass sie in einer Höhle ganz in der Nähe zu einer Party ging, dann war er bestimmt auch nicht darüber erbaut, wenn sie an einen Jungen im Internat verschlüsselte Briefe schrieb. Das gehörte sich nicht, und Fiona Doyle sollte ganz bestimmt nicht in den Ruf eines Flittchens kommen. David ertappte sich dabei, dass er sich die beiden Doyles in Gedanken ständig als Waisenkinder vorstellte, obwohl sie doch bei ihren Eltern wohnten. Irgendwie war das seltsam.

»Deine Eltern mischen sich wohl nicht allzu sehr in dein Leben ein, oder?«, fragte er neidisch.

»Sie haben zu viel zu tun«, sagte Gerry. »Das war schon immer so. Es ist ein Hundeleben, und Mam hasst die Arbeit. Aber was bleibt ihr anderes übrig?«

»Was würde sie denn lieber machen?«

»In einem Haus wie eurem auf einem Tisch in der Diele Blumen arrangieren«, sagte Gerry lachend. »Das wünscht sich doch jede Frau.«

*

Als David an diesem Abend nach Hause kam, stürzte das Dach nicht ein, und am Himmel zuckten auch keine Blitze. Er hatte das Gefühl, dass seine Eltern gerade ein wenig miteinander geplaudert hatten. Seine Mutter nähte Namensetiketten in irgendwelche neue Socken und einen Schlafanzug von ihm und schien den Streit vom Mittagessen völlig vergessen zu haben.

»Ich kann mir vorstellen, dass es dir ganz schön schwer fallen wird, dich wieder ans Lernen zu gewöhnen«, sagte sie.
David war entschlossen, ebenso freundlich zu ihr zu sein. »Ja, aber ich bin doch sehr froh, dass ich Miss O'Hara hatte, wirklich. Nolan meinte, wir können uns glücklich schätzen, dass wir hier solche Lehrer haben. Oben in Dublin sind die Lehrer richtige Gauner, sagt er, sie verlangen ein Vermögen und können einem nichts erklären. Außerdem riechen sie noch nach Alkohol.«
Davids Vater lachte von der anderen Seite des Kamins herüber. »Dein Freund Nolan hat nichts als Unsinn im Kopf. Man kann doch bei keinem Beruf solche Verallgemeinerungen treffen, auch nicht bei meinem oder dem seines Vaters. Du meine Güte!«
»Du weißt doch, wie Nolan ist«, sagte David.
»Natürlich weiß ich das. Er ist ein gescheiter Bursche. Deine Mutter und ich haben ihn sehr gern. Du kannst ihn jederzeit wieder einladen oder einen anderen deiner Freunde. Unser Haus ist groß genug, wir haben eine Menge Platz. Und es ist angenehm, wenn hier im Haus ein bisschen was los ist.«
Das sind jetzt ganz andere Töne als heute Mittag – da hatte ich noch unsere Privatsphäre verletzt, dachte David. Er hörte sich sagen, dass er Nolan sehr gerne wieder einladen würde, und bedankte sich dafür, dass er Freunde mit nach Hause bringen durfte. Mrs. Nolan sei anscheinend immer noch sehr nervös, und wenn sie sich nicht gerade wegen möglicher Flöhe aufrege, sorge sie sich, dass die Decke herunterstürzen könnte. Nolan habe erzählt, dass sie ein Stärkungsmittel für die Nerven einnehme, aber das sei anscheinend nicht sehr wirksam.

*

Am Abend, bevor David zurück in die Schule musste, erzählte er seinen Eltern, dass er gerne Mrs. O'Hara besuchen und sich bei ihr richtig bedanken würde, vielleicht mit einem kleinen Geschenk. Davids Mutter meinte, dass Miss O'Hara damit gar nicht einverstanden wäre, man hätte sie schließlich angemessen entlohnt. Aber Dr. Power gab David Recht. Er könnte ihr doch eines der Bücher aus ihrem Bücherregal schenken, die habe Miss O'Hara immer so bewundert.

»Du musst aber deswegen nicht hinauf zu Dinny O'Haras Kate gehen«, meinte Molly.
»Dinny O'Hara liegt schon seit fünf Jahren auf dem Friedhof, es ist sehr unwahrscheinlich, dass er jetzt dem Grab entsteigt und einen schlechten Einfluss auf den Jungen ausübt«, entgegnete Paddy Power. David bemerkte, wie der Gesichtsausdruck seiner Mutter sich wieder verhärtete, sie kniff die Lippen zusammen.
Nellie half ihm dabei, ein Buch über irische Ortsnamen einzupacken. Sie nahmen die zerrissene Buchhülle ab, und darunter kam ein wunderschönes Buch zum Vorschein. Nellie bestaunte die kleine Schrift.
»Stell dir bloß vor, Angela O'Hara kann das alles lesen und versteht es auch noch. Nun, das kommt wohl davon, wenn man bei seinen Büchern bleibt.« Sie war mit Angela zusammen in die Klosterschule gegangen und war auch dort gewesen, als bekannt wurde, dass Angela ein Stipendium für eine Schule in der großen Stadt bekommen hatte. Damals waren die Nonnen so stolz darauf gewesen, dass eines ihrer Mädchen das Stipendium gewonnen hatte, dass sie sogar ihre Schuluniform eigenhändig anfertigten. Sie statteten die kleine Angela selbst für die Oberschule aus, weil sie wussten, dass jeder Penny, der in Dinny O'Haras Hände gelangte, sofort über den Tresen einer Bar wandern würde. Und dass er keine große Hilfe für das Fortkommen seiner kleinen Tochter war.
»Sie hat es verdient, dass es ihr jetzt so gut geht«, bemerkte Nellie unvermittelt, als sie das Papier an den Ecken sorgfältig faltete und das Paket fest zusammenschnürte. »Sie hat mit ihrem Erfolg und den guten Noten nie angegeben. Keiner kann behaupten, dass ihr das zu Kopf gestiegen ist.«
David war nicht der Ansicht, dass es Miss O'Hara so besonders gut ging. Sie war Lehrerin in dieser grässlichen Klosterschule und lebte hier in Castlebay mit ihrer alten Mutter zusammen – dabei wäre sie bestimmt viel lieber weit fortgegangen! Warum hätte sie sich sonst um all die Stipendien bemühen sollen? Er fand nicht, dass sie so überaus erfolgreich war, wie Nellie anscheinend dachte. Aber Nellie musste Angelas Leben natürlich wundervoll erscheinen. Angela musste nicht Kamin und Herd ausfegen, Böden schrubben, Betten machen, kochen, Geschirr spülen, Wäsche waschen und dann in die Kälte hinausgehen und aufpassen, dass der

Wind sie nicht davonwehte. In Nellies Vorstellung hatte eine Lehrerin ein bequemes und ruhiges Leben.
Nachdem David das Tor passiert hatte, wandte er sich nach links und folgte der Straße, die zum Golfplatz führte. Die Strecke war länger, als er sie in Erinnerung hatte. Kein Wunder, dass Miss O'Hara immer ihr Fahrrad benutzte! Im Haus der O'Haras brannte im Erdgeschoss Licht. Er hoffte, dass Angela und nicht ihre alte, auf zwei Stöcke gestützte Mutter aufmachen würde.
Aber als die Tür sich öffnete, stand Clare O'Brien vor ihm. Sie war schlank und aufgeweckt, hatte große braune Augen und trug ihr blondes Haar zu zwei Rattenschwänzen gebunden. Sie machte immer den Eindruck, als wollte sie gleich eine Frage stellen. Er erinnerte sich daran, wie er sie in der Echohöhle getroffen hatte und dass sie gesagt hatte, es müsste wie der Himmel auf Erden sein, wenn man von Miss O'Hara Privatunterricht erhielt, ohne den Rest der Klasse. Vielleicht war sie deshalb hier.
Clare schien erfreut, ihn zu sehen. »Sie bringt gerade ihre Mutter zu Bett. Die hat heute ganz schlimme Schmerzen und kann weder sitzen noch stehen. Miss O'Hara hat gesagt, dass sie in ein paar Minuten zurück ist. Willst du hereinkommen und dich setzen?«
David ärgerte sich ein bisschen darüber, dass sie hier war; er hatte beabsichtigt, vor Miss O'Hara eine blumige Rede zu halten, und zwar ohne Publikum. Aber er konnte der kleinen O'Brien kaum befehlen, nach Hause zu gehen, oder ihr sagen, dass er mit Miss O'Hara ein Gespräch unter vier Augen führen wollte. David sah sich in der Küche um.
»Ist es hier nicht wie in Aladins Höhle?«, flüsterte Clare ehrfürchtig.
Die Küche war typisch für eine Kate in dieser Gegend. Die Feuerstelle war durch einen kleinen Herd ersetzt worden. Den musste Angela von ihrem Lehrerinnengehalt gekauft haben – zu Dinny O'Haras Lebzeiten hatte es hier keinen Herd gegeben, und die wöchentliche Witwenrente der an Arthritis leidenden alten Frau reichte dafür nicht. Aber vielleicht schickten die Geschwister aus dem Ausland ja Geld, das wusste David nicht. Miss O'Hara sprach fast nie von sich und ihrer Familie, wie es in Castlebay sonst üblich war. Deshalb wollte man gern mehr über sie erfahren. David betrachtete die Wände. Überall waren Regale angebracht. In jeder

Nische gab es ein Regal, das bis zur Decke reichte, und darauf standen Zierat und Bücher, Keksdosen und noch mehr Bücher, Nähkörbchen und kleine Figuren. Clare hatte Recht. Es sah beinahe aus wie in einem Spielwarenladen auf einer Weihnachtskarte. Kein Millimeter Wand war ohne Regal, und auf den Regalen gab es keine Lücke, so voll gestopft waren sie, hauptsächlich mit Büchern.
»Sie weiß, wo jeder einzelne Gegenstand steht! Unglaublich!« Im Halbdunkel des Zimmers wirkten Clares große braune Augen größer denn je. Auf einem Tisch lagen Schreibpapier, ein Tintenfläschchen und Löschpapier. Miss O'Hara musste gerade mit Clare zusammen Briefe geschrieben haben, als sich der Zustand ihrer Mutter verschlimmerte.
»Bekommst du von ihr Stunden?«, fragte er. In seiner Stimme schwang eine Spur von Neid mit. Er hätte selbst auch viel lieber an diesem seltsamen, abgeschlossenen Ort gelernt, in dieser kleinen Welt, wo alles eine Geschichte und jeder Gegenstand seinen festen Platz hatte. Hier konnte man viel besser lernen als im Wohnzimmer seiner Mutter zwischen den Ausgaben von *Tatler and Sketch, Social and Personal* und *The Housewife*, die jeden Monat mit der Post aus England kamen. Wenn die Ausgaben ein paar Monate alt waren, wanderten sie in die Praxis; und dann gab es da natürlich noch die vielen Enzyklopädien und die großen, ledergebundenen Bücher, die allerdings nie gelesen oder auch nur ab und zu in die Hand genommen wurden. Niemand liebte sie so, wie alles hier in diesem Haus geliebt wurde.
»O nein, das wäre zu schön. Das wäre mir das Liebste auf der Welt. Wenn ich von Miss O'Hara Privatstunden bekäme, wäre ich ein Genie.« Sie meinte das nicht scherzhaft. Es war ihr ganz ernst.
Sie tat ihm Leid. Es musste furchtbar sein, wenn man nicht genug Geld für Bildung besaß. Man hielt so etwas immer für selbstverständlich.
»Vielleicht könntest du als Gegenleistung kleine Arbeiten für sie erledigen. Botengänge machen, kochen oder so etwas.«
»Daran habe ich auch schon gedacht«, sagte Clare ernst. »Aber ich glaube, es wäre nicht fair. Sie müsste sich dann den Kopf zerbrechen, was ich für sie tun könnte. Es wäre so, als würde ich sie um ein Almosen bitten.«
»Verstehe.« Das tat er wirklich.

»Aber heute Abend bin ich tatsächlich hergekommen, damit sie mir hilft. Ich möchte an den Konvent in der Stadt schreiben. Einen Brief, mit dem ich einen guten Eindruck machen will und in dem ich mich nach den Stipendien in zwei Jahren erkundige.«
Bei dem bloßen Gedanken daran begannen ihre Augen zu leuchten.
»Miss O'Hara hat dort vor Jahren selbst einmal ein Stipendium bekommen. Man muss dafür furchtbar klug sein, sagt sie, und es anpacken, als würde man Krieg führen.«
Da kam Angela O'Hara herein. »Du solltest nicht alle deine Geheimnisse preisgeben, Clare. Vielleicht verstellt sich unser kleiner Studiosus hier und will dir das Stipendium wegschnappen.«
Nolan hätte jetzt eine schlagfertige Bemerkung gemacht. Aber David fiel nichts ein, deshalb lachte er nur. »Ich sehe, ich störe. Sie schreiben gerade Briefe«, bemerkte er unsicher.
»Mach dir deshalb keine Gedanken, David. Clare schreibt ihren Brief praktisch allein, und ich sollte eigentlich meinem Bruder schreiben. Nur weiß ich nicht, was ihn interessieren könnte. Du weißt schon: Ich bin aufgestanden, zur Schule gegangen, habe Immaculata nicht erwürgt ... es ist im Grunde jeden Tag das Gleiche!«
»Was schreibt er denn? Ich kann mir vorstellen, dass seine Tage auch nicht abwechslungsreicher sind«, sagte David.
Angela holte einen Luftpostumschlag hervor, von dem die Briefmarke säuberlich abgetrennt war, für die Sammlung in der Schule. »Das Gleiche habe ich mir auch gerade gedacht ... Meine Mutter bewahrt alle seine Briefe auf, jeden einzelnen – sieh dir nur die vielen Schachteln an. Und man hat den Eindruck, als würde er sich ständig wiederholen. Aber es liest sich ganz unterhaltsam.«
»Wenn man älter wird, gibt es wohl nicht mehr so viel zu erzählen«, kam Clare ihr zu Hilfe.
»Oder wenn man ein anderes Leben führt als der andere«, meinte David. »Darum habe ich nie einen Brieffreund in Indien oder so gehabt. Wenn man einmal sein Leben beschrieben hat und er seines, gibt es nicht mehr viel zu sagen.«
»Daran wird's wohl liegen«, pflichtete Angela ihm bei. Sie nahm ein dünnes Blatt Luftpostbriefpapier und las ihnen vor:

Liebe Mutter, liebe Angela!
Vielen herzlichen Dank für Euren Brief, den ich gestern erhalten habe. Wir sind jetzt mitten in der Regenzeit, was unsere Arbeit sehr erschwert. Aber mit all der großartigen Unterstützung, die wir von zu Hause bekommen, kann Gottes Werk trotzdem vollbracht werden.
Ich wünschte, Ihr könntet die kleinen japanischen Kinder sehen – sie sind wirklich wunderschön. Aber bevor ich hierher in die Missionsstationen kam, hatte ich wohl nicht viel mit Kindern zu tun. Vielleicht sind die kleinen irischen Kinder sogar noch schöner ...

Angela brach ab und meinte, daran könne man leicht sehen, dass er noch keinen einzigen Tag in seinem Leben damit verbringen musste, kleine irische Kinder in einer Klosterschule zu unterrichten, sonst würde er anders darüber denken.
»Es klingt ein wenig wie der Brief, den er an die Schule geschrieben hat, nicht wahr?«, sagte Clare.
»Es klingt ein wenig wie alle seine Briefe«, antwortete Angela und steckte den Brief wieder ins Kuvert. »Ich glaube, er hat einfach nichts zu erzählen, was wir verstehen würden. Ich frage ihn selbst manchmal etwas, zum Beispiel, ob sie dort in der Mission viele japanische Priester weihen und wie es all den Chinesen ergangen ist, die sie bekehrt haben, bevor sie China verlassen haben. Ob sie wieder ihre alte Religion angenommen haben oder nicht. Aber solche Fragen beantwortet er nie.«
Sie schwieg eine Weile und hing ihren Gedanken nach. David hüstelte.
»Ich bin eigentlich gekommen, um mich zu verabschieden und mich bei Ihnen zu bedanken«, sagte er. »Und ich wollte Ihnen deshalb dieses Buch hier schenken.«
Angela setzte sich und griff schweigend nach ihren Zigaretten. Als sie dann zu sprechen anfing, klang ihre Stimme weicher, als David oder Clare sie je gehört hatten. »Das ist sehr, sehr lieb von dir«, sagte sie und nestelte mit gesenktem Kopf an den Knoten herum.
»Das ist nur ein alter Bindfaden, Sie können ihn durchschneiden, wenn Sie möchten«, sagte David hilfsbereit, und Clare suchte nach einem Messer. Miss O'Hara schnitt die Schnur entzwei, und alle beugten sich über das Buch. Während sie darin lasen und erfuhren,

woher Orte, die sie kannten, ihre Namen hatten, verging die Zeit wie im Flug. Sie waren alle entrüstet darüber, dass Castlebay nicht erwähnt wurde, und meinten, der Autor dieses Buches könne kein weit gereister Mann sein, wenn er einen so großartigen Ort wie Castlebay ausgelassen habe. Aus dem angrenzenden Zimmer hörte man ein Stöhnen, aber Miss O'Hara sagte, sie sollten nicht darauf achten. Es sei nur ihre Mutter, die versuche, eine angenehme Schlafposition zu finden, sie habe keine schlimmeren Schmerzen als sonst. Sie tranken eine Tasse Tee zusammen und aßen ein wenig braunes Brot dazu, und schließlich schickte Miss O'Hara sie nach Hause, damit niemand auf den Gedanken komme, sie seien entführt worden.

*

Angela sagte sich, dass sie wegen Davids Geschenk nicht so sentimental werden durfte. Natürlich war es sehr aufmerksam von dem Jungen gewesen, aber schließlich hatte er ein schönes, friedliches Heim, wo es genügend Zeit für Höflichkeiten gab und es ruhig und behaglich zuging. Und sein Vater war einer der großzügigsten Männer, die je auf Gottes Erdboden wandelten. Der Junge war von Natur aus gescheit und großzügig. Trotzdem war es einfach so viel mehr als alles, was sie von ihren Schülerinnen im Konvent je erwarten konnte. Die Hälfte von ihnen würde nie einen Abschluss machen, und kaum jemand würde nach seiner Schulzeit je wieder ein Buch zur Hand nehmen, höchstens vielleicht mal einen Roman oder eine Zeitschrift.

Clare war natürlich eine Ausnahme. Sie war diejenige, für die es sich lohnte. Angela stellte sich vor, wie es wäre, eine Klasse voller Clare O'Briens – oder David Powers – zu unterrichten. Sie seufzte. Es war – wie David gesagt hatte – ein Jammer, dass sie nicht als Mann geboren worden war. Sie hätte Priester werden und intelligente Jungen unterrichten können, in einer Schule, in der der Direktor nicht in Ohnmacht fiel, wenn sie um einen Globus bat.

Sie fragte sich, ob Sean seine Entscheidung, chinesische und japanische Arbeiterkinder in Pidgin-Englisch zu unterrichten, je bereut hatte. Ob es ihm wohl gefallen hätte, in einem efeuüberwucherten College zu arbeiten und zu leben, einem College, das Jungen wie David Power und Nolan besuchten? Hätte Sean es genossen, die Abende mit Studium und Andacht zu verbringen und, in Kreuzgängen wandelnd, im Brevier zu lesen oder in einem Speisesaal über Philosophie zu diskutieren? Aber im Grunde erübrigten sich diese Fragen, denn ihr Bruder Sean hatte sich nie für etwas anderes als für ein Leben als Missionar interessiert. Er war dem Weg, der ihn dorthin führen würde, schnurgerade gefolgt, ohne jemals innezuhalten, um darüber nachzudenken oder sich zu fragen, ob ihn jemand vermisste. Angela vermisste ihn zuweilen, und seine Briefe, die in letzter Zeit ohnehin wenig Neues enthielten, genügten nicht, um ihm nahe zu kommen.

Ihrer Mutter gegenüber konnte sie so etwas nicht einmal andeuten. Die bewahrte alle seine Briefe in einer Schachtel auf und notierte jedes Mal mühsam auf dem Umschlag das Datum, an dem sie den Brief erhalten hatte, als ob es irgendwann einmal jemand nachprüfen würde. Die Briefmarken wurden für die Briefmarkenkollekte in der Schule säuberlich abgetrennt. Mrs. O'Hara las Seans Briefe nie ein zweites Mal, aber sie kannte die Namen all der Dörfer, Niederlassungen und Ortschaften landauf- und abwärts trotzdem fast auswendig. Sie kannte sie sogar besser als die Gegend um Castlebay, die sie schon lange nicht mehr mit eigenen Augen gesehen hatte, weil sie nicht mehr laufen konnte. Angela fragte sich manchmal, worüber ihre Mutter den ganzen Tag lang nachdenken würde, wenn sie nicht so einen wohl geratenen Sohn hätte, der Missionar war und ihre Gedanken beschäftigte.

*

Als sie wieder zurück in der Schule waren, erzählte Nolan jedem, dass dieser Power es faustdick hinter den Ohren habe. Sie müssten nur mal sehen, wie herrschaftlich er lebe, in einem großen Haus hoch oben auf den Klippen, und von dort aus führe ein eigener Privatweg zum Meer hinunter. Sie hätten ein Mädchen und einen Labrador, und jeder im Ort kenne sie beim Namen und grüße sie. David fand zwar, dass es ein bisschen weit ging, Bones als Labrador zu bezeichnen, räumte aber ein, dass der Rest größtenteils stimmte. Er befand sich auch plötzlich im Mittelpunkt der Aufmerksamkeit, weil er Nolan zu einer Party mitgenommen hatte, auf der richtige Sexspiele gespielt worden waren. Dies hatte viele neugierige Fragen zur Folge, wobei David gern gewusst hätte, wie eingehend Nolan die unschuldigen Knutsch-Spiele beschrieben hatte, mit denen sie sich am Feuer vergnügt hatten, bevor der Alkohol seine Wirkung zeigte und alle zu beduselt waren, um überhaupt irgendetwas zu spielen. Aber es tat gut, ein Held zu sein, und so ließ David ein wissendes Lachen vernehmen.

Er freute sich auch sehr über Father Kellys Lob, er sei ein beispielhafter Schüler und hätte den Unterrichtsstoff, über den man jedem Schüler einen Abriss mitgegeben hatte, als die Schule wegen Scharlach geschlossen worden war, bewältigt. Er hatte sämtliche Aufsätze geschrieben, alle Gedichte auswendig gelernt, die Fragen zur Geschichte schriftlich beantwortet und mit sauber ausgearbeiteten Karten und Stammbäumen illustriert, zudem den gesamten Mathematik- und Geografiestoff durchgearbeitet und auch sämtliche Übungen im Gälischen und Lateinischen gemacht.

»Hast du Privatunterricht bekommen? Nun, der Lehrer war auf jeden Fall ein fähiger Mann«, sagte Father Kelly. Es war einer der seltenen Augenblicke, in denen er etwas guthieß.

»Eigentlich war es eine Frau, Father«, entgegnete David entschuldigend.

Father Kelly zog die Augenbrauen zusammen: Er war mit seinem Lob zu voreilig gewesen. »Ach ja, wahrscheinlich sind einige von ihnen gar nicht schlecht.« Er bemühte sich, gerecht zu sein, hatte aber bereits das Interesse an der Sache verloren.

David erzählte Nolan, dass Gerry Doyle eine Schwester habe, die fantastisch aussehe, eine richtige Schönheit, und dass Gerry sie in jener Nacht nicht zur Höhle mitbringen wollte.

Nolan fand das völlig in Ordnung, so wie er immer alles in Ordnung fand. »Natürlich konnte er seine eigene Schwester nicht dahin mitnehmen«, sagte er, als verstünde sich das von selbst, »ich hätte *meine* Schwester auch nicht mitgenommen. Wir hätten Caroline niemals zu einer *solchen* Party mitgenommen, wo alle ... nein, da hätte sie nicht hingepasst. Gerry Doyle hatte ganz Recht. Wird sie dir schreiben?«

»Ich habe sie nicht darum gebeten.«

»Recht so, Power, du hast den Dreh raus. Du bist nicht leicht zu haben. Lass sie nur zappeln, das mache ich auch immer so.«

»Schreibt dir Alice dieses Schuljahr wieder?«

»Nein, ich denke, ich habe genug von Alice«, erwiderte Nolan in einem Ton, der verriet, dass Alice genug von ihm hatte.

Nolan erzählte, dass seine Mutter jetzt nicht mehr ganz so pingelig sei und dass sie eingewilligt habe, im nächsten Sommer die Ferien am Meer zu verbringen. Nolans ganze Familie hätte sich das schon seit Ewigkeiten gewünscht, aber seine Mutter hatte immer dagegengehalten, dass es am Meer jede Menge Ratten, Käfer und Seeschlangen gebe. Ihrer Darstellung nach sei der heilige Patrick gegenüber jenen riesigen Schlangen, den Aalen, die die Strände im ganzen Land bevölkerten, machtlos gewesen, er habe nur die Landschlangen vertreiben können. Nun nahm sie jedoch Tabletten, die ihr halfen, das zu verdrängen, und so wollten sie sich erkundigen, wie man eines der Häuser oben auf den Klippen von Castlebay mieten könne. Weil Nolan mit so begeisterten Berichten über den Ort nach Hause gekommen war, wollten sie es zuerst dort versuchen. David war hocherfreut: Der Sommer würde aufregend werden, wenn Nolan und seine Familie nach Castlebay kamen.

*

Angela sagte zu Clare, sie müsse den Brief selbst schreiben, da es keinen Sinn hätte, einer Zehnjährigen die Worte einer Erwachsenen in den Mund zu legen. Angela würde ihn nur auf Rechtschreibung und Stil durchsehen. Sie brachte Clare einen unlinierten Schreibblock, bei dem man unter das Blatt, das man gerade beschrieb, eine Vorlage mit dicken Linien legen musste. Clare sollte im Konvent anfragen, ob es eine bestimmte Richtung gab, auf die sie sich mit dem Lernen konzentrieren sollte, da sie sich so sorgfältig wie möglich auf die Auswahl für das offene Stipendium 1952 vorbereiten wolle. Clare versuchte, die Worte »sorgfältig« und »konzentrieren« im Gedächtnis zu behalten, aber Angela verbot es ihr: Sie solle lieber ihre eigene Formulierung verwenden, damit sie wie sie selbst wirke und man sich zu gegebener Zeit an sie erinnere. Außerdem solle sie den Nonnen schreiben, dass ihre Eltern Geschäftsleute seien. Clare fragte sich, ob das wirklich zutraf; aber dann erzählte ihr Angela, dass sie damals in der gleichen Situation so getan hatte, als besäße ihr Vater einen ansehnlichen Bauernhof, dass er aber im Moment infolge der Unruhen in Not geraten sei,

was 1932 durchaus einleuchtend klang. Es hätte ihr nur geschadet, wenn sie zugegeben hätte, dass sie die Tochter eines stadtbekannten Trinkers war, die darauf brannte, im Leben voranzukommen.
»Glauben Sie, es besteht Hoffnung, dass ich es schaffe? Sehen Sie, ich möchte mich nicht noch einmal so hineinsteigern wie ... nun ...«
»Wie beim Geschichtswettbewerb.« Miss O'Hara nickte. »Nein, ich glaube, du hast eine Chance, eine gute Chance sogar, wenn du bis zum Umfallen arbeitest. Oh, und erzähle niemandem davon. Es ist irgendwie leichter, wenn es keiner weiß.«
»Aber David Power hat es doch schon mitbekommen.«
Das zähle nicht, meinte Miss O'Hara, er hätte es ohnehin längst vergessen. Aber Clare solle es in der Schule und zu Hause nicht erwähnen, es würde die Leute nur aufregen. Clare stimmte zu. Zu Hause gebe es auch ohne ein eventuelles Stipendium in ferner Zukunft schon mehr als genug Aufregung.
Tommy und Ned hatten sich vorgestellt und konnten es kaum erwarten, nach England zu kommen. Sie hatten gehört, dass man dort nach dem Krieg massive Wiederaufbauarbeiten in Angriff genommen habe; dass es haufenweise ausgebombte Häuser gebe, die nur darauf warteten, wiederhergestellt zu werden; und dass neue Verbindungsstraßen zwischen den Orten geplant würden und Behausungen für all jene, die durch die Luftangriffe obdachlos geworden seien.
Der Mann, der für zwei Stunden in Dillon's Hotel gekommen war, hatte sich ihre Namen und Adressen notiert. Er hatte sie kaum etwas gefragt und ihnen lediglich aufgetragen, sich bei ihm zu melden, wenn sie angekommen wären; sie sollten aber erst kommen, wenn das Wetter besser sei. Sie würden keine Schwierigkeiten haben, eine Unterkunft zu finden; an den Straßen um Kilburn und Cricklewood lebten jede Menge Iren, die hocherfreut darüber wären, irische Burschen als Logiergäste aufzunehmen, und sie wie ihre eigenen Kinder behandeln würden. Tommy und Ned wären nicht auf fremde Engländer angewiesen. Der Mann sagte auch, er sei ein Geschäftsmann, der für seine Landsleute eine faire Bezahlung aushandeln könne; er sehe es nicht gerne, wenn irische Burschen zum Narren gehalten würden; er würde sich da drüben schon um sie kümmern.
Clares Vater fragte sich, ob der Mann wohl ein Hochstapler war.

Warum sollte er das alles aus reiner Menschlichkeit für sie tun? Warum war er kein Arbeitsvermittler, der wie alle anderen Agenturen eine Gebühr verlangte? Das ergab Sinn, das konnte man verstehen; aber sein Vorgehen war nur schwer nachzuvollziehen: Ein Mann mit offenem Hemdkragen kam in Dillons Hotel, gab ihnen einen Zettel, auf dem sein Name stand, und versicherte ihnen, er sei jeden Freitag in einem der beiden Pubs von Kilburn zu finden – das klang irgendwie verdächtig.

Aber Tommy und Ned kümmerten sich nicht um seine Bedenken. Was hatten sie schon zu verlieren? Wenn sich nach einer Woche herausstellen sollte, dass sie nicht den vollen Lohn ausbezahlt bekamen, konnten sie dort kündigen und es bei einer der Agenturen versuchen, von denen Dad gesprochen hatte. Sie waren nicht an ihn gebunden. Er hatte gesagt, er wolle nichts Schriftliches von ihnen, nichts, was die Sache in irgendeiner Weise komplizieren könne. Sie sollten sich lieber darüber freuen, dass er ihnen seinen Namen gegeben habe und sie somit eine Kontaktperson in England hätten, die ihnen wohl gesonnen sei, anstatt viel Wind um alles zu machen.

Tommy war von der Schule abgegangen. Er hatte keinen Abschluss, keine Zeugnisse und konnte nach all den Jahren, die er in der Schule verbracht hatte, kaum schreiben und lesen. Clare dachte wehmütig an jenen Abend, als David Power in Miss O'Haras Küche gekommen war und ihr das Buch geschenkt hatte. Tommy hätte es achtlos beiseite gelegt. Er konnte nicht einmal die Aufschrift auf einer Schachtel im Laden vorlesen, wenn ihn jemand darum bat. Er las keine Zeitung und würde nun, da er nicht mehr in der Schule war, nie wieder ein Buch aufschlagen. Bevor er nach London ging, um sein Glück zu machen, sollte er seinem Vater eigentlich dabei helfen, im Laden Ordnung zu schaffen. Aber die meiste Zeit hing er nur herum.

Clares Vater stellte gerade die Regale um, was eine schwierige Angelegenheit war, wenn gleichzeitig die Kunden bedient werden mussten. So erledigte man diese Arbeit größtenteils am Abend nach Ladenschluss. Natürlich konnte man bei den O'Briens nie richtig schließen: Wenn Mrs. Conway ein Pfund Zucker brauchte oder Miss O'Flaherty zu ihrem abendlichen Tee ein paar Kekse haben wollte, konnte man ihnen das nicht verwehren.

Aber nach sechs Uhr abends ebbte der Kundenstrom ab, und man hörte immer seltener das Klingeln der Ladenglocke, die verkündete, dass jemand in der Ladentür stand und die kalte Meeresbrise einließ, bis die Tür wieder ins Schloss fiel.
Im letzten Sommer, als sie versucht hatten, mitten in all dem Gedränge auch noch Eiscreme zu verkaufen, war es im Laden sehr beengt zugegangen; deshalb wollte Tom dieses Jahr die Eistruhe an die Wand rücken. Die Schokolade und Süßigkeiten würden über der Truhe liegen, und das Obst daneben; auf diese Weise konnte man die Kunden vom Strand alle in einem Bereich bedienen. Diejenigen, die Häuser an der Cliff Road gemietet hatten, konnten sich in einem weniger voll gepfropften Teil des Ladens in aller Ruhe durch den Kopf gehen lassen, was sie kaufen wollten, und sich schließlich wie immer für gekochten Schinken und Tomaten entscheiden. In der Theorie war das alles gut und schön, aber es war schwer, das Vorhaben auszuführen und sich dabei zu merken, wo alle Artikel jetzt standen. Jeden Abend scheuerten sie zusammen Regale und nagelten neues Wachstuch darauf. Der Fußboden war immer wieder aufs Neue eine Enttäuschung; das Linoleum hätte eigentlich ausgewechselt werden müssen, aber dafür fehlten natürlich die Mittel. Deshalb verlegten sie nur in der Nähe der Tür, wo der Belag am schlechtesten war, ein neues Stück. Kartons, in denen nur noch ein paar Artikel lagen, wurden geleert und ordentlich im Lager gestapelt. Die Sommergäste rissen sich darum, und die Ware wurde oft ohne Karton geliefert. Man tat also gut daran, immer einen Vorrat leerer Schachteln auf Lager zu haben.
Es war eine sinnvolle Arbeit, aber sie ging auf Kosten der Zeit für die Hausaufgaben. Miss O'Hara hatte für jede Schülerin in der Klasse eine Karte von Irland gezeichnet, die noch nicht beschriftet war. Sie sollten sie auf jede vierte Seite des Geschichtshefts durchpausen oder sie abzeichnen. Wenn sie dann im Unterricht die Schlachten, Verträge, Märsche und Ansiedlungen der protestantischen Siedler durchnahmen, sollten sie die entsprechenden Orte jeweils in ihren eigenen Karten eintragen und wüssten dann, was sich wo zugetragen hatte. Clare war gerade in die Schlacht von Kinsale vertieft, sie zeichnete kleine spanische Schiffe und die Armee von Red Hugh O'Donnell auf ihrem Weg

nach Süden, als sie eine Stimme nach ihr rufen hörte. Sie konnte ja so tun, als würde sie nichts hören ... Doch das war genau das Falsche. Ihre Mutter riss die Tür auf und stand wutschnaubend vor ihr.

»Du spielst wohl vornehme Dame, liegst faul auf dem Bett herum, wenn man dich braucht!«

»Ich liege nicht faul herum, schau mal, ich fülle diese Karte hier aus.«

»Mir reicht es jetzt mit diesem kindischen Zeug! Du bist doch schon ein großes Mädchen; geh sofort nach unten und hilf deinem Vater. Wir rufen schon seit Ewigkeiten, und du hast nicht gehört.«

»Das sind meine Hausaufgaben.«

»Sei nicht albern. Niemand muss als Hausaufgabe Schiffe und kleine Männchen zeichnen. Hör *sofort* auf damit und komm nach unten. Dein Vater möchte, dass ihm jemand dabei hilft, die oberen Regale sauber zu machen, bevor wir wieder etwas hinaufstellen.«

»Aber wie sollen wir da je wieder rankommen? Es ist doch unsinnig, da oben etwas hinzustellen.«

»Willst du das hier in deinem Zimmer besprechen, oder kommst du endlich nach unten, wie man es von dir verlangt?«

*

»Was hast du denn vor, Chrissie? Wir wollen heute Abend die ganzen alten Zettel von den Fenstern abmachen ...«

»Oh, Mam, ich kann nicht bleiben, ich gehe zu Peggy ... sie will mir zeigen, wie man ein Kleid näht.«

»Ein Kleid?«

»Ja, sie hat ein Schnittmuster, und sie sagt, es ist ganz leicht, den Stoff danach zuzuschneiden. Wir werden bald alle unsere Kleider selbst nähen können.«

»In Ordnung, aber komm nicht zu spät nach Hause.«

»Nein, bestimmt nicht. Tschüss, Mam.«

»Clare, was machst du gerade?«

»Den Passatwind. Wir müssen alles darüber wissen, woher er weht und warum er die Flotten von ...«

»Das reicht. Hol eine Schüssel mit Seifenwasser und komm mit. Die Fenster da sind eine Schande, man kann gar nicht mehr durchsehen.«

*

»Clare, Kind, ich weiß, du bist gerade mitten im Lernen, aber könntest du deiner Mutter nicht waschen helfen? Sie hat es nicht gerade leicht mit uns.«

»Waschen, Dad?«

»Die Wäsche waschen. Ich hab' ihr gesagt, sie soll sich doch mal hinsetzen und eine Tasse Tee trinken, aber sie meint, das geht nicht, weil sie noch einen Berg Wäsche zu waschen hat. Wenn du einmal einen eigenen Haushalt hast, musst du die Wäsche auch selbst waschen. Jetzt könntest du zur Abwechslung mal lernen, wie man richtig wäscht. Sei ein braves Mädchen.«

»Was ist denn mit Chrissie, Dad? Könnte sie es nicht heute Abend machen, und ich mache es dann das nächste Mal. Ich muss noch diese Sage lernen. Da kommen alle möglichen schrecklich schwierigen Namen vor.«

»Chrissie macht mit Kath Hausaufgaben.«

»Puh«, machte Clare.

»Du könntest dir die Namen laut vorsagen, während du wäschst«, meinte ihr Vater.

»Nein, dann wird das Buch nass. *Muss* ich denn, Dad?«

»Du *musst* nicht. Ich dachte, es würde dir Freude machen, deiner Mutter zu helfen.«

»Und Tommy oder Ned?«, fragte sie ohne viel Hoffnung.

»Nun, wenn das alles ist, was dir dazu einfällt ...« Er wandte sich empört ab. Vorzuschlagen, dass die *Jungen* die Wäsche waschen! Clare war wirklich ziemlich schwierig.

»Also, dann *gut*!«, Clare schlug die Geschichte von Jason und dem Goldenen Vlies wieder zu. Sie kannte bis jetzt nur Jason, seinen Vater, seine beiden bösen Stiefonkel und den Namen des Schiffs. Da hatte sie noch einiges vor sich, sie würde morgen Früh aufstehen müssen ... wieder einmal.

*

»Clare, komm her. Ich bringe dir Stopfen bei.«
»Nein, Mammy, ich will nicht stopfen lernen.«
»Du willst doch sonst immer alles lernen! Schau, es ist ganz einfach. Siehst du dieses Loch? Man muss nur ein Gitter machen ...«
»Nein, Mam, ich will nicht wissen, wie das geht. Ich möchte es nicht lernen. Nie!«
»Warum denn nicht, Kind? Wenn du erst deinen eigenen Haushalt hast, wirst du wissen wollen, wie es geht.«
»Aber wenn ich es jetzt schon weiß, muss ich Tommys Socken und Neds und Dads und Jims und Bens Socken stopfen, und vielleicht sogar die von Chrissie.«
Agnes legte den Arm um die kleine, magere Gestalt und lächelte.
»Was du doch für ein seltsames kleines Ding bist.«
»Nein, Mammy, ich bin ein vernünftiges kleines Ding. Ich werde nie stopfen lernen. Niemals!«
Agnes war verärgert, dass ihre zärtliche Geste zurückgewiesen wurde. »Mach, was du willst. Du kannst das Geschirr spülen, wenn du nicht die Gelegenheit nutzen willst, etwas von mir zu lernen.«
»Aber ...«
»Chrissie ist nicht zu Hause. Ihre Klasse hat heute ausnahmsweise länger Unterricht.«
»Schon gut«, sagte Clare niedergeschlagen, »das war ja zu erwarten.«

*

»Bist du erkältet, Clare?«
»Nein, Mam, ich habe nur gehustet. Ich glaube, mir ist Staub oder so was in die Kehle gekommen.«
»Dann trink ein bisschen Wasser.«
»Gut.«
»Clare, bleib nicht den ganzen Tag in der Küche. Komm zurück und hilf mir mit den Schachteln da, und wickle dir einen Schal oder ein Halstuch um den Mund, damit du nicht den ganzen Staub einatmest.«
»Mam, wenn wir hier fertig sind, kann ich dann meine ...«
»Deine Hausaufgaben machen, deine Hausaufgaben machen! Warum bist du eigentlich die Einzige in der Familie, die sich im-

mer auf ihre Hausaufgaben rausreden muss? Sieh dir doch mal die anderen an.«
»Ich weiß. Sieh sie dir an, Mam.«
»Was soll das denn wieder heißen?«
»Nichts.«

*

Clare musste ihre Hausaufgaben oft im Bett machen, es war sonst buchstäblich kein anderer Platz dafür da, und auch keine Zeit. Das ärgerte Chrissie ziemlich. Wenn Clare die Taschenlampe anknipste, schimpfte sie laut.
»Du störst meinen Schlaf und ruinierst dir die Augen. Bald wirst du blind sein, dann brauchst du einen weißen Stock, und wir müssen dich an der Hand fuhren«, sagte Chrissie mit Genugtuung.
»Halt die Klappe, Chrissie, ich lerne gerade. Wenn du mich ständig ablenkst, kann ich es mir nicht merken.«
Chrissie war über ihre entschiedene Antwort überrascht. »Wenn du nicht mit diesem Gemurmel und dem Lernen aufhörst und die Taschenlampe noch weiter brennen lässt, werde ich dich verpetzen. *Das* wird wirken.«
Keine Antwort. Clare hatte sich die Finger in die Ohren gesteckt und murmelte mit geschlossenen Augen immer wieder die Worte *Do Ghealadh mo chroi nuair chinn Loch Greinne* vor sich hin.
»Du bist wirklich stur«, fing Chrissie wieder an. »Du kannst mir doch nicht erzählen, dass du keine einzige Zeile davon behalten hast, nachdem du es dir die ganze Zeit vorgesagt hast?«
»Ich weiß nicht, was *Ghealadh* bedeutet. Es ist schwer, sich etwas zu merken, wenn man nicht weiß, was es heißt.«
»Ach, hör doch auf, du kennst kein *einziges* von diesen Wörtern. Niemand weiß, was gälische Gedichte bedeuten. Das sind doch nur Buchstaben.«
»Es bedeutet, dass etwas *mit meinem Herzen geschehen ist, als ich Loch Greinne sah*. Aber ich weiß nicht, *was* geschehen ist. Was könnte *Ghealadh* bedeuten?«
»Es könnte ›aufhören‹ bedeuten. ›Mein Herz hörte plötzlich auf zu schlagen, als ich Loch Greinne sah.‹« Chrissie lachte über ihre Schlagfertigkeit.

»Hast du es denn nicht gelernt, als du in meiner Klasse warst?«
Chrissie zuckte mit den Schultern. »Vielleicht. Ich habe es vergessen. Ich vergesse alles wieder. Wozu soll ich es mir merken?«
Clare hatte die Nase wieder in ihrem Buch.
»Ich habe es vorhin wirklich ernst gemeint. Ich werde dich verpetzen, und dann wirst du ganz schön Ärger bekommen. Ich werde sagen, dass du mich vom Schlafen abgehalten hast, weil du ständig diese Gedichte herunterleierst und dabei so tust, als würdest du sie verstehen. Warte nur. Dafür wirst du noch büßen.«
»Nein, werde ich nicht«, entgegnete Clare. »Ich werde für gar nichts büßen. *Du* bist diejenige, die büßen wird. Man wird sich fragen, warum du nie Hausaufgaben machst und warum du überhaupt nichts weißt. Man könnte sich vielleicht sogar fragen, was du, Kath und Peggy ständig zusammen aushecken. Du wirst überhaupt nichts sagen, und das weißt du ganz genau. Würdest du jetzt also bitte den Mund halten, damit ich endlich hiermit durchkomme und schlafen kann?«

*

Angela wartete im Sprechzimmer. Außer ihr war nur noch eine andere Patientin da, die alte Mrs. Dillon vom Hotel. Angela hätte eigentlich gedacht, dass der Doktor bei ihr einen Hausbesuch machen würde, aber Mrs. Dillon flüsterte ihr zu, dass sie heimlich hier sei. Sie habe ihrer Familie erzählt, dass sie in die Kirche gehen wolle, um das dreißigtägige Gebet zu sprechen, aber stattdessen sei sie hierher gekommen, um dem Doktor zu erzählen, dass ihre Schwiegertochter dabei war, sie zu vergiften. Angela seufzte. Der arme Dr. Power! Er bekam vermutlich genauso viele Beichten zu hören wie Father O'Dwyer. Angela machte es sich mit einer alten Ausgabe von *Tatler and Sketch* gemütlich und begann zu lesen, was oben in Dublin so los war. Sie stellte sich auf eine lange Wartezeit ein. Aber schon nach ein paar Minuten schob Dr. Power Mrs. Dillon wieder zur Tür hinaus. Die alte Frau strahlte übers ganze Gesicht.
»Jetzt haben Sie sogar noch Zeit für das dreißigtägige Gebet. Und beten Sie auch ein paar *Gegrüßet seist du, Maria* für mich«, rief der Doktor ihr nach.

»Die haben Sie bestimmt nicht nötig, Herr Doktor. Sie sind doch ein richtiger Heiliger«, rief Mrs. Dillon zurück.
»Sie sagt nur die Wahrheit.« Angela stand auf und ging mit ihm über den Flur.
»Nein. Ich bin ein richtiger Lügner, das ist alles.«
»Was haben Sie ihr denn erzählt?«
»Ich habe ihr erzählt, dass ich diese Woche das Hotel auf den hygienischen Zustand untersucht habe und dass ich Geräte hätte, die Gift auf tausend Meter Entfernung aufspüren könnten. Aber in Dillon's Hotel gäbe es nicht die geringste Spur davon. Ich habe ihr gesagt, es sei allgemein bekannt, dass die Leute bei kalter Witterung das Gefühl haben, das Essen schmecke anders. Dann habe ich ihr eine Flasche Hagebuttensirup mitgegeben, und jetzt ist sie mit sich und der Welt zufrieden.«
Angela lachte: Er sah aus wie ein Lausejunge, den man beim Flunkern erwischt hatte.

*

»Und wer vergiftet *Sie*, Angela? Etwa Mutter Immaculata da oben im Konvent?«
»Nicht schlecht geraten. Ich glaube, das würde sie oft gerne tun. Nein, es handelt sich nicht um Gift, es geht um den Schlaf.«
»Zu viel oder zu wenig davon?«
»Fast gar keiner.«
»Seit wann?«
»Seit drei Wochen jetzt.«
»Wissen Sie, wieso? Machen Sie sich über etwas Sorgen? Haben Sie ein Problem?«
»Ja.«
»Und kann man etwas dagegen tun?«
Sie schüttelte schweigend den Kopf.
Er wartete, aber sie sagte nichts weiter. Schließlich nahm er einen Rezeptblock, aber er schüttelte den Kopf dabei. »Ich werde Sie nicht die ganze Nacht wachliegen lassen. Natürlich können Sie etwas haben. Aber Angela, Kind, es hilft Ihnen nicht weiter. Sie betäuben sich nur damit.«
»Das weiß ich. Danke, Doktor.«

»Ich bin nicht immer so ein Plaudertäschchen wie bei der alten Mrs. Dillon. Falls es Ihnen helfen würde, darüber zu reden – ich kann es *wirklich* für mich behalten. Das tue ich eigentlich immer.«

»Das müssen Sie mir nicht erst sagen, Dr. Power. Ich denke noch immer daran, wie fabelhaft Sie sich bei der Geschichte mit meinem Vater verhalten haben.« Aber sie blieb unbeugsam. Sie dankte ihm und sagte, sie werde gleich zu Mr. Murphy gehen, bevor er schließe. Müde lächelte sie Dr. Power an, und er bemerkte, dass sie vor Schlafmangel schon schwarze Ringe unter den Augen hatte. Soweit er wusste, war es nicht wegen eines Mannes – das hätte er in einem so kleinen Ort wie Castlebay längst erfahren. Noch unwahrscheinlicher war eine Schwangerschaft nach einem flüchtigen Abenteuer – und außerdem würde das Angela O'Hara nicht den Schlaf rauben. Als dieses Mädchen da oben in der Klosterschule schwanger geworden war, war sie der ruhende Pol gewesen; nüchtern und überlegt hatte sie getan, was zu tun war, als alle anderen nur aufgeregt herumgeschwirrt waren. Angela war diejenige gewesen, die daran gedacht hatte, dass man dem Mädchen erklären musste, wie das Kind auf die Welt kommen würde. Und es war Angela gewesen, die vorgeschlagen hatte, den Onkel des Mädchens nach England zu verfrachten, zusammen mit der unmissverständlichen Warnung von einigen entschlossenen Burschen, dass er seines Lebens nicht mehr sicher wäre, wenn er sich je wieder in Castlebay blicken ließ. Das war vor etwa vier Jahren gewesen. Angela hatte sich doch gewiss nicht selbst in so eine prekäre Lage gebracht? Er seufzte und ging ins Wohnzimmer. Molly saß am Kamin und las. »Nichts verändert sich, nichts wird viel besser«, sagte er schwermütig.

Sie sah überrascht auf. Normalerweise war er ein Optimist und sah immer einen Hoffnungsschimmer, wo Leben war. »Liegt jemand im Sterben?«, fragte sie.

»Nein, das ist es nicht. Ist es nicht ein Jammer, dass ich kein Schiffsarzt geworden bin?«

»Sei nicht albern, Paddy, dafür kannst du nicht gut genug tanzen. Die tun doch die ganze Zeit nichts anderes. Die haben mit Krankheiten und Patienten nichts zu tun.«

Sie sieht hübsch aus, dachte er. Wenn sie guter Laune war und ihn aufmunterte, sah sie jünger aus. Nur wenn sie unzufrieden war, nahm ihr Gesicht die Züge ihrer Mutter an – den Schmollmund, das Doppelkinn –, einer Frau, die schon bei ihrer Geburt unausstehlich gewesen sein musste und ihr Leben damit verbracht hatte, den Menschen um sie herum das Leben schwer zu machen. Bis sie schließlich in ihrem letzten Lebensjahr einen Herzinfarkt erlitt, und zwar als sie sich gerade darüber beschwerte, dass sie zu ihrem siebzigsten Geburtstag nicht genügend Geschenke bekommen hätte.

»Ich bin wohl ein ziemlicher Dummkopf«, sagte er und ging zur Anrichte, wo die Getränke standen. Einen Augenblick lang schwebte seine Hand über dem Sherry, aber dann entschied er sich für den Whiskey. Was konnte so schlimm sein, dass Angela O'Hara es ihm nicht erzählen wollte?

*

Angela bekam die Schlaftabletten von dem Apotheker. Sie vermied es bewusst, Mr. Murphy zu verbessern, der annahm, sie seien für ihre Mutter bestimmt.

»Arthritis ist ein schrecklicher Fluch, und wie Sie wissen, gibt es einfach kein Mittel dagegen. Noch vor ein paar Jahren wussten die Menschen nicht, was Arthritis ist; jetzt wissen sie es zwar, aber sie können es nicht heilen. Das ist kein sehr großer Fortschritt, wenn Sie mich fragen. Diese Tabletten hier werden sie wenigstens eine Nacht ruhig durchschlafen lassen«, sagte er.

»O ja«, entgegnete Angela.

»Sie sehen auch nicht sehr gut aus, Angela. Sie könnten etwas mehr Ruhe gebrauchen. Immer in der Schule da oben mit dem Geschrei der Kinder – ich weiß nicht, wie Sie das aushalten! Als wir zu dem Konzert gegangen sind, um Anna und Ned zu hören, sind wir fast taub geworden von dem Gekreische überall. Und Sie haben noch dazu Ihre arme Mutter ...«

»Ich habe Bärenkräfte, Mr. Murphy«, sagte Angela und schleppte sich aus der Drogerie hinüber zum Postamt. Sie war schon mit einem Fuß auf der Schwelle, als ihr plötzlich klar wurde, dass sie Mrs. Conway heute nicht ertragen würde – die hohe, gekünstelte Stimme, die Nachfrage, wie Bernie vorankam, und schließlich ein weiteres Mal die Erwähnung des Geschichtswettbewerbs. Angela würde auf die Frage, die sie ihr stellen wollte, keine Antwort bekommen, und sie hatte heute einfach nicht die Kraft, Mrs. Conways Redeschwall über sich ergehen zu lassen. Dabei konnte sie sich an Tage erinnern, da hätte sie es noch vor dem Frühstück mit zehn Mrs. Conways aufnehmen können. Aber das war, bevor sie diesen Brief bekommen hatte.

*

Der Brief war vor drei Wochen angekommen, mit all den schönen Briefmarken auf dem Umschlag, die sie normalerweise sofort herausschnitt und in das Kuvert auf dem Kaminsims steckte. Sie sammelten Briefmarken für die Mission, getrennt nach ausländischen und irischen Exemplaren. Einmal im Jahr bekam die Schule einen Brief, in dem ihr für ihren großen missionarischen Eifer gedankt wurde. Angela heftete diesen Brief immer ans schwarze Brett, weil sie wusste, dass es Immaculata ärgerte, vor allem, weil es für sie nichts daran zu mäkeln gab. Es war ihr nicht aufgefallen, dass dieser Brief sich von den anderen unterschied, dass er an sie allein adressiert war und nicht auch an ihre Mutter. Sie hatte den Vermerk *Vertraulich* darauf nicht bemerkt. Wie leicht hätte sie ihn öffnen können, während sie neben ihrer Mutter saß!

Der Brief begann so: »Angela, bitte lies diesen Brief allein. Ich wollte ihn zuerst an die Schule schicken, dachte aber dann, das würde noch mehr Umstände machen. Du wirst Dir etwas einfallen lassen müssen, weil ich ›Vertraulich‹ draufgeschrieben habe. Aber Dir fällt bestimmt etwas ein, Angela, nicht wahr?«

Und weiter hieß es dann, dass Sean das Kloster vor drei Jahren verlassen hatte; dass er mit einer Japanerin verheiratet war; und dass Father Seans erstes Kind vierzehn Monate alt und ein zweites unterwegs war.

Sean O'Hara hatte den Ordensbrüdern an seiner Schule schon in jungen Jahren erzählt, dass er den Wunsch habe, Missionar zu werden. Sie waren hocherfreut darüber, umso mehr, als die Schüler in diesem Alter meistens Lokomotivführer oder Eigentümer eines Süßwarenladens werden wollten. Von Zeit zu Zeit versuchten die Brüder, Sean zum Eintritt in ihren Orden zu bewegen; aber er

blieb fest in seinem Entschluss. Er wollte keine katholischen Schuljungen in Castlebay unterrichten, sondern in die Welt hinausziehen und Heiden zum Christentum bekehren.
Er war als Junge kein Heiliger gewesen, und keiner seiner Klassenkameraden glaubte ernsthaft, dass seiner Berufung auch nur der Schimmer von Frömmigkeit zu Grunde lag. Ihn lockte wohl eher das Abenteuer. Und sie waren sogar ein wenig neidisch, weil Sean all die exotischen Länder sehen würde. Er hatte sich nie darauf festgelegt, ob es Afrika, Indien oder China sein sollte. Der Bruder, der Geografie unterrichtete, war dem jungen Sean sehr dankbar, da er oft an Missionsorden schrieb und Erkundigungen über ihre Arbeit einholte; als Dank für die Zeitschriften und Broschüren organisierte Sean für sie eine Silberpapierkollekte.
Als er etwa dreizehn war, gelang es ihm sogar, einen Missionar dafür zu gewinnen, bei ihnen an der Schule einen Vortrag zu halten. Der Priester gab ihm den Rat, sich in der Schule möglichst anzustrengen, dann würde man ihn vielleicht in ein Seminar aufnehmen; darüber hinaus sei eine gute Allgemeinbildung für diesen Beruf die beste Voraussetzung.
Sean war drei Jahre älter als Angela, aber er fand in ihr eine willige Verbündete. Sie lieh in der Klosterschule für ihn Bücher aus; sie half ihm dabei, allabendlich nach dem Vater zu suchen und einen Nachbarn aufzutreiben, der bereit war, ihn mit ihnen zusammen nach Hause zu transportieren. Es war Angela, die darauf bestand, dass eine Ecke in der Küche zu einer Art Lernecke für sie und Sean umgewandelt wurde; und sie ließ auch die Öllampe so an einem Regal befestigen, dass niemand sie dort wegnehmen konnte. Ihre beiden Schwestern Geraldine und Maire waren schon auf dem Sprung, das Nest zu verlassen. Geraldine hatte sich an ein Krankenhaus in Wales gewandt, wo sie sich zur Krankenschwester ausbilden lassen wollte. Maire hatte eine Freundin, die in einem sehr schönen Geschäft in London arbeitete; es war so elegant, dass man sich überhaupt nicht wie eine gewöhnliche Verkäuferin fühlte. Die beiden waren erst fünfzehn und sechzehn Jahre alt, und doch war ihre Zukunft schon gewiss. Wenige Monate später waren sie aus dem Haus. Und auch den Urlaub verbrachten sie danach nur selten in Castlebay. Hin und wieder schickten sie Briefe mit Fotos von Enkeln, die mit einem englischen Akzent aufwuchsen und ihre

Großmutter noch nie gesehen hatten. Immer wieder versprachen sie, eines Tages nach Hause zu kommen.
Zur Beerdigung ihres Vaters waren Geraldine und Maire dann wirklich heimgekommen. Sie waren jetzt erwachsen und wirkten abweisend; sie trugen schwarze Mäntel und Hüte und wunderten sich, dass alle anderen Regenmäntel und Kopftücher trugen – während sie sich für diesen Anlass Trauerkleidung ausgeliehen hatten. Auf dem nassen, kalten Friedhof hatten sie unbehaglich um sich geblickt und die vollzählig versammelten Bewohner von Castlebay gemustert, die am Grab standen und die Köpfe vor dem Wind einzogen, um sich zu schützen. Das alles war ihnen nach dreizehn Jahren in einem anderen Land fremd geworden. Sie hatten mitleidig das kleine Häuschen betrachtet, das ihnen mehr als die Hälfte ihres Lebens ein Heim gewesen war, und betrübt den Kopf geschüttelt. Angela war außer sich gewesen. *Die* hatten ja keine Ahnung, wie sehr sie sich – als es mit ihrem Vater zu Ende ging – abgeplagt hatte, damit das Haus anständig aussah und man ihrer Mutter nichts nachsagen konnte. Und damit sie den Nachbarn Tee und Kuchen und Whiskey anbieten konnten und sich ihres Heims nicht schämen mussten.
Aber Father Sean war auf der Beerdigung natürlich ein wahrer Trost gewesen. Sie hatten ihn eigentlich erst im Laufe des Frühjahrs zurückerwartet, aber als Angela ihm und dem Superior schrieb – einen wohl überlegten Brief, in dem sie erklärte, dass ihr Vater mit seinem irreversiblen Leberschaden im Frühjahr wohl nicht mehr am Leben sei –, hatte der Orden rasch und menschlich reagiert: Natürlich könne man den jungen Father Sean ein wenig früher entbehren.
Und so kam er nach Hause, stieg aus dem Bus und befand sich sogleich mitten in einem aufgeregten Getümmel; Kinder rannten ihm voraus zur Kate der O'Haras, um seine Ankunft zu melden. Er hob den langen Rock seiner Kutte ein wenig nach oben, damit sie nicht durch den Schmutz von Castlebay streifte, genauso wie er es in den Sümpfen im Fernen Osten tat. Father O'Hara war nach Hause gekommen, um seinem Vater die letzte Ölung zu geben und die Totenmesse zu lesen.
Father Sean hatte für jeden in Castlebay ein gutes Wort. Sein Blick umwölkte sich nicht vor Mitleid für seine Mitmenschen, er be-

trachtete sein ehemaliges Heim, seine gebeugte Mutter ohne Betrübnis, auch verschloss er nicht seine Ohren vor Erzählungen über das Leben, das sein Vater geführt hatte. »Er war in dieser Welt ein unglücklicher Mensch, lasst uns dafür beten, dass er das Glück, das er immer gesucht hat, in der nächsten findet.« Worte, aus denen Großmut, Vergebung und Liebe sprach, sagten die Leute. Während der Zeit, in der sein Vater so unglücklich gewesen war, hatte sich Father Sean allerdings kaum in Castlebay aufgehalten, sondern im Seminar, im Kloster und schließlich in der Mission. Aber trotzdem zähle die gute Absicht für das Werk, und wenn er seinem Vater all dessen Versäumnisse und die Mühen, die er anderen bereitet hatte, vergeben könne, dann, so meinten die Leute, sei er damit über die Maßen großherzig.

Wenn Father Sean hier war, schmerzten sogar die Knochen seiner Mutter weniger. Am letzten Morgen, bevor er für weitere fünf Jahre wegging, sprach er an einem Seitenaltar in der Kirche eine kleine Messe nur für seine Mutter und Angela. Sie hatten nicht einmal einen Ministranten; Angela las die lateinischen Antworten aus ihrem Messbuch ab. Geraldine und Maire waren schon wieder nach England zurückgekehrt, sie hatten versprochen, die Mutter in regelmäßigen Abständen zu besuchen.

Als die Messe vorüber war, drückte Mrs. O'Hara ihrem Sohn achtzig Pfund für die Mission in die Hand; sie hatte das Geld seit Jahren gespart und so lange versteckt, bis er zu Besuch gekommen war.

Er war am selben Tag abgereist. Im Haus gab es Abschiedstränen und an der Bushaltestelle gegenüber dem Postamt tapfere Gesichter; es wurde mit Taschentüchern gewunken, und da stand eine Witwe, die stolz darauf war, dass jedermann in der Stadt sehen konnte, was aus ihrem wohl geratenen Jungen geworden war.

Und er versäumte es nie zu schreiben: Er bedankte sich für die Ausschnitte aus der Lokalzeitung oder für die Nachricht, dass die Briefmarkenkollekte von Castlebay die größte der ganzen Grafschaft gewesen sei; er bekundete sein Mitgefühl, als die alte Mrs. Dillon starb, und fugte ein Heiligenbild für die Familie bei, mit ein paar eigenhändig verfassten Segensworten; immer weniger berichtete er von seinem eigenen Leben, sondern ging stattdessen fast nur noch auf den Klatsch und Tratsch ein, der in ihren vierzehntäglichen

Briefen stand. Mittlerweile musste Angela die Briefe schreiben, weil die Arthritis nun auch die Hände ihrer Mutter lähmte.
Vor nicht allzu langer Zeit hatte Angela ihm auf eigene Faust geschrieben und eine kleine Bitte an ihn gerichtet: »Sean, es ist lieb von Dir, dass Du Dich für all die unbedeutenden Ereignisse hier so interessierst, aber erzähle uns doch bitte mehr von Dir. Früher hast Du uns alles über das Kloster und Deine Mitbrüder dort erzählt, und über die Schulen, die ihr gegründet habt. Und ich kann mich noch daran erinnern, wie Du uns mal geschrieben hast, dass eines Tages ein Bischof kam, um die Firmung vorzunehmen, und dass plötzlich der Monsun einsetzte und alle in ihre Hütten rannten, sodass schließlich in diesem Jahr überhaupt niemand gefirmt wurde. Wir würden *so* gerne wissen, wie Dein Alltag aussieht und was Du die ganze Zeit über machst. Wenn Du hier in Castlebay mit Father O'Dwyer zusammen Priester wärst, wüssten wir es, aber da draußen ist alles so anders, dass wir es uns nur schwer vorstellen können ...«
Warum hatte sie das nur geschrieben? Wenn sie geschwiegen hätte, dann hätte sie vielleicht den Brief, der ein Loch in ihre Handtasche brannte, nie bekommen; den Brief, in dem geschrieben stand, dass Father Sean nun kein Priester mehr war, der Brief, der dem Leben ihrer Mutter jeden Sinn rauben würde.

*

Sean hatte ihr geschrieben, dass er nicht länger mit seinem Betrug leben könne; Shuya und er fänden die Briefe von zu Hause mittlerweile unerträglich; sie bezögen sich auf ein Leben, das längst der Vergangenheit angehöre. Wenn Geld für Messen geschickt würde, gäben sie es für Miete und Essen aus. Er unterrichte jetzt Englisch in Tokio. Dort habe es noch nie eine Niederlassung seines Ordens gegeben; die Adresse, an die sie die Briefe aus Castlebay schickten, sei in Wirklichkeit die von Shuyas Bruder. Sean lasse alle seine Post dorthin schicken.
In Shuyas Familie spreche man Englisch, und die Anrede »Father« auf den Briefumschlägen habe dort Verwunderung hervorgerufen. Man frage sich auch, warum das Haus der Familie als Kloster bezeichnet wurde.

Die anderen Brüder hätten sich in der ganzen Angelegenheit wunderbar verhalten, sogar der Superior. Anfangs hätten sie noch versucht, ihn umzustimmen, und ihm angeboten, dass er trotz Shuyas Schwangerschaft in den Orden zurückkehren könne, für das Kind würde gesorgt. Sie hätten nicht begriffen, dass er sie liebte und mit ihr zusammen eine Familie haben wollte und dass die Missionstätigkeit im Fernen Osten für ihn schon lange, bevor er Shuya kennen lernte, jeglichen Sinn verloren hatte. Er habe stets feststellen müssen, dass die Menschen dort mit ihrem eigenen Glauben völlig zufrieden waren; seiner Ansicht nach könne es nicht Gottes Wille sein, dass sie sich änderten.
Wenn sich die Dinge etwas eingespielt hätten, wolle er in Rom um seine Laisierung und die Entbindung von seinem Priestergelübde ersuchen. Dies geschehe tatsächlich viel häufiger, als man sich gemeinhin vorstelle. Dann wäre er frei und könnte Shuya noch einmal in einer katholischen Kirche heiraten, und ihre Kinder könnten getauft werden. Shuya habe nichts dagegen, dass die Kinder im katholischen Glauben aufwüchsen.
In all dem lag eine Endgültigkeit, die Angela frösteln ließ. Der Brief ließ keinen Zweifel daran, dass es sich bei der Beziehung mit Shuya nicht nur um eine flüchtige Affäre handelte, eine jener Skandale, über die oft getuschelt wurde, wenn ein Priester ins Ausland ging – das oder die täglichen zwei Flaschen vom dortigen Schnaps. Aber für Sean war diese Frau seine Ehefrau. Seine Ordensbrüder *wussten* von ihr, sie waren freundlich zu ihm gewesen und verständnisvoll. Sein Superior wusste davon. Und Sean fand die Briefe von zu Hause »unerträglich«. Er konnte es nicht mehr »ertragen«, sie zu lesen, weil sie zu einem Leben gehörten, das es nicht mehr gab. *Zum Teufel mit ihm,* dachte sie wütend. Er hat es verdammt nochmal zu ertragen, er wird sie lesen, solange wir sie ihm schicken. Ich werde Mutter niemals von dieser Japanerin erzählen, oder von ihrem halb japanischen Enkelsohn, den man nach seinem Großvater Denis genannt hatte. Wie sollte die Arme das begreifen und verkraften können, wenn nicht einmal Angela, die jung war und als modern eingestellt und intelligent galt, es fassen konnte? Aber es gab auch Augenblicke, in denen sie dachte: Der arme, arme Sean, wie verzweifelt muss er gewesen sein, als er erkannte, dass er dieses eine Leben, das er hatte, vergeudete! Diese

Japanerin ohne Religion und Moral hatte ihn vom rechten Weg abgebracht und verführt. Für sie war ein Priester ein Mann wie jeder andere; sie hatte keine Vorstellung davon, was für eine schwere Sünde es war und welch furchtbare Entscheidung Sean zu treffen hatte. Manchmal sah Angela die Dinge auch ganz gelassen: Eigentlich war es doch gar nicht so schlimm, niemand würde hier je davon erfahren, Mammy las ja nie die Briefe ihrer Tochter an Sean! Angela würde ihm also ganz normale Briefe schreiben, in denen sie auf sein neues Leben einging, und ihn gleichzeitig bitten, *seine* Briefe weiterhin so zu halten, als lebte er noch sein früheres Leben. Auf diese Weise würde niemand verletzt werden.

Aber in der Nacht, wenn sie nach ungefähr einer Stunde plötzlich hochschreckte und genau wusste, dass sie für den Rest dieser dunklen Stunden keinen Schlaf mehr finden würde, war ihr klar, dass sie sich etwas vormachte. Viele Menschen waren ja bereits verletzt worden. Und in den Augenblicken, in denen sie sich so richtig Leid tat, stand sie auf, zündete sich eine Zigarette an und sah aus dem Fenster: Vor allem war *sie selbst* es doch, die verletzt worden war. Die ganze Zeit über hatte sie sich so abgemüht, so geknausert, um ihm Geld schicken zu können, sogar während ihrer Ausbildung, als sie keinen Penny besessen hatte und sich die Absätze schief lief, weil sie kein Fahrrad hatte und auch kein Geld für den Bus. In dem Jahr, als ihr Vater sterbenskrank war, war sie zurückgekommen, um für ein Jahr in der Klosterschule zu unterrichten. Sie hatte sich gesagt, dass sie das ihrer Mutter schuldig sei und dass diese Frau in den schlimmen Monaten, die vor ihr lagen, wenigstens eines ihrer Kinder um sich haben sollte. Nur sehr ungern hatte sie die große, fröhliche Schule in Dublin verlassen; aber die Ehrwürdige Mutter dort hatte ihr versichert, sie würde die Stelle ganz bestimmt ein Jahr lang für sie freihalten – Miss O'Hara sei zu wertvoll, als dass man sie verlieren wolle. Als ihr Bruder Sean zu seinem sterbenden Vater und dessen Beerdigung zurückgekommen war, war sie mit ihm die Klippen entlangspaziert, und sie hatten sich dabei ebenso ungezwungen unterhalten wie immer, ihre Beziehung war nicht im Geringsten getrübt gewesen. Sie hatten an Zaunübertritten Halt gemacht und, an grasige Böschungen gelehnt, auf das Meer hinausgeblickt, wo die Möwen schreiend herabstießen; Sean hatte gütig über Blutsbande und Verantwortung gesprochen – und man müsse tun, wozu man sich verpflichtet fühle, hatte er gesagt. Und damals war ihr klar geworden, dass sie nicht nach Dublin zurückkehren, sondern hier bleiben und für ihre Mutter sorgen würde. Sie empfand keinen Groll dabei, damals nicht und später auch nicht. Sie hasste Geraldine nicht dafür, dass sie nicht mit ihrem englischen Mann und ihren Kindern nach Castlebay kam, ebenso wenig wie Maire. Wie hätten sie das anstellen sollen? Und Sean war ein Missionar, der sein Leben bereits voll und ganz den guten Werken geweiht hatte – und selbst wenn er nach Hause hätte kommen können, wozu hätte man ihn hier gebraucht?

Aber irgendwie empfand sie jetzt, in jenen dunklen, schlaflosen Stunden, in denen sie unausgesetzt von Unruhe und Angst gequält wurde, nur wenig Liebe für ihn. Wie hatte er es nur wagen können, zu ihr über Verantwortung zu sprechen? Was war denn mit seiner Verantwortung? Bei der erstbesten Versuchung kehrte er seinem Priesteramt den Rücken, wollte er nicht mehr wahrhaben, was er doch wusste, seit er seinen Katechismus lesen konnte: Einmal Priester, immer Priester. Er hatte mit einer Japanerin geschlafen, und nicht nur einmal, sie würde bald sein zweites Kind gebären. Angela hatte noch nie mit jemandem geschlafen, und sie hatte weiß Gott mehr Recht dazu als ein Priester!

In seinem Brief hatte er geschrieben, er habe Shuya alles über Angela erzählt; Shuya sei der Ansicht gewesen, dass Angela demnach wohl stark genug sei, um alles ins Lot zu bringen. Besten Dank, Shuya, dachte Angela, während sie wachlag. Du nette, hilfsbereite japanische Schwester, danke. Bürdet nur alles Angela auf, wie immer. Oh, du bist auf dem besten Weg, eine O'Hara zu werden, Shuya, eine richtige O'Hara.

*

Clare bekam einen Brief von der Nonne an der Oberschule, dem eine Literaturliste für die Stipendiumsprüfung von 1950 beilag. Er traf zusammen mit den üblichen Rechnungen, Quittungen und Werbebriefen von Lieferanten ein, aus denen die Post der O'Briens normalerweise bestand.

Agnes saß neben dem Herd, damit sie die große Teekanne hinüber-

reichen und das Porridge verteilen konnte. Die älteren Jungen und Chrissie hockten an einer Seite des großen Küchentischs mit dem verschlissenen Wachstuch; Clare und die beiden jüngeren Brüder saßen mit dem Rücken zur Tür. Im Winter war das Frühstück eine Mahlzeit, bei der sie kaum gestört wurden. Die Ladenglocke bimmelte so gut wie nie, bevor alle zur Schule gegangen waren.
Die Küche war warm und nicht richtig ungemütlich, aber sie war so voll gestopft, dass man sich kaum bewegen konnte, sobald einer vom Tisch aufstand. Auf dem abgewetzten Sofa lagen Kleidungsstücke und Schulbücher verstreut, und Tüten, die man noch nicht in die Ladenregale eingeräumt hatte, stapelten sich an der Wand. Die Wäsche hing bedrohlich von der Decke, und die Anrichte war so voll gehäuft mit Sachen, die man »nur eben für einen Augenblick« dorthin gelegt hatte, dass die Teller und Schüsseln dahinter nicht mehr zu sehen waren.
Tom O'Brien schimpfte und seufzte wie üblich über die braunen Umschläge, ob mit oder ohne Fenster. Dann fuhr er zusammen.
»Sieh mal an, Clare, da ist auch ein Brief für *dich* dabei!«
Clare hatte noch nie einen Brief bekommen, daher erregte diese Tatsache großes Aufsehen.
»Ich denke mir, sie hat irgendeinen widerwärtigen, hässlichen, abscheulichen Verehrer«, sagte Chrissie.
»Hör auf, so zu reden! Reiß deine Klappe nicht immer so weit auf«, rügte Agnes O'Brien verärgert die Tochter, die ihr ständig Sorgen machte.
»Nun, von wem ist er denn? Warum fragst du sie nicht? *Mich* fragst du immer über alles aus – wo ich war und mit wem ich gesprochen habe. Warum wird denn die heilige Clare nie was gefragt?«
»Sprich nicht so mit deiner Mutter«, sagte Tom O'Brien, dessen Stimmung sich bereits verdüstert hatte. »Komm schon, Clare.
Sag uns endlich, von wem der Brief ist, und mach diesem Rätselraten ein Ende.«
»Das ist eine Bücherliste für Prüfungen«, erwiderte Clare schlicht und zeigte das kopierte Blatt Papier, das die Nonne geschickt hatte. Den Brief selbst ließ sie im Umschlag.
»Wozu denn das?«, fragte Chrissie geringschätzig.
»Damit ich nicht das Falsche lerne.«

Chrissie warf einen Blick auf die Liste. »Die hatten wir alle letztes Jahr«, sagte sie.
»Gut.« Clare blieb ganz ruhig. »Dann kann ich vielleicht deine Bücher haben.« Sie wusste, dass Chrissies Bücher schon längst zerrissen, voller Kritzeleien oder verloren gegangen waren. Über dieses Thema würde sich Chrissie nicht weiter auslassen wollen.
Agnes O'Brien hatte anderes im Kopf als Bücherlisten. Sie war gerade dabei, ihre beiden erstgeborenen Söhne nach England zu schicken, wo sie in dem Haus einer Fremden leben und Tag für Tag mit gestandenen Männern aller möglichen Nationalitäten zusammenarbeiten würden. Sie machte sich schreckliche Sorgen um die zwei. Aber was gab es in Castlebay für sie sonst zu tun? Wenn sie nur ein wenig Land besäßen, wäre es etwas anderes gewesen, aber von so einem kleinen Geschäft konnten sie selbst ja kaum leben. Clare beschloss, Miss O'Hara nach der Schule den Brief zu zeigen. Sie gab jedoch Acht darauf, dass niemand beobachten konnte, wie sie mit der Lehrerin zusammensteckte, denn sonst hätte man vielleicht vermutet, dass Miss O'Hara sie bevorzugte und mehr als die anderen unterstützte und förderte. Stattdessen wollte sie zur Kate der O'Hara gehen. Miss O'Hara schien es noch nie gestört zu haben, wenn sie hereinschneite, und sicher würde der Brief sie interessieren.
Die alte Mrs. O'Hara ging langsam und unter Schmerzen zur Tür. Clare war versucht, wieder wegzulaufen, als sie das Scharren des Stuhls hörte, denn das bedeutete, dass sich die Frau auf ihren langen, peinigenden Weg zur Tür machte. Aber damit hätte sie es nur noch schlimmer gemacht.
»Tut mir Leid, dass Sie wegen mir aufstehen mussten.«
»Das macht nichts«, entgegnete die alte Frau. »Wie die Dinge liegen, muss ich vielleicht bald immer selbst aufstehen und die Tür öffnen.«
»Geht es Ihnen besser?«, fragte Clare erfreut.
»Nein. Aber ich bin vielleicht bald allein. So ist das.«
»Will Miss O'Hara ausziehen?« Es war unfassbar.
»Sie will anscheinend sogar von Castlebay weg.«
»Aber das kann sie doch nicht!« Clare war zutiefst getroffen, weil es so gemein war. Miss O'Hara *musste* einfach hier bleiben, bis sie das Stipendium hatte. Sie *konnte* jetzt nicht weggehen!

»Heiratet sie vielleicht?«, fragte Clare, voller Widerwillen bei dem bloßen Gedanken daran.
»Heiraten? Wer würde denn dieses traurige, lange Elend schon wollen? Natürlich nicht. Sie findet keine Ruhe, das ist es. Sie hat es selbst gesagt. Die ganze Nacht lang marschiert sie im Haus herum, man kann kein Auge zutun mit ihr. Und wenn man sie fragt, was los ist, sagt sie, sie findet keine Ruhe. Ach, wenn man alt ist, hat keiner Zeit für einen. Denk dran, Clare.«
Da kam Miss O'Hara nach Hause. Sie wirkte sehr müde. In der Schule war sie schon seit einiger Zeit gereizt gewesen, aber nicht Clare gegenüber. Deshalb erwartete Clare jetzt auch keinen Anpfiff.
»*Allmächtiger Gott*, lässt man mich denn nie in Ruhe, weder in der Schule noch auf der Straße, und jetzt nicht einmal zu Haus?«
Clare war schockiert.
»Wenn man den Leuten den kleinen Finger gibt, nehmen sie gleich die ganze Hand! Was ist denn heute das Problem, Clare? Die schriftliche Teilung oder der große Katechismus? Sag schnell, damit wir es bald hinter uns haben.«
Clare stand auf und legte den Brief aus der fernen Klosterschule auf den Küchentisch. »Ich dachte, Sie würden vielleicht gerne die Antwort sehen, die ich bekommen habe. Weil Sie mir doch mit dem Brief geholfen haben.« Sie stand jetzt an der Tür, ihr Gesicht war rot vor Zorn. »Gute Nacht, Mrs. O'Hara«, rief sie, und schon war sie weg.
Sie lief die lange Straße zum Golfplatz hinunter, an der jetzt im Sommer immer häufiger Zimmer mit Frühstück vermietet wurden, bog dann in die Church Street ein und ging geradewegs in die Stadt. Sie bemerkte nicht einmal, dass Chrissie und Kath auf einer Mauer saßen, die Beine baumeln ließen und sich mit Gerry Doyle und zwei seiner Freunde unterhielten. Auch entging ihr die Aufregung bei der Metzgerei Dwyer, wo sich der verrückte Hund von Dr. Power eine ganze Lammkeule geschnappt hatte und damit entwischt war.
Zu Hause wurden bereits zwei Koffer gepackt, obwohl die Jungs erst in ein paar Tagen aufbrechen würden. Bei den O'Briens ging man selten auf Reisen, deshalb wurde das Kofferpacken immer sehr ernst genommen.
Clares Vater hatte einen festen Lederriemen gefunden, der einen

der Koffer zusammenhalten würde – die Schlösser waren schon seit langem verrostet und schnappten nicht mehr zu. Bei dem zweiten Koffer würde es eine mehrmals herumgeschlungene, dicke Schnur tun müssen.
Mam in der Küche war hinter der aufgehängten Wäsche kaum zu sehen. Die Wäsche hing an fünf langen Holzlatten, die mithilfe eines gefährlichen Flaschenzugsystems über dem Herd hochgezogen und heruntergeholt werden konnten. Aber nur Mam konnte damit umgehen, alle anderen kletterten einfach auf einen Stuhl, um Wäsche aufzuhängen oder abzunehmen. Heute jedoch war die Situation allem Anschein nach außer Kontrolle geraten: Im Herd brannte kein Feuer. Mam stand ganz hinten darauf und war gerade dabei, eine Wäschestange zu befestigen, die, ihrer Wut und dem Haufen von mit Asche verschmutzter Wäsche in einer Ecke der Küche nach zu urteilen, offensichtlich heruntergefallen war.
Mam schien in einer Stimmung zu sein, in der man ihr nichts, aber auch gar nichts recht machen konnte.
»Kann ich dir irgendwie helfen?«, fragte Clare. Sie nahm an, das wäre ein besserer Anfang als zu fragen, was passiert war.
»Es wäre nett, wenn mir *irgendjemand* zu Hilfe käme«, schrie Mam. »Es wäre sehr nett, wenn *überhaupt irgendjemand* in diesem Haus mir helfen würde. Das wäre wirklich sehr nett. Und einmal etwas ganz anderes.«
»Sag mir einfach, was ich tun soll, dann mache ich es. Soll ich den Tee vorbereiten?«, fragte Clare.
»Du kannst doch nicht für acht Personen den Tee vorbereiten! Sei nicht albern, Kind.«
»Was also sonst?« Clares Stimme wurde nörgelig. Was hatte es überhaupt für einen Sinn, nett zu Mam zu sein, wenn sie weiterhin schlecht gelaunt war? Clare wünschte, sie wäre erst gar nicht in die Küche gekommen, sondern direkt nach oben in ihr Zimmer gegangen.
»Warum steckst du deine Nase nicht in ein Buch? Das ist doch sowieso das Einzige, was dich interessiert!«, kreischte Mam. In diesem Augenblick fielen die restlichen feuchten Kleider, von denen manche noch tropfnass waren, von den Stangen und direkt auf Clares Kopf.
Mit einem Mal war es ganz still. Mam kletterte im Nu vom Herd und befreite Clare hastig von den Hemden und Laken, die sie dann

achtlos auf den Boden schleuderte. »Alles in Ordnung, Kind, oder hast du dich verletzt?« Mam war vor Angst den Tränen nahe. Ihre Hände zerrten an den Kleidern, so lange, bis sie Clares Gesicht sehen konnte. Als es endlich zum Vorschein kam, lachte es ihr entgegen, wohl eher vor Schreck als vor Freude. Mam umarmte Clare, die feuchten Kleider dazwischen störten sie nicht. Dann drückte sie Clare noch einmal fest an sich. Normalerweise hätte die bloße Vorstellung davon, mit nasser Kleidung in Berührung zu kommen, Mam zu dem besorgten Einwand bewogen, man könne Rheuma bekommen. Aber diesmal nicht.

»Mein armes Kleines! Geht es dir gut, alles in Ordnung? Das war die Strafe Gottes, weil ich wegen nichts und wieder nichts böse mit dir war.«

Clare war verblüfft und hocherfreut. Das Missgeschick schien Mam aus irgendeinem Grund in beste Laune versetzt zu haben.

»Jetzt lass mich erst mal diese feuchten Wickel von dir abnehmen ... oder wir bekommen noch beide Rheuma. Dann setze ich den Kessel auf, und wir beide trinken eine Tasse Tee zusammen, nur wir zwei, und essen ein paar Kekse dazu. Diesen ganzen verdammten Haufen werfen wir einfach ins Bad, ich muss sowieso alles noch einmal waschen. Und einer von unseren nichtsnutzigen Männern soll gefälligst die Wäschestange reparieren!«

Mam hatte schon lange nicht mehr so glücklich ausgesehen.

*

David Power hatte großen Ärger, und wegen ihm auch alle anderen Schüler. Father Kelly hatte den Brief beim Schulappell vor den versammelten Klassen vorgelesen, und das nicht nur einmal, sondern gleich dreimal, um anhand eines lebenden Beispiels zu veranschaulichen, wie hinterhältig Jungen sein konnten.

Der Brief stammte von einem Mädchen, das Angela O'Hara hieß und offensichtlich in Powers Heimatstadt wohnte. Die ganze Schule kannte den Brief mittlerweile fast auswendig:

Lieber David,
Ich schicke dir natürlich gerne den Stammbaum des Hauses Tudor, zusammen mit Anmerkungen dazu, wie sich die einzel-

nen Könige Irland gegenüber verhalten haben. Da du für diese große, alte, hässliche Burg dort so viel Geld bezahlen musst, hätte ich allerdings erwartet, dass einer von den Priestern dort, die nicht einmal ihr Bett oder ihr Frühstück selbst machen müssen, Zeit finden würde, das an meiner Stelle zu tun. Ich habe jedoch nicht die Absicht, eure albernen Spiele mitzuspielen – weder werde ich mich als »Andrew« ausgeben noch Einzelheiten über fiktive Rugbyspiele einstreuen. Wenn dieser blühende Schwachsinn in deiner Schule gefördert wird, tut es mir für dich und die Männer, deren Obhut ihr anvertraut seid, aufrichtig Leid.
Ich wünsche dir und deinem Freund James Nolan auch weiterhin viel Erfolg.

Viele Grüße, Angela O'Hara.

Kein einziger Angehöriger des Ordens konnte sich erinnern, je etwas derart Ungeheuerliches gelesen zu haben. Ein Junge, der um *fremde* Hilfe beim Lernen ersuchte, wo dies doch bekanntlich die beste Schule Irlands und eine der besten von ganz Europa war! Und dann wurde sie auch noch – unfassbar – als »große, hässliche Burg« bezeichnet!
Solche beleidigenden Äußerungen über gesalbte Priester Gottes zuzulassen, ja zu ermutigen! Sich darüber auszulassen, dass diese Priester sich nicht selbst ihr Frühstück machten – als ob man sie dafür geweiht hätte! Und, was noch schlimmer war, dieses Mädchen, wer immer sie sein mochte, zur Täuschung anzustacheln! Sie zu bitten, sich als Junge auszugeben, mit falschem Namen zu unterschreiben und Einzelheiten über Rugby-Spiele zu erfinden, um die unschuldigen Hirten, deren Obhut man anvertraut war, zu hintergehen! Mehr noch, man musste sogar annehmen, dass dies an der Schule allgemein üblich war! Dass dieses Treiben lange Zeit unentdeckt geblieben war. Erst durch diesen widerlichen Brief war man dahinter gekommen. Es würde eine gründliche Untersuchung stattfinden, und in der Zwischenzeit erwartete man, dass sich die Schüler, die etwas wussten, meldeten.
David entschuldigte sich bei jedem nach Kräften. Wie hätte er ahnen könne, dass sie so etwas tun würde? Sie sei einfach famos gewesen, Nolan müsse ehrlich zugeben, dass das stimmte.

»Sie muss verrückt geworden sein! Das ist die einzige Erklärung«, sagte David.

»Ja, das wird es sein«, meinte Nolan, der sich mit Verrückten auskannte. Allerdings war er äußerst verärgert darüber, dass er in diesem Brief, der die Schule erschütterte, namentlich erwähnt wurde.

*

Die Schlaftabletten hatten eine seltsame Wirkung. Zuerst wurden die Beine schwer, dann die Arme, dann konnte man den Kopf nicht mehr vom Kissen heben, und auf einmal war es acht Uhr morgens. Angela brauchte den ganzen Vormittag, um richtig wach zu werden. Am Nachmittag fühlte sie sich dann frisch. So brachten ihr die Tabletten wenigstens ein paar Stunden, in denen sie konzentriert Aufgaben korrigieren und Prüfungen benoten konnte – und versuchen, zumindest teilweise wieder gutzumachen, was sie anscheinend während der ersten Wochen, nachdem Seans Brief angekommen war, den Wochen, in denen sie kaum ein Auge schloss, angerichtet hatte.

Sie sei ja wieder ganz die Alte, hatte Mutter Immaculata gesagt, was Angela über alle Maßen ärgerte. Sergeant McCormack, die Haushälterin des Pfarrers, meinte, sie sei froh, dass Angela jetzt anscheinend über das, was sie in derart schlechte Stimmung versetzt hatte, hinweggekommen sei. Ob Angela etwas Bestimmtes brauche, erkundigte sich Mrs. Conway, da sie das Postamt stets verließ, ohne irgendetwas zu kaufen. Und ihre Mutter erklärte, sie sei froh, dass ihre Tochter jetzt nicht mehr nachts im Haus auf und ab marschiere, und machte noch die rätselhafte Bemerkung, Angela möchte es ihr doch bitte sofort sagen, wenn sie endgültig entschlossen sei, »es« zu tun.

Aber Clare O'Brien war nicht so leicht zu versöhnen, nicht einmal in den wachen Nachmittagsstunden. Angela betrachtete das kleine, bleiche Gesicht mit den großen dunklen Augen. Es war erst ein paar Monate her, da hatte sie leuchtend gelbe Schleifen im Haar getragen, und ihr Gesicht hatte gestrahlt, weil sie hoffte, dass sie den Geschichtswettbewerb gewonnen hatte. Doch jetzt war davon nichts mehr zu sehen. Inzwischen hatte sie den wachsamen Blick eines Hundes, den man einmal geprügelt hatte und der nicht zulassen würde, dass das noch einmal passierte.

Angela hatte versucht, die Sache ins Lot zu bringen.

»Hier habe ich den Brief von Schwester Consuelo für dich. Er ist wirklich sehr ermutigend, nicht wahr?«

Clare nahm ihn dankend in Empfang.

»Als du damals zu uns kamst, ging es ein wenig hektisch zu. Ich hatte viel um die Ohren.«

»Ja, Miss O'Hara.«

»Sollte ich gereizt gewirkt haben, tut es mir Leid. Du weißt doch, dass das nichts mit dir zu tun hatte.«

»Sicher. Das weiß ich.«

»Warum kommst du dann nicht wieder einmal zu mir? Dann könnten wir ein bisschen zusammen arbeiten. Komm, wann du willst.«

»Danke, nein, Miss O'Hara.«

»*Verdammt nochmal,* Clare O'Brien, was soll ich denn deiner Meinung nach tun? Soll ich vor dir auf die Knie fallen?« Keine Antwort. »Ich werde dir jetzt etwas sagen, was zu deinem Besten ist. Du bist ein kluges Kind. Ich würde es *sehr, sehr gerne* sehen, wenn du das verdammte Stipendium bekämst. Ich würde mit Freude täglich bis Mitternacht mit dir lernen, um dir zu helfen. Ich kann mir keinen besseren Zeitvertreib vorstellen. Aber du hast eine wirklich *unerträgliche* Art zu schmollen. Ja, das hast du. Ich erinnere mich noch gut daran, es war das Gleiche, als du den Geschichtswettbewerb nicht gewonnen hast. Und Leute, die so schnell beleidigt sind, mag *niemand,* Clare. Denn das ist eine Art von Erpressung: Ich habe das, was ich wollte, nicht bekommen, deshalb rede ich jetzt mit keinem mehr. Das ist so ungefähr die übelste Unart, die man haben kann, darum rate ich dir, mach dich davon frei, wenn du nicht alle Freunde verlieren willst.«

»Ich habe nicht viele Freunde«, sagte Clare.

»Denk mal darüber nach. Das ist vielleicht der Grund.«

»Ist doch egal, Sie gehen ja sowieso fort. Warum sagen Sie also, dass Sie mir helfen wollen?« Sie war immer noch eingeschnappt.

»Ich gehe also fort, tue ich das? Das höre ich zum ersten Mal. Wohin gehe ich denn?«

»Ihre Mutter hat gesagt ...«
»Meine Mutter weiß nicht einmal, ob es Morgen, Mittag oder Abend ist.«
»Sie sagte, Sie marschieren die ganze Nacht im Haus umher und schmieden dabei Pläne, wegzugehen.«
»Oh, Allmächtiger, das ist es also!«
»Dann gehen Sie nicht fort?« Clares Stimmung hellte sich ein wenig auf.
»Nein, ich gehe nicht fort, aber wenn sich dein Verhalten nicht spürbar ändert, könnte ich es, was dich betrifft, ebenso gut tun. Besuch mich heute Abend, dann fangen wir an. Um die Wahrheit zu sagen, ich kann ein bisschen Zerstreuung gebrauchen.«
»Bald kommt das schöne Wetter, und die langen Nächte sind vorüber.«
»Warum sagst du das?« Angela klang erstaunt.
»Das sagt meine Mutter immer, um die Leute aufzumuntern. Ich wollte nur etwas Nettes sagen.«
»Das hast du, glaube ich.«

*

Sie beschloss, ihm kein Telegramm zu schicken. Erst fünf Wochen nachdem sie seinen Brief bekommen hatte, fühlte sie sich in der Lage, ihm zu antworten. Und nur der Gedanke daran, dass er wartete und nach einem japanischen Briefträger mit einem Brief für ihn Ausschau hielt, brachte sie überhaupt dazu, den Stift in die Hand zu nehmen. Sie begann den Brief ein Dutzend Mal. Was sie schrieb, klang einfach nicht ehrlich. Sie konnte ihm nicht erzählen, sie sei froh darüber, dass er sich ihr anvertraut hatte, denn in Wirklichkeit hätte sie lieber nie etwas davon erfahren. Sie konnte nicht sagen, dass sie ihn verstand, denn das war nicht der Fall. Sie konnte sich nicht über ihre Schwägerin Shuya und ihren neuen Neffen Denis freuen und auch keine Begeisterung dafür aufbringen, dass das zweite Kind unterwegs war. Stattdessen gingen ihr lauter unerfreuliche Gedanken und Sorgen im Kopf herum. Würde ihre Mutter der Schlag treffen, wenn sie davon erführe? Musste ihre Familie möglicherweise einen Teil der Summe, die Seans Priesterausbildung gekostet hatte, zurückzahlen, jetzt, da er alles aufgegeben hatte? Würde er dafür exkommuniziert werden, und würde dies öffentlich bekannt gegeben? Würden alle Priester in Irland davon erfahren? Würde Father O'Dwyer durch irgendein kirchliches Bulletin davon erfahren? Sie wusste, sie sollte ihrem Bruder freundlichere Gedanken entgegenbringen, ihn wie einen einsamen, schwachen Menschen behandeln. So hatte er sich selbst beschrieben, aber im nächsten Satz hatte er schon wieder erklärt, dass er jetzt wisse, wie das vollkommene Glück beschaffen sei und dass er zum ersten Mal in seinem Leben verstehe, warum Mann und Frau erschaffen wurden.

Ein paar Male hatte sie den Fuß schon auf die Eingangsstufe zum Postamt gesetzt, um ihm ein Telegramm zu schicken, in dem stehen sollte, dass sie seine Nachricht erhalten habe und ihn dringend bitte, die Verbindung mit ihr abzubrechen. Aber was hätten die Leute in der Stadt aus *dieser* Nachricht gemacht? In den Häusern und Geschäften entlang der Church Street, an der Straße zum Golfplatz und an der Cliff Road hätte man sich genussvoll in Spekulationen ergangen. Ein derartiges Telegramm müsste sie von der nächsten Stadt aus abschicken. Und es konnte Sean möglicherweise dazu bewegen, eine richtige Dummheit zu begehen. Schließlich hatte er in seinem Brief sehnsüchtig – was für ein Wahnsinn! – von dem Tag gesprochen, an dem er nach Castlebay zurückkommen und seiner Frau und seinen Kindern den Ort zeigen könnte. *Father* Sean O'Hara, der seiner Frau und seinen Kindern Castlebay zeigte! Er musste völlig verrückt sein! Nicht nur *verrückt*, sondern geradezu reif für die *Irrenanstalt*!

Sie überlegte, welchen Rat sie geben würde, wenn sie nicht selbst betroffen wäre. Zum Beispiel ihrer Freundin Emer in Dublin, einer ehemaligen Arbeitskollegin, mit der sie die einschlägigen Lokalitäten der Stadt auf der Suche nach einem Ehemann durchstreift hatte. Angenommen, es wäre Emers Bruder. Was würde sie dazu sagen? Sie würde ihr wahrscheinlich nahe legen, ihm vorerst einmal einen neutralen Brief zu schreiben. Gut. Aber wenn man dann an seinen eigenen Bruder in einer derartigen Angelegenheit schreiben sollte, konnte man nicht unbeteiligt bleiben. Es war lächerlich zu glauben, man könne sich wie ein Außenstehender verhalten. So kam der Brief, den sie zu guter Letzt schrieb, ganz aus dem Herzen.

Sie schrieb ihm, sie sei entsetzt darüber, dass er sein Priesteramt aufgegeben habe. Er müsse begreifen, dass in ganz Irland jeder ebenso entsetzt darüber wäre, auch wenn seine Brüder in der Mission noch so gut und hilfreich zu ihm gewesen seien. Wenn er sich absolut sicher sei, dass er nicht nur vorübergehend von seinem Weg abgekommen sei, dann freue sie sich darüber, dass er in der Beziehung zu seiner japanischen Freundin sein Glück gefunden und dass die Geburt ihres Sohnes ihnen so viel Freude bereitet habe. Sie bat ihn einzusehen, dass Castlebay im Jahre 1950 kein Ort war, an dem man mit Verständnis und Toleranz gegenüber verheirateten Priestern rechnen könne. Während sie das schrieb, saß sie in dem dunklen Zimmer, und draußen vor dem Fenster regnete es. Sie betrachtete ihre Mutter, die mit beiden Händen einen groben alten Schürhaken hielt und damit im Herd herumstocherte, und es wurde ihr immer klarer, dass ihre Mutter es niemals erfahren durfte. Wenn sie einmal nicht mehr wäre, könnten sie alle noch einmal darüber nachdenken; aber jetzt würde es das Leben dieser Frau zerstören, und sie waren sich doch immer alle einig gewesen, dass ihre Mutter ziemlich schlecht weggekommen war, als die verschiedenen Lebensläufe auf der Erde verteilt wurden. Sie sagte, sie wisse, dass es schwer sei; dennoch bat sie ihn, er solle doch bitte auch in Zukunft Briefe schreiben, aus denen hervorging, dass er noch dem Orden angehöre. Und da Mrs. Conway sich jeden Umschlag, der durch ihr Postamt lief, ansah, habe Angela beschlossen, dass sie ihre Briefe genauso adressieren würde, wie sie es immer getan hatte. Könne er sich die Aufregung vorstellen, wenn sie das »Father« wegließe? Sie sagte, sie wisse, dass dies nicht der warme, verständnisvolle Brief sei, auf den er gehofft habe, aber zumindest sei er ehrlich und praktisch, und im Moment sei es das Beste, was er bekommen könne.

Der Brief lag zwei Tage an der Garderobe, bevor sie fähig war, ihn in den Briefkasten zu werfen. Er war zugeklebt, und sie musste nicht befürchten, dass ihre Mutter ihn öffnen könnte – die alte Frau dachte, er enthielte das übliche Schreiben mit den vier gefalteten Pfundnoten für die Messen. Halb hoffte Angela, er würde davongeweht oder herunterfallen und verloren gehen, so dass sie ihn nie abschicken müsste.

Clare O'Brien, die sich wie immer neugierig umsah, entdeckte ihn.

»Kann ich den an Father O'Hara abschicken?«, fragte sie eifrig. »Es wäre toll, wenn ich einen Brief nach Japan aufgeben dürfte.«
»Ja, du kannst ihn abschicken«, antwortete Miss O'Hara in einem seltsamen Ton.
»Sehen wir auf dem Globus nach, wie viele Länder er durchqueren muss, bevor Father O'Hara ihn bekommt?«, fragte Clare. Sie liebte es, den alten Globus hervorzuholen, der quietschte, wenn man ihn drehte.
»Ja.« Miss O'Hara machte keine Anstalten, Clare den Globus, der neben ihr stand, hinüberzureichen.
»Soll ich ihn holen?«, Clare zögerte.
»Was? Oh, ja. Lass uns mal sehen.« Angela stellte den Globus auf den Tisch, drehte ihn aber nicht herum.
»Nun, er wird Castlebay verlassen ...«, sagte Clare vor.
Angela O'Hara schüttelte sich. »Das ist der schwierigste Teil der Reise«, sagte sie, als sie sich wieder in der Gewalt hatte. »Wenn es der Brief schafft, Mrs. Conways klebrigen Fingern zu entkommen, ohne vorher über Dampf geöffnet worden zu sein, damit Madame ihn lesen kann, dann ist das Schlimmste überstanden.«
Clare war entzückt, als sie solch unerhörte Anschuldigungen gegen die abscheuliche Mrs. Conway hörte, die abscheuliche Mutter der wirklich abscheulichen Bernie Conway. Sie entschied, den Brief über die westliche Route nach Japan zu schicken, und brachte ihn über den Atlantik nach Neuschottland, wo, wie es hieß, alle irischen Flugzeuge zuerst landeten, dann ließ sie ihn langsam quer über die Vereinigten Staaten nach Hawaii wandern und schließlich nach Japan. Diesen Weg würde er vermutlich nehmen, dachte Clare, denn auf dieser Strecke überquerte er weniger Land, also auch weniger Orte, in denen man Halt machen musste. Ob man sich wohl aussuchen konnte, welche Route der Brief nahm? Miss O'Hara schüttelte den Kopf. Clare nahm an, es hing davon ab, welche Richtung die Flugzeuge zuerst einschlugen; sie blickte zu Miss O'Hara, um sich ihre Vermutung bestätigen zu lassen, und zu ihrer Überraschung glaubte sie, Tränen in den Augen ihrer Lehrerin zu entdecken. »Kommt er denn bald wieder einmal nach Hause?«, fragte sie mitfühlend. Es wurde ihr bewusst, dass die arme Miss O'Hara ihren Bruder sicherlich vermisste und dass es wahrscheinlich besser war, nicht ständig davon zu sprechen, wie weit weg er

war und wie groß die Welt war. Das war wahrscheinlich nicht besonders taktvoll.

*

Chrissie behauptete, Clare sei nicht normal, weil ihr großer Zeh größer als der zweite war. Sie entdeckte es, als sie ihre eigenen Fußnägel lackierte. Das Schlafzimmer roch so stark nach Nagellack, dass Clare das Fenster aufmachen wollte.
»Lass das gefälligst«, fauchte Chrissie. »Dann kann es jeder riechen.«
»Aber unter deinen Strümpfen sieht man es doch gar nicht. Wozu machst du es dann?«, wollte Clare wissen.
»Das ist eben der Unterschied zwischen einer Erwachsenen und einer so langweiligen Kuh wie dir«, hatte Chrissie ihr erklärt.
Clare hatte mit den Achseln gezuckt. Sinnlos, mit Chrissie über irgendetwas zu reden. Es endete immer damit, dass Chrissie erklärte, Clare sei *langweilig*, und das schien das Grundübel zu sein. Chrissie missfiel einfach alles an ihrer Schwester.
»Dein Haar ist scheußlich. Es sieht aus wie eine Papiertüte, so glatt.«
»Ich wickle es eben nicht um Pfeifenreiniger wie du«, entgegnete Clare.
»Ja, das ist es ja. Du bist sogar zu dumm, um Lockenwickler zu benutzen.« Und dann kam der nächste Seitenhieb: »Du hast überhaupt keine Freundinnen in der Schule. Wenn ich dich auf dem Schulhof sehe, bist du allein, und auf dem Weg von und zur Schule auch – es sieht so aus, als wären sogar deine grässlichen, dummen Klassenkameradinnen einigermaßen vernünftig! Zumindest sind sie klug genug, sich nicht mit dir anzufreunden.«
»Ich habe doch Freundinnen!«, rief Clare.
»Wen denn? Nenn mir nur eine einzige Freundin. Wen besuchst du abends, und wer kommt dich besuchen? Antworte mir! Niemand!«
Clare wünschte sich sehnlichst, Kath und Peggy würden nicht so oft kommen – das hieß nämlich, dass sie nicht ins Schlafzimmer gehen konnte, und unten musste sie dauernd irgendwelche Arbeiten erledigen.

»Ich habe viele Freundinnen, verschiedene Freundinnen für verschiedene Dinge, weißt du. In Hauswirtschaft bin ich die Freundin von Marian, weil wir in derselben Bank sitzen. Und Josie Dillon ist meine Freundin, weil wir im Unterricht nebeneinander sitzen.«
»Igitt! Josie Dillon, die Dicke! Die ist einfach widerlich.«
»Das ist nicht ihre Schuld.«
»Doch, es ist ihre Schuld. Ständig hält sie in ihren fetten Händen irgendetwas zu essen.«
Clare mochte Josie gar nicht so furchtbar gerne: Sie war sehr schwerfällig und schien sich nie für irgendetwas begeistern zu können. Aber sie war harmlos und freundlich, und sie war einsam. Clare gefiel es gar nicht, wie Chrissie das Gesicht verzog.
»Igitt, Josie Dillon. Natürlich, wenn du überhaupt eine Freundin hast, hätte ich mir denken können, dass es so jemand wie diese fette Kröte ist.«
»Sie ist keine Kröte! Und außerdem hat deine Freundin Kath Nissen im Haar, das weiß doch jeder in der Schule.«
»Du bist wirklich *abscheulich*!«, schrie Chrissie. »Wie kann man nur so etwas Schreckliches über jemanden sagen! Wenn ich daran denke, wie nett Kath immer von dir spricht.«
»Sie hat noch nie nett von mir gesprochen. Alles, was sie jemals gesagt hat, ist ›Halt die Klappe und geh weg!‹ Das Gleiche, was *du* auch immer sagst.«
Chrissie betrachtete Clares Füße. »Streck mal deinen Fuß aus.«
»Warum? Das werde ich bestimmt nicht tun«, sagte Clare.
»Komm schon. Nur ganz kurz.«
»Nein, du willst nur diese grässliche rote Farbe draufmachen.«
»Ach, woher. Die würde ich doch nicht für dich vergeuden. Komm schon, lass mich mal sehen.«
Argwöhnisch streckte Clare ihr Bein aus dem Bett, und Chrissie inspizierte ihren Fuß.
»Zeig mir mal den anderen«, sagte sie nach einer Weile. Clare streckte ihn nervös vor. Daraufhin verkündete Chrissie, Clare sei deformiert. Ihr zweiter Zeh sollte länger sein als der große Zeh, das sei bei Kath so, und auch bei Peggy und Chrissie und überhaupt bei jedem, den man am Strand sah. Clare konterte: Warum hieß er denn der große Zeh, wenn er gar nicht der größte war?

Chrissie wiegte nachdenklich den Kopf. »Nun ja«, meinte sie.
Clare bekam es jetzt mit der Angst. »Ich glaube, ich werde lieber Mam fragen«, sagte sie und kletterte aus dem Bett. Eine Hand stieß sie zurück.
»Du wirst nichts dergleichen tun! Mam wird bestimmt wissen wollen, warum wir über Zehen gesprochen haben, und dann will sie vielleicht meine sehen. Behalt dein blödes Gejammer für dich, und lass dich nicht barfuß sehen.«
Clare kroch in ihr Bett zurück.
Chrissie sah sie an und beschloss, freundlich zu ihr zu sein. Das war schlimmer als alles, was Chrissie je zuvor getan hatte.
»Hör mal, niemand wird es merken. Und ich verspreche dir, dich nicht zu verraten.«
Clare sah immer noch elend aus.
»Und Josie Dillon ist gar nicht *so* schlimm. Es ist immer noch besser, als gar keine Freundinnen zu haben, oder?«

*

»Hatten Sie in der Schule eine Freundin, Miss O'Hara?«, wollte Clare von Angela wissen.
»Ja, mehrere. Warum?«
»Nur so. Was ist aus ihnen geworden?«
»Nun, Nellie Burke arbeitet oben bei den Powers. Ich war mit ihr befreundet, als ich etwa so alt war wie du jetzt. Und Margaret Rooney ging nach England und hat dort geheiratet; sie lebt ganz in der Nähe meiner Schwester. Und Chrissy O'Connor ist Nonne geworden, Gott segne sie, sie betet für uns alle in einem Kloster oben im Norden.«
»Aber die haben nicht wie die Wahnsinnigen gelernt, so wie Sie oder ich, nicht wahr?«
»Oh, nein, ganz im Gegenteil. Sie hielten mich für verrückt.«
Clare war mit dieser Auskunft zufrieden. Das ließ ihren Weg nicht so ungewöhnlich erscheinen.
»Aber als ich dann in die große Klosterschule kam, in die Oberschule, war es anders. Dort gab es viele Schülerinnen, die dieselben Interessen hatten wie ich. Man musste nicht mehr verheimlichen, dass man viel arbeitete. Und später, auf der Pädagogischen Hoch-

schule, fand ich wirklich wunderbare Freundinnen. Wir sind im Grunde noch immer befreundet, aber natürlich ist es jetzt nicht mehr dasselbe, denn ich bin jetzt nicht mehr in Dublin, und die meisten unterrichten dort. Du musst dir keine Sorgen machen, du hast noch genügend Zeit, um Freunde zu finden.«
Angela beruhigte sie. Irgendjemand musste dem Kind zugesetzt haben. Man musste doch eigentlich annehmen, dass sie sich darüber freuten, wenn das Kind versuchte, vorwärts zu kommen! Und dass man sie ermutigte und unterstützte. Aber so war es noch nie gewesen.
»Ich mache mir ein wenig Sorgen. Ich will nicht unnormal sein.« Clare sagte das ganz ernst.
»Nun, ich hoffe, du bist nicht so eingebildet, dass du glaubst, du wärst etwas Besonderes. Das wäre eine Sünde, weißt du. Die Sünde des Stolzes.«
»Das denke ich auch.«
»Du sollst das nicht nur denken, du sollst es eigentlich *wissen*. Es steht schwarz auf weiß im Katechismus. Die beiden großen Sünden wider die Hoffnung sind Stolz und Verzweiflung. Du darfst keiner von beiden erliegen.«
»Sind Sie denn nie ein bisschen in Versuchung geraten?« Clare war eine seltsame Mischung. Sie konnte ganz vertraulich und forschend werden, so als wäre die Lehrerin, die ihr gegenübersaß, eine gleichaltrige Freundin. Auf der anderen Seite konnte sie auch wieder absolut respektvoll sein: Wenn sie in der Klosterschule war, deutete rein gar nichts auf die vertrauten Gespräche hin, die sie abends miteinander geführt hatten.
»Wenn ja, dann wurde ich wohl eher von der Verzweiflung versucht«, entgegnete Angela. »Manchmal dachte ich, ich würde es nie schaffen und dass es sowieso sinnlos wäre. Aber ich habe es geschafft, und daher bin ich hier und unterrichte das zweite große Genie, das Castlebay hervorgebracht hat. Und jetzt schlag bitte deine Bücher auf, damit wir nicht den ganzen Abend lang über Sünden wider die Hoffnung und längst vergangene Freundschaften reden.«
Clare kicherte und nahm ihr Heft heraus, das sie eigens zu diesem Zweck bei Miss O'Flaherty gekauft hatte. Es hatte eine andere Farbe als die Schulhefte, damit sie sie nicht verwechseln konnte. Sie

wussten beide, dass man an der Schule nicht erfreut wäre, wenn bekannt würde, dass Miss O'Hara einer Zehnjährigen viele Stunden kostenlosen Privatunterricht erteilte. Keine von ihnen verlor je ein Wort darüber. Und Mam zu Hause glaubte, dass Clare Stunden bekam, weil sie in der Schule ein wenig nachgelassen hatte. Lernen war in Castlebay eine Angelegenheit, die eine gehörige Portion List erforderte.

*

Als der Sommer näher rückte, wünschte David von ganzem Herzen, die Nolans hätten niemals beschlossen, ein Haus oben auf den Klippen zu mieten. Erst hatten sie Briefe geschrieben: Sie wollten das allerbeste Haus haben, und ob die Powers ihnen wohl eine Liste mit Adressen von Unterkünften schicken könnten. Aber in Castlebay funktionierte es nach einem anderen System; an der Cliff Road gab es zwanzig Häuser, die den Sommer über vermietet wurden, normalerweise für einen Monat. Und zum Golfplatz hin gab es ebenfalls Häuser zu mieten, die zwar kleiner waren, aber genau richtig für die Leute lagen, die den ganzen Tag über Golf spielten. Und auf der anderen Seite der Bucht gab es alle möglichen Häuser, eine bunte Mischung, einige von ihnen gehörten Leuten, die dreißig Kilometer entfernt wohnten und nur den Sommer über dort wohnten. Die Sommergäste kannten ganz einfach die Häuser und wussten, was sie wollten. Aber es war sehr schwer, den Nolans das alles zu erklären. Molly Power jedenfalls fand das äußerst mühsam.
Sie entschied sich für Crest View und arrangierte alles Nötige mit Mrs. Conways Schwester, der Eigentümerin. Sie stellte ihr die Nolans als gut situierte Familie aus Dublin dar, die mit ihren drei Kindern und einem Mädchen kommen wollten, und sie stieß die Conways und all ihre Verwandten vor den Kopf, indem sie anregte, das Vordach, dessen Farbe wegen des beständigen Winds und Nieselregens schon etwas abgeblättert war, neu zu streichen. Obwohl die Conways darüber verstimmt waren, ließen sie das Vordach neu streichen. Sie würden nicht eine angesehene Familie aus Dublin hier wohnen lassen und in Kauf nehmen, dass die Mieter abfällige Bemerkungen über ihr Ferienhaus am Meer machten.

David fand es äußerst mühsam, zusammen mit seiner Mutter Crest View zu besichtigen und mit Fragen konfrontiert zu werden, auf die er keine Antwort wusste – etwa, in welchem Zimmer die Eltern schlafen sollten, nach vorne raus oder doch besser in einem anderen. Und ob Caroline Nolan sich ein Zimmer mit ihrer Freundin, die sie mitbringen wollte, teilen würde? Und ob David der Ansicht sei, dass das Zimmer unterm Dach groß genug für das Mädchen war? Die Hausmädchen aus Dublin hielten sich vielleicht für etwas Besseres.

Als die Zeit ihrer Ankunft näher rückte, veranlasste Mrs. Power, dass eine Kiste mit Lebensmitteln in die Küche von Crest View geliefert wurde, um die Nolans damit willkommen zu heißen. David hatte sie dabei beobachtet, wie sie über der Liste brütete.

»Ich glaube nicht, dass sie überhaupt bemerkt, was du bestellst«, hatte er gesagt, um ihr behilflich zu sein. »Nolan sagt, dass seine Mutter die meiste Zeit nicht zurechnungsfähig ist.«

»David, hör *bitte* auf, so dummes Zeug zu reden!«, hatte seine Mutter zornig gerufen. »Ich arbeite mir die Finger wund, damit du den Sommer über nette Freunde hier hast und damit sie es bei ihrer Ankunft gemütlich haben. Und alles, was ich an Hilfe von dir bekomme, ist, dass du behauptest, diese arme Frau, die du noch nie gesehen hast, sei verrückt. Also wirklich.«

»Ich habe sie schon mal getroffen, als sie Nolan während der Ferien besuchte«, sagte David.

»Und ...?«

»Sie hatte anscheinend einen guten Tag.« Es kümmerte ihn nicht weiter.

*

Der Laden der O'Briens sieht gut aus, dachte er. Sie hatten ein neues Schild angebracht, und zusammen mit dem großen neuen Blechschild von einer Eiscremefirma sah das Geschäft jetzt insgesamt viel moderner aus als im letzten Jahr. Er hatte erwartet, dass die ganze O'Brien-Familie im Laden arbeiten würde: Sie würden Eisportionen abschneiden, Bonbons abzählen, Orangen in weiße Papiertüten packen, das Wechselgeld herausgeben und Wachspapier für die Scheiben von gekochtem Schinken oder die Halb-

pfundportionen Frühstücksspeck hervorholen. Es musste doch herrlich für Tommy und Ned sein, sich im Sommer damit ihr Taschengeld zu verdienen.
Von beiden war keine Spur zu sehen. Er fragte Chrissie, wo sie steckten, und hörte, dass sie schon vor Monaten nach England gegangen waren. Und weshalb? Natürlich um auf einer Baustelle zu arbeiten. Es erschreckte ihn.
Chrissie wusste nicht, ob es ihnen gefiel oder nicht. Sie hätten am Freitag nur wenig geschrieben. Schrieben sie jeden Freitag? Nun, sie schickten natürlich ein bisschen Geld nach Hause. Natürlich. Das hatte er vergessen. Mrs. O'Brien bediente gerade eine andere Familie, die kleine Clare schnitt genau abgemessene Eiscremeportionen ab und wurde dabei ebenso genau von der Kundschaft beobachtet. Es wäre eine Katastrophe, wenn eine Portion für zwei Pennies einmal auch nur ein winziges Stück kleiner ausgefallen wäre als üblich. Nur Chrissie hatte Zeit, um zu plaudern.
»James Nolan und seine Familie kommen diesen Sommer. Sie werden in Crest View wohnen.«
»Oh, der, der sich den Mund verbrannt hat«, kicherte Chrissie.
»Genau der.«
»Der kommt gerade richtig, Gerry will in nächster Zeit unten an den Sandhügeln auf dem Golfplatz ein Picknick organisieren. Er wird dir noch Genaueres erzählen«, wisperte sie ihm verschwörerisch zu.
Das war eine gute Nachricht. David hatte sich schon gefragt, ob dieser Aufenthalt nicht gegenüber dem letzten abfallen würde. Ein geheimes Picknick in den Dünen – das wäre fantastisch!
»Hat er noch Schwestern? Gerry hat gemeint, dass nicht genügend Mädchen da sind. Obwohl *ich* ja finde, es sind genug«, sagte Chrissie.
»Er hat eine Schwester, sie heißt Caroline, und sie bringt noch eine Freundin mit, aber ich glaube nicht …« Er hielt inne. Es wäre vielleicht nicht sehr höflich zu sagen, dass *sie* wohl nicht die Art Mädchen seien, die man zu so einer Knutschparty mitbringen kann.

*

Molly war schon lange nicht mehr so aufgeregt gewesen: Eine angesehene Dubliner Familie wollte in Castlebay die Ferien verbringen, und zwar einzig und allein auf die Empfehlung eines Schuljungen hin, der Gast in ihrem Haus gewesen war! Sie fühlte sich sehr geschmeichelt. Gleichzeitig hoffte sie, dass der junge Nolan bei der Darstellung ihres Lebensstils nicht übertrieben hatte.
Sheila Nolans Briefe waren liebenswürdig und herzlich gewesen, doch hatte sie darin zu Mollys Entsetzen über Castlebay in einer Weise gesprochen, als wäre es ein kleines Monte Carlo. Sie hatte geschrieben, sie freue sich darauf, mit Molly jeden Tag das Kurbad zu besuchen. Das Kurbad? Sie musste die Algenbäder meinen, aber die waren alt und schäbig und verrostet, und nur Priester oder verschrobene Leute gingen dorthin, um zu baden. Molly konnte sie schwerlich mit einem neuen Anstrich verschönern lassen wie das Vordach von Crest View.
Trotzdem, wie schön würde es sein, wieder einmal mit Menschen aus Dublin zu plaudern, über Roberts am oberen Ende der Grafton Street zu lachen, sich zu fragen, ob die nette Miss Soundso noch immer bei Switzer's war oder ob Brown Thomas eine neue Schaufensterdekoration hatten. Es war ein Jammer, dass es in Castlebay so wenig Leute gab, die für die Nolans gesellschaftlich in Frage kamen. Die Dillons aus dem Hotel waren eine recht bunte Mischung, aber außer ihnen fiel ihr niemand ein, den sie hätte einladen können. Die Nolans würden sie für ziemliche Langweiler halten.
Paddy hatte ihr geraten, sich nicht so viele Gedanken darüber zu machen, aber Männer begriffen nie etwas. Er sagte, dass schon seit Jahren die Großen und Mächtigen nach Castlebay gekommen seien, um hier Urlaub zu machen, und komischerweise hätte er bei ihnen nie das Gefühl gehabt, sie würden den Komfort und den Lebensstil von zu Hause vermissen. Die große Bucht, die Klippen und die Sonne hätten etwas an sich, das sie für alles andere entschädigte. Er war sicher, dass die Nolans das ganz genauso empfinden würden.
Das war schon möglich, aber Molly hätte sich trotzdem gewünscht, sie würden ein Leben führen, bei dem es üblich war, dass hin und wieder Bekannte auf einen Sherry vorbeikamen oder sie sich mit einer Gruppe von Freunden im Hotel trafen. Wenn man mit Paddy ausging, bestand die Gefahr, dass jeder betrunkene und

verzweifelte arme Teufel am Ort sich ihnen anschloss und Paddy in allen Einzelheiten seine Symptome schilderte. Molly wünschte auch, sie hätten einen Wintergarten. Wie herrlich wäre es doch, zu den Nolans sagen zu können: »Nehmen Sie doch den Kaffee im Wintergarten, wir sitzen abends nach dem Essen immer dort.« Warum hatte sie nicht hartnäckiger darauf gedrängt? Bumper Byrne, der die meisten Maurerarbeiten in Castlebay erledigte, hatte gemeint, es wäre keine große Sache. Aber Molly fand, es sollte jemand machen, der etwas mehr Stil als Bumper besaß. Jetzt hatte sie überhaupt keinen Wintergarten.

Sie wurde ganz mutlos, wenn sie sich daran erinnerte, dass Sheila Nolan sich erkundigt hatte, wo man hier einkaufen könne. Einkaufen? In Castlebay? Eine Frau aus Dublin, die ihre Einkäufe gewöhnlich bei Smiths on the Green tätigte, sollte in dem kleinen Laden der O'Briens anstehen, während diese Kinder lachten und herumzappelten. Die derbe Chrissie mit ihrem Krauskopf und die magere Clare mit ihrem bedrückten Gesichtsausdruck, die ihre Nase oft in ein Buch steckte, wenn es im Geschäft ruhig war. Und dort gab es nichts Hübsches zu kaufen, rein gar nichts.

Als sie gerade missvergnügt an die O'Briens dachte, fiel ihr ein, dass sie kein Mehl und überhaupt keine Backzutaten auf die Liste gesetzt hatte. Die Nolans brachten schließlich ein Mädchen mit, das möglicherweise am ersten Abend Scones oder Brot backen wollte, und sie wussten ja nicht, wo man einkaufen konnte. Molly hätte auch an je ein Paket braunes und weißes Mehl und an Backpulver denken sollen. Das hätte bewiesen, dass sie wusste, dass sie nicht auf Fertigprodukte aus dem Laden angewiesen waren, wie die Leute, die es einfach nicht besser wussten.

Es war wohl das Beste, es jetzt gleich nachzuholen, denn morgen, wenn die Nolans ankommen würden, hätte sie zu viel zu tun, sie wollte noch zum Friseur gehen und musste die letzten Vorbereitungen treffen. Ein Spaziergang würde ihr gut tun, es war ein herrlicher Tag. Sie ging die Cliff Road hinunter und versuchte, lediglich einen kurzen Blick auf Crest View zu werfen, so als wäre sie eine Fremde, die das Haus noch nie zuvor gesehen hatte. Mit seinem frischen Anstrich sah es ohne Zweifel gepflegter aus als alle anderen Häuser. Molly hatte auch dafür gesorgt, dass der Rasen gemäht worden war, was bei einigen anderen Häusern an der Straße nicht der Fall war. Unten am Strand herrschte schon reges Treiben, die Saison hatte bereits begonnen. Bestimmt hatte Paddy Recht, den Nolans würde es hier gefallen.

Im Laden der O'Briens hatte sie einen ruhigen Moment erwischt. Nur Clare, die in ein Buch vertieft war, stand hinter der Theke.

»Lass dir nur Zeit«, sagte Molly.

Clare sah auf, sie begriff gar nicht, dass da eine Kundin vor ihr stand, die bedient werden wollte. »Haben Sie in der Schule die Wolken durchgenommen, Mrs. Power?«, fragte sie.

»Die Wolken?«

»Ja, die Wolken. Mam und Dad hatten sie in der Schule nicht, und ich habe gerade ein Problem mit den Kumuluswolken. Anscheinend gibt es viele verschiedene Arten davon, und ich dachte, das sei der Name für eine einzige Wolkenart.«

»Ich habe jetzt keine Zeit, um mit dir über Wolken zu sprechen. Ich hätte gern etwas Mehl, das heißt, wenn du mir welches verkaufst. Vielleicht sollte ich auf deine Mutter warten ...«

»Nein, nein.« Clare legte schuldbewusst das Buch weg. »Was wollten Sie nochmal, Mrs. Power?«

Das Kind brachte Mehl und Backpulver, schlug sogar noch Schweineschmalz vor und addierte dann die einzelnen Posten sorgfältig auf einer weißen Papiertüte. Clare wirkte so konzentriert bei ihrer Arbeit, dass Molly Gewissensbisse bekam, weil sie sie so angeherrscht hatte. Schließlich war sie noch sehr jung, und es war doch erfreulich, wenn ein Kind versuchte, etwas zu lernen. Aber in dem verwaschenen Kleid, das ihr viel zu kurz und um die Schultern herum zu weit war, sah sie einfach so unvorteilhaft aus. Warum konnte Agnes O'Brien ihr Kind nicht richtig anziehen, wenn sie den Sommer über mit Feriengästen zu tun hatte, es machte so einen schlechten Eindruck von Castlebay. Molly wurde wieder ärgerlich.

»Das macht zusammen ein Pfund und vier Shilling, Mrs. Power.«

Clare bot ihr an, die Rechnung zu überprüfen, aber Molly winkte ab und suchte in ihrer Handtasche nach Geldscheinen.

In diesem Augenblick kam eine Gruppe englischer Feriengäste herein, und Tom O'Brien, der das Bimmeln der Ladenglocke und ihre Stimmen hörte, erschien im Laden, um sie zu bedienen. Sie wohnten in Dillon's Hotel und drückten sich gepflegt aus, weshalb Mol-

ly sie interessiert musterte. Vielleicht kamen sie ja als Gesellschaft für die Nolans in Frage.
Tom O'Brien stand da wie ein Wirt in einem Pub, es freute ihn, Zeuge dieser gepflegten Unterhaltung zwischen Mrs. Power und den Feriengästen zu sein. Erst als die Ladenglocke noch einmal läutete und weitere Kunden hereinkamen, sah er sich genötigt, den Ablauf zu beschleunigen und jemanden zu bedienen.
»Nun, ich hoffe, wir werden uns wieder einmal sehen, während Sie hier sind«, sagte Molly. Sie hatte mit Genugtuung festgestellt, dass die beiden englischen Paare je ein Auto und einen Hund mit in die Ferien gebracht hatten. Das allein machte sie standesgemäß.
Sie wandte sich zu Clare: »Oh, jetzt habe ich mich aber wirklich verplaudert. Gib mir rasch mein Wechselgeld.«
»Das macht vierundzwanzig Shilling, Mrs. Power.«
»Ich weiß. Ich habe dir doch schon fünf Pfund gegeben.« Molly war ungeduldig.
»Beeil dich, Clare, gib Mrs. Power das Wechselgeld. Mach schon.«
Clare zögerte. »Sie haben mir ... ähm, das Geld ... noch nicht gegeben«, meinte sie verzweifelt.
»*Clare!* Mrs. Power hat gesagt, dass sie dir eine Fünfpfundnote gegeben hat.« Tom O'Brien war entsetzt. »Gib ihr sofort das Wechselgeld. Wie viel hat es ausgemacht? Vierundzwanzig Shilling. Gib Mrs. Power drei Pfund und sechzehn Shilling zurück und hör auf zu träumen.«
»Mrs. Power, Sie haben die fünf Pfund wieder in Ihre Handtasche gesteckt«, sagte Clare.
»Es tut mir sehr Leid, Mrs. Power.« Tom schubste Clare von der Schublade weg, in der er das Geld verwahrte. Er begann, nach Scheinen und Münzen darin zu suchen.
»Siehst du, Daddy, da ist keine Fünfpfundnote. Mrs. Power hat sie herausgenommen, aber sie hat sie wieder in ihre Handtasche gesteckt, als sie mit den Leuten sprach ...«
Jeder im Geschäft beobachtete die Szene mit Interesse. Auf Mollys Gesicht wurden zwei rote Flecken sichtbar. »In meinem ganzen Leben ...«, begann sie.
»Verzeihen Sie bitte, Mrs. Power ...« Tom O'Brien wäre vor Scham am liebsten im Boden versunken. Er stieß die Tür hinter sich mit dem Fuß auf, damit Agnes ihm zu Hilfe kam und sich um

die immer größer werdende Schar von neugierigen Kunden kümmerte.
Molly hatte ihre Handtasche aufgemacht, und ganz oben befand sich, für jedermann sichtbar, eine Fünfpfundnote, die sie hastig wieder hineingesteckt hatte. Sie hätte sie ohnehin nicht versteckt, sagte sie sich, aber nun hatte sie auch keine Gelegenheit mehr dazu. Es war für jeden nur zu offensichtlich. Ihr Gesicht rötete sich noch stärker.
»Das ist *vollkommen* in Ordnung, Mr. O'Brien, Ihre Tochter hatte ja Recht, ich habe die fünf Pfund tatsächlich aus Versehen wieder in die Handtasche gesteckt. Zum Glück passt Ihre Tochter so gut auf.« Gnädig reichte sie die Fünfpfundnote hinüber, wobei sie Tom zur Seite winkte und den Schein mit Absicht Clare gab.
Clare nahm ihn ganz ruhig und gab ihr das Wechselgeld. Sie stimmte nicht in das Gemurmel ihres Vaters mit ein, in seine Beteuerungen, dass das doch jedem passieren konnte.
»Danke, Mrs. Power«, sagte Clare.
»Danke, Clare«, entgegnete Molly Power.
Die Ladenglocke läutete hinter ihr.
»Die wird hier nie wieder einkaufen«, sagte Tom O'Brien zu seiner Frau.

*

Es war ein langer Tag. Clare fand nicht mehr die Zeit, sich noch einmal mit dem Kapitel über die Wolken in ihrem Geografiebuch zu beschäftigen. Es gab keinen einzigen ruhigen Augenblick mehr, in dem ihre Eltern mit Clare allein hätten sprechen können oder in dem sie ihnen das Missverständnis mit Mrs. Power hätte erklären können. Während die Stunden verstrichen, empfand sie Mrs. Power gegenüber immer weniger Bedauern und immer mehr Ärger. Schließlich war es *deren* Schuld gewesen, und sie hatte sich deswegen nicht entschuldigt, in keinster Weise. Clare hasste ihren Vater dafür, dass er sich hatte demütigen lassen, sie hätte ihn umbringen können, weil er wegen etwas, das weder seine noch Clares Schuld, sondern einzig und allein die Schuld dieser Frau war, so bestürzt und untröstlich gewesen war.
Ein paar wundervolle Minuten lang war das Geschäft leer. Clare

streckte die Hand nach ihrem Geografiebuch aus, zog sie aber dann wieder zurück. Sie sah zu ihrer Mutter hinüber.
»Es ist schon in Ordnung, er wird es vergessen. Morgen ist alles vergeben und vergessen«, sagte Agnes besänftigend.
»Da gibt es nichts zu vergeben! Sie hat mir kein Geld gegeben. Sollte ich ihr denn drei Pfund und sechzehn Shilling zurückgeben und dazu noch die Einkäufe? Hätte ich das tun sollen?«
»Pscht, Clare, stell dich nicht so an.«
»Ich stell' mich nicht an. Ich will es nur wissen. Wenn ihr das von mir erwartet, dann sag es mir, und ich mache es. Ich wusste es nur nicht.«
Agnes sah sie zärtlich an. »Ich weiß nicht, wie wir das mit dir gemacht haben. Du bist viel klüger als wir alle zusammen.«
Aber so leicht ließ Clare sich nicht besänftigen.
»Es gibt Dinge, die sind weder richtig noch falsch, für die gibt es keine Regeln. Kannst du das verstehen?«
»Ja«, sagte Clare, »das kann ich, so wie ich das mit dem Heiligen Geist verstehe.«
»Wie was?«
»Das mit dem Heiligen Geist. Wir müssen an ihn glauben, ohne zu wissen, was er ist. Er ist kein Vogel und kein starker Wind, und doch gibt es ihn. Und das sollte uns als Erklärung genügen, auch wenn wir es nicht verstehen.«
»Ich glaube eigentlich nicht, dass es dasselbe ist«, meinte Agnes besorgt. »Aber wenn es dir dabei hilft zu verstehen, mit welchen Problemen man in einem Laden in einer Kleinstadt fertig werden muss, dann halte in Gottes Namen daran fest.«

*

Die O'Briens schlossen ihren Laden erst um elf Uhr abends. Tom O'Brien schmerzte der Rücken von dem ständigen Bücken, Strecken und Heben. Er hatte ganz vergessen, dass man im Sommer ständig Schmerzen hatte und müde war. Dies war erst die erste Woche, es würden noch zehn solcher Wochen folgen, wenn sie, Gott gebe es, überhaupt über die Runden kommen wollten. Er war mit der Bezahlung der Rechnungen für eine der Molkereien im Rückstand, und die Schinkenfabrik gewährte immer einen kleinen

Kredit, bis die Sommersaison vorbei war. Er stieß einen tiefen Seufzer aus: Man wusste nie, wie es laufen würde. Letztes Jahr hatten alle diese Fertigkuchen mit der dicken Glasur haben wollen, aber dieses Jahr hatte er erst zwei Stück davon verkauft, und der Rest wurde vor seinen Augen trocken.

Heutzutage war alles so unsicher. Ein Mann, der eine Frau und sechs Kinder zu ernähren hatte, hatte von früh bis spät nichts als Sorgen.

Er machte sich auch wegen seiner beiden Jungs, die nach England gegangen waren, Sorgen. Besonders wegen Tommy, er war so leicht zu beeinflussen und so schwer von Begriff. Wie sollte er da drüben in England überhaupt durchkommen, wo die Leute clever und mit allen Wassern gewaschen waren? Und Ned, der Klügere, war noch sehr jung, er wurde im Sommer erst sechzehn. Tom O'Brien wünschte sich, er hätte einen größeren Laden, einen, in den seine Jungen einsteigen könnten, nachdem sie eine gewisse Zeit in einem großen Geschäft in einer anderen Stadt gearbeitet hätten. Aber das war nur ein Traum. Sie lebten hier praktisch am Ende der Welt, und es gäbe seinen Laden und die Gemeinde schon längst nicht mehr, wenn da nicht der alljährliche Zustrom von Sommergästen wäre, der in der ersten Juniwoche begann und auf den Tag genau am ersten September versiegte. Elf Wochen, die für die restlichen einundvierzig Wochen des Jahres reichen mussten.

Er rief Agnes und wollte wissen, ob noch heißes Wasser da war.

»Wozu brauchst du denn mitten in der Nacht heißes Wasser?«

»Auf dem Badesalz, das wir verkaufen, ist vorne ein Bild mit einem Mann drauf, dem der Rücken schmerzt, und es heißt dort, dass ihm das Badesalz ganz wunderbar hilft«, sagte er einfach.

Agnes las ebenfalls, was auf der Packung stand. »Wir werden welches heiß machen. Clare, Kind, bevor du ins Bett gehst, füll noch ein paar Töpfe mit Wasser, und du auch, Chrissie. Chrissie?«

»Ich glaube, sie macht mit Kath und Peggy Ferienaufgaben«, sagte Clare schon automatisch. Sie wusste, dass der Rummelplatz schon den Betrieb aufgenommen hatte und die drei sich mächtig herausgeputzt hatten, mit ihren rot lackierten Fußnägeln, die man nun ohne Sommersöckchen bewundern konnte.

»Na, bei den ganzen Hausaufgaben und Ferienaufgaben, die sie immer aufhat«, schimpfte Tom O'Brien, »müsste sie eigentlich

Klassenbeste sein. Da frage ich mich doch, wieso sie dann immer so schlechte Zeugnisse hat.«

»Die sind jetzt furchtbar streng bei uns in der Schule, ganz anders als die Brüder bei den Jungs. Alle bekommen schlimme Sachen zu hören.« Clare mühte sich mit den Töpfen ab. Indem sie Chrissies Unternehmungen nicht auffliegen ließ, erleichterte sie sich das Leben, denn dann konnte Chrissie länger ausbleiben und piesackte Clare ein bisschen weniger.

Agnes öffnete die Packung Badesalz. »Ich kann mir nicht vorstellen, dass das wirklich hilft«, bemerkte sie zweifelnd. »Geh ins Badezimmer, Tom, dann werden wir sehen, ob es was taugt.«

Clare war immer noch auf; die Kleinen waren schon längst im Bett; Chrissie würde erst heimkommen, wenn die Buden schlossen, wenn sie am Spielautomaten etwas gewonnen hatte oder mit dem Autoskooter gefahren war. Tommy und Ned schliefen in ihren Unterkünften in Kilburn.

»Geh ins Bett, Clare. Du warst heute eine große Hilfe«, sagte ihre Mutter. »Ich muss jetzt deinen Vater wieder ein bisschen aufrichten, wir können doch nicht zulassen, dass er schon in der ersten Woche der Sommersaison Schmerzen und Wehwehchen hat.«

Clare hörte, wie sie im Badezimmer lachten. Es gab ihr ein wohliges Gefühl, während sie sich zum Schlafen fertig machte. Als sie aus dem Fenster sah, bemerkte sie Gerry Doyle, der mit einem sehr hübschen Mädchen, einer Urlauberin, in Richtung Strand spazierte. Wenn Chrissie *davon* Wind bekäme, würde sie sich bestimmt ganz fürchterlich aufregen. Dann sah sie noch eine Gesellschaft, die in Craig's Bar gewesen war und nun bepackt mit braunen Papiertüten voller Flaschen von der Far Cliff Road auf die andere Seite der Bucht wechselte; wahrscheinlich hatten sie dort ein Haus gemietet. Ganz entfernt war Musik aus dem Tanzsaal zu hören. Alle waren sie dort. Chrissie brannte darauf, zum Tanzen gehen zu dürfen, aber das durfte sie erst mit sechzehn. Sie würde also noch zwei Jahre und fünf Monate darauf warten müssen! Weit draußen über dem Meer strahlte der Mond hell und klar. Castlebay erwachte aus dem Winterschlaf.

*

Die Nolans trafen mit dem Zug aus Dublin ein. Davids Familie war mit dem Auto zu dem dreißig Kilometer entfernten Bahnhof gefahren, um sie abzuholen. Als Dr. Power die Berge von Koffern sah, die sich neben den Nolans auftürmten, rief er sofort einen Träger. Sie würden in zwei Autos fahren müssen, dem Ford der Powers und einem Taxi. Sheila und Jim Nolan sahen sich neugierig um, bis sie schließlich David entdeckten, der auf sie zurannte. Es wurden viele Hände geschüttelt, und Caroline Nolan und ihre Schulfreundin Hilary kicherten ausgiebig.
Mrs. Nolan trug ein wallendes, mit großen roten und grünen Blumen bedrucktes Kleid, das sich auf einer Gartenparty gut gemacht hätte. Sie blickte um sich und schnupperte dabei, als könnten sich in der Luft Bazillen befinden.
Dr. Power nahm ihre Hände in seine. Er strahlte vor Willkommensfreude. Dann schüttelte er Jim Nolans Hände mit der Bemerkung, es sei ihnen ein großes Vergnügen, ihren Sohn als Gast bei sich aufzunehmen. Ganz Castlebay warte darauf, sie alle zu begrüßen; seine Frau sei gerade dabei, alles für den Tee in ihrem Ferienhaus vorzubereiten, sonst wäre sie zum Bahnhof mitgekommen.
Jim Nolan war ein dünner blonder Mann, der etwas zerstreut wirkte. Außerdem war es anscheinend seine Aufgabe, die Überspanntheiten seiner Frau aufzufangen. Sheila musste, als sie jung war, eine Schönheit gewesen sein, und auch jetzt, da sie auf die fünfzig zuging, war sie noch attraktiv, mit ihren hellen Augen und dem unruhigen Blick. Sie betrachtete Paddy Power lang und prüfend.
»Sie sind ein guter Mensch. Ein Mann, dem wir vertrauen können«, sagte sie nach einer Weile.
Dr. Power war es gewohnt, so intensiv gemustert zu werden. In seinem Beruf war das an der Tagesordnung.
»Das hoffe ich sehr, denn Sie werden ein wenig auf mich, auf uns alle angewiesen sein, bis Sie mit den Gepflogenheiten in dieser sonderbaren ländlichen Gegend vertraut sind.«
Mit dieser Bemerkung schob er sie sanft in den Wagen und brachte auch den größten Teil des Gepäcks dort unter. David sollte für die jungen Leute und Breeda, das Mädchen, ein Taxi organisieren. Unter viel Winken nahmen sie voneinander Abschied, bis sie sich dreißig Kilometer später in Castlebay wiedersehen würden.

David hatte den Eindruck, dass Caroline und Hilary auf alles, was sie hier erblickten, herabsahen. Sie wollten wissen, wo von Castlebay aus die nächstgrößere Stadt war, und kicherten, als sie hörten, dass sie sich gerade dort befanden. Sie fragten, wann denn die Hauptstraße käme, und kicherten noch mehr, als sie hörten, dass sie schon fünf Kilometer darauf zurückgelegt hatten. Sie erkundigten sich danach, wo man Tennis spielen könne, und waren sehr enttäuscht, als sie erfuhren, dass es keinen richtigen Tennisclub gab, sondern dass sie nur im Hotel spielen konnten. Wie sollten sie denn Leute kennen lernen, wenn es keinen richtigen Club gab?
David ertappte sich dabei, dass er sich beinahe entschuldigte. Schließlich übernahm der Taxifahrer, der zugleich auch noch Leichenwagenfahrer und zur Hälfte an einem Pub beteiligt war, Davids Rolle und schilderte den Mädchen Castlebay mit sehr viel verlockenderen Worten. Er erzählte ihnen, dass jedes Jahr Leute von Rang und Namen dorthin kämen und wie beliebt der Ort sei. Es kämen sogar englische Paare, häufig im mittleren Alter, mit Auto, Hund und Golfschlägern. Das müsse man sich mal vorstellen! Sie machten diese lange Reise nach Castlebay, wo sie doch ganz England und dazu Schottland und Wales zur Auswahl hatten. David musste feststellen, dass der Taxifahrer viel geschickter vorging als er. Seine Stimmung besserte sich zusehends, und er erzählte den Mädchen vom Golfclub und dass Nolan und er vorhätten, diesen Sommer dort Stunden zu nehmen; im Club könne man sich auch Schläger leihen.
Caroline und Hilary kicherten und fanden es grandios. Vielleicht könnten sie selbst ja auch Stunden nehmen.
Erst wenn man über Bennett's Hill fuhr, hatte man einen wirklich guten Ausblick auf das Meer. David spähte zu den Mädchen hinüber und wartete gespannt auf ihre Reaktion. Ein Blick auf ihre Gesichter sagte alles. Er lehnte sich zufrieden zurück und wechselte Verschwörerblicke mit dem Taxifahrer.
Als die Mädchen die Küste in ihrer ganzen Breite vor sich erblickten, verschlug es ihnen zum ersten Mal auf dieser Fahrt die Sprache ... Es war gerade Ebbe, und so wirkte die ganze Küste wie ein riesiger, silbrig glänzender Teppich. Die Landspitzen an beiden Enden der Bucht waren in ein strahlendes Purpurrot getaucht, und als sie an die Stelle kamen, wo die Straße sich teilte, war es nicht

mehr nötig, irgendetwas zu erklären, das tat Castlebay ganz allein. Sie fuhren die Hauptstraße – die Church Street – entlang, die große Kirche zur Rechten, vorbei an den für den Sommer frisch gestrichenen und hergerichteten Geschäften, einige von ihnen mit einer niedrigen, weiß getünchten Mauer, auf der Feriengäste in der Sonne saßen und plauderten. Die Leute aßen Eis und hatten Wasserbälle dabei, und die Kinder trugen Schwimmreifen und Fischnetze. Man konnte das Meer riechen. Es war wie im Paradies.
Der Taxifahrer fuhr auf der Church Street ganz langsam, damit sie alles ganz genau sehen konnten; die Mädchen blickten aufgeregt vom großen Tanzsaal zum Eingang von Dillon's Hotel hinüber. Sie sahen die Metzgerei Dwyer mit einem großen Schild davor, auf dem stand: »Kaufen Sie Ihr Fleisch für die Ferien hier.« Man hatte den Eindruck, als würden alle gerade plaudern oder winken und rufen; auf dieser Straße, die zum Meer hinunterführte, schien jeder jeden zu kennen.
Das Taxi bog an der Cliff Road würdevoll nach rechts ab, sodass sie einen herrlichen Blick über den Strand hatten.
»Da ist Gerry Doyle!«, rief Nolan. Er freute sich, dass er ihn wiedersah. »Wer ist denn das da neben ihm?«
»Das ist seine Schwester. Ich habe dir doch von Fiona erzählt«, erklärte David.
Die Doyles winkten, und James Nolan atmete tief aus. »Die ist einfach eine Wucht«, stellte er fest.
Die Mädchen auf den Rücksitzen waren erbost. Sie brauchten gar nichts zu sagen, man merkte es an der Art, wie sie auf ihren Sitzen herumrutschten.
»Wie sollen wir je gute Golfspieler werden, wenn du schon beim Anblick des ersten Mädchens, das dir in Castlebay über den Weg läuft, zu seufzen beginnst?«, fragte David.
»Genau.« Caroline war ganz seiner Meinung. »Wir wollen uns unsere Ferien nicht durch solche Albernheiten und Liebesgeschichten verderben lassen.«
»Also wirklich nicht«, fügte Hilary energisch hinzu.
Den Jungen leuchtete das überhaupt nicht ein, aber zu einer eingehenderen Erörterung dieses Themas blieb keine Zeit, weil nun alle aus dem Taxi ausstiegen und einander auf dem Rasen vor dem Haus fröhlich wieder begrüßten. David bemerkte, dass seine Mut-

ter beim Friseur gewesen war und ihr bestes Kleid trug. Bones war nicht da; man hatte ihn wohl zu Hause angebunden, in der sehr richtigen Annahme, dass er keine Bereicherung für diese Gesellschaft wäre. Im Garten war es sonnig, und Molly hatte Nellie mitgebracht, damit sie ihr beim Begrüßungstee half. Auf dem Rasen hatte man Liegestühle und Stühle aufgestellt, die Tassen standen auf einem Tablett unter dem Vordach, und es gab mit Ei oder Schinken belegte Sandwiches. Auf zwei großen Platten wurden auch noch Apfeltörtchen gereicht. Nellie trug ein weißes Häubchen und ihre Schürze. James stellte sie Breeda vor, die sofort Hut und Mantel ablegte und in die Küche ging, um ihr zur Hand zu gehen.

Mrs. Nolan lehnte sich in ihrem Stuhl zurück und schloss zufrieden die Augen. »Was für eine *wunderschöne* Begrüßung«, sagte sie. »Und was für ein herrliches Plätzchen! James, was für ein Glück, dass du so fabelhafte Freunde hast, die das alles möglich gemacht haben.« Molly Power errötete vor Freude.

»Ach Gott, verglichen mit Dublin ist hier alles sehr klein und einfach«, sagte sie mit jener hohen, gekünstelten Stimme, die David nicht oft bei ihr hörte.

»Es ist himmlisch«, sagte Mrs. Nolan. »Und ich denke, mit den Fliegen werden wir auch zurechtkommen.«

»Mit den Fliegen?«, fragte Molly erstaunt.

»Ja, aber damit haben wir ja gerechnet. Ich habe aufgepasst: Auf acht Fliegen kommt eine Schmeißfliege. Das ist gar nicht mal so schlimm, oder?«

»Nein, vermutlich nicht.« Molly war verwirrt.

»Wir haben natürlich jede Menge Fliegennetze mitgebracht. Aber schließlich sind wir ja im Urlaub, nicht wahr? Da ist man viel draußen, und ... sie können uns ja wohl nicht umbringen, oder?«

»Ähm ... wie?«

»Die Fliegen. Sie können uns nicht umbringen. Und ich finde, hier ist es himmlisch.«

Und mit dieser Äußerung war der Erfolg dieses Sommers besiegelt. Dr. Power hatte ihr erzählt, dass Castlebay einer der gesündesten Orte der Welt sei, wegen des Meeres, des Ozons und des Golfstroms – Gott allein wusste, was er ihr sicherheitshalber sonst noch alles erzählt haben mochte. Und so brauchte Nolans

Mutter keine Angst mehr vor Flöhen oder der Feuchtigkeit zu haben, oder davor, dass sich irgendjemand irgendetwas einfing. Mrs. Conways Schwester war erschienen, um die angesehene Familie aus Dublin zu begutachten, und ein wenig eingeschüchtert gewesen, als sie sah, wie im Garten von Crest View acht Personen von zwei Mädchen bedient wurden. Aber ihre Neugierde gewann die Oberhand, und daher kam sie schließlich doch zu ihnen. Man bat sie, Platz zu nehmen, reichte ihr eine Tasse Tee, und Mrs. Nolan dankte ihr überschwänglich dafür, dass sie ihnen das beste Haus in ganz Castlebay zur Verfügung gestellt hatte. Mrs. Conways Schwester nahm alles zur Kenntnis, stellte ungefähr ein halbes Dutzend Fragen und ging dann zum Postamt, um sie als Neuankömmlinge einzutragen. Dr. Power hatte ihnen seinen Vortrag über die Gefahren des Schwimmens im offenen Meer gehalten. In den vergangenen vierzehn Jahren habe es im Sommer jedes Jahr einen Todesfall gegeben, erzählte er. Bis auf einen habe es sich ausschließlich um Neuankömmlinge gehandelt; das Unglück habe sich jeweils in den ersten Tagen nach ihrer Ankunft ereignet, bevor sie sich an die schrecklich starke Unterströmung gewöhnt hatten, die einen nach einer großen Welle mit sich riss. Überall am Strand seien Warnschilder angebracht, aber die Leute beachteten sie einfach nicht. Es gebe auch einen Rettungsschwimmer – aber der könne nicht sehr viel ausrichten, und wenn ein Schwimmer von den riesigen Wellen hinausgetragen wurde, rief man ihn oft erst dann, wenn es bereits zu spät war. Dr. Power sprach mit großem Nachdruck. Caroline regte sich über diese Warnung furchtbar auf und meinte, sie habe schließlich in den Bädern in Dunlaoghaire Schwimmunterricht bekommen. Aber Dr. Power wandte ein, dass einige der Leute, deren blau verfärbte Körper er gesehen habe, anderswo seit dreißig Jahren geschwommen waren. In Castlebay gebe es eine besonders starke Unterströmung, und er hätte sie wohl schwerlich hier willkommen heißen können, ohne sie auch darüber zu informieren. Er war sehr ernst, und für einen Augenblick wurden alle still. Es genügte, damit alle es begriffen. Dann wandte er sich einem anderen Thema zu, dem Golfclub. Er fragte Mr. Nolan, ob sie nicht einmal eine Partie Golf zusammen spielen könnten und ob sie die Jungen den Sommer über als Juniormitglieder anmelden sollten, damit sie bei Jimmy, dem Golflehrer, Stunden nehmen konnten. Mrs. Nolan erkundigte sich, ob es am Ort einen guten Friseur gab. Mrs. Power sehe so elegant aus, also müsse es wohl einen geben. Nellie und Breeda schwatzten in der Küche über die Tanzabende, den Rummelplatz und das Kino.

Caroline streckte sich und sagte, sie fühle sich nach der langen Reise nicht mehr wohl in ihren Sachen. Ob wohl jemand etwas dagegen hätte, wenn sie sich umzog? Hilary und sie schleppten ihre Koffer nach oben und richteten sich in ihrem Zimmer ein. Sie kamen schon bald wieder nach unten; Caroline trug ihr Haar jetzt offen. Es war leicht gelockt wie das von Fiona Doyle, aber nicht so voll. Sie trug eine gelbe Hemdbluse und weiße Shorts. Sie sah wirklich umwerfend aus.

»Zeigst du mir jetzt Castlebay?«, fragte sie David.

Es wäre sehr angenehm gewesen, mit so einem hübschen Mädchen in weißen Shorts und gelben Schuhen, die genau zur Bluse passten, gesehen zu werden. Es hätte ihm gefallen, wenn die Leute ihnen auf ihrem Rundgang nachgeschaut hätten. Aber es hätte von schlechtem Benehmen gezeugt.

»Ja, das mache ich gern«, erwiderte er, indem er sie absichtlich falsch verstand. »Wir könnten doch alle zum Schwimmen gehen und uns hier in zehn Minuten treffen. Ich werde dann eine Führung zum Strand machen.«

David hatte den Eindruck, dass Caroline sich ein bisschen ärgerte. Klasse, dachte er, sie mag mich.

*

Es *musste* an manchen Tagen geregnet haben. Der Himmel war ganz bestimmt hin und wieder bewölkt gewesen, und bei Flut war es zweifellos auch windig geworden. Aber keiner von ihnen erinnerte sich später daran. Hilary sagte, es sei der beste Urlaub ihres ganzen Lebens gewesen, und da Caroline und sie im nächsten Schuljahr einen schrecklichen Streit hatten und keine dicken Freundinnen mehr waren, war sie das erste und letzte Mal in Castlebay gewesen. Mrs. Nolan wurde jeden Tag kräftiger und brauner; zwischen ihr und Molly Power entwickelte sich eine enge Freundschaft, sie nahmen sogar frühmorgens im Hotel Tennisunterricht, wenn dort noch nicht so viel los war. Beide wünschten, sie hätten es schon in ihrer Jugend gelernt, aber das machte nichts, sie holten es eben jetzt nach. Nolans Vater blieb nur zwei Wochen, dann musste er wieder arbeiten, aber er kam an jedem Wochenende zu Besuch.

Sie aßen fast täglich im Freien, und David schloss sich ihnen für gewöhnlich an. An den Sonntagen nahmen sie das Mittagessen bei den Powers ein, es gab dann eine richtige Mahlzeit mit Roastbeef oder zwei Hähnchen, mit einer Suppe davor und Pudding danach. Und wenn die Feriengäste am Strand Orangen essen oder sich damit abmühen mussten, tassenweise Tee zu kochen, konnten die Powers und die Nolans einfach die Klippen hinaufklettern und entweder im Haus der Powers oder in Crest View richtig Tee trinken, mit Sandwiches, Keksen und Apfeltörtchen, die von Nellie oder Breeda aufgetragen wurden. Es war einfach himmlisch.

Sie veranstalteten auch hin und wieder ein Picknick, und da die Nolans einen Campingkocher besaßen, machten sie sich damit oft Würstchen, die im Freien viel besser schmeckten. Mrs. Nolan durfte man nicht erzählen, dass sie die Würstchen selbst brieten – sie hatte Angst davor, dass ein Großfeuer ausbrechen könnte –, aber da sie den Kocher in der Garage der Powers aufstellten, gab es nie Ärger.

Es war seit langem der erste Sommer in Castlebay, in dem niemand ertrank. Ein Kind geriet zwar in eine heikle Situation, aber Dr. Power brachte es dazu, das ganze Meerwasser zu erbrechen, und nach einer Stunde war der Vorfall schon fast vergessen. Eine Frau stürzte auf dem felsigen Weg zum Strand und brach sich die Hüfte. Dr. Power krempelte daraufhin die Ärmel hoch und brachte eigenhändig ein Schild mit der Aufschrift *»Sehr gefährlicher Weg«* an, was dem Castlebay-Komitee überhaupt nicht gefiel. Sie wollten es wieder entfernen lassen, aber Dr. Power wandte ein, dass er es letztendlich sei, der die Leute wieder zusammenflicken musste. Sollte irgendjemand dieses Schild entfernen, würde er die Polizei rufen. Zu guter Letzt einigte man sich darauf, ein ordentliches, sauber gemaltes Schild anzubringen, und das Komitee wollte im nächsten Jahr auch Mittel dafür aufwenden, um den Weg und die Treppen zum Strand besser zu sichern.

Clare beobachtete alles vom Geschäft aus. Es war eine ganz fremde Welt für sie, all die sorglosen Leute, die jeden Tag verschieden angezogen waren. Caroline Nolan mit ihren braunen Beinen und den weißen Shorts besaß anscheinend für jeden Tag eine andersfarbige Bluse. Sie war farbenfroh wie ein Regenbogen und ihre Freundin Hilary auch. Die beiden waren ständig vergnügt und von Jungs umringt, die in ihrer Gesellschaft ebenfalls ständig lachten. Da waren die Dillon-Jungs vom Hotel, Bernie Conways Bruder Frank, David Power und James Nolan und natürlich Gerry Doyle. Gerry schloss sich normalerweise keiner bestimmten Clique an, aber wenn Caroline und Hilary da waren, kam er anscheinend oft rein zufällig vorbei und plauderte mit ihnen, während er sich mit dem Fahrrad gegen die Mauer lehnte.
Clare fiel auf, dass die beiden Mädchen offenbar auch stets Geld hatten. Hilary kaufte sich drei- bis viermal am Tag ein Eis, und Caroline schien nichts dabei zu finden, sich an einem Tag eine Flasche Shampoo, am nächsten eine Dose Nivea-Creme und am übernächsten schicke Haarspangen zu kaufen. Sie hatte doch tatsächlich so viel Taschengeld, dass sie nicht einmal darüber nachdenken musste, bevor sie sich so etwas kaufte!
David Power war von allen am nettesten, aber er war schon immer nett gewesen und außerdem von hier. Er hatte sich durch seine neuen Freunde nicht verändert.
»Kannst du mir einen Gefallen tun?«, fragte er eines Tages.
»Klar.«
»Nolan und ich möchten ein paar Sachen kaufen, aber wir ... ähm, wir wollen sie nicht ... mit nach Hause nehmen. Können wir sie bezahlen und dann hier lassen?«
»Sollen wir sie euch ins Haus liefern?«, fragte Clare eifrig. Ihr Vater hatte Recht gehabt – Mrs. Power kaufte nicht mehr hier ein. Das könnte jetzt der Durchbruch sein.
»Um Gottes willen, nein«, sagte David. »Weißt du, zu Hause oder bei den Nolans sollen sie nichts davon erfahren, wenn du verstehst, was ich meine.«
Clare nahm die Bestellung auf: Würstchen, Orangen- und Himbeerlimonade, Brot, Butter und Kekse. Sie schlug sogar noch Tomatenketchup vor, und als David wegen des Kuchens mit der dicken Glasur unschlüssig war, erbot sie sich, eines ihrer eigenen

Messer mit in die Tüte zu legen, damit sie ihn schneiden konnten.

»Ist es wieder ein Picknick in der Höhle?«, flüsterte sie ihm mit vor Aufregung weit aufgerissenen Augen zu.

»Nein, nicht in der Höhle, unten bei den Sandhügeln«, flüsterte David.

»Oh, klasse. Wann holst du alles ab?«

»Darüber habe ich mir auch schon Gedanken gemacht. Könntest du es draußen irgendwo verstecken, sodass es niemand außer uns finden kann? Wir brechen ungefähr um zwei Uhr morgens auf.«

Sie überlegten, ob sie es am Eingang hinter der großen Topfpalme verstecken könnten. Aber was wäre, wenn ein Hund die Sachen finden würde? Und wenn sie es zu nahe am Geschäft deponierten, könnte Clares Vater außerdem vermuten, dass sie Einbrecher waren, und dann würde er Alarm schlagen.

»Kommt Chrissie auch zu dem Picknick?«, fragte Clare.

»Nun ja, sie kommt auch.«

»Das ist gut. Ich werde ihr sagen, dass ich die Tüte in den Wandschrank unter der Treppe lege, dann kann sie alles mitnehmen.«

Clare war zufrieden, dass sie eine so gute Lösung gefunden hatte. Sie nahm Davids Geld und gab ihm das Wechselgeld zusammen mit einer Liste der Artikel, die er gekauft hatte, zurück, damit er wusste, wofür er sein Geld ausgegeben hatte.

»Es tut mir Leid, dass du ... ich meine, es wäre ein bisschen ...«

»Ich bin zu jung für Picknicks«, sagte Clare einfach. »Zu jung und zu langweilig. Ich hoffe, ich werde in ein paar Jahren alt genug sein.«

David war offensichtlich erleichtert darüber, dass sie es so gelassen nahm.

»Das bist du sicher. Ganz bestimmt«, beeilte er sich, sie zu ermutigen.

In diesem Augenblick tauchte das wallende, blumenbedruckte Kleid von Mrs. Nolan in der Tür der O'Briens auf.

»Lass uns doch hier ein Eis kaufen, Molly. In Dublin könnte ich doch nie auf der Straße eine Eiswaffel essen. Und außerdem ist das Eis dort voller Bazillen. Ist es hier nicht einfach wunderbar?«

Molly musste jetzt wohl oder übel das Geschäft betreten. Clare reagierte schnell. »Es tut mir Leid, Schokotoffees sind aus«, sagte sie

laut und deutlich zu David. »Aber wir bekommen heute Nachmittag die Lieferung.« Sie wandte sich höflich den beiden Damen zu. »Soll ich Ihnen ein Eis bringen?«, fragte sie.
»Ist es sauber gelagert und wirklich frisch?«, wollte Mrs. Nolan wissen.
»Ja, natürlich. Sehen Sie selbst hinein, wenn Sie wollen. Aber ich kann auch für Sie extra eine neue Packung aufmachen.«
Mrs. Nolan war zufrieden. David schlüpfte unbemerkt hinaus. Clare ging in die Küche und holte einen sauberen Krug mit heißem Wasser und ein sauberes scharfes Messer. Sie tauchte das Messer in das Wasser ein und schlitzte den Eiscremekarton auf. Dann machte sie tiefe Einkerbungen und schnitt zwei Vier-Penny-Portionen ab, die sie mit ernster Miene überreichte.
»Das hier ist wirklich ein nettes Geschäft, Molly«, sagte Mrs. Nolan.
»Ja, nicht wahr?«, erwiderte Mrs. Power unsicher.
»Ich denke, hier ist es besser als in dem Geschäft, das du uns empfohlen hast.«
»Ja, es ist wirklich sehr gut«, pflichtete Molly ihr bei und sah dabei an die Decke.
Clare betete, ihr Vater möge jetzt nicht hereinkommen und vor ihnen buckeln. Sie sagte ihnen Auf Wiedersehen.
»Ein nettes kleines Mädchen«, hörte sie Mrs. Nolan sagen. »Sie sieht zwar ziemlich unterernährt aus, aber sie ist ein intelligentes kleines Ding.«

*

Chrissie fand, Clare trage neuerdings ein widerliches, hämisches Grinsen zur Schau, dessen Anblick unerträglich sei, und außerdem könne man es mit ihr nicht mehr aushalten, seit sie von dem Picknick in den Dünen erfahren habe.
Clare seufzte. Sie erklärte ihr, dass sie Davids Tüte in den Schrank hinter die Mäntel gelegt habe und dass sie auch eines ihrer eigenen Messer mit eingepackt habe.
»Hat er gesagt, ob Caroline und Hilary auch kommen?«
Das hatte er zwar nicht, aber Clare nahm an, dass sie bestimmt kommen würden. Sie waren ja alt genug.

»Ja, sie sind alt genug, aber Gerry Doyle nimmt an, dass sie nicht kommen.«
Chrissie hoffte sehr, dass sie nicht kämen. Gerry Doyle interessierte sich ein bisschen zu sehr für Caroline Nolan. Sie hatte die beiden schon so oft zusammen lachen sehen – wegen nichts. Obwohl sie Clare gegenüber nichts davon erwähnte, schien die schon verstanden zu haben.
»Wenn der Sommer zu Ende ist, gehen sie alle wieder nach Hause, aber du bist dann immer noch da«, sagte sie tröstend.
»Das brauchst du mir nicht zu erzählen, du Dummerchen«, erwiderte Chrissie, während sie ihr Gesicht im Spiegel betrachtete. »Das hat Vor- und Nachteile.«

*

Nolan war sehr enttäuscht, als er entdeckte, dass Fiona Doyle nicht unter jenen war, die im Mondschein kichernd zu den Dünen pilgerten. Er hatte beschlossen, Caroline und Hilary mitzunehmen – was dem Ganzen einen anständigen Anstrich verlieh –, und er war sehr verärgert über Gerry Doyle, weil er es seiner Schwester verboten hatte.
»Es wird bestimmt nicht so eine Knutscherei wie in der Höhle«, sagte er zu Gerry.
»Ich weiß. Aber sie wird trotzdem nicht mitkommen, nicht nachts. Nicht zu den Sandhügeln.«
»Du klingst, als würdest du von einer Nonne sprechen, nicht von Fiona«, schimpfte James Nolan.
Gerry lächelte ihm zu und nahm dem Disput damit die Schärfe.
»Ja, ich weiß schon, was du meinst, aber Fiona lebt schließlich hier. Es ist nicht wie bei deiner Schwester und Hilary einfach nur ein vergnügter Abend in den Ferien. Wenn man am gleichen Ort wohnt, ist es anders. Es gibt Orte in Dublin, da würdest du Caroline auch nicht hingehen lassen, selbst wenn gegen diese Orte an sich vielleicht nichts einzuwenden wäre.«
Darauf wusste Nolan nichts zu entgegnen.
Sie hatten ein Grammofon zum Aufziehen und sich so weit vom Ort entfernt, dass niemand, nicht einmal die Möwen, die Musik hören konnten.

Mit dem Campingkocher bereiteten sie ihr Essen zu; David legte eine Weile lang seinen Arm um Caroline, und Chrissie kuschelte sich an Gerry Doyle – aber der musste sich oft von ihr losmachen, um Dosen zu öffnen oder nach dem Kocher zu sehen und die Würstchen umzudrehen. Nolan landete bei Kath, die sich seiner Ansicht nach seit dem letzten Winter zu ihrem Vorteil verändert hatte. Es gab keine Pärchen, die auf einmal verschwanden, und als das Feuer im Campingkocher zu flackern begann und schließlich erstarb und niemand sich mehr die Mühe machte, das Grammofon aufzuziehen, wurde klar, dass alles gut gegangen war.

Gerry Doyle und nicht Chrissie entschied, wann die Party zu Ende war. Mit einem Lachen brachte er alle zum Aufstehen, Blusen wurden hastig wieder in Ordnung gebracht, und hier und dort war Gekicher zu hören. Sie gingen am Strand entlang zurück, der silbrig und verzaubert vor ihnen lag. Als sie am Fuß der Treppen angekommen waren, hörten sie auf zu schwatzen und unterhielten sich auf dem restlichen Weg nur noch flüsternd und kichernd.

Sie seien diesmal nicht betrunken, bemerkten Kath und Chrissie kichernd, aber dafür erfahrener. Hilary und Caroline rannten im Mondschein am Strand entlang, legten die Finger an die Lippen und lachten. Hilary war von einem der Dillon-Jungen heftig umworben worden, der zwar Hasenzähne hatte, aber ansonsten gar nicht so übel war.

James und David legten ein geruhsameres Tempo vor, und während sie so zusammen schlenderten, erzählte James David, dass er seine Zunge in Kaths Mund gesteckt habe und dass es *entsetzlich* gewesen sei. Ihr Mund sei voller Speichel gewesen. Es musste irgendwie *anders* gehen. David nickte interessiert und pflichtete ihm bei; allerdings verschwieg er ihm, dass Caroline Nolans Mund überhaupt nicht voller Speichel gewesen, sondern dass es wirklich sehr schön gewesen war.

*

Caroline und Hilary hatten sich oben auf den Klippen in die Sonne gelegt, als Gerry Doyle am nächsten Tag vorbeikam.

»Seid ihr erwischt worden?«

»Nein, alles ging glatt. Mammy nimmt so viele Schlaftabletten,

dass sie es nicht einmal gemerkt hätte, wenn wir das Picknick im Garten veranstaltet hätten«, meinte Caroline.
»Das macht meine Mutter auch, und dann nimmt sie noch Tabletten zum Aufwachen und Beruhigungstabletten.«
»Wie Smarties«, kicherte Caroline.
»Es war eine schöne Nacht«, sagte Hilary.
»Hm, aber sie hätte noch besser sein können.« Gerry schien dabei Caroline anzusehen.
»Ja, nun«, meinte sie nervös.
»Ich bin gekommen, weil ich Fotos von euch für meine Wand machen möchte«, sagte er.
»Oh, wir haben schon so viele Fotos. Fast ein ganzes Album voll«, erwiderte Caroline.
»Nein, ich meine nicht die, die ihr gekauft habt. Ich möchte welche für mich machen, als Erinnerung an die hinreißendsten Mädchen, die je nach Castlebay gekommen sind.«
Sie wollten nicht: Sie trügen weder die richtigen Kleider noch Make-up. Er konnte sie jedoch beruhigen, und schließlich willigten sie ein. Zuerst war Hilary an der Reihe. Sie machte zu Anfang nur Unsinn, schnitt Grimassen und nahm alberne Posen ein, doch dann lächelte sie und sah direkt in die Kamera. »Du musst ja schon an die hundert Aufnahmen im Kasten haben«, sagte sie. »Mindestens. Jetzt ist Caroline dran.«
Dieses Mal wurde weniger herumgealbert. Caroline wirkte sofort ganz locker. Einmal sagte sie: »Ich komme mir ziemlich idiotisch vor. So etwas mache ich normalerweise nicht.«
»Du brauchst auch gar nichts zu machen«, entgegnete Gerry. »Sei einfach nur du selbst. Großartig. Ich finde, du siehst durch die Kamera hübsch aus. Wirklich sehr hübsch.«
Sie sonnte sich in seiner Anerkennung, lächelte und beugte sich zur Kamera hin. Ohne es zu merken, ließ sie ihre Zunge über die Unterlippe gleiten und machte ihre Augen weiter. Es schien völlig normal für sie zu sein, wie hypnotisiert in die Kamera zu starren, während Gerry immer wieder auf den Auslöser drückte und ebenfalls ganz normal weiterredete. Er sprach über ihre Haut, wie weich und sonnengebräunt sie sei, und dass er hoffe, man könne es durch das Spiel von Licht und Schatten auf den Schwarz-Weiß-Aufnahmen auch erkennen. Es war ihr anscheinend überhaupt

nicht peinlich, dass er ihr vor Hilary derartige Komplimente machte, und Hilary schien sich auch nichts dabei zu denken. Eigentlich wünschte sie sich, sie hätte sich auch mehr angestrengt, so wie Caroline, dann hätte Gerry Doyle vielleicht über ihre Haut und ihr Haar auch etwas Nettes gesagt.
Er legte die Kamera zur Seite.
»Das ist es, was ich wirklich gerne mache – schöne Frauen zu fotografieren. Ich würde am liebsten den ganzen Tag nichts anderes tun und keine schwitzenden Pärchen im Tanzsaal oder langweilige Familien am Strand aufnehmen.« Er klang bitter. Das war man von Gerry Doyle, der immer so sorglos wirkte, nicht gewohnt.
»Warum tust du es dann nicht? Du machst doch anscheinend immer das, was du willst.« Ihre Blicke trafen sich, und Caroline sagte mit den Augen mehr als mit Worten.
»Ja, das tue ich für gewöhnlich«, entgegnete er und grinste.

*

Angela hatte den Eindruck, als hätten sich bei ihr noch nie so viele Leute nach Sean erkundigt wie in diesem Sommer. Menschen, die noch nie nach ihm gefragt hatten. Mutter Immaculata wollte wissen, ob er wohl dieses Jahr zum Heiligen Jahr nach Rom gehen würde, da doch so viele Geistliche aus allen Teilen der Welt die Heilige Stadt besuchten. Angela sagte, sie glaube, dass man ihn auf der Missionsstation nicht entbehren könne. Die junge Mrs. Dillon vom Hotel erzählte ihr aufgeregt, dass zwei ihrer Hotelgäste im September nach Japan reisen würden. Sie könnten Father Sean doch etwas von ihr mitbringen oder ihn aufsuchen. Aber Angela musste sie enttäuschen: Soweit sie informiert sei, besuche er gerade im September die Philippinen.
Manchmal überraschte es sie selbst, mit welcher Leichtigkeit sie trotz allem, was sie wusste, über Berufung und Mission sprechen konnte. Was hatte sich der Herr nur dabei gedacht, als er vor all den Jahren über dem Häuschen der O'Haras geschwebt war und ausgerechnet Sean ausgewählt hatte? *Wusste* Er denn nicht, was die Zukunft bringen würde? Warum ließ der Herr es zu, dass man sich über ihn lustig machte und dass allen so viel Leid zugefügt wurde? Sie lehnte gerade ihr Fahrrad gegen die Mauer vom Laden

der O'Briens, als sie mit einem Mal zu ihrem Entsetzen begriff, dass nicht *alle* deswegen unglücklich waren, sondern dass es eigentlich nur sehr wenige Menschen waren. Es bestand sogar die Möglichkeit, dass sie als Einzige unglücklich war. Ihr Bruder war völlig zufrieden, er hatte, wie er selbst sagte, zum ersten Mal erfahren, was wirkliche Zufriedenheit bedeutete. Auch ihre beiden Schwestern Geraldine und Maire waren ganz zufrieden. Sie schickten Sean zu Weihnachten und an seinem Geburtstag Briefe, und ihre Kinder schrieben noch etwas in ihrer runden, ungelenken Handschrift dazu. Und daheim bei den O'Haras saß Mutter in ihrem Stuhl und beobachtete die Menschen auf ihrem Weg vom und zum Golfplatz, grüßte sie, lächelte und nickte jedem zu, der vorbeikam. Auch sie war glücklich. In dem sicheren Wissen, dass sie einen Priester zum Sohn hatte, der sich direkt bei Gott für sie verwenden konnte und ihr im Himmel einen Platz bereitete.

Angela wusste nicht, ob sie sich darüber freuen oder ärgern sollte, dass sie die Einzige war, die wegen Seans Dilemma litt. Sie sollte sich wohl darüber freuen, dachte sie, dass das Ausmaß menschlichen Leids dadurch insgesamt kleiner geworden war. Aber wenn man anfing, genauer darüber nachzudenken, wurde einem erst bewusst, wie ungerecht alles war. Mit einem strengen Zug um den Mund betrat sie das Geschäft und erblickte die kleine Clare, die gerade beschäftigt war. Sie hatte kein golden gebräuntes Gesicht wie die Mädchen, die an der Cliff Road auf der Mauer saßen. Sie trug keine leuchtend rosafarbene Bluse, die ihrem Aussehen etwas mehr Leben und Farbe verliehen hätte. Nein, sie wirkte schäbig und blass in ihrem verblichenen, mit gelben und rosaroten Blumen bedruckten Kleid, das bestimmt einmal Chrissie gehört hatte. Sie hatte die Stirn gerunzelt, weil sie sich darauf konzentrierte, jemandem sein Wechselgeld auszuhändigen.

»Ich bin normalerweise ziemlich schnell beim Herausgeben«, hörte Angela sie zu der Frau sagen. »Aber wenn es im Laden so voll ist und wir alle zusammen an der Geldschublade stehen, kann man leicht durcheinander kommen. Deshalb geht es jetzt ein bisschen langsam.«

Die Frau lächelte dem ernsten Kind zu, das nicht einmal die Zeit hatte, Angela am anderen Ende des Ladens zu bemerken. Mrs. O'Brien erkundigte sich nach Angelas Mutter, ob ihr das Wetter gut tue, ob Geraldine oder Maire diesen Sommer nach Hause kämen und wann sie seine Hochwürden zurückerwarteten – wie schade, dass es ihm dieses Jahr nicht möglich sei zu kommen, dann hätte er zum Heiligen Jahr nach Rom reisen können. Die Dillons wollten es im Oktober tun, nach dem Ende der Sommersaison. Die Vorstellung, nach Rom zu reisen und dort den Heiligen Vater zu sehen! Man habe darüber gesprochen, eine Kollekte zu organisieren, um Father O'Dwyer einen Rom-Besuch zu ermöglichen, aber es sei nichts daraus geworden. Man sei einfach zu spät auf den Gedanken gekommen, und jetzt hätten alle so viel zu tun, dass keine Zeit mehr sei, um sich in dieser Angelegenheit zu treffen. Angela streute mechanisch von Zeit zu Zeit Seufzer und Ausrufe in Agnes O'Briens Redefluss ein. Sie hatte oft das Gefühl, man könnte sich, auch wenn man stumm auf die Welt gekommen wäre und nie sprechen gelernt hätte, mit den meisten Bewohnern Castlebays ausgezeichnet unterhalten. Es genügte vollauf, zuzuhören, ab und an zu nicken, zu lächeln, den Kopf zu schütteln und einen Laut von sich zu geben. Wie Recht sie mit ihrer Annahme hatte, erwies sich wenig später: Denn als sie gerade ihre Einkäufe in den Fahrradkorb packte, hörte sie zufällig, wie Mrs. O'Brien zu Miss O'Flaherty sagte, was für ein nettes Mädchen Angela O'Hara doch sei und dass es nicht weiter verwunderlich wäre, dass die Kinder alle ganz verrückt nach ihr seien. Dies löste bei Angela ein zufriedenes Lächeln aus, und ihrer Freude wurde nur ein kleiner Dämpfer versetzt, als Miss O'Flaherty, die an fast allem etwas auszusetzen fand, in ihrem weinerlichen Tonfall meinte, das sei ja alles gut und schön, aber wann werde Angela O'Hara denn endlich einen Mann finden?

Das war eine gute Frage, sagte sich Angela sarkastisch. Angenommen, nur angenommen, sie würde sich schön machen und zum Tanzen gehen; und angenommen, sie träfe dort einen netten Mann, der hier die Sommerferien verbrachte; der würde dann bestimmt in Dublin, Cork oder Limerick leben. Oder in Dagenham, wie der Mann, den sie vor drei Jahren kennen gelernt hatte. Was dann? Es hatte keinen Sinn, weiter darüber nachzudenken. Wenn sie so lange bei ihrer Mutter geblieben war, musste sie es auch weiterhin tun. Vor fünf Jahren hätte sie vielleicht weggehen können, aber jetzt nicht mehr. Sie konnte sich nicht darauf verlassen, dass ihr Bruder nicht doch eines Tages die Bombe platzen ließ. Miss O'Flaherty, die nicht gut den ersten Stein werfen konnte, würde noch lange warten müssen, bis Angela O'Hara einen Mann fand.

*

Wochen später begegnete sie Dr. Power. Er bremste sein Auto ab, um auf der Straße zum Golfplatz neben ihr herfahren zu können.
»Ich dachte, ich sollte mal bei Ihrer Mutter nach dem Rechten sehen.«
»Tun Sie das nur, aber geben Sie mir um Gottes willen fünf Minuten Zeit, damit ich ihr vorher eine frische Bluse anziehen kann. Sonst beschwert sie sich wieder den ganzen Abend lang, dass sie bei Ihrem Besuch nicht ordentlich angezogen war.«
»Ich muss sowieso vorher im Golfclub einen Patienten besuchen. Auf dem Rückweg komme ich dann bei Ihnen vorbei.«
Er wäre doch ein wunderbarer Ehemann, dachte Angela. Steinalt, ja, aber so ruhig und freundlich. Seine Frau, diese nörglerische Stadtpflanze, konnte sich wirklich glücklich schätzen! Angela fragte sich, ob sie sich dessen wohl bewusst war oder nur rastlos herumsaß, ihre Ringe und die zart lackierten Fingernägel betrachtete und sich ein kultivierteres Leben wünschte. War sie eigentlich dankbar dafür, dass sie so einen intelligenten Sohn hatte, liebte sie das große weiße Haus, in dem man von zwei Seiten aus einen direkten Blick aufs Meer hatte, und freute sie sich jeden Morgen beim Aufwachen darüber, dass Nellie die Kamine ausfegte und das Frühstück machte? Die nette, fröhliche Nellie Burke, die, als sie noch zur Schule gingen, ein Filmstar hatte werden wollen. Dr. Power war keineswegs ein völliger Heiliger. Manchmal war er schlecht gelaunt und ungeduldig mit den Leuten. Aber er war sehr liebenswürdig, und Mr. Murphy in der Apotheke sagte, man müsse lange suchen, um noch einmal einen so guten Arzt wie ihn zu finden. Wenn er in Dublin wohnen würde und irgendwo am Fitzwilliam Square ein Messingschild an der Tür hätte, würde er sich Facharzt nennen und von den Leuten ein Vermögen kassieren: Angela hoffte, dass Mrs. Molly Power nie in den Besitz dieser Information gelangte, denn tief im Innern war Paddy Power wie Angela, er würde nie von hier weggehen. Er war auf einem großen Bauernhof außerhalb Castlebays auf

die Welt gekommen, und das hier war, solange er zurückdenken konnte, schon immer sein Leben gewesen. Er würde nicht an irgendeinem Platz wohnen wollen, nicht für irgendein Schild an der Tür und auch nicht für ein dickes Bankkonto.

Sie machte ihre Mutter zurecht, wusch sie kurz und puderte sie etwas. Sie zog ihr auch einen sauberen Schlüpfer an, für den Fall, dass Dr. Power ihre schwachen Kniegelenke abtasten wollte, und natürlich frische Socken.

Angela fand, dass ihre Mutter gut aussah, wenn sie zurechtgemacht war – Father Sean O'Hara hatte die wohl geformten Wangenknochen von seiner Mutter geerbt. Ihr Haar fiel in weichen Locken. Jeder sah ein bisschen besser aus, wenn er sich zurechtmachte, sagte sich Angela bestimmt. Dann zog auch sie sich um und legte ein bisschen Lippenstift auf.

»Jetzt sehen wir aus wie zwei flotte Mädels, die ausgehen wollen«, sagte sie zu ihrer Mutter.

Mrs. O'Hara sah sich nervös im Raum um, aus Angst, jemand könnte diese Bemerkung gehört haben. »Du sagst manchmal furchtbar dumme Sachen. Die Leute bekommen bestimmt einen ganz falschen Eindruck von dir.«

»Darauf wette ich, Mutter«, entgegnete Angela, als der Doktor gerade hereinkam.

Es war ein Feriengast gewesen, der zu viel Golf gespielt hatte. Völlig untrainiert. Fünfzig Wochen im Jahr zu Hause, und dann spielte er hier auf hügeligem Gelände sechsunddreißig Löcher an fünf aufeinander folgenden Tagen. Kein Wunder, dass er zusammengebrochen war! Man sollte auch auf dem Golfplatz, wie am Strand, Warnschilder aufstellen.

»Wird er sich wieder erholen?«, fragte Angela.

»Oh, das Schlimmste, von dem er sich erholen muss, ist meine Behandlung. Er kommt wieder in Ordnung. Vielleicht habe ich ihn dazu gebracht, dass er seine jetzige Lebensweise überdenkt. Er wird womöglich hundert Jahre alt und mir jeden Tag seines Lebens dankbar sein. Aber jetzt genug von ihm. Wie geht es Ihnen, Mrs. O'Hara?«

Angela beobachtete ihn, wie er die geschwollenen Gelenke an den Beinen ihrer Mutter abtastete. Und dann nahm er ihre verkrümmten, unförmigen Hände in seine.

»Von außen betrachtet ist es nicht viel schlimmer geworden«, sagte er heiter, »aber ich weiß, das hilft Ihnen auch nichts, wenn innen drin alles wehtut.« Er machte es seinen Patienten leicht, ein wenig zu jammern; sie mussten ihre Ängste und ihre Leidensgeschichte nicht für sich behalten. Er hatte alle Zeit der Welt.

Angela begleitete ihn zum Wagen zurück.

»Sieh mal an. Ich glaube, Sie selbst haben auch eigens für mich eine frische Bluse angezogen und sich das Gesicht etwas zurechtgemacht«, sagte er neckend zu ihr. »Wollten Sie mich auch konsultieren?«

»Nein, mir geht es gut«, lachte sie.

»Wenn es Ihnen gut gehen würde, könnten Sie nachts schlafen«, sagte er.

»Das kann ich jetzt beinahe wieder. Ich nehme nur noch eine halbe Tablette, nicht eine ganze wie zu Anfang.«

»Ist es denn besser geworden? Das, was Sie bedrückt?« Er stand auf der anderen Seite des Autos. Sie lehnte sich hinüber, die Ellbogen auf dem Wagendach.

»Ich glaube, es ist jetzt ein bisschen besser geworden. Es ist nicht vorüber, aber ich habe mich daran gewöhnt.«

»Es handelt sich offenbar nicht um eine Krankheit oder ein gesundheitliches Problem. Sie brauchen es mir nicht zu sagen, aber ich könnte Ihnen einen sehr netten Arzt empfehlen. Jemanden, den Sie nicht kennen.«

»Nein, das ist es nicht, aber trotzdem danke.«

»Und wenn es wegen eines Mannes ist – wir sind es nicht wert. Keiner von uns ist es wert, dass eine Frau wegen ihm auch nur eine Stunde lang wachliegt.«

»Hören Sie auf damit«, lachte sie. »Sie möchten mir Informationen entlocken – *und* Komplimente. Die halbe Stadt kann wegen Ihnen nicht schlafen, Dr. Power. Ich habe nur darüber nachgedacht, wie schade es ist, dass ich nicht vor zehn Jahren bei Ihrem Besuch in diesem Haus hier war. Dann hätte ich Sie mir vielleicht geschnappt.«

»Oh, da hätten Sie schon viel früher da sein müssen, ich bin ein altes Haus. Ein langweiliges altes Haus.«

Er setzte sich ins Auto und kurbelte das Fenster herunter.

»Wenn Sie einen Mann finden, mit dem Sie weggehen wollen,

dann tun Sie es bald. Hören Sie, Angela, glauben Sie bloß nicht, dass Sie in diesem Haus da alt werden müssen. Ich werde mich schon darum kümmern, dass Ihre Mutter gepflegt wird. Leben Sie Ihr Leben.«

»Nein, das ist es wirklich nicht.« Sie lächelte ihm liebevoll zu.

»Oder wenn Sie Nonne werden wollen«, sagte er plötzlich.

»Oh, das ist es ganz bestimmt nicht.« Sie krümmte sich vor Lachen.

»Nein, ich glaube, einer in der Familie ist genug«, entgegnete er und fuhr davon.

Einer war mehr als genug, dachte Angela, als sie ins Haus zurückging.

*

Gerry Doyle hatte während des Sommers zwei erstklassige Aufnahmen gemacht. Eine von Caroline und David, wie sie gerade Wasserball spielten – im Hintergrund die sich auftürmenden Wellen. David gefiel es ausgezeichnet; er fand, das Foto erinnerte an eine Werbung mit dem Slogan »Kommen Sie ins sonnige Irgendwo« – so wie häufig englische Badeorte angepriesen wurden. Die zweite Aufnahme war von Nolan, wie er gerade auf der Mauer vor dem Laden der O'Briens saß und ein Eis aß. Er war umringt von Mädchen: Hilary auf der einen Seite, Gerrys Schwester Fiona auf der anderen, und ihm zu Füßen saßen Chrissie O'Brien und ihre zwei besten Freundinnen Kath und Peggy. Er sah aus wie ein Sultan, sonnengebräunt und mächtig und von Frauen umgeben. Ihm fehlte nur noch die passende Kopfbedeckung. In der Schule ernteten James und David großen Ruhm mit den Bildern. David fragte sich sogar, ob wohl die halbe Schule im nächsten Sommer mit ihren Eltern in Castlebay auftauchen würde. Die Robbenhöhle war zu einer Legende für nächtliche Abenteuer geworden, die Sanddünen für noch aufregendere Unternehmungen, und dann war da noch Brigid's Cave, in die man eine Frage hineinrufen konnte, und das Echo warf dann die Antwort zurück. Tennis im Hotel und danach in der Bar noch eine Limonade; die Stunden auf dem Golfplatz und die Juniorenturniere. Sie hatten nicht nur ihre Geschichten zu erzählen, sie konnten sie sogar noch anhand von

Fotos beweisen. David bewahrte Carolines Bild unter einem Blatt Papier hinten in seinem Atlas auf. Es war nicht einfach, in die Schwester seines besten Freundes verliebt zu sein, weil man dann nicht offen mit ihm darüber sprechen konnte. Er konnte ihm nicht erzählen, dass er sie im Kino geküsst hatte und dass sie nichts dagegen gehabt hatte. Nolan durfte nicht wissen, dass er Caroline außerdem auch noch im Meer und in der Echohöhle geküsst hatte. David erzählte ihm lediglich, dass Caroline ihm unter dem Decknamen Charles schreiben würde, aber Nolan schien sich nicht sonderlich dafür zu interessieren. Fiona Doyle, Gerrys Schwester, wollte ihm unter dem Pseudonym Fred schreiben, und Hilary würde sich Henry nennen. Wenn Chrissie O'Brien schreiben könnte, hätte sie ihnen sicherlich auch geschrieben und mit Christopher unterzeichnet, aber man munkelte, dass Chrissie Analphabetin war, und so stellte sich diese Frage erst gar nicht. David Power und James Nolan kamen außerdem zu dem Schluss, dass Chrissie – mit Gerry Doyle in nächster Nähe – viel zu beschäftigt war, um überhaupt auf den Gedanken zu kommen, an Jungen in einem fernen Internat zu schreiben. Gerry Doyle konnte anscheinend alle Mädchen haben, ohne auch nur das Geringste dafür tun zu müssen.
Sie wussten nicht, dass Chrissie von Tag zu Tag deutlicher spürte, dass Gerry Doyle sich nicht mehr so für sie interessierte wie früher. Chrissie unterhielt sich mit ihren Freundinnen Kath und Peggy ausführlich darüber, aber sie kamen zu keinem Ergebnis. Sie war so weit gegangen, wie sie konnte, ohne es bis zum Äußersten kommen zu lassen oder Dinge zu tun, die ihnen beiden bei Tageslicht, wenn sie daran zurückdenken würden, sehr peinlich wären. Was sollte sie denn noch tun? Sie hatte keine Pickel mehr, ihr Haar war jetzt viel blonder und dank der Pfeifenreiniger auch viel lockiger. Sie hatte einen großen Busen und trug einen engen roten Gürtel um die Taille. Sie machte Gerry nie das Leben schwer oder wurde ihm lästig und fragte ihn auch nie, ob er fest mit ihr gehen wolle. Und trotzdem schien er sich von ihr entfernt zu haben. Es war ein Rätsel. Kath und Peggy waren der gleichen Ansicht: Alle Männer waren ein Rätsel.

*

»Wir sollten ernstlich versuchen, fotografieren zu lernen. Das scheint gut anzukommen«, schlug Nolan David eines Tages vor.
»Ich habe das Gefühl, es ist mehr als das«, meinte David. Er mochte Gerry, aber er wünschte, Caroline wäre nicht so hingerissen von ihm. Es ärgerte ihn, wenn plötzlich, während er gerade mit ihr sprach, ihr Gesicht zu strahlen begann und sie die Hand hob, um jemandem zuzuwinken. Das konnte nur bedeuten, dass sie gerade wieder Gerry Doyle irgendwo entdeckt hatte. Und Gerry würde dann einfach nur freundlich lächeln und zurückwinken, er kam nie angehechelt wie Bones, zitternd vor Begeisterung und Freude darüber, dass man ihn bemerkt hatte. Man musste also weniger wie Bones und mehr wie Gerry Doyle sein – das war offensichtlich die Devise, wenn man bei den Frauen landen wollte.
Erfolg in der Schule zu haben war einfacher. David war bei den Zwischenprüfungen an Weihnachten Klassenbester und Nolan Zweitbester. Nolan ärgerte sich darüber, nur Zweitbester zu sein, und an Ostern war er dann Bester und David Zweitbester. Sie trafen eine Abmachung: Für den Rest des Schuljahres wollten sie nicht so viel für die Schule arbeiten, sondern stattdessen richtig gute Tennisspieler werden. Tennis war so ungefähr das einzige Spiel, das Gerry Doyle nicht beherrschte und in dem er nicht brillierte. Und das auch nur deshalb, weil er es nie versucht hatte.

*

Chrissie sagte, sie wolle von der Schule abgehen und etwas Sinnvolles tun. Was denn zum Beispiel?, hatten sie sie gefragt. Sie zuckte mit den Schultern, egal, irgendetwas, nur nicht mehr diese langweiligen Schulstunden. Sie versicherte ihnen, dass man sich gar keine Vorstellung davon mache, wie viel Zeit in der Klosterschule sinnlos vertan werde, die Nonnen hätten die Klassen nicht im Griff, und die Kinder säßen den lieben langen Tag einfach nur faul herum. Man wies sie darauf hin, dass Clare anscheinend ganz gut vorankam, aber Chrissie erklärte, das beweise gar nichts. Clare sei ausgesprochen seltsam, sie habe überhaupt keine Freundinnen und würde aus reiner Verzweiflung darüber, wie furchtbar ihr restliches Leben sei, zum Lernen getrieben. Diese Argumentation kam nicht so gut an, wie Chrissie es sich erhofft hatte. Es könne überhaupt keine Rede davon sein, dass sie mit vierzehn schon von der Schule abginge, sagte man ihr. Sie würde noch ein Jahr bleiben und auch auf ihr Benehmen achten. Außerdem sei es nicht wahr, dass Clare keine Freundinnen habe, sie sei doch mit Josie Dillon befreundet, oder?

*

Miss O'Hara war mit Clares bisherigen Fortschritten sehr zufrieden. Sie meinte, unter normalen Umständen müsste sie das Stipendium bekommen. Schon dieses Jahr, mit nur elf Jahren, würde sie bereits fast alle Anforderungen erfüllen, also müsste es nächstes Jahr überhaupt kein Problem mehr sein.

»Manchmal habe ich ein richtig schlechtes Gewissen, wenn ich dich unterrichte, Clare«, sagte Miss O'Hara eines Abends zu ihr. »Du kannst jetzt ohne Hilfe lernen, und es gefällt dir offensichtlich. Alles, was ich tue, ist neben dir zu sitzen und dich zu loben.«

»Sie wollen doch nicht damit aufhören?«, fragte Clare erschrocken.

»Nein, natürlich nicht. Ich dachte nur, dass Mädchen wie Josie Dillon oder die kleine Murphy vielleicht mehr davon profitieren würden. Sie könnten dann wenigstens lesen, wenn sie von der Schule abgehen. Das wäre schön für sie.«

»Josie *kann* lesen«, sagte Clare. »Natürlich kann sie das.«

»Aber sie tut es nicht, oder? Ich kann sie nicht bitten, in der Klasse laut aus dem Geschichts- oder Englischbuch vorzulesen. Sie kann keine Rolle in den Stücken, die wir laut lesen, übernehmen, sonst säßen wir bis tief in die Nacht im Klassenzimmer. Das weißt du sehr gut.«

»Sie interessiert sich nicht besonders dafür, das ist alles.«

»Gibt es denn irgendetwas, für das sie sich interessiert? Ihre Schwestern waren in Ordnung, weißt du. Zwar keine Genies, aber ganz ordentlich. Josie wird niemals, wie ihre Schwestern, eine Oberschule besuchen können. Das wäre einfach vergebene Liebesmüh.«

»Ja, das weiß sie.«

»Ist es schon sicher? Ich habe nur Vermutungen angestellt. Macht es ihr etwas aus?«

»Nein, ich glaube, sie ist ganz froh darüber. Sie möchte eigentlich gar nicht fort von zu Hause. Sie ist nervös und hat Angst vor Veränderungen.«

»Wenn du ihre Freundin bist, solltest du sie unterstützen. Warum hilfst du ihr nicht, ein bisschen weiterzukommen? Und für dich wäre es auch eine gute Übung.«

»Wofür denn?«

»Um eine Lehrerin zu werden. He, hast du vergessen, dass es darum geht? Wir machen eine Lehrerin aus dir, Clare O'Brien.«

»O ja. Natürlich.«

Es war ihr nicht klar gewesen, dass Miss O'Hara darin das Ziel sah. In einer Klosterschule zu unterrichten, entweder hier in Castlebay, wo sie dann mit dem Fahrrad nach Hause fahren könnte, oder an irgendeinem anderen, ähnlichen Ort. Miss O'Hara wusste nicht, dass Clare die Welt sehen wollte, sie wollte Botschafterin oder Chefin in einer großen Firma oder Dolmetscherin werden, nicht bloß Lehrerin. Aber natürlich wäre es sehr taktlos gewesen, etwas Derartiges Miss O'Hara gegenüber zu erwähnen. Es würde bedeuten, dass sie glaubte, Miss O'Hara hätte es nicht weit genug gebracht.

»Nun? Willst du ihr nicht ein bisschen helfen? Nicht die Dinge *für sie tun*, weißt du, sondern sie ihr *erklären*.«

»Sie wird sich sicher fragen, aus welchem Grund ich das mache.«

»Nun, wenn sie so gerne hier bleiben möchte, warum bringst du sie dann nicht auf den Gedanken, einen guten Schulabschluss zu machen, damit sie später eine Handelsschule besuchen kann? Dort könnte sie Buchführung, Schreibmaschine und Steno lernen und im Büro des Hotels arbeiten, wenn der alte Drachen von Großmutter stirbt und jemand anderer aus der Familie das Büro übernehmen kann.«

Clare bereitete es eine diebische Freude, wenn man sie an den Boshaftigkeiten der Erwachsenen teilhaben ließ. Sie fühlte sich dadurch sehr wichtig. »Ich werde sehen, was ich tun kann«, sagte sie.

»Es ist besser, wenn es von dir kommt«, meinte Miss O'Hara. »Die meisten Leute denken, dass alle Ratschläge, die von einer Lehrerin kommen, ihnen am Ende zum Verhängnis werden.«

*

Josies zwölfter Geburtstag fiel in die Zeit, als keines ihrer Geschwister zu Hause, sondern alle gerade im Internat waren. Ihre Mutter, die normalerweise nur »die junge Mrs. Dillon« genannt

wurde, schlug vor, die Feier bis zu den Ferien zu verschieben, wenn der Rest der Familie nach Hause käme. Erstaunlicherweise war Josie anderer Ansicht, denn so war man schon an ihrem zehnten Geburtstag verfahren und auch an ihrem elften, aber dieses Jahr sollte das anders werden. Diesmal wollte sie Clare O'Brien zum Tee einladen, und anschließend würden sie ins Kino gehen.
Ins Kino! In eine Abendvorstellung, und das mitten unter der Woche! Das hatte es noch nie gegeben.
Clare O'Brien beteuerte, ihre Eltern hätten nichts dagegen, wenn Josies Mutter auch nichts dagegen habe. Die junge Mrs. Dillon betrachtete das große, teigige Gesicht ihrer jüngsten Tochter und war von deren Anblick gerührt. Sie gab ihr Einverständnis.
Soweit sie es beurteilen konnte, war die kleine Clare nicht so eine schlimme Göre wie ihre Schwester Chrissie. Und vielleicht tat es der armen Josie gut, eine Freundin zu haben, auch wenn sie nur die Tochter eines kleinen Krämers war.

*

Während sie darauf warteten, dass der Film begann, sagte Clare zu Josie, dass sie ein Glückspilz sei, weil sie ein Zimmer für sich allein habe. Das würde sie sich mehr als alles andere auf der Welt wünschen.
»Für dich wäre es das Richtige. Dir macht das Lernen *Spaß*.«
»Es macht mir nicht wirklich *Spaß*. Niemandem macht es Spaß, etwas auswendig zu lernen, genauso wenig wie Dividieren, Bruchrechnen und andere Mathematikaufgaben. Ich tue es auch nur deshalb, damit ich später einmal das machen kann, was ich mir vorgenommen habe.«
»Was möchtest du denn später einmal machen?« Josie sah sie mit einem stumpfen Gesichtsausdruck an.
Clare überlegte hin und her, ob sie es wagen sollte.
»Nun, da wir kein Geld für die Oberschule haben, dachte ich, wenn ich ganz, ganz gut in der Schule bin, nehmen sie mich in der Oberschule vielleicht kostenlos auf, damit ich die anderen dazu anspornе, sich auch anzustrengen.«
»Wo könnte es so etwas denn geben?«
»Manche Oberschulen machen das.«

»Ja, warum eigentlich nicht? Die sollen doch froh sein, Schüler unterrichten zu können, die sich anstrengen, anstatt Faulpelze, die bezahlen.«
Clare fühlte sich ermutigt. »Deshalb mache ich das alles, und du solltest es auch tun.«
»Aber meine Eltern haben genug Geld, um mich auf eine Oberschule zu schicken. Aber ich will das gar nicht.«
»Was möchtest du *dann* tun?«
»Hier bleiben.«
»Im Hotel?«
»Natürlich. Wo sollte ich sonst hingehen?«
»Aber es wäre besser, wenn du einen Beruf erlernen würdest, Josie. Sonst arbeitest du im Hotel nur als Zimmermädchen und Bedienung. Die Jungs werden doch bestimmt alle Hoteliers werden, oder?«
»Ja, wahrscheinlich.« Josie hatte noch nie darüber nachgedacht.
»Und Rose und Emily werden sicher Kurse in Betriebsführung oder so was machen, da wette ich.«
»Ja, das kann schon sein.«
»Deshalb solltest *du* auch etwas machen, wenn du nicht willst, dass sie dich rausdrängen.«
»Was könnte ich denn tun, Clare?« Josie warf ihr einen kläglichen Blick zu.
Clare wollte nicht zu schnell mit einer fertigen Lösung herausrücken. »Du könntest etwas lernen, was sie nicht können. Dann werden sie dich immer brauchen.«
»Was denn?«
»Wenn du nun eine kaufmännische Ausbildung machen wolltest, hättest du dann jemanden, bei dem du unter der Woche in der Stadt wohnen könntest?« Sie wusste, dass die Dillons mindestens drei Cousins in der Stadt hatten.
Nach einer Weile fiel es auch Josie wieder ein. Ja, das wäre möglich. »Aber dort wäre ich ja dann ganz allein.«
»Ist denn die Handelsschule nicht im gleichen Gebäude wie die Oberschule?«
Es stellte sich heraus, dass das tatsächlich der Fall war, und wenn Clares Pläne sich verwirklichen ließen, wären sie beide an derselben Schule. Nach diesem Gespräch konnten sie sich kaum mehr

auf den Film konzentrieren. Ihre Pläne im wirklichen Leben waren viel aufregender.
»Sie würden mich nur auslachen. In Rechtschreibung und so bin ich nicht gut. Ich werde das ganze Zeug nie lernen.«
»Ich könnte dir dabei helfen, wenn du möchtest.«
»Warum würdest du das denn tun?« Josie war in ihrer Ungläubigkeit fast undankbar.
»Weil du meine Freundin bist«, sagte Clare unsicher, und Josie strahlte über beide Ohren.
Dann fingen sie an. Sie arbeiteten häufiger in Dillons Hotel als bei Clare zu Hause. Das war viel einfacher, und es schien niemanden zu stören. Clare hatte nicht ständig Unfug im Sinn, nicht so wie Chrissie. Wenn man am Hotel vorbeiging, konnte man die beiden sogar an einem Fenster im oberen Stock lernen sehen. Clare gab Josie als Erstes Nachhilfe in Rechtschreibung, und Josie fand, es war ein wunderbarer Zufall, dass Miss O'Hara gerade jetzt einen Rechtschreibwettbewerb angekündigt hatte. Ihre Handschrift besserte sich, die Schulhefte waren sauber und ordentlich geführt, und Josie hielt sich sogar aufrechter und wirkte lebhafter. Einmal stellte sie im Unterricht eine Frage, und Mutter Brendan wäre deswegen beinahe in Ohnmacht gefallen. Clare warf Josie einen stirnrunzelnden Blick zu. Sie hatten ausgemacht, dass sie schrittweise besser werden und sich nicht zu klug geben sollte, denn dann würden sie sie ins Internat schicken und alles verderben.
Eine der Regeln des Klosters besagte, dass die Nonnen sich außerhalb des Konvents niemals ohne Begleitung zeigen durften. Deshalb war es ganz normal, wenn eine der Nonnen eine Lehrerin oder eine ältere Schülerin bat, sie zur Post oder zu Miss O'Flahertys Schreibwarenladen oder zu irgendeiner anderen Besorgung zu begleiten. Angela war also nicht überrascht, als Mutter Immaculata sie bat, mit ihr zusammen in die Stadt zu gehen.
Sie ließen das Kloster hinter sich und spazierten den Hügel hinab. Es war nie einfach, Gesprächsstoff für eine ungezwungene Unterhaltung mit Mutter Immaculata zu finden, und heute hatte Angela nicht ihren besten Tag. Obwohl sie eine halbe Schlaftablette mit warmer Milch eingenommen hatte, hatte sie nicht gut geschlafen. Emer hatte ihr die wundervolle Neuigkeit geschrieben, dass sie am kommenden Samstag Verlobungsringe kaufen würden. Sie fragte

Angela, ob sie nach Dublin kommen würde, um ihre Brautjungfer zu sein. Angelas Mutter hatte an diesem Morgen besonders steife Gelenke gehabt, und das Anziehen hatte sich sehr mühsam gestaltet, so als ob man einen Ast unter Schmerzen verbiegen müsste, um Socken anzuziehen, und schmerzende Arme verdrehen, um sie in Kleider zu zwängen. Die Kinder hatten den ganzen Morgen über besonders schrille Stimmen gehabt, und einem Mädchen in der ersten Klasse war es während des Religionsunterrichts schlecht geworden. Obwohl sie die Fenster geöffnet und die ganze Bescherung mit Dettol gereinigt hatten, schien der Geruch die gesamte Schule zu durchdringen. Sie hatte sich darauf gefreut, eine Zigarette zu rauchen und die Zeitung durchzublättern, und jetzt musste sie stattdessen mit dieser lächerlichen Nonne in die Stadt hinuntertraben, um eine Postkarte oder was auch immer zu kaufen.
»Warum dürfen Sie eigentlich nicht allein ausgehen, Mutter? Ich freue mich natürlich, Sie begleiten zu dürfen, aber ich habe mir schon oft diese Frage gestellt.«
»Das ist eben eine unserer Regeln«, entgegnete Immaculata selbstgefällig. Angela hätte ihr am liebsten ins Gesicht geschlagen.
»Aus Angst, dass Sie davonlaufen könnten?«, fragte sie.
»Das wohl *kaum*, Miss O'Hara.«
»Es muss einen Grund dafür geben. Aber ich glaube, den werden wir nie erfahren.«
»Wir pflegen die Regeln nicht in Frage zu stellen.«
»Nein, ich weiß, und dafür bewundere ich Sie aus tiefstem Herzen. Ich würde sie unentwegt infrage stellen.«
Die Nonne stieß ein kleines, blechernes Lachen aus. »Ja, das glaube ich gerne, Miss O'Hara.«
Wieder einmal fragte sich Angela, wie alt Immaculata wohl war – wahrscheinlich kaum zehn Jahre älter als sie selbst. Diese bleiche, überhebliche Frau war sehr wahrscheinlich noch keine vierzig. Das war wirklich bemerkenswert. Die Kinder hielten sie bestimmt für neunzig, aber schließlich hielten die Kinder alle Lehrerinnen für neunzig, das war also kein Maßstab.
»Eigentlich wollte ich mit Ihnen sprechen, deshalb habe ich die Gelegenheit beim Schopf ergriffen.«
»Ach ja?« Angela war wachsam. Was war so wichtig, dass man es nicht innerhalb der Schulmauern besprechen konnte? Hatte Im-

maculata vielleicht gehört, wie sie gesagt hatte, dass die Schule schon so schlecht genug roch, ohne dass die Kinder sich überallhin erbrachen?

»Es handelt sich um Ihren Bruder, Father O'Hara.«

Angela krampfte sich der Magen zusammen, und ihr Herz hämmerte vor Schreck wie wild.

»Ach ja?«, wiederholte sie, während sie sich mühte, keine Miene zu verziehen, und sich ins Gedächtnis rief, dass diese dumme, gespreizte Nonne immer nach jedem Satz, den sie von sich gab, eine bedeutungsschwere Pause machte. Es war also kein Unheil kündendes Zeichen.

»Nun, da ist etwas nicht ganz klar«, sagte Mutter Immaculata.

»Ach ja?« Angela spielte das Spiel mit: Je schneller sie reagierte, desto schneller würde die Antwort kommen.

»Ja. Ich frage mich, ob ... ob es ihm gut geht, wissen Sie. Ob alles in Ordnung ist.«

»Nun, das hoffe ich doch. Als ich das letzte Mal von ihm hörte, war alles in Ordnung. Worauf wollen Sie hinaus?« Angela hörte, wie munter ihre Stimme klang, und sie staunte über sich selbst. War es nicht phänomenal, wie sie immer genau die richtigen Antworten herausbrachte, während ihr Verstand zum unbeweglichen Eisblock gefroren und zu nichts nütze war?

»Sehen Sie, in unserer Gemeinschaft gibt es eine Schwester, sie ist nicht in unserem Haus, hat aber letztes Jahr eine Zeit lang bei uns gewohnt. Vielleicht sind Sie ihr nie begegnet – sie war kaum je in der Schule, fast nur im Wohntrakt. Sie war hier mehr oder weniger auf Urlaub.«

Angela behielt ihren heiteren, interessierten Gesichtsausdruck bei und unterdrückte den Schrei, sie solle endlich weiterreden.

»Diese Schwester hat einen Bruder, der im Moment auf dem Priesterseminar ist und bald in das Mutterhaus des Ordens wechselt. Er möchte Missionar werden, und deshalb kam die Schwester zu mir.«

Sie hielt inne. Miss O'Haras Lächeln war so höflich wie das eines Kindes, das hofft, eine Belohnung für gutes Benehmen zu bekommen.

»Die Schwester ist in einer unangenehmen Lage, weil ihre Familie unglücklicherweise keineswegs erfreut darüber ist, dass auch noch ein zweites Kind sein Leben Gott weihen will. Sie legen dem Jungen Steine in den Weg. Sie sagen, sie möchten zuvor wissen, was für ein Leben das da draußen ist, und mit einem Priester sprechen, der als Missionar tätig war, damit sie wissen, was ihren Sohn in seinem neuen Leben erwartet.« Mutter Immaculata unterbrach ihren Redefluss mit einem missbilligenden kleinen Lachen. »Als ob irgendeiner von uns je wüsste, was unser Leben in Frömmigkeit bringen wird.«

Angela schluckte und nickte.

»Also habe ich der Schwester von unserem Father O'Hara aus Castlebay erzählt und ihr seine Adresse gegeben. Und die Schwester hat von ihm einen sehr merkwürdigen Brief bekommen. Einen äußerst merkwürdigen Brief.«

»Sie hat ihm geschrieben, um ihren Eltern erzählen zu können, wie das tägliche Leben dort aussieht, nicht wahr?« Angelas Stimme war überraschend fest und ruhig.

»Ja, genau, und die Schwester sagt, dass *ihr* Brief an ihn völlig unmissverständlich war. Und dessen bin ich mir sicher, da sie sich sehr gut ausdrücken kann. Natürlich ist es nicht einfach, einem geweihten Priester zu erklären, dass die eigene Familie nicht voll und ganz hinter der Berufung ihres Bruders steht, aber ich habe der Schwester versichert, dass sie, was das anbelange, völlig offen sein könne. Ich sagte ihr, ich sei damals zwar noch nicht hier gewesen, aber meines Wissens sei Father O'Haras Weg zum Priester auch recht dornig gewesen, er habe durchaus auch mit Schwierigkeiten zu kämpfen gehabt.« Sie lächelte Angela zu.

Hexe, dachte Angela so grimmig, dass sie selbst darüber erschrak. Sie hat dieser blöden Schwester alles über den Trunkenbold Dinny O'Hara und seine Wutanfälle erzählt!

»Wie wahr«, erwiderte Angela O'Haras Stimme, »es war alles andere als ein leichter Weg, das kann ich Ihnen versichern.«

»Wie dem auch sei, die Schwester hat darauf diesen äußerst merkwürdigen Brief bekommen.«

»Konnte er ihr nicht weiterhelfen?«

»Eigentlich schon, denn er gab ihr *tatsächlich* einen äußerst detaillierten Bericht über das dortige Alltagsleben, und wie sie sich nach der Vertreibung aus China wieder neu zusammenfinden mussten. Er schrieb über das Christentum auf Formosa, Macao und den Philippinen, und dass sie darauf hofften, dass Einheimische sich zu Priestern weihen lassen und sie in ihrer Arbeit unterstützen würden.«

»Und?«

»Aber zwei Dinge waren seltsam. Er ging überhaupt nicht auf Japan ein, wo er sich selbst aufhält, er sagte keinen Ton über die Arbeit des Ordens dort, und dann schrieb er noch ... ich glaube, das waren seine Worte: ›Ich bin sicher, meine Schwester hat der Gemeinde von den Problemen, die ich hier habe, erzählt. So bin ich wohl kaum der richtige Mann, um bei Ihren Eltern ein gutes Wort für Ihren Bruder einzulegen.‹ So ungefähr. Ja, ich glaube, das waren seine Worte.«

O ja, dachte Angela, das waren ganz bestimmt seine Worte. Du musst sie mittlerweile auswendig können, Immaculata, und auch den Rest des Briefes. Aber an den anderen Stellen, jenen, die nicht merkwürdig klingen, wo du keinen Skandal oder Ärger witterst, liegt dir nichts. Nein, nein, die Sätze, mit denen Sean dieser geschwätzigen, dummen Nonne und ihrem unentschlossenen Bruder behilflich war, brauchst du dir nicht zu merken. Nur das, was für ein bisschen Klatsch taugt.

»Was könnte er nur damit meinen?« Angela klang erstaunt.

»Das haben wir uns auch gefragt, Miss O'Hara.«

»Ach, möchte denn die Familie der Schwester, dass er seine Bemerkung näher erläutert?« Angela war nahe daran, unhöflich zu werden.

»Nein, natürlich nicht. Es ist einfach nur beunruhigend.«

»Was denn?«

»Seine Probleme, die Sie seinen Worten nach wohl der Gemeinde geschildert haben. Das alles. Und warum er nicht der Richtige ist, um der Schwester in dieser Angelegenheit behilflich zu sein.«

»Ganz einfach, weil er so ein schlechter Briefschreiber ist.«

Angela schien erstaunt, dass Mutter Immaculata das nicht ebenfalls aufgefallen war.

»Aber der Rest seines Briefes war sehr klar.«

»Das ist es ja. Er ist großartig, wenn es darum geht, das Klima oder den Boden zu beschreiben. Ich habe ihm schon gesagt, dass er in unserer Geografiestunde gut aufgehoben wäre. Aber wenn er seine Gefühle und Gedanken in Worte fassen soll, versagt er kläglich.

Und ehrlich gesagt, glaube ich, dass das nicht nur bei ihm so ist. Ich fürchte, dass alle Männer hoffnungslose Fälle sind, wenn man etwas Bestimmtes von ihnen erfahren möchte. Meine Mutter und ich haben ihm schon immer vorgeworfen, dass er uns nicht erzählt, wie er seine Situation empfindet ...«

»Aber das kann doch nicht alles sein.«

»Genau, Mutter, das sagen wir auch immer. Da *muss* einfach noch mehr sein. Wie ist es, wenn dort in Tokio sein Arbeitstag zu Ende geht? Kämpft er sich durch die Menschenmassen in den Straßen nach Hause, sieht er in ihre Gesichter und überlegt dabei, ob er und seine Ordensbrüder an diesem Tag Fortschritte gemacht haben, ob das Wort des Herrn auf fruchtbaren Boden gefallen ist? Verstehen denn die kleinen japanischen Kinder, wie das in Bethlehem war – schon für uns ist es schwer genug, es sich vorzustellen, und dann erst für sie?« Angela war ausgesprochen ungehalten über ihren Bruder, der nicht fähig war, das Alltagsleben eines Missionars zu jedermanns Befriedigung zu beschreiben.

Zu guter Letzt gab Immaculata auf. Sie waren am Ende der Church Street angekommen.

»Wohin wollten Sie gehen?«, fragte Angela unschuldig.

»Nirgendwohin.« Mutter Immaculatas Mund schnappte zu wie eine Mausefalle. »Ich wollte nur mit Ihnen über das alles reden.«

Angela reagierte gelassen und heiter. »Ach, das macht gar nichts, Mutter. Ich wollte sowieso Zigaretten kaufen, Sie können mich gern in ein Geschäft begleiten. Ich wollte eigentlich wieder einmal bei den O'Briens vorbeischauen, aber das geht jetzt nicht mehr, sonst kommen wir zu spät zum Unterricht.«

Sie setzte ein engelsgleiches Lächeln auf, warf sich mit einer großen Geste den Schal um den Hals und ging in einen Laden, der zugleich ein Pub war und aus dem es nach Bier stank, weshalb Immaculata wutschäumend an der Tür warten musste.

*

An jenem Abend schrieb Angela ihm all das, was sie bisher nicht hatte in Worte fassen können. Sie schrieb, er habe ihre Vereinbarung gebrochen, und zwar auf niederträchtige Weise. Hätte er denn sonst noch etwas Derartiges getan, ohne sie davon in Kenntnis zu setzen? Würde sie von nun an ein Leben in quälender Sorge führen müssen, ein Leben, in dem sie nicht wusste, wann sie mit der nächsten Schwachstelle oder Beichte, der nächsten Unstimmigkeit oder dem nächsten Fehler konfrontiert würde? Bevor sie noch einmal so etwas durchmachen müsste, sollte er lieber nach Hause kommen und Father O'Dwyer um die Erlaubnis bitten, es von der Kanzel herab zu verkünden.

Sie hatten es doch schon ein Dutzend Mal in ihren Briefen besprochen, und er hatte sich widerstrebend einverstanden erklärt; und nun hinterging er sie und ließ zu, dass das Schlimmste, was in einem Ort wie Castlebay passieren konnte, eintrat: Er ließ zu, dass Gerüchte, Spekulationen und Argwohn die wildesten Blüten trieben! Er musste ihr sein Wort darauf geben, dass so etwas nie wieder vorkommen würde. Warum hatte er seinen Brief an diese verrückte Nonne nicht da beendet, wo jeder normale Mensch ihn beendet hätte? Wozu diese stammelnden Selbstvorwürfe, und warum, um alles in der Welt, ausgerechnet in einem Brief an eine Klosterschwester?

Sie fügte noch hinzu, dass sie *wisse*, wie hart es für ihn sein müsse, das sei ihr völlig klar. Sie wisse, dass er versuche, den Menschen gegenüber ehrlich zu bleiben, und aus diesem Grund hatte sie ja auch schon durchgesetzt, dass die Silberpapierkollekte und die Wohltätigkeitsbasare für ihn eingestellt wurden, mit der Begründung, dass er die verschiedensten Geldzuwendungen vom Mutterhaus bekomme. Sie wisse *wirklich und wahrhaftig*, dass er ganz offensichtlich ein ehrlicher und großmütiger Mensch sei, der jede Heuchelei verabscheue, aber er müsse begreifen, dass es jedem das Herz brechen werde, wenn die Wahrheit ans Licht komme. Da er sich bestimmt noch daran erinnere, wie es in seiner Heimatstadt zuging, wäre es nur fair, wenn er sich an die dort herrschenden Regeln hielte und die Menschen, die er angeblich so sehr liebte, nicht verletze.

Sie klebte mehr Briefmarken als gewöhnlich auf den Brief und ließ zum ersten Mal das Wort »Father« weg. Als sie die Marken bei Mrs. Conway kaufte, lachte sie über ihre Dummheit.

»Du lieber Himmel, ich habe das ›Father‹ vergessen! Aber bevor ich es jetzt mit einer anderen Tinte draufschreibe, lasse ich es lieber ganz weg. Man vergisst es so leicht, wenn man an den eigenen Bruder schreibt.«

Sie hatte den richtigen Ton getroffen. Mrs. Conway lachte mit und meinte, man solle sich nur vorstellen, wie es wäre, die Schwester des Papstes zu sein. Bestimmt würde man dann auch von Zeit zu Zeit das »Eure Heiligkeit« vergessen. Mrs. Conway erkundigte sich, wann Father Sean denn wieder einmal nach Castlebay käme, und Angela sagte, sie hoffe, bald.

Drei Wochen später erhielt sie seine Antwort. Er habe ihren Brief gelesen, aber das sei jetzt alles nicht mehr wichtig. Er habe wundervolle Neuigkeiten: Nachdem er nach Rom geschrieben habe, um seine Situation zu erläutern, würde er nun selbst mit Shuya dorthin reisen; auch die Kinder wollten sie mitnehmen, Denis und die kleine Laki, die so ein wunderhübsches Mädchen und ganz das Ebenbild ihrer Mutter sei. Sie gingen alle zusammen nach Rom.

Er wolle dort seinen Fall persönlich vertreten; er habe guten Grund anzunehmen, dass man zu seinen Gunsten entscheiden würde, dass man ihn von seinem Gelübde entbinden und laisieren würde. Dann wäre alles in bester Ordnung, und er könne zusammen mit seiner Familie nach Castlebay zurückkehren.

*

Auch in Rom mahlen die Mühlen langsam. Ein weiterer Sommer kam und ging, und Angela lernte, wieder ohne Tabletten zu schlafen. In jenem Sommer unternahm Angela hin und wieder einen Spaziergang weit hinaus zu den Felsen, um zu lesen. Aber sie las nur selten, die meiste Zeit starrte sie einfach nur aufs Meer.

Als die Schule wieder anfing, überreichte ihr Fiona Doyle schüchtern einen Umschlag: Darin steckte ein Bild von Angela, wie sie auf einem Felsen saß und aufs Meer hinausblickte. Sie hatte überhaupt nicht bemerkt, dass sie fotografiert worden war.

»Gerry gefällt es sehr gut. Er sagt, es ist irgendwie künstlerisch«, meinte Fiona.

»Sag ihm, es ist höchst künstlerisch, und dass ich ihm vielmals dafür danke. Ich werde es zu Hause aufhängen«, erwiderte Angela. Sie warf nochmal einen Blick darauf; das Foto sah aus, als trüge es den Titel »Die Einsame« oder »Die Verrückte« oder »Die Geächtete«.

*

In jenem Sommer wurde Father O'Dwyer eines Nachts an ein Krankenbett gerufen, und auf seinem Weg dorthin fuhr er unglücklicherweise an einer stattlichen Anzahl geparkter Autos vorbei, die an der Far Cliff Road drüben am anderen Ende der Stadt standen. Zu seiner Überraschung musste er feststellen, dass sich anscheinend in allen Wagen Personen befanden, und zwar genau zwei, jeweils ein männliches und ein weibliches Wesen. Father O'Dwyer war über das, was er sah, zutiefst entsetzt und wünschte, er hätte behaupten können, es seien nur Urlauber gewesen: Menschen aus großen Städten, deren Sitten bereits gelockert waren. Doch eine Vielzahl von Hinweisen ließ ihn schließlich zu der Überzeugung gelangen, dass möglicherweise auch das eine oder andere Schäfchen aus seiner eigenen Herde an diesem Treiben beteiligt war.

Anfang September, als die Urlauber abgereist waren, verlieh er seiner Erschütterung in einer Predigt Ausdruck, stieß Warnungen und Drohungen aus, was geschehen würde, wenn derartige Vorfälle sich im Winter wiederholten. Eltern und Erzieher wurden dringend ermahnt, in ihrer Wachsamkeit nicht nachzulassen, da sich die jungen Leute am Abgrund zur Hölle bewegten – leider seien in der heutigen Welt jegliche Moral- und Wertvorstellungen im Verfall begriffen. Im nächsten Jahr müsse in der Freizeitgestaltung eine radikale Wende eingeleitet werden, man würde die sittliche Grundlage der Tanzveranstaltungen insgesamt neu überdenken müssen. Father O'Dwyer hatte wegen dieser Angelegenheit drei Wochen lang einen hochroten Kopf, und seine Haushälterin, Sergeant McCormack, kniff aus Missbilligung darüber, dass man Hochwürden solchen Verdruß bereitet hatte, ständig die Lippen zusammen.

In jenem Sommer lernten Josie Dillon und Clare O'Brien im Hotel Tennis spielen. Sie gingen gewöhnlich frühmorgens zum Tennisplatz, wenn Mrs. Power und Mrs. Nolan ihre Stunden hatten, und arbeiteten als Ballmädchen; für ihre Hilfe, und weil Josie eine Tochter des Hauses war, bekamen sie anschließend selbst eine kurze Unterrichtsstunde. Chrissie war empört darüber, besonders weil sie, Kath und Peggy von der jungen Mrs. Dillon förmlich ersucht worden waren, nicht mehr die Bar zu besuchen. Sie hatten im Hotel Hausverbot, und dabei waren sie schon vierzehn! Und die ach so gute Clare mit ihren elf Jahren und diese abscheuliche Kröte Josie spielten dort Tennis, als ob sie wer weiß was wären! Clare trug weiße Shorts, die Miss O'Hara bei sich zu Hause gefunden hatte, und sie hatte selbst noch ein Paar von Neds alten Turnschuhen ausgegraben, die sie jeden Abend mit Blanco strahlend weiß putzte. Josie hatte ihr einen alten Schläger aus dem Hotel besorgt, und so ausgestattet und mit ihrer weißen Schulbluse konnte sie es mit jedem aufnehmen. Angela sah sie eines Morgens, als sie gerade höchst konzentriert zum Netz rannte, um einen schwierigen Return zu spielen. Sie sah ihr eine Weile lang zu und war froh darüber, dass sie ihr in Miss Duffys Geschäft ein Paar Shorts gekauft hatte. Damit Clare nicht denken sollte, sie wären nagelneu, hatte sie sie vorher ein paar Mal gewaschen und an den Hosenbeinen umgenäht. Es hatte sich wirklich gelohnt, das Kind wirkte so selbstsicher. Und wenn sie sich nicht täuschte, hatte Josie Dillon sogar abgenommen. Sie bewegte sich auf dem Platz flinker, als Angela erwartet hätte.

In jenem Sommer war David Power sehr niedergeschlagen. Angela hatte ihn ein- oder zweimal allein herumstreunen sehen, die Hände in den Taschen vergraben. Nolan sei den ganzen lieben langen Tag mit Fiona Doyle zusammen, und seine Schwester? Die interessiere sich anscheinend neuerdings für Fotografie. Ha, ha. David lachte bitter über diesen schlechten Scherz und die noch viel tristere Situation. Sie könnten eine Doppelhochzeit halten, das käme doch hin und wieder vor: Bruder und Schwester, die Schwester und Bruder heirateten. Angela meinte, dass das eigentlich gar nicht so häufig vorkomme und dass die Doyles wie das Wetterleuchten seien; sie seien anders als andere Leute. Sie stünden nicht mit beiden Beinen auf der Erde wie der Rest der Menschheit, sie hätten keine echten Bindungen, sondern blieben immer etwas am Rande. David konnte ihr nicht folgen; schließlich hatten die Doyles doch, soweit er das beurteilen konnte, zu den Nolans ein ziemlich inniges Verhältnis! Aber nein, beharrte Angela, Fiona gehe ihrer Wege, und James trotte ihr nach und trage ihr die Milchkanne oder die Einkäufe, lade sie auch hin und wieder zu einer Fahrt auf dem Autoskooter oder irgendetwas anderem ein. Gerry treibe sich mit seiner Kamera am Strand herum, und Caroline tripple hinter ihm her. Das sei schon vor Jahren bei ihrem Vater so gewesen, mit seiner eigenwilligen Art habe er alle in seinen Bann gezogen. David war nicht der Ansicht, dass Angela die Dinge richtig beurteilte, aber Angela meinte, sie würde mit ihm darauf wetten, wenn es nicht unfair wäre, von Jugendlichen Geld zu nehmen.

*

In jenem Sommer versiegten die Geldsendungen aus England von Tommy und Ned. Mrs. Conway fiel das natürlich sofort auf, fast noch eher als Agnes und Tom O'Brien.

»Unterstützen sie euch jetzt gar nicht mehr?«, fragte sie, scheinbar sehr besorgt.

»Oh, wir haben ihnen gesagt, sie sollen es lieber behalten. Sie müssen sich da drüben ein bisschen einrichten, brauchen ein paar Sachen, um es sich gemütlich zu machen. Da können sie das Geld als Starthilfe gut gebrauchen«, entgegnete Agnes O'Brien mit einem strahlenden Lächeln, das ihren Schmerz und ihre Sorgen dennoch nicht verbergen konnte.

Es war auch in jenem Sommer, als Angela von ihrer Freundin Emer jede Woche einen Brief erhielt. Emer wollte Angela großmütig verzeihen, dass sie sich mit ihren neunundzwanzig Jahren zu alt fand, um ihre Brautjungfer zu werden; sie würde über diese Taktlosigkeit hinwegsehen, hieße es doch auch, dass Emer mit ihren dreißig ein bisschen alt für eine Braut sei. Aber eines würde sie ihr nie verzeihen (und auch nicht darüber hinwegsehen) – nämlich, dass Angela nicht zur Hochzeit kommen wolle. Sie würden an Ostern heiraten; da sie und Kevin beide Lehrer waren, bot sich dieser Termin an. Das Problem war nur, dass ihnen anscheinend jeder ihre Hochzeit aus der Hand nehmen wollte. Emers Mutter hatte seit vier Wochen nicht mehr mit ihr gesprochen, ihre beiden verheirateten Schwestern schwirrten zu den unmöglichsten Zeiten im Haus herum und erteilten Ratschläge, die keiner hören wollte. Ihr Vater bemerkte mehr als einmal in Kevins Gegenwart, dass er nicht noch ein drittes Mal für eine große, rauschende Hochzeit bluten würde. Er habe eigentlich gedacht, er hätte das endlich hinter sich, und da Emer ja nicht mehr direkt in der Blüte ihrer Jugend stehe, sollte die Hochzeit seiner Meinung nach besser in aller Stille gefeiert werden. Die Mitglieder von Kevins Familie waren samt und sonders religiöse Fanatiker: Da gab es alte Nonnen, die das Kloster für die Hochzeitszeremonie verlassen durften; und mehrere Cousins, die Priester waren, stritten sich bis aufs Messer, wer die Trauung vornehmen durfte. Emer meinte, es sei wie in einem Affenzirkus, wobei sich hinter den Kulissen eine griechische Tragödie abspiele. Angela würde durch eigenes Verschulden ein Riesenspektakel verpassen.

Verglichen mit allem anderen, was Angela durchmachte, waren Emers Briefe die reinste Erholung. Natürlich würde sie kommen, nichts konnte sie davon abhalten. Sie musste sich zwingen, daran zu denken, dass Emer wirklich Schlimmes auszuhalten hatte, denn die Briefe waren so lustig und voller Spott und überspielten den Schmerz und die Erniedrigungen, die man ihr zufügte. Aber vielleicht war das bei Angelas Briefen ja genauso. Ironische Berichte aus einem Kuhdorf, mit Immaculata, dieser Teufelin, und der schrecklichen Mrs. Conway vom Postamt. Sie schrieb Emer kein Wort davon, wie sie sich bei dem Gedanken fühlte, den Rest ihres Lebens hier verbringen zu müssen, und dazu noch mit ihrem verrückten Bruder im Nacken – der sein Priesteramt aufgegeben, sich mit einer Japanerin eingelassen und mit ihr zwei Kinder gezeugt hatte!

*

In ihrem letzten Jahr im Internat würde Dunne Schulsprecher sein. David und James hatten vereinbart, nicht dafür zu kandidieren, weil sie zu sehr mit ihrem romantischen Schriftverkehr und der Vorbereitung für die Abschlussprüfung beschäftigt waren. Zu Schulanfang legten sie Dunne ihre Gründe dar, damit er nicht auf den Gedanken käme, sich etwas darauf einzubilden. Aber Dunne war sehr überheblich geworden. Er sagte, sie redeten Unsinn; die Gemeinschaft der Ordensbrüder würde nicht im Traum daran denken, Nolan oder Power für irgendeinen Vertrauensposten zu benennen, da sie beide unzuverlässig und unehrlich und bekannt dafür waren, verbotene Beziehungen zum anderen Geschlecht zu unterhalten. Nolan meinte dazu, Dunne sei allem Anschein nach auf dem besten Weg, ein richtiger Schwuler zu werden. Leute, die sich dermaßen aufregten und einen roten Kopf bekämen, wenn von Beziehungen zum anderen Geschlecht die Rede war, seien sie nun verboten oder nicht, waren schwul, das wusste doch jeder. David fügte noch hinzu, er habe gehört, dass Dunne als Kind »Daisy« genannt worden sei; vielleicht sollten sie jetzt wieder auf diesen Namen zurückgreifen. Daraufhin erklärte Dunne ihnen den Krieg. Er sorgte dafür, dass jede ihrer Aktivitäten überwacht und ihre Briefe genau überprüft wurden, und wenn sie sich auch nur für eine schnelle Zigarette verzogen, konnten sie sicher sein, erwischt und gemeldet zu werden.

In gewisser Hinsicht erwies er ihnen damit sogar einen Gefallen, so hatten sie viel Zeit zum Lernen, denn was hätten sie sonst schon tun können? Nolan profitierte besonders davon, weil er dadurch von Fionas Treulosigkeit abgelenkt wurde. David war hocherfreut, als er erfuhr, dass Caroline an ihrer Schule unter ähnlichen Schikanen leiden musste. Sie hatte fest damit gerechnet, dass Gerry Doyle ihr schreiben würde, aber auch zu ihrer Schule schien jegliche Kommunikation abgeschnitten zu sein. Nolan erzählte, dass Caroline zu Hause in den Ferien ganz schön verärgert gewesen war. Auch er hatte ziemlich schlechte Laune, als er wieder in die Schule kam; er hatte die Doyles in Castlebay angerufen, und Gerry war am Apparat gewesen. Als er mit Fiona sprechen wollte, erhielt er die Auskunft, sie lerne gerade. Wo denn? Oben. Ob sie nicht nach unten kommen könne? Nein, nicht während der Schulzeit. Sie müsse arbeiten. Kalt wie eine Hundeschnauze. Diese Ratte, und außerdem kein Ton über Caroline! Nolan hatte ihm erzählt, dass sie jetzt auch zu Hause sei, und Gerry hatte nur erwidert: »Wie nett.«

Ein paar Wochen später bekam David einen Brief, der mit »Charles« unterzeichnet war. Dem stark verschlüsselten Schreiben war zu entnehmen, dass Caroline bedaure, dass die Dinge im Sommer ein wenig verworren gewesen seien, aber sie sehe jetzt alles viel klarer. Er las den Brief mehrere Male, und die Botschaft schien eindeutig eine Bitte um Versöhnung zu sein. Er antwortete mit einem kurzen Brief, in dem er ihr mitteilte, leider sei er im Moment zu beschäftigt, um mit ihr eine regelmäßige Korrespondenz zu unterhalten, da seine Abschlussprüfungen und die Zusatzprüfung für die Zulassung zur Universität bevorstünden; doch er freue sich darauf, sie nächsten Sommer wiederzusehen.

Ein kühler Brief, den er mit »David« unterschrieb und nicht mit »Deidre« – damit sie in ihrer Klosterschule auch ein bisschen Ärger bekam. Ein wenig Strafe musste sein, nach alledem, was sie ihm angetan hatte.

*

Gerry und Fiona Doyles Vater wurde in die Stadt ins Krankenhaus gebracht, und wie man hörte, würde er nicht mehr zurückkommen. Eine Weile lang gab es viel Gerede, weil Mrs. Doyle ihn nicht besuchte, wie man eigentlich von ihr erwartet hätte. Dann ließ Dr. Power durchblicken, dass die arme Frau in bestimmten Abständen an gewissen Beschwerden litt, die mit ihrem Blutdruck zusammenhingen, und dass es für sie sehr belastend sei, das Haus überhaupt zu verlassen. Dr. Power warnte auch davor, den armen Johnny Doyle mit zu vielen Besuchen zu behelligen, da ihm das Sprechen große Mühe bereite. Gerry fuhr jetzt beinahe ständig mit dem Lieferwagen seines Vaters herum und betrieb so etwas wie einen inoffiziellen Taxidienst für jeden, der in die Stadt wollte. Die Krankenschwestern bezeichneten Gerry als außergewöhnlichen Besucher: Er wirke nicht nur auf seinen Vater, sondern auch auf dessen drei Zimmergenossen beruhigend.

Um Johnny Doyles Bett herum wurden die Wandschirme aufgestellt, während er mit dem, was von seiner Stimme noch übrig war, Gerry zuflüsterte, dass er das Geschäft nicht vergrößern dürfe und dass er auf niemanden hören solle, der ihm erzählte, Castlebay sei eine aufblühende Stadt; man könne dort zwar seinen Lebensunterhalt verdienen, einen bescheidenen Lebensunterhalt, aber nicht mehr. Ihr Geschäft sei nicht mit einem Tanzsaal, einem Hotel oder gar einer Eisdiele zu vergleichen, die könne man beliebig vergrößern. Aber es lebten in Castlebay nur eine bestimmte Anzahl von Menschen, und die würden nur eine bestimmte Anzahl Fotos kaufen. Gerry stimmte zu, nickte, versprach.

Der alte Mann konnte friedlich sterben, weil Gerry da war und seine Sorgen zerstreute. Gerry berichtete ihm, dass das Geschäft gut laufe, was stimmte, dass er es nicht erweitern würde, was er natürlich vorhatte, und dass es Mam viel besser ginge, was ganz und gar nicht der Fall war. Ihre Platzangst hatte sich so sehr verschlimmert, dass sie nicht einmal mehr die Tür öffnete, wenn jemand klingelte. Gerry hatte sie beruhigt, sie brauche keine Schuldgefühle zu haben, weil sie Dad nicht besuchte, er sei ohnehin zu müde zum Sprechen. Er nahm auch Fiona nur dreimal mit, weil es zu bedrückend war.

Als seinem Vater die Augen zugedrückt wurden, war Gerry dabei. Er weinte nicht und fragte die Schwester, ob es immer so friedlich zu Ende gehe, was die Schwester verneinte. Mr. Doyle habe Glück gehabt, er habe nur wenige Sorgen gehabt, als er starb: Sein Sohn sei zuverlässig, seine Frau geheilt und sein Geschäft in guten Händen. Nicht jedem sei bei seinem Ende so viel Frieden beschieden.

Einer der alten Männer im Zimmer fragte Gerry, ob er sie nicht weiterhin besuchen könne, auch wenn sein Vater nicht mehr bei ihnen weile. Er versprach, etwa einmal die Woche zu kommen, aber nicht regelmäßig, weil er nicht wollte, dass die Männer auf ihn warteten. Eine junge Krankenschwester, die Gerry für einen außergewöhnlich attraktiven jungen Mann hielt, gab ihm Recht und beglückwünschte ihn noch mehr zu einer anderen Entscheidung: Als einer der alten Männer Gerry bat, eine Aufnahme von ihm zu machen, blickte Gerry auf das verbrauchte Gesicht und den dünnen Hals, der aus dem Pyjama hervorragte, und entschied sich dagegen. Er erklärte dem alten Mann, bei diesen weißen Wänden sei es sehr schwer, eine Innenaufnahme zu machen; er wolle warten, bis das Wetter besser würde. Das Wetter wurde besser, aber da waren keine alten Männer mehr, die er hätte fotografieren können.

Gerry steckte jetzt all seine Energie in die Arbeit; seiner Mutter ging es einmal besser, dann wieder schlechter. Und er kümmerte sich um Fiona, er ließ es nicht zu, dass sie im Dunkeln allein vom Kino nach Hause ging, und er half ihr bei der Hausarbeit, besonders beim Fensterputzen und beim Polieren des Messingtürklopfers an der Haustür, damit das Haus von außen gut aussah. Da sie nicht viel Besuch bekamen, war das Innere des Hauses nicht so wichtig.

Doch wenn man Fiona sah, mit ihren glänzenden Ringellocken und in ihren gut gebügelten Kleidern, oder Gerry mit seinem engelsgleichen Lächeln und der unbeschwerten Art, hätte man nie vermutet, dass bei ihnen zu Hause etwas nicht stimmte; nicht, dass ihr Vater an Krebs gestorben war, nicht, dass ihre Mutter Probleme mit den Nerven hatte – und auch nicht, dass der Geschäftsführer der Bank ihnen einen großzügigen Kredit zur Erweiterung ihres Geschäfts eingeräumt hatte. Gerry hatte seiner Mutter gegenüber behauptet, sein Vater habe ihm zugeredet, seine diesbezüglichen Pläne weiterzuverfolgen, und sie hatte sich sehr darüber aufgeregt; aber da sie sich über alles und jedes aufregte, war das für Gerry ohne Bedeutung.

Fiona musste gewusst haben, dass die Wünsche ihres Vaters nicht in diese Richtung gegangen waren, doch sie sagte nichts. Sie war ruhig und lächelte sanft, sprach aber sehr wenig. Und das schickte sich auch für ein Mädchen, dachte Gerry. Andernfalls bekam man bei den Leuten einen gewissen Ruf, man kam ins Gerede, und es entstanden Missverständnisse. Und Gerry wollte nicht, dass das bei Fiona passierte.

*

Seans Brief trug eine italienische Briefmarke. Er sei bereits seit fünf Wochen in Rom und habe sich dort erst einrichten wollen, bevor er ihr schrieb. In seinem Fall gebe es Fortschritte, wenn auch nur sehr kleine. Er habe keine Vorstellung davon gehabt, wie kompliziert das alles war: Zuerst musste er unaufhörlich Formulare ausfüllen, warten und zwanzigmal die gleichen Fragen eines Untergebenen beantworten, um dann doppelt so oft zu versuchen, mit dessen Vorgesetzten in Verbindung zu treten, was einfach nicht gelingen wollte. Aber trotzdem, es bewege sich etwas. Er und Shuya seien nach ihrer langen Reise ziemlich erschöpft angekommen, und er arbeite jetzt als Hauslehrer bei einer alteingesessenen Familie, echtem Adel. Diese Familie habe ein Haus in Ostia, das an der Mündung des Tiber in der Nähe des Meeres lag. Es sei eine riesige Villa, und Sean unterrichte die Jungen drei Stunden am Tag, da bleibe ihm noch genug Zeit, um zum Vatikan zu fahren und sich kundig zu machen, wie es um seinen Fall stand. Shuya helfe in der Wäschekammer, sie sei eine hervorragende Näherin. Den Kindern gefalle es sehr; er wohne mit der Familie in einem eigenen kleinen Häuschen, und sie hätten sich gut eingelebt. Es sei eine Qual für ihn, seiner Heimat so nah zu sein und gleichzeitig doch so fern. Letzte Woche habe er eine Gruppe von Pilgern gesehen; sie

hätten alle Taschen mit Aer-Lingus-Aufdruck und dem Namen ihres Reisebüros getragen. Er hätte liebend gern mit ihnen gesprochen, aber er habe sein Wort gehalten. Wenn Angela meine, es sei so furchtbar wichtig, dass niemand etwas erfahre, bevor er laisiert war, dann habe sie wohl ihre Gründe dafür. Er habe sich also beherrscht und nicht mit seinen Landsleuten geplaudert. Manchmal, wenn der kleine Denis sage, dass das Meer wunderschön sei, verspüre Sean den Drang, ihn auf seinen Armen direkt zum Strand von Castlebay zu tragen. Er warte sehnsüchtig auf eine Nachricht von ihr, und die Briefe nach Italien würden glücklicherweise viel schneller bei ihm sein als die nach Japan.
Ja, das würden sie. Angela adressierte den Brief an »Mr. und Mrs. S. O'Hara« und verstellte ihre Handschrift, damit Mrs. Conway keinen Verdacht schöpfte. Allmächtiger, wurde sie etwa paranoid? Es *musste* doch noch andere O'Haras auf der Welt geben!

*

Clare schlug vor, als Erstes Schreibmaschine schreiben zu lernen. Im Hotel gab es doch eine Schreibmaschine, und Josie besaß auch ein Lehrbuch, mit dessen Hilfe man sich das Tippen selbst beibringen konnte. Es war wohl nicht sehr schwer zu lernen, nur die Anschläge mit dem kleinen Finger waren mörderisch, man musste die Übungen mit den Qs, As und Zs so oft wiederholen, bis man sie blind schreiben konnte. Josie war jetzt sehr zuversichtlich. Sie hatte abgenommen und sich das Haar schneiden lassen. Außerdem hatte sie angefangen, ihre Eltern davon zu überzeugen, dass diese Handelsschule das Richtige für sie wäre. Angela hatte Immaculata so weit gebracht, dass die Nonne glaubte, die Idee mit Josies künftigem Werdegang stamme von ihr; also konnten sie auch auf ihre Unterstützung hoffen. Das einzige Problem war jetzt nur noch Clares Stipendium. Die Prüfung würde in den Osterferien stattfinden. Zu diesem Zeitpunkt würde Angela in Dublin, bei Emers Hochzeit sein, aber das machte nichts. Clare kam jetzt allein zurecht. Im Februar hatte sie Immaculata gefragt, ob sie sich ihrer Meinung nach bewerben solle, und da diese auch Clares Pläne als ihr eigenes Werk betrachtete, war alles in bester Ordnung. Es hatte sich nichts geändert, fiel Angela auf, in fast zwanzig Jahren hatte

sich nichts geändert. Die Nonnen waren noch immer hellauf begeistert von der Vorstellung, dass eine ihrer Schülerinnen ein Stipendium gewinnen könnte, sie boten ihr hier und dort zusätzlichen Unterricht an, und Clare nahm stets dankbar an. Sie versetzte alle in Erstaunen darüber, wie viel sie bereits wusste.
Sie sei ein seltsames Mädchen, ein stilles Wasser, meinten die Schwestern kopfschüttelnd, wenn sie sich in ihrem Gemeinschaftsraum darüber unterhielten, man würde nicht glauben, dass sie Chrissie O'Briens Schwester war. So ein ausdrucksvolles kleines Gesicht mit dunklen Augen und dazu das blonde Haar, diese Mischung sah man nicht oft. Die Nonnen waren nett zu ihr. Sie machten ihr Geschenke – ein Spitzentaschentuch, das sie mitnehmen sollte, zahlreiche Heiligenbilder in paillettenbestickten und verzierten Satinrähmchen. Eine alte Nonne schenkte ihr einen Füllfederhalter, den man ihr zu einem feierlichen Anlass überreicht hatte, und eine andere gab ihr einen geschnitzten Federkasten mit leuchtenden Farben. Immaculata sonnte sich in ihrem Erfolg, und Angela beobachtete das Ganze amüsiert aus dem Hintergrund.
»Was haben sie zu Hause dazu gesagt?«, fragte sie Clare.
»Ich habe es ihnen noch nicht erzählt. Sie haben mir doch gesagt, ich soll nichts erzählen.«
»Jetzt solltest du es ihnen besser sagen, sonst denken sie noch, du willst es ihnen vorenthalten.«
»In Ordnung«, sagte Clare, »ich werde es ihnen noch heute Abend erzählen.«

*

Agnes spähte missvergnügt in den großen Kochtopf. »Dass wir jetzt billiges Fleisch bekommen, weil Chrissie bei den Dwyers arbeitet, ist nicht nur ein Gewinn«, sagte sie. »Letzten Endes ist das nichts weiter als ein Haufen Knochen.«
»Wir könnten Suppe daraus machen«, meinte Tom O'Brien mit einem Blick darauf.
»Ja, wieder einmal!«, seufzte Agnes. »Trotzdem, heutzutage gibt es wenig genug, wofür man dankbar sein kann. Ich glaube, ich sollte nicht so überheblich sein. Schließlich habe ich fast nichts für das Fleisch bezahlt.«

Clare nahm ihre Bücher aus der Schultasche und legte sofort eine Papiertüte darauf. Wenn man hier in der Küche zufällig ein Schulbuch liegen ließ, lief man Gefahr, dass es nachher mit Suppe, Fettspritzern, Aschestaub aus dem Ofen oder irgendwelchen anderen Sachen voll gekleckert war.

»Heute ist in der Schule etwas Schönes passiert«, sagte sie. In letzter Zeit hatte sie wenig von der Schule erzählt. Es interessierte einfach niemanden. Aber diesmal spitzte ihre Familie die Ohren, weil sie es so groß ankündigte.

»Was denn?«, fragte Agnes und blickte von dem großen Kochtopf auf.

»Mutter Immaculata und die anderen Nonnen sind der Ansicht, ich solle mich für ein Stipendium an der Oberschule bewerben. In den Osterferien.«

»Für die Oberschule?« Tom O'Brien war höchst erstaunt.

»Ich weiß, Dad. Es ist nicht sicher, dass ich es bekomme, schließlich gibt es so viele Bewerber dafür. Aber ist es nicht fantastisch, dass man in der Schule findet, ich solle es versuchen?«

»Ein Stipendium. Das würde bedeuten, sie nehmen dich, ohne dass wir etwas dafür bezahlen müssen, Kost und Logis inbegriffen?«, fragte Agnes.

»Ja, wenn ich es gewinne.«

»Gewinnen? Ist das denn ein Wettbewerb?«, fragte Ben neugierig.

»Ja, eine Art Wettbewerb«, erwiderte Clare. »Da kommen viele Mädchen und machen an einem bestimmten Tag eine Prüfung, und die Beste darf dann dort zur Schule gehen.«

»Für immer?«, wollte Jim wissen.

»Wenigstens so lange, wie die Schule dauert. Also, bis ich sechzehn oder siebzehn bin.«

»Wirst du *so* lange zur Schule gehen?« Ben machte große Augen.

»Das ist sehr schön«, sagte Agnes bedächtig. »Tom, was hältst du davon, wenn Clare die Oberschule besucht?«

»Zusammen mit Töchtern von besseren Leuten«, sagte Tom glücklich.

»Ich habe das Stipendium noch nicht gewonnen«, gab Clare zu bedenken.

»Ja, aber sie würden es dir nicht vorschlagen, wenn sie nicht dächten, dass du eine Chance hast.« Tom O'Brien rieb sich vor Freude

die Hände. »Mutter Immaculata ist eine sehr kluge Frau, die weiß, was sie tut.«
Clare lächelte in sich hinein: Die kluge Mutter Immaculata hatte fast zwei Jahre lang nichts davon geahnt!
»In den nächsten Wochen werde ich sehr hart arbeiten müssen. Ich sage das nicht, um mich zu drücken, das wisst ihr doch hoffentlich?« Sie sah von einem zum anderen.
»Natürlich wissen wir das, Kind. Wir haben doch immer darauf geachtet, dass du genügend Zeit für deine Bücher hast.« Clares Mutter schien wirklich zu glauben, was sie da sagte.
»Warte nur, bis alle davon erfahren«, sagte Tom O'Brien freudestrahlend. »Da wird niemand mehr wagen, uns schief anzugucken.«
»Nur wenn ich das Stipendium bekomme.«
»Das wirst du. Agnes, du sorgst mir dafür, dass das Kind im Haushalt nichts mehr anrührt, hörst du?«
»Dasselbe wollte ich dir auch gerade sagen. Lass sie keine Regale mehr auslegen oder Besorgungen machen.«
Über dem Topf voller Hammelknochen debattierten sie vergnügt weiter, mit Jim und Ben als stillen Zuschauern.
Die Tür ging auf, und Chrissie erschien in ihrer blutbespritzten Schürze. »O Gott, draußen ist es eiskalt, und im Geschäft ist es fast genauso eisig, weil die Tür immer offen steht. Und ich habe mir fast den Arm abgehackt, als ich für Miss McCormack die Koteletts für den Pfarrer heruntergeschnitten hab'!«
»Clare geht auf die Oberschule«, schrie Jim.
»Viele, viele Jahre, und ohne etwas zu bezahlen«, fügte Ben hinzu.
»Es ist noch nicht *sicher*«, rief Clare. »Ich bewerbe mich nur um ein Stipendium. Du sagst doch auch nicht, dass du einen Preis gewinnst, nur weil du ein Kreuzworträtsel gelöst hast, oder?«
Aber niemand hörte auf sie.
»Was sagst du dazu? Deine kleine Schwester ist ausgewählt worden, um sich für ein Stipendium an der Schule in der Stadt zu bewerben«, sagte Agnes triumphierend.
»Da kannst du mal sehen«, sagte Tom O'Brien.
Das war zu viel für Chrissie. Sie kam nach einem langen, harten Arbeitstag in einem kalten Geschäft zum Tee nach Hause, und alle waren voll des Lobes für Clare, diese abscheuliche, raffinierte klei-

ne Clare, die alles hinter ihrem Rücken ausgeheckt hatte. »Wirst du da auch wohnen?«, fragte Chrissie.

»Ja. *Falls* ich gewinne. Aber vielleicht habe ich auch gar keine Chance und werde nie dorthin gehen.«

»Oh, das wirst du bestimmt. Du bekommst doch immer alles, was du willst«, erwiderte Chrissie bitter.

»Das ist nicht wahr«, schrie Clare. »Ich bekomme fast nie das, was ich will.«

»Komm schon, es heißt doch immer, die heilige Clare hier und die heilige Clare da. Ich hoffe *ehrlich*, dass du das Stipendium bekommst, dann habe ich endlich ein Zimmer für mich allein, ohne die heilige Clare, die hinter mir herspioniert und mir das Leben zur Hölle macht.«

»Chrissie, hör auf.« Ihre Mutter warf einen scharfen Blick auf das wütende Mädchen in dem schmutzigen Fleischerkittel. »Du solltest dich darüber freuen, dass Clare so gut vorankommt.«

»Bei den Dwyers werden sie mehr von dir halten, wenn deine Schwester die Oberschule besucht«, sagte Tom aufgeregt.

»Ach, das ist denen völlig egal. Die würde es nicht einmal stören, wenn sie im Gefängnis wäre«, meinte Chrissie geringschätzig. »Aber ich freue mich ja. Wirklich. Dann kehrt in unser Haus endlich ein bisschen Frieden ein.« Sie knallte die Tür zu und stürmte nach oben, was Clares Hoffnungen, sie könnte dort ihre Hausaufgaben erledigen, zunichte machte.

»Kümmere dich nicht um sie«, sagte ihre Mutter, »im Grunde freut sie sich.«

Chrissie ging nach oben und warf sich aufs Bett. Es war einfach zu viel. Ausgerechnet heute, nachdem Gerry ein halbes Pfund Hackfleisch kaufen gekommen war. Chrissie hatte mit ihm gescherzt wie immer, sie hatte ihn gefragt, wie es denn nur komme, dass er zum Einkaufen gehen müsse, wo er doch gleich zwei Frauen im Haus habe. Er hatte nichts darauf erwidert, nur gelächelt. Dann hatte sie aus reiner Höflichkeit, einfach, weil sie *nett* sein wollte, gefragt, wie es denn seiner Mutter gehe und ob sie sich immer noch nicht wohl genug fühle, das Haus zu verlassen. Da war Gerry auf sie losgegangen. Ganz leise, sodass es die anderen nicht hören konnten, hatte er sie *Klatschmaul* genannt. Er hatte es gleich mehrmals zu ihr gesagt. Chrissie, unser Klatschmaul, muss in alles ihre Nase stecken, weiß nie, wann es angebracht ist, den Mund zu halten. Klatschmaul. Sie hatte gestammelt, was sie denn Falsches gesagt habe, sie habe sich doch nur nach seiner Mutter erkundigt. Aber Gerry hatte nicht mehr gelächelt. Chrissie solle lieber ausnahmsweise mal die Klappe halten, anstatt die Angelegenheiten anderer Leute in die Welt hinauszuposaunen, hatte er sie angefahren.

Erschrocken hatte sie ihn gefragt, ob sie ihn heute Abend im Kino sehen würde, ihre Clique ging freitags meistens in einen Film. »Vielleicht, vielleicht auch nicht«, hatte Gerry Doyle geantwortet. Er war nicht mehr wütend gewesen. Eher kühl. Sie wusste, dass sie Gerry verloren hatte, und das nur, weil sie sich aus reiner Höflichkeit nach seiner blöden alten Mutter erkundigt hatte, die sie überdies schon seit Monaten nicht mehr gesehen hatte.

Und jetzt auch noch dieses Theater mit Clare. Ein Unglück kam eben selten allein. Es hatte erst neulich großen Wirbel wegen Tommy und Ned gegeben, weil sie aus ihrer Unterkunft in London ausgezogen waren. Als Mam ihrer Vermieterin schrieb, um herauszufinden, warum ihre Söhne sich nicht mehr meldeten, hatte diese ihr in einem ziemlich unverblümten Brief mitgeteilt, dass sie verschwunden waren und ihr außerdem noch die Miete für drei Wochen schuldeten. Dad hatte sich furchtbar darüber aufgeregt, ihm waren fast die Tränen gekommen. Sie hatten der Frau in England eine Postanweisung geschickt und sich bei ihr entschuldigt.

Die O'Brien-Jungs hatten ihre Arbeitsstellen verlassen und waren jetzt bei einer anderen Kolonne untergekommen. Die Vermieterin taute auf, als sie so plötzlich und unerwartet zu der dreiwöchigen Miete kam, die sie schon längst abgeschrieben hatte, und teilte den O'Briens brieflich mit, dass die Leute, für die ihre Jungen jetzt arbeiteten, raue Burschen seien und den O'Briens sicher nicht gefallen würden. Sie sagte auch, dass die Arbeiter jeden Freitag in einem bestimmten Pub ihren Lohn bekämen, dorthin könnten sie schreiben, um mit ihren Jungen Verbindung aufzunehmen. Und irgendwann bekamen sie dann endlich Antwort auf ihren Brief. Ned entschuldigte sich dafür, dass sie sich nicht mehr gemeldet hatten, aber sie hätten schwere Zeiten hinter sich. Sie hätten die Arbeit gewechselt und auch die Unterkunft; im Moment könnten sie nicht viel sparen, das würden Mam und Dad hoffentlich verstehen.

Aber die Eltern wollten gar kein Geld von ihnen, nur, dass sie sich regelmäßig meldeten. Daraufhin kam jene merkwürdige Postkarte. Postkarten waren in Castlebay nicht sehr beliebt, weil Mrs. Conway dann ohne jede Hemmung ihre Kommentare zu den Angelegenheiten anderer Leute abgeben konnte. Agnes O'Brien schickte Ned eine Pfundnote in den Pub, damit er sich ordentliche Kuverts und Briefmarken kaufen konnte. Sie wollte nicht, dass ganz Castlebay über ihre Privatangelegenheiten Bescheid wusste. Und warum hörten sie nichts von Tommy?
Nun ja, Tommy liege das Schreiben nicht, das wüssten sie doch. Aber es ginge ihm hervorragend, er komme großartig voran.
Tom O'Brien fragte nach, ob das Stipendium, sofern Clare es gewann, sämtliche Kosten abdecken würde. Ja, *alle*, behauptete Clare fest. Sie wusste es nicht sicher, aber sie wollte nicht, dass das schon jetzt durchgesprochen wurde. Miss O'Hara hatte ihr geraten, davon auszugehen, dass sie es gewinnen würde, und wenn sie es gewonnen hätte, es einfach anzunehmen. Andernfalls würde sie wertvolle Zeit damit vergeuden, sich Sorgen über Dinge zu machen, die noch gar nicht spruchreif seien.
Dr. Power hatte versprochen, sie am Tag der Prüfung in die Stadt zu fahren. Er müsse sowieso einmal im Monat in die Stadt und könnte es ebenso an diesem wie an jedem anderen Tag tun. Nein, es sei durchaus nicht zu früh. Angela hatte ihn um diesen Gefallen gebeten, weil Clare mit dem Bus zu spät gekommen wäre. Er würde sie dann am Abend wieder abholen, das sei ihm eine Ehre. Er hoffe, damit sein Scherflein dazu beizutragen, dass Castlebay sich in ihrem Ruhm sonnen könne. Als er das sagte, waren Clares Eltern ganz ergriffen.

*

Sie hatte noch sechs Wochen Zeit. Clare kam regelmäßig zweimal die Woche zu Miss O'Hara. Manchmal gab ihr Miss O'Hara nur ein Aufsatzthema, das sie allein bearbeitete, während die Lehrerin das Essen kochte oder aufräumte. Dann sah Miss O'Hara den Aufsatz durch, lobte und korrigierte, besprach und erörterte ihn. So hatte Clara nie das Gefühl, einen schlechten Aufsatz geschrieben zu haben, aber sie lernte, wie man einen Aufsatz schreibt, der ei-

nem uneingeschränktes Lob einbringen würde. Dieser eine Tag war entscheidend, er war ihre einzige Chance. Eine zweite würde es nicht geben.
Clare schrieb gerade einen Aufsatz über »Die Vor- und Nachteile des Land- und Stadtlebens«, ein Thema, das vor ein paar Jahren bei der Stipendiumsprüfung gestellt worden war, als Miss O'Hara plötzlich auffuhr. Clare sah von ihrer Arbeit hoch und stellte fest, dass die Lehrerin gerade einen Brief las. Auch die alte Mrs. O'Hara blickte auf. Beide sahen Miss O'Hara erwartungsvoll an.
»Er ist von Emer«, rief Angela. »Sie und Kevin haben den ganzen Wirbel um ihre Hochzeit satt, und wisst ihr, was sie beschlossen haben? Sie wollen in Rom heiraten. Und sie haben schon alles arrangiert! Sie werden in einer Seitenkapelle des Petersdoms in Rom getraut, und zwar am Ostermontag. Einer von Kevins Freunden ist Priester und macht in Rom ein Aufbaustudium ...«
Sie las nun aus dem Brief vor: »›... Er hat gesagt, es sei überhaupt kein Problem, wir hätten alle notwendigen Papiere geschickt und könnten also in der Heiligen Stadt heiraten. Dagegen kann doch niemand etwas einzuwenden haben, oder? Sogar Kevins schrecklichen Cousins hat es die Sprache verschlagen, weil sie nichts daran aussetzen können, denn das wäre ja fast so, als würde man Kritik an dem Papst üben. Und niemand kann mitkommen, weil es zu weit und zu teuer ist. Ich werde anziehen, was mir gefällt, und nicht, was meine Schwestern für passend halten, und wir können dort sogar noch unsere Flitterwochen verbringen. Ich weiß gar nicht, warum wir nicht schon *früher* darauf gekommen sind.‹«
Angela war außer sich vor Freude. »Ist das nicht herrlich?«, fragte sie die alte Frau und das kleine Mädchen, die sie verständnislos anstarrten.
»Aber das heißt doch, dass du nicht dabei sein kannst«, sagte ihre Mutter.
»Nein, eben nicht. Ich wäre nach Dublin gefahren, und nun fahre ich eben stattdessen nach Rom.« Angela ließ sich in einen Sessel fallen und hob die Augen gen Himmel. »Jetzt glaube ich an Wunder«, sprach sie und lächelte hinauf.

*

Emer konnte es nicht glauben. »Und du wirst auch meine Brautjungfer sein?«
»Warum denn nicht? Die Römer haben dabei zugesehen, wie Christen von Löwen verschlungen wurden, da haben sie bestimmt auch schon mal eine in die Jahre gekommene Brautjungfer gesehen.« Angela rief von Dillon's Hotel aus an – so würde sich Mrs. Conway extra dazuschalten müssen, um alles mitzuhören.
»Es wird himmlisch werden! Du könntest doch auch noch während unserer Flitterwochen da bleiben, oder? Du musst doch nicht gleich am nächsten Tag Hals über Kopf abreisen?«
»Nein, ich nehme meine besten Nachthemden und einen rüschenbesetzten Morgenrock mit und komme zu dir und Kevin ins Bett. Es wird wunderbar werden.«
»O Angela, es ist einfach großartig von dir, dass du mitkommst bis nach Rom. Du bist eine wundervolle Freundin! Ich kann dir nicht genug dafür danken.«
»Wenn ich einmal heirate, feiere ich meine Hochzeit in Jerusalem, damit du dich revanchieren kannst.«
Emer lachte. »Ich kann mir zwar nicht vorstellen, dass sich zwischen dir und Kevins Trauzeugen eine Romanze entspinnt, aber man kann ja nie wissen.«
»Nein, man kann nie wissen. Italienische Musik und italienischer Wein ... es könnte höchst romantisch werden.«
»Angela, es ist einfach *fantastisch*, ich fühle mich wieder wie ein junges Mädchen.«
»Ich auch, das kannst du mir glauben«, sagte Angela.

*

Alle schienen zu wissen, dass sie nach Rom fuhr. Dick Dillon – der das Trinken aufgegeben hatte und seitdem unausstehlich war – bestellte sie eines Tages ins Hotel und zeigte ihr eine Menge Broschüren. Anscheinend war es wegen der vielen Pilger am günstigsten, eine organisierte Pauschalreise nach Rom zu buchen. Dann hätte sie auf jeden Fall ein Hotelzimmer und Gesellschaft, falls sie welche brauchte. Angela war ihm sehr dankbar: Sie hatte befürchtet, sie könne sich den Flug nicht leisten, aber Dick Dillon hatte

natürlich Recht. Wie sich herausstellte, machten Emer und die anderen von einem ähnlichen Angebot Gebrauch.
Dick Dillon erzählte ihr, dass er auch schon einmal in Rom gewesen sei und Münzen in einen bestimmten Brunnen geworfen habe; angeblich würde man dann wieder nach Rom zurückkehren. Aber er habe es nie getan. Trübsinnig schüttelte er den Kopf.
Angela sagte, wenn er fahren wolle, könne er es doch jederzeit tun, nichts würde ihn davon abhalten. Aber er meinte, das verstehe sie nicht: Jetzt, da er das Trinken aufgegeben habe, habe es keinen Sinn mehr, irgendwohin zu reisen.
Was sollte er in Italien, wenn er dort keinen italienischen Wein trinken dürfe? Und Grappa, o Gott, dieser Grappa, er hinterließ ein teuflisches Brennen tief hinten in der Kehle, ein wundervolles Zeug! Nein, in eine Stadt wie Rom zu reisen hätte keinerlei Sinn, wenn man dort nur Milch trinken durfte.
Dann gingen sie zu weniger traurigen Themen über. Angela sagte, sie freue sich darüber, dass Josie im nächsten Jahr die Handelsschule besuchen würde. Habe sie sich in letzter Zeit nicht prächtig herausgemacht? Dick Dillon sah das auch so – sie sei ein schreckliches kleines Pummelchen gewesen, aber jetzt habe sie sich zu ihrem Vorteil entwickelt. Das könne jedenfalls nur gut für sie sein. So würde man mit ihr rechnen müssen, und ihre schlauen Geschwister konnten die Einkünfte aus dem Hotel nicht ausschließlich in ihre eigenen Taschen fließen lassen. Nein, Josie würde sich nicht so leicht ausbooten lassen und sich die Leber kaputtsaufen wie er.
»Aber jetzt geht es dir doch wieder gut, Dick«, sagte Angela ein bisschen ungeduldig. »Warum holst du dir deinen Anteil nicht wieder oder reißt das Ruder an dich? Warum steigst du nicht ein und kämpfst oder tust, was immer du willst?«
»Wahrscheinlich weiß ich einfach nicht, *was* ich will. Das ist das Problem.« Dick Dillon war verstimmt.
»Begleite mich nach Rom«, schlug sie vor.
»Ich glaube, das würde mir sogar gefallen. Aber ich wäre keine gute Gesellschaft, und wir könnten nirgendwohin gehen, wo Alkohol ausgeschenkt wird«, sagte er. Anscheinend nahm er ihren Vorschlag völlig ernst.

»Dann bleibst du besser, wo du bist. Ich schicke dir eine Ansichtskarte von deinem Brunnen.«

*

David Power war wütend, dass sie nach Rom ging.
»Ich wollte Sie überreden, den gesamten Geschichtsstoff noch einmal mit mir durchzuarbeiten. Bei Ihnen klingt das alles so klar, als wären es ganz normale Leute gewesen.«
»Dann muss ich etwas falsch machen, denn die meisten von ihnen waren ganz und gar nicht normal.«
Seine Sorgen und die unklare Zukunft machten ihm schwer zu schaffen.
»Es wird schon klappen, David. Du bist sehr gescheit und hast eine Menge gearbeitet. Das sind jetzt nur die Nerven, nach all den Jahren. Außerdem hast du noch viele Wochen Zeit, um alles, wo du noch nicht sicher bist, nochmal durchzuarbeiten. Sieh dir mal Clare O'Brien an – sie kann einem wirklich Leid tun. Sie hat nur einen Schuss, eine einzige Chance für eine gute Ausbildung. Dein Vater ist übrigens sehr freundlich, er macht eigens für sie einen Umweg, um sie nächste Woche zu ihrer Prüfung zu fahren. Wenn sie das Stipendium nicht bekommt, ist es aus und vorbei für sie. Und sie ist versessen darauf zu lernen.«
»Ich wette, sie ist nicht gerade begeistert davon, dass Sie ausgerechnet dann nach Rom fahren, wenn sie Sie braucht.« David war noch nicht versöhnt: Es war ihm nie in den Sinn gekommen, dass Miss O'Hara etwas anderes zu tun haben könnte, als darauf zu warten, dass sie jemanden unterrichten durfte.
»Nein, seltsamerweise freut sie sich für mich. Aber natürlich sind Frauen viel rücksichtsvoller als Männer und viel großzügiger. Das ist ja allgemein bekannt.«
David lächelte. Seine gute Laune war wieder zurückgekehrt. »Ich hoffe, sie schafft es.«
»Das hoffe ich auch. Ich kann mich noch daran erinnern, wie ich vor siebzehn Jahren – es muss in dem Jahr gewesen sein, als du geboren wurdest – in die Stadt fuhr, um diese Prüfung zu machen. Und ich hatte keine Ahnung, gegen wie viele Bauerntöchter ich mich würde durchsetzen müssen. Das klügste Mädchen von Castle-

bay zu sein war nicht viel, verglichen mit dem Aufgebot der ganzen Grafschaft.«

»Und als Sie dann gewonnen haben, war das nicht herrlich?«

»Nein, eigentlich nicht. Mein Vater war an diesem Tag sehr betrunken und wurde ausfallend. Es hatte nichts mit dem Stipendium zu tun. Jedenfalls am Anfang nicht. Dann hat er sich auch darüber aufgeregt, dass Dinny O'Haras Tochter Almosen bekäme. Nein, es war kein besonderer Tag.« Ihr Gesicht hellte sich auf. »Aber danach war es großartig. Wie geht es eigentlich James Nolan?«

»Er verzehrt sich vor Sehnsucht nach Fiona Doyle – und nicht nach seinen Büchern, fürchte ich.«

»Und seine Schwester? Schmachtet sie auch dahin?«

»Sie ist über ihren Kummer schon hinweggekommen. Frauen sind eben viel wankelmütiger als Männer.«

»Und, beehrt sie jetzt wieder dich mit ihrer Aufmerksamkeit?«

Angela ignorierte den Seitenhieb.

»Es hat tatsächlich Versuche in dieser Richtung gegeben, aber ich habe sie abgewehrt, zumindest bis meine Prüfungen rum sind.« Er war sehr stolz auf sich. »Ich tue so, als wäre ich nicht leicht zu haben.«

»Oh, wie froh ich bin, dass ich nicht mehr in deinem Alter bin! Du würdest mir das Herz brechen!«

*

»Werden Sie in Rom für mich beten, Miss O'Hara?«

»Natürlich, Clare. Am Ostersonntag in der Peterskirche und dann nochmal am Ostermontag während der Hochzeit. Und am Dienstag, *dem* Tag, werde ich sogar eigens für dich eine Messe besuchen.«

»Das dürfte genügen.« Clare zählte es im Kopf zusammen. »Wahrscheinlich wird für niemanden so oft gebetet wie für mich. Aber ich wünschte, Sie wären hier.«

»Nein, das wäre vielleicht sogar schlimmer für dich. Du wärst dann viel zu nervös. Es ist bestimmt besser, wenn du auf dich allein gestellt bist.«

Das bezweifelte Clare. »Dann kann ich es aber niemandem erzählen.«

»Doch, kannst du sehr wohl: zuerst Dr. Power im Auto auf dem

Heimweg. Dann Josie – sie wird darauf brennen, es zu erfahren. Und deinen Eltern natürlich. Erzähle ihnen alles ganz genau. Vielleicht wirken sie nicht so interessiert, wie du hoffst, aber sie sind es, auf ihre Art.« Angela überlegte, wem Clare es sonst noch erzählen könnte. Ihr fiel kaum jemand ein. Auf jeden Fall würde sie gut daran tun, sich vom Konvent fern zu halten. Mutter Immaculata würde sie restlos entmutigen – mit »den Antworten, die sie hätte geben sollen« und »den Dingen, die sie hätte sagen sollen«.
»Könntest du nicht mit David Power darüber reden?«
»Nein, lieber nicht, Miss O'Hara. Er trägt die Nase ein bisschen hoch.«
»Nein, das stimmt nicht. Auf seine Mutter trifft das zu, aber auf ihn überhaupt nicht. Aber halte das, wie du willst. Warte, bis ich zurückkomme. Ich komme Samstag spätabends wieder, zu spät für dich, aber du kannst mir ja hinterlassen, wie es dir ergangen ist. Am Sonntag kommst du gleich nach der Frühmesse zu mir. Dann frühstücken wir zusammen, und du erzählst mir in allen Einzelheiten, wie du da hineingegangen bist und dich für Castlebay wacker geschlagen hast.«
Plötzlich schlang Clare ihre Arme um Miss O'Hara, an der Stelle, wo sich die Straße dreiteilte: in die Cliff Road, die Church Street und die Straße zum Golfclub. Es war niemand zu sehen; nur ein Mann auf dem Fahrrad kam mit seinem Hund vorbei.
»Sie sind so lieb! Sie sind die beste Hilfe, die man sich nur wünschen kann. Ich weiß nicht, wie ich Ihnen danken soll.«
Angela war verlegen, aber sie reagierte schnell und erwiderte Clares Umarmung. Dann ließ sie das Kind wieder los. »Ist ja gut, Kleine. Warte erst einmal all die langen Wochen, bis wir das Ergebnis bekommen. Du hast noch einen ganz schönen Brocken vor dir.«

*

Kevin war ein hübscher Bursche, fand Angela. Als sie in Dublin ankam, wartete er zusammen mit Emer am Kingsbridge-Bahnhof, um sie abzuholen. Er lief auf sie zu, nahm ihr den Koffer ab und hieß sie willkommen. Er hatte Sommersprossen und rötliches Haar, und er war so begeistert von Emer, als wäre sie ein Weihnachtsgeschenk.

Emer hatte sich in den sieben Jahren, seit sie sich zum letzten Mal gesehen hatten, überhaupt nicht verändert. Sie trug ein braunes Trägerkleid aus Kordsamt und eine weiße Bluse; mit ihrer Umhängetasche hätte man sie immer noch für eine Studentin halten können. Unwillkürlich fasste sich Angela ans Gesicht und fragte sich, ob wohl all die Jahre in Wind, Regen und Gischt, mit einer invaliden Frau zu Hause und einer sehr engstirnigen Schulleiterin als Vorgesetzter, ihren Preis gefordert hatten. Sie musste sehr viel älter als Emer aussehen, obwohl sie eigentlich über ein Jahr jünger war. Und dann ihre Kleider! Sie waren ohne Ausnahme trist und alt. Obwohl sie sie zu Hause in Castlebay gebügelt und sorgfältig zusammengelegt hatte, wünschte sie jetzt, der Koffer, den Kevin trug, während sie am Bahnsteig entlang zum Bus schlenderten, wäre verloren gegangen. Emer hatte sich bei ihr eingehakt, und es war, als hätten sie sich erst gestern zum letzten Mal gesehen.
»Ich weiß nicht, wie ich dir dafür danken soll, weißt du«, strahlte Emer sie an. »Es wird dadurch viel normaler. Nicht so verschroben, wenn du weißt, was ich meine.«
Kevin nickte eifrig: »Du bist so eine gute Freundin, Angela. Ich kann dir gar nicht sagen, wie wir uns gefreut haben. Emer hat einen Freudentanz aufgeführt, als du angerufen hast. Das war ganz großartig von dir.«
»Die Post hätte zu lange gebraucht«, sagte Angela.
»Sogar meine Mutter freut sich. Guter Gott, sie hat sich schon seit ewigen Zeiten über nichts mehr gefreut. Sie erinnert sich noch daran, wie du uns besucht hast, und hat dich immer für zuverlässiger gehalten als all meine anderen Freundinnen.«
»Warum um alles in der Welt hält sie mich denn für zuverlässig? Ich hasse es, zuverlässig zu sein«, sagte Angela ungehalten.
»Du bist schließlich nach Castlebay zurückgegangen, um für deine Mutter zu sorgen. Ich meine, wer könnte in den Augen einer Mutter zuverlässiger sein? Das hat dir einen dicken Pluspunkt eingetragen.«
Sie lachten, als wären sie nie getrennt gewesen – und als ob sie beide Kevin schon immer gekannt hätten. Als sie in den Bus stiegen und flink aufs Oberdeck kletterten, um rauchen zu können, fühlte Angela zum ersten Mal einen Anflug von Neid. Wie schön wäre es doch, wenn sie nun ein Leben mit diesem heiteren, glücklichen

Mann vor sich hätte! Während der Fahrt sprachen Emer und Kevin über das Haus, das sie gekauft hatten – wie viel noch zu renovieren sei, aber wie wundervoll es am Schluss sein würde. Sie führten sie zum Essen in ein Restaurant aus, wie es zu Angelas Zeiten in Dublin keines gegeben hatte. Kerzen steckten in leeren Weinflaschen, und ein ausländischer Kellner bediente sie – man fühlte sich, als wäre man bereits im Ausland.

Mrs. Kelly erwartete sie an der Tür.

»Da bist du ja endlich, Angela«, sagte sie ärgerlich. »Was hat sie sich nur dabei gedacht, so lange mit dir herumzuziehen? Warum hat sie dich denn nicht direkt vom Bahnhof heimgebracht? Ich habe belegte Brote vorbereitet.«

»Ist es nicht wundervoll, dass sie in Rom heiraten werden? Hätten Sie so etwas je für möglich gehalten?«

Angela hatte Erfahrung darin, das Thema zu wechseln und die Aufmerksamkeit alter Frauen auf angenehmere Dinge zu lenken. Aber es gelang nicht immer beim ersten Versuch.

»Ja, gewiss, aber Rom ist so weit weg, und die Familie ... und ich bin nicht ganz sicher, ob ...«

Angela klatschte in die Hände wie ein fröhliches Schulmädchen. »Ganz fabelhaft, Mrs. Kelly. Ich würde ihr dasselbe raten, wenn sie meine Tochter wäre. Man stelle sich vor, sie hat die Gelegenheit, den Heiligen Vater zu sehen und das Osterfest in Rom zu feiern! In Dublin kann schließlich *jeder* heiraten; aber wenn ich die Wahl hätte, würde ich es auch lieber sehen, dass mein Kind diese wundervolle Erfahrung macht. Und da sind ja noch die Fotos und das alles.«

Sie hatte den richtigen Ton getroffen und die Angelegenheit um einen neuen Aspekt bereichert. Bisher hatte Mrs. Kelly noch gar nicht daran gedacht, dass man sich ja damit vor den anderen hervortun konnte. Die Vorstellung gefiel ihr, und zwar so sehr, dass sie ihnen einen Sherry als Schlaftrunk anbot.

Emer wollte schon ablehnen, aber Angela flüsterte ihr zu: »Die letzte Nacht unter diesem Dach.«

So setzten sie sich also zusammen und plauderten darüber, wie beeindruckt die Leute sein würden, wenn sie die Fotos sahen. Mrs. Kelly fragte Angela, was für einen Hut sie tragen würde. Angela hatte noch nie im Leben einen Hut getragen und war einen Augenblick lang sprachlos.

»Wir wollen morgen Vormittag einen aussuchen«, sagte Emer. Als sie zusammen nach oben gingen, meinte Emer, es wäre eine wunderbare Ausrede, um für ein paar Stunden aus dem Haus zu kommen, bevor die Familie eintraf, um sich von ihnen zu verabschieden und ihnen die gute Laune zu rauben.

In Emers Zimmer stand eine Liege, die sie normalerweise als Sofa benutzte und die man in ein Gästebett verwandeln konnte. Dort sollte Angela schlafen, aber die beiden machten es sich erst einmal darauf bequem und unterhielten sich zwei Stunden lang. Schließlich fiel ihnen ein, dass sie noch viele Tage in Rom vor sich hatten und dass Angela von nun an jedes Jahr zu Emer und Kevin nach Dublin kommen würde – in ein Haus, wo man nicht, wenn man zur Tür hereinkam, sogleich einem Verhör unterzogen wurde.

»Ich habe noch gar nicht mit dir über Geld gesprochen«, sagte Emer, als sie endlich zu Bett gingen. »Kevin hat mich gebeten, dir zu sagen, dass der Bräutigam der Brautjungfer normalerweise ein Geschenk macht. Er möchte, dass ich taktvoll für ihn herausfinde, ob du anstatt eines Geschenkes lieber einen Zuschuss zu den Reisekosten hättest. Eigentlich sollte ich dich nicht direkt fragen, aber ich weiß nicht, wie ich es sonst anstellen soll.«

»Wie umsichtig er ist. Du hast so großes Glück, Emer.«

»Ich weiß.« Emer schlang im Bett die Arme um ihre Knie wie ein Schulmädchen. »Ich kann mein Glück kaum fassen. Nun, was soll ich ihm sagen?«

»Sag ihm, dass ich zutiefst gerührt bin, aber lieber ein Geschenk hätte. In Castlebay brauche ich nicht viel Geld, weißt du, ich gehe kaum aus. Jede Woche bringe ich ein bisschen was auf mein Sparbuch bei der Post, und den gleichen Betrag lege ich dann nochmal in eine Schachtel unter mein Bett wie eine wunderliche alte Dame.«

»Weshalb, um Himmels willen, gibst du denn nicht alles aufs Sparbuch?«, fragte Emer amüsiert.

»Weil ich nicht möchte, dass diese schreckliche Mrs. Conway mitkriegt, *wie viel* ich über die Jahre auf die hohe Kante legen konnte. Nein, ehrlich, Emer, ich danke dir und Kevin vielmals, aber ich bin nicht knapp bei Kasse; ich gebe ja auch kaum etwas für Kleidung und all so was aus, es geht mir ganz gut. Ich habe immer gehofft, es gäbe einmal so einen wundervollen Anlass wie eure Hochzeit, um mein Erspartes auf den Kopf zu hauen.«

Emer blinzelte, um die Tränen zurückzuhalten. Angela sah so traurig aus, wie sie auf die Ellbogen gestützt auf der Liege lag, mit dem lose nach hinten gekämmten braunen Haar, das ein Gummiband zusammenhielt, dem bekümmerten Ausdruck auf dem blassen Gesicht. Emer fühlte sich schuldig, weil ihre Freundin ein so freudloses Leben führte und nun für diese Romreise all ihre Ersparnisse ausgab. Und doch schien Angela vom ersten Augenblick an entschlossen gewesen zu sein mitzukommen. Man konnte beinahe den Eindruck gewinnen, als hätte sie einen Vorwand gesucht, um nach Rom fahren zu können, und nun hatte sie ihn. Es war wundervoll, wie begeistert sie war, im Vergleich zu all den anderen, die nur jammerten und sich beklagten. Glücklich schlief Emer ein. Sie wusste nicht, dass Angela fünf Zigaretten rauchte und dabei hoffte, dass der Schlaf sie endlich übermannen würde; und dann, als er nicht kam, eine halbe Schlaftablette mit einem Schluck Wasser nahm.

*

Sie würden den Trauzeugen des Bräutigams erst in Rom treffen. Daher bestand die Gesellschaft, die das Flugzeug nach Rom besteigen würde, nur aus den dreien, Kevins Cousine Marie, die bei Aer Lingus arbeitete und einen verbilligten Flug bekam, und Emers Onkel David, der Künstler war und einmal im Jahr zum Malen aufs Festland reiste. Man hatte alles mit großer Sorgfalt abgestimmt. Von jeder Seite war ein Verwandter dabei, aber keine Eltern, Priester oder Nonnen und Geschwister. Emer brachte die Brautjungfer mit, und der Trauzeuge des Bräutigams, der mit dem Zug nach Rom reiste, war ein Freund von Kevin und arbeitete an der gleichen Schule wie er.
Einen ganzen Tag lang hatten sie darüber diskutiert, ob die Eltern sie begleiten sollten, und Kevin und Emer hatten so getan, als wären sie von dieser Idee begeistert, gleichzeitig aber alle erdenklichen Argumente dagegen vorgebracht. Mit Erfolg. Nun hatten die sechs die Kontrollen am Colinstown-Flughafen in Dublin passiert. Die Hochzeit hatte begonnen.

*

Er wartete vor ihrem Hotel. Dabei hatte sie ihm ausdrücklich gesagt, er solle nicht selbst dorthin kommen – es war ein Hotel, in dem viele irische Pilger abstiegen. Deshalb solle er lieber eine Nachricht hinterlassen, um ihr mitzuteilen, wo sie ihn treffen könne.

Das Taxi, das Father Flynn für Onkel David, Cousine Marie und Angela organisiert hatte, hielt vor dem Hotel. Sean wollte schon auf sie zulaufen, aber Angela bedeutete ihm ärgerlich, sie nicht in Gegenwart der anderen zu begrüßen. Zu ihrem Entsetzen stellte sie fest, dass er einen blauen Anzug und ein hellblaues Hemd mit offenem Kragen trug. Es war ihr nie in den Sinn gekommen, dass er sich nicht mehr wie ein Priester kleiden könnte.

David und Marie verbrachten eine Ewigkeit damit, sich zu vergewissern, dass Angela gut untergebracht war, dass sie ihren Reisepass hatte, den sie ja brauchen würde, und dass tatsächlich ein Zimmer für sie reserviert war. Und schließlich erinnerten sich alle noch einmal gegenseitig daran, wo man sich am nächsten Tag zum Mittagessen treffen wollte. Am Fuße der Spanischen Treppe, das war für alle leicht zu finden.

Angela erstarrte, als sie bemerkte, dass Sean ihnen aufmerksam zuhörte, als sie sich verabredeten. Sie wollte ihn da heraushalten, wollte nicht, dass er sich in ihr Leben mischte. Sie *hasste* ihn dafür, dass er stumm dastand und darauf brannte dazuzugehören. Und sie hasste sich selbst dafür, dass sie ihn mit ihrer Handbewegung so auf Distanz gehalten hatte. Zu guter Letzt stiegen die anderen endlich wieder ins Taxi und fuhren zu ihrem Hotel, wo Father Flynn und das glückliche Paar bereits warteten. Dort würde auch, wenn alles gut ging, der Trauzeuge am Abend absteigen. Emer hatte sich darüber aufgeregt, dass Angela ihre Buchung nicht ändern und mit ihnen zusammen in einem Hotel wohnen wollte. Aber Angela hatte darauf bestanden, dass alles so blieb, wie es ursprünglich abgemacht worden war. Sie würden sich oft genug sehen, die Hotels waren nur zehn Minuten zu Fuß voneinander entfernt.

Man gab ihr den Schlüssel zu ihrem Zimmer und deutete auf einen Aufzug, der keinen sonderlich Vertrauen erweckenden Eindruck machte. Sean kam auf sie zu.

»Sind sie gegangen?«, fragte er ängstlich.

»Ja.«

»O Angela. *Angela!* Danke, sei gesegnet dafür, dass du gekommen bist, sei gesegnet. Aus tiefstem Herzen danke. Shuya hat mir aufgetragen, ich soll dir zuerst von ihr danken, das hat sie ausdrücklich gesagt.« Er hatte seine Hände auf ihre Schultern gelegt, und in seinem Gesicht zuckte es unbeherrscht.
»Nicht doch ...«, fing sie an.
»Du kannst dir nicht vorstellen, was das für mich bedeutet.« Er schüttelte den Kopf. Da waren doch tatsächlich Tränen in seinen Augen; sie hatte sich nicht getäuscht.
»Bitte ... ich gehe nur eben und ...« Sie wollte ihm Zeit geben, damit er sich wieder fangen konnte und aufhörte, sich so unterwürfig und weinerlich zu benehmen. Es passte so gar nicht zu ihrem selbstsicheren Bruder, dem Priester, der immer Recht hatte und genau wusste, was die Leute tun sollten und was nicht. Der so selbstverständlich über Verantwortung sprach und darüber, dass man sein ganzes Leben lang bei seiner Mutter in Castlebay bleiben sollte.
»Ich komme mit dir.« Er hob ihren Koffer hoch.
»Nein, das kannst du nicht! Was sollen die Leute denken?«, zischte sie ihm zornig zu.
In fließendem Italienisch sprach er mit dem dicken Mann hinter der Rezeption. Der Mann nickte, *sì, sì.* Father Sean konnte die Menschen noch immer in seinen Bann ziehen, dachte Angela bitter.
In dem abenteuerlichen Lift bekam man kaum Luft. Angela hielt den Atem an, während der Aufzug ein Stockwerk nach dem anderen emporächzte. Sean öffnete die Tür zu dem kleinen Zimmer. Darin standen ein Bett, eine Frisierkommode und ein Stuhl. An der Wand hingen fünf Haken mit Kleiderbügeln. In Einzelzimmern musste man auf den Luxus eines Kleiderschranks und eines Waschbeckens verzichten. Auf dem Flur waren sie an Türen mit der Aufschrift *»Il Bagno«* und *»Il Gabinetto«* vorbeigegangen. Angela sah sich um. Sie hatte ihren Bruder nicht in dieser Umgebung treffen wollen. Sie hätte sich lieber erst einmal hingelegt und ihre Gedanken geordnet. Dann hätte sie gerne ein Bad genommen, sich umgezogen und ihre Kleider, die sie zur Hochzeit tragen wollte, und den neuen Hut, den sie am gleichen Morgen bei Clery's gekauft hatten, aufgehängt. Waren sie wirklich erst *heute* Morgen in

der O'Connell Street, in all dem Gewühl gewesen? Sie hatte sich vorgestellt, dass Sean ihr in seiner Nachricht ein Café in der Nähe als Treffpunkt vorschlagen würde. Dann wäre sie in der Kühle des Abends dorthin spaziert, und sie hätten sich an einem ruhigen Tisch unterhalten können, nötigenfalls stundenlang. Ihr war diese emotionsgeladene, peinliche Begegnung zuwider.

Er hatte ihren Koffer auf den Boden gestellt und die große Tüte mit ihrem Hut behutsam auf die Frisierkommode gelegt, neben den großen Zimmerschlüssel. Und als sie da so stand und nicht wusste, was jetzt passieren würde, keine Gewalt mehr über sich hatte – zum ersten Mal in einem Hotel, zum ersten Mal im Ausland, zum ersten Mal mit ihrem Bruder zusammen, seitdem er sein Priesteramt aufgegeben hatte –, da legte Sean die Arme um sie, ließ seinen Kopf auf ihre Schulter sinken und weinte wie ein Baby. Sie stand nur da, tränenlos, und fragte sich, ob es etwas Schlimmeres geben konnte als das. Er stammelte nicht, wie Leid es ihm tue, dass das alles passiert war, bedauerte nicht, dass er allen das Leben ruiniert hatte. Nein, er stotterte nur etwas von der Laisierung, wie lange das alles dauere und wie sehr er sich freue, Angela zu sehen. Denn nach ihren Briefen hätte er solche Angst gehabt, sie wolle nicht, dass er je wieder nach Castlebay zurückkehre.

*

Alle fanden ohne Schwierigkeiten die Spanische Treppe. Marie, das Mädchen, das bei Aer Lingus arbeitete, war schon mehrmals in Rom gewesen, und auch David, der Künstler mittleren Alters, kannte die Stadt bereits. Emer und Kevin hätten sogar den Planeten Mars gefunden, wenn sie sich dort verabredet hätten, so aufgeregt und unternehmungslustig wirkten sie. Auch Father Flynn war aufgeregt – dies war sein Auftritt, seine Stadt jetzt, und er liebte jede Minute seiner Rolle als Organisator. Angela kam als Letzte, aber auch nur ein paar Minuten nach den anderen. Sie hatte unterwegs noch eine Sonnenbrille kaufen wollen und war immer in Geschäften gelandet, wo sie ein Vermögen kosteten. Zu guter Letzt bezahlte sie auch ein Vermögen; dafür bewunderte die Verkäuferin in dem Geschäft ihre Brille und sagte, sie habe jetzt eine *»bella figura«*.

Die anderen lachten, als sie die verwandelte Angela sahen. Sie meinten, sie habe nicht lange gebraucht, um hier heimisch zu werden, und machten Witze darüber, dass sie wohl am Abend zuvor ein wenig zu tief ins Glas geschaut habe. Als gerade darüber diskutiert wurde, in welchem Lokal sie essen sollten, fragte Emer Angela etwas besorgt, was sie denn wirklich gemacht habe.
»Ich bin herumgelaufen«, entgegnete Angela. »Du kennst mich doch. Ich laufe herum und nehme kaum wahr, wo ich bin und was ich mache. Es ist wunderschön hier, nicht wahr?« Emer war zufrieden. Angela war schon vor Jahren in Dublin oft einfach nur herumgelaufen, am Kanal entlang oder in den Bergen um Dublin, meilenweit. Es klang nicht ungewöhnlich, dass sie in Rom dasselbe tat. Emer beteiligte sich wieder an der Debatte über das Restaurant. Einstimmig sprach man sich gegen Babbingtons Tea Rooms aus, ein Lokal im englischen Stil, das ganz in der Nähe lag. Schließlich waren sie noch keinen ganzen Tag in Rom; es war also noch viel zu früh, um sich schon nach einer guten Tasse Tee und Scones zu sehnen.
Sie spazierten einträchtig zu einem Lokal, das Father Flynn kannte. »Ich habe hier meine Zeit nicht nur mit Beten und Studieren vergeudet«, sagte er fröhlich. »Ich habe auch nützliche Dinge getan, zum Beispiel nette Lokale ausfindig gemacht.«
Ein Mann in einem cremefarbenen Jackett und mit einem sehr auffälligen Taschentuch in der Brusttasche scharwenzelte um Angela herum. Er sprang von seinem Platz auf, um sich zu vergewissern, dass sie einen Aschenbecher hatte, und erprobte seine erbärmlichen englischen Sprachkenntnisse an ihr.
»Ich glaube, diese Sonnenbrille steht mir. Vielleicht sollte ich sie ständig tragen«, meinte Angela, als der Mann rückwärts, mit Verbeugungen, Lächeln und bewundernden Blicken das Lokal verlassen hatte. Sie hatte schon seit Jahren nicht mehr so viel Aufmerksamkeit erhalten.
Dann ließen sie sie in Ruhe. Nachdem sie einen kleinen Scherz gemacht hatte, hatten die anderen das Gefühl, dass mit ihr alles in Ordnung sei. Jetzt konnte sie für eine Weile ihren Gedanken nachhängen und die letzte Nacht noch einmal wie einen Film an sich vorbeiziehen lassen. Sie hatte Sean schließlich dazu gebracht, das Zimmer zu verlassen und ihr den Namen eines Cafés zu nennen.

Sie hatte ihm gesagt, sie brauchte nur eine Stunde, um zur Ruhe zu kommen und auszupacken; aber schließlich tat sie nichts dergleichen, die Kleider blieben im Koffer, und ihre Unruhe wurde immer größer. Die ganze Zeit über starrte sie auf den Reisewecker und fragte sich, warum sie ihren Bruder mit verweinten Augen weggeschickt hatte. Sie würde ohnehin mit ihm sprechen müssen. Warum hatten sie nicht zusammen dieses bedrückende Zimmer verlassen und waren stattdessen zu einem der malerischen Plätze spaziert?

Sie gingen dann tatsächlich zu einem Platz, der Piazza Navona. Um den ganzen Platz herum gab es Restaurants, und in der Mitte sah man, wie auf einem Jahrmarkt, alle möglichen Leute, die etwas verkauften oder Kunststücke vorführten. Niemand schien irgendwelche Sorgen zu haben, außer den O'Haras, dachte Angela. Sie setzten sich und bestellten winzige Kaffees.

Er hatte sich wieder völlig in der Gewalt. »Lass mich dir von meiner Familie erzählen«, fing er an. Sie hörte zu. Sie hörte von Shuya, wie er sie in Japan kennen gelernt hatte, schon kurz nachdem sich sein Orden nach der Vertreibung aus China dort gesammelt hatte; sie hörte von Denis, der drei war und das klügste Kind, das man sich nur vorstellen konnte. Und von Laki, die achtzehn Monate alt war und so wunderschön, dass einem die Augen übergingen, wenn man sie sah. Und wie sie in Japan im Haus von Shuyas Bruder gelebt hatten; und wie es ihnen hier in der seltsamen Villa in Ostia erging; und dass sie in Rom heiraten würden, sobald er laisiert wäre. Er sprach wie ein Besessener: Schon immer war er der Wortführer gewesen, aber damals zu Hause hatte einfach niemand sonst diese Rolle übernehmen können. Dann war er auf dem Priesterseminar gewesen und in verschiedenen Missionsstationen; er war ein Priester Gottes, der größeres Recht hatte, Geschichten zu erzählen und gehört zu werden, der bessere Geschichten zu erzählen hatte. Und sie hörte zu. Es hatte sich nicht viel geändert, nur der Inhalt der Geschichten. Er war sich seines Publikums sicher, er war sich sicher, dass sie mit Vergnügen alles über Lakis Geburt erfahren wollte, die sehr kompliziert gewesen war; er hatte keinen Zweifel daran, dass sie sich mit dem gleichen Interesse wie er mit allen Einzelheiten des Laisierungsverfahrens und seinen Verhandlungen mit der Kardinalskongregation befassen wollte.

Ein- oder zweimal versuchte sie ihn zu unterbrechen, aber dann hob er leicht die Hand, mit jener priesterlichen Geste, die weniger eine höfliche Bitte um die Erlaubnis weiterzusprechen war, als vielmehr die Feststellung, dass er keine Unterbrechung *duldete*.
Er würde am Abend nicht zurückfahren, es wäre zu weit, und er käme erst sehr spät zu Hause an. Er würde in Rom übernachten. Shuya hatte darauf bestanden, das wäre für ihn bequemer, da er ja sicher am nächsten Morgen mit seiner Schwester weitersprechen wolle. Als er mit seinem Monolog fortfuhr, war Angela dankbar, dass er in Rom bleiben würde. Da sie offensichtlich nicht zu Wort kam, würde sie das Gespräch am Morgen dringend brauchen, um ihm wenigstens teilweise darzulegen, was seiner positiven Sicht der Lage im Weg stand. Aber wo würde er übernachten? Im Laufe seines Gespräches war immer wieder angeklungen, wie wenig Geld sie hatten und dass sogar das Fahrgeld für sie eine große Ausgabe darstellte. Aber er musste sich wegen der Übernachtung keine Sorgen machen. Ein Freund von ihm, ein englischer Priester, der im English College wohnte, hatte gesagt, dort sei immer ein Bett für Sean frei. Es lag ganz in der Nähe.
Er erzählte von den Priestern und den ehemaligen Priestern, die er getroffen hatte, und dass sich in der Kirche ein Geist der Veränderung und des In-Frage-Stellens breitmache. Er hätte wohl ewig über dieses Thema weitersprechen können. Angela nickte und ging hin und wieder, wie es sich gehörte, mit einer kurzen Zwischenbemerkung auf seine Ausführungen ein, aber in ihrem Kopf überschlugen sich die Gedanken. Es war genauso wie mit seinen Briefen. Darin hatte er auch all ihre Argumente ignoriert und war nicht im Mindesten auf ihre Gedanken, Bitten und Worte eingegangen. Sie hatte ihm geschrieben, sie würde kommen, um ihm von Angesicht zu Angesicht zu erklären, dass es völlig unmöglich sei, auch nach seiner Laisierung, mit einer japanischen oder irgendeiner anderen Frau und zwei Kindern nach Castlebay zurückzukommen. Offenbar hatte er nur den ersten Satz ihres Briefes – nämlich, dass sie nach Rom kommen werde, um sich mit ihm zu treffen – gelesen und den Hauptteil des Briefes gar nicht zur Kenntnis genommen.
Sie hoffte, dass ein Ortswechsel ihrem Gespräch eine Wendung geben würde: Deshalb schlug sie vor, in einem Lokal eine Kleinigkeit zu essen. Er zögerte. Angela sagte, sie würde ihn gerne einladen,

und da willigte er ein. Er fühlte sich einfach schuldig, wenn er nur für sich Geld ausgab, anstatt für Shuya und die Kinder. Aber an ihrer Unterhaltung änderte sich nichts, er bestellte in perfektem Italienisch Mineralwasser und auch Wein; er erzählte ihr, dass er jetzt Spaghetti auf vierunddreißig verschiedene Arten zubereiten könne und jeden Abend zu Hause einen Salat mache, oft aus Kräutern, die sie im Garten sammelten. Man könne wirklich alles Mögliche essen, sogar Blumenblätter. Ob Angela das gewusst habe?

Nein, hatte sie nicht, aber als der Abend sich dem Ende zuneigte, wusste sie viele derartige Dinge. Sie hätte sich beim irischen Radio als Expertin in einer Verbrauchersendung bewerben können, nach allem, was sie an der Piazza Navona gelernt hatte, während es dunkel wurde und die Musik spielte und andere Menschen einen wunderschönen Abend in Rom verbrachten. Sie nahm ein Stück Papier aus ihrer Handtasche und schrieb vier Worte darauf. Dann reichte sie ihm den Zettel.

»Was ist das?«, fragte er überrascht und sogar ein wenig amüsiert.

»Das sind die Gesprächspunkte für morgen Vormittag. Ich möchte über die Themen sprechen, die da auf dem Zettel stehen, und über nichts anderes.« Sie lächelte freundlich. Dann zog sie ein Bündel riesiger, italienischer Geldscheine mit Schwindel erregenden Beträgen heraus und verlangte nach der Rechnung.

Sean las laut vor. »›Heuchelei und Verrat. Familie und Gemeinde.‹ Was soll das sein, Angela? Es hört sich an wie der Titel einer Predigt oder einer Broschüre der Catholic Truth Society.«

Sie war immer noch ruhig und entspannt. »Das heben wir uns besser für morgen auf, findest du nicht? Wir hatten einen wunderschönen Abend, und es ist zu spät, um jetzt noch davon anzufangen.«

Seine Verwirrung war nicht gespielt. Er versuchte, Angela zu besänftigen: »Ja, gut, ganz wie du willst. Und dann werden wir alles für deinen Besuch in Ostia arrangieren.«

Ihr graute davor. Sie fühlte, wie ihr auf den Schultern und am Rücken der Schweiß ausbrach bei dem Gedanken daran, dass sie diese Japanerin kennen lernen sollte, die das Bett mit ihrem Bruder, dem Priester, teilte; und sie hatte schreckliche Angst davor, die beiden Kinder zu treffen.

»Erst nach Emers Hochzeit. Nicht vor nächstem Dienstag.«

Sie blieb bei ihrem Entschluss. Sean war enttäuscht.

»Aber wir hatten zum Osterfest fest mit dir gerechnet.«
»Ich werde Karfreitag und das ganze Wochenende über gemeinsam mit meinen Freunden verbringen. Wenn das alles vorüber ist, komme ich nach Ostia.« Die Vorstellung ist einfach zu schrecklich, dachte sie, aber ich kann immer noch sagen, dass ich krank bin. Dass ich Fieber habe oder so.
»Ich hatte eigentlich gedacht, dass ...«, begann Sean niedergeschlagen.
»Es ist schon alles fest ausgemacht.«
»Nein, ich meine, ich hatte gedacht, dass du uns vielleicht zur Hochzeit einladen würdest. Zu Emers Hochzeit.«
Sie sah ihn fassungslos an.
»Ich kenne Emer. Ich habe sie kennen gelernt, als du in Dublin warst. Erinnerst du dich nicht? Und sie ist auch zu Vaters Beerdigung gekommen.«
»Ja, aber sie kennt dich als Priester.«
»Du hast es ihr doch bestimmt erzählt?« Er war verblüfft.
Ihr Kopf begann zu schmerzen, genau über den Augen. »Mach dich nicht lächerlich, Sean, natürlich habe ich ihr nichts erzählt. Ich habe *niemandem* etwas davon erzählt.«
»Das ist alles viel komplizierter, als ich gedacht habe«, sagte Sean kopfschüttelnd. »Ich dachte, du hättest es nur vor Mam verheimlicht, bis sich eine günstige Gelegenheit ergeben würde. Ich wusste nicht, dass du so altmodische Ansichten und eine so harte Haltung hast. Um Himmels willen, ich bin immer noch Katholik, ich habe meinen Glauben doch nicht aufgegeben! Ich gehe immer noch zur Messe und zur Kommunion.«
Es war viel zu spät, jetzt noch darüber zu sprechen. Die Rechnung war schon bezahlt, und sie schlenderten gemeinsam zum Hotel zurück. Den ganzen Weg über machte er sie auf Sehenswürdigkeiten aufmerksam, als wäre sie eine ganz normale Touristin und er ein ganz normaler Bruder. Er küsste sie zum Abschied auf beide Wangen und ging dann durch die Nacht zu seinem Freund, der immer noch Priester war und der nicht die ganze Nacht lang wachliegen und sich qualvolle Gedanken darüber machen würde, was aus Father O'Hara geworden war und wie es mit ihm weitergehen würde.

*

Am nächsten Morgen war sie sehr nüchtern. Sie sagte, es wäre ihr am liebsten, wenn er ihr einfach zuhören und nur dann sprechen würde, wenn sie ihn um seine Meinung bäte: Andernfalls wäre ihr Besuch umsonst gewesen. Er war überrascht, willigte aber ein. Sie erkundigte sich, ob nicht die Möglichkeit bestünde, dass er noch ein einziges und letztes Mal als Priester nach Castlebay käme. Er war über dieses Ansinnen so schockiert, dass er vom Tisch aufsprang. Aber sie ließ nicht locker. Er solle darüber nachdenken, ob es theoretisch machbar wäre: Welche Schwierigkeiten konnte es geben, besaß er noch Priesterkleidung, würde man im Mutterhaus davon erfahren? Nein, er solle nicht fragen, *warum* es im Moment nötig sei, er solle nur überlegen, *ob* es möglich wäre. Sean sagte, selbst wenn er so etwas Wahnwitziges tun wollte, er könne es nicht. Man würde es nach wenigen Tagen bemerken, und da er auch in Father O'Dwyers Kirche keine Messe lesen würde, würde man sofort Verdacht schöpfen.

Könnte er nicht so tun, als hätten sich, seit der Orden China verlassen hatte, die Vorschriften geändert und als seien die Priester nun eher Gemeindearbeiter und Lehrer? Er könnte doch sagen, dass man *alle* Priester heruntergestuft habe, nicht nur Father Sean. Nein, das wäre auch lächerlich. Man musste nur die Zeitungen lesen, um zu erfahren, dass es nicht stimmte. Diese Geschichte würde man ihnen keine fünf Minuten lang abnehmen.

Könnten sie nicht so tun, als wäre er gestorben oder entführt worden? Sean sah Angela an, als wäre sie nicht ganz bei Verstand. Warum in aller Welt sollte man sich so ein Netz aus heuchlerischen Lügen und Hirngespinsten ausdenken?

Angelas Augen funkelten. Sie würde ihm schon sagen, warum. Weil ihre Mutter an der Wahrheit zerbrechen würde, im wahrsten Sinne des Wortes *zerbrechen*. Das einzig Wertvolle, das sie ihrer Ansicht nach in ihrem Leben geleistet hatte, war, einen Priester Gottes hervorzubringen. Es war das einzig Beständige, die einzige Hoffnung für ihre Seele und das Einzige, was ihr in der Gemeinde Ansehen verlieh. Das hatte Angela mit Verrat gemeint. Der alten Frau mit den geschwollenen Gelenken und den verkrümmten Gliedern zu erzählen, dass ihr Sohn kein Priester mehr war – das käme einem hochgradigen Verrat gleich. Angela war nach Rom gekommen, um ihren Bruder zu bitten, es nicht zu tun.

Er ging geduldig auf sie ein, begann ihr zu erklären, dass er, wenn sein Laisierungsverfahren erst vollzogen wäre, das gleiche Recht vor Gott habe, jemanden zu heiraten wie jeder andere auch. Er sei diesem Verfahren nur zuvorgekommen, aber es würde alles geregelt werden, im Nachhinein. Angela bedeutete ihm mit einem Wort zu schweigen, jetzt sei sie an der Reihe, gestern Abend habe er gesprochen. Er würde sich zwischen Heuchelei und Verrat entscheiden müssen. Sie würde sich das Gerede über den frischen Wind, der nun durch die staubigen Korridore des Vatikan wehe, über das neue Denken und die Kardinalskongregation nicht weiter anhören. In Father O'Dwyers Kirche in Castlebay wehe kein frischer Wind, außer dem, der bei Ostwind durch die Fenster dringe. Auch in der Kate der O'Haras gebe es kein radikales Umdenken, und unter Menschen wie Sergeant McCormack herrsche kein Geist der brüderlichen Liebe und des Verstehens. Sean müsse sich zwischen *Heuchelei* und *Verrat* entscheiden. Er müsse sich nach dem alten Prinzip des größtmöglichen Glücks für die größte Anzahl von Menschen entscheiden. Er müsse abwägen, auf welche Weise er weniger Menschen verletze.

Aber, protestierte Sean, diese Frage stelle sich ihm so nicht, es gebe nur die eine Wahrheit, und die sei absolut. Man könne nicht an ihr herumbasteln oder sie nach Belieben umformen, indem man entscheide, wer was glauben sollte.

Ihre Kaffeetassen wurden immer wieder nachgefüllt. Angela schlug mit der Hand auf den Tisch, um seinen Redefluss zu unterbrechen, damit er ihr zuhörte, wenn sie ihm vom Alltag in Castlebay erzählte. Sie hatte nicht die Absicht, witzig zu sein, aber manchmal sagte sie Dinge, über die er lächeln musste, und dann lächelte sie auch und gab damit zu, dass sie manches überspitzte. Aber insgesamt übertrieb sie bei ihrer Schilderung nicht.

Sie versicherte ihm, dass es ihr selbst gar nicht so viel ausmachen würde; natürlich könne sie auf Immaculatas Mitleid und ihre gönnerhafte Art für den Rest ihrer Tage an der Klosterschule gut verzichten, und es wäre ihr auch lieber, nicht mit dem Gefühl zu leben, dass die Leute jedes Mal, wenn sie erschien, aufhörten, über die Sache zu sprechen. Aber sie könne damit klarkommen; schließlich habe sie auch mit dem schlechten Ruf ihres Vaters leben können. Sie würde es überleben, aber sie würde auch bis zum letzten

Atemzug dafür kämpfen, dass ihre Mutter gar nicht erst versuchen musste, damit fertig zu werden.

»Sean, wenn Mutter stirbt, dann gehe ich mit dir zusammen in Castlebay die Church Street hinunter. Du darfst nicht zu ihrer Beerdigung kommen, aber ein halbes Jahr später kannst du kommen, und ich werde dir zur Seite stehen.«

»Das ist der falsche Weg, die Dinge anzupacken«, entgegnete Sean. »Zu warten, bis jemand stirbt, bevor man seine Kinder in sein Elternhaus bringen kann! Wie soll man ihnen begreiflich machen, dass man erst warten muss, bis ihre Großmutter unter der Erde liegt? Bevor sie nach Hause kommen dürfen, dorthin, wo sie hingehören?«

Angelas fühlte erneut einen Stich in ihrem Herzen. Er glaubte doch tatsächlich, dass diese beiden halbjapanischen Kinder und deren Mutter nach Castlebay *gehörten*. Sie sah auf ihre Uhr und stand auf, um auch diesmal wieder nach der Rechnung zu verlangen. Es war jetzt Zeit, mit der Hochzeitsgesellschaft zum Mittagessen zu gehen. Er wirkte verwirrt und durcheinander.

»Aber du kommst uns doch trotzdem besuchen?«

»Ja«, versprach sie.

»Am Dienstag. Und dann bleibst du ein paar Tage.«

»Nein, ich bleibe nicht über Nacht. Ich komme vielleicht noch einmal, aber nur tagsüber. Trotzdem, danke.«

»Aber warum nicht? Du kannst bei uns übernachten.«

»Das kann ich im Hotel auch. Ich würde lieber dort schlafen.«

»Shuya wird wissen wollen, ob du sie grüßen lässt.«

»Ja, ja, natürlich.«

»Und, wie lautet dein Gruß?«

»Sag ihr, ich freue mich, sie kennen zu lernen.«

»Das klingt nicht besonders herzlich«, murrte er.

»Mehr kann ich dir jetzt nicht sagen. Und du denk bitte über unser Gespräch nach. Wir haben noch etwas zu klären. Wirst du mit Shuya darüber reden?«

»Ja, ich denke schon. Aber es fällt mir schwer, weil ihre Familie so gut und gastfreundlich zu mir war. Ich möchte nicht, dass sie denkt, meine sei kalt und herzlos.«

»Nein, das verstehe ich schon.«

»Jedenfalls danke, Angela. Du tust dein Bestes«, sagte er.

Das war zu viel. Jetzt endlich kamen die Tränen. Sie warf ein paar Scheine auf den Tisch und stolperte davon. *Sie tue ihr Bestes!* Bei Gott, das tat sie verdammt nochmal wirklich! Sie konnte seine Undankbarkeit und sein völliges Unverständnis nicht länger ertragen. Fast blind vor Tränen rannte sie davon. Sie hörte ihn rufen, dass er sie am Dienstag im Hotel abholen werde, und sie nickte, unfähig, sich noch einmal umzudrehen. Nachdem sie sich ein gutes Stück entfernt hatte, begann sie, Leute nach dem Weg zu fragen. An deren besorgten Blicken bemerkte sie, dass sie besser eine Sonnenbrille aufsetzen sollte, eigentlich brauchte sie einen Schleier, mit dem sie ihr rotes, verquollenes Gesicht verhüllen könnte.

*

Father Flynn war ein Schatz, er wusste auf jede Frage eine Antwort. Er sagte, nach Rom würde es in Dublin fürchterlich langweilig sein; es sei einfach herrlich hier. Dublin sei so grau und verstaubt. Kevins Onkel David, der in Davids ansonsten untadeliger Familie als Exzentriker galt, machte um Priester für gewöhnlich eher einen Bogen: Er sagte, sie verursachten ihm normalerweise Magenschmerzen. Aber dieser kleine Druide sei eine Ausnahme. Er trug eine Soutane, die ihm bei seiner geringen Körpergröße und seiner rundlichen Figur überhaupt nicht stand. Als sie einmal an einem Dessous-Geschäft vorbeikamen, in dem rüschenbesetzte Schnürmieder verkauft wurden, fragte er Emer und Angela, ob er sich nicht etwas Derartiges zulegen sollte, damit er auf den Hochzeitsfotos eine gute Figur machen würde. Father Flynn hatte immer eine Anekdote über alles und jeden auf Lager, lustige Geschichten, die aber nie verletzend waren. Und dazu konnte er auch noch über sich selbst lachen. Egal, wohin sie gingen, Father Flynn schien überall gut bekannt zu sein. Italienische Ladeninhaber begrüßten *Faaser Fliin* lauthals, während sie Käse in die Auslage stellten.

Aber er konnte auch ernst sein: Er erklärte ihnen, dass es eine Ehre sei, im Petersdom heiraten zu dürfen, und dass sie sich bestimmt ihr ganzes Leben daran erinnern würden. Natürlich vergesse niemand seine eigene Hochzeit, aber das hier sei etwas Besonderes. Er zeigte seinen ehrfurchtigen Begleitern die Gruftkapelle, wo heute am Nachmittag des Gründonnerstag in der riesigen Basilika gerade die Vorbereitungen für die Osterwoche getroffen wurden. Hier würden Emer und Kevin heiraten – es war kaum zu glauben!

Und er schien auch von Kleidung etwas zu verstehen. Ihre Hochzeitskleidung fand er hinreißend – sie würden darin ganz bezaubernd aussehen –, bis auf die Schuhe. Irische Schuhe hätten etwas an sich, das in Rom irgendwie unpassend wirkte. Also spazierte die ungewöhnliche Gesellschaft am späten Donnerstagabend die Via Condotti entlang, und Angela und Emer probierten verschiedene Schuhe an, die sie dann Father Flynn, Kevin, Marie und David vorführten. Marie war so begeistert, dass sie auch begann, Schuhe anzuprobieren, und Father Flynn meinte, er wäre sehr versucht, jene grauen Wildlederschuhe dort zu erstehen, wenn seine Schuhe nicht ohnehin von der Soutane verdeckt würden. Im Geschäft ließen sich alle von der Aufregung anstecken, und als sich schließlich die drei Frauen einstimmig für ein wahnsinnig elegantes Paar entschieden hatten, begann Father Flynn wie ein Fischweib zu feilschen und konnte den Preis beträchtlich drücken.

Dann machten sie noch an einem Blumenstand Halt, wo er auch wohl bekannt war. Gesten- und wortreich schilderte er die Farben der Kleider: Emer würde ein weißes Kleid mit einem blauen Besatz und einen blauen Hut mit einer weißen Schleife tragen. Angelas Kleid sei beige, dazu habe sie einen weißen Hut mit beigen und braunen Blumen. Die Familie, der der Blumenstand gehörte, war ganz aus dem Häuschen wegen der Hochzeit, und die einzelnen Familienmitglieder stritten sich darüber, wie die Buketts aussehen sollten. Bald schrien sie einander an, während die irische Gesellschaft ihnen verwundert zusah. Blumen wurden zuerst an Emers, dann an Angelas Brust gehalten, und nach viel Kopfschütteln und Gestikulieren hatte man schließlich alles zur allgemeinen Zufriedenheit geregelt: die Zusammenstellung der Blumen, den Zeitpunkt, zu dem die Buketts in die Hotels geliefert werden sollten, und den Preis. Die Familie gab noch jedem eine Blume fürs Knopfloch als kleine Aufmerksamkeit mit. Hände wurden geküsst und gute Wünsche ausgesprochen; es schien, als freuten sie sich genau-

so über die Hochzeit, als wenn jemand aus ihrer eigenen Familie heiraten würde.
»Kannst du dir vorstellen, dass meine Mutter über die Hochzeit von irgendjemandem so entzückt wäre?«, fragte Emer wehmütig. »Kein Wunder, dass die Leute gerne zum Heiraten hierher kommen – völlig fremde Menschen freuen sich mit uns, und zu Hause gab es nichts als Ärger.«
»Meine Familie hätte jetzt gerade die Hälfte der altersschwachen Priester und Nonnen mobilisiert, und jeder Einzelne würde sich beschweren«, meinte Kevin.
»Seid nicht so hart«, bat Father Flynn. »Ich werde auch eines Tages ein altersschwacher Priester sein, und wenn eure Kinder in ungefähr dreißig oder fünfunddreißig Jahren heiraten, möchte ich, dass *mich* jemand in meinem Rollstuhl zur Hochzeit abholt.«
Er ist einfach furchtbar nett, dachte Angela in einer plötzlichen zärtlichen Anwandlung. Obwohl er ständig Witze machte, war er doch einer der liebenswürdigsten Menschen, die sie je kennen gelernt hatte. Was für ein einfühlsamer kleiner Mann er doch war! Wäre es nicht fantastisch, ihn als Priester in der Gemeinde zu haben anstatt den langweiligen, alten Father O'Dwyer. Oder mit Menschen, die nicht einmal Priester bleiben wollten. *Halt.* Sie wollte doch bis Dienstag nicht mehr an Sean denken: Diese kleine Belohnung musste sie sich wenigstens gönnen. Sie hoffte, dass sie sich an diesen Vorsatz halten und sich amüsieren würde.

*

Wegen des Trauzeugen gab es ein Problem: Er war bis jetzt noch nicht eingetroffen. Aber Father Flynn hatte auch dieses Problem lösen können. Wenn der Trauzeuge nicht da war, könnte dann David nicht für ihn einspringen? David hatte seine Zweifel, schließlich sei er nicht im Zustand der Gnade, wie er sagte; er sei nicht gerade jemand, der als Mitwirkender bei einer derartigen Zeremonie tauge. Aber Father Flynn schien es völlig normal zu finden, dass jemand öffentlich verkündete, er sei im Zustand der Sünde.
»Von ›mitwirken‹ kann keine Rede sein«, sagte er. »Sie sind lediglich Zeuge. Sie könnten auch mit einer Todsünde oder einer Vorbehaltssünde oder sonst etwas leben, das würde für die Zeremonie

nicht den geringsten Unterschied machen. Doch wo Sie gerade in Rom sind ..., wenn Sie einen guten Beichtvater brauchten, wüsste ich genügend Kandidaten, die dafür sorgen, dass Sie nicht zu kurz kommen.«

»Nun, im Moment glaube ich nicht ...«

»Sie müssen es nicht tun. Ich wollte nur, dass Sie Bescheid wissen, falls Sie es doch möchten. Ich kenne einen Priester, der stocktaub ist, und vor seinem Beichtstuhl steht eine kilometerlange Schlange an. Ich könnte Sie aber an die Spitze der Schlange bringen, wenn ich meine Beziehungen und meinen Einfluss schamlos ausnutze.«

Es war schwer zu sagen, ob Father Flynn nur Spaß machte oder ob es ihm ernst war. Jedenfalls, als sie schließlich ins Hotel zurückkamen, nachdem sie einen herrlich warmen Nachmittag lang durch Rom gebummelt waren, war der Trauzeuge endlich eingetroffen. Er hieß Martin Walsh, war ungefähr ein Meter neunzig groß und etwa vierzig Jahre alt. Er war unglaublich schüchtern und hatte den falschen Zug genommen. Man hatte den Eindruck, er würde gleich in Tränen ausbrechen. Aber Father Flynn hatte nach ein paar Minuten die Lage im Griff.

Der kleine Priester sagte, er hätte zu keinem günstigeren Zeitpunkt ankommen können. Die Gesellschaft wolle sich gerade auflösen, um sich dann um neun Uhr wieder zu treffen. So hätte Martin *Stunden* Zeit, um den Schock zu verdauen, er könne ein Bad nehmen und mit Kevin ein paar kühle Bier trinken und plaudern. Alle anderen seien ganz ausgezeichnet in der Lage, allein zurechtzukommen. Das sagte er, weil Martin sich immer wieder stammelnd dafür entschuldigte, dass er nicht rechtzeitig hier gewesen sei, um sich um die Blumen und die Brautjungfern zu kümmern. Er hatte sich ein Handbuch über die Pflichten des Trauzeugen gekauft, und offensichtlich hatte er versagt.

Father Flynn sagte ihm, er solle das Buch über die Aufgaben des Trauzeugen wegwerfen. In Rom sei alles viel unkomplizierter. Martins großes, trauriges Gesicht nahm wieder menschliche Züge an. Bis jetzt hatte er wie ein magerer, todunglücklicher Bluthund ausgesehen.

*

Die kleine Hochzeitsgesellschaft betrat zögernden Schrittes die riesige Basilika, die sie seit ihrer Ankunft in Rom jeden Tag besucht hatten. Aber diesmal war es etwas anderes, heute hatte ihr Besuch einen offiziellen, doch zugleich zwanglosen Charakter. Menschen wünschten ihnen in verschiedenen Sprachen Glück, und eine Gruppe deutscher Touristen machte ein Foto von ihnen. Der Weg zur Kapelle erschien ihnen endlos, aber schließlich hatten sie doch die Marmorstufen erreicht, die nach unten führten. Father Flynn verschwand, um sich umzukleiden, und die anderen knieten schweigend, mit gesenkten Köpfen, nieder.
Angela betete inbrünstig. Sie suchte angestrengt nach Worten, die sie dann leise vor sich hinsagte. Sie bat Gott, er möge gut zu Emer und Kevin sein und ihnen eine schöne Zeit miteinander schenken. Sie erklärte ihm, dass Emer sich nie etwas habe zu Schulden kommen lassen, daher wäre es schön, wenn er sie dafür belohnte. Emer verdiene es, glücklich zu werden. Mit ihrer behandschuhten Hand drückte Angela die Hand ihrer Freundin, und Emer lächelte dankbar.
Father Flynn war in seinem goldenen und weißen Ornat eine prächtige Erscheinung. Er lächelte sie alle aufmunternd an.
Die Zeremonie begann, und Angela spürte, wie sich ihre Augen mit Tränen füllten, als sie Kevins und Emers zaghafte Stimmen hörte. Und schon war alles vorbei. Sie waren Mann und Frau. Sie gaben sich einen keuschen Kuss und gingen, um sich in das große Register einzutragen. Der Fotograf drängte sie alle, nach draußen zu kommen und sich für die Aufnahmen aufzustellen, erst auf der Treppe und anschließend in der Mitte des Platzes neben der großen Säule – ein großartiges Motiv, bei dem im Hintergrund der Petersdom zu sehen war.

*

Sean war in der Hotelhalle, als sie herunterkam.
»Sag ihnen, dass du heute Abend vielleicht nicht zurückkommst. Es könnte ja sein, dass sie sich Sorgen machen.«
»Aber ich werde heute Abend hierher zurückfahren«, sagte sie.
»Die Hin- und Rückfahrt mit dem Zug ist nur so teuer«, sagte er bittend.
»Sollten wir jetzt nicht besser gehen?«

Er zuckte die Schultern; aber nach kurzer Zeit hatte er seine gute Laune zurückgewonnen. Der kleine Denis wusste schon, dass seine Tante Angela kommen würde. Angela schauderte und hoffte, dass er den Widerwillen, der sie von Kopf bis Fuß ergriffen hatte, nicht bemerkte. Sie fragte, welche Sprache Denis spreche. Er sprach offensichtlich Japanisch und Englisch, und weil sie jetzt in Italien waren, sprachen sie auch viel Italienisch. *Mia Zia,* sagte Sean zärtlich.
»Was?«
»*Zia,* das italienische Wort für Tante. *Zio* bedeutet Onkel. *Mia Zia* – meine Tante.«
Angela fragte sich, ob sie nicht gerade träumte. Bekam sie tatsächlich Sprachunterricht, während sie so dahingingen? Es war wie in einem Traum, in dem die falschen Leute am falschen Ort idiotische Dinge sagten. Aber er dauerte schon zu lange, um nur ein Traum zu sein. Sie würde nicht aufwachen und feststellen, dass Father Sean immer noch in seinen Briefen um Briefmarken und Silberpapier für den Fernen Osten bat. Das war schon lange vorbei.

*

Sie versuchte, ihm von der Hochzeit zu erzählen – sie hätte ihm alles erzählt, nur um nicht an der Normalität seines Lebens teilhaben zu müssen. Sie wollte nicht wissen, dass dies der Bahnsteig war, an dem er normalerweise auf den billigeren Zug wartete, nichts von seinem lächerlichen System hören, nach dem er zwischen seinem neuen Zuhause und dem Vatikan hin und her pendelte, um Audienzen und Anhörungstermine zu bekommen und seine Papiere an die Kardinalskongregation weiterzuleiten. Sie wünschte sich, dass das alles endlich *vorbei* wäre. Sie betrachtete den Bahnhof, das Denkmal von Mussolini, unter dessen Herrschaft die Züge das erste und einzige Mal in Italiens Geschichte planmäßig gefahren waren. Wenn sie heute Abend hier wieder ankäme, würde sie seine Familie bereits kennen. Seans Familie. Für sie würde sich dadurch nichts ändern, das wusste sie.
»Was wünschst du dir jetzt am meisten?«, fragte er.
»Ich weiß nicht.«
»Was wäre für dich das Beste, das passieren könnte? Was wäre für uns alle am besten?«

Sie sah aus dem fahrenden Zug und betrachtete die Häuser und die Wäsche, die auf Stäben und Stangen aus den Fenstern hing.
»Ich weiß nicht, Sean, ich weiß es wirklich nicht. Ich denke, es wäre mir am liebsten, wenn du es dir noch einmal überlegen und um die Wiederaufnahme in deinen Orden ersuchen würdest, damit Shuya erkennt, dass dies deine Berufung ist, und damit sie mit den Kindern nach Japan zurückgeht. Ich weiß, dass das nicht möglich ist und dass es nicht passieren wird. Aber du hast mich gefragt, was mir am liebsten wäre.«
»Shuya kann anscheinend Gedanken lesen«, sagte er fröhlich. »Sie hat gesagt, dass du dir das wünschen würdest.«
»Ich bin doch mitgekommen, um sie kennen zu lernen! Ich tue so viel – also hör auf, mich ständig anzugreifen!«
»Ich weiß, und ich bin so glücklich, dass du sie gleich kennen lernen wirst. Jetzt beginnt für uns alle ein normales Leben.« Er war wie ein Kind, das glaubt, es bekomme zum Geburtstag ein Fahrrad. Angela schloss die Augen und hielt sie geschlossen, um jedes weitere Gespräch zu unterbinden.

*

Sie warteten inmitten einer heißen, lärmenden Menschenmenge auf den Bus, und als er schließlich hielt, bekamen sie keinen Sitzplatz. Sean lächelte, blinzelte in die Sonne und beugte sich hinab, um aus dem Fenster zu sehen, hielt Ausschau nach Sehenswürdigkeiten, die er ihr zeigen könnte.
Nach der Busfahrt mussten sie noch zehn Minuten zu Fuß gehen. Die Tore der Villa waren groß und mächtig, wie die großen Tore von Castlebay House, einer Ruine in Castlebay. Aber die Villa war ganz anders als Castlebay House: Sie war gelb gestrichen und hatte weiße Läden, und überall wuchsen Blumen über die Mauer. Sean blickte stolz durch das Tor. War es nicht wunderschön hier? Die Italiener hatten einfach Stil. Der Signor und die Signora residierten natürlich nicht allzu häufig in der Villa, aber sie hielten das Anwesen alles in allem ganz gut in Schuss, nicht wahr? Angela fragte sich, warum sie nicht hineingingen. Vielleicht wurde er im letzten Augenblick ja doch noch nervös, bezweifelte letztendlich doch noch den Sinn dieses verrückten Unternehmens. Es war erst

elf Uhr morgens, aber sie fühlte sich, als hätte sie schon einen ganzen Tag hinter sich gebracht.
Zu ihrer Überraschung gingen sie weiter. Man musste es ihr angesehen haben.
»Unser Eingang ist hier drüben«, erklärte Sean unbefangen. Sie gingen zu einem viel schmaleren Eingang, der ein paar hundert Meter entfernt lag. Es war nicht nötig zu erwähnen, dass dies der Dienstboteneingang war, man sah es auf Anhieb. Hier waren die Blumenbeete von Unkraut überwuchert, und die Farbe blätterte in der Sonne von den Mauern der Seitengebäude ab. Aber auch hier gab es Blumen, und während Angela neben Sean herging, sah sie kleine italienische Kinder mit dunklen Augen, die drinnen oder draußen auf dem Hof spielten. Für Kinder war dies eigentlich ein wunderbarer Ort, wenn auch ein wenig im Schatten des großen Hauses. Aber es war sicher und friedlich, und es gab viele andere Kinder, mit denen man spielen konnte. Sie musste jetzt Acht geben, dass sie einen klaren Kopf behielt.
»Da sind sie ... wir sind zu Hause ... Shuya! Shuya, sie ist da! Denis, komm her ...!«
Der kleine Junge hatte sein Gesicht mit den Händen bedeckt, er war schüchtern und traute sich nicht, als Erster zu ihnen hinüberzugehen, zögerte. Hinter ihm kam mit unsicheren Schritten ein kleines, dickes Baby, die Windel hing schwer unter seinem gestrickten Schlüpfer. Und an der Tür lehnte Shuya. Sie trug keine japanischen Kleider, wie Angela es sich vorgestellt hatte, sie trug keinen Knoten, in dem zwei Stäbchen steckten, keine große, breite Schärpe mit einer Rose daran, sie hatte keine kleinen, spitzen Füße.
Shuya sah wie eine sehr, sehr alte Frau aus. Sie hatte ein asiatisches Gesicht, ähnlich dem einer alten chinesischen oder philippinischen Frau, die um ein Almosen bettelte, ein Gesicht, wie man es aus den Missionsberichten kannte. Ihr Teint war schmutziggrau, ihr Haar strähnig, und sie trug es nach hinten gebunden, wie Angela. Sie hatte ein formloses Kleid an und darüber eine lange, verblichene Strickjacke. Das konnte nicht Shuya sein. Shuya musste noch im Haus sein, sie würde erst noch herauskommen. Diese Frau war jemand anderer, jemand, der für sie auf die Kinder aufpasste, eine ältere Freundin. Die hagere, müde Gestalt lächelte ihnen zu.

»Willkommen, An-sche-la … willkommen. Es ist so lieb von dir, dass du den weiten Weg gemacht hast, um deine Familie kennen zu lernen.«

*

Shuyas Lächeln wanderte vom Bruder zur Schwester, während sie aus dem Schatten ins Sonnenlicht trat. Ihr Lächeln war strahlend und ließ ihr altes, mageres Gesicht weniger verbraucht, weniger resigniert erscheinen. Sean betrachtete sie entzückt. Und mit einem Mal war Angela alles klar. Er war *einsam*. Dieser dumme, arme Teufel war *einsam* da draußen in der Welt, und sie war gut zu ihm, sie war der erste Mensch, der warm und gut zu ihm war. Das war es also. Das machte es nicht besser, aber es war wenigstens eine Erklärung.
»Hallo, Shuya«, sagte sie. Jedes einzelne Wort kostete sie große Mühe, aber sie zwang sich dazu. »Ich freue mich sehr, dich kennen zu lernen. Willst du mich deinen Kindern vorstellen?«
Es entstand eine Pause. Sie musste etwas herzlicher sein. Sean hatte sie wahrscheinlich in den Himmel gelobt, sie als wunderschön, großmütig und einzigartig beschrieben, genauso großartig, wie er Angela diese traurige Gestalt geschildert hatte.
»Das ist Laki«, sagte Shuya. Das Kleinkind ruderte wie eine Windmühle mit den Armen, um sich aufrecht zu halten.
»Hallo, Laki O'Hara.«
Denis fühlte, dass er nicht mehr im Mittelpunkt der Aufmerksamkeit stand, und kam näher. »Ich bin Denis«, sagte er.
»Das habe ich mir gleich gedacht, als ich dich sah.« Nein, die konnte man nicht mehr zurückschicken. Sie sollte ihren Traum, dass Father O'Hara zu seiner Berufung zurückfinden und seine jetzige Familie irgendwo in Japan verschwinden würde, lieber sofort begraben. Die hier würden bleiben.

*

Sie fuhr jeden Tag mit dem Zug zurück. Sean hatte Recht gehabt; es wäre viel praktischer gewesen, über Nacht zu bleiben. Aber sie musste zu dem stehen, was sie vorher gesagt hatte. Sie wollte auf keinen Fall, dass ihr erster Besuch wie eine Inspektion wirkte und dass sie übernachten würde, wenn sie den Test bestanden hätten. Sie brachte den Kindern Spielsachen mit, kaufte lächerliche, übertrieben aufgemachte Schachteln mit Süßigkeiten. Laki saß auf ihrem Schoß, und Denis wollte wissen, warum sie nicht Japanisch sprach, oder wenigstens Italienisch. Shuya sagte wenig.

*

Am Donnerstag musste Sean sich mit zwei Priestern treffen, die einen besseren Weg kannten als den, den er bisher eingeschlagen hatte. Er setzte große Hoffnung darauf, dass er mit ihrer Hilfe zum Ziel kommen würde. Angela sagte, sie würde trotzdem wie gewöhnlich nach Ostia kommen. Es war erst ihr dritter Besuch, aber inzwischen war es für sie schon fast selbstverständlich. Eigentlich war sie froh darüber, dass Sean nicht da sein würde. Vielleicht würde Shuya dann mehr aus sich herausgehen und jene Sätze, von denen Sean behauptete, sie stammten von ihr, tatsächlich *aussprechen*. Diese Frau war so still, dass Angela kaum glauben konnte, dass sie die Urheberin all jener philosophischen Bemerkungen sein sollte, von denen Sean ihr immer berichtete. Shuya sagte wenig oder fast gar nichts, wenn Angela anwesend war, sie servierte die einfachen Salate und Nudelgerichte, als wäre sie das Dienstmädchen. Wenn sie aßen, saß sie immer etwas abseits. Aber wenn Sean nicht da war, musste sie sprechen. Zu Anfang sah sie es ganz gerne, dass der kleine Denis sich mit seiner Tante unterhielt, aber Angela machte dem ein Ende. Sie bat Denis, im Garten Blätter von zehn verschiedenen Pflanzen zu sammeln und sie auf ein Blatt Papier zu legen; sie würden dann später zusammen versuchen, ihre Namen herauszufinden. Denis machte sich fröhlich auf den Weg; Laki spielte mit einem dicken italienischen Baby etwa in ihrem Alter. Jetzt waren die Frauen allein. Shuya schien es auch zu bemerken: Sie saß mit gefalteten Händen da und wartete darauf, dass Angela anfing zu sprechen.

Es war nicht einfach, weil Angela schon so lange diejenige war, die die Fragen stellte. Shuya antwortete pflichtschuldig. Sie habe drei Brüder und zwei Schwestern. Ihre Mutter sei tot, und ihr Vater habe wieder geheiratet. Ja, sie mochten seine neue Frau, aber er lebe jetzt bei der Familie seiner Frau, und sie sähen ihn nicht oft. Ihre Familie mochte Sean. Nein, sie dächten sich nichts dabei, dass er Priester gewesen sei. Oder dass er noch immer Priester sei, wie Angela sie korrigierte. Nein, es sei für sie ein Beruf wie jeder andere – er habe als Priester unterrichtet, und er unterrichte auch jetzt. Er sei noch nicht verheiratet gewesen, und jetzt sei er mit Shuya verheiratet. Es war alles so einfach.

Als Angela dann genauer nachfragte, räumte auch Shuya gewisse Schwierigkeiten ein: Sie sagte, es sei eine sehr große Sache, als wäre man mit der Kirche verheiratet, dass man aber von der Kirche entlassen werden könnte, wenn man ein höheres Glück gefunden habe. Doch es gebe noch so viele Formalitäten. Deshalb seien sie hier, deshalb sei Sean heute, wie schon an so vielen Tagen, zum Vatikan gegangen.

Nein, natürlich sei es nicht wichtig für sie, überhaupt nicht wichtig, ob er nun laisiert würde oder nicht. Aber da es Sean so viel bedeute, sei es auch für sie wichtig geworden. Sie wünsche sich, dass es endlich passiere, damit er glücklich sei. Denn dann könnten sie endlich in Frieden leben.

Sie bewegten sich auf gefährlichem Terrain. Angela musste sich behutsam vortasten. Wo sie denn den Rest ihres Lebens verbringen würden? Shuya hatte keine genaue Vorstellung davon. Natürlich mochten sie Italien sehr, jeder mit Kindern wäre gerne hier, weil die Italiener Kinder vergötterten. Aber später? Sean würde vielleicht unterrichten wollen. Er sei so klug und ein sehr guter Lehrer. Er würde an einer Schule unterrichten und auch dort leben wollen. Dann könnte Denis die gleiche Schule besuchen, und in der Nähe würde es sicher auch eine Schule für Laki geben.

Und wo wäre diese Schule? In Italien, Japan, oder wo? Shuya wusste es nicht genau, aber bestimmt irgendwo in Irland. Sie sei nicht sicher, ob Sean es überhaupt schon genau wisse, aber mit Sicherheit in Irland.

Dann begann Angela, Shuya von Irland zu erzählen, und von Castlebay. Anders als bei ihrem Gespräch mit Sean wurde sie nun kein einziges Mal unterbrochen. Shuya brachte keine wilden Beteuerungen vor, dass sich die Zeiten geändert hätten. Sie hörte ihr zu, als erzählte man ihr eine Geschichte aus einem weit entfernten Land. Sie hörte zu, als würde Angela schon wissen, wie es dort war, weil es ihr Land war. Sie reagierte nicht, als Angela ihr schilderte, wie mühevoll sie das Geld für Seans Ordination aufgebracht hatten, oder von den Augenblicken des Triumphs erzählte, als Sean seine erste Messe überhaupt und dann seine erste Messe in Castlebay gelesen hatte; oder wie er vor sieben Jahren zur Beerdigung seines Vaters zurückgekommen war. Shuya blieb derart teilnahmslos, dass Angela sich fragte, ob sie irgendetwas von dem verstand, was sie ihr da erzählte. Angela versuchte ihr zu erklären, dass es zu Hause in Castlebay – gleichgültig, wie die Meinung der Kirche in Rom dazu laute –, keine Rolle spiele, ob ein Priester laisiert sei oder nicht. Auch wenn seine Ehe vor der Kirche und dem Staat so rein wie frisch gefallener Schnee sei, könne sie von der Gemeinde niemals akzeptiert werden.

Sie bat Shuya, sie solle sie doch auch etwas fragen und ihr widersprechen. Aber Shuya meinte, es gebe keinen Grund, irgendetwas davon in Frage zu stellen. Angela spreche ganz offensichtlich die Wahrheit, aber bedeute dies, dass Sean nie wieder nach Irland zurückkehren solle? Wolle Angela ihr das zu verstehen geben?

Ja, genau das. Sie habe schon versucht, es Sean in ihren Briefen zu erklären, und noch einmal, als sie ihn in Rom getroffen habe. Habe er ihr nichts davon erzählt? O ja, das habe er, aber als Angela einwilligte, sich am Dienstag mit seiner Familie zu treffen, sei ihm klar geworden, dass sie ihm verziehen habe und dass alles gut werden würde. Er habe gehofft, dass es so kommen würde, und so sei es auch gekommen.

Denis kam mit den Blättern. Er wollte sie schon ausbreiten, um sie von Angela erklärt zu bekommen. Doch die strich sich müde mit der Hand über die Stirn; sie war jetzt tiefer als je zuvor in die Sache verwickelt. Mit ihrem Besuch hatte sie Sean und seinen Absichten grünes Licht gegeben. Würde sie sich denn niemals aus diesem Sumpf von Missverständnissen befreien können, würde sie denn alle nur noch tiefer mit hineinziehen?

Zum ersten Mal ergriff Shuya jetzt die Initiative. Sie schlug vor, dass die Kinder bei den Nachbarn zu Mittag essen und dort auch ihr Mittagsschläfchen halten sollten. Denis fühlte sich übergangen.

»Deine Tante Angela wird noch da sein, wenn du zurückkommst«, beruhigte Shuya ihn, während sie mit ihm über den gepflasterten

Hof ging und als Bestechung ein paar von Angelas Süßigkeiten mitnahm. Es war das Haus eines Gärtners und seiner Frau, die ebenfalls in der Wäschekammer aushalf. Wenn der Gärtner zum Markt ging, traf seine Frau sich mit ihrem jungen Liebhaber, und bei diesen Gelegenheiten passte Shuya auf deren Kinder auf: Es war also nur gerecht, wenn Shuya ihr jetzt einmal die Kinder brachte. Angela war sehr erstaunt über das lockere Leben in den Unterkünften der Dienstboten und über die Ungezwungenheit, mit der Shuya es akzeptiert hatte. Aber da es zu ihrem Vorteil war, wollte sie es nicht kritisieren.
Shuya wirkte jünger und kräftiger, als sie zurückkam und sich niedersetzte. Als sie nur zugehört hatte, war sie ganz anders gewesen. Sie spürte, dass es ein Problem gab, das sie zuvor nicht gesehen hatte, wollte davon hören, etwas darüber erfahren und nachdenken, was man tun könnte. Jetzt hakte sie nach und stellte selbst Fragen, von denen die meisten allerdings nicht zu beantworten waren. Zum Beispiel, wie es komme, dass diese Leute, obwohl sie sehr religiös seien, ein vom Papst unterzeichnetes Dokument, in dem stand, dass Sean von seinen Gelübden entbunden sei, nicht anerkannten? Oder warum Menschen, die von sich behaupteten, ihr Glaube gründe sich auf gegenseitige Liebe, nicht bereit seien, diese Liebe zu geben? Angela fühlte sich hilflos. Aber weil sie nicht aus der Fassung geriet, nichts verteidigte und keine Entschuldigungen vorbrachte, verlief das Gespräch friedlich. Es endete damit, dass sie Shuya über Japan ausfragte: Ob es dort nicht auch irgendeinen Ehrenkodex gebe, etwas, das ein Fremder merkwürdig finden könnte? Shuya schwieg für eine Weile. In Japan gebe es »*ko*«, eine Art Respekt den Eltern gegenüber, aber das sei etwas anderes als das, was hier verlangt werde. Ko bedeute, dass man den Eltern gegenüber – eine Frau besonders der Schwiegermutter gegenüber – sanftmütig sein müsse. Aber in Japan gebe es nichts der Art, dass man die Wahrheit verbergen müsse, und es herrsche auch nicht die Auffassung, dass dies jemals etwas Gutes sein könne.
Die Sonne drang durch die Ritzen der Fensterläden, und Angela fühlte sich sehr traurig und müde. In Rom brütete Sean sicherlich gerade über wieder neuen Dokumenten, zusammen mit wieder neuen Priestern. In Castlebay hätten die Nachbarn jetzt schon das Mittagessen ihrer Mutter abgeräumt. Es wäre immer noch kalt

und windig. Oben im Konvent würde Mutter Immaculata den Stundenplan für das Sommerhalbjahr vorbereiten. In Amalfi hielten Kevin und Emer wohl gerade Händchen, nachdem sie in einem Restaurant am Hafen zu Mittag gegessen hatten, oder sie wären gerade auf einem Schiff nach Capri. Im Geschäft der O'Briens hätte Clare ihrer Familie bestimmt schon von der Stipendiumsprüfung erzählt und dass sie es nicht erwarten könne, Miss O'Hara davon zu berichten. Und sie saß hier in Ostia und sprach mit dieser Frau über *Ehrlichkeit, Wahrheit* und *Heuchelei*. Am liebsten hätte sie sich jetzt zusammengerollt und einen Monat lang geschlafen, um erst dann wieder aufzuwachen, wenn alles schon geregelt wäre. Sie dachte so sehnsüchtig daran, dass sie fast überhörte, was Shuya sagte.

»Ich denke, dann ist es wohl am besten, wenn wir jetzt nicht nach Irland gehen. Wäre es nicht besser für Sean, wenn er einen Teil seiner Pläne aufgäbe?«

»Was?«

»Er sollte seinen Traum begraben, jetzt nach Irland zu gehen.«

»Glaubst du, dass er das tun wird? Er ist so felsenfest davon überzeugt, dass alles gut werden wird. Ich habe mir den Mund fusselig geredet, aber er ist keinen Zentimeter von seiner Überzeugung abgerückt.«

»Nun, ich werde es ihm erklären.«

»Shuya, wie willst du das anstellen? Er wird nur denken, dass ich versucht habe, dich unter Druck zu setzen, oder ihn hintergangen habe oder etwas in der Richtung.«

»Aber das ist nicht wahr.«

»Ich weiß, dass es nicht wahr ist. Ich hätte jedes Wort davon auch in seiner Anwesenheit gesagt, aber er hätte mich zigmal unterbrochen. *Das* verstehe ich jetzt nicht, und das leuchtet mir auch nicht ein, das moralische und das kanonische Recht ...«

»Ich weiß.«

Angela wagte nicht zu hoffen, dass diese fremde, hässliche Frau mit dem faltigen Gesicht und den ärmlichen Kleidern in der Lage wäre, ihren großen, gut aussehenden Bruder von irgendetwas zu überzeugen. »Würdest du das tun? Ich glaube, es würde alle glücklicher machen. Nicht nur meine Mutter, Seans Mutter. Auch andere Menschen. Sie wären glücklicher, wenn sie nicht damit konfrontiert würden. Es fällt mir schwer, das zu sagen, besonders, weil ich dich und die Kinder jetzt kenne. Ich finde nicht, dass es gerecht oder richtig ist. Ich sage nur, dass es so ist.« Shuya nickte. »Ich denke auch, dass es so ist«, sagte sie. Beide schwiegen.

Wenn das möglich wäre ...

»Was würdet ihr denn machen, wenn ihr nicht nach Irland kommen würdet?«, erkundigte sich Angela vorsichtig.

»Wir würden wohl bis zur Laisierung hier bleiben, und danach ...« Sie zuckte mit den Schultern. »Ich habe das Gefühl, dass das sowieso noch lange dauern wird, wenn es überhaupt je geschieht.«

»Ich nehme an, er wird es weiter versuchen.«

»Er sagt, es ist wie ein offizieller Vertrag mit seinem Gott. Er wurde ganz offiziell geschlossen und muss nun ganz offiziell aufgelöst werden. Wie ein ganz normaler Vertrag. Sein Gott würde sich nicht drücken, und er dürfe das auch nicht.«

»Aber in gewisser Weise hat Gott sich *doch* gedrückt. Er hat Sean seine Berufung genommen.« Angela versuchte verzweifelt, gerecht zu sein.

»Das Schlimmste für ihn werden die Briefe von eurer Mutter sein.«

»Ich weiß, ich weiß. Was soll ich tun? Soll ich sie nicht abschicken oder gar nicht erst schreiben, sondern ihm stattdessen nur von ihr erzählen?«

»Das ist schwer zu sagen«, sagte Shuya. »Und für dich ist es am schwersten.«

Angela sah auf, sie war überrascht und von Shuyas Mitgefühl gerührt. Ihr Bruder war nicht so sanft und verständnisvoll gewesen.

»Ich werde es schon irgendwie schaffen«, meinte sie mit einem schwachen Lächeln.

»Ja, aber du musst es allein schaffen, ohne deine Schwestern in England. Niemand hat sie bisher erwähnt, weil sie offensichtlich keine Hilfe sind oder sein wollen. Du wirst es schaffen, ohne dass irgendjemand in Castlebay, dein Priester oder deine Freunde, dir dabei hilft. Und du beklagst dich nicht. Du verwendest dein Lehrerinnengehalt dafür, um uns zu besuchen, obwohl du doch der Ansicht bist, dass wir nicht hier sein sollten und Sean noch immer Priester sein sollte.«

Angela fand keine Worte, sie stammelte. »Für dich ... für dich ist es auch nicht einfach. Du hast auch nichts.«

Auf Shuyas offenem Gesicht erschien ein Lächeln, ein ungläubiges Lächeln. »Aber ich habe doch alles, alles auf der Welt«, sagte sie. Und wie auf ein Stichwort sah man nun zwei Gestalten über den Hof wackeln, Denis, gebückt unter der Last von noch mehr Blättern, und eine vergnügte Laki mit einem roten Rand um den Mund von den Spaghetti, die sie zu Mittag gegessen hatte.

*

Sie kam am Freitag wieder. Sean war immer noch voller Hoffnung – die beiden Priester, die er am Donnerstag getroffen hatte, waren wirklich eine Hilfe gewesen. Sie hatten ihm gezeigt, wie man die ganze Sache vereinfachen konnte. Geh immer den direkten Weg, hatten sie ihm geraten. Lass dich nicht vom Weg abbringen, nimm keine Seitenstraßen. Angelas Mut sank, als sie ihn so reden hörte. Sie war eine Närrin gewesen, zu hoffen, dass Shuya ihn dazu bringen könnte, seine Meinung zu ändern. Dann sagte er: »Shuya und ich haben uns gestern Abend unterhalten. Sie hat etwas sehr Interessantes gesagt. Sie hat oft die erstaunlichsten Einblicke, weißt du.« Shuya war gerade in der Wäschekammer der Signora und bekam einen Einblick, wie man ausgefranste Kopfkissenbezüge einsäumt und weiße Seide makellos stopft.

»Was hat sie denn gesagt?«

»Sie hat über den Unterschied von Stadt und Land gesprochen. Das ist in Japan genauso wie hier. Auf dem Land erkennen die Menschen langsamer, was in der Welt vor sich geht; sie möchten keine Veränderung. Es dauert viel länger, die Leute auf dem Land von etwas zu überzeugen. Das ist natürlich nicht ihre Schuld.«

Sie hörte ihm mit neu erwachter Geduld zu. Vielleicht sah sie jetzt sogar wie Shuya aus, wie sie mit gefalteten Händen dasaß und darauf wartete, dass er auf den Punkt kam.

»Die Dinge werden sich natürlich ändern, aber alles zu seiner Zeit. Du kannst die Menschen nicht drängen und erwarten, dass sie mit deinem Tempo Schritt halten. Wahrscheinlich ist es im Großen und Ganzen klüger, zu warten, bis die Akzeptanz gewachsen ist ... bis die öffentliche Meinung so stark ist, dass es keine Zweifel und keine Verwirrung mehr gibt. Dadurch wird der Schmerz geringer, die Diskussion weniger scharf, und die Menschen werden mehr

durch das Band der Liebe als durch den Buchstaben des Gesetzes bewegt …«
Sie schloss erleichtert die Augen. In seiner umständlichen Art hatte er ihr gerade gesagt, dass er nicht nach Castlebay zurückkehren würde.

*

Sie waren alle traurig, als sie Rom am Samstag verlassen mussten. Father Flynn kam mit auf den Flughafen, um ihnen zum Abschied zu winken, so wie er sie vor zehn Tagen begrüßt hatte. »Hat alles geklappt, Angela?«, fragte er, als niemand in der Nähe war – die anderen hatten gerade mit ihrem Gepäck zu tun.
»Was?«
»Das, was Sie zu erledigen hatten, in Ordnung bringen wollten?«
Sie sah ihn durchdringend an. Er, ein irischer Priester in Rom. Sean, der seinen Mund nicht halten konnte. Es war durchaus denkbar, dass Father Flynn es wusste, dass er es von Anfang an gewusst hatte. Aber sie würde nichts zugeben.
»Oh, ich habe mir ein paar schöne Tage gemacht. Ich liebe Italien. Es bricht mir das Herz, dass ich von hier fort muss. Da geht es mir genau wie den anderen.«
»Werden Sie einmal wiederkommen?«
»Das würde ein Vermögen kosten.«
»Ich bin sicher, man würde es zu schätzen wissen«, sagte er und beließ es dabei. Er lachte und lächelte und fragte sich, was er nur nächsten Dienstag machen sollte, wenn er nicht bei einer so großen, wichtigen Hochzeit mitwirken müsse.

*

An die Rückreise konnte sie sich später nicht mehr erinnern. Sie hatte sicher mit jemandem gesprochen und sich verabschiedet, war bestimmt zum Bahnhof gegangen, um den Zug nach Hause zu nehmen. Sie erwischte den Bus nach Castlebay: Clare wartete an der Haltestelle. Schon aus hundert Metern Entfernung wusste Angela, dass Clare das Stipendium gewonnen hatte, und sie begann zu weinen.

Sie weinte, als sie aus dem Bus ausstieg, aber Clare legte ihr den Finger auf die Lippen.
»Sagen Sie nichts, Miss O'Hara. Sagen Sie nichts. Nur Sie und ich wissen davon. Nicht Mutter Immaculata, nicht Mam und Dad. Ich wollte es Ihnen zuerst sagen.«
»Ich kann dir nicht sagen, wie glücklich ich bin! Ich bin so froh.«
Clare nahm die Tasche der Lehrerin. »Ich begleite Sie nach Hause. Dann können wir sprechen, ohne dass es jemandem besonders auffällt.«
Sie hatte Recht. Es würde keine halbe Stunde dauern, und die ganze Stadt würde wissen, dass sie weinten und sich umarmten.
Sie gingen die Straße zum Golfplatz entlang, und Clare sprudelte heraus, wie die Nonne, die sehr nette Nonne in der Klosterschule in der Stadt, ihr gesagt hatte, sie solle einen Tag vor der offiziellen Bekanntgabe der Ergebnisse anrufen, nur für den Fall, dass es Neuigkeiten gebe. Und Clare hatte heute Morgen angerufen und, ja, die Nonne hatte gesagt, dass das Ergebnis feststehe, ihre Mutter Oberin würde Mutter Immaculata morgen anrufen. Es sei völlig sicher.
Sie waren am Haus der O'Haras angekommen, und Angela sperrte die Tür auf.
»Möchten Sie für eine Weile ... allein sein?«, fragte Clare vorsichtig.
»Nein, natürlich nicht. Mutter! Mutter, ich bin zurück.«
Die alte Frau saß in ihrem Stuhl, und ihr Gesicht erhellte sich. »Ich habe gehofft, dass du den Bus erwischst. War der Flug sehr schlimm? Hattest du Weihwasser mit?«
»Ich hatte Unmengen davon. Mutter, ich habe tolle Neuigkeiten für dich. Die besten, die allerbesten.« Sie hatte beide Hände auf die Schultern ihrer Mutter gelegt, als sie sprach, und mit einem Mal fiel ihr ein, die beste Neuigkeit für ihre Mutter wäre ja, dass Father Sean bald von den Missionsstationen zurückkommen würde. Schnell platzte sie heraus: »Clare hat es geschafft, Mutter, sie hat das Stipendium gewonnen. Ist das nicht herrlich!«
Angela warf sich auf den Tisch und schluchzte, als würde ihr das Herz brechen. Die Tränen, die in Rom nicht kommen wollten, schossen jetzt wie ein Sturzbach aus ihr heraus. Ihre Schultern bebten.
Clare und Mrs. O'Hara sahen einander besorgt an. Im Zimmer war nichts zu hören als Angelas Schluchzen.

Mrs. O'Hara streckte ihre Hand aus, aber sie war zu weit entfernt, um Angela trösten zu können. Clare wusste nicht, ob sie auf die Lehrerin zugehen sollte oder nicht. Vorsichtig berührte sie ihren Arm und tätschelte ihn unbeholfen.

»Weinen Sie nicht«, sagte sie, »bitte.«

Vom Stuhl her bekam sie Unterstützung. »O Angela, bitte hör auf zu weinen. Wir sollten uns über Clare *freuen*! In diesem Haus wurde auch nicht geweint, als du das Stipendium gewonnen hast.«

Angela hob den Kopf und sah die zwei betrübten Gesichter. Ihr eigenes Gesicht war fleckig. Aber sie fand das wieder, wonach die beiden anderen bei ihr suchten, ihre gute Laune und ihre Kraft.

»Das kommt nur von der Reise und der Überraschung und der Freude, der schieren Freude. Gut gemacht, Clare, gut gemacht. Dies ist dein erster Triumph, mögen noch viele weitere folgen.« Durch einen Schleier aus Tränen strahlte ihr Lächeln hervor, und plötzlich hatte Clare den Wunsch zu weinen. Aber das wäre lächerlich gewesen. Stattdessen tat sie etwas, das noch viel lächerlicher war, sie fiel in Miss O'Haras Arme, und die beiden tanzten im Zimmer herum und kreischten vor Aufregung und Freude. In ihrem Stuhl klatschte Mrs. O'Hara mit den Händen, und sie lachten wie Menschen, die schon lange vergessen hatten, worüber man eigentlich lachte.

TEIL II

1957–1960

Clare hasste es, das Zimmer mit Chrissie teilen zu müssen, wenn sie in den Ferien nach Hause kam. Denn Chrissies Kleidung stank nach Schweiß, sie ließ ihre Strümpfe immer aufgerollt in den Schuhen stecken, und auf der Kommode herrschte ein wüstes Durcheinander aus Haarklemmen, verstreutem Puder und Kämmen mit Haarbüscheln von Chrissies Locken zwischen den Zinken. Clares Bett diente Chrissie als Ablage, und sie räumte ihre Sachen nur sehr widerwillig weg, wenn die Schwester am Ende des Schuljahres aus dem Internat zurückkam und Anspruch darauf erhob.

Beinahe wehmütig dachte Clare an ihr schmales, sauberes, weißes Bett im Schlafsaal, an den Stuhl, auf dem – ordentlich zusammengelegt für den nächsten Tag – ihre Schuluniform lag, mit den überkreuzten Strümpfen obendrauf. Es war immer sauber aufgeräumt und gut gelüftet dort. Manchmal war es sogar ziemlich kühl, aber man hatte nie diesen stickigen Körpergeruch in der Nase wie in einem Zimmer, das man mit Chrissie teilte. Doch am schlimmsten waren die blutbespritzten weißen Kittel. Da nie geregelt worden war, wer die Kittel zu waschen hatte und wo das geschehen sollte, schimmelten fast immer zwei oder mehr davon auf dem Fußboden vor sich hin. Clare schob sie meistens unter andere Kleidungsstücke, damit sie nicht gezwungen war, darüber nachzudenken, welches Teil von welchem toten Tier Chrissie wohl voll geblutet hatte. Angeekelt sah sie sich um.

Sie wusste, dass Chrissie ihr eigentlich Leid tun sollte; aber das machte es nicht leichter für sie. Es war ein trauriges Los, in Dwyers Metzgerei stehen und halbierte Schafs- und Rinderkadaver zerteilen zu müssen. So eine Stellung machte nicht viel her, und wenn die Burschen beim Tanz erfuhren, wo Chrissie arbeitete, rümpften sie wahrscheinlich die Nase. Mehr als einmal hatte Clare vorgeschlagen, dass Chrissie sich eine andere Stellung suchen sollte. In der Drogerie vielleicht? Wo dieser alte Langweiler Mr. Murphy hinter der Theke seine Pillen drehte, derselbe Mr. Murphy, der tagtäglich in die Kirche rannte und seine Tochter hinter Schloss und Riegel hielt? Nein, danke. Oder etwa im Hotel? Wo sie wie eine Dienstmagd Teller herumreichen und für die junge Mrs. Dillon und ihre verrückte alte Schwiegermutter abspülen musste? Nein, wirklich nicht, auch wenn Clare mit ihnen befreundet war. Besten Dank, aber Chrissie zog es vor, ihr eigenes Geld zu verdienen und nach Ladenschluss nichts mehr mit ihrer Arbeitsstätte zu tun zu haben.

Ursprünglich war einmal die Rede davon gewesen, dass Clare vielleicht das so genannte Jungenzimmer haben könnte, das Zimmer im Erdgeschoss, wo Tommy und Ned geschlafen hatten, als sie noch zu Hause wohnten. Aber Mam und Dad meinten, dass sie das Zimmer jetzt als Lagerraum bräuchten; das Geschäft lief besser denn je, und so war ein Vorratslager unbedingt vonnöten. Der neue Campingplatz oben an der Far Cliff Road hatte ihnen eine große Umsatzsteigerung beschert, da die Leute in den Wohnwagen sich ja selbst versorgten. Und weil sie nicht viel kochen wollten, galt die Nachfrage vor allem Schinken und Konserven. Wenn man vom Campingplatz in Richtung Castlebay ging, war der Laden der O'Briens – am oberen Ende des Treppenwegs zum Meer hinunter – das erste Geschäft, auf das man traf. Die meisten Urlauber gingen gar nicht erst weiter und deckten sich hier mit ihrem Tagesproviant für den Strand ein; auf dem Rückweg zum Wohnwagen kauften sie bei den O'Briens dann noch alles Nötige zum Tee. Das war einerseits natürlich toll, aber es hieß gleichzeitig, dass das Jungenzimmer nicht mehr als Ausweichmöglichkeit für Clare in Frage kam. Clare beschloss, die Streitigkeiten auf ein Minimum zu beschränken und nur um wirklich wichtige Dinge zu kämpfen.

Denn Miss O'Hara und Clare teilten wieder einmal ein Geheimnis. Wieder ging es um ein ausgesprochen ehrgeiziges Vorhaben: Clare O'Brien wollte sich um das landesweite Universitätsstipendium, den Murray-Preis, bewerben. Einem einzigen Schüler der gesamten Grafschaft wurde damit die Möglichkeit gegeben, im University College Dublin Geisteswissenschaften zu studieren und mit dem Bakkalaureus abzuschließen. Ein gewisser Mr. Murray hatte vor langer Zeit seinen Nachlass für diesen sehr begehrten Preis gestiftet. Normalerweise ging das Stipendium an einen klugen Jungen aus einer dieser Lateinschulen. Aber vor drei Jahren hatte ihn

schon einmal ein Mädchen errungen: eine hochintelligente Professorentochter. Clare und Miss O'Hara waren entschlossen, es zu wagen.
Vergeben wurde der Murray-Preis nach zwei Kriterien: Es zählten die Noten im Abschlusszeugnis und das Ergebnis einer mündlichen Prüfung. Man musste seine Teilnahme am Ausscheidungsverfahren erklären, daraufhin wurden die Bewerber mit den besten Noten gebeten, vor einer Kommission zu erscheinen. Schon die Einladung, sich der Murray-Kommission vorzustellen, galt als Ehre. Allerdings würde die Aufforderung dazu nicht vor Ende August eintreffen. Denn zuerst mussten die Abschlussnoten gesichtet werden. Deshalb legte Miss O'Hara Clare ans Herz, den Sommer zu genießen; es könnten ihre letzten unbeschwerten Ferien sein. Wenn sie es nämlich tatsächlich schaffte, auf die Universität zu kommen, würde sie immer etwas zu lernen haben, und zudem müsste sie auch noch ein bisschen Geld verdienen – das Murray-Stipendium war eher knapp bemessen. Falls sie aber nicht studierte, würde sie in allen kommenden Sommern arbeiten, was umso mehr ein Grund war, diesen letzten auszukosten. »Tob dich nochmal richtig aus«, hatte Miss O'Hara ihr geraten. Und dann hatte sie – was Clare sehr verlegen machte – noch ergänzt, dass sie sehr hübsch geworden sei. Das solle sie nicht verstecken.
Daraufhin musterte sich Clare im Spiegel. Und sie beschloss, ihre Haarfarbe aufzuhellen. Sie wusch die Haare mit Sta-Blonde-Shampoo, das angeblich die helleren Strähnchen betonte, aber entweder war das alles Lug und Trug, oder aber sie hatte keine solchen Strähnchen. Natürlich hätte sie auch etwas Peroxid in das Wasser tun können, mit dem sie die Haare ausspülte, einige der Mädchen in der Schule taten das. Aber wenn der stechende Geruch allein nicht schon reichte, um sich dagegen zu entscheiden, genügte ein einziger Blick auf Chrissies wasserstoffblondiertes verfilztes Haar.
Mit vierzehn war Clare ganz plötzlich in die Höhe geschossen. Keiner hatte damit gerechnet, am wenigsten Clare selbst, und es war auch höchst ärgerlich. Denn die Schuluniformen mussten bis zu den Kanten ausgelassen und mit falschen Säumen verlängert werden. Ihr Haar trug sie mit einer hübschen Plastikspange zum Pferdeschwanz hochgebunden. Zwar hatte Chrissie gesagt, sie sehe damit aus wie ein Gaul, aber Clare hatte sich nicht darum geküm-

mert. Einer der Vorteile, wenn man woanders in die Schule ging, war, dass man so viele neue Menschen kennen lernte und sie mit Chrissie vergleichen konnte. Jetzt glaubte sie ihrer älteren Schwester kein Wort mehr, und Chrissies ständige Sticheleien verfehlten ihre Wirkung.

Schade allerdings, dass sie keine blauen Augen hatte, fand Clare. Irgendwie wirkten die braunen Augen in ihrem Gesicht fehl am Platz, ihre Gesichtsfarbe passte nicht so recht dazu. Ja, wenn sie wie Ava Gardner ausgesehen hätte oder ein dunkler Typ gewesen wäre, dann hätten die großen braunen Augen sicher toll gewirkt, aber nicht bei ihrem hellen Teint und dem blonden Haar. Doch sei's drum. Dagegen ließ sich schließlich nichts machen. Und Josie hatte gesagt, dass ihre Augen nicht nur schön, sondern auch ungewöhnlich seien, was noch mehr zähle. Also solle sie sich gefälligst darüber freuen und endlich mit dem Gejammer aufhören.

Josie feierte in letzter Zeit einen Triumph nach dem anderen. Sie arbeitete bereits im Büro des Hotels, der Kragen ihrer weißen Rüschenbluse wurde von einer Kameebrosche geziert. In den zwei Jahren, in denen sie die Handelsschule besuchte und bei ihrer Tante wohnte, hatte sie enorm abgenommen. Denn ihre Tante war das geizigste Weib von ganz Irland, und so waren die Mahlzeiten in ihrem Haus ausgesprochen karg bemessen gewesen. Doch das hatte Josie nur gut getan, und ihre beiden Schwestern starrten sie jedes Mal entsetzt an, wenn sie aus dem Internat – und später von der Hotelfachschule – nach Hause kamen. Die träge, fette Josie tippte Briefe flink wie der Wind und verstand etwas von Buchhaltung und Rechnungswesen. Sie half Vater, Onkel Dick und Mutter mit sehr viel mehr Selbstvertrauen, als sie beide aufbringen konnten. Ja, Rosie und Emily waren ziemlich neidisch auf ihre Schwester, die sie früher immer »arme Josie« genannt hatten. Und sie beklagten sich, wenn Josie die weiße Kluft anzog und mit dieser Clare O'Brien vom Laden Tennis spielen ging. Aber Josie blieb gelassen. Sie spielte mit Clare jeden Morgen von acht bis neun, bevor sie beide an die Arbeit gingen, Josie in ihrem Familienbetrieb und Clare in ihrem. Abends um sieben spielten sie noch einmal. Rose und Emily konnten schließlich den ganzen Tag lang Tennis spielen, wenn sie wollten. Dagegen ließ sich wirklich nichts einwenden, weshalb Rose und Emily nur noch mehr erbost waren. Und sie ärgerten sich auch darüber, dass Josie und Clare so gut spielten und von Hotelgästen oft um ein gemischtes Doppel gebeten wurden.

Auch beim Tanz hatten Clare und Josie mehr Spaß als Rose und Emily, die fälschlicherweise geglaubt hatten, man würde sich um sie reißen, wo sie doch von einem so exotischen Ort wie Dublin nach Hause gekommen waren. Aber die Urlauber wussten nicht, woher sie kamen, dafür kannten alle Einheimischen Clare und Josie, und so waren die beiden Mädchen nie ohne Partner.

Als sich Emily eines Abends über die Brüstung lehnte und beobachtete, wie Josie begeistert zu den Klängen von »See You Later Alligator« rockte, beklagte sie sich lautstark darüber, wie leicht es dieses junge Gemüse doch hatte: Eine sichere Stellung im gemachten Nest, wo man eine ruhige Kugel schieben konnte, kein aufreibendes Studium an der Hotelfachschule, alles lief glatt, und das Leben war ein einziger langer Urlaub. Chrissie O'Brien, ein anderes Mauerblümchen, beobachtete ihre Schwester ähnlich missmutig und murrte, es gäbe eben keine Gerechtigkeit im Leben. Rose und Emily sahen sich gezwungen zu gehen. Auch wenn sie sich mindestens genauso ärgerten, würden sie sich doch auf keinen Fall mit dieser grässlichen Chrissie O'Brien verbünden.

Die Nolans kamen weiterhin regelmäßig nach Castlebay, sie zählten im Sommer praktisch schon zu den Einheimischen. Zumindest Mr. und Mrs. Nolan. Von James hingegen keine Spur, seufzte Josie.

»Vielleicht kommt er ja noch, und du kannst ihm diesen Sommer den Kopf verdrehen«, meinte Clare.

»Nein, ich habe seine Mutter gefragt. Er ist mit David Power in Frankreich bei der Weinlese. Kannst du dir etwas Blöderes vorstellen als diese beiden im Weinberg? Sie brauchen das Geld doch gar nicht; warum sind sie dann nicht hier, wo sie gebraucht werden?«

»Merkwürdige Jahreszeit für die Weinlese«, sagte Clare nachdenklich. »Ich hätte gedacht, die wäre erst sehr viel später.« »Vielleicht wandeln sie ja auch auf Abwegen und vergnügen sich mit französischen Mätressen.« Josie wollte sich absichtlich quälen.

»Sie sollten sich lieber auf ihre Prüfungen vorbereiten«, meinte Clare altklug. David Power studierte jetzt im vierten Jahr Medizin; und James Nolan hatte bereits den Bakkalaureus in Wirtschaft, aber es fehlte ihm noch das Juraexamen. Josie hatte Recht; die beiden waren viel zu erwachsen und weltgewandt, um in Frankreich Trauben oder sonst was zu pflücken – aber sie waren auch viel zu erwachsen und weltgewandt, um nach Castlebay zu kommen.

*

Molly Power war hocherfreut über den Brief. Darin hieß es, sie solle bitte auch den Nolans Bescheid sagen. David und James würden Donnerstag nächste Woche kommen. Die Dinge in Frankreich hätten sich anders entwickelt als erhofft, Näheres später; und da hätten sie sich gedacht, warum dann nicht nach Castlebay fahren? Mit dem Brief in der Hand rannte Molly zur Auffahrt hinaus, denn sie hatte das Auto ihres Mannes auf dem Kies knirschen hören.

»Großartige Neuigkeiten! David kommt nächste Woche nach Hause.«

Seine Miene hellte sich auf. »David kommt zurück, Bones«, sagte er, und der Hund rannte dreimal um den Wagen und kläffte vor Freude.

Dann hakte Paddy Power seine Frau unter, und sie setzten sich auf die Gartenbank und schauten hinaus aufs Meer. An einem Tag wie diesem war es hier wie im Paradies.

»Sie haben's aber gemütlich da draußen«, rief Nellie durchs Küchenfenster. »Bleiben Sie sitzen, ich bringe Ihnen das Essen raus.«

Höflicher Widerspruch.

»Aber sicher doch. Warum sollten Sie nicht leben wie die oberen Zehntausend«, wischte Nellie die Einwände beiseite und schloss das Fenster wieder.

Sie lächelten sich an, glücklich über die Heimkehr ihres Sohnes.

»Ich habe heute dafür gesorgt, dass die alte Mrs. O'Hara für ein paar Wochen ins Krankenhaus kommt. Zur Beobachtung, hab' ich gesagt.«

»Und weshalb wirklich? Was hat sie denn?«

»Nur das Übliche, soweit ich es überblicken kann. Nichts, woran sie nicht schon seit Jahren leidet. Aber ich wollte Angela eine Verschnaufpause gönnen, deshalb das Ganze. Ich wollte, dass sie auch mal was vom Sommer hat. Du meine Güte, die Frau lebt an einem

Ort, wohin halb Irland und inzwischen auch halb England zur Sommerfrische kommt ... und sie geht so gut wie nie aus dem Haus.«

»Du bist sehr umsichtig.« Liebevoll tätschelte Molly sein Knie. »Ich habe sie schon immer gemocht, von klein auf. Sie hat so viel Schneid. Ich weiß, das ist ein komisches Wort, es passt nicht auf Leute wie uns, aber bei ihr trifft es den Nagel auf den Kopf: Schneid. Und ich denke oft, dass die kleine Clare O'Brien vom Laden ihr Ebenbild ist. Ich sehe sie immer als eine Art zweite Angela.«

»Ach ja?« Molly zog die Augenbrauen hoch.

»Die gleiche Art, sich hohe Ziele zu stecken und darauf hinzuarbeiten, komme, was wolle.« Dr. Power lächelte bei dem Gedanken.

»Das finde ich nicht.« Molly schüttelte den Kopf. »Natürlich hat Angela viel Elan, und es ist wundervoll, dass sie es so weit gebracht hat, wenn man bedenkt ...« Sie sprach ihre Missbilligung über das Betragen von Dinny O'Hara ebenso wenig aus wie ihr Unverständnis darüber, dass man sein Leben damit verschwenden konnte, sich um ein altes Weib zu kümmern.

Dr. Power verbarg seinen Ärger. Er hasste es, wenn Molly sich als *grande dame* gebärdete. »Nun ja, die kleine Clare O'Brien muss sich für niemanden entschuldigen. Lediglich für die Tatsache, dass sie in ärmliche Verhältnisse hineingeboren wurde und sie überwunden hat.«

»Ach was, sie ist von Natur aus ein Biest. Paddy, du bist zu großherzig, du siehst so etwas nicht. Aber eine Frau kann man nicht hinters Licht führen. Die Kleine hat falsche Augen.«

»*Molly!*«

»Du sagst, was du denkst, und ich sage, was ich denke.«

»Aber das ist doch absurd. So über ein Kind zu reden!«

»Für mich klingt so einiges, was du sagst, absurd. Und was du tust. Aber ich äußere mich nicht dazu.«

»Schon gut, Molly, schon gut. Das Leben ist viel zu kurz, um sich zu streiten.« Doch irgendwie hatte das Gespräch den sonnigen Tag verdüstert.

*

Am späten Nachmittag fuhr Gerry O'Doyle beim Häuschen der O'Haras vor. Er wollte sie zum Krankenhaus bringen. »Lassen Sie sich ruhig Zeit«, meinte er. »Ich habs nicht eilig, hetzen Sie bloß nicht.«
Doch die beiden waren schon reisefertig: Mrs. O'Hara zitterig und ängstlich wegen der holperigen Fahrt im Lieferwagen dieses jungen Rabauken; Angela bleich und besorgt. Der kleine Koffer war gepackt.
»Wollen wir dann los?« Gerry war eine gute Wahl als Chauffeur. Ihm war Mrs. O'Hara nicht so wichtig, dass er sich ständig nach ihrem Befinden erkundigte, und er wusste bestimmt eine Menge zu erzählen, sodass Angela abgelenkt wurde. Dr. Power hatte zu ihr gesagt, da Gerry sowieso jeden Dienstag in die Stadt fahre, um Material und Ware zu besorgen, wäre er genau der richtige Mann für diese Aufgabe. Dr. Power war sogar persönlich bei *Doyles Photographics* vorbeigegangen, damit Angela nicht in die Verlegenheit kam, Gerry darum bitten zu müssen.
Nett und umsichtig half er der alten Frau in den Lieferwagen. »Sagen Sie mir zuerst, welche Bewegungen Ihnen am meisten wehtun, damit ich Sie nicht unnötig quäle.«
Mrs. O'Hara dachte nach. Am schlimmsten war es wohl, die Beine zu beugen. Gut, das ließ sich vermeiden. Gerry besorgte eine Kiste, auf die sie sich stellen konnte, dann setzte sie sich auf den Vordersitz, während Angela ihre Beine so ausgestreckt wie nur möglich hineinhievte. Zufrieden setzte Mrs. O'Hara sich zurecht, und Angela kletterte nach hinten.
»Sie sind noch ziemlich flink für Ihr Alter«, sagte Gerry und grinste in den Rückspiegel.
»Willst du wohl ruhig sein! Ich könnte dich um Längen schlagen. Deine Generation hat doch kein Durchhaltevermögen.« Sie grinste zurück. Gerry war ein gut aussehender Bursche. Sie hatte ihn schon immer gemocht. Sehr viel mehr als seine Schwester, und Angela hatte sich oft gefragt, warum eigentlich sie Fiona Doyle nicht leiden konnte. Aber sie war zu keinem Schluss gekommen. Denn sie waren beide fleißige junge Leute. Seit dem Tod ihres Vaters hatten sie das Geschäft nicht nur weitergeführt, sondern es regelrecht aufblühen lassen. Die große Urlauberschwemme hatte die Nachfrage nach Schnappschüssen stark ansteigen lassen, sodass

die Doyles im Sommer jetzt sogar noch einen weiteren Fotografen einstellten. Ihr kleiner Kiosk an den Klippen war frisch in leuchtenden Farben gestrichen, und sie hatten viel Erfolg damit, die Häuser an der Cliff Road und der Far Cliff Road abzuklappern, wo sie Familienfotos machten, sie vergrößerten und in kleine Papprähmchen steckten. Beinahe jede Familie wollte so ein Andenken haben, das man zu Hause herumzeigen konnte: die Familie vor ihrem Ferienhaus. Also wurde eilends nach Jimmy gerufen, der sich auf dem Rummel vergnügte, und der kleine Eddie wurde vom Strand heraufgeholt; Mutter zog sich ihr bestes Kleid an, die Milchflasche wurde beiseite geräumt, und dann konnte es losgehen.

»Ich hab' gesehen, dass Ihre Musterschülerin gerade zu Hause ist«, meinte Gerry.

»Sie ist tatsächlich eine Musterschülerin«, erwiderte Angela stolz. »Ich habe große Hoffnungen, was sie betrifft.«

»Das habe ich auch.« Gerry lächelte schelmisch. »Sehr große Hoffnungen sogar.«

»Hör auf, dich wie der Erzschurke auf der Bühne aufzuführen«, erwiderte Angela barsch. *Bitte,* flehte sie innerlich, lass nicht zu, dass Gerry Doyle Clare den Kopf verdreht, nicht vor der mündlichen Prüfung! Mach, dass er die Finger von ihr lässt, bis sie den Murray-Preis gewonnen hat!

*

Alle im Krankenhaus waren sehr nett zu Mrs. O'Hara, und die Abwechslung tat ihr gut. Alles war neu und interessant. Vor allem die Station der Kleinen Theresia hatte es ihr angetan, die große Statue der Heiligen von Lisieux mit dem Kreuz in den Armen, auf das Rosen herniederfielen. Mrs. O'Hara hatte die Kleine Theresia seit jeher besonders verehrt. Im Nebenbett lag eine Frau, die um siebzehn Ecken mit ihr verwandt war, und so verbrachten die beiden Stunden damit, sich über Familienmitglieder zu unterhalten, die schon lange tot waren, oder aber die Stimmen zu dämpfen und über jene zu tratschen, die noch lebten, es aber nicht gerade weit gebracht hatten. Angela war zutiefst erleichtert, dass ihre Mutter so gut versorgt war. Dr. Power hatte Recht behalten: Der Wechsel tat der alten Frau gut. Die ersten Tage allein zu Hause verbrachte Angela mit einer Art Frühjahrsputz. Und da sie wegen des penetranten Farbgeruchs nicht streichen mochte, wenn die ans Haus gefesselte Frau da war, machte sie sich auch daran. Sämtliche Möbelstücke wurden in die Zimmermitte gerückt und Bücher und Zierat von den Regalen geräumt. Das nahm sehr viel mehr Zeit in Anspruch, als sie gedacht hätte, aber es war eine entspannende Tätigkeit. Sie saß auf einer Leiter, staubte die Bücher ab und las gleichzeitig darin; während sie den Zierat polierte, erinnerte sie sich daran, wer ihn ihr geschenkt hatte oder woher er stammte. Es dauerte Tage, bevor sie tatsächlich mit dem Streichen anfing. In der Zwischenzeit war sie zweimal im Krankenhaus gewesen und hatte sich davon überzeugt, dass es ihrer Mutter gut ging und an nichts fehlte. Ansonsten genoss sie die Ruhepause: Vormittags strich sie die Wände, dann schlenderte sie zum Hotel und aß ein Sandwich – manchmal in Gesellschaft von Dick Dillon, der immer noch darüber trauerte, dass er nicht mehr trinken durfte und auch im Hotel nichts mehr zu sagen hatte. Nachmittags ging Angela dann hinunter zum Strand und schwamm. Von den Leuten, die sie dort traf, kannte sie mindestens zwanzig: jetzige und ehemalige Schüler und andere Einwohner von Castlebay, die sich in der Sonne aalten. Meist allerdings setzte sich Angela mit einem Buch auf den grasüberwachsenen Klippenvorsprung. Wenn es ihr dort zu heiß wurde, rannte sie ins Meer hinaus und kämpfte mit den Brechern. Einmal entdeckte sie dabei ein kleines Mädchen, dem von den Wogen immer wieder die Beinchen weggerissen wurden. Sie schnappte sich das Kind und trug es zum Ufer zurück. So kam es zu den Unglücksfällen, vor denen Dr. Power immer warnte; das Kind war ein typisches Opfer. Denn die Urlauber ahnten nichts von den Strömungsverhältnissen hier und wussten nicht, wie stark die Wellen waren. Mit Tränen in den Augen ermahnte sie die Familie, besser auf ihr kleines Kind Acht zu geben, das leicht aufs offene Meer hinausgerissen werden konnte. Die Eltern waren erschrocken und bedankten sich. Als Angela ging, schnappte sie auf, wie sie zueinander sagten, vielleicht habe Angela selbst einmal ein Kind gehabt, das ertrunken sei; womöglich sei sie deshalb so fassungslos gewesen. Doch Angela war gar nicht außer Fassung. Ihr ging es prächtig. Allerdings musste sie feststellen, dass sie zum

ersten Mal in ihrem ganzen Leben im Sommer braun gebrannt war und regelmäßig ins Kino und sogar zum Tanzen ging.
Ursprünglich hatte sie nicht vorgehabt, tanzen zu gehen. Fünfunddreißigjährige Frauen in Sommerkleidern, mit weißen Strickjäckchen und hochtoupierten Haaren, die sich an der Kasse anstellten, um einen aufregenden, glanzvollen Abend zu erleben, waren in ihren Augen jämmerliche Gestalten. Auch als sie hörte, dass das Castlebay-Komitee einen Wohltätigkeitsball plane, erwog sie keine Sekunde lang hinzugehen. Die Eintrittskarten sollten ein hübsches Sümmchen kosten, doch dafür gab es fantastische Preise zu gewinnen. Jedes Geschäft am Ort trug etwas zur Tombola bei: Gerry Doyle spendierte ein kostenloses Familien- oder Gruppenporträt; Mrs. Conway von der Post stellte ein Dutzend Ansichtskarten von Castlebay in schmalen Rähmchen zur Verfügung; die Dwyers stifteten eine Lammkeule; Mrs. O'Flaherty eine Schreibmappe mit Briefpapier und Umschlägen; von den O'Briens gab es zwei große Dosen mit den besten Keksen, die sie führten, der Fünf-Uhr-Tee-Mischung. Das so aufgebrachte Geld sollte in die Verschönerung des Ortes fließen, etwa in den Bau eines richtigen Parkplatzes, damit die Straße nicht mehr von den parkenden Wagen verstopft wurde und es unmöglich war, nach Castlebay hinein- oder aus dem Ort herauszufahren. Man könnte auch am Ortseingang, wo sich die drei Straßen kreuzten, ein großes Blumenbeet anlegen. Manche Leute hatten sich bereits für eine Festbeleuchtung entlang der Church Street ausgesprochen, andere wollten Toilettenhäuschen unten am Strand. Im Winter würden all diese Vorschläge eingehend und hitzig erörtert werden, und das eingenommene Geld würde eine halbe Ewigkeit lang bei Mrs. Conway auf dem Postamt liegen. Als Lehrerin und geachtete Mitbürgerin hatte Angela einen Sitz im Castlebay-Komitee inne, doch wäre ihr nie in den Sinn gekommen, man könnte deshalb von ihr erwarten, dass sie den Wohltätigkeitsball besuchte. Nun, das kam eben davon, wenn man einem Haufen von Wichtigtuern, die sich immer und überall einmischten, solche Entscheidungen überließ, lamentierte Dick Dillon; jetzt waren sie hübsch sauber festgenagelt, und wenn sie in Castlebay nicht auf ewig geächtet sein wollten, müssten sie auf diesen blöden Ball gehen.
»Darf ich Sie einladen?«, fragte er Angela mit Grabesstimme, als

würde er ihr vorschlagen, sich gemeinsam in selbstmörderischer Absicht von den Klippen zu stürzen.
»Danke, gern«, erwiderte Angela.
Argwöhnisch blickte er sie an. »Sie können mich dann im Hotel abholen kommen«, meinte er.
»O nein, Dick. Ein Gentleman holt seine Dame von zu Hause ab«, antwortete Angela, ganz wie Doris Day in all den Filmen, die Angela bisher mit ihr gesehen hatte. Wenn Dick die Filme auch kannte, so bemerkte er jedoch nicht ihre parodistische Glanzleistung.
»Schon gut«, brummelte er. »Nachdem ich ja jetzt nicht mehr trinke, kann ich endlich mal Nutzen aus der Karre ziehen. Ich hol' Sie dann mit dem Auto ab.«
Die nächsten Tage dachte Angela kaum an den bevorstehenden Ball, sie war mit dem Streichen des Hauses vollauf beschäftigt. Die einzig vernünftige Methode schien ihr zu sein, den großen Raum im Erdgeschoss in zwei Schritten zu streichen; wenn sie die eine Hälfte gestrichen hatte, konnte sie die Bücher und Nippsachen auf die fertige Seite räumen und mit der anderen Hälfte beginnen. Es sah danach viel heller und freundlicher aus. In einem farbbeklecksten Kittel und mit einem alten Kopftuch stand Angela da und bewunderte ihr Werk, als ein Auto vor der Tür hielt. James Nolan und David Power wollten ihr guten Tag sagen. Nein, noch besser, sie hatten eine Flasche prickelnden Apfelwein mitgebracht.
Angela freute sich, die beiden zu sehen. Begeistert hatte sie ihren Werdegang verfolgt, und wenn auch vielleicht niemand sonst sich erinnerte, welche Prüfungen die beiden gerade ablegten, Miss O'Hara wusste immer genau Bescheid. Sie kannte auch die Namen ihrer Professoren, und sie stellte nie peinliche Fragen nach Freundinnen oder erkundigte sich, ob sie viel Geld vertranken und was genau sie eigentlich in Frankreich getrieben hatten.
Zusammen suchten sie aus dem Möbelstapel Stühle und Hocker heraus und schnatterten fröhlich drauflos: der große David mit seinen hellen Haaren und einer sich pellenden Nase; und der kleine, dunkle James, der nach der mysteriösen Frankreichreise wie ein Italiener aussah, so braun gebrannt war er. Sie hatten eine Menge Pläne für den Sommer. Jeden Vormittag würden sie zwei Stunden lang lernen, und dann waren sie den Rest des Tages – und der Nacht – so frei wie der Wind. Ob es denn gerade eine echte Strand-

schönheit im Ort gebe, wollten sie wissen. Irgendeine umwerfende Blondine oder ein rothaariges Busenwunder? Angela antwortete, das hätte sie nicht mal bemerkt, wenn das Städtchen damit gepflastert wäre; sie müssten sich allerdings ranhalten, wenn sie nicht riskieren wollten, dass Gerry Doyle ihnen sämtliche Mädchen vor der Nase wegschnappte.
»Immer noch auf der Pirsch, der Kerl«, sagte James Nolan enttäuscht. »Ich bin ja auch kein Unschuldslamm, aber gegen den Burschen bin ich der reinste Waisenknabe. Was finden die Mädchen bloß an ihm?«
»Ich kann nicht fassen, dass er hier immer noch der Romeo ist. Er kann jedes Mädchen haben, ohne auch nur den kleinen Finger dafür zu rühren. Ich hätte eigentlich gedacht, dass sie ihn allmählich durchschaut haben«, jammerte David.
»Es kommt natürlich jedes Jahr frisches Fleisch nach«, meinte Angela.
»Aber mal im Ernst, Miss O'Hara.« David sah süß aus, wenn er versuchte, ernst zu sein. Er strich die lange Strähne aus der Stirn zurück, und die Haare stellten sich auf wie ein borstiger Fächer. »Sie als Frau – als *weibliches Wesen* –, können Sie uns vielleicht verraten, was ihn so unwiderstehlich macht?«
»Ein *weibliches Wesen* kann das schwer beantworten. Man fühlt sich wohl in seiner Gesellschaft, er hat ein bezauberndes Lächeln, und er lächelt viel. Er gibt sich keine allzu große Mühe zu gefallen, aber man merkt – auch ohne dass er flirtet –, dass er Frauen mag. Hilft euch das irgendwie weiter?«
Angela ließ ihren Blick von einem zum anderen wandern. Gut sahen sie aus, diese beiden Studenten, wie sie da grübelnd bei ihr zu Hause saßen, wo ein heilloses Durcheinander herrschte.
»Doch, das ist wirklich eine große Hilfe«, erwiderte David ernst. »Um jeden Preis zu gefallen suchen. Ich glaube, das ist mein Fehler.«
»Ich fürchte, ich mag Frauen einfach nicht so gern wie er. Mir gefällt die Vorstellung von einer Frau besser als ihre Verkörperung«, meinte James Nolan.
»Tut mir Leid, dass ich gerade keine Couch frei habe«, lachte Angela. »Sonst könntet ihr euch einer nach dem anderen hinlegen, und ich würde euch dann psychoanalysieren. Vielleicht könnte ich

sogar halb Castlebay auf die Couch bekommen und ein Vermögen damit machen. Dein Vater, David, könnte mir ein paar Patienten schicken, und Father O'Dwyer vielleicht auch noch ein paar. Mein Sonderservice wäre eine Mitternachtssitzung nach dem Tanz, falls wieder mal einer brüllend und schreiend rausgelaufen ist. Ich würde ihn schon wieder hinbiegen.«

Angela hatte es wirklich raus, einen wieder auf die Erde zu holen. David war froh gewesen, von seinem Vater zu hören, dass die alte Mrs. O'Hara den Sommer im Krankenhaus verbrachte. Er kam nicht gern bei Angela vorbei, wenn ihre Mutter zu Hause war, weil man dann immer das Gefühl hatte, mit beiden reden zu müssen. Und nun fiel ihm ein, weshalb er eigentlich gekommen war.

»Wir wollten fragen, ob Sie Lust haben, nächste Woche mit uns zusammen zum Wohltätigkeitsball zu gehen. Meine und Nolans Eltern gehen auch hin. Wir nehmen zuerst noch bei uns zu Hause einen Drink, und dann ziehen wir zusammen los.«

Angela zeigte sich geschmeichelt von der Einladung; aber leider habe sie schon eine Verabredung für den Abend.

Als sie hörten, dass es sich um Dick Dillon handelte, horchten die beiden auf. Eine Romanze? Eine leidenschaftliche Affäre vielleicht, und das hier im Ort? Eine langjährige Freundschaft, die zu einer späten Liebe erblühte? Würde man bald die Hochzeitsglocken läuten hören?

Sie sollten nicht so grausam und herzlos sein und eine arme alte Jungfer aufziehen. Aber David meinte, das sei es ja gerade; nur weil sie keine alte Jungfer sei, könne man sie aufziehen. Es war das schönste Kompliment, das man ihr je gemacht hatte, auch wenn wahrscheinlich nur sie allein es verstand.

*

Clare kam zweimal in der Woche, um ihren Auftritt vor der Murray-Preis-Kommission zu üben. Sie hatten herausgefunden, wer zur Kommission gehörte; ein Onkel von Josie Dillon mütterlicherseits war auch dabei. Er war Direktor der Bank, die das Murray-Vermögen verwaltete, und hatte deshalb gewissermaßen das Recht dabei zu sein, wenn es ausgegeben wurde. Josie zufolge war er aufbrausend und hochnäsig; er hielt das Dillon-Hotel in Castlebay für

ein Etablissement weit unter seiner Würde. Angela und Clare hatten noch keine Ahnung, wie sie ihn beeindrucken sollten. Clare kam, kurz nachdem die beiden Jungen gegangen waren.
»Hier stinkt's nach Alkohol«, sagte sie vorwurfsvoll.
»Das muss an meinem Alter liegen. Wenn wir Frauen in die Wechseljahre kommen, werden wir komisch; wir fangen an, Möbel zu rücken und heimlich zu trinken.«
Clare lachte. »Sie sind doch noch nicht in den Wechseljahren, Miss O'Hara, oder?«
»*Natürlich nicht!* Herr im Himmel, lass mich endlich daran denken, nie, aber auch nie einen Scherz zu machen, wenn ich mit Kindern rede. Und, lieber Gott, lass mich bitte auch nie wieder ironisch sein. Nein, Clare, ganz im Gegenteil. Ich habe in Gesellschaft zweier junger Herren getrunken, die vorbeikamen, mir eine Flasche Apfelwein verehrten und mich zum Wohltätigkeitsball einladen wollten. Nicht schlecht für eine arme, alte, klapperige, vertrocknete und altersschwache Jungfer, nicht wahr?«
»Wer waren die beiden?«
»David Power und James Nolan.«
»Und? Haben Sie die Einladung angenommen?«
»Nein, ich wollte das Feld lieber jüngeren, weniger hinreißenden Frauen überlassen. Und ich hatte schon Josies Onkel zugesagt. Er hat mich als Erster gefragt. Kommst du auch?«
»Ja, wahrscheinlich schon. Ich wollte mit Josie zusammen hin. Man braucht keinen festen Partner. Und jetzt, wo James Nolan da ist, hat sie bestimmt Lust. Sie hat eine große Schwäche für ihn.«
»Sag ihr, sie soll so tun, als ob sie ihn nicht mal bemerke. Das wird klappen. Und jetzt fass mal mit an und hilf mir, dieses sperrige Ding da herauszutragen. Ich will es hinterm Haus streichen, damit ich nicht jedes Mal, wenn ich dran vorbeigehe, kleben bleibe. Sie haben im Radio gesagt, dass es heute nicht mehr regnet, das heißt ja wohl, dass wir mit einem schönen Abend rechnen dürfen ...«
Angela hielt plötzlich inne. Clare hatte sich keinen Zentimeter gerührt. Unglücklich saß sie da und hatte ihr nicht einmal zugehört.
»Was ist denn los?«, fragte Angela. »Hast du etwa schon deine Zeugnisnoten erfahren?«
Das Einzige, was Clares Gesicht so verdüstern konnte, waren doch

wohl die Zensuren in ihrem Abschlusszeugnis; allerdings sollten sie frühestens in zwei Wochen bekannt gegeben werden.
»Tommy ist im Gefängnis«, antwortete Clare schlicht.
»Tommy … Tommy?« Es war schon sehr lange her, seit sie die O'Brien-Jungen zuletzt gesehen hatte, und daher konnte sie mit dem Namen nicht auf Anhieb etwas anfangen. Doch nach ein paar Sekunden verstand sie. »Im Gefängnis? In England? Was hat er angestellt?«
»Einbruch.«
Angela setzte sich. »Seit wann weißt du das? Wie hast du es erfahren?«
»Ich hab' mit der Nachmittagspost einen Brief bekommen, gerade eben. Ich gebe zu, ich bin als Erstes zu Ihnen gekommen. Ich hätte es nicht ausgehalten, im Laden zu stehen und drüber nachzudenken. Mam wird toben. Aber was soll's. Damit werd' ich schon fertig.«
»Du lieber Himmel, ist das nicht schrecklich? Wer hat es dir geschrieben?«
»Ned. Damit Mam und Dad nicht gleich wie vom Blitz getroffen sind. Ich soll sie vorwarnen, aber nur, falls sie davon hören könnten. Was will er denn nun, dass ich tue? Soll ich es ihnen sagen oder nicht? Es steht vielleicht in der Zeitung, schreibt er; dann meint er wieder, vielleicht auch nicht. Er meint, Thomas O'Brien sei ein ziemlich häufiger Name, aber Thomas O'Brien aus Castlebay wäre glasklar und eindeutig. Hier, Sie können den Brief lesen … vielleicht verstehen Sie ja, was er meint. Und was ich tun soll.«
Angela streckte die Hand nicht nach dem linierten Papier mit den krakeligen Zeilen darauf aus. Sie hatte die Ellbogen auf die Knie und den Kopf in die Hände gestützt. Eine Weile war es sehr still.
»Ich brauche den Brief nicht zu lesen«, sagte Angela schließlich. »Ich weiß, was er will. Du sollst die Entscheidung treffen. Er will, dass du die Verantwortung übernimmst.«
Clare war überrascht. »Aber warum?«
»Weil du nicht Chrissie bist, die nicht mal wüsste, was für ein Tag heute ist; und nicht deine Mutter, die sich die Augen ausweinen, oder dein Vater, der toben und schreien würde. Und auch nicht Ben oder Jim, die noch zu jung sind, um überhaupt zu zählen. Und weil du blitzgescheit bist und ein Stipendium bekommst, das dich dazu befähigt, in Zukunft jede Bürde zu tragen.«

Angelas Stimme erschreckte Clare. »Mrs. O'Hara ...«, setzte sie an. »Was für ein Strafmaß hat er bekommen?«, unterbrach Angela brüsk.
»Ned sagt, zwei Jahre.«
»Das war nicht nur einfacher Diebstahl. Er muss eine Waffe bei sich gehabt haben. Der Idiot.«
»Kein Wunder, dass er nie nach Hause geschrieben hat.«
»Wenn ich mich recht erinnere, konnte Tommy so gut wie nicht schreiben. Was wirst du jetzt tun?«
»Ich hab' keine Ahnung. Ich weiß nicht genug. Wenn ich wüsste, dass es hier in die Zeitung kommt, würde ich Mam und Dad Bescheid sagen. Aber wenn nicht, warum ihnen dann nicht den Kummer ersparen?«
»Verstehe. Du hast ganz Recht. Wir brauchen mehr Informationen.«
»Aber wie drankommen ...?«
»Ich weiß da einen Weg. Kannst du mal schauen, ob du unter den Zeitungen dort einen Schreibblock findest? Wenn ich mich gleich hinsetze, kommt der Brief noch in die Sechs-Uhr-Post.«
»Wem wollen Sie denn schreiben? Und was?«
»Ich habe in London einen Freund. Einen Priester – aber nicht so einen wie unseren Father O'Dwyer hier. Er wird es für uns herausfinden.«
»Können Sie ihn wirklich darum bitten? Wird er denn nicht ...?«
»Nein, er wird nicht schockiert sein. Und er ist einer der wenigen Menschen, die ein Geheimnis bewahren können. Hast du den Block gefunden? Ich fang' sofort an.«
Clares Augen füllten sich mit Tränen der Dankbarkeit, während Mrs. O'Hara ihre Adresse auf den Briefkopf schrieb und darunter setzte: »Lieber Father Flynn, könnten Sie mir wohl einen großen Gefallen tun? Wieder einmal ...«

*

Father Flynn verhielt sich einfach großartig. Acht Tage später war seine Antwort da. Er hatte Ned besucht, der in einem Pub als Tellerwäscher arbeitete. Es handelte sich um eine ziemlich verrufene Kneipe. Und deshalb hatte Father Flynn ihm eine neue Stellung besorgt, wo er besser aufgehoben war – er konnte dort im Haus wohnen, und der Wirt würde ein Auge auf ihn haben. Von Ned hatte er nähere Einzelheiten erfahren. Tommy war in eine üble Bande geraten. Sie hatten schon mehrere Einbrüche verübt, und Tommy war schon einmal, vor sechs Monaten, auf Bewährung verurteilt worden, nachdem er beim Diebstahl von Baumaterial erwischt worden war. Diesmal war es ein Schaufenstereinbruch bei einem Juwelier gewesen. Allerdings hatte keiner von der Gang bemerkt, dass sich der Juwelier noch im Laden befand, als sie mit ihren Brecheisen die Fenster aufstemmten und die Auslage auszuräumen begannen. Der Juwelier machte den Fehler einzuschreiten und bekam einen Schlag auf den Schädel verpasst – allerdings konnte er Tommy nicht als Schuldigen identifizieren. Doch die anderen flüchteten und waren wie vom Erdboden verschluckt, als die Polizei anrückte. Nur Tommy stand noch da, mit ein paar Schmuckstücken in der Hand.

Tommy behauptete eisern, er kenne die anderen nicht und könne daher keine Beschreibungen von ihnen liefern. Er beharrte darauf, dass er sie erst an jenem Abend kennen gelernt habe und ihre Namen nicht wisse. Daher war die Bande, wie Ned annahm, mit Tommy zufrieden und würde ihm seinen Anteil auszahlen, sobald er wieder draußen war. Das würde in achtzehn Monaten der Fall sein. Father Flynn hatte ihn in Wormwood Scrubs besucht und konnte berichten, dass Tommy sich sehr über dieses Zeichen von zu Hause gefreut habe. Da Angela ihn gebeten habe, vollkommen ehrlich zu sein, müsse er allerdings berichten, dass Tommy O'Briens Zustand nicht der beste sei: Ihm fehlten fast sämtliche Zähne; er hatte um nichts anderes gebeten als um Comics aus der Gefängnisbücherei; und er sehe von Kopf bis Fuß wie der geborene Verlierer aus. Allerdings sei es wohl kaum hilfreich, solche Nachrichten zu überbringen, ohne einen Vorschlag zu machen, der eine Wende zum Besseren verspreche. Und deshalb wolle Father Flynn zu bedenken geben, ob es nicht möglich wäre, Tommy nach seiner Entlassung wieder zurück nach Castlebay zu holen. Denn es mangle dem Jungen wohl an der nötigen Willensstärke, um in London zu bestehen, ohne auf die schiefe Bahn zu geraten. Falls Castlebay als Lösung nicht in Betracht käme, würde Father Flynn selbst versuchen, ihn im Auge zu behalten, aber das würde nicht leicht werden. Denn sobald Tommy aus dem Gefängnis käme, würde man ihm seinen Anteil auszahlen, als Anerkennung, dass er den Mund gehalten hatte; und spätestens drei Monate später wäre er wieder mittendrin; treu ergeben würde er mit seinen Kumpanen das nächste Ding drehen und wieder den Sündenbock für sie spielen. Ach, und sie müssten sich keine Sorgen machen, dass die ganze Sache bekannt würde. Zwar war der Name T. O'Brien in einer Londoner Abendzeitung erwähnt worden, aber irischen Zeitungen war das keine Meldung wert. Denn leider war die Verhaftung von Landsleuten mit irischen Namen heutzutage keine Seltenheit.

*

Bedrückt lasen Angela und Clare den Brief. Father Flynn war zweifellos so offen, wie sie es von ihm erwartet hatten. Weder verurteilte er Tom, noch zeigte er Missbilligung oder Entrüstung. Er war genau der richtige Mann gewesen, um herauszufinden, was passiert war.

»Ich frage mich, wie Tommy seine Zähne verloren hat. Vielleicht bei einer Rauferei«, meinte Angela.

»Oder sie sind ihm einfach weggefault«, erwiderte Clare. »Er hatte immer so viel Angst vor allem. Ich glaube nicht, dass Tommy je zum Zahnarzt gegangen ist. Ich kann überhaupt nicht fassen, dass er genügend Mumm hatte, sich mit einer Diebesbande einzulassen. Eigentlich hätte ich erwartet, er würde im Gegenteil schnellstens das Weite suchen.« Sie sah todtraurig aus, aber ihre Stimme zitterte nicht. Und sie hatte auch nicht geweint oder sich entsetzt gezeigt, als sie den Brief des Priesters gelesen hatte. Sehr ruhig saß sie da, die Ellbogen auf dem Tisch, das Kinn aufgestützt. Clare konnte ganz still sein, das war Angela schon früher aufgefallen. Wenn sie las, merkte man nur am Umblättern, dass sie wach war. Und wenn sie zuhörte, war es das Gleiche. Als sie nun von der Schande erfuhr, die ihr Bruder ihnen machte, suchte sie ihn weder zu entschuldigen, noch beklagte sie sich über ihn.

»Ich nehme nicht an, dass man besonders mutig sein muss, um sich mit mit einer Bande einzulassen. Wahrscheinlich braucht man Mut, um Nein zu sagen. Wirst du ihm ins Gefängnis schreiben?«

Daran hatte Clare noch gar nicht gedacht. »Ist es nicht Unsinn,

wenn er die Briefe doch gar nicht lesen kann? Sollten wir nicht besser so tun, als ob wir gar nicht wüssten, wo er ist? Das wäre ihm sicher am liebsten«, sagte sie nicht sehr überzeugt.
»Dazu ist es zu spät. Schließlich hat Ned dir geschrieben. Du kannst nicht mehr so tun, als ob du von nichts wüsstest. Deine Eltern und alle anderen kannst du im Ungewissen lassen, aber du selbst kannst nicht zurück.«
»Ja, stimmt.«
»Wirst du ihm also schreiben?«
»Er hat mir nie geschrieben. Nicht ein einziges Mal in sechs Jahren, keinem von uns. Wäre es da nicht sehr scheinheilig, ihm zu schreiben? Und sehr selbstgefällig? Schau her, wie erfolgreich ich bin, ich schaffe es vielleicht sogar aufs College und studiere, und wo bist du gelandet? Im Knast.«
»Ich kann mir nicht vorstellen, dass du so einen Brief schreiben würdest.«
Jetzt saß Clare nicht mehr starr da, und ihre Augen blitzten. »Sie meinen, ich sollte ihm schreiben, stimmts? Sie an meiner Stelle wären heiter und nicht nachtragend und wie eine Heilige, so wie Sie es immer sind. Aber die Welt besteht nicht nur aus Heiligen. Hauptsächlich sind die Menschen nämlich normal und selbstsüchtig, so wie Tommy, der stehlen geht, und ich, die keine bigotten Briefe schreiben will.«
Angela schwieg.
»Ja, ich weiß, dass Sie auch schwierige Zeiten durchgemacht haben. Ich weiß, dass Sie es vor Jahren auch nicht leicht hatten, als Ihr Vater damals ... aber das ist schon lange her, die Leute haben es vergessen, und heute brauchen Sie nichts mehr zu verheimlichen und haben nichts mehr zu befürchten. Sie leben, wo Sie leben wollen, Sie sind hier gut aufgehoben als Lehrerin, und Ihre Familie ist geachtet. Sie haben ja sogar einen Priester als Bruder. Mein Bruder dagegen hat keine Zähne mehr, kann nicht lesen und sitzt in Wormwood Scrubs.«
»Clare«, unterbrach Angela sie scharf.
Clare sah auf.
Doch Angela hielt inne. Nein, nicht jetzt. So schlimm war es nicht. Nur ein Anfall von Selbstmitleid und Wut. Sie würde es ihr nicht sagen.

»Ach, nichts.«
Clare war überrascht.
»Wenn du den Murray-Preis nicht gewinnst, kannst du mich daran erinnern, dass ich dir heute Nachmittag etwas erzählen wollte und es mir dann anders überlegt habe.«
»Warum wollen Sie es mir nicht jetzt erzählen?«
»Ich will eben nicht. Und nun, sollen wir noch mehr Zeit damit vergeuden, uns anzuhören, wie Leid du dir tust? Du hast mich gebeten herauszufinden, was mit Tommy los ist, und ich habe es getan. Er ist dein Bruder. Schreib ihm oder nicht, ganz wie du willst. Ich werde keine einzige Minute mehr dafür opfern, das mit dir zu besprechen. Wenn du nicht genügend Großmut besitzt, um diesem armen Kerl ein bisschen von deiner Zuversicht und deinem Optimismus abzugeben, sei's drum. Es ist nicht meine Aufgabe, aus dir einen besseren Menschen zu machen, das kann dir niemand abnehmen. Ich helfe dir nur schulisch auf die Sprünge. Also lass mal sehen, wo wir stehen geblieben sind.« Sie nahm einen Notizblock zur Hand und überflog, welche Themen sie das letzte Mal abgehandelt hatten. »Wir haben eine Menge aktueller politischer Fragen besprochen, und du weißt Bescheid über Eisenhower, den Nahen Osten, den Rücktritt von Anthony Eden und König Hussein von Jordanien. Aber es ist nicht unwahrscheinlich, dass keiner von der Kommission je von diesen Leuten gehört hat. Deshalb sollten wir uns auf zwei Personen konzentrieren, die sie garantiert kennen: den Papst und de Valera. Wann wurde Pius XII. zum Oberhaupt der katholischen Kirche geweiht …?«
»Es tut mir Leid. Natürlich werde ich ihm schreiben.«
»Schreib, wem du willst … Pius XII. Wie war sein bürgerlicher Name?«
»Pacelli, Eugenio Pacelli. Er ist einundachtzig Jahre alt, wurde 1939 gewählt, im gleichen Jahr, in dem der Krieg ausbrach; er war der päpstliche Gesandte in Deutschland.«
»*Nuntius. Nuntius*, sag es!«
»Nuntius.«
»Und kling ja nicht überheblich, so als ob du alles wüsstest. Das mögen die Herren nicht.«
Sie lachten. Clare wollte noch etwas wegen Tommy sagen, aber Angela ging einfach weiter im Stoff.

»De Valera ... das ist ein komplizierter Fall. Entweder sie lieben oder sie hassen ihn. Du aber darfst keine Meinung dazu haben, du sollst nur die Fakten nennen. Also: Geboren?«
»In New York, 1882, als Sohn eines spanischen Vaters und einer irischen Mutter. Aufgewachsen in Bruree, in der Grafschaft Limerick ... aber ich habe sehr wohl eine Meinung ...«
»Natürlich, aber die behältst du besser für dich, wenn du vor der Murray-Preis-Kommission stehst. Das ist wirklich nicht die richtige Zeit und der richtige Ort dafür. Wenn einer von denen über fünfzig ist, erinnert er sich an den Bürgerkrieg. Und er kennt ihn nicht nur vom Hörensagen, er hat ihn selbst erlebt; also sei vorsichtig, und mach dich nicht unbeliebt. Wir könnten uns ausschließlich darauf konzentrieren, was Dev während des Kriegs getan hat, damit dürften wir nicht allzu vielen auf die Zehen treten. Pass aber auf, ob einer mit britischem Akzent dabei ist! Denn die Engländer werden ihm nie verzeihen, dass wir neutral geblieben sind. Und es wäre Dummheit, mit einem roten Tuch vor dem Stier herumzuwedeln.«
»Danke, Miss O'Hara.«
»Hör auf, mich so albern anzulächeln, und lass uns weitermachen. Apropos albernes Lächeln – hat Gerry Doyle dich gefragt, ob du mit ihm zum Wohltätigkeitsball gehen willst?«
»Ja, hat er, aber ich habe abgelehnt. Josie und ich gehen allein hin, hab' ich gesagt, wir würden uns ja dann dort sehen.«
»Wahrscheinlich solltest du mich unterrichten und nicht ich dich«, seufzte Angela.

*

Dick Dillon machte einen ausgesprochen mürrischen Eindruck, als er kam, um Angela abzuholen. Sie bat ihn herein und bot ihm eine Tasse Tee oder ein Glas Orangensaft an. Erstaunt blickte er sich um.
»Sie haben es recht hübsch hier, wenn man bedenkt ...«
»Wenn man was bedenkt?«
»Ach, nichts Bestimmtes«, erwiderte er. Warum hatte sie nicht zu Dick Dillon gesagt, dass sie sich ja dann auf dem Ball sehen würden, fragte sich Angela. Zur Strafe musste sie sich jetzt sein Gemecker und Gestöhne anhören!

»Ich habe hier kürzlich frisch gestrichen, als meine Mutter ins Krankenhaus kam. Dr. Power hat sie dort zur Beobachtung eingewiesen. Aber sie ist bald wieder zurück.«
Angela hörte sich selbst zu, wie sie diesem alten Mann langweilige Banalitäten erzählte. Was Clare wohl neulich damit gemeint hatte, dass Angela alles hätte, was sie wollte? Ganz bestimmt wollte sie sich nicht mit einem bekehrten Alkoholiker unterhalten, der sich gönnerhaft über ihr kleines Haus ausließ. Und so miesepetrig, wie er es war, knallte sie ihm seinen Orangensaft hin und holte vorsätzlich eine Flasche Gin aus dem Schrank.
»Da man mich noch nicht entwöhnt hat, werde ich mir jetzt einen ordentlichen Schluck genehmigen, damit wir den Abend einigermaßen überstehen, Dick Dillon. Schließlich wird auf dem Ball fast jeder Alkohol trinken, also können Sie sich auch gleich daran gewöhnen.«
Ein bewunderndes Lächeln erschien auf seinem Gesicht. »Das ist das erste Mal seit sieben Jahren, dass mich jemand wie ein normales menschliches Wesen behandelt.« Er hob das Glas. »Auf Ihr Wohl«, sagte er und strahlte.

*

Molly Power hatte überall kleine Teller mit Kräckern verteilt, die teils mit Käse belegt, teils mit pürierten hart gekochten Eiern bestrichen waren. Leider war die Eierpaste keine gute Idee gewesen – Molly hatte nicht bedacht, wie rasch die Kräcker durchweichten. Außerdem standen kleine Schälchen mit Nüssen herum; und nachmittags war Molly noch losgegangen und hatte Stechginster geschnitten, der – in Schalen und Vasen überall im Zimmer verteilt – fantastisch aussah. Das Wohnzimmer hatte gelbe Gardinen, und auch die Chintzüberzüge waren gelb gemustert. Als Nellie einmal Stechginster mitgebracht hatte, wollte Molly ihn schon hinauswerfen. Aber Mrs. Nolan hatte das Arrangement bewundert, und fortan tat Molly so, als ob es ihre Idee gewesen wäre.
David schmierte sich Nivea-Creme auf die Nase. »Ich glaube, sie schält sich jetzt nicht mehr«, meinte er und musterte sich im Spiegel über dem Kaminsims.
»Ich hab' dir ja gesagt, du sollst aufhören, daran herumzupulen!

Es hätte viel schneller aufgehört, wenn du die Nase in Ruhe gelassen hättest«, sagte seine Mutter.
David seufzte. Es gab wirklich nichts, was seine Mutter nicht besser gewusst hätte.
»Ja, ja, ich weiß«, antwortete er gequält.
»Es ist ja schließlich völlig normal: Du bist hellhäutig und hattest einen Sonnenbrand. Also musst du warten, bis die abgestorbene Haut sich von selbst löst. Reiß nicht dran rum.«
»Mach ich ja gar nicht.« David war jetzt aufgebracht.
»Ich versteh' nicht, was du jetzt schon wieder hast.« Molly reagierte ärgerlich. »Ich geb' mir hier alle Mühe und veranstalte vor dem Ball einen Stehempfang für deine ganzen Freunde. Du hast einen zauberhaften Abend vor dir und hast nichts Besseres zu tun, als jeden anzufahren, der dir zu helfen versucht.« Sie klang gekränkt.
David schwieg.
»Nicht, dass dein Vater und ich uns etwa in dein Leben einmischen und dich etwa fragen würden, was du eigentlich treibst. Haben wir schon jemals gesagt, dass du nach dem Tanz gleich nach Hause kommen sollst? Nein, haben wir nicht. Wir lassen dich unbehelligt dein Leben führen.«
»Ach, wirklich?« David versuchte, mit einem unsicheren Lachen seinen Ärger zu verbergen, was ihm aber nur schlecht gelang.
»Ich bin schließlich auch ein erwachsener Mann, Mutter, und kein kleiner Junge mit Fischnetz mehr. Ich führe in Dublin mein eigenes Leben, also will ich natürlich auch hier nicht gegängelt werden.«
»*Natürlich*«, erwiderte sie beleidigt.
Er beschloss, den gekränkten Tonfall zu überhören.
»Schön, dann sind wir ja gleicher Meinung.« David straffte die Schultern in seinem neuen Jackett und warf noch einen letzten Blick in den Spiegel.
»Nun, das wird reichen müssen. Wenn ich die entzückende Caroline heute Abend nicht von Gerry Doyle loseisen kann, wann dann?«
»Von Gerry Doyle? Mach dich nicht lächerlich! Er wird dort fotografieren.«
»Nein, wird er nicht. Er hat einen Lakaien dafür. Gerry wird zu

seinem Vergnügen dort sein, und die Mädchen werden zu ihm gekrochen kommen, ohne dass er auch nur den kleinen Finger rühren muss.«

»Das ist eine widerliche Vorstellung, die nur in deiner Fantasie existiert.«

»Du wirst es heute Abend mit eigenen Augen sehen. Caroline ist nicht die Einzige in der Warteschlange.«

»So einen Unsinn hab' ich mein Lebtag noch nicht gehört – ah, da bist du ja, Paddy. Was siehst du frisch und sauber aus.«

»Sauber?« Dr. Power wieherte vor Lachen. »Mehr hast du dazu nicht zu sagen?«

»Ich meinte, elegant und schick.« Molly lachte ebenfalls.

»Sauber!«, schnaubte er. »Was hast du da eben gesagt, als ich hereingekommen bin? Was ist Unsinn?«

»Die Vorstellung, dass Gerry Doyle ein Frauenheld sei. Dem selbst Caroline Nolan verfallen ist. Caroline, die schließlich jeden Studenten von der Universität haben könnte ...«

»Caroline ist gerade angekommen«, sagte Dr. Power. »Es hat ein großes Gehupe gegeben, und als ich hingeschaut habe, hat sie gerade die Kreuzung überquert. Sie fährt jetzt einen eigenen Wagen, einen Morris Minor. Jedenfalls hat sie zu mir gesagt, dass sie ganz spontan beschlossen habe, nach Castlebay zu fahren, und ich hab' geantwortet, dass sie einen guten Tag erwischt hat und vorher noch auf einen Drink vorbeikommen soll. Da ist sie reichlich nervös geworden und hat etwas davon gemurmelt, dass sie sich noch die Haare waschen muss. Ich weiß nicht, was Frauen immer mit ihren Haaren haben. Ständig müssen sie sie waschen oder zum Friseur gehen, und dann beklagen sie sich, wenn man nicht gleich bemerkt, welches Strähnchen anders liegt.«

»Na, dann werden wir ja sehen, ob sie sich für diesen Gerry Doyle interessiert«, sagte Molly zu David. »Und hör endlich auf, die Käsekräcker zu essen. Wenn du was knabbern willst, nimm die mit Ei.«

*

Chrissie hatte lange und gründlich über den Ball nachgedacht. Zu einem bestimmten Zeitpunkt war sie fest entschlossen gewesen, nicht hinzugehen. Ein Ball für Snobs und alte Leute. Da würde

sich eine Chrissie O'Brien doch nicht blicken lassen! Doch dann stellte sie fest, dass die anderen Einwohner der Stadt anders darüber dachten. Bei Dwyers wurde stundenlang darüber geredet, ob man nun Schafs-, Schweine- oder Rindfleisch stiften sollte, und Kath und Peggy hatten sich sogar neue Kleider gekauft. Aber Chrissie war entschlossen, sich nicht dadurch demütigen zu lassen, dass Gerry Doyle sie wie Luft behandelte. Seit einiger Zeit bedachte er sie nur noch mit einem äußerst kühlen Nicken. Sie hätte es nicht ertragen, wenn er sie am Rand hätte stehen sehen, während er mit der neuesten Urlaubsschönheit im Arm an ihr vorbeiwirbelte. Und selbst wenn er wie gewöhnlich ein- oder zweimal mit ihr tanzte, wäre das zwar ganz nett, aber es änderte nichts daran, dass er jegliches Interesse an ihr verloren hatte. Er brauchte Chrissie nicht mehr.
Und so seufzte sie nur tief auf, wenn man sie fragte, ob sie zum Wohltätigkeitsball gehen würde. »Nur, wenn ich eingeladen werde«, antwortete sie dann. »Ich bin zu alt, um ohne festen Partner hinzugehen.«
Kath und Peggy verstanden sie nicht. Der Witz war doch, ohne Partner hinzugehen und dort einen zu finden. Aber Chrissie blieb unerbittlich. Bumper Byrne, der Bauarbeiter, kaufte gerade Fleisch, als er hörte, wie sie darüber sprachen, und erzählte es seinem jüngeren Bruder Maurice. Mogsy, wie ihn alle schon seit jeher nannten, ging hinunter zum Laden.
»Darf ich dich zum Wohltätigkeitsball einladen, bitte?«, fragte er über die Theke hinweg. Mr. Dwyer, der Metzger, seufzte erleichtert auf.
»Was heißt diese Einladung genau?«
»Es heißt, dass ich den Eintritt für dich zahle und mit dir tanze, wenn du nicht von jemand anderem aufgefordert wirst; ich hab' nichts dagegen, wenn dich ein Bursche holt, mit dem du ein paar Runden auf dem Tanzboden drehen willst. Und ich zahl' die Getränke an der Bar«, erbot sich Mogsy, der den Hut verkehrt herum trug und nicht sehr helle war.
Chrissie dachte darüber nach. »Und was hast du davon?«, fragte sie, nicht gerade freundlich.
»Ich weiß nicht genau.« Von der Seite hatte es Mogsy noch nicht betrachtet. »Ich nehm' an, dass ich dann mit dir tanzen kann und

den Arm um dich legen darf und sagen kann, dass du mein Mädchen bist. Und bist du denn nicht die Hübscheste von ganz Castlebay?«

Chrissie lächelte ihn über die Theke hinweg an. »Danke, Mogsy. Ich freue mich sehr über deine Einladung und nehme an«, sagte sie.

Das hübscheste Mädchen von Castlebay. Na denn. Nicht, dass irgendjemand behaupten konnte, Mogsy Byrne wäre ein schlauer Kopf oder Ähnliches; aber er war auch kein übler Bursche. Sie würde den ganzen Abend lang kein Mauerblümchen sein, und sie würde an seinem Arm den Saal betreten. Das würde Gerry Doyle zeigen, dass nicht jede nur ständig herumsaß und auf ihn wartete.

»Gut, das ist dann also abgemacht.« Mogsy wollte gehen.

»Hast du denn einen Anzug und all das?«, fragte sie.

»Ich habe einen prachtvollen Anzug«, versicherte er ihr.

»Wir werden's ihnen zeigen, Mogsy«, versprach Chrissie.

*

Josie und Clare schminkten sich.

»Es muss etwas mit der natürlichen Lippenfarbe zu tun haben«, meinte Josie. »Das Sari Peach sieht bei dir ganz anders aus als bei mir.«

Sie hatten sich in Murphys Drogerie zusammen einen Lippenstift gekauft. Mrs. Murphy hatte gesagt, dass es sehr unhygienisch sei, sich einen Lippenstift zu teilen, sie könnten so Bazillen übertragen, und beide hatten sich gebogen vor Lachen. Den ganzen Heimweg über hatten sie beim Gedanken daran gekichert, wie sich manchmal alle in der Schule einen Lippenstift teilten, und noch keine hatte je einen Ausschlag davon bekommen.

Clare trug einen roten Kordsamtrock und eine weiße Rüschenbluse; ins Haar hatte sie eine rote Samtschleife gebunden. Sie zog sich bei Josie zu Hause um, weil Chrissie ihr gemeinsames Zimmer mit Beschlag belegt hatte. Josie hatte ein zitronengelbes Kleid an, dessen gerader Ausschnitt mit weißer Stickerei verziert war.

»Bist du ganz sicher, dass ich nicht wie ein Fass aussehe?«, fragte sie schon zum zehnten Mal.

»Was soll ich nur mit dir machen?«, jammerte Clare. »Du siehst nicht wie ein Fass aus! Du hast zum letzten Mal so ausgesehen, als du zwölf warst, und jetzt bist du fast achtzehn. Du hast also ein Drittel deines Lebens nicht wie ein Fass ausgesehen und glaubst es trotzdem noch!«
Josie lachte. »Ich bin schlanker als Emily und Rose. Darauf sind sie ganz schön neidisch.«
»Sie sind auf alles neidisch. Die zwei sind echte Luxusausgaben von Chrissie. Die sagt, ich sei deshalb so dünn, weil ich tief im Innern schlecht bin, und die Schlechtigkeit da drin frisst alles auf, was ich esse. Und du wärst dürr, weil du Würmer hast.«
Sie kugelten sich vor Lachen. Was war schlimmer, von Grund auf schlecht oder von Würmern geplagt zu sein?
»Ich glaube nicht, dass er diesen Sommer jemanden hat. Was Ernstes, meine ich«, sagte Josie und spitzte im Spiegel die Lippen.
»James?«
»Wer sonst?«
»Es sieht nicht danach aus. Er und David spielen ziemlich oft Golf miteinander. Das hat mir Miss O'Hara erzählt. Sie kommen manchmal auf dem Hin- oder Heimweg bei ihr vorbei. Von Frauen keine Spur. Bis auf seine Schwester. Lady Caroline ist soeben eingetroffen. Ich hab' gesehen, wie sie unten an der Rezeption nach einem Föhn gefragt hat.«
»Haben sie ihr einen gegeben?« Josie wollte es sich mit der Schwester des Geliebten nicht verderben.
»Ich denke schon. Es gab ziemlich viel Wirbel – du weißt ja, wie Lady Caroline ist. Sie erwartet, dass man ihr die Füße küsst.«
»Hoffentlich hat sie einen gekriegt.«
»Ich hoffe nein. Es wäre zu schön, wenn sie zur Abwechslung mal mit Rattenschwänzen auftauchen müsste, anstatt immer wie ein Fotomodell auszusehen.«
»Ich glaub', sie macht sich 'ne Menge aus Gerry Doyle.«
»Sag ihr, sie soll sich hinten anstellen«, erwiderte Clare und trug noch mehr Vaseline auf ihre Wimpern auf, um ihnen den richtigen Schwung zu geben.
»Ich hab' gerade an was gedacht«, grinste Josie. »Was, wenn ich den Preis gewinne, den wir ausgesetzt haben? Du weißt schon, den vom Hotel.«

»Ja. Was wäre so lustig daran?«
»Es ist ein Wochenende mit allem Drum und Dran, hier im Hotel. Ich könnte in einem Zimmer mit Blick auf das Meer wohnen und mir von Emily das Frühstück im Bett servieren lassen.«

*

Chrissie stand an der Kasse direkt vor ihnen. Sie hatte sich bei Mogsy Byrne eingehakt, der die Milchkannen zählte, wenn die Bauern die Milch brachten. Heute Abend trug er einen Anzug. Und sah schon ein bisschen angeheitert aus.
»Ich hätte nicht gedacht, dass die feine Miss Clare O'Brien und ihre Freundin Miss Josie Dillon sich selbst ihre Eintrittskarten zum Ball kaufen müssen«, sagte Chrissie laut.
Sie sieht grässlich aus, dachte Clare. Und das nach all dem Getue in ihrem Zimmer, wo überall Kleidungsstücke und Schminkutensilien verstreut lagen. Das rosafarbene Satinkleid platzte aus allen Nähten, die weiße Strickjacke war schmuddelig, und der glitzernde Strassschmuck sah – wie der knallrote Lippenstift und die dicke weiße Puderschicht – einfach billig aus. Trotzdem warfen ihr die Burschen bewundernde Blicke zu. War sie etwa doch passender angezogen als Clare, sahen Rock und Bluse nicht ein bisschen zu bieder, zu sehr nach Schulmädchen aus?
Die Kapelle spielte »The Yellow Rose of Texas«; der Ballsaal war mit Ballons und Papierblumen festlich dekoriert, und auf einem großen Spruchband hieß das Castlebay-Komitee alle herzlich willkommen und dankte den Gästen für ihre Unterstützung. Ein riesiger Tisch neben der Bühne für die Kapelle bog sich fast unter der Last der ausgesetzten Preise, während ein Scheinwerfer hin und her wanderte und glückliche Tanzpaare auswählte, denen dann ein Preis überreicht wurde. Die Anweisungen lauteten allerdings, nicht zu viele Dinge zu früh – und zuerst die weniger wertvollen – wegzugeben. Als Clare und Josie den Ballsaal betraten, sahen sie, wie einem Paar im Scheinwerferlicht gerade eine Geschenkpackung Badesalz und Talkumpuder überreicht wurde. Doch es harrten sehr viel wertvollere Preise eines glücklichen Gewinnerpaares. Die beiden Mädchen strebten einer Ecke zu, von der aus sie einen guten Überblick zu haben glaubten, doch schon

nach wenigen Schritten in diese Richtung wurden sie zum Tanzen aufgefordert. Ein gutes Omen, dachten sie, als sie auf die Tanzfläche wirbelten.

*

Dick Dillon sagte, er sei ein ganz passabler Walzertänzer, habe allerdings nicht die geringste Lust, sich mit diesem neumodischen Jive- und Rock-'n'-Roll-Kram zum Gespött der Leute zu machen. Walzer sei auch ihre Stärke, erwiderte Angela, zumindest solange man sich nicht zu wild dabei drehe. Und wie es der Zufall wollte, kündigte die Kapelle gerade »Geschichten aus dem Wienerwald« an, als sie den Saal betraten.

»Ich nehme an, Sie möchten vorher noch zur Damengarderobe gehen«, brummelte Dick.

»Nein, warum sollte ich«, entgegnete Angela, und schon wirbelten sie los, immer rundherum, mit eleganten Drehungen und kurzen Platzwechseln schwebten sie durch den Saal. Dick blickte ihr gerade über die rechte Schulter, und Angela sah nach links. Er hielt sie mit festem Griff, und so rutschte sie trotz des blitzblank gewienerten Bodens nicht aus. Der Rock von Angelas beigefarbenem Seidenkleid (das sie zu Emers Hochzeit gekauft hatte) bauschte sich. Wenn Emer sie so sehen könnte! Es ist einfach lächerlich, sagte Angela zu sich, ich bin eine lächerliche Figur. Doch dann sah sie die bewundernden Blicke der anderen und schmunzelte in sich hinein. Dr. Power machte Mr. Nolan auf sie aufmerksam, und wieder ärgerte sie sich. Sie hätte heute Abend Ballkönigin werden können, wenn sie nicht diesem Verrückten zugesagt hätte.

Genau dieser Verrückte flüsterte ihr nun etwas zu, ohne die Lippen zu bewegen. »Ich hab' das Gefühl, wir zeigen's ihnen«, zischte er.

»Ich fürchte, sie werden gleich die Tanzfläche räumen lassen und uns zum Schautanzen auffordern«, antwortete Angela. In diesem Augenblick richtete sich der Scheinwerfer auf sie, und der Kapellmeister gab bekannt, dass sie eine Lammkeule gewonnen hatten, die von Dwyers, der ersten Metzgerei am Platze, gestiftet worden war.

Alle waren bester Laune, sonnengebräunt und fröhlich. Simon, der gut aussehende Rettungsschwimmer, hatte seinen Pullover lässig über die Schultern geworfen und die Ärmel vorne verknotet; er unterhielt sich mit Frank Conway, dem Polizisten, der sehr groß war und sich kerzengerade hielt. Nicht wenige Mädchen beäugten die beiden mit Interesse. Doch Frank Conway schielte immer wieder zur Tür. »Ich will nicht verpassen, wenn Fiona Doyle hereinkommt«, erklärte er.

Simon lächelte. »Da bist du nicht der Einzige, könnte ich wetten. Aber ich würde mich nicht wundern, wenn sie der Wachhund nicht rausgelassen hätte.«

»Wer?«

»Ihr Bruder. Er führt sich auf wie ein Wachhund. Sobald sich ihr jemand nähert, fängt er zu bellen an. Er darf sich natürlich alles herausnehmen, aber ihr gönnt er kein bisschen Vergnügen.«

Frank war enttäuscht, aber er wollte auch nicht, dass man so über Fiona sprach. »In gewisser Weise hat Gerry Recht. Man kann Mädchen nicht alles machen lassen, was sie wollen – es wäre nicht in Ordnung.«

»Bei deiner Schwester Bernie siehst du das anscheinend anders. Die hat wohl einen Freifahrschein.« Simon deutete zu Bernie Conway hinüber, die eng umschlungen mit einem Urlauber tanzte.

»Ja, nun ...« Jetzt war Frank reichlich verärgert. Als der Tanz zu Ende war, ging er zu Bernie hinüber und forderte sie zum nächsten Walzer auf.

»Was für eine Überraschung«, sagte sie, nicht im Mindesten erfreut.

»Ich finde, du solltest dich in der Öffentlichkeit etwas damenhafter benehmen.«

»Und ich finde, du solltest abhauen und deinen großen, dicken Schädel in einen Kübel stecken«, antwortete Bernie und ließ ihn einfach stehen. Simon, der sah, dass sie frei war, forderte sie auf.

»Mein Bruder spinnt. Er ist total verrückt geworden«, sagte sie.

»Reden wir doch nicht von deinem Bruder«, meinte Simon und drückte sie eng an sich, während seine Hand ihren Rücken hinauf- und hinunterwanderte.

Gerry Doyle forderte nie jemanden richtig auf, mit ihm zu tanzen. Wenn die Musik einsetzte, schien er immer genau neben dem Mädchen zu stehen, mit dem er tanzen wollte, und dann lächelte er

sie einfach nur an und streckte die Hand nach ihr aus. Josie Dillon war seine erste Partnerin, und sie freute sich, dass James Nolan, der gerade hereingekommen war, sie nicht wie ein Mauerblümchen am Rand stehen sah. Wie ihr auffiel, waren Carolines dunkle Locken hübsch frisiert; also hatte man im Hotel wohl einen Föhn für sie aufgetrieben. Gerry war natürlich ein brillanter Tänzer, und Josie war froh, dass sie und Clare zu Beginn des Sommers ein paar Stunden darauf verwendet hatten, Twist zu lernen. Denn die, die es nicht konnten, gehörten irgendwie nicht dazu. Nur Gerry Doyle hatte es wahrscheinlich nicht erst lernen müssen, ihm waren bestimmt alle Tänze in die Wiege gelegt worden.
Gerry bewunderte ihr Kleid, lobte die frische, sommerliche Farbe und sagte, dass sie und Clare O'Brien die schicksten Mädchen im ganzen Ballsaal seien. Josie erkundigte sich, ob Fiona noch käme, und er antwortete, dass sie eine Sommergrippe hätte. Beide waren sich einig, dass Onkel Dick einem tanzenden Derwisch glich. Er war nicht von der Tanzfläche gewichen, seit er den Ballsaal betreten hatte, und meisterte die Rock-'n'-Roll-Nummern mit klassischen Quickstep-Schritten.
Inzwischen hatte auch Gerry die Geschwister Nolan entdeckt, und er geleitete Josie zu dem Platz zurück, wo sie vorher gestanden hatte. Herzlich lächelte er sie an. »Schade, dass nicht alle tanzen können wie du, Josie Dillon. Du bist die Ginger Rogers von Castlebay.« Josies Backen röteten sich vor Freude. Sie wollte es gerade Clare erzählen, da wurde Clare von Onkel Dick weggeschleift. Josie wäre am liebsten im Boden versunken. Warum konnte Onkel Dick sich nicht einfach hinsetzen wie alle anderen alten Leute oder ganz sachte einen Foxtrott oder Ähnliches wagen? Nein, er musste einen Narren aus ihr machen, indem er ihre Freundin auf die Tanzfläche bat. Die Kapelle hatte eine Runde mit lateinamerikanischen Tänzen angesagt und eröffnete mit »Blue Tango«.
»Das ist nicht gerade meine Stärke. Kein Vergleich mit so einem Profi wie Ihnen«, gestand Clare.
»Dann hör mir mal gut zu, du sollst ja ziemlich helle sein. Es geht: Eins, zwei, Wie-ge-schritt, und rück, seit', ran. Und eins, zwei, drei-vier-fünf, und sechs, sieben, acht. Wiederhol mal.«
Sie hatten noch nicht zu tanzen begonnen. Clare wiederholte die Schrittfolge.

»Gut. Jetzt halt dich fest und lass dich von mir führen. Und keine Eigenmächtigkeiten, bitte!«
Er stellte sich versetzt vor sie, blickte an ihr vorbei und spreizte ihre Arme, sodass sie beide aussahen wie ein Paar Vogelscheuchen auf dem Acker. Kurz zählte er an, und los ging's. Der Mann war der reinste Hexenmeister. Sie fing an, Gefallen daran zu finden, und sah den Richtungswechseln bald gelassener entgegen. Wie sie bemerkte, warfen ihnen die anderen bewundernde Blicke zu. Drüben tanzte Miss O'Hara mit Dr. Power eine sehr viel dilettantischere Variante des gleichen Tanzes und lächelte sie stolz an ... und dort sah Gerry Doyle – mit Bernie Conway im Arm – begeistert zu ihr hinüber. Auch David Power, der mit Caroline Nolan tanzte, beobachtete sie und lenkte Carolines Aufmerksamkeit auf das bemerkenswerte Paar. Natürlich hätte es Clare besser gefallen, wenn sie diesen Erfolg mit einem jüngeren und eleganteren Mann eingeheimst hätte, aber nach einer Weile war es ihr egal. Erst recht, als sie zu einem Cha-Cha-Cha übergingen. »... zurück und vor und seit', ran, seit', und vor, zurück und cha, cha, cha ...«, kommandierte er, und nach ein paar Takten tanzte sie schon wie ein Profi. Sie gewannen ebenfalls einen Preis, eine Flasche zehn Jahre alten Jameson-Whiskey.
»Den kannst du behalten. Ich habe das Trinken aufgegeben«, sagte Dick Dillon.
»Nun, das Tanzen aber ganz sicher nicht«, erwiderte Clare und ging, die Wangen rot vor Freude über ihren Triumph, zur Garderobe, wo sie die Flasche zur Aufbewahrung abgeben wollte.
Das Komitee war hochzufrieden. Man hatte einen etwas höheren Eintrittspreis verlangt, gerechtfertigt durch die vielen Preise, die zu gewinnen waren, aber auch dazu geeignet, den Pöbel fern zu halten. Nicht sämtlichen Pöbel allerdings, bemerkte man säuerlich, als man sah, wie Mogsy Byrne Chrissie O'Brien durch die Gegend schleuderte, in einer Art, die hauptsächlich dazu angetan war, den Anwesenden ihren Schlüpfer zu präsentieren. Trotzdem.
An der Bar herrschte reger Betrieb. Orangenbrause, Zitronenlimonade und Ingwerbier flutschten über die Theke; ein Teil des Getränkepreises floss ebenfalls in die Kasse des Komitees. Allerdings wurden im Ballsaal keine alkoholischen Getränke ausgeschenkt – und heute Abend schon gar nicht. Wenn Tänzer eine Pause machen und in einen Pub einkehren wollten, konnten sie sich an der

Tür eine Austrittskarte geben lassen; und nicht wenige hatten einen Flachmann in der Hosentasche stecken.
Die Kapelle, die den ganzen Sommer über hier spielte, hatte sich herausgeputzt, um dem besonderen Flair des Abends gerecht zu werden. Die Männer trugen Rosen im Knopfloch, und die Sängerin, die reizende Helena, heute ganz in Tüll und Spitze, trug eine große Rose an der Taille.
Draußen auf der Straße versuchten Jugendliche, die noch zu jung waren, um am Ball teilzunehmen, in den Saal zu spähen; jedes Mal, wenn die Tür aufschwang, erhaschten sie einen Blick auf das glanzvolle Ereignis. Trotz der Ventilatoren war auch die Musik zu hören; begeistertes Klatschen verkündete, dass ein Preis vergeben wurde, und dann vernahm man wieder die schmetternden Klänge der Kapelle. Die Leute hier hatten sich an den Lärm aus dem Ballsaal während der Sommermonate gewöhnt; er war ihnen so vertraut wie das Tosen der Brandung.
Manchmal schüttelten die Menschen ungläubig den Kopf und meinten, ob es nicht sonderbar sei, dass ausgerechnet Lionel Donelly genug Weitsicht besessen hatte, um einen Tanzsaal zu bauen. Dass gerade er auf den Gedanken gekommen war, sich das notwendige Geld zu leihen und ein so monströses Gebäude hinzustellen – ein Unternehmen, das sich, wie jeder glaubte, als Schlag ins Wasser entpuppen würde? Aber Lionel, der nie in seinem Leben eine einzige Prüfung bestanden hatte, war in jungen Jahren nach England gegangen, um das Bauhandwerk zu erlernen, und hatte dort gesehen, dass man Tanzsäle baute. Und mittlerweile strömten die Leute von nah und fern in seinen Prachtbau.
Clare kehrte wieder zur Tanzfläche zurück. Sie meinte zwar gesehen zu haben, dass David Power auf sie zukam, aber Gerry Doyle war schneller und hatte schon die Hand nach ihr ausgestreckt. Die Kapelle spielte einen Blues, und Gerry hielt sich nicht damit auf, während der ersten paar Takte gebührenden Abstand zu halten, sondern zog Clare ohne Umschweife an sich und tanzte Wange an Wange mit ihr. Sie waren beide gleich groß – Clare trug heute Abend flache Schuhe.
Für diese Nummer hatte man die Beleuchtung gedämpft, und die funkelnde Glitzerkugel schleuderte tausend kleine Blitze auf die Tanzfläche. »Once I had a secret love«, hauchte das in ein Meer

von Tüll gehüllte Mädchen ins Mikrofon. Und die anderen sangen die Worte einander leise ins Ohr, zum Teil seltsame Paare. David Power etwa summte das Lied in Josies Ohr, weil Romeo ihm bei Clare O'Brien zuvorgekommen war. James Nolan säuselte es in Bernie Conways Ohr, weil er gesehen hatte, dass Gerry Doyle mit ihr getanzt hatte, und sie deshalb für etwas Besonderes hielt. Dick und Angela allerdings sangen nicht, sie konzentrierten sich auf Drehungen und Wechselschritte. Und auch Gerry Doyle sang die Worte nicht, weil er das nicht nötig hatte; Clare hielt die Augen fest geschlossen.

*

Beim letzten Tanz endlich war Josie glücklich, weil James Nolan sie nun doch noch bemerkt hatte und mit ihr eine schwungvolle Version von »California Here I Come« aufs Parkett legte. Viele andere Menschen waren ebenfalls glücklich. Das Komitee war zufrieden, weil eine beträchtliche Summe zusammengekommen und der Ball ein gesellschaftlicher Erfolg gewesen war; und die Spender der Preise freuten sich über die gute Werbung.

»Ich habe einen Wohnwagen«, sagte Gerry Doyle zu Clare. Sie hatten dreimal miteinander getanzt, was bei Gerry Doyle fast einem Eheversprechen gleichkam.

»Einen was?«

»Einen Wohnwagen. Ganz für mich allein. Ich pass' für die Besitzer darauf auf. Sie kommen nur am Wochenende.«

»Oh, das ist aber nett«, meinte Clare unschuldig.

»Also?«

»Also was?«

»Gehen wir hin? Du und ich?«

»Jetzt?«, fragte sie, und ihr Herz begann schneller zu schlagen.

»Natürlich.«

Einen Augenblick herrschte Stille. Er blickte ihr direkt in die Augen. Sie musste sich entscheiden, ja oder nein. Keine wortreichen Ausflüchte.

»Nein«, antwortete sie. »Trotzdem vielen Dank.«

Seine Augen blieben undurchdringlich, und er machte auch keinen Versuch, sie zu überreden.

»Schön«, erwiderte er. »Gute Nacht, Liebling.«
Vor ihren Augen ging er hinüber zu Caroline Nolan. Clare konnte hören, wie er sich erstaunt zeigte, sie zu sehen – so als hätte er sie den ganzen Abend im Tanzsaal nicht bemerkt.
Und sie sah, wie Caroline erfreut lächelte, als Gerry ihr einen Vorschlag machte. Sie standen zu weit entfernt, als dass sie hätte verstehen können, worum es ging; doch als er den Arm um Carolines Schulter legte und sie gemeinsam hinausgingen, wusste sie, dass es etwas mit einem Wohnwagen zu tun hatte.

*

Dr. Power bot Angela an, sie in die Stadt mitzunehmen, um ihre Mutter abzuholen. Er hatte auf dieser Strecke immer irgendjemanden dabei, der entweder in die Stadt oder zurück nach Castlebay wollte. Der Doktor war einfach der netteste Mensch, den man sich nur vorstellen konnte.
»Ich hab' gesehen, wie Sie mit Dick Dillon durch die Gegend gehüpft sind. Sehr beeindruckend«, neckte er sie.
»Ja, hätten Sie das für möglich gehalten? Der Mann könnte Preise damit gewinnen! Ich war mein Lebtag noch nicht so überrascht.«
»Er ist ein sehr netter Bursche, dieser Dick. Hat in dem Hotel da nie wirklich eine Chance gehabt. Seine Mutter hat immer seinen Bruder vorgezogen. Nun, da hat er sich eben ziemlich heftig Trost verschafft.«
Angela lächelte. Das war auch eine Art, einen Mann zu beschreiben, der ein ebenso hoffnungsloser Säufer gewesen war wie ihr Vater. Natürlich hatte Dick Dillon genug Geld gehabt, um diesem Laster in aller Bequemlichkeit zu frönen und immer wieder nach Dublin zu fahren, um sich entwöhnen zu lassen; inzwischen aber hatte er ganz von der Flasche gelassen. Er hatte Angela nach dem Tanz noch nach Hause gebracht, und sie hatten bei Tee und Schinkenbroten bis zur Morgendämmerung miteinander geplaudert.
»Was er braucht, ist eine feste Hand, Angela«, meinte Dr. Power.
»Werde ich das von jetzt an bis ans Ende meiner Tage hören?«
»Wahrscheinlich. Man wird sagen, dass Sie es schlechter treffen könnten. Er ist keine schlechte Partie. Inzwischen hat er sich ja die

Hörner abgestoßen und ist zu Sinnen gekommen. Ja, das wird man sagen.«
»Aber es geht doch wohl nicht darum, eine gute Partie zu machen? Ich war eigentlich immer der Ansicht, wenn es dazu kommt, dann deshalb, weil zwei Menschen plötzlich feststellen, dass sie sich mehr füreinander interessieren als für alles andere. Und schon gar nicht für die Mitgift.«
»Ja, so sollte es sein«, erwiderte Dr. Power und fuhr vorsichtig an einer Kuhherde mit einem Hirten vorbei, der die Tiere lustlos die Straße entlangtrieb.
»Und wie war's bei Ihnen?« Sie fand die Frage zwar aufdringlich, aber er konnte ja einfach lachen, wenn er nicht antworten wollte.
»Ich habe Molly bei einer Tanzveranstaltung in Dublin kennen gelernt, an meinem fünfundzwanzigsten Geburtstag. Sie trug ein rotes Kleid und warf den Kopf beim Lachen zurück, und ich dachte, wie schön es wäre, wenn sie so über Dinge lachen würde, die ich sagte. Und das war's dann auch schon, nehme ich an. Ich bin ihr pausenlos nachgestiegen. Es hatte nichts damit zu tun, ob einer von uns eine gute Partie war oder nicht.«
»Und sie lacht noch immer, oder?«
»Ja, wenigstens von Zeit zu Zeit. Im Winter ist es hier manchmal ein bisschen öde und still, und ich wünschte, es würden mehr Leute zu Besuch kommen, die sie ablenken. Oder dass wir mehr Kinder hätten. Ein Einzelkind steht zu sehr im Mittelpunkt. Ständig denke ich daran, wie es David wohl mit seinem Studium ergeht, und Molly zerbricht sich unentwegt den Kopf darüber, was er wohl isst, ob er in nassen Klamotten herumläuft und was er in Dublin eigentlich so treibt. Wenn wir ein halbes Dutzend Kinder hätten, wären die Sorgen besser verteilt.«
»Aber David ist ja vernünftig und blitzgescheit dazu.«
»Ja, das ist er. Und wir haben es erfolgreich geschafft, uns um das Thema Dick Dillon zu drücken.«
»Er ist ein alter Mann, der an nichts weiter denkt als an die längst vergangenen Tage, als er noch getrunken hat. Und manchmal an eine Walzermelodie aus der guten alten Zeit.«
»Dick ist keine zehn Jahre älter als Sie. Er ist ein netter Mann, und er ist einsam. Schieben Sie den Gedanken nicht allzu leichtfertig beiseite, kleine Angela.«

Dr. Power meinte es ernst. Sie entschloss sich, nicht mehr zu witzeln.

»Ist es nicht komisch, dass Fiona Doyle mitten in der Saison nach London gefahren ist, um dort einen Fotografiekurs zu absolvieren?«

»Kein glücklicher Zeitpunkt. Aber ich nehme an, sie musste gehen, als sich die Gelegenheit dazu bot.« Dr. Power blickte stur geradeaus auf die Straße und die kleinen weißen Häuser, die immer wieder zwischen den eintönigen Hecken durchblitzten. Manchmal war es nicht leicht, ein Landarzt zu sein, der mehr als nur den Pulsschlag seiner Schäfchen kannte. Er wusste nur zu gut, was für ein unglücklicher Zeitpunkt es für Fiona Doyle gewesen war, nach London gehen zu müssen.

*

Als Clare um halb sieben aufstand, lag ein Dunstschleier über dem Meer. Wieder stand ihnen ein glühend heißer Tag bevor – ein echter Hundstag. Nun, das war es ja auch, was alle wollten: achtzig heiße Tage und nachts ein bisschen Regen, damit auch die Bauern keinen Grund zur Klage hatten. Clare sammelte den Abfall aus der Ladenecke ein, die sie leer geräumt hatten, um die Leute nach dem Tanz noch mit Zitronenlimonade und Orangenbrause, Schinkenbroten und Schokoladenkuchen zu bewirten. Das Geschäft war glänzend gelaufen, denn außer hierher konnte man höchstens noch zum Pommeswagen gehen. Aber es war fad, morgens sauber machen zu müssen. Clare stellte alle Pfandflaschen in eine Kiste und warf die anderen in die Mülltonne. Dann öffnete sie die Tür, um frische Luft hereinzulassen. Sie blickte die Straße mit den blendend weißen und bunten Häusern entlang, wo alle anderen noch schliefen. Die Häuser, die jeden Winter frisch gestrichen wurden, entfalteten ihren Glanz am besten an einem frühen Sommermorgen: Dann sah das Städtchen stets blitzsauber aus, wie eine Packung Wiener Mandeln. Conways rosafarbenes Postgebäude wirkte richtig appetitlich, ebenso wie die limonengrünen Mauern von Miss O'Flahertys Haus.

Clare ging wieder hinein, um den Wasserkessel aufzusetzen. In Kürze würde ihre Mutter aufstehen, und bald darauf würde ihr Vater anfangen, Schachteln herumzuschleppen, und sich über Lieferungen Sorgen machen. Und kurz bevor die ersten Leute vom

Campingplatz kamen, um fürs Frühstück einzukaufen, würde ihm einfallen, dass er sich noch nicht rasiert hatte.
Als Agnes die Treppe herunterkam, kochte das Wasser bereits. Und als sie nach dem Kittel griff, der hinter der Küchentür hing, sah Clare erschreckt, wie schmal ihre Mutter geworden war und wie erschöpft sie aussah.
»Warum gönnst du dir heute nicht mal einen Tag Ruhe? Ich komm schon allein klar.«
»Ruhe? An einem Tag wie heute – es wird so viel los sein wie selten. Bist du denn von allen guten Geistern verlassen?«, wollte ihre Mutter wissen.
»Du siehst einfach ziemlich erschöpft aus.«
»Natürlich sehe ich erschöpft aus. Wie Tommy Craig oben in der Bar und die junge Mrs. Dillon. Himmel, Herrgott nochmal, Clare, wann sollen wir denn sonst erschöpft aussehen, wenn nicht mitten in der Saison?«
»Pscht, ganz ruhig. Ich mach' dir doch keinen Vorwurf, Mam. Ich wollte ja nur wissen, ob du dir nicht ein paar Stunden Ruhe gönnen kannst?«
Agnes' Ton wurde milde. »Nein, wenn ich erst meinen Tee getrunken habe, geht's schon wieder. Jeder sieht morgens vor der ersten Tasse Tee angeschlagen aus.« Ein Lächeln huschte über ihr hageres Gesicht, aber sie trank hastig im Stehen und ging dann gleich hinüber in den Laden. Kaum stand sie hinter der Theke, klingelte selbstverständlich auch schon die Ladenglocke, und der erste Kunde kam herein.
So ging es dann pausenlos den ganzen Tag. Eine Menge Leute wollten das strahlende Wetter anscheinend nutzen, um zu picknicken, und Clare war unentwegt damit beschäftigt, Sandwiches zurechtzumachen und Eiscreme in mehrere Lagen Zeitungspapier einzuschlagen.
Zu den ersten Kunden zählte auch Caroline Nolan. Sie ließ ihren kleinen Morris Minor mit laufendem Motor draußen stehen.
»Picknick-Sachen«, verlangte sie, nicht gerade höflich, von Clare.
»Für wie viele Personen?«, fragte Clare zurück.
»Ich weiß nicht. Kann ich das, was wir nicht verbrauchen, wieder zurückbringen?«
»Nein«, sagte Clare.

»Wie bitte?«
»Nein, das geht nicht. Stell dir vor, du bringst Tomaten oder Bananen wieder, die den ganzen Tag draußen in der Sonne gelegen haben – wer würde die dann noch wollen?«
»Ich hab' eigentlich an Konserven gedacht. Oder irgendwas anderes, was nicht verdirbt.«
»Warum stellst du nicht einfach fest, wie viele Leute mitkommen?« Clare brachte nur wenig Geduld auf für dieses strahlende Geschöpf, das in seinem weißen Sommerkleid mit den großen roten Tupfen frisch und sommerlich wirkte. Ja, Caroline sah strahlend sauber und hellwach und quicklebendig aus, ganz im Gegensatz zu Clare in ihrem verblichenen Kleid und ihrer erschöpften Mutter in dem gelben Kittel.
»Vielleicht könntest du mir dabei helfen?« Caroline hatte sich entschlossen, liebenswürdig zu sein. »Weißt du, ein Freund hat vorgeschlagen, dass wir zu dem Platz rausfahren, wo man Robben beobachten kann. Und ich bin für die Verpflegung zuständig. Er, also mein Freund, bringt eine Flasche Wein mit. Und jetzt weiß ich nicht genau, ob er uns alle gemeint hat – also auch David und meinen Bruder. Oder nur uns beide. Verstehst du jetzt mein Problem?«
»Nein«, erwiderte Clare. »Frag ihn. Frag ihn, ob er euch alle gemeint hat oder nur euch beide. Dann weißt du mehr.«
Caroline verließ den Laden.
Nach einer halben Stunde kam sie wieder. »Er hat uns alle gemeint«, verkündete sie.
»So ein Pech«, meinte Clare und traf ohne erneute Aufforderung eine Auswahl unter den frisch gemachten Schinken- und Käsesandwiches; außerdem reichte sie Äpfel, Bananen, Orangen, eine Schachtel Schokoladenkekse und vier Flaschen Orangenbrause über die Theke.
Schweigend nahm Caroline die Sachen in Empfang und verstaute sie in ihrem Kofferraum.
Ein bisschen später kam Gerry vorbei, um Zigaretten zu kaufen.
»Ich dachte, du bist bei einem Picknick«, sagte Clare erstaunt.
»Ich stoße später dazu. Ich habe ihnen genau beschrieben, wie man zu den Robben kommt. Warum kommst du nicht mit?«
»Wie denn? Ich muss hier arbeiten. Außerdem bin ich nicht eingeladen.«

»Doch, bist du. Hiermit lade ich dich ein.«
Clare lachte. »Nein, vielen Dank. An einem Tag wie heute kann sich niemand freinehmen. Wie schaffst du das eigentlich, wenn ich fragen darf?«
»Dafür habe ich ja schließlich jemanden eingestellt, dass ich auch mal blaumachen kann. Na, komm schon, sei kein Frosch.«
»Hör auf. Du weißt doch, dass es nicht geht.« Clare war jetzt verärgert, weil sie gern mitgefahren wäre.
»Einen einzigen Sommertag. Nur einen einzigen?« Ihm war es ernst.
»Ach, Gerry, zieh Leine.« Clare lachte, aber es klang blechern. »Wir kümmern uns nun mal um unseren Laden, auch wenn gewisse andere Leute, die wir lieber nicht nennen möchten, ihr Geschäft vor die Hunde gehen lassen.« Und außerdem, sagte sich Clare im Stillen, was hatte es für einen Sinn, mit dieser Gruppe loszuziehen, ohne entsprechend gewappnet zu sein? Sie hatte kein frisch gebügeltes Baumwollkleid mit roten Tupfen und keine goldschimmernde Sonnenbräune; sie hatte nur ein verblichenes mauvefarbenes Kleid und lange, bleiche Beine, die in altmodischen Sandalen steckten. Teufel nochmal, sie würde nicht mit Caroline konkurrieren, solange sie keine Chance hatte zu gewinnen! Und wenn sie wollte, dass Gerry Doyle ihr den Hof machte, dann bestimmt nicht jetzt.
Die Schönwetterperiode hielt an. Und in den Tagen, die auf das Picknick folgten, kam Clare zu dem Schluss, dass sie Sonnenschein hasste. Für andere Leute wurde damit ein Ferientraum wahr, sie konnten in der freien Natur ein gesundes Leben führen. Für die jungen Pärchen in ihren Zelten war es einfach zauberhaft. Und die Nolans und ihresgleichen hatten noch mehr Gelegenheit, sich den Tag in den Sanddünen zu vertreiben, Robben zu beobachten, sich auf Golfplätzen zu vergnügen oder im Meer zu baden. Für die Kinder bedeutete es, dass sie ständig in den Laden rannten, um eine Flasche Limonade zu kaufen, offen, bitte, und mit drei Strohhalmen. Aber für Clare hieß es, dass sie Kuchen und andere Sachen, die in der Sonne schmelzen konnten, aus der Auslage räumen musste, und Sorge dafür zu tragen hatte, dass die Eiscremevorräte aufgefüllt waren, damit Jim und Ben nicht in Schwierigkeiten kamen.
Gerry stürmte in den Laden. »Ich hab' eine Nachricht für dich!

Los, komm mit, zum Postamt! Die alte Ma Conway hat gesagt, da war ein Anruf für dich; sie rufen in einer Viertelstunde wieder an. Jetzt sind es nur noch zehn Minuten, also mach schon.«

Clares Herz klopfte ihr bis zum Hals, als sie mit Gerry zusammen die Church Street entlangrannte. Vom Hotel, der Drogerie, dem Tanzsaal und dem Haushaltswarenladen nahm sie nur verschwommen die Umrisse wahr. Und dann standen sie im Postamt.

»Oh, du hast sie gefunden?« Missbilligend musterte Mrs. Conway über den Brillenrand hinweg das Paar.

Bitte, lass es nicht wegen Tommy sein. O bitte, lieber Gott! Ich will auch ein dreißigtägiges Gebet sprechen, liebe Jungfrau Maria, gleich heute fang' ich damit an, wenn es nur nicht eine schlimme Nachricht wegen Tommy ist.

»Du musst ganz schön aufgeregt sein«, meinte Gerry mitfühlend.

Ihr Herz setzte kurz aus. »Wieso weißt du das? Ich meine, was willst du damit sagen?«

»Es ist wegen deiner Zensuren, oder?«, antwortete er schlicht. »Darum geht's doch, oder?«

Ja, genau darum ging's. Der Anruf kam aus der Klosterschule, und die Schwester am Apparat war so von Freude überwältigt, dass sie kaum zu verstehen war – in all den Jahren ihres Bestehens waren sie noch nie so stolz gewesen. Clare hatte in neun Fächern die Abschlussprüfung gemacht und in allen bis auf Mathematik mit Auszeichnung bestanden; natürlich hatte sie auch in Mathematik eine ordentliche Note. Damit hatte sie doch die allergrößten Chancen, von der Murray-Preis-Kommission eingeladen zu werden, oder? Drei der Nonnen wollten noch heute eigens aus diesem Anlass mit einer Novene beginnen, und Clare sollte versichert sein, dass die ganze Gemeinschaft jeden Tag in der Messe ihrer gedenken würde. Mrs. Conways spitzes Gesicht verschwamm vor Clares Augen, als diese sich zu einer Gratulation durchrang; sie hatte natürlich jedes Wort mitgehört. Gerry hob Clare hoch und wirbelte sie dreimal herum.

»Acht mit Auszeichnung, *acht*! Himmel, Kreuz, Donnerwetter!«, rief er begeistert.

»Acht mit Auszeichnung!«, kreischte Clare. »Acht!«

»Nun, ich muss sagen, dass hier ein Glückwunsch wohl ...« Mrs. Conway runzelte angesichts des lärmenden Unfugs die Stirn.

»Ich muss es gleich Miss O'Hara erzählen«, rief Clare. »Jetzt, auf der Stelle.«
»Ich fahr' dich mit dem Laster hoch.«
Clare zögerte einen Augenblick.
»Ich komm' nicht mit rein. Ich weiß doch, dass du es ihr allein sagen willst.«
Angela stand vor ihrem Häuschen und goss die roten Geranien. Die Sonne blendete sie, und so musste sie schützend die Hand vor Augen halten, als der Laster mit quietschenden Bremsen hielt. Clare purzelte aus der Tür, noch ehe er ganz zum Stehen gekommen war.
»Acht, Miss O'Hara, *acht*!«, rief sie aufgeregt, und Angela stellte die Gießkanne hin und rannte auf sie zu. Sie erdrückte das dünne, vor Aufregung zitternde Mädchen beinahe, so fest und unbeholfen umarmte sie Clare in ihrer Freude.
Beide hatten Gerry ganz vergessen, der reglos in seinem Laster saß und seine schönen dunklen Augen auf ihnen ruhen ließ.
Bis zum Abend wusste es der ganze Ort. Josie war so aufgeregt, als sie es hörte, dass sie sofort die Haube über die Schreibmaschine stülpte und sagte, sie nehme sich ein paar Stunden frei, um zu feiern. Agnes und Tom O'Brien waren völlig verwirrt vor Glück und schon ganz erschöpft vom vielen Händeschütteln über die Theke hinweg; laufend kam jemand und lobte ihre kluge, fleißige Tochter. Sogar Dr. Power, der auf dem Weg zum Campingplatz war, hielt an, um ihnen seine Hochachtung auszudrücken. Selbstverständlich hatte auch Sergeant McCormack Wind von der Sache bekommen, und so dauerte es nicht lange, bis auch der kleine Wagen von Father O'Dwyer vor dem Laden parkte. Es herrschte ein ständiges Kommen und Gehen, und es war ein Wunder, dass an diesem Tag im Laden überhaupt etwas gekauft oder verkauft, Geld entgegengenommen oder Wechselgeld herausgegeben wurde.
»Kommst du heute Abend zum Tanz, um zu feiern?«, fragte Gerry.
»Ach nein, da sind zu viele Leute. Die ganzen Caroline Nolans und so«, entgegnete sie mit einem Lächeln.
»Wir könnten auch woanders hingehen, wo sonst niemand ist?«, grinste er zurück.
»Lieber nicht. Mach dir wegen mir bloß keine Umstände.«

»Der Sommer hat achtzig Abende«, erwiderte Gerry. »Wenn nicht heute, dann kommst du eben ein andermal mit.«

*

Clare verbrachte einen herrlichen Abend. Zuerst stieß sie mit Dick Dillon an, der ihr zeigte, wie man einen Pussyfoot mixt, einen Drink, der nach Alkohol schmeckte, aber keinen enthielt. Josie schenkte ihr eine gelbe Bluse und ein dazu passendes gelbes Haarband – sie hatte die Sachen eigens für diesen Anlass als Überraschung besorgt. Und da Josie eine Verabredung mit James Nolan hatte, schwebte sie selbst auch im siebten Himmel: Sie wollten zusammen ins Kino gehen und sich an der Kasse treffen. Natürlich würde sie Clare alles, was passierte, haarklein erzählen; und sie wollte ein hochgeschlossenes Kleid tragen, damit sie – falls er zu fummeln anfing – nicht entscheiden musste, ob sie ihn nun lassen sollte oder nicht.

Clare schlenderte die Cliff Road entlang. Es hatte schon zu dämmern begonnen, und in den Häusern konnte man Leute sehen, die zu Abend aßen oder am noch nicht abgeräumten Tisch zusammensaßen. Später würden sie sich ins nächtliche Vergnügen stürzen. Es hatte so lange gedauert, aber jetzt war der Tag endlich da. Clare war entschlossen, jede einzelne Minute davon auszukosten.

Inzwischen wurde es dunkel, und sie fröstelte ein wenig in ihrer neuen gelben Bluse. Josie und James Nolan saßen im Kino jetzt beim Hauptfilm – und wer weiß, wobei noch? Chrissie und Mogsy Byrne waren in die Dünen gegangen; das wusste sie, weil Chrissie sich einen frischen Schlüpfer angezogen hatte, den guten mit der Spitze dran. Gerry Doyle saß in seinem Wohnwagen. Nein, sie würde nicht zum Campingplatz gehen. Sie würde sich stattdessen auf dem Rummelplatz vergnügen, zweimal Autoscooter fahren, und wenn sie dort niemanden traf, nach Hause gehen, Chrissies Klamotten auf die andere Seite des Zimmers schieben und sich ins Bett kuscheln. Nein, sie würde heute Abend nicht zum Campingplatz gehen.

*

Nie gab es mehr Bedarf an Übernachtungsmöglichkeiten als in diesem Sommer. Irgendwie hatte es sich herumgesprochen, dass man sich in Castlebay wunderbar amüsieren konnte. Natürlich waren nicht alle Urlauber gern gesehen; dies würde bei einer Sitzung des Castlebay-Komitees im Winter zur Sprache kommen. Die Zelte hatten sich als ziemliche Lärmquelle entpuppt, und den Dreck, den die Leute auf dem Campingplatz hinterließen, musste man mit eigenen Augen gesehen haben. Dr. Power wandte allerdings ein, man könne ihnen nicht die Schuld dafür in die Schuhe schieben, schließlich seien weder Toiletten noch Waschmöglichkeiten vorhanden. Er sorgte dafür, dass zumindest große Mülltonnen aufgestellt und regelmäßig geleert wurden. Kaum ein Tag verging, an dem Angela und ihre Mutter nicht von Urlaubern gefragt wurden, ob sie nicht bei ihnen übernachten könnten.
Zu Angelas Überraschung war ihre Mutter sehr wohl bereit, Feriengäste aufzunehmen. Schließlich zogen alle anderen im Ort Gewinn aus dem Sommer, warum nicht auch sie?
Angela wusch ein paar Laken und richtete das Hinterzimmer her. Warum nicht? Es würden ein paar Pfund dabei herausspringen, und die Leute waren so dankbar. Sie würde gleich zu Beginn klarstellen, dass es ihrer Mutter nicht gut ging und sie deshalb ruhige Gäste bevorzugten. Doch das war kein Problem. Zuerst beherbergten sie ein paar Mädchen, die nach dem Tanz mucksmäuschenstill ins Haus schlichen, vier Tage lang blieben und schwärmten, dass Gerry Doyle der umwerfendste Mann sei, den sie je im wirklichen Leben zu Gesicht bekommen hätten. Bisher sei ihnen ein solches Exemplar nur auf der Leinwand begegnet. Danach wohnte ein ruhiges, farbloses Ehepaar in den Vierzigern bei ihnen, das mit niemandem sprach, auch nicht miteinander. Angela bemitleidete die Leute und war völlig verblüfft, als die beiden sagten, es seien wunderschöne Ferien gewesen, und sie würden nächstes Jahr gern wiederkommen. Die Nächsten waren zwei Burschen aus Dublin, mit dem breitesten Dialekt, den Angela je gehört hatte; sie lachten über alles und jedes und grölten, so viel Spaß hätten sie seit Jahren nicht mehr gehabt. Als sie eines Abends sturzbesoffen nach Hause kamen, besaßen sie so viel Anstand, im Schuppen zu schlafen und nicht erst nach ihrem Zimmer zu fahnden. Angela lobte sie für diese Rücksichtnahme und weigerte sich, ihnen diese Nacht zu berechnen.

»Das soll Ihr Schaden nicht sein, Misses«, meinte einer von ihnen. »Wir schicken Ihnen unsere Kumpel.«

Und tatsächlich setzte ein nicht enden wollender Urlauberstrom von Burschen aus Dublin ein: Bauarbeiter und Handwerker, Fabrikarbeiter und dann zwei Anstreicher, Paddy und Con. Himmel, so eine tolle Gegend hätten sie ja noch nie gesehen, sie würden sofort schwimmen gehen, nach der Fahrt im Zug und im Bus seien sie schweißverklebt, und das Meer sehe zu verlockend aus.

»Passen Sie auf«, rief Angela ihnen ganz automatisch nach. »Wir haben hier eine ziemlich starke Flut, Ende August ist das Meer tückisch. Eine richtige Springflut ist das.«

»Uns kriegt man nicht so leicht unter«, riefen Paddy und Con.

*

Sie hörte den Schrei ungefähr eine halbe Stunde später. Es klang wie ein Heulen, das anschwoll und wieder leiser wurde, spitzer wurde und dann fast verebbte. Und sie wusste, dass unten am Strand jemand am Ertrinken war. Angela war gerade im Geschäft der O'Briens, um ein paar Eier und Speck für den Tee zu kaufen. Ihr Fahrrad mit dem Einkaufskorb hatte sie vor den Laden gestellt. Wie von selbst schienen jetzt ihre Füße in die Pedale zu treten, als sie zu den Klippen hinauffuhr, wo Menschen in Gruppen zusammenstanden und hinter die Höhlen und Angelfelsen deuteten. Die Wellen waren meterhoch.

Am Ufer spielte sich eine aufgeregte Szene ab. Fünf oder sechs Männer versuchten, eine zappelnde Gestalt zurückzuhalten: Simon. Man hatte bereits Rettungsgürtel und Seile hinausgeworfen, aber vergebens. Angelas Magen krampfte sich zusammen, als sie weit, weit draußen eine Hand sah, die sich verzweifelt nach oben reckte, und daneben einen Kopf. Es waren zwei. Ihr fiel der Speck aus der Hand. Sie wusste, dass es ihre Übernachtungsgäste waren, Paddy und Con.

Die Männer brüllten Simon an: »Sie waren schon zweimal draußen! Sie sind verletzt! Sie können nicht mehr tun, das wäre glatter Selbstmord! Simon, Sie haben getan, was Sie konnten. Jetzt seien Sie doch vernünftig.«

Auf der einen Seite blutete der Rettungsschwimmer, er war gegen die Felsen geschleudert worden.
»Lasst mich los! Lasst mich los!«, schrie er. Seine Miene war verzerrt, und in seinen Augen standen Tränen. Gerry Doyle hielt ihn fest im Griff, er hatte ihm den Arm auf den Rücken gedreht.
»Was haben Sie denn davon, wenn Sie auch noch umkommen? Schauen Sie sich doch bloß mal an. Sie sind schon zweimal gegen die Felsen geprallt. Was wollen Sie denn beweisen? Sie haben alles getan, was in Ihrer Macht steht, verdammt nochmal. Sie haben sie gewarnt – und haben die beiden ja sogar schon mal von draußen zurückgeholt!«
»Aber sie sind ganz neu hier. Sie waren noch ganz weiß«, jammerte Simon. »Lasst mich doch los!«
Ein Aufschrei der Leute, die die beiden im Wasser sehen konnten: »Einer klammert sich am Felsen fest. Er wird es schaffen! Schaut doch nur, schaut!«
Doch nur Sekunden später spülte eine riesige Welle die winzige Gestalt wieder weg. Sie fuchtelte noch wild mit den weißen Ärmchen, dann verschwand sie im Meer.
Hilflos sah die Menge das Schauspiel mit an. Kein Boot, kein Schwimmer, kein Rettungsgürtel konnten Paddy und Con mehr erreichen. Sie würden sterben, vor den Augen von Hunderten von Menschen.
Man hatte nach Father O'Dwyer geschickt, und wie von Geisterhand befohlen, sanken die Menschen um den Priester herum auf die Knie.
Father O'Dwyer betete laut den Rosenkranz, und beim »Gegrüßet seist du, Maria«, fielen die anderen mit ein. Simon hörte endlich auf, wild um sich zu schlagen; er vergrub den Kopf in den Händen und schluchzte. Gerry Doyle saß neben ihm und legte ihm tröstend den Arm um die Schulter.
Jetzt waren die beiden Gestalten nicht mehr zu sehen. Die Wellen brandeten weiterhin ans Ufer, ungerührt von dem Unglück, das sie angerichtet hatten. Die Männer sagten, sie brauchten jetzt erst einmal etwas zu trinken; und die Frauen scharten ihre Kinder um sich und ermahnten sie aufgebracht mit nutzlosen Warnungen, stets und unter allen Umständen im seichten Wasser zu bleiben.

Auch Clare war nach draußen gegangen. Sie fühlte, wie eine Hand nach ihrer griff. David Power, stellte sie überrascht fest.
»Glaubst du, dass es schnell gegangen ist?«, fragte sie. David schüttelte den Kopf.
»Oh«, sagte sie mit schwacher Stimme.
»Ich weiß es nicht. Auf jeden Fall nicht der erste Teil, als die Strömung sie rausgezogen hat. Sie müssen gewusst haben, was ihnen droht.«
»Ja, wahrscheinlich.«
»Ich muss nachher runter zum Strand«, sagte er. »Mit meinem Vater.«
»Wann?«
»Sobald die Flut sie anspült.«
Clare war voller Mitleid und Mitgefühl, sie drückte David die Hand.
»Ich muss nicht, aber ich werde gehen. Er hat nur gesagt, er hätte mich gern dabei. Außerdem bin ich ja bald selbst Arzt. Dann muss ich es tun. Es ist nur ... weil ...«
»Weil es dein eigener Strand ist, oder?«
Dankbar nickte er. »Vielleicht werden sie ja schon früher angeschwemmt.« Das Grauen ließ ihn nicht los.
»Ob sie schlimm zugerichtet sind?«
»Ich weiß es nicht.«
Wieder wurden die Leute am Strand lauter, riefen und deuteten hinüber zu den Höhlen, dorthin, wo das Wasser ruhiger war. Es sah aus, als treibe ein Mensch auf der Wasseroberfläche, und nicht weit davon entfernt glaubten sie, einen zweiten zu entdecken. Doch beide Körper regten sich nicht, sie fuchtelten weder mit den Armen, noch machten sie Schwimmbewegungen. Jetzt konnte man sehen, dass sie kopfunter auf den Wellen trieben. Immer wieder wurden sie hochgehoben und klatschten abermals hinab – wie die Luftmatratzen, die in der Church Street verkauft wurden.
Clare drehte sich um, ihr wurde etwas schummerig. So also sah der Tod aus. Fast hatte sie vergessen, dass sie noch immer David Powers Hand umklammerte; als sie sich umdrehte, wandte sie sich zu ihm. Und sie lehnte den Kopf an seine Brust. David legte ihr den Arm um die Schultern. Doch Clare trat einen halben Schritt zurück.
»Du musst hinuntergehen«, sagte sie.

Soeben kamen Gerry Doyle und zwei andere junge Burschen die Treppen hoch, sie stützten Simon, den Rettungsschwimmer. Dr. Power hatte seine verletzte Seite untersucht und dann Gerry gebeten, ihn so schnell wie möglich fortzuschaffen. Er wollte nicht, dass Simon dabei war, wenn die Leichen angeschwemmt wurden. Sie würden, kurz bevor die Ebbe einsetzte, ans Ufer gespült werden.
Mit ausdrucksloser Miene sah Gerry Doyle zu Clare. »Wenn du mit der Knutscherei fertig bist, könntest du vielleicht zu deiner Freundin Miss O'Hara rübergehen. Schließlich muss sie sich jetzt um alles Weitere kümmern und die Sachen von den Leuten durchsuchen.«
»Warum denn das?«, schrie Clare entsetzt. »Warum um Himmels willen sollte sie so etwas tun müssen?«
»Weil die beiden bei ihr gewohnt haben, es sind ihre Feriengäste, deshalb.« Gerry hakte Simon unter und schob und zog ihn weiter die Straße entlang.
Clare sah Angela, die etwas abseits stand und fassungslos die Hand an den Mund hielt. Der Wind zauste ihr Haar, während sie zum Strand hinunterstarrte, wo die Leute jetzt ins seichte Wasser stapften und die Körper von Paddy und Con auf den Sand zogen. Auch Father O'Dwyer war mit Weihwasser zur Stelle, und seine lange schwarze Soutane flatterte in der Brise. Dr. Power ermahnte die Leute, die Kinder fern zu halten; dann stemmte er sich auf den Brustkorb des einen und dann des anderen, um Leben zurück in die toten Körper zu pumpen. Aber es gab keine Hoffnung mehr. Schon war auch sein großer blonder Sohn zur Stelle, der ihm mit ruhiger und beherrschter Miene half; er ähnelte in nichts dem zitternden Jungen, der nur wenige Augenblicke zuvor Hand in Hand mit Clare oben auf den Klippen gestanden hatte.
Clare wandte den Blick von dem Geschehen am Strand ab. Gerry hatte natürlich Recht. Wenn sie wirklich helfen wollte, dann sollte sie zu Miss O'Hara gehen.

*

Tagelang wurde von nichts anderem gesprochen. Aus Pietät gegenüber den Toten war der Tanz an diesem Abend abgesagt worden, und auch im Kino entfiel die Vorstellung. Auf dem Rummelplatz wussten sie nicht so recht, wie sie sich verhalten sollten, und so einigte man sich darauf, wenigstens keine Musik zu spielen. Clare und Angela hatten in den wenigen bescheidenen Habseligkeiten von Paddy und Con eine Adresse gefunden. Die Polizei in Dublin war bereits benachrichtigt, sie würde den Familien die traurige Nachricht überbringen.

Jedem kam das Geschehene sonderbar unwirklich vor, und das größte Mitgefühl im Ort galt Simon. Denn niemand kannte die Familien von Paddy und Con, wie ja auch keiner die beiden in den wenigen Stunden, die sie in Castlebay verbracht hatten, näher kennen gelernt hatte. Simons heiteres Lachen war nun verstummt. Er war ein sehr ernsthafter junger Mann geworden, der abends nicht mehr zum Tanzen ging und für die ausgelassenen Späße am Strand keine Zeit fand. Nervös thronte er auf dem Hochstuhl, den er selbst aus Latten gezimmert hatte, und schrie die Kinder ärgerlich an, wenn sie ihm beim Ballspiel die Sicht verstellten. Eines Abends in Craig's Bar verlor er die Nerven und brüllte, dass die Pläne des Castlebay-Komitees, mit bunten Lämpchen und großen Parkplätzen Urlauber anzulocken, völlig verantwortungslos seien. Sie sollten lieber eine Mole und Wellenbrecher bauen lassen und ein Gebiet absperren, wo das Schwimmen erlaubt war; nur wirklich geübten Schwimmern sollte es gestattet sein, sich hinter die Absperrung hinauszuwagen. Man würde die Leute schließlich auch nicht mit Streichhölzern spielen und dann durchs Feuer hüpfen lassen, sagte er, und seine Stimme überschlug sich dabei. Alle sagten wieder und wieder, dass er nichts dafür könne; sie erinnerten ihn an all die Kinder, die er schon gerettet hatte; an den Schwimmer mit dem Wadenkrampf, den er aus dem Wasser geholt hatte; und wie wunderbar er damals das Mädchen wiederbelebt hatte, das zu viel Wasser geschluckt hatte. Sie lobten ihn, weil er bei seinen täglichen Kontrollgängen am Ufer entlang zahllose andere davor bewahrte, sich in Gefahr zu begeben. Doch Simons Augen verdunkelten sich immer mehr, und sie wussten, dass sie ihn nach diesem Sommer nicht mehr wiedersehen würden.

*

Angela und Clare sprachen nicht darüber, nicht mehr nach jenem ersten Abend, als sie die Adresse fanden und alle Kleidungsstücke ordentlich zusammengelegt in die beiden schäbigen Reisetaschen schichteten. Reden hätte es nur noch schlimmer gemacht. Stattdessen probten sie fieberhaft alle möglichen Fragen, die Clare vielleicht würde beantworten müssen, wenn sie an jenem ersten Donnerstag im September vor die Murray-Preis-Kommission trat.

Sie hatten ihr Erscheinungsbild bis ins letzte Detail geplant. Clare sollte nicht allzu armselig wirken, aber man sollte schon sehen, dass sie das Stipendium wirklich brauchte. Und sie sollte so ruhig sein, dass sie lernbegierig wirkte, aber wiederum nicht zu ruhig, damit man sie nicht für träge hielt. Ordentlich und korrekt gekleidet musste sie sein, allerdings keinesfalls in tristen Farben, sonst wirkte sie vielleicht fade. Clares gute Zensuren würden die Kommission von vornherein beeindrucken; bei den aktuellen politischen Fragen wusste sie bestens Bescheid; und ihre schlichte, einfache Erklärung, dass sie aus einer Familie stammte, die zwar nicht gebildet war, ihr aber für diesen Lebensweg alles Gute wünschte, war so durch und durch ehrlich, dass sie die Kommission bestimmt überzeugen würde. Zudem war sie keine Eintagsfliege; hatte sie nicht schon mit zwölf Jahren – als sie das Stipendium für die weiterführende Schule erkämpfte – bewiesen, dass sie ehrgeizig und fleißig war?

Endlich war Angela zufrieden. Sie konnten buchstäblich nicht mehr tun, um Clare auf dieses Ereignis vorzubereiten. Wenn sie jetzt nicht mit der Vorbereitung aufhörten, würde Clare nur so nervös werden, dass sie schließlich keinen einzigen Ton mehr herausbrachte.

Angela lieh Clare eine marineblaue Strickjacke und das elegante Seidentuch, das James Nolans Mutter ihr damals vor all den Jahren geschenkt hatte. Bisher hatte es nur nutzlos in einer Schublade gelegen, und dies war die ideale Gelegenheit, das gute Stück auszuführen. Dazu wollte Clare ihren besten Rock tragen, den blauen, und sich ein Paar Schuhe von Josie leihen. Ihr glänzendes Haar würde sie zum Pferdeschwanz zusammenbinden und sich nur sehr dezent mit einem Hauch Sari-Peach-Lippenstift schminken; nach dem Auftragen wollte sie ihn gleich wieder abtupfen.

Angela sagte, sie würde einiges darum geben, wenn sie mit Clare zusammen in die Stadt fahren und in der Nähe auf sie warten könnte, bis sie die Vorstellung hinter sich gebracht hatte. Aber leider würde die Schule zu dem Termin wieder angefangen haben. Schade, denn anders wäre es für sie beide sicher leichter geworden. Doch da war nichts zu machen. Angelas zwölftes Jahr in der Klosterschule brach an. Für eine Frau, die eigentlich nur zwölf Monate dort hatte arbeiten wollen, eine lange Zeit. Doch Angela war Sean deshalb nicht mehr böse. Schließlich entschied sie sich schon seit vielen Jahren selbst dafür. Nicht einmal mehr der Gedanke an die salbungsvollen geistlichen Worte, mit denen er ihr damals zugeraten hatte, empörte sie mehr. Und sie hasste Sean auch nicht für die große Kluft zwischen seinen Worten und seinen Taten. Natürlich waren es lange Jahre gewesen, in denen sie an Mutter Immaculatas Seite unterrichtet hatte. Aber für Sean war die Zeit nicht schneller vergangen, während er auf die Laisierung hoffte, die ihm wohl niemals gewährt werden würde.

*

Am Abend vor dem großen Tag kam Gerry Doyle bei den O'Briens vorbei.
»Ich habe morgen in der Stadt zu tun und könnte dich mitnehmen.«
»Danke, das ist sehr nett, aber ich nehme den Bus. Er fährt früh genug, sodass ich auch noch rechtzeitig komme, wenn er sich etwas verspätet.«
»Ich würde dich bis vor die Tür fahren«, meinte er. »Das Preiskomitee hat mich beauftragt, die Kommissionsmitglieder und die Kandidaten der engeren Wahl zu fotografieren. Fahr also ruhig mit dem Bus, wenn du willst, aber mein Angebot steht.«

*

Sie waren zu siebt, zwei Mädchen und fünf Jungen. Gerry stellte sie der Größe entsprechend auf und machte mehrere Aufnahmen von ihnen. Es gelang ihm, sie abzulenken, ohne für sie den Clown spielen zu müssen Das ist eine besondere Gabe, ging es Clare durch den Sinn, während sie ihn beobachtete. Gerry war ganz Profi und

nannte Clare nie beim Namen; es hätte vielleicht nicht gut ausgesehen, wenn man bemerkt hätte, dass sie sich kannten. Also behandelte er sie genau wie alle anderen auch. Das gab ihr Gelegenheit, die Mitbewerber zu mustern. Das andere Mädchen war größer als sie und sah aus wie ein Bücherwurm. Sie hatte ungekämmtes, strohiges Haar und trug eine Brille. Mit nur ein wenig Mühe hätte sie etwas aus sich machen können, aber so wirkte sie ziemlich schlampig. In ihrem Kittel war ein Riss – zu allem Überfluss trug sie auch noch eine Schuluniform! –, und ihre Schuhe waren an den Hacken abgelaufen. Besorgt blickte Clare auf Josies elegante Schuhe und die schicken Ärmelaufschläge von Miss O'Haras guter Strickjacke. Sah sie etwa aufgedonnert und oberflächlich aus?
»Man kommt sich ein bisschen vor wie auf der Schlachtbank«, sagte ein ziemlich kleiner Junge, der aussah, als hätte er noch nicht einmal die Unterstufe hinter sich, geschweige denn bereits seinen Abschluss gemacht. Aber Clare ließ sich davon nicht täuschen: Das war der Gefährlichste, da war sie sich sicher. Zwei der anderen waren Seminaristen, sie trugen schwarze Pullover und wirkten reserviert. Dann war da noch ein aufgeregter Junge, der der Kommission bestimmt auf die Nerven gehen würde, und einer, der für seine Antworten immer so lange brauchte, dass das Auswahlgespräch wahrscheinlich vorüber wäre, noch bevor er die erste Frage beantwortet hätte.
Das Mädchen war sehr nett. Sie hatte eine Klosterschule achtzig Kilometer von hier besucht. Als sie Clare fragte, wie viele Fächer sie mit Auszeichnung bestanden habe, war Clare vorbereitet: Angela hatte ihr eingeschärft, nicht anzugeben und wenn irgend möglich ihre guten Zensuren für sich zu behalten.
»Ach, ich glaube, das zählt jetzt gar nicht mehr«, erwiderte sie. »Das habe ich zumindest gehört. Heute geht es nicht um die Noten, sondern darum, welchen Eindruck du auf sie machst.«
Der Junge, der die ganze Zeit nervös mit den Fingern trommelte, sah erschreckt auf. »Wirklich? Dann habe ich keine Chance. Ich habe sechsmal mit Auszeichnung bestanden und dachte, damit würde ich durchkommen.« Nervös lachte er und entblößte dabei ein paar kaputte Zähne.
Wieder einmal war Clare Miss O'Hara im Innern dankbar, dass sie ihr dieses nervöse Lachen schon vor langer Zeit ausgetrieben hatte.

Dann unterhielten sie sich noch eine Weile unbeschwert miteinander, bis die Vorsitzende kam, um sie zu begrüßen. Es handelte sich um eine selbstgefällige Frau in einem Tweedkostüm; mit ihrer ausladenden Oberweite erinnerte sie so sehr an eine Taube, dass ihre schallende Stimme Clare nicht einzuschüchtern vermochte. Die Bewerber würden in alphabetischer Reihenfolge hereingerufen. Clare war also die Vorletzte; der nervöse Junge, er hieß O'Sullivan, würde der Letzte sein.

Clare bemühte sich, ganz ruhig zu bleiben. Anders als die anderen ging sie nicht mehr auf die Toilette – da sie weder etwas gegessen noch getrunken hatte, gab es keinen Grund dafür. Sie hatte Malzbonbons gelutscht, genau wie damals mit zwölf, als Miss O'Hara ihr geholfen hatte, das Stipendium für die weiterführende Schule zu erringen. Schon damals hatte sie keine Angst gehabt, weshalb also sollte sie sich jetzt fürchten? Sie hatte in ihrem Zeugnis achtmal »mit Auszeichnung« stehen. Sie war jedem Kind in Irland gewachsen.

Gerry Doyle beschied man, er würde in zwei Stunden noch einmal benötigt, bis dahin werde das Komitee zu einer Entscheidung gelangt sein. Gerry war überrascht. Er hatte nicht damit gerechnet, dass die Entscheidung noch hier und heute fallen würde. Aber für Clare war es natürlich besser, gleich Bescheid zu wissen. Allerdings glaubte er nicht, dass sie das Rennen machen würde. Vom bloßen Anschein her hätte er auf das große, ungepflegte Mädchen getippt oder auf den kleinen Jungen, der aussah wie ein Wunderkind. Solche Gesichter waren es, die man in der Zeitung sah, mit einer Unterschrift, dass sie diesen oder jenen Preis gewonnen hatten.

Überpünktlich kam Gerry zurück und setzte sich in seinen Lieferwagen, um die Lokalzeitung zu lesen. Diese Woche waren drei seiner Fotos drin: eine Hochzeit, ein Sandburgenwettbewerb und die Grundsteinlegung für den neuen Flügel der Jungenschule in Castlebay.

Die herrische Frau mit der riesigen Oberweite klopfte an sein Autofenster, als sei er der Gärtner, und forderte ihn auf, die Gewinnerin des Murray-Stipendiums für den Besuch der Universität von Dublin zu fotografieren: Clare O'Brien.

*

Angela fragte Dr. Power, ob sie wohl kurz in seinem Wagen mit ihm sprechen könne. Da er schon fast zu Hause war, schlug er ihr vor, zu ihm in die Praxis zu kommen. Nein, das wollte sie nicht. Und in die Wohnung, auf einen Sherry? Nein. Es sei moralisch anfechtbar, worum sie ihn bitten wollte; deshalb wäre ihr neutraler Boden lieber. Moralisch anfechtbar? Seine buschigen Augenbrauen hoben sich. Aber Angela! Nein, nichts wirklich Verwerfliches. Nur ein falsches ärztliches Attest, das sei alles.
»Rein in den Wagen«, befahl er. »Das ist eine ernste Angelegenheit. Wenn ich schon meine Approbation riskiere, sollten wir besser sichergehen, dass es die Sache wert ist.«
Angela lachte über seine freundlich besorgte Miene und erzählte ihm, worum es ging. Sie wollte für ein paar Tage nach Dublin fahren. Emer, ihre beste Freundin, habe gerade ein Baby bekommen, und sie sollte Patin sein. Außerdem beginne für die kleine Clare in Kürze ihr Dubliner Studentenleben, und es wäre eine großartige Gelegenheit, sie ein bisschen in der Stadt herumzuführen – nein, Angela würde nicht die Glucke spielen, sie wollte ihr nur das eine oder andere zeigen, damit Clare zu Semesterbeginn nicht wie der Ochs vorm Berg dastehe. Es wäre zu schön, ein paar Tage freizubekommen, aber darum konnte sie nicht bitten. Mutter Immaculata würde der Schlag treffen, so etwas hätte man ja noch nie gehört. Könnte Dr. Power deshalb vielleicht eine Krankheit für sie erfinden, zu deren Behandlung sie nach Dublin müsse? Zweifelnd musterte er sie über den oberen Brillenrand hinweg.
»Ich habe Sie noch nie um etwas Derartiges gebeten. Nicht ein einziges Mal in all den Jahren im Konvent habe ich auch nur einen Tag blaugemacht.«
»Sie verstehen mich falsch. Natürlich werde ich es tun. Ich finde, dass Sie ruhig zwei Wochen nach Dublin fahren sollten ... Ich weiß nur noch nicht, welchen Grund ich dafür angeben soll.«
Dankbar lächelte sie ihn an. »Wir könnten doch sagen, es handle sich um eine Unterleibsgeschichte. Das dürfte Immaculata derart in Verlegenheit bringen, dass sie nicht weiterfragt.«
»Ja, schon. Aber es gibt keinen Grund, weshalb Sie nicht hier ins Krankenhaus gehen sollten, wenn es nur eine Routinesache ist«, wandte er ein. »Es müsste schon etwas sein, weshalb Sie einen

Spezialisten oder ein bestimmtes Krankenhaus aufsuchen müssen. Eine Hautkrankheit vielleicht?«, schlug er fröhlich vor.

Angela war nicht sehr überzeugt. »Dann würde Immaculata immer, wenn ich auftauche, das Weite suchen. Und den anderen raten, bei der Teepause ja keine Tasse zu benutzen, aus der ich schon einmal getrunken habe.«

»Blutuntersuchungen. Sie sind ein bisschen anämisch, und ich möchte das genauer untersuchen lassen.«

»Sie sind ein feiner Kerl«, sagte Angela. »Ich habe gehofft, dass ich auf Sie zählen kann.«

»Das tue ich nicht, weil ich ein netter Mensch bin. Ich tue es, weil Sie wirklich Erholung brauchen. Ich könnte nach bestem Wissen und Gewissen ein Attest ausstellen, dass Sie unter großer Anspannung stehen und von daher Ruhe und eine Ortsveränderung angeraten sind. Aber ich weiß natürlich, wenn eine von den Fräuleins da oben im Kloster so etwas liest, ist sie überzeugt, dass Sie einen Nervenzusammenbruch hatten, und dann lässt man Sie nie wieder zurück. Nein, Blutuntersuchungen, das ist es.«

*

Emer und Kevin waren hocherfreut, sie zu sehen.

Sie hatten gegen die Nonnen und Säuglingsschwestern schwere Kämpfe durchstehen müssen, um Baby Daniel ungetauft aus dem Krankenhaus zu bekommen. Auf ihre Erklärung hin, dass die Patin vom Land noch nicht eingetroffen war, fürchteten alle, dass die unsterbliche Seele des Babys wegen dieser Verzögerung verloren sein könnte. Doch jetzt war alles geregelt. Martin, der schüchterne Trauzeuge, sollte Pate sein, und die größte Überraschung! – Father Flynn würde die Taufe vornehmen. War das nicht fabelhaft? Die Hochzeitsgesellschaft würde fünf Jahre später in einer anderen Stadt erneut zusammentreffen.

Keiner hatte bemerkt, wie die Farbe aus Clares Gesicht wich, als der Name des Priesters fiel. Schweigend saß sie da. Es hatte ihr so gut gefallen, die fröhlichen, bescheidenen Freunde von Miss O'Hara kennen zu lernen und in ihrem behaglichen Haus zu wohnen. Sie war begeistert gewesen, dass man sie zu der morgigen Taufgesellschaft gebeten hatte, aber dem Priester, der alles über ihre Familie wusste und Tommy im Gefängnis besucht hatte, wollte sie keinesfalls begegnen. Sie würde Miss O'Hara fragen, ob sie sich nicht entschuldigen könnte.

Als sie am Abend vor der Taufe das Haus schmückten, überkam Angela leise Wehmut, wie so oft in Gegenwart von Emer und Kevin, diesem vollkommenen Paar, das auf den Rest der Welt nicht angewiesen war. Und ihre Freude über dieses komische, zerknitterte, rotgesichtige Baby war so rührend, dass es einem Tränen in die Augen trieb. Angela glaubte, noch nie ein strahlenderes Bild des Glücks gesehen zu haben als diese beiden, wenn sie gemeinsam in die Wiege schauten.

Angela gönnte ihnen ihr Glück von Herzen; daher war sie nicht sonderlich erbaut, dass Nadelstiche des Neids sie jedes Mal piesackten, wenn sie mit den beiden zusammen war. Doch niemals sonst wünschte sie sich so sehnlich, ihrerseits einen Kevin gefunden zu haben, jemanden, mit dem sie alles teilen könnte. Jemanden, mit dem sie sich zusammen über Dr. Power und seine nette Art freuen könnte. Jemanden, mit dem sie nachts über Sean und Shuya reden könnte. Sie erinnerte sich daran, wie gern sie nach ihrem letzten Besuch bei der Familie ihres Bruders die Schuhe ausgezogen, sich an den Kamin gesetzt und Emer und Kevin alles darüber erzählt hätte. Aber es war schwierig, solche Dinge einem Paar zu erzählen. Wenn der Abend vorbei war, würden sie alle zu Bett gehen, Angela in ihr reizendes Gästezimmer mit den hübsch gemusterten Gardinen und der dazu passenden Bettdecke, die beiden in ihr großes Doppelbett, wo sie einander in den Armen halten und leise flüstern würden, wie schrecklich die ganze Sache für die arme Angela doch sei. Angela wollte kein Mitleid, auch wenn es von Herzen kam. Sie wollte echte Anteilnahme. Denn es war ein einsames Los, Seans Geheimnis sieben Jahre lang ganz allein zu hüten.

Angela sah hinüber zu Clare, die auf einem Stuhl stand, um die silberfarbenen und weißen Dekorationen anzubringen, die sie für das Wohnzimmer besorgt hatten. Sie war dem Kind vorher ziemlich über den Mund gefahren. Dabei hatte gerade sie dazu kein Recht. Schließlich weigerte sie sich beharrlich, mit Father Flynn über Sean zu sprechen, obwohl es doch Father Flynn gewesen war, der diese Schule in England ausfindig gemacht hatte, wo Sean seither unterrichtete.

Sie war genauso ein Vogel Strauß wie Clare, die den Kopf in den Sand steckte und sich weigerte, von irgendjemandem Hilfe anzunehmen und dafür in einfachen, aufrichtigen Worten zu danken. Fast schon war es unheimlich, wie sehr ihrer beider Leben sich glichen. Sie hatten die weiterführende Schule – und später die Universität – mit Hilfe von Stipendien besucht, obwohl keine von ihnen aus einer gebildeten Familie stammte; und beide hatten sie einen Bruder, der in Schwierigkeiten steckte. Für beide Brüder war Father Flynn der Rettungsanker – auch wenn der eine voller Verzweiflung in einer englischen Schule vergeblich auf eine Nachricht aus Rom wartete und der andere in einem englischen Gefängnis Comics las.

*

Als sich der Tag seinem Ende zuneigte, saß Clare zufälligerweise neben Father Flynn. »Ich danke Ihnen sehr, dass sie so viel für meinen Bruder Tommy tun«, zwang Sie sich zu sagen. »Und natürlich auch für Ned, mit der neuen Stellung. Und dass Sie darauf achten, dass er nach Hause schreibt. Das ist wirklich sehr nett von Ihnen.«

Father Flynn schaute sie an. »Ach, dann bist du also die Clare O'Brien, die regelmäßig an Tommy schreibt. Er freut sich immer sehr auf deine Briefe, und manchmal lese ich sie ihm vor. Pass also gut auf, dass du nächstes Mal nichts Schlechtes über mich schreibst, sonst kriege ich es noch zu lesen!«

Clare taute auf. Miss O'Hara hatte Recht gehabt. Der Priester hatte nicht traurig den Kopf geschüttelt und gesagt, was für ein schrecklicher Schicksalsschlag das doch sei.

»Es gibt in Castlebay leider überhaupt nichts für ihn, Father. Ich habe mir schon das Gehirn zermartert, aber er würde dort nur herumhängen.«

»Es ist noch viel Zeit, darüber nachzudenken. Aber vielleicht ist es besser, er hängt in Castlebay herum als dort, wo er sich bisher herumgetrieben hat.«

»Ja, da haben Sie wahrscheinlich Recht. Vielleicht wollte ich nur, dass er möglichst weit fort ist. Aus den Augen, aus dem Sinn.«

»Aber das trifft für dich doch gar nicht zu«, lächelte er. »Er ist dir sehr wohl im Sinn. Du bist ein großherziges Mädchen. Ich hoffe, dass du an der Universität viel Erfolg haben wirst und eine Menge netter Leute kennen lernst und viel zum Lesen kommst und dich an diese Jahre dort stets gern erinnerst.«

Niemand hatte ihr bisher mit solch tiefem Verständnis alles Gute gewünscht. Keiner sonst hatte ihre Hoffnungen und Träume in Worte gefasst. Denn sie wollte eine Menge lesen und Zeit zum Lesen haben; sie wollte sich mit anderen unterhalten, mit Leuten, die darüber sprachen, was sie lasen. Dieser lustige, rundliche, kleine Priester mit den glänzenden Knopfaugen wusste genau, was sie wollte.

*

Sie begleitete Miss O'Hara zum Bahnhof und verabschiedete sich von ihr. Gemeinsam hatten sie das Wohnheim besichtigt, in dem Clare in Zukunft leben würde, und Angela hatte gesagt, dass es gar nicht so übel sei, vor allem, wenn in einer Woche erst die anderen Mädchen von überall her eintreffen würden, einig in ihrem Hass auf die Nonnen, die das Wohnheim führten, und alle so aufgeregt wie Clare, aber keine von ihnen annähernd so gescheit. Miss O'Hara war mit ihr in der Stadt herummarschiert, bis ihr fast die Füße abgefallen waren; und jetzt wusste sie, wo sie auf welcher Seite vom Stepheris Green war und wie man zum Physikhörsaal kam, wo merkwürdigerweise eine Menge der geisteswissenschaftlichen Einführungsvorlesungen gehalten wurden. Clare hatte sich bereits eingeschrieben und ihren Studentenausweis erhalten.

Und so fühlte sie sich sehr erfahren, als sie am Bahnhof in einen Bus in Richtung O'Connell Bridge stieg, und sah begeistert auf die Stadt hinaus, die während der nächsten drei Jahre ihre Heimat sein würde. Auch um diese Zeit war es hier beinahe taghell, daran konnte sie sich am schwersten gewöhnen. In Castlebay brannte im Winter kaum eine Lampe in der Church Street, geschweige denn in der Cliff Road oder an der Straße zum Golfplatz. Doch in Dublin waren sogar Seitenstraßen und Gassen hell erleuchtet. In den Geschäften waren die Auslagen die ganze Nacht angestrahlt, sodass man zu jeder Tages- und Nachtzeit schauen konnte, was zum

Verkauf angeboten wurde. Als der Bus die Quays entlang in Richtung Stadtmitte fuhr, spiegelten sich die Gebäude im Wasser des Liffey; auf der dunklen Wasseroberfläche verschwammen die Konturen der Four Courts, der großen Kirchen und der hohen Häuserreihen und wurden zu Wellenlinien. Nach Castlebay wirkte hier alles riesengroß.

Sie war mit Angela zusammen durch die großen Kaufhäuser geschlendert und hatte Ringe und Armbänder in den Schaufenstern von Juwelieren bewundert. In einem Antiquariat hatten sie alle Bücher besorgt, die sie im ersten Jahr brauchen würde. Angela war sogar eine Leiter hochgeklettert, um besser erhaltene oder billigere Exemplare herauszukramen. Und sie hatte sich in dem Studentinnenwohnheim, einem großen Ziegelgebäude, vorgestellt, wo sie unterkommen würde. Angela hatte sie dabei begleitet und die Nonnen davon in Kenntnis gesetzt, dass sie es hier nicht mit einer gewöhnlichen Studentin, sondern mit der Gewinnerin des Murray-Preises zu tun hatten und sämtliche Unkosten von der Murray-Stiftung bezahlt würden. Die Nonnen hatten sich gebührend beeindruckt gezeigt. Clare fühlte sich an die weiterführende Schule erinnert, und sie war enttäuscht, dass es hier weder einen Garten noch einen Kreuzgang gab. Das Wohnheim war Teil einer langen georgianischen Häuserreihe, der Konvent bestand aus vier nebeneinander liegenden und miteinander verbundenen Gebäuden. Doch Angela sagte, sie würde sowieso keine Zeit für einen Garten haben, und im Sommer gebe es ja immer noch Stephen's Green; allein dass dieses Wohnheim so nahe bei der Universität liege, sei nicht mit Gold aufzuwiegen. Sie könne buchstäblich Minuten vor Beginn einer Vorlesung aufstehen, während andere Studenten durch die ganze Stadt fahren müssten.

An der O'Connell Bridge stieg Clare aus dem Bus und lehnte sich über das Brückengeländer. Unter ihr glitten zwei Schwäne vorbei, selbstbewusst, ja arrogant. Sie schienen überhaupt nicht eingeschüchtert von der Tatsache, dass sie die einzigen Schwäne waren an einem Ort, wo sonst nur Menschen lebten. Bei dem Gedanken lächelte Clare. Sie schuldete Miss O'Hara so viel – das heißt Angela, wie sie sie jetzt nennen sollte. Eigentlich verdankte sie ihr alles, auch diese letzten Tage, an denen sie so gut vorbereitet wurde.

Jetzt wusste Clare, welchen Bus sie nehmen musste, um zurück zum Wohnheim zu kommen, aber sie beschloss zu laufen. Schließlich würde sie beinahe überallhin zu Fuß gehen, warum also nicht gleich damit beginnen? In der Grafton Street hielt sie immer wieder inne, um Pelzmäntel, Haushaltswaren, Bilder und Rahmen zu betrachten. Das Schaufenster einer Drogerie war mit Parfümflakons, Seifen und Talkumpuder voll gestopft. Sie sah Bücher in den Auslagen; und Möbel, große, tiefe Ledersessel. Bei einem Friseur studierte sie die Preise im Aushang, und sie betrachtete den Wegweiser zu der kleinen Kirche in der Clarendon Street. Am Ende der Grafton Street brauchte sie, im Gegensatz zu vielen anderen Erstsemestern, nicht stehen zu bleiben – sie wusste, dass sie am Stephens Green entlanggehen musste, um zu ihrem Wohnheim zu kommen. Bereits früher am Tag hatte sie ihr Gepäck dort abgestellt, und man hatte ihr gesagt, dass die jungen Damen ab sechs Uhr abends erwartet würden. Clare wusste auch, dass es kein Abendessen geben würde – ein weiterer Vorteil gegenüber all den anderen, die vielleicht damit rechneten. Nach einem Blick auf das etwas abschreckende Äußere holte sie tief Luft und marschierte in ihr neues Heim.
Sie wohnte in einem Dreibettzimmer. Da sie die Erste war, konnte sie sich ihr Bett aussuchen. Unwahrscheinlich, dass man hier viel studieren würde; dazu war das Zimmer zu klein und die Beleuchtung zu schummerig. Außerdem gab es dafür ja die Bibliotheken. Clare entschied sich für das Bett am Fenster. Dort würde sie genug frische Luft bekommen, und sie hatte sich bereits vergewissert, dass es nicht zog. Ihre Gedanken schweiften zu Chrissie, die jetzt zu Hause allein in ihrem Zimmer war und sich wahrscheinlich über ihre Beziehung zu Mogsy Byrne klar zu werden versuchte.
Die erste Zimmergenossin traf ein. Mary Catherine war Amerikanerin. Ihr Vater wolle, dass sie in Irland studiere; sie habe in ihrem ganzen Leben noch nicht so gefroren; ja, sei es denn zu fassen, dass zu ihrem Zimmer kein Bad gehörte; und warum gebe es unten nicht einen kleinen Empfang, um sie willkommen zu heißen? Sie würde Englisch studieren, sie hatte schon in ihrem College zu Hause Englisch als Hauptfach belegt, und sie war sehr verwirrt; wo waren denn die Schränke? Clare saß auf ihrem Bett

und fragte sich gerade, wie sie diese Stimme ein ganzes Jahr lang ertragen sollte, da öffnete sich die Tür, und ein Mädchen mit Lockenkopf kam herein, dem die Tränen übers Gesicht strömten. »Es ist grässlich«, schluchzte sie. »Hier riecht's genau wie in der Schule! Heute Abend gibt es nichts zu essen, und sie haben eine Hausordnung, so dick wie ein Buch. Wie sollen wir das nur aushalten?«

Dann warf sie sich auf das noch freie Bett und schluchzte in ihr Kissen hinein. Auf jedem ihrer Gepäckstücke stand der Name Valerie.

Clare entschloss sich, die Sache in die Hand zu nehmen. »Natürlich ist es grässlich, Valerie – so heißt du doch, nicht wahr? Und es riecht noch schlimmer als in der Schule. Ich bin Clare, und das ist Mary Catherine, sie kommt aus Amerika und findet es schrecklich, weil es hier kalt ist und wir kein eigenes Bad und nicht einmal Schränke haben. Und natürlich gibt es auch kein Abendessen und keine Willkommensparty, weil keiner hier auch nur ahnt, dass wir ein bisschen Wirbel um unsere Person erwarten. Aber lasst uns um Gottes willen nicht jammern und stöhnen, noch ehe es überhaupt richtig losgegangen ist! Warum gehen wir nicht einfach aus, essen ein paar Pommes und überlegen uns dabei, wie wir unseren Aufenthalt hier angenehmer gestalten können?«

Sie konnte es selbst kaum glauben, dass sie es war, die gesprochen hatte: Clare O'Brien, das Mädchen aus Castlebay, das nur mittels Stipendium hier gelandet war. Noch nie zuvor hatte sie zwei wildfremde Mädchen angefahren. Aber es hatte die beabsichtigte Wirkung.

Die Pommes munterten sie so auf, dass sie sich auch noch Apfelkuchen mit Eis gönnten. Clare erzählte den beiden anderen vom Murray-Preis. Mary Catherine vertraute ihnen an, dass ihr Vater in den Vereinigten Staaten Briefträger sei, ihr aber eingeschärft habe, allen in Irland weiszumachen, dass er für die Regierung arbeite – was ja irgendwie auch stimmte. Sie sei ein Einzelkind, und ihr Vater träume davon, dass sie jemanden heiraten würde, der ein Schloss in Irland besäße. Valerie berichtete, dass ihre Eltern geschieden seien und ihr Vater in England mit einer Frau zusammenlebe. Er sei aber verpflichtet, für ihre Ausbildung zu zahlen.

Eigentlich habe sie gar nicht studieren wollen, aber ihre Mutter habe darauf bestanden, und zudem müsse sie so lange wie nur nur möglich auf der Universität bleiben, damit dieser Hundesohn auch ordentlich blute.
Jede fand die Lebensgeschichten der anderen enorm unterhaltsam; und außerdem erfuhren sie, was jede schon vermutet hatte: Keine von ihnen hatte Erfahrungen mit Männern. Allerdings kannte Mary Catherine ein Mädchen daheim in den Staaten, die noch während ihrer Schulzeit mit vier Jungen bis zum Äußersten gegangen war. Nein, erstaunlicherweise habe sie kein Baby bekommen, aber sie habe auch keine einzige Freundin mehr. In Valeries Schule hatte ein Mädchen mitten in der fünften Klasse ganz plötzlich die Schule verlassen müssen, was allen ein großes Rätsel gewesen sei, denn sie habe gar keinen Freund gehabt. Es ging das Gerücht, dass ein Familienangehöriger die Schuld daran trage, der Vater oder vielleicht ein Bruder. Clare konnte mit Geschichten aus den Sanddünen aufwarten, allerdings stammten ihre Kenntnisse nur aus zweiter oder dritter Hand. Es lag ihr auf der Zunge zu sagen, dass sie bezüglich Chrissie und Mogsy manchmal so ihre Zweifel hege; aber die beiden waren so uninteressant, dass sie es bleiben ließ.
Gestärkt, voller Selbstvertrauen und im Gefühl der Verbundenheit standen sie auf, um zurück in ihr Zimmer zu gehen, das sie aufmöbeln wollten. Sie wollten an den Quays ein gebrauchtes Bücherregal kaufen; außerdem würden sie Kleiderhaken besorgen und an der Wand befestigen, damit sie mehr Platz für ihre Sachen hätten. Und sie wollten zusammen eine billige Leselampe kaufen.
Gerade als sie im Begriff waren, das Lokal zu verlassen, rief jemand von einem voll besetzten Tisch herüber: »Hey, Clare! Clare O'Brien!«
Sie war verdutzt. Alles, was sie erkennen konnte, war eine Schar junger Männer mit Dufflecoats und Schals. Einer winkte ihr zu. James Nolan. Er stand auf und kam zu ihr herüber.
»Nein, so was«, sagte er.
Das war nicht viel, wenn man bedachte, dass er deswegen das ganze Lokal durchquert hatte.
Sie stellte ihn Mary Catherine und Valerie vor, wobei sie ihn höf-

lich anlächelte. Er sollte nicht denken, sie wolle etwa den Anschein erwecken, dass sie befreundet seien.
»Nein, so was«, wiederholte er. »Treibt sich der Rest von Castlebay auch hier herum?« Prüfend glitt sein Blick über Mary Catherine und Valerie.
»Josie Dillon kommt vielleicht für ein paar Tage her«, erwiderte Clare eifrig.
Josie hatte sie gebeten herauszufinden, wo James Nolan verkehrte, und gesagt, sie würde liebend gern nach Dublin kommen, wenn Clare ihn aufspüren könnte. Man stelle sich nur vor, dass sie ihm bereits an ihrem allerersten Abend über den Weg gelaufen war!
»Josie?« Er sah sie verständnislos an.
»Josie Dillon vom Hotel.«
Gedankenverloren schüttelte James Nolan den Kopf.
»Aber du musst dich an sie erinnern! Du bist im Sommer oft mit ihr zusammen gewesen«, rutschte es Clare heraus. Sie hätte sich am liebsten die Zunge abgebissen.
»Ich kann mich nicht entsinnen. Nein«, erwiderte James höflich, aber gelangweilt. Clare hätte ihm gern eine runtergehauen.
»Mein Fehler. Wahrscheinlich erinnert sie sich an dich auch nicht mehr.« Ihre Augen blitzten. Er schien überrascht.
»Nein. Na gut. Hört mal, Mädels, es ist nett, euch kennen zu lernen. Am Samstag steigt eine Party. Die Einladung gilt natürlich für euch alle drei. Hier, ich schreib's euch auf.« Er kritzelte eine Adresse und eine Uhrzeit auf ein Stück Papier.
»Zehn Uhr! Und wir müssen spätestens um elf zurück in unserem Wohnheim sein«, meinte Valerie enttäuscht.
»Ausnahmegenehmigung. Lasst euch eine Ausnahmegenehmigung ausstellen. Ein Cousin feiert seinen einundzwanzigsten Geburtstag. Nonnen lieben Cousins. Sie denken, da kann nichts passieren, und es zeugt von Familiensinn. Einundzwanzigste Geburtstage lieben sie auch, es gibt ihnen ein Gefühl der Kontinuität.«
Sie versprachen zu kommen. Dann hakten sie sich unter und gingen kichernd die dunklen, unbekannten Straßen entlang. Ohne Clare, sagten Valerie und Mary Catherine, wären sie gänzlich verloren gewesen. So aber wurden sie geführt; Clare erklärte ihnen,

wo sie waren, und hatte ihnen an ihrem allerersten Abend in Dublin sogar schon eine Einladung zu einer Party verschafft!

*

Sie hielten zusammen wie Pech und Schwefel. Wenn die anderen Mädchen einsam waren oder verzagt, blickten sie oft voller Neid auf dic drei: die große Blonde mit den riesigen dunklen Augen aus einem Kaff am Ende der Welt; die Amerikanerin mit ihrer ausgefallenen Kleidung; und Valerie, das lockenköpfige Biest. Valerie war es dann auch, die sich mit einem Bauarbeiter anfreundete, der an der Fassade des Wohnheimes etwas auszubessern hatte. Sie erklärte ihm, wie leicht sie nachts in ihr Zimmer zurückklettern könnten, wenn er nur drei stabile Sprossen im richtigen Abstand anbringen würde.

Er wollte zuerst nichts davon hören. »Vielleicht klettern dann irgendwelche Burschen rein und fallen über euch her«, wandte er ein. Unsinn, erklärte Valerie; sie seien drei im Zimmer, da würde ein Bursche, der uneingeladen hereinkäme, sein blaues Wunder erleben. Aufmerksam überwachte sie, wo die Sprossen eingeschlagen und wie sie getarnt wurden. Keine Nonne, die unten vorbeiging, konnte sie jetzt mehr sehen und erkennen, was sie in Wirklichkeit waren: der Weg in die Freiheit. Die gerissene Valerie bat ihn, auch noch ein oder zwei weitere Sprossen, die nirgendwohin führten, in die Mauer zu schlagen. Denn dann würde der eigentliche Zweck bestimmt für immer verborgen bleiben. Und sie sollte Recht behalten. Sehr guten Freundinnen wurde gestattet, diesen Weg mitzubenutzen, und so konnte man häufig den leichten Schritt eines Mädchens hören, das in Strümpfen, die Schuhe in der Hand, durch ihr Zimmer huschte und leise »Danke« oder »Entschuldigung« flüsterte, sonst aber keine Erklärungen abgab.

Clare und Mary Catherine machten im Grunde wenig Gebrauch von diesem Fluchtweg, aber es half ihnen zu wissen, dass die Möglichkeit da war. Nur Valerie zog wirklich Nutzen aus der Konstruktion. Sie ging tanzen und zu Partys und benutzte die Sprossen, für die sie so geschickt gesorgt hatte, drei- bis viermal die Woche. Wenn Clare und Mary Catherine morgens zu ihren Vorlesungen gingen, lag Valerie gewöhnlich noch im Bett, und nur ihre

Locken spitzten unter dem Laken hervor. Vor Nonnen und anderen Mädchen wurde die höfliche Lüge aufrechterhalten, dass Valerie wirklich Glück mit ihren späten Vorlesungen habe. Aber Valerie ging sowieso nur selten in die Universität, ganz gleich um welche Uhrzeit. Denn wie sie Clare und Mary Catherine gegenüber anführte, hatte ihre Mutter nichts davon gesagt, irgendein Examen bestehen zu müssen; sie sollte lediglich so viel Studiengebühren wie nur möglich beanspruchen.

*

An Weihnachten fuhr Valerie nach Hause zu ihrer Mutter, die die ganze Zeit über dasitzen und ihren Vater verfluchen würde. Mary Catherine besuchte amerikanische Freunde. Clare nahm den Zug nach Castlebay. Ihre Mutter hatte Gerry Doyle gebeten, sie abzuholen, und er hatte ihr eine Postkarte geschickt: »Die Kutsche der Leidenschaft erwartet dich vor dem Bahnhof, in der dunkelsten Ecke vom Parkplatz. Bis dann. Alles Liebe, Gerry.« Das weckte die Neugier der anderen Mädchen. Umso mehr, als sie hörten, dass es sich um den größten Herzensbrecher der ganzen Grafschaft handelte und er Clare schon zweimal in seinen Wohnwagen eingeladen hatte.

Clare freute sich auf zu Hause. Sie hatte keine Schuldgefühle – ihrer Mutter hatte sie, ebenso wie Tommy, pünktlich jeden Freitag geschrieben. Angela allerdings hatte weniger Post von ihr bekommen. Ursprünglich hatte sie gedacht, dass sie ihr mehr als allen anderen schreiben würde, aber es war sehr schwierig, ihr Leben zu Papier zu bringen – etwa die Nachmittage in der Nationalbibliothek, wo es ruhig war und man gut lernen konnte, wo man spürte, dass alle wirklich gern studierten und nicht nur, mit den Fingern in den Ohren, für ihre Prüfungen paukten. Clare hatte vieles gelesen, wenn es auch manchmal nur entfernt mit ihren Seminarthemen zusammenhing; den Pflichtstoff natürlich auch. Sie konnte jedem Mitglied der Murray-Preis-Kommission offen ins Gesicht blicken und wahrheitsgetreu versichern, dass sie ihr Geld nicht verschwendeten. Komisch, dass sie Angela solche Sachen offenbar nicht schreiben konnte.

Im Zug sah sie David Power, und sie steckte die Nase noch tiefer in ihr Buch, damit er sie nicht bemerkte, wenn er den Gang entlangkam. Nicht, dass sie nicht mit ihm reden wollte; aber es wäre irgendwie blöd gewesen – da lebten sie seit drei Monaten in der gleichen Stadt und sahen sich nie. Es hätte aufgesetzt gewirkt, wenn sie sich jetzt im Zug miteinander unterhalten hätten.

David Power entdeckte Clare erst, als sie aus dem Zug stiegen, und er lächelte sie strahlend an. Sie sah sehr hübsch aus, fand er, mit ihrem marineblauen Dufflecoat, dem blauweißen gestrickten Schal und dem flotten Pferdeschwanz mit der weißen Schleife. Dabei war sie vor kurzem noch ein Kind gewesen. Aber sagte seine Mutter nicht immer, dass es doch erst gestern gewesen sei, als er noch im Strampelanzug steckte?

Sein Vater winkte ihm von der Bahnschranke aus zu. »Können wir dich mitnehmen?«, fragte David sie. »Schön, dass ich dich noch rechtzeitig gesehen habe.«

»Ich werde schon abgeholt. Trotzdem vielen Dank«, erwiderte Clare. Und als sie an die Sperre kamen, sah David Gerry Doyle, der lässig an der Stanzmaschine lehnte.

Gerry Doyle lief nicht auf sie zu oder winkte oder reckte sich, wie es jeder andere – auch Davids Vater – tat. Gerry wusste, dass man ihn nicht übersehen würde, wenn es soweit war. Grüßend hob Clare die Hand.

»Im Umkreis von Gerry Doyle spielt man immer die zweite Geige, sommers wie winters. Das ist nun mal unser Schicksal«, seufzte David und ging zu seinem Vater hinüber.

»Deine Mutter wartet im Wagen. Ich wollte nicht, dass sie sich hier draußen vielleicht verkühlt.«

»Ganz richtig«, erwiderte David. Aus irgendeinem Grund, er wusste selbst nicht so genau warum, war er froh, dass Clare sein Angebot ausgeschlagen hatte. Seine Mutter mochte sie nicht besonders. Natürlich hatte sie nichts Bestimmtes gegen Clare, solange sie dort war, wo sie hingehörte. Doch David hatte das sichere Gefühl, seine Mutter fand, dass Clares Platz hinter der Ladentheke der O'Briens war und nicht auf der Universität oder im Wagen des Doktors.

*

Sie hatte vergessen, dass es so ruhig sein würde, hatte nicht mehr gewusst, dass es um diese Jahreszeit immer so ruhig hier war. In den Fenstern waren keine Lichterketten und keine Christbäume, und es herrschte auch kein reger Verkehr auf der Straße. Es war Clare entfallen, wie wenig Leute hier doch lebten und dass einem kalter Sprühregen ins Gesicht stob, sobald man aus der Tür trat.

Sie hatte auch vergessen, wie gut Gerry Doyle aussah. Er trug eine Lederjacke, und sein langes Haar glänzte. Auf dem Bahnhof hatte er ausgesehen wie ein Filmstar. Gerry hatte ihr eine Decke mitgebracht, die sie sich über die Knie legen konnte.

»Stimmt etwas nicht?«, fragte Clare aus einer Eingebung heraus.

»Deine Mutter ist hingefallen. Aber es geht ihr gut. Es ist nicht schlimm«, erwiderte er.

»Wie schlimm?« Ihr Ton war scharf.

»Sie wäre fast mitgefahren, um dich abzuholen. Also wirklich nicht schlimm.«

»Warum hat sie mir nichts davon geschrieben? Warum hat mir niemand etwas davon gesagt? Wo ist sie denn hingefallen?«

»Auf dem Klippenweg. Sie hat sich den Knöchel gebrochen. Aber sie haben sie nur eine Nacht im Krankenhaus behalten.«

Clares Augen füllten sich mit Tränen.

»Bitte nicht. Du musst dich deswegen nicht aufregen. Sie humpelt ein bisschen, das ist alles. Dein Vater ist sehr rücksichtsvoll und bringt ihr sogar den Tee ans Bett.«

»Dann muss es schlimm sein. Wann ist es denn passiert?«

»Vor ungefähr drei Wochen. Clare, hör auf zu heulen. Eigentlich wollte ich es dir erst in Castlebay sagen, damit du keine Zeit mehr hast dich aufzuführen wie eine dumme Gans. Damit du sie fünf Minuten später selbst siehst und dich mit eigenen Augen überzeugen kannst, dass alles in Ordnung ist.«

»Sie hätte tot sein können.«

»Nein, hätte sie nicht. Mach kein Drama daraus. Sie hat das Schlimmste längst hinter sich, und der Rest wird auch nicht besser, wenn du jetzt alle anfährst, dass sie es dir hätten sagen sollen, und so tust, als hätte Gott weiß was passieren können.«

Widerwillig musste sie zugegeben, dass er Recht hatte.

»Na schön. Dann erzähl mir, was sonst noch los ist. Ich werde Mam ja gleich sehen.«

Und Gerry erzählte ihr, dass das Geschäft schlechter liefe, wie er es ja schon seit längerem vorausgesehen habe: Immer mehr Urlauber brachten ihre eigenen billigen Kameras mit an den Strand und rannten Mr. Murphy in der Drogerie beinahe die Tür ein, um dort ihre Ferienschnappschüsse entwickeln zu lassen. Die Nachfrage nach Strandbildern von Doyle habe stark nachgelassen.
Doch das habe er ja erwartet, und deshalb sei es nun an der Zeit, sich auf andere Bereiche zu verlegen und entsprechend zu expandieren. Er widme sich jetzt verstärkt der Porträtfotografie und biete zudem Hotel- und Baugesellschaften neuer Wohnanlagen Sonderkonditionen an, wenn sie für Werbeprospekte oder Ähnliches ihre Anlagen von ihm fotografieren ließen. Das bedeute natürlich, dass er seinen Laden vergrößern müsse. Denn große und wichtige Auftraggeber verirrten sich nur zu einem Geschäftspartner, der ebenfalls groß und wichtig wirke.
Ob denn das nicht ziemlich riskant sei, fragte Clare. Nein, so sei nun mal das Geschäftsleben, beruhigte Gerry sie.
Er erzählte ihr auch, dass Josie Dillon es geschafft hatte, mit einem Bridge-Wochenende eine Menge Leute ins Hotel zu locken. Es sei ein solcher Erfolg geworden, dass Bridgespieler von überall her in Zukunft regelmäßig kommen wollten. Anscheinend habe Josies Onkel Dick Bridge spielen gelernt, als er mit dem Trinken aufhörte, und schon seit Jahren ein solches Wochenende vorgeschlagen, aber nichts dafür getan. Jetzt strahlten er und Josie wie zwei Honigkuchenpferde, während Josies Schwestern sich grün und blau ärgerten und ihre Großmutter behauptete, eigentlich sei das Ganze ursprünglich ihre Idee gewesen.
Clare beschrieb Gerry, wie groß die Universität war, wie sie jeden Morgen in der Caféteria einen Kaffee tranken und dass Hunderte und Aberhunderte von Nonnen und Priestern ebenfalls dort studierten, was sie sehr überrascht habe.
Würde Fiona an Weihnachten kommen? Clare würde zu gern hören, wie es bei ihr auf dem Polytechnikum war.
Nein, sie würde nicht nach Hause kommen. Er überlege, ob er nicht nach England fahren und sie besuchen solle.
»Sie kommt Weihnachten nicht heim?« So etwas hatte es ja noch nie gegeben.
Gerry blickte beharrlich geradeaus auf die Straße.

»Aber was hält sie denn dort, dass sie nicht kommt?«
Er seufzte tief auf. »Himmel, Clare, du bist doch keine von diesen alten Klatschbasen! Warum tust du dann so erstaunt? Sie will eben lieber dort bleiben, das ist alles. Muss ich mir für dich auch noch eine Geschichte ausdenken? Will denn wirklich jeder in Castlebay von jedem anderen wissen, was er für den Rest seines Lebens zu tun gedenkt und warum?«
»Entschuldigung, du hast Recht«, erwiderte sie reumütig. »In Dublin bin ich gar nicht so. Es muss daran liegen, dass ich nach Hause komme.«
»Weißt du, auch wenn manche von uns ihr Zuhause nie verlassen, werden sie doch erwachsen.«
Clare wusste nicht genau, was Gerry damit meinte, aber es hatte wie ein Vorwurf geklungen. »Entschuldigung«, nickte sie. Eine Weile war es still im Wagen.
»In Wahrheit fahre ich morgen nach England«, sagte Gerry plötzlich. »Sonst habe ich es aber niemandem erzählt. Ich fahre einfach.«
»Ja, sicher«, meinte Clare, »das ist eine gute Idee.«
»Vielleicht sollte ich Tommy und Ned besuchen, wenn ich in London bin?«, schlug er unvermittelt vor. »Ich habe sie seit Ewigkeiten nicht mehr gesehen.«
Ihr Herz machte einen Sprung, aber äußerlich ließ sie sich nichts anmerken.
»Kannst du mir ihre Adresse geben?«
»Nein«, entgegnete Clare. »Ich habe sie nicht.«
»Nun, vielleicht deine Mutter ...?«
»Ich glaube nicht.« Ihre Lippen blieben verschlossen. Jetzt war sie es, die starr geradeaus blickte.
»In Ordnung«, meinte Gerry. »Wie schon gesagt, gibt es keinen Grund, dass man jemandem am Schürzenzipfel hängen und ständig auf die Pelle rücken muss, bloß weil man auch aus Castlebay stammt.«
Clare lächelte und kaute an ihrer Unterlippe. Sie hätte es ihm gern gesagt. Warum sollte sie nicht einfach mit der Wahrheit herausrücken? Auf lange Sicht wäre es sicher die einfachere Lösung.

*

Chrissie bekam kurz vor Weihnachten ihren Ring. Sie und Mogsy – jetzt hörte sie es lieber, wenn man Maurice zu ihm sagte – würden im Juni nächsten Jahres heiraten. Mogsy – oder Maurice – war dabei, ein Haus für sie zu bauen, ein kleines Häuschen in der Nähe der Molkerei. Die Dwyers hatten Chrissie angeboten, weiter bei ihnen zu arbeiten, bis ein kleiner Byrne unterwegs war. Das war doch sehr nett von ihnen.

Clares Mutter sah müde aus. »Wirst du jetzt gleich wieder zu deiner Freundin Miss O'Hara losflitzen, bevor du dich überhaupt hingesetzt hast, um mal mit uns zu reden?«, fragte sie als Erstes.

»Du musst nicht schon am ersten Abend auf mich losgehen. Ich bin doch gerade erst nach Hause gekommen.«

»Nach Hause! Wir sehen hier nicht gerade viel von dir. Sofort wieder hoch zu deinen Büchern, kaum ein Wort zu deinen alten Eltern.«

»Mammy, warum hackst du auf mir rum? Ich bin doch gerade erst zur Tür hereingekommen. Und ich will nicht gleich zu Miss O'Hara, ich treffe mich morgen oder übermorgen mit ihr. Aber bisher hat dich das doch nie gestört, du warst ihr doch auch immer sehr dankbar!«

»Ich weiß schon, hör nicht auf mich. Ich bin in letzter Zeit einfach etwas brummig.«

»Warum denn das?« Sie waren unter sich.

»Ach, wegen allem und jedem.«

»Du ärgerst dich doch nicht über Chrissies Hochzeit?«

»Nein, ganz und gar nicht, wirklich. Gott hat für jeden Topf einen Deckel gemacht. Ich sage dir, diese beiden sind wie füreinander geschaffen.«

»Was also dann?«

»Vielleicht denke ich zu viel nach. Ich frage mich oft, was mit Tommy ist.« Clare blieb beinahe das Herz stehen. »Du wirst es später einmal selbst feststellen, der Älteste ist was Besonderes, ich weiß nicht genau, warum. Und Tommy schreibt nie und kommt auch nie zu Besuch. Wäre es nicht großartig, wenn er jetzt an Weihnachten einfach hier auftauchen würde? Über solche Dinge denke ich nach.«

»Tommy hat noch nie mehr als seinen Namen schreiben können, das weißt du doch.«

»Ja, aber was Ned schreibt, beruhigt mich nicht. Er verheimlicht mir irgendwas. Wenn Gerry Doyle nachher kommt, werde ich ihn fragen, ob er Tommy nicht besuchen kann, wenn er morgen nach England fährt.«
»Wann hat Gerry dir davon erzählt? Mir hat er gesagt, er verrät keinem was.«
»Gerade eben, vor ein paar Minuten, als du deine Sachen aus dem Lieferwagen geräumt und gestaunt hast, wie laut die Brandung ist. Ich habe ihn gefragt, ob er vor Weihnachten ein paar Bestellungen für uns abholen kann, und er hat gesagt, er wäre nicht da.«
»Gerry wird keine Zeit haben, Tommy und Ned zu suchen.«
»Ach, das wird er schon machen. Er ist ein guter Junge, auch wenn hier alle über ihn herziehen. Ich werde morgen mit ihm reden.«

*

Abends hinterließ Clare im Haus von Gerry Doyle eine Nachricht. Als sie sagte, sie wolle einen Spaziergang machen und sich die Klippen ansehen, meinte ihre Mutter, sie sei völlig verrückt, aber man könne schließlich ebenso gut gegen eine Wand reden wie zu den eigenen Kindern.
Am nächsten Morgen saß Gerry, wie sie ihn gebeten hatte, auf der Mauer. Es war ein grauer, trüber Tag, aber es regnete nicht. Beide waren dick eingemummelt.
»Es gibt da ein kleines Problem wegen Tommy«, sagte sie.
»Das habe ich mir gedacht, so wie du geklungen hast.« Gerry triumphierte nicht und schien auch nicht neugierig zu sein.
»Wormwood Scrubs, um genau zu sein«, fuhr sie fort.
»Das ist tatsächlich ein kleines Problem.« Mitfühlend lächelte er sie an. »Und deine Ma weiß von nichts?«
»Niemand weiß es, außer Ned und mir.«
»Schlimm für euch.«
»Nein. Schlimm für Tommy, weil er im Gefängnis sitzt. Und schlimm für den alten Mann, den sie bei dem Einbruch niedergeschlagen haben.«
»Ja, sicher. Was soll ich also tun? Sagen, dass ich ihn nicht finden konnte?«
»Nein. Könntest du Ned anrufen, ich hab dir hier seine Telefonnum-

mer aufgeschrieben. Dann kannst du mit ihm reden und Ma nachher sagen, dass mit Tommy alles in Ordnung ist. Geht das?« Sie sah in der kühlen Morgenluft sehr jung und sehr verängstigt aus.

»Ja, natürlich. Ich kümmere mich darum.«

»Danke, Gerry.«

Sie hatte ihn nicht gebeten, es für sich zu behalten. Das brauchte man bei Gerry nicht.

»Wegen Fiona«, begann er.

»Das geht mich nichts an«, antwortete sie hastig.

»Nein, trotzdem. Sie bekommt diese Woche ein Baby. Ausgerechnet auch noch ein Christkind.«

Vor Schreck wäre Clare fast von der Mauer gefallen. Doch Gerry zuliebe beherrschte sie sich. »Gut, dass sie dich hat«, meinte sie.

»Wir sind ein gutes Team«, antwortete er und hüpfte leichtfüßig von der Mauer. Dann half er Clare herunter.

»Frohe Weihnachten jedenfalls«, wünschte er ihr.

Dankbar sah sie ihn an. In der Morgenkühle sah sein kleines spitzes Gesicht ganz verfroren aus. Er hatte nicht mehr gesagt als unbedingt nötig und auch kein Mitleid geäußert, wo es doch nichts zu sagen gab. Dafür hatte er Fionas Geheimnis preisgegeben, als eine Art Gegenleistung, damit sie nicht in Scham und Schmerz versank.

»Frohe Weihnachten, Gerry«, sagte sie. »Du bist sehr, sehr lieb.«

»Das erzähle ich dir schon seit Ewigkeiten, aber du glaubst mir ja nicht«, scherzte er.

»Ich habe das ›lieb‹ anders gemeint«, behauptete Clare, aber sie fragte sich, ob das wirklich stimmte. Er sah so gut aus und war so nett, und er vermittelte einem das Gefühl, dass er alles im Griff hatte. Nichts konnte richtig schief gehen, wenn man es Gerry erzählte. Fiona konnte wirklich von Glück sagen, dass sie einen solchen Bruder hatte. Der arme Tommy oder Ned wären in einer solch misslichen Lage eine schöne Hilfe gewesen! Schade, dass Gerry in den Weihnachtsferien nicht hier sein würde. Sie hätte ihn gern festgehalten, verspürte diesen sonderbaren Wunsch, ihn nicht fahren zu lassen.

»Ich zieh' jetzt mal besser los in die fremden Gefilde«, sagte er nun. Noch immer hielt er ihre Hände, die er gefasst hatte, um ihr von der Mauer zu helfen.

»Gute Reise. Ich hoffe ... ich hoffe, dass bei Fiona alles gut geht.«
»Oh, da bin ich ganz sicher. Sie wird das Baby zur Adoption freigeben. Und dann werde ich ihr wohl einiges über Fotografie beibringen müssen.«
»Worüber?«
»Über Fotografie«, sagte er und lächelte sein vertrautes, schelmisches Lächeln. »Schließlich glauben doch alle hier, dass sie das seit einem halben Jahr studiert.«

*

Angela freute sich sehr, sie zu sehen. Nein, natürlich komme sie nicht zu früh, sie solle reinkommen und mit ihr zusammen frühstücken wie in alten Zeiten.
»Wenn ich mal richtig erwachsen bin und meine eigene Wohnung habe, werde ich genauso frühstücken wie du«, sagte Clare und ließ es sich schmecken.
»Was ist so Besonderes daran?«
»Du hast leckeres Weißbrot aus dem Laden und feine, gekaufte Konfitüre. Nicht dieses selbst gebackene grobe Brot und eklige, dicke selbst gemachte Marmelade von irgendeinem Basar.«
»Ist das alles, was du auf der Universität lernst? Über Graubrot zu quengeln? Erzähl mir alles von deinem Studium und was Emer und Kevin so treiben. Warum schreibst du mir keine tollen, langen Briefe mehr wie damals aus dem Internat?«
»Ich weiß es nicht. Wirklich nicht.«
»Das ist wenigstens ehrlich.« Angela lächelte. Sie war überhaupt nicht eingeschnappt. »Und du bist wahrscheinlich ziemlich beschäftigt.«
»Nein, daran liegt es nicht.« Clare wollte ihr nichts vormachen. »Ich schreibe an Mam und an Josie und Tommy. Ich habe genug Zeit dazu.«
»Vielleicht wird es ja später leichter für dich sein.« Angela schien sich nichts daraus zu machen. »Aber lass mich dir ein paar Sachen aus dem Konvent erzählen. Du wirst es nicht glauben, aber Immaculata ist in diesem Schuljahr endgültig verrückt geworden. Noch vor Ostern werden Männer in weißen Kitteln aus einem Krankenwagen steigen und sie abholen kommen. Denk an meine Worte.«

Mrs. O'Hara runzelte die Stirn. »Das ist nicht recht von dir, Angela, und sehr dumm, einem Kind solche Dinge zu erzählen. Ganz egal, was für gute Noten Clare auch hat, sie ist trotz allem noch ein Kind.«

»Das geht schon in Ordnung, Mrs. O'Hara«, sagte Clare. »Ich habe schon Schlimmeres zu hören gekriegt. Und ich bin verschwiegen wie ein Grab.«

»Dann bist du die Einzige in der ganzen Grafschaft«, brummelte Angelas Mutter.

Es folgte eine lange und wirre Geschichte, wie Mutter Immaculata alle Kinder aufgefordert hatte, zum Krippenspiel ein Spielzeug für ein armes Kind mitzubringen. Die Sachen sollten unter der Krippe gesammelt werden. Ein Kind hatte gefragt, was dann damit passieren würde.

»Sie werden an die Armen verteilt«, hatte Mutter Immaculata gekreischt.

»Aber sind wir denn nicht die Armen?«, hatte das Kind gefragt. »Es gibt doch sicher keine Ärmeren als uns.«

Clare lachte schallend. Wahrend noch einmal Tee eingeschenkt wurde, schrieb sie Angela auf einen Zettel: »Ich möchte mit dir über Tommy reden, aber nicht vor deiner Mutter.«

Angela schlug Clare vor, mit ihr hinaufzugehen und sich ein paar Bücher anzusehen, die sie kürzlich gekauft hatte. Und so betrat Clare zum ersten Mal das Schlafzimmer ihrer Lehrerin. Sie war überrascht, wie karg es eingerichtet war. Ein Bett mit einem blendend weißen Überwurf und dem Kruzifix über dem Kopfende. Sonst gab es nur eine kleine Kommode – Mary Catherine wäre angesichts des Mangels an Schränken in Tränen ausgebrochen. Und einen weißen Stuhl. Keinen Teppich, aber einen hübschen Läufer. Trotzdem wirkte es ein bisschen trist.

»Ich musste Gerry Doyle die Sache mit Tommy sagen«, erklärte sie. Und sie erzählte ihr alles bis auf Gerrys Geheimnis.

»Ich musste es tun«, wiederholte sie am Schluss, als sie Angelas besorgte Miene sah. »Was hätte ich sonst tun sollen?«

»Du hättest es ihn allein herausfinden lassen können und hoffen, dass er deiner Mutter nichts erzählt.«

»Aber wäre das nicht ziemlich gemein gewesen? Er hätte sich für nichts und wieder nichts die Hacken abgelaufen.«

»Vielleicht hast du Recht. Bestimmt sogar. Es ist nur, dass er dich jetzt in gewisser Weise in der Hand hat.«
»Das klingt aber dramatisch.« Clare versuchte zu lachen.
»Er ist ein dramatischer Typ. Und viel zu gut aussehend und charmant für Castlebay. Beinahe gefährlich.«
»Er hat mich nicht in der Hand.« Clare blickte Angela geradewegs in die Augen. »Wenn ich auch sonst nichts weiß, da bin ich ganz sicher: Gerry wird mich nie in seiner Gewalt haben.«

*

An Heiligabend kam David zu den O'Briens in den Laden. Bones blieb gehorsam draußen vor der Tür.
»Du kannst ihn ruhig hereinlassen. Alle anderen bringen ihre Köter ja auch mit rein«, meinte Clares Vater. »Vor einem Monat hat dieser Mogsy Byrne sogar zwei Kühe reingeschleppt. Tatsache.«
»Ich wäre dir sehr verbunden, wenn du daran denken könntest, dass er Maurice heißt, Vater. Und er hat sie nicht reingeschleppt, sie sind einfach reingekommen, weil der junge Bursche, der auf sie aufpassen sollte, gepennt hat.«
»Meinen Glückwunsch, Chrissie. Ich habe gehört, dass du verlobt bist«, sagte David wohl erzogen.
Chrissie lächelte affektiert und zeigte ihm ihren Ring.
»Er sieht fantastisch aus«, lobte David.
»Und bei dir nichts in dieser Richtung?«, fragte sie, jetzt ganz Frau von Welt, die andere, Zögerliche, zu ermuntern sucht.
»Oh, ich denke, ich warte besser, bis ich mit dem Studium fertig bin. Es ist schon schwer genug, jemanden zu bitten, einen Arzt zu heiraten, aber ein Medizinstudent ist ja wohl ein schlimmeres Schicksal als der Tod. Und wir hätten auch nichts, wovon wir leben könnten.«
»Hast du denn dein Herz in Dublin verloren?«, fragte Chrissie weiter.
»Sei endlich still, Chrissie! Du bist ziemlich vorlaut«, schalt Agnes sie.
»Nein. Ich habe zu viel zu tun, um Zeit für Romanzen zu haben.« David lächelte in die Runde. »Ist Clare da?«
»Nein, keine Chance. Wo wird sie schon wieder stecken? Entweder

oben bei Miss O'Hara oder im Hotel bei Josie Dillon. Hier bekommt man sie jedenfalls so gut wie nie zu sehen, das kann ich dir flüstern«, erwiderte Chrissie ärgerlich. »Tut mir Leid, dass du umsonst gekommen bist.« Jetzt klang ihre Stimme gehässig.

»Aber nein, ich wollte Zigaretten kaufen«, erwiderte David unbeschwert. »Und eine Dose von diesen leckeren Keksen für Nellie. Und Blutwurst.«

»Deine Mutter hat heute Morgen schon Blutwurst gekauft«, sagte Tom O'Brien – es zahlte sich nicht aus, einen Kunden zu verärgern, indem man ihn die gleiche Ware doppelt kaufen ließ.

»Ja, das glaube ich gern. Trotzdem, ich wette, sie hat nicht genug besorgt. Ich will allein sechs Scheiben haben, wenn wir morgen Vormittag aus der Messe kommen. Sie können sich gar nicht vorstellen, wie mir in Dublin die Blutwurst abgeht. Wir bekommen immer nur winzige Scheibchen, und sie schmeckt auch ganz anders dort.«

Dann wünschte er ihnen allen frohe Weihnachten. Jemand förderte noch ein Endstück vom Schinken für Bones zu Tage, und Bones verschlang es und hielt die Pfote in die Luft, obwohl ihn keiner aufgefordert hatte, Pfötchen zu geben.

*

Clare lag auf Josies Bett und erzählte ihr alles über das Wohnheim und die Sprossen in der Mauer und das fröhliche Gekicher mit Mary Catherine und Valerie. Sie erzählte ihr von den Vorlesungen und den Veranstaltungen der Studentenclubs an den Samstagabenden, wo man über bestimmte Themen diskutierte und tanzte. Und darüber, dass jeder Studentenclub Wohltätigkeitsbälle ausrichtete.

Josie war enttäuscht, dass Clare James Nolan nur zweimal getroffen hatte – einmal in dem Lokal und dann noch auf einer total überfüllten Party in irgendeiner fremden Wohnung, wo es unheimlich heiß gewesen war. Clare verriet ihr, dass James zweimal mit Mary Catherine getanzt hatte – wenn man das Gehopse in den schummerigen Zimmern tanzen nennen konnte. Aber er hatte Mary Catherine nicht zu einem Rendezvous gebeten oder Ähnliches. Was Clare ihr allerdings nicht verriet, war, dass James Nolan sie vollkommen vergessen hatte; Clare hielt das für keine nützliche Information. Stattdessen sagte sie, dass James ihrer Meinung nach ein bisschen flatterhaft und treulos sei. Aber Josie hielt dagegen, das wirke nur so, wenn man ihn nicht gut kenne.

Josie war hellauf begeistert, wie sie das Hotelgeschäft in diesem Winter belebt hatte. Und Onkel Dick sei wirklich nett geworden, gar nicht mehr der alte verrückte Griesgram wie früher! Nur Großmutter sei jetzt endgültig senil; sie habe Josie erzählt, dass Josies Mutter ihnen allen seit Jahren Arsen ins Essen streue und sogar einige der Hotelgäste vergiftet habe, weshalb diese nie wieder aufgekreuzt seien. Ihre Schwestern Rose und Emily seien zu Weihnachten heimgekommen und hätten sich über die Bridge-Wochenenden nicht im Geringsten erfreut gezeigt; ja, sie hätten ihr beinahe ins Gesicht gesagt, dass sie ihre Nase nicht in die Hotelangelegenheiten stecken solle. Aber Clare wisse ja gar nicht, wie schrecklich ruhig es hier im Winter sei. Als sie noch jünger waren, hätten sie nicht darauf geachtet, aber es sei wirklich so wenig los, sie würde es nicht glauben. Josie habe bei Onkel Dick selbst Bridge spielen gelernt, und manchmal gingen sie beide hoch zu den Powers und spielten dort ein paar Partien mit Mrs. Power und Mr. Harris, dem Auktionator, der in einem großen Haus auf halber Strecke zwischen der Stadt und Castlebay wohne. Er käme *infrage*, behauptete Onkel Dick immer, dabei sei er schon über hundert. Nun gut, siebenunddreißig, also achtzehn Jahre älter als Josie, doppelt so alt wie sie. Onkel Dick musste wahnsinnig sein. Das fand Clare auch, und sie riet Josie, diesem infrage kommenden Mr. Harris ja nicht ins Netz zu gehen.

Dann stellten sie wilde Vermutungen über Chrissie und Mogsy an und überlegten, was die beiden wohl aneinander finden mochten. Würden die Kinder auch so schrecklich werden wie die beiden, oder vielleicht gar doppelt so schrecklich?

*

Father O'Dwyer machte an Heiligabend einen Rundgang bei den Kranken seiner Gemeinde und spendete ihnen die heilige Kommunion. Als Letzte besuchte er Mrs. O'Hara. Angela hatte das Haus für seinen Besuch hergerichtet, vor der Krippe brannten ein paar Kerzen.

Sie war nach oben gegangen, während die alte Frau beichtete, und dann, als der Priester sie rief, wieder heruntergekommen, um neben ihrer Mutter zu knien, während diese die heilige Kommunion empfing. Nach ein paar Schweigeminuten bot Angela Father O'Dwyer eine Tasse Tee und ein Tomatensandwich an, von dem sie sogar die Rinde abgeschnitten hatte.
»Ist es nicht ein Jammer, dass Father Sean auch dieses Weihnachtsfest nicht kommen konnte?«, fragte er sie im Plauderton.
»Ach, Sie wissen ja, wie das ist«, erwiderte Angela beiläufig.
»Jetzt ist er sogar in eine Gegend versetzt worden, wo es nicht mal eine ordentliche Postzustellung gibt. Deshalb müssen wir ihm nun nach England an sein Mutterhaus schreiben, damit die Patres dort die Post Kurieren mitgeben oder sie selbst hinbringen.«
»Ja, ja«, murmelte Father O'Dwyer beruhigend und ohne überhaupt richtig hinzuhören, wie er es immer im Gespräch mit alten Leuten tat.
»Vielleicht kommt er ja nächstes Jahr«, tröstete er die alte Frau.
»O bitte, Gott, lieber Vater im Himmel, bitte. Aber ich weiß, es ist natürlich besser, dass er das Werk des Herrn bei all den Wilden und Heiden vollbringt, die nie von Unserem Herrn gehört haben.« Ihr Gesicht leuchtete im Schein des Kaminfeuers vor Glück über die erhaltene Kommunion.
Angela biss sich auf die Lippe.
»Natürlich, natürlich, so ist's recht«, sprach Father O'Dwyer und tätschelte Mrs. O'Haras Hand. »Das ist der Geist, der die Arbeiter des Herrn in den Weinberg schickt.«

*

Dr. Power hatte Nellie gefragt, ob sie Weihnachten nicht zu Hause verbringen wolle.
»Das fragen Sie mich jedes Jahr, und jedes Mal lautet die Antwort: Nein, danke vielmals, aber hier in diesem Haus habe ich ein viel schöneres Fest. Ich habe mehr Ruhe und bekomme besseres Essen. Und abends kann ich ja runtergehen und meine Familie besuchen.«
»Wie du meinst ...«, sagte er.
»Außerdem, Sir, würde es die Dame des Hauses bestimmt nicht

gern hören, wie Sie hinter ihrem Rücken die Festtagsvorbereitungen aufs Spiel setzen. Ich möchte ihr Gesicht sehen, wenn sie hört, dass ich an Weihnachten einfach nicht da bin.«

»Versuch jetzt bloß nicht Aufruhr zu stiften, Nellie.« Dr. Powers Stimme klang milde. »Wir haben hier ein glückliches Heim, verstehst du?«

»Natürlich, klar, Sir«, erwiderte Nellie gutmütig. »Ich bin schon hier, seit ich sechzehn bin, nächstes Jahr werden es zwanzig Jahre. Und in all der Zeit ist unter diesem Dach so gut wie nie ein böses Wort gefallen.«

»Du bist eigentlich schon zu lange hier, Nellie. Warum verlässt du uns nicht und heiratest?«

»Damit ich mir irgend so einen Flegel einfange, der mich für ihn Essen kochen und Schuhe putzen lässt, ohne dass ich auch nur einen Penny dafür kriege? Ich lebe doch hier in Saus und Braus – mit meinem eigenen Radio, das ich nach oben in mein Zimmer nehmen kann, wann immer ich Lust dazu habe, und mit einem bequemen Sessel neben dem Herd. Warum sollte ich wohl heiraten wollen?«

»Setzt du dich dann wenigstens morgen zum Festmahl zu uns?«

»Vergelt's Gott, Sir, das fragen Sie mich ebenfalls jedes Jahr, aber ich werde es auch dieses Jahr nicht tun. Erstens wäre die Lady verärgert, und dann würde mir auch dauernd das Essen von der Gabel rutschen.«

»Du bist schon ein widerspenstiges Weib.«

»Ich bin vielleicht nicht die Klügste, aber ein Dummkopf bin ich auch nicht. Das ist alles.«

Clare hatte in Dublin eine bunt glitzernde Weihnachtsdekoration gekauft. Es hatte viel Spaß gemacht, mit Mary Catherine und Valerie die Moore Street und die Henry Street entlangzuschlendern und den Marktfrauen zuzuhören, die ihre Waren anpriesen und von diesem und jenem immer das angeblich letzte Stück hochhielten, um die Leute glauben zu machen, sie müssten sich beeilen, wenn sie noch etwas ergattern wollten. Clare hatte die letzte Glitzerkette gekauft, nur um dann mitansehen zu müssen, wie ein neues Dutzend davon unter dem Stand hervorgezaubert wurde. Sie hatte auch die letzten Wunderkerzen gekauft, die Tausende kleiner Funken versprühten. Jim und Ben hatten sie immer gut gefallen, und in Castlebay waren sie ein seltenes Vergnügen, also fand Clare, sie habe einen guten Kauf gemacht. Um Geschenke kaufen zu können, hatte sie drei Wochen lang auf ihr Mittagessen verzichtet und sich mit Butterbroten vom Frühstück über den Tag gerettet.

Der Weihnachtsmorgen war klar und kalt. Wie gewohnt gingen die O'Briens zur Frühmesse. Heute mussten sie nicht mit Kunden rechnen, denn keiner würde zugeben, dass er fürs Weihnachtsfest etwas vergessen hatte. Die Familie würde also ihr Festmahl ungestört genießen können.

Clare hatte alle Geschenke eingepackt, und Chrissie beäugte misstrauisch den Stapel.

»Ich hoffe, dir ist klar, dass wir als Verlobte unsere Ersparnisse zusammenhalten müssen. Für die Zukunft und so«, sagte sie zu Clare. »Wir können nicht jeden Penny für blöde Geschenke rauswerfen.«

»Klar«, hatte Clare erwidert und der Versuchung widerstanden, Chrissie aus ihrem blondierten Krauskopf jedes Haar einzeln auszureißen.

Nach dem Frühstück begannen die endlosen Vorbereitungen fürs Festmahl. Agnes, noch immer geschwächt und bewegungsunfähig, hatte ihr Bein auf einen Stuhl gelegt und gab von dort aus Anweisungen. »Nimm den Schinken vorsichtig aus dem Wasser. *Vorsichtig*, habe ich gesagt, man muss dabei ja nicht die ganze Küche überschwemmen. Deckt ordentlich den Tisch. *Ordentlich*, Chrissie, schließlich ist Weihnachten, nimm das dreckige Tischtuch weg und such ein sauberes. Schäl die Kartoffeln, Ben, nein, *nicht* mit den Fingern, mit dem Messer! Trag die Stechpalmenzweige raus, Jim, bevor sich noch jemand die Augen damit aussticht.«

Tom O'Brien saß neben ihr und wiederholte ihre Anweisungen mit zunehmender Ungeduld; dabei nörgelte er vor sich hin, dass es ihnen doch wirklich eine Freude sein müsse zu helfen, wenn die unglückliche Mutter sich schon beim Hinfallen verletzt hatte. Clare erledigte den Hauptteil der Arbeit, und als das Essen endlich soweit war, war sie fix und fertig. Sie begriff nicht, warum man die Arbeit nicht aufgeteilt und das meiste schon gestern Abend erledigt hatte. Aber da sie wusste, dass schon ein einziges Wort der Kritik Schleusen öffnen würde, behielt sie ihre Gedanken für sich.

Nach dem Plumpudding verteilte sie die Geschenke. Mam fand den Schal sehr hübsch, wenn auch ein bisschen leicht für die Jahreszeit, aber für wärmere Tage wirklich sehr hübsch, falls man allerdings überhaupt einen Schal trug, wenn es wärmer war. Ihr Vater begutachtete interessiert die Karte der Grafschaft, die sie unter großen Mühen schließlich in einem Antiquariat aufgetrieben hatte und rahmen ließ. Das sei sehr großzügig von ihr; wobei es natürlich ein Armutszeugnis für einen Mann sei, wenn er nicht einmal seine eigene Grafschaft kennen würde, aber Fremde sähen sich die Karte bestimmt gerne an. Jim und Ben hingegen freuten sich ehrlichen Herzens über die Puzzles und Spiele, die sie ihnen gekauft hatte. Doch Chrissie musterte ihr Nagelnecessaire ohne Begeisterung.

Dabei war Clare ganz sicher gewesen, dass es Chrissie gefallen würde. Solange sie sich zurückerinnern konnte, hatte Chrissie unentwegt ihre Nägel gefeilt und lackiert – nicht nur die Finger-, auch die Zehennägel. Das kleine rote Mäppchen war also genau das Richtige für sie. Aber Clare musste ihre Erinnerung getrogen haben. Denn als Chrissie mit ihren Wurstfingern das Päckchen aufriss, bemerkte Clare, dass ihre Hände jetzt voller Schwielen und die Fingernägel abgebissen waren. Na ja, dachte sie hoffnungsvoll, vielleicht irgendwann einmal.

Chrissie drehte das Nagelnecessaire hin und her und meinte, danke, das wäre nett, vor allem natürlich dann, wenn man studieren würde und massenhaft Zeit für die Nagelpflege hätte. Dann legte sie das Etui beiseite und würdigte es den ganzen Tag keines Blickes mehr.

Clare bekam von ihrer Mutter eine Schachtel Pralinen aus dem Laden; Jim und Ben gaben ihr eine mit Flitter verzierte Karte. Ihr Vater zog ein paar Banknoten aus seiner Tasche und zählte ein Pfund für sie ab. Clare brannten die Augen, doch sie weinte nicht. Himmel nochmal, es war schließlich ihre Familie, da musste es ja nicht zu förmlich zugehen! Jetzt niedergeschlagen zu sein, bloß weil sich niemand mehr Mühe gemacht hatte, war albern.

Angela hatte sie schon vor langer Zeit gewarnt: Wenn man auswärts zur Schule ging, lief man leicht Gefahr, bei der Rückkehr zu viel zu erwarten; und dann war man natürlich enttäuscht, was jedoch völlig unsinnig war. Clare hatte schon eine Ahnung davon

bekommen, als sie aus dem peinlich sauberen Internat heimgekommen war und ihr Zimmer wieder mit Chrissie teilen musste. Aber nun kannte sie rücksichtsvolle und zuvorkommende Menschen wie Emer und Kevin ... und so war dieses Fest für sie ohne jeden Glanz.
Sie erinnerte sich, dass Mary Catherine irgendwo gelesen hatte, an Weihnachten würden sich mehr Leute umbringen als an jedem anderen Tag im Jahr. Aber Clare würde nicht dazu zählen. Entschlossen stützte sie die Ellbogen auf den Tisch, auf dem noch die benutzten Teller standen, zwischen dem Einwickelpapier von den Geschenken, die sie als Einzige verteilt hatte, und lächelte in die Runde.
»Wie wär's mit einer Gespenstergeschichte?«, schlug sie vor. »Wer kennt eine?«, fragte ihr Vater.
»Wir könnten uns reihum eine ausdenken. Jeder erfindet ein Stück dazu. Chrissie, du fängst an.«
»Ich weiß nicht, wie man Gespenstergeschichten erfindet«, erwiderte Chrissie unwillig.
»Das weißt du wohl. Los.«
Die anderen warteten begierig.
»Es war einmal ein Gespenst, das hatte eine grässliche Schwester«, fing Chrissie an.
»Das Gespenst hatte auch vier Brüder, und die waren so weit ganz in Ordnung. Aber diese wirklich absolut grässliche Schwester ...«

*

Bei Dr. Power stand immer ein Weihnachtsbaum im Fenster. Auf der Seite zur Straße hin, sodass man ihn von dort aus auch sehen konnte. Der Postbote hatte Geschenke von überall her, von Cousins und Freunden und von den Nolans aus Dublin gebracht. David legte seine eigenen Geschenke an Heiligabend einfach zu den anderen, die schon unter dem Baum lagen; er hatte sie in rotes Krepppapier eingewickelt und auf jedes einen ausgeschnittenen Nikolaus aufgeklebt.
Sein Blick glitt über all die sorgfältig beschrifteten Päckchen. Er warf einen kurzen Blick zum Esszimmer hinüber, wo der Tisch schon mit funkelndem Kristall und blitzblankem Silber, mit Stech-

palmenzweigen und Knallbonbons gedeckt war. Woher kam dieses schale Gefühl der Leere? Es gefiel ihm nicht, dass Nellie in der Küche blieb, obwohl er wusste, dass sie niemals zu ihnen hereinkommen und sich dazusetzen würde. Ebenso wenig fand er Gefallen an den Spielen, bei denen er, seine Mutter und sein Vater an Knallbonbons reißen und Witze erzählen würden, nachdem sie zuvor bei jedem einzelnen Geschenk begeistert gejauchzt hätten. Wenn sie nur einige der Familien gekannt hätten, die er während seines Praktikums in Dublin besucht hatte, würden sie diese Form der Weihnachtsfeierei reichlich unangemessen finden. Aber sein Vater musste das eigentlich wissen.

In der kalten Winterluft gingen sie zur Christmette; jedermann war gut gelaunt und fröhlich trotz der steifen Brise. Dr. Power musste sich um eine junge Frau kümmern, die in Ohnmacht gefallen war; er versicherte ihr, dass dies ausschließlich auf ihren fünf Kilometer langen Fußmarsch zurückzuführen sei, den sie an einem kalten Wintermorgen auf nüchternen Magen unternommen hatte.

»Aber ich musste doch fasten, um am Weihnachtstag zur heiligen Kommunion gehen zu können, oder?«, fragte die junge Frau, die aus den Worten des Arztes einen Tadel herauszuhören glaubte.

»Natürlich, was denn sonst? Das ist es genau, was sich der Herr an seinem Geburtstag wünscht – dass die Leute sich seinetwegen beinahe umbringen«, brummte Dr. Power.

Den ganzen Tag über fühlte sich David wie auf dem Präsentierteller. Alle hingen an seinen Lippen und wollten ständig wissen, was er dachte und was er wollte. Meinte David, dass sie jetzt essen sollten? Hätte er gerne einen Sherry? Wünschte sich David jetzt die Bescherung? War er ganz sicher, dass ihm der Pullover gefiel? Wenn er zu klein war oder nicht die richtige Farbe hätte, könnte man ihn umtauschen.

Zuerst gab es Suppe, mit Toast-Eckchen dazu. Dann wurde der Truthahn tranchiert – wollte David auch ganz bestimmt die Keule? Es sei genug Brust da.

Sie klatschten in die Hände, als der Plumpudding flambiert wurde, und hoben die Gläser, um auf ein weiteres gutes Jahr anzustoßen. Dabei überlegte Molly Power, ob wohl die Nolans in Dublin auch gerade beim Weihnachtsmahl saßen, und man brachte einen Toast auf sie aus.

»James' Mutter wird an Weihnachten immer reichlich komisch«, sagte David, um Konversation zu betreiben. »Anscheinend hat sie letztes Jahr während des ganzen Essens ein Taschentuch auf dem Kopf behalten.«

Dr. Power prustete vor Lachen. »Hat sie auch gesagt, warum?«, fragte er.

»Ja, schon, nachdem Caroline sie gefragt hat. Sie hat gesagt, man könne nie wissen, ob nicht die Decke einstürzt. Dann haben sie, glaub' ich, nicht weiter nachgefragt.« David grinste.

»Es gefällt mir nicht, wenn du solche Geschichten über Sheila erzählst. Sie ist nun einmal etwas anders, ein bisschen ungewöhnlich, das ist alles. Aber bei dir klingt es, als sei sie nicht ganz bei Trost.«

»Nun, sie spinnt tatsächlich ein bisschen, finde ich.« David wollte sich rechtfertigen. »Du weißt schon, nicht gefährlich oder so, aber sie hat einfach nicht alle Tassen im Schrank.«

Dr. Power runzelte leicht die Stirn. David begriff.

»Entschuldigung, ich mach' nur Spaß – ›ungewöhnlich‹ ist ganz sicher der angemessenere Ausdruck dafür.«

Molly lächelte zufrieden. Sie schätzte es nicht, wenn man ihre Freundin als unnormal bezeichnete. Dann las sie bei allen Likörpralinen die Aufschrift in der Mitte und jauchzte vor Begeisterung bei jeder neuen Sorte, die sie entdeckte. Sollte sie eine mit Kirschlikör oder mit Kirschwasser nehmen? Wo war wohl mehr Alkohol drin? David verkniff sich zu sagen, dass diese Frage angesichts der winzigen Menge von nicht einmal einem halben Teelöffel doch völlig unerheblich sei.

»Siehst du Caroline öfter?«, fragte Molly ein bisschen zu beiläufig.

»Von Zeit zu Zeit. Aber ich habe sehr viel zu tun, wirklich. Studenten glaubt man das immer nicht. Doch vor ein paar Tagen sind wir zusammen zu einer Party gegangen. Sie lässt euch schöne Grüße ausrichten.«

»Ich glaube, es gefällt ihr hier. In ihrem Herzen ist sie schon eine aus Castlebay. Sie hat in ihrer Weihnachtskarte eine sehr nette Bemerkung dazu gemacht, wie reizend es hier doch im Winter sein muss.« Mrs. Powers Neugier war noch nicht befriedigt.

»Oh, ich glaube, das gilt nur für die Ferien«; erwiderte David.

»Man kann nie wissen. Eine Menge Leute wollten ursprünglich

nur für die Ferien herkommen. Aber dann haben sie ihre Meinung geändert und sind hängen geblieben.« Liebevoll tätschelte Dr. Power seiner Frau die Hand. David meinte, ersticken zu müssen. Nicht nur, dass sie ihn in Watte packten, solange er hier war; sie planten auch sein Leben für die Zeit, da er zurückkehren würde, um seinem Vater als fertig ausgebildeter Arzt zur Seite zu stehen. Und jetzt suchten sie ihm auch noch die Frau aus!
»Ich glaube, ich mache einen kleinen Spaziergang ... all das viele Essen ...«, stotterte er.
Er stand auf und konnte es kaum erwarten, aus dem überheizten Zimmer zu kommen, dem Geruch nach gefüllten Krapfen und ihrer geballten Aufmerksamkeit zu entfliehen.
Doch vergeblich. Sie fanden, das sei eine glänzende Idee: Dr. Power wollte nur schnell seinen Stock holen, und Molly rannte nach oben, um Mantel und Handschuhe überzuziehen. David nahm das Tablett mit den Kaffeetassen und trug es in die Küche. Neben dem Herd saß Nellie, sie war eingenickt, obwohl das Radio dröhnte. Auch Bones döste, er hatte zu viel Truthahn im Bauch.
Leise stellte David das Tablett auf dem Küchentisch ab und wickelte sich den Schal um den Hals.
Er wusste, dass er selbstsüchtig und undankbar war, aber er wünschte, dass er mindestens vierzehn Brüder und Schwestern hätte, auf die sich die elterliche Zuneigung verteilen würde. Oder dass er überhaupt keine Eltern hätte wie ein Student seines Jahrgangs, der die Feiertage mit englischen Freunden in Belgien verbrachte. Es war allgemein bekannt, dass englische Mädchen nicht prüde waren. Dieser Bursche verlebte sicher großartige Weihnachten ...
»Fertig, David?«, rief Molly, und alle im Haus wurden wach: David wurde aus seinem Tagtraum gerissen, in dem er mit freizügigen Begleiterinnen aufregende Reisen unternahm; und Nellie und Bones schraken aus ihrem Verdauungsschlaf hoch. Der Familienspaziergang war nicht mehr zu umgehen, anschließend drohte der Familientee, und morgen stand der Tag des heiligen Stephanus an, den man ebenfalls im Schoß der Familie verbrachte. David stieß einen tiefen Seufzer aus und hasste sich selbst dafür.

*

Am Neujahrstag machte Clare einen Spaziergang am Strand, um Muscheln zu sammeln und gute Vorsätze zu fassen.
Ich will nicht mehr zu viel von meiner Familie erwarten.
Ich werde ein besseres System austüfteln, meine Mitschriften durchzuarbeiten. Es reicht nicht, einfach mit Bleistift »nochmal überarbeiten« anzumerken.
Ich werde einmal die Woche abends in einem Dubliner Café arbeiten.
Ich werde mir eine modernere Frisur zulegen.
Ich will jemanden kennen lernen, der mich zu einem Rendezvous ausführt.
Ich will von jetzt an jede Woche einen ausführlichen Brief an Angela O'Hara schreiben.
Sie fand ein paar hübsche Muscheln und steckte sie in die Büchse in ihrer Tasche. Da hörte sie, wie jemand nach ihr rief. Es war David.
»Ich hatte gehofft, dich hier zu finden. Du und ich sind die Einzigen, die auch außerhalb der Saison am Strand spazieren gehen.«
»Oder in der Saison, wenn alle anderen viel zu beschäftigt sind, um hierher zu kommen. Mein Vater kann nicht einmal schwimmen.«
»Na, jedenfalls bist du hier.« Und dabei lächelte er sie so erfreut an, dass sie plötzlich ein bisschen verlegen wurde.
»Wo steckt denn Bones? Ihr beide seid doch sonst unzertrennlich.«
»Der Ärmste hat Husten. Ob du es glaubst oder nicht, aber er keucht und krächzt wie ein alter Mann. Mein Vater hat ihn verarztet, als ob er der Präsident persönlich wäre, aber Bones hustet weiter. Nellie hat ihm einen alten Pulli um den Hals gewickelt; er sieht zum Schießen aus.«
Clare musste lachen, als sie sich Bones vorstellte, fügte aber gleich reumütig hinzu, dass das gemein sei, wo der arme Hund doch so leide.
»Willst du mir einen Gefallen tun?«, fragte David.
»Ja, sicher.«
»Ich möchte übermorgen gerne zurück ...«
»Aber die Uni fängt doch erst ...«
»Eben. Darum geht's. Ich werde behaupten, dass sie schon früher beginnt. Würdest du mir Rückendeckung geben?«

»Eigentlich schon, aber ich kann übermorgen noch nicht zurück.« David machte ein langes Gesicht. »Du hast Recht. Das wird wohl nicht gehen.«
»Du verstehst mich falsch. Es geht mir nicht darum hier zu bleiben, es kümmert keinen, ob ich da bin oder nicht. Aber ich wüsste nicht, wo ich übernachten sollte. Das Wohnheim ist bis zum ersten Vorlesungstag geschlossen.«
»Oh.«
»Wir könnten behaupten, dass die Medizinvorlesungen früher anfangen. Das könnte ich jedem erzählen, der es hören will. Aber wann laufe ich schon deinen Eltern über den Weg?«
»Wenn du auch zurückgefahren wärst, hätten sie es erfahren. Jeder erfährt hier immer alles, jede klitzekleine Kleinigkeit.« Er klang ärgerlich.
»Tut mir Leid«, meinte Clare. »Ich verstehe dich ja, und es würde mir auch gar nichts ausmachen, schon jetzt zurückzufahren. Aber du siehst ...«
»Du könntest jederzeit in unserer, das heißt in meiner Bude übernachten«, schlug er vor.
»Nein, das kann ich nicht!«
»Ich meine ja nicht mit mir zusammen. Du würdest ein Zimmer für dich haben. Einer von den Jungs kommt erst zu Uni-Beginn zurück.«
»Wenn man mich erwischt, wird man uns den Hals umdrehen. Und ich werde verdammt nochmal nicht riskieren, für etwas bestraft zu werden, was ich gar nicht angestellt habe ... oder mich völlig sinnlos in Gefahr begeben.« Sie sprach sehr entschieden und war sich gar nicht bewusst, wie heftig sie klang.
»Ja, ja, schon gut, beruhige dich. Ich verstehe deinen Standpunkt ja.«
»Hast du schöne Weihnachten gehabt?«, fragte Clare unvermittelt.
»Eigentlich nicht. Und du?«
»Nein, auch nicht.«
»Vermisst du den heiß umschwärmten Gerry Doyle? Ich hab' gehört, dass ihn die glitzernden Lichter von London gelockt haben.«
»Nein, er fehlt mir nicht. Ich glaube nicht mal, dass ich auch nur einen einzigen Gedanken an ihn verschwendet habe. Wahrscheinlich als einzige Frau der westlichen Welt.«

»Dann wird er sich umso mehr um dich bemühen.«
»Hast du eine Freundin in Dublin, dass du so schnell zurückwillst?«
»Ja und nein. Es gibt da ein Mädchen, aber das ist nicht der springende Punkt. Bei mir zu Hause machen sie viel zu viel Aufhebens um mich. Ich bin alles, was sie haben. Verstehst du, was ich meine? Ich steh' die ganze Zeit im Mittelpunkt der Aufmerksamkeit.«
»Bei mir zu Hause ist es das glatte Gegenteil. Ich werde förmlich übersehen. Man nimmt mich eigentlich gar nicht wahr.«
David lachte. »Niemand kriegt, was er will, stimmt's? Können wir uns in Dublin nicht mal treffen? Ich könnte dich im Wohnheim anrufen.«
»Ja, gern«, antwortete Clare.
Er rief nie an; aber das überraschte sie nicht weiter.
Als sie einmal beiläufig darüber nachdachte, kam sie zu dem Schluss, dass David es wohl nicht wörtlich gemeint hatte – es war vielleicht einfach die Art der Powers, sich zu verabschieden. Sie konnten nicht auf Wiedersehen sagen, das klang in ihren Ohren zu endgültig. Also sagten sie lieber etwas Vages wie: »Ich ruf dich mal im Wohnheim an.«
Und wahrscheinlich war das ja auch gar nicht schlecht, fand Clare, die entschlossen war, das Beste daraus zu machen. Schließlich gab es Tausende und Abertausende männlicher Studenten an der UCD! Warum sollte sie sich ausgerechnet auf ein Rendezvous mit einem Jungen aus Castlebay versteifen, der aber dennoch – oder gerade deshalb – unerreichbar für sie war?

*

Alles in allem hatte Valerie bemerkenswert eintönige Weihnachten verbracht. Einmal war sie sich beim Scrabble-Spiel mit ihrer Mutter beinahe in die Haare geraten, als diese behauptete, ›Quassie‹ sei ein Wort, und Valerie dagegenhielt, da der Baum nach seinem Entdecker benannt sei, handele es sich um einen Eigennamen. Daraufhin hatte ihre Mutter die Spielsteine zu Boden geworfen und gesagt, sie könne diese ständige Besserwisserei nicht länger ertragen. Mit einem Kochbuch hatten sie dann anregendere und harmonischere Stunden verbracht. Sie wechselten sich am Herd ab und zauberten ein exotisches Gericht nach dem anderen auf den Tisch. Offenbar hatte Valeries Vater in England sich geweigert, Bargeld zu schicken, war aber bereit, die Rechnung beim Lebensmittelhändler zu begleichen. Und so entschieden sie sich ausschließlich für Gerichte mit sündteuren Zutaten.

Mary Catherine hatte eher aufregende Weihnachtstage hinter sich: James Nolan hatte sie dreimal zu sich nach Hause eingeladen. Allerdings fand Mary Catherine seine Schwester unausstehlich. Denn Caroline war gerade dabei, ihre Magisterarbeit über Spencer und Irland zu schreiben, und hielt praktisch jeden für einen Analphabeten – und die Amerikaner für die kulturlosesten Analphabeten überhaupt. Ja, und James Nolan hatte den höchst alarmierenden Wunsch geäußert, den Sommer in den Staaten zu verbringen! Bei dieser Gelegenheit wollte er es natürlich nicht versäumen, Mary Catherine und ihrer Familie seine Aufwartung zu machen, und vielleicht könnte er ja ein paar Tage bei ihnen bleiben? Sie hatte Ja gesagt und gleichzeitig vermieden, James eine Adresse zu nennen. Ihr Vater, der Briefträger, hatte ihr für den Fall, dass sie einen Schlossbesitzer an der Angel hätte, dringend geraten, sich über ihre amerikanische Verwandtschaft so lange auszuschweigen, bis die Ehe unter Dach und Fach war. Nun zählte James Nolan zwar nicht im engeren Sinne zu den Schlossbesitzern, aber er würde bald Anwalt sein, und das war doch auch nicht übel. Nein, natürlich liebte sie ihn nicht, aber sie würde ihm auch noch nicht den Laufpass geben. Clare dachte an Josie, die zu Hause im Hotel an der Schreibmaschine saß, mit ihrem Onkel Dick Bridge-Wochenenden veranstaltete und sich gegen ihre beiden eifersüchtigen Schwestern Rosie und Emily zur Wehr setzen musste. Und sie seufzte. Es wäre unklug, Mary Catherine um Zurückhaltung zu bitten; schließlich konnte sich James Nolan ja nicht einmal mehr an diese Josie Dillon aus irgendeinem Kaff am Ende der Welt erinnern.

*

Mary Catherine nahm zwei Stufen auf einmal, als sie die Treppe hinaufrannte. »Da ist ein geradezu hiiimm-lischer junger Mann unten, der dich sprechen will, Clare! Ich habe ihm versprochen, dich zu suchen und runterzuschicken, falls ich dich finde.«

»Du garstiges Weib! Warum hast du nicht gesagt, dass ich in zwei Sekunden unten bin?«

»Weil ich eine wahre Freundin bin. Ich wollte, dass du dir etwas Nettes anziehst, dich kämmst und etwas Make-up auflegst. Ich bin einfach zu gut für diese Welt, das ist mein Schicksal.«

»Ach, das ist bestimmt Gerry Doyle. Er ist der Einzige, der immer und überall solche Reaktionen hervorruft.« Trotzdem trug sie etwas Lippenstift auf.

Dann nahm sie ihren Mantel.

»Bist du dir so sicher, dass er dich ausführt?«, stichelte Mary Catherine.

»Du solltest dich lieber ein bisschen zieren«, riet Valerie. »Er glaubt bestimmt, er hätte ein leichtes Spiel bei dir, wenn du zeigst, dass du bereit bist, auf der Stelle mit ihm auszugehen.«

»Dieser Bursche kennt nur Mädchen, die bereit wären, mit ihm überallhin zu gehen. Daran ist er gewöhnt. Aber ich nehme an, dass wir nur irgendwo einen Kaffee trinken werden.«

»Ich glaube eher, dass wir das Fenster offen lassen sollten. So wie es klingt, wirst du heute erst spätnachts reinschleichen«, feixte Valerie.

»Er sieht nicht nur einfach blendend aus. Er verbreitet geradezu eine Aura um sich«, seufzte Mary Catherine.

»Du und deine Aura! Seit du letzte Woche das Wort gelernt hast, hat alles und jedes eine Aura.« Doch noch bevor Mary Catherine ihr diese Bemerkung heimzahlen konnte, war Clare schon aus dem Zimmer gewischt. Leichtfüßig nahm sie die Stufen. Gerry stand lässig in der Eingangshalle, ganz als käme er regelmäßig hierher.

»Was für eine Überraschung«, begrüßte Clare ihn mit ungekünstelter, aufrichtiger Freude. »Ich wusste gar nicht, dass du in Dublin bist.«

»Bin ich auch nicht. Das heißt, ich bin nur auf der Durchreise. Ich komme aus London. Und da hat mich die Sehnsucht nach dir gepackt.«

Clare wollte eine scherzhafte Antwort geben – aber Gerry sah müde aus.

»Prima«, sagte sie deshalb nur. »Aber lass mich dich zuerst von hier entführen, bevor sie dich hier mit Blicken verschlingen.« Sie

hakte sich bei ihm ein, und sie gingen gemeinsam aus der Tür und die Eingangstreppe hinunter. »Kaffee oder Alkohol?«
»Ein Bier wäre prima. Kennst du einen Pub?«
»Gleich um die Ecke sind zwei. Allerdings liefere ich dir gleich auf der Stelle einen Beweis für mein tugendhaftes Leben hier: Ich weiß nämlich nicht, wie sie sind. Vielleicht wirfst du mal einen Blick in den ersten und sagst mir, was du davon hältst.«
Schon nach ein paar Sekunden kam er grinsend wieder heraus.
»Wie viele Einwohner hat Dublin? Eine halbe Million?«
»Viel, viel mehr, glaube ich. Warum?«
»Wer, glaubst du, sitzt hier im Pub? David Power und Caroline Nolan! Und sie blicken sich tief in die Augen.«
»Ach was. Na, dann können wir ja eine Castlebay-Wiedersehensparty veranstalten, wenn du willst.«
»Nein, ganz und gar nicht. Ich möchte mit dir reden. Deshalb bin ich gekommen.«
Sie gingen in den zweiten Pub. Dort trank ein gemischtes Publikum: Studenten mit College-Schals, Arbeiter von einer nahen Baustelle, ein paar rotnasige Stammgäste.
»Ein wahres Paradies«, sagte Gerry. »Kein Mensch von zu Hause. Trinkst du immer noch Bitter Lemon pur, oder bist du inzwischen zu Härterem übergegangen?«
»Immer noch Bitter Lemon pur«, antwortete sie. Wie schön, dass er sich daran erinnerte.
Gerry erzählte ihr von Fiona. Das Baby war ein Junge, er war am Tag nach Weihnachten zur Welt gekommen. Sie hatte ihn Stephen genannt. Und die alten Nonnen waren sehr nett gewesen. Obwohl Fiona in ihren Augen natürlich eine schwere Sünderin war und sie zuerst missbilligend den Kopf schüttelten, hatten sie letztlich viel Mitgefühl gezeigt. Als das Baby drei Wochen alt war, hatten sie die Adoption in die Wege geleitet. Doch danach war Fiona in eine tiefe Depression gefallen. Deshalb war er noch einmal hingefahren. Er hatte sie aufheitern und ihr versichern wollen, dass sie das Richtige getan habe. Sie hätte keine andere Wahl gehabt. Wenn sie weiter wie bisher in Castlebay leben wollte, musste sie so tun, als sei dies nie geschehen. Sie musste es auf immer für sich behalten.
Clare wollte nichts über den Vater des Kindes hören, aber Gerry bestand darauf, ihr von ihm zu erzählen. Er war ein verheirateter

Mann. Natürlich. Einer von denen, die letztes Jahr zum Golfspielen gekommen waren. Er hatte Fiona vorgemacht, er sei frei. Als sie ihm dann schrieb, dass sie schwanger war, hatte er unmissverständlich klargestellt, dass er damit nicht behelligt zu werden wünsche; falls sie ihm Schwierigkeiten machen würde, hätten seine Freunde versprochen, übereinstimmend auszusagen, dass sie mit jedem von ihnen etwas gehabt habe. Es blieb ihr also keine andere Wahl. Wenn sich die Geschichte zu Hause herumsprach, galt sie nicht nur als Schlampe, sondern auch noch als Dummchen – das Ärgste, was einem passieren konnte ... Dann redete er über das Geschäft. Die Zeiten waren schwer und wurden immer schwerer. Es war nicht alles so glatt gegangen wie erhofft. Da waren die ganzen Ausgaben. Wenn Clare wüsste, was er allein für die technische Ausstattung hatte hinblättern müssen! Diese modernen Maschinen waren unglaublich teuer. Natürlich würden sie sich irgendwann bezahlt machen; die Frage war nur, wann.
Und auch die Renovierung hatte ein Heidengeld verschlungen. Er hatte zwar ein paar gute Aufträge bekommen, aber das reichte bei weitem nicht.
»Was willst du jetzt tun?«, fragte sie voller Mitgefühl.
»Mich nicht unterkriegen lassen. Ist das nicht das Einzige, was man tun kann? Was du und ich seit jeher getan haben?«
Er sah aus, als koste es ihn erhebliche Anstrengung, sich über Wasser zu halten. Sein Gesicht war blass, dunkle Ringe umschatteten seine Augen. Plötzlich fühlte Clare eine Art Beschützerinstinkt; sie hätte ihm gern den Arm um die Schultern gelegt und ihn tröstend an sich gezogen. Dabei hatte sie nie viel für Gerry Doyle empfunden, und sie war froh darüber gewesen. Denn sie hatte sich immer gefühlt, als sei sie als Einzige im Ort von den Masern verschont geblieben. Aber auch jetzt unterschieden sich ihre Empfindungen von denen der anderen Mädchen: Sie war nicht scharf auf ihn wie Chrissie und jede andere. Sie hätte sich nur gern um ihn gekümmert. Er sah so hilflos und verletzlich aus, wie er da in sein Bierglas starrte.
Clare nahm seine Hand.
»Also hab' ich mir gedacht, ich komm' am besten her und erzähle es dir. Wenn es jemanden gibt, der das versteht, dann du.«
Überrascht und erfreut fragte sie: »Warum gerade ich?«

»Himmel, es ist nicht eben leicht für dich gewesen, bis hierher zu kommen. Keiner hat dir je geholfen. Immer hieß es nur: Clare, tu dies; Clare, tu das. Bügel das Hemd, Clare; sortier die Kartoffeln, Clare! Dabei hätten sie doch stolz sein und dich beim Lernen unterstützen sollen.«

Er hatte es gewusst, all die Jahre. Und verstanden.

Clare versuchte, seinem durchdringenden Blick auszuweichen. Er starrte sie an, als wollte er sie mit den Augen durchbohren.

»Du bist anders, Clare, das habe ich schon immer zu dir gesagt. Du und ich, wir sind aus dem gleichen Holz. Wir sind die Einzigen zwei aus Castlebay, aus denen mal was wird. Wir gehören zusammen.«

Jetzt erschrak sie und wusste nicht, wie sie sich verhalten sollte.

»Sieh dir mal das Paar dort drüben an«, sagte sie daher und wies auf eine leicht angetrunkene Studentin, die auf den Schoß ihres Begleiters kletterte. »Das heißt *zusammengehören,* wenn auch auf nicht gerade zurückhaltende Weise. Wann wird man sie wohl vor die Tür setzen?«

Sie lächelte Gerry strahlend an, doch sein Blick blieb unverändert. Jetzt nahm er ihre Hand. »Hör auf, über belanglose Dinge zu plaudern. Es ist wahr. Wir zwei sind uns sehr ähnlich. Und ich kenne jeden deiner Gedanken, so wie du jeden der meinen kennst.«

»Ich kenne deine Gedanken nicht, Gerry. Wirklich nicht.«

»Nun, irgendwann wird es soweit sein.«

»Wann denn? Ich habe hier in der Uni wirklich zu viel um die Ohren, um auch noch Gedankenlesen zu lernen.«

»Es geht nicht um *fremde* Gedanken. Sondern um *meine*. Ich warte auf dich.«

»Das kann aber ordentlich lange dauern. Ich beabsichtige, eine ganze Reihe von Titeln vor meinen Namen zu setzen, weißt du.«

»Versuch nicht auszuweichen. Ich werde auf dich warten, ganz egal, wie lange es auch dauert. Und tief in deinem Herzen weißt du das.«

Clare blickte in das sorgenzerfurchte Gesicht, das noch nie so anziehend gewesen war wie heute. Und sie fragte sich, was er damit sagen wollte. Seine Worte hatten sehr, sehr ernst geklungen. Wie ein Gelöbnis.

*

David Power sah sie während des ganzen Semesters nicht ein einziges Mal. Der Groll, dass er nicht, wie versprochen, angerufen hatte, war schon längst verflogen. Stattdessen wurde sie ins Abbey-Theater eingeladen. Es störe sie hoffentlich nicht, sagte der ernsthafte Geschichtsstudent, mit dem sie ausging, dass er nur Karten für Stehplätze im letzten Rang besorgt habe; er halte nichts davon, unsinnig Geld zu verschwenden. Als das Stück endlich vorbei war, hätte sich Clare am liebsten der Länge nach hingelegt. Und als sie dann einen Kaffee trinken gingen und er sie fragte: »Du willst doch nichts essen, oder?«, war Clare mit ihm einer Meinung, dass er wahrlich nicht zu den Verschwendern zählte. Also lehnte sie seine Einladung, ihn am nächsten Samstag in die Nationalgalerie zu begleiten, dankend ab. Erstens mochte sie ihn nicht genug, zweitens ging sie ohnehin lieber allein dorthin, und drittens war es doch wirklich äußerst knauserig, jemanden zu etwas einzuladen, was keinen Eintritt kostete. Sie schilderte Josie dieses Erlebnis in allen Details und übertrieb dabei sogar ein bisschen. Denn sie wollte nicht, dass Josie mitbekam, wie viel Spaß sie in Dublin hatte. Vor allem aber sollte ihre Freundin nicht erfahren, dass ihr wieder einmal James Nolan über den Weg gelaufen war.

James wirkte stets wie aus dem Ei gepellt. So als posiere er für eine Werbeanzeige: Der elegante Mann auf dem Rennplatz.

»Ist deine reizende amerikanische Freundin Mary Catherine gut betucht?«, hatte er sie eines Vormittags überraschend im Annex gefragt, als Clare dort einen Kaffee trank und dabei in *History Today* einen Artikel las.

»Betucht?«, fragte sie, als habe sie nicht verstanden.

»Schwimmt sie in Geld?«

»Ich habe nicht die leiseste Ahnung«, erwiderte Clare und sah ihn aus weit aufgerissenen braunen Rehaugen unschuldig an. »Was für eine merkwürdige Frage.«

»Nun, ihr kann ich sie ja wohl schlecht stellen«, sagte er.

»Warum denn nicht? Wenn du es wissen willst, ist sie dann nicht die richtige Ansprechpartnerin?«

»Es klingt komisch. Und außerdem verstehen Frauen gerne mal etwas falsch.«

»Ich weiß.« Clare nickte mitfühlend. »Ist es nicht grässlich?«

»Du machst dich lustig über mich.«

»Nein, gar nicht. Du machst mir Angst, wenn du es genau wissen willst.«
»Nun, es ist ja nur, weil ich mir überlege, den Sommer in den Staaten zu verbringen – merkst du, wie amerikanisch ich schon bin? Ich sage nicht ›Amerika‹, sondern ›Staaten‹. Und es wäre billiger, wenn ich eine Zeit lang bei ihrer Familie unterschlüpfen könnte.«
»Verstehe. Aber ist es denn nicht egal, ob sie reich sind oder nicht? Kannst du nicht auf jeden Fall bei ihnen wohnen, falls du eingeladen wirst? Ist nicht ein Bett überall ein Bett?«
James blickte in seinen Kaffeebecher. »Ja, schon. Aber es sind meine letzten Sommerferien, bevor ich zu arbeiten anfange. Ich würde sie gern an einem Ort mit Stil verbringen – in einer Villa mit Swimmingpool, auf einer Ranch oder in einem großen Appartement an der Fifth Avenue ... Sie ist wenig gesprächig, was ihr Zuhause angeht. Deshalb habe ich dich gefragt.«
»Warum kommst du nicht einfach nach Castlebay wie sonst auch, wenn dir die Schwierigkeiten mit Amerika über den Kopf wachsen?«
»Du verstehst einfach rein gar nichts, Clare. Das ist dein Problem.«
»Ja, ich weiß.« Clare strahlte ihn an. »Ich bin nun einmal strohdumm.«
Sie trennten sich als Freunde, aber Clare hatte ein schlechtes Gewissen dabei. Schließlich verhielt sich dieser aufgeblasene Schnösel gleich zwei ihrer Freundinnen gegenüber ausgesprochen schäbig; und sie treulose Tomate saß im Annex kichernd mit ihm zusammen.

*

Sie würden sich sehr freuen, wenn Clare über Ostern zu ihnen käme, sagten Emer und Kevin. Die junge Studentin hatte ihnen einen Handel vorgeschlagen: Sie würde babysitten, jedes Teil abspülen, das ins Spülbecken wanderte, und zwei Stunden täglich im Garten arbeiten. Als Gegenleistung hätte sie gern Kost und Logis. Angela schrieb sie, dass sie es einfach nicht schaffe, nach Castlebay zu fahren; sie müsse in den Osterferien ihre Aufzeichnungen durcharbeiten und für die Zwischenprüfung lernen. Und auch Da-

vid Power wollte sie reinen Wein einschenken und hinterließ in der medizinischen Fakultät eine Nachricht für ihn. Abends rief er sie im Wohnheim an.
»Warum sollte ich dir helfen?«, fragte er neckisch. »Du hast mich an Weihnachten ja auch hängen lassen.«
»Deine Romanze hat scheinbar nicht darunter gelitten«, entgegnete sie bissig.
»Beschäftigst du eine ganze Armee von Detektiven?«, fragte er.
»Bitte, David, es ist doch nur, weil ich wirklich lernen muss. Ich hab' ein Stipendium, vergiss das nicht. Ich habe nicht die Möglichkeit, ein Semester zu wiederholen! Und zu Hause komme ich einfach nicht zum Lernen. Das ist etwas ganz anderes als bei dir.«
»Okay. Ich werde mich im Gegensatz zu gewissen anderen Leuten nicht zieren und *deine* Lügengeschichte decken.«
Sein Ton ärgerte sie. »Danke, David. Ich seh' dich dann im Sommer«, erwiderte sie kurz angebunden.
»Oh, ich bin sicher, dass dir bis dahin eine neue Ausrede eingefallen ist«, erwiderte er.
Clare legte auf, bevor ihr der Geduldsfaden riss. Dieses verwöhnte, selbstsüchtige Muttersöhnchen!

*

»Sie beneiden mich ganz und gar nicht!«
»Doch, Clare, das tun sie, auch wenn sie es vielleicht gar nicht wissen. Aber du bist in gewisser Weise über sie hinausgewachsen. Du sprichst gepflegt, viel geschliffener als sie – oder als du früher. Und du siehst besser aus. Es ist nicht nur das Lernen.«
Clare drehte das Glas in der Hand. Sie saß mit Angela in der Ecke von Dillons Hotellounge und genoss den wundervollen Blick auf das Meer. In Kürze würde Josie die Haube über ihre Schreibmaschine stülpen und mit ihr eine Partie Tennis spielen. Einige Dinge hatten sich im Lauf der Jahre nicht geändert. Doch Clare musste zugeben, dass Angela Recht hatte: Sie besaß sehr viel mehr Selbstvertrauen als früher. Ihrer Mutter würde es nicht einmal im Traum einfallen, sich in einen Polstersessel des Hotels zu setzen und die Aussicht zu bewundern. Das ist nichts für meinesgleichen, würde sie sagen. Und ihr Vater würde sich sein Lebtag nicht hier

an die Bar stellen und ein Bier trinken; er ging entweder ins Craig's oder blieb zu Hause. Jim und Ben würden sich gegenseitig anstupsen und vor Verlegenheit kein Wort herausbringen. Und erst Chrissie! Mehr als einmal hatte sie schon erwähnt, dass sie und Mogsy eher tot umfallen würden, als sich an so einem langweiligen Ort blicken zu lassen. Clare seufzte. Dillon's Hotel war nun wirklich nicht der mondänste Ort auf Erden! War es da nicht zum Heulen, dass sich außer ihr kein Familienmitglied hier wohlfühlen und entspannt einen Shandy trinken würde?

»Ich werde bei der Hochzeit einfach reizend sein. Den ganzen Tag lang.« Clare lächelte Angela an.

»Gut. Ich will dir ja keine Moralpredigten halten, aber du hast es so viel besser, als Chrissie es je hatte, und das wird immer so bleiben. Sieh also zu, dass es ein schöner Tag für sie wird.«

»Der einzige Lohn für meine Mühen werden Chrissies Gehässigkeiten sein. Auch wenn ich den ganzen Tag lang nett zu ihr bin, sie wird sich nur umso mehr beklagen.«

»Du hast es versprochen.«

»Ja. Wie war das eigentlich damals, als dein Bruder zum Priester geweiht wurde? War es ein schwieriger Tag?«

»Nein.« Angelas Stimme klang tonlos. Sie blickte aufs Meer hinaus. »Mein Vater hatte keinen Tropfen angerührt. Dr. Power hatte ihm ein paar Tabletten gegeben und gesagt, dass es sehr gefährlich wäre, danach Alkohol zu trinken. Ich weiß nicht, ob das stimmte oder nicht. Und meine arme Mutter trug einen Hut mit Schleier. Das werde ich nie vergessen. Und Handschuhe. Nein, es war kein schwieriger Tag, ganz im Gegenteil.«

»Du sprichst nicht mehr viel von deinem Bruder.«

»Ich werde dir eines Tagen erzählen, warum.«

»Oh. Entschuldigung.«

»Da sind ja Josie und Dick.« Angela blickte erfreut auf. »Du siehst sehr hübsch aus, Josie, wirklich.«

»Danke. Ich habe mal wieder eine Diät gemacht. Ende der Woche kommen die Sommergäste, und ich wollte sehen, ob mir nicht einer ins Netz geht.«

»Hast du jemand Bestimmten im Auge?«

»Na ja, da wär' schon einer. Aber der ist nicht gerade leicht zu umgarnen.«

Clare vermied Angelas Blick. Sie hatte ihr von Josies Faible für James Nolan erzählt und dass dieser im Sommer in die Staaten wollte. Dann hatte sie Angela gefragt, ob sie es Josie sagen solle oder nicht.

»Du hättest es vor Ewigkeiten beiläufig erzählen sollen«, hatte Angela erwidert. Doch Clare hatte zu ihrer Verteidigung gemeint, dass es ziemlich schwer sei, etwas beiläufig zu erzählen, wenn Josie mit angezogenen Knien auf dem Bett saß und Pläne für den Sommer schmiedete.

*

»Das ist die letzte Nacht, die wir zusammen in einem Zimmer schlafen«, sagte Clare zu Chrissie.

»Ich bin sicher, dass keine von uns das bedauert«, gab Chrissie zurück. Sie untersuchte ihr Gesicht im Spiegel und rümpfte missmutig die Nase. Am Kinn spross unübersehbar ein Pickel.

»Nun, es ist das Ende eines Lebensabschnitts.« Clare ließ sich nicht aus der Ruhe bringen. »Du musst ganz schön aufgeregt sein.«

»Ich bin einundzwanzig. Da ist es an der Zeit zu heiraten.«

Chrissie ging in Verteidigungsstellung.

»Es wird ein großartiger Tag werden.«

»Ja, das wird es. Auch ohne dass du Süßholz raspelst.«

»Tu ich ja gar nicht. Ich versuche nur auszudrücken, dass ich mich für dich freue. Dass es schön werden wird. Schließlich ist es die erste Hochzeit in unserer Familie. Das ist alles.«

Clare war ärgerlich. Chrissie lenkte ein.

»Ja, schon gut. In Ordnung. Entschuldigung. Ich bin wohl einfach ein bisschen nervös.«

»Du wirst fabelhaft aussehen. Das Kleid ist ein Traum.«

Es hing am Garderobenhaken, mit einem alten Laken darüber, damit es nicht schmutzig wurde.

Chrissie blickte trübsinnig darauf.

»Und deine Haare, einfach umwerfend. Ich habe sie noch nie so schön glänzen sehen.«

»Ja, schon. Und Peg kommt morgen Früh her und kämmt mich. Du weißt schon, damit die Frisur zum Schleier passt.«

»Maurice wird sehr stolz auf dich sein.«

»Ich weiß nicht. Sieh dir nur mal diesen blöden Pickel da an! Der wird morgen Früh einfach grässlich aussehen.«
»Hör zu, ich weiß, was wir machen. Ich tupfe ein bisschen Dettol darauf. Aber lass dir ja nicht einfallen, nachher daran herumzudrücken. Dettol wirkt nur, wenn man den Pickel nicht anfasst. Und wenn er morgen trotzdem noch da ist, tragen wir das Make-up an der Stelle einfach ein bisschen dicker auf. Zumindest ist die Stelle bis dahin abgeschwollen.«
»Warum warst du früher nie so?«, fragte Chrissie misstrauisch.
»Wie?«
»Dass man mit dir über Pickel reden konnte. Über normale Sachen eben.«
»Ich war schon immer so. Aber du hast immer behauptet, ich würde spinnen, weißt du das nicht mehr?«

*

Fiona Doyle bot an, während der Trauung nach dem Laden zu sehen, damit sie alle zur Kirche gehen konnten. Sie erkundigte sich, wie dick sie den Schinken aufschneiden sollte und ob es Kunden gab, die anschreiben lassen konnten. Tom sagte, sie sei ja eine geradezu musterhafte Verkäuferin, und wenn es mit dem Fotogeschäft je bergab gehen sollte, würde er sie mit Freuden gleich zehn Minuten später einstellen. Agnes meinte, Fiona sei ein Schatz, dass sie schon so früh gekommen sei; so konnten sie sich in aller Ruhe zurechtmachen und mussten nicht bei jedem Läuten der Ladenglocke hinauslaufen und Kundschaft bedienen.
Von Tommy war eine rosafarbene Karte mit dem Aufdruck »Alles Gute zu Eurer Hochzeit« eingetroffen. Ned hatte eine hübsch verpackte Tischdecke geschickt, zusammen mit einem Kärtchen, auf dem stand, dass er ihnen alles Gute wünsche und bedaure, an ihrem großen Tag nicht dabei sein zu können. Clare sah die sanft lenkende Hand von Father Flynn in diesen Aufmerksamkeiten. Chrissie war zufrieden. Es kam ihr nicht im Mindesten seltsam vor, dass beide Brüder nicht zur Hochzeit erschienen. Und auch Agnes war froh gestimmt. Nachdem ihr Gerry Doyle versichert hatte, dass es ihren zwei Jungen dort drüben gut ging, hatte sie sich irgendwie mit dem Gedanken abgefunden, dass die beiden

nicht mehr nach Hause kommen würden. Und war es heutzutage, wo das halbe Land das Postschiff nach England nahm, um dort nach Arbeit zu suchen, nicht besser, dass ihre beiden Söhne schon dort waren und sich eine Existenz aufgebaut hatten? Ja, Agnes O'Brien war schon seit langem nicht mehr so gut gelaunt gewesen. Auch war ihr Knöchel inzwischen wieder gut verheilt; und alle sagten, dass es letztlich ihr Unfall gewesen sei, der das Komitee dazu bewogen habe, den Treppenweg auszubessern und mit einem Geländer zu sichern. Seitdem galt sie als eine Art Heldin.

Sie puderte sich die Nase, was sie sonst fast nie tat, und blickte liebevoll zu Tom hinüber, der sich in den neuen Anzug zwängte. Da er ohnehin einen gebraucht hatte, war dieser Anlass wie gerufen gekommen. Allerdings fühlte er sich in dem ungewohnt steifen Stoff, der an manchen Stellen kniff und Falten warf, nicht recht wohl.

»Ich bin so erleichtert«, sagte Agnes. »Dass sie jetzt zur Ruhe kommt, meine ich.«

»Mogsy Byrne ist wahrscheinlich nicht die schlechteste Wahl«, meinte Tom O'Brien widerstrebend.

»Nein, bestimmt nicht, wenn man bedenkt, wo Chrissie hätte landen können.« Sie hatten noch nie darüber gesprochen, aber es hatte ihnen beiden Kopfzerbrechen bereitet. Hielten die Leute Chrissie für ein leichtes Mädchen? War sie nicht zusammen mit Mädchen gesehen worden, die sich ständig auf dem Campingplatz herumtrieben und ihren Familien dort Schande machten? Sie hatten Glück, dass der arme Mogsy – mochte der Bruder des gerissenen Bumper Byrne auch nicht gerade der hellste Kopf von Castlebay sein – sein Leben mit Chrissie teilen wollte.

Ursprünglich hatte Chrissie auf einer Feier in Dillon's Hotel bestanden; aber nach einem Blick auf die Speisekarte, die Preise und das ganze Drumherum hatte sie sich die Ratschläge ihres zukünftigen Schwagers genauer angehört. Bumper und seine Frau Bid hatten Chrissie geraten, nicht gutes Geld aus dem Fenster zu werfen, nur um die Dillons reich zu machen. Wollte sie das Geld wirklich mit vollen Händen ausgeben, damit die junge Mrs. Dillon in einem neuen Pelzmantel herumstolzieren konnte? Chrissie wünschte sich ihren großen Tag in einem prächtigen Rahmen, aber als sie und Mogsy folgsam weiter zuhörten, erfuhren sie, dass ein prächtiges Fest nicht unbedingt ein Vermögen kosten musste. Außerdem konnten sie auf diese Weise mehr Gäste einladen. Das war gut fürs Geschäft, und man vermied, dass Leute beleidigt waren oder ihnen grollten.

So waren Chrissie und ihr Mogsy zu der Ansicht gelangt, dass Dillon's Hotel wirklich ein zu langweiliger, steifer Ort für eine Hochzeit sei.

Stattdessen wollten sie nun in dem großen Anbau hinter Father O'Dwyers Haus feiern. Ursprünglich hatte er als Lagerraum gedient, aber Dr. Power und Miss O'Hara hatten es irgendwie geschafft, ihn Miss McCormack– Father O'Dwyer war Wachs in den Händen seiner Haushälterin – für Gemeindefeiern und Basare abzuluchsen. Außerdem fanden dort jetzt Volkstanzwettbewerbe statt, und seit kurzem wurde der Saal zudem für Hochzeits- und Taufgesellschaften genutzt. Auf langen Tapeziertischen lagen Tischdecken, und es gab auch einen großen Teekessel. Man würde kalte Platten mit Sandwiches, Frikadellen und Würstchen reichen; außerdem gab es Götterspeise mit Sahne und eine Hochzeitstorte. Gerry Doyle würde die Fotos machen, und Verwandte aus drei verschiedenen Orten wollten eigens zu diesem Anlass nach Castlebay kommen.

Chrissie und Mogsy hatten eigentlich eine Hochzeit im engsten Familienkreis geplant, aber das waren immerhin auch schon fünfundvierzig Personen. Gerade genug, fand Agnes, dass es nach etwas aussah. Schließlich gab es keinen Grund für Heimlichtuerei oder Eile. Niemand würde je von einer Mussheirat reden können.

Überrascht stellte Agnes fest, dass Clare bei den Vorbereitungen eine große Hilfe war. Sie schaffte es tatsächlich, Chrissie zu beruhigen; und sie hatte in Murphy's Drogerie sogar Badeöl gekauft und darauf bestanden, dass Chrissie das Badezimmer für etwa eine halbe Stunde ganz allein zur Verfügung stand und sich jeder andere entweder schnell davor wusch oder das Spülbecken in der Küche benutzte. Agnes hatte nicht damit gerechnet, dass Clare sich so nützlich machen würde. Normalerweise zankten sie und Chrissie sich in jeder freien Minute.

Das junge Paar würde die Flitterwochen in Bray verbringen. Zwar sollten sie nur eine Woche dauern, aber der Badeort lag doch ein paar Kilometer von Castlebay entfernt, und das war die Hauptsache. Nach ihrer Rückkehr würden sie dann als Ehepaar in ihrem neuen Haus wohnen. Mogsy würde sich weiterhin um die Milchlieferungen kümmern, und Chrissie würde wie bisher in der Metzgerei arbeiten, aber sie würde ein ganz neues Ansehen genießen. Dank der beiden Ringe an ihren Fingern würde man »Mrs. Byrne« zu ihr sagen, und sie konnte dann von »meinem Mann« sprechen. Agnes empfand plötzlich sehr viel Zuneigung für ihre stämmige, freche, streitsüchtige Tochter.

Aus dem Badezimmer schallte Gelächter. Clare schrubbte Chrissie den Rücken.

»Du bist die Nächste, Fiona«, sagte Agnes zu dem wunderschönen dunkelhaarigen Mädchen, das still im Laden stand.

»Ach, ich weiß nicht, Mrs. O'Brien. Wer will mich schon haben?«

»Tss, tss, tss, mein Kind. Bist du nicht das schönste Mädchen von ganz Castlebay?«

»Aber es steckt nicht viel Leben in mir drin. Junge Männer mögen es lieber, wenn man aufgekratzt und fröhlich ist. Ich dagegen bin wie dieser Spruch auf dem Werbeplakat: ›Wachen Sie schon müde auf?‹ Es kommt mir vor, als ob ich noch nie anders aufgewacht wäre.«

Ihr Lebtag hatte Agnes O'Brien noch nie einen so langen Satz aus dem Mund des Doyle-Mädchens gehört. Und sie wusste nicht recht, wie sie darauf reagieren sollte. Wenn Fiona doch bloß einen anderen Zeitpunkt gewählt hätte, um sich ihr anzuvertrauen.

»Ich an deiner Stelle würde mal zu Dr. Power gehen und mit ihm darüber reden. Er hat ein paar prima Stärkungsmittel in seinen Flaschen. Vielleicht ist es ja nur Eisenmangel.«

Das schmale, freundliche Gesicht von Agnes O'Brien unter dem ungewohnten Hut und mit der ebenso ungewohnten Puderschicht wirkte besorgt. Fiona gab sich einen Ruck.

»Das werde ich tun, Mrs. O'Brien. Bei nächster Gelegenheit gehe ich zu ihm. Es könnte tatsächlich Eisenmangel sein.«

Agnes strahlte. Dann beschloss sie, die Braut und deren Schwester zur Eile anzutreiben.

Inzwischen war Peggy, als Brautjungfer ausstaffiert, eingetroffen. Bewaffnet mit einer Bürste und einer Flasche Haarspray stapfte sie die Treppe hinauf.

»Es sieht hier ja so anders aus«, meinte sie, als sie sich im Zimmer umsah. Clare sagte nichts dazu. Sie würde mit keinem Ton erwähnen, dass sie alle Sachen von Chrissie in die Wäsche getan hatte, jedes einzelne Stück, das ihre Schwester nicht mit in die Flitterwochen nahm. Und Clare würde die Sachen höchstpersönlich in Chrissies neues Heim hinübertragen. Denn Chrissie hatte in den letzten Tagen die alarmierende Angewohnheit entwickelt zu sagen, dass sie dies oder jenes für den Moment noch hier lassen wolle. Sie konnte sich nicht mit der Tatsache anfreunden, dass sie tatsächlich woanders hinzog. Sicherheitshalber hatte Clare auch sämtliche ihrer alten Schuhe in einen Karton gelegt und »Chrissies Schuhe« darauf geschrieben. Zum ersten Mal seit Jahren konnte man sich in dem Zimmer bewegen.

Gekonnt und mit viel Hingabe begann Peggy, Chrissies Haare auszukämmen und zu toupieren.

»Bist du mir auch ganz bestimmt nicht böse, dass ich Peggy und nicht dich gefragt habe, ob sie meine Brautjungfer sein will?«, fragte Chrissie schon zum hundertsten Mal.

»Natürlich nicht. Ich habe dir doch schon gesagt, dass du meiner Meinung nach das Richtige getan hast«, antwortete Clare.

Chrissie untersuchte ihren auf wundersame Weise verschwundenen Pickel. »Es war ja nur, weil wir nicht wussten, ob du überhaupt kommst, verstehst du?«

Clare schluckte ihren Ärger hinunter. Sie hatte nie einen Zweifel daran gelassen, dass sie bei der Trauung dabei sein würde. »Ja, schon gut«, meinte sie verständnisvoll. »Ich werde versuchen, nicht allzu eifersüchtig auf Peg zu sein«, fügte sie fröhlich hinzu, und Chrissie lachte.

Peggy zuckte die Achseln. Chrissie konnte Clare doch nicht ausstehen! Weshalb, um Himmels willen, führte sie sich jetzt auf wie ihre Busenfreundin? Aber, na gut. Es war schließlich ihr Hochzeitstag. Sie durfte lachen, mit wem und worüber sie wollte. Wenn man auch als Mogsy Byrnes Braut eigentlich wenig zu lachen hatte, dachte Peggy verdrießlich. Sie für ihren Teil jedenfalls hätte es allemal vorgezogen, eine zweiundzwanzigjährige alte Jungfer zu werden.

*

Father O'Dwyer erwartete die Hochzeitsgesellschaft am Kirchenportal und wies zuerst der Byrne-Familie ihre Plätze zu. Dann trafen geschlossen die O'Briens ein – von ihrem Laden aus war es nur ein fünfminütiger Fußmarsch über die Church Street, aber diese kurze Strecke gestalteten sie zum Triumphzug. Chrissie schritt am Arm ihres Vaters, in einem weißen Kleid, von dem die Schneiderin kopfschüttelnd gesagt hatte, dass es eigentlich ein Ballkleid sei. Doch Chrissie hatte nur gekichert und erwidert, das sei kein Problem, eines Tages würde es dann eben als Ballkleid dienen. Ihr kurzer Schleier wurde von einem Wachsblumenkranz gehalten.

Es war ein sonniger Samstagmorgen im Juni. Die Saison hatte noch nicht richtig begonnen; die Sommergäste würden erst in ein paar Tagen eintreffen. Doch der ganze Ort sah zu, als Chrissie O'Brien zu ihrer Trauung schritt. Sie riefen aus den Läden und Häusern herüber und winkten: Josie Dillon aus dem Hotel; Miss O'Flaherty aus dem Papierwarenladen; die Murphys standen vor der Drogerie. Bei den Dwyers hing ein großes Transparent vor dem Schaufenster: *Alles Gute, Chrissie.* Als sie es sah, wurde sie ganz aufgeregt und wies die anderen immer wieder darauf hin.

Hinter Tom O'Brien und seiner Tochter ging Peggy in einem blassgelben Kleid, das ihr nicht stand.

Dann folgten Clare und ihre Mutter, mit Jim und Ben im Schlepptau. Würde sie je wie Chrissie, wie so viele andere Mädchen, am Arm ihres Vaters zur Kirche schreiten?, überlegte Clare. Es war ein hübscher Brauch, weil jeder so die Möglichkeit hatte, Braut und Hochzeitsgesellschaft in Augenschein zu nehmen, ohne deshalb uneingeladen in die Kirche kommen zu müssen. Aber Clare konnte sich nicht in der Rolle einer Braut sehen. Sie konnte sich nicht vorstellen, dass sie diese Parade vor aller Augen anführte. Es müsste schon ein sehr außergewöhnlicher Mann in der Kirche auf sie warten, dass sie diese Zurschaustellung ertragen könnte.

Gerade als sie überlegte, was für eine Art von Mann das sein müsste, gesellte sich Gerry Doyle zu ihr.

»Hör auf, von mir zu träumen, und hör zu«, sagte er.

»Arroganter Kerl«, lachte Clare ihn an.

»Ich geh' schon mal vor. Sorg bitte dafür, dass Chrissie für eine

Weile den Schnabel hält, damit ich ein anständiges Bild machen kann, wenn ihr alle die Kirche betretet. Hast du mir überhaupt zugehört?«

»Nur sie und Daddy? Oder wir alle?«

»Ich wollte eigentlich nur die beiden, aber sie ist mittlerweile so überdreht, dass sie den halben Ort auf dem Bild haben will. Beruhige sie bitte! Ich verlass' mich auf dich.«

Liebevoll lächelte Clare ihn an. Gerry Doyle wusste, dass man dieses Album viele Jahre in hohen Ehren halten würde, denn Chrissie und Mogsy standen vermutlich nicht allzu viele Festlichkeiten bevor, an deren Bildern sie sich später erfreuen konnten.

Ja, sie würde Chrissie ihm zuliebe beruhigen. Selbst auf die Gefahr hin, dass sie sich wieder einmal unbeliebt machen musste, als besserwisserische, blöde Clare.

*

Kaum hatte Chrissie die Kirche betreten, wurde sie ganz still, man konnte ihr Ja kaum hören. Und Maurice Byrne in seinem guten blauen Anzug schien es ebenfalls die Sprache verschlagen zu haben. Nur die feste Stimme von Father O'Dwyer war klar und deutlich zu vernehmen. Dann war alles vorbei, und man ging in den Anbau, der zu klein war, um als Saal bezeichnet zu werden.

Es wurden viele Fotos gemacht, unter anderem beim Anschneiden der Hochzeitstorte; und auch eins, wie Chrissie in den großen Cortina stieg, in dem ihr Schwager das frisch gebackene Ehepaar zum Bahnhof chauffierte. Ein Konfettiregen ging auf sie hernieder – man setzte voraus, dass die Familie noch vor Einbruch der Dunkelheit sämtliche Spuren beseitigt haben würde. Und dann waren Mr. und Mrs. Byrne entschwunden.

*

Im zweiten Jahr riss sich von den Studenten der Geisteswissenschaften keiner ein Bein aus. Man konnte sich richtiggehend entspannen, weil am Ende keine wichtige Prüfung drohte.

Anders Valerie. Sie hatte einen ereignisreichen Sommer hinter sich. Ihr Vater war in England ins Krankenhaus eingeliefert worden und hatte vom Krankenbett aus einen langen, reumütigen Brief verfasst. Und was hatte ihre Mutter getan? Anstatt lauthals zu lachen oder eine weitere Flasche zu entkorken und sie mit einem Fluch auf ihn zu leeren, war sie mir nichts, dir nichts nach England gefahren. Inzwischen ging es ihrem Vater wieder besser, und er hatte versprochen, dieses lose Frauenzimmer aufzugeben und wieder nach Hause zurückzukehren. Allerdings nicht sofort. Solche Dinge brauchten ihre Zeit, hatte er gesagt. Jedenfalls war Valeries Mutter wie ausgewechselt. Kein Alkohol mehr in aller Herrgottsfrühe. Ja, überhaupt kein Alkohol mehr. Und es war auch nicht mehr die Rede davon, so viel Geld wie nur möglich zu verprassen und diesen Bastard ordentlich bluten zu lassen. Nein, ganz im Gegenteil. Valerie musste für die Universität büffeln, um sich der großzügigen Unterstützung seitens ihres Vaters würdig zu erweisen; das Geld lag schließlich nicht auf der Straße. Aber was das Schlimmste war, sie hatten den ganzen Sommer damit verbracht, anlässlich der Heimkehr des verlorenen Vaters das Haus in Ordnung zu bringen! Und da Valerie sich im ersten Jahr nur selten an der Uni hatte blicken lassen, stand ihr eine harte Zeit bevor. Ihre Stimmung war alles andere als rosig.

Mary Catherine hatte James Nolan gegenüber ziemlich abweisend reagiert, als er gefragt hatte, ob er sie besuchen kommen dürfe. Ihre Familie sei in diesem Sommer viel unterwegs, hatte sie erwidert; nein, es einfach mal zu versuchen, sei wirklich keine gute Idee, ganz sicher seien sie gerade bei Freunden, wenn er käme; nein, das genaue Datum helfe da auch nicht, hatte sie hartnäckig alle seine Vorschläge abgewehrt. Mit dem Ergebnis, dass James jetzt umso mehr an Mary Catherine interessiert war und sie zu einem Ball eingeladen hatte. In Wirklichkeit hatte Mary Catherine den ganzen Sommer über in einer Milchbar gearbeitet und Milchshakes gemixt. Es war ziemlich anstrengend gewesen, den Leuten ihre Flausen über Irland auszutreiben; sie glaubten anscheinend, es gäbe auf der grünen Insel nichts als kleine Katen und Kobolde. Ihre Mutter arbeitete in einem Textilgeschäft, und ihre beiden jüngeren Brüder trugen Zeitungen aus. Bis zum großen Picknick am Labor Day bekam sie ihre Familie praktisch kaum zu Gesicht. Allerdings war es umgekehrt nicht leichter, den

Iren Amerika zu erklären, seufzte Mary Catherine. Als Botschafterin sei sie ein hoffnungsloser Fall, und dabei schwebe ihrem Vater genau dies als Berufsperspektive für sie vor. Warum sonst sollte man so viel Geld in ihre Ausbildung stecken, wenn nicht am Ende eine hochkarätige Stellung winkte? Anscheinend hatte er seinen Wunschtraum begraben, dass sie einen irischen Adligen mit Schloss heiraten würde, nachdem sie es im ersten Jahr nicht geschafft hatte, sich einen zu angeln. Jetzt hatte sie also Karriere zu machen.

Clare sagte, sie wolle wirklich nicht als Heimlichtuerin gelten, aber sie hätte tatsächlich nur sehr wenig zu berichten. Es wäre ein Sommer gewesen wie jeder andere auch. Natürlich hatte Chrissies Hochzeit etwas Farbe in den Alltag gebracht, und das Wetter war gut gewesen. Was wirklich prima war, weil das hieß, dass die Geschäfte gut liefen und jeder strahlte. Ja, sie hatte Gerry Doyle hin und wieder getroffen. Aber er wurde auf Schritt und Tritt von einer sehr flotten Biene namens Sandra verfolgt, die eigentlich nur für drei Wochen gekommen war. Doch nach den drei Wochen hatte Sandra festgestellt, dass sie eine Menge in Castlebay hielt, und so war sie den ganzen Sommer über geblieben. Gerry Doyle hatte ihr einen ungenutzten Wohnwagen besorgt. Die beiden waren Stadtgespräch, aber Gerry nahm nicht die geringste Notiz davon. Anscheinend studierte diese Sandra an der Queen's University in Belfast, und sie trug die ganzen Monate über stets einen roten Badeanzug mit einer offenen Bluse in rosa, violett oder orange darüber, Hauptsache, sie biss sich mit der Farbe des Badeanzugs. Ihre langen Haare wusch sie in aller Öffentlichkeit unter der neuen Dusche am Fuß des Treppenwegs, zu der Dr. Power das Ortskomitee überredet hatte. Valerie und Mary Catherine fanden es sehr bedauerlich, dass der gut aussehende Gerry Doyle den ganzen Sommer über derart in Beschlag genommen worden war.

»Und hattest du denn mal einen Flirt oder eine Romanze beim Tanzen?«, erkundigte sich Valerie neugierig.

»Nein, ich war kaum tanzen. Beim Wohltätigkeitsball des Castlebay-Komitees war ich natürlich; das war nicht zu umgehen, jeder war dort. Aber ich hatte keinen Flirt. Eigentlich habe ich von morgens bis abends im Laden geschuftet und war immer völlig erledigt. Es ist schon verrückt – da muss ich mich immer bei Josie entschuldigen, weil ich in Dublin keine Amouren habe; und jetzt auch noch bei euch für mein tugendhaftes Leben in Castlebay!«

*

David hatte ein nicht gerade leichtes Jahr vor sich: Denn am Ende standen die Abschlussprüfungen. Also hatte er James mitgeteilt, dass er den Kopf in die Bücher stecken müsse und man bei geselligen Anlässen nicht mit ihm rechnen könne. James war deswegen ganz schön eingeschnappt. Er müsse schließlich auch seine Abschlussprüfungen machen, und Jura sei keinen Deut leichter als Medizin! David solle also gefälligst zu diesem Ball mitkommen, damit sie als Gruppe gehen könnten. Er habe diese amerikanische Millionärstochter eingeladen, die sich im Sommer so spröde gegeben hätte.

Doch David blieb fest. Er hatte zu tun.

Auch Caroline zeigte David gegenüber nicht gerade viel Verständnis in diesen Tagen. Schon in Castlebay war sie sehr launisch gewesen und hatte mit ihrer Mutter bei jeder Gelegenheit gestritten. Eine gewisse Sandra, ein Flittchen aus Nordirland, das immer in Gerry Doyles Nähe zu finden gewesen war, hatte ihre Nerven strapaziert. Ja, Caroline war sogar dazu übergegangen, ihre Blusen offen über dem Badeanzug zu tragen, und sie hatte ihrer Mutter beinahe den Kopf abgerissen, als Mrs. Nolan sich mit mildem Tadel erkundigte, ob Caroline wohl ihren Rock vergessen habe.

»Gefällt dir denn Gerry Doyle noch immer?«, fragte David sie aufgebracht. »Ich hab' gedacht, über diese Sandkastenschwärmerei wärst du längst hinaus.«

»Sei nicht so überheblich«, fauchte sie ihn an.

»Keiner kommt über Gerry Doyle hinweg. Er ist nun mal dazu geschaffen, jedem Mädchen den Kopf zu verdrehen.« Sie sagte das so, als sei es eben ein Naturgesetz. David war äußerst erbost. Hatte er vielleicht vergessen, wie man ein Mädchen um den Finger wickelte? Das musste es sein! Er machte mit Bones lange Spaziergänge die Far Cliff Road entlang. Bones war lieb und unkompliziert. Alles, was sein Herz begehrte, waren Spaziergänge und Leute, die ihn apportieren ließen. Er war der Überzeugung, dass Kaninchen aus-

schließlich zu seinem Vergnügen erschaffen worden waren, und hechelte ihnen fröhlich, wenn auch völlig aussichtslos, hinterher. Wie viel leichter war doch ein Leben als Hund. Bones kannte weder Schuldgefühle noch quälende Ungewissheit. Wenn er nicht bekam, was er wollte, legte er japsend den Kopf schief. Und früher oder später nahm ihn jemand auf einen Spaziergang mit, warf ein Stöckchen für ihn oder schenkte ihm einen Knochen. Bones saß nachts nicht rauchend in seiner Hundehütte und zermarterte sich das Hirn, was er nur tun sollte. So wie David.
Zum ersten Mal in seinem Leben hatte David den Sommer in Castlebay nicht genossen. Caroline war ihm so fremd geworden, dass ihre Gesellschaft ihm kein allzu großes Vergnügen bereitete. Sie wiederum schien ihn langweilig zu finden, obwohl sie auch nicht recht zu wissen schien, was sie wollte. Sie war rastlos und unwirsch und wollte weder über ihre Zukunft noch über ihre Berufswünsche sprechen. Es sei doch wirklich zu dumm, meinte sie, da säße sie nun mit einem Hochschulabschluss und hätte keinerlei Aussicht auf eine entsprechende Stellung. Stattdessen müsse sie Steno und Maschineschreiben lernen wie diese überhebliche Idiotin Josie Dillon aus dem Hotel, die zu allem Überfluss wie eine Klette an ihr hing und ungebeten Ratschläge erteilte. *Ein netter Kurs auf einer Handelsschule, das wäre doch was für sie!* Sie äffte Josies Akzent nach. David hatte Josie schon immer gemocht, sie war so viel reizender als ihre beiden großen Schwestern; dabei war sie früher ein hässliches Entlein gewesen! Aber selbst wenn Caroline das gewusst hätte, es hätte sie nicht interessiert. Na ja, und was Josies Anhänglichkeit betraf, so war David überzeugt, dass sie ganz einfach ernsthafte Absichten gegenüber Carolines Bruder hegte. Wirklich sehr durchsichtig – und völlig zwecklos.
Aber all das war nicht das eigentliche Problem. Das eigentliche Problem hatte sich in diesem Sommer zu Hause gestellt.
Seine Mutter hatte fröhlich über seine Rückkehr nach Castlebay geplaudert, wo er seinem Vater in der Praxis *helfen* sollte. Und die Art und Weise, wie sie davon sprach, erinnerte ihn an die Zeiten, als er Nellie beim Keksebacken oder dem alten Martin im Garten half. Sie schien nicht begreifen zu wollen, dass er ein beinahe fertig ausgebildeter Arzt war. Mit einer Approbation in der Tasche

spazierte man nicht herum und *half* Leuten, man praktizierte. Außerdem musste er erst noch sein Jahr als Medizinalassistent im Krankenhaus absolvieren, bevor es soweit war; und dann wollte er eigentlich noch ein Jahr Kinderheilkunde und ein Jahr Geburtshilfe anhängen ... aber seine Mutter meinte in diesem wirklich enervierenden Tonfall, dass all diese Zusatzausbildungen doch völlig überflüssig seien. Die beste Ausbildung bekäme er durch Übung als Hausarzt. Und sein Vater brauchte nun einmal Hilfe. Auch wenn er inzwischen für die Sommersaison einen jungen Arzt als Sprechstundenvertretung einstellte – den Urlaubern schien ständig etwas zuzustoßen. Dabei hatte er schon mit den Einwohnern von Castlebay alle Hände voll zu tun ...

Durch Nellie wusste David von den Fehlgeburten und den beiden Totgeburten vor seiner Entbindung. Und durch ungebetene Vertraulichkeiten von Leuten wie Mrs. Conway und Miss McCormack hatte er erfahren, was für ein Prinz er als Kind doch gewesen war. »Keine Frühgeburt, die Geburt überstanden und zu einem ansehnlichen und kräftigen jungen Mann herangewachsen.« Und jetzt beinahe ein fertiger Arzt. Da ist ein Traum wahr geworden, sagten die Leute. Wenn David verstimmt war, fragte er sich, wie man es wohl schaffte, aus einem fremden Traum zu steigen und endlich selbst das Träumen zu beginnen.

*

Clares zweites Jahr an der Universität verlief sehr zu ihrer Zufriedenheit. Sie hatte sich einen äußerst ehrgeizigen Arbeitsplan zurechtgelegt und hielt sich auch daran. Da außer ihr keiner der Studenten je über seinen Büchern zu sitzen schien, lenkte Clare mit ihrem Eifer die Aufmerksamkeit der Tutoren auf sich, und genau darauf war sie angewiesen. Denn sie wollte die Magisterprüfung in Geschichte ablegen, und dafür würde sie den Ansporn und die Unterstützung der Dozenten der Geschichtsfakultät brauchen – und auch ihren Rat, wie sie die Mittel dafür aufbringen konnte. Das Murray-Stipendium gab es nur bis zum ersten akademischen Grad. Hatte sie erst einmal den Bakkalaureus, war sie auf sich allein gestellt.

Aber sie war entschlossen, deswegen nicht auf ein Privatleben zu

verzichten. Jeden Freitagabend durften die Mädchen länger ausbleiben, und Clare machte ausgiebigst Gebrauch davon.
Da sie so eng aufeinander hockten – zu dritt in einem Zimmer, das gerade für eine groß genug gewesen wäre –, bekamen Mary Catherine und Valerie notgedrungen alles mit, was Clare unternahm. Die drei Freundinnen waren ungefähr gleich groß, was sowohl Vor- als auch Nachteile hatte. Es war angenehm, dass jede von ihnen im Notfall die eine gute Bluse anziehen konnte. Sie hatten sogar zusammen einen schwarzen Rollkragenpulli gekauft – mit der Auflage, dass diejenige, die ihn gerade trug, Schweißblätter benutzte. Außerdem sollte der Pullover nach jedem dritten Tragen gewaschen werden.
Aber manchmal musste man eben leider auch feststellen, dass das Lieblingskleidungsstück, welches man eigentlich für diesen Abend ins Auge gefasst hatte, bereits vergeben war. Das Umziehen für die verschiedenen Tanzveranstaltungen und sonstigen geselligen Unternehmungen musste jede auf ihrem Bett sitzend erledigen. Wenn nämlich alle drei gleichzeitig standen, konnte man sich im Zimmer nicht mehr umdrehen.
Die Frisierkommode war Schauplatz heftiger Auseinandersetzungen. Valerie kaufte kein Make-up. Und sie behauptete beharrlich, sie benutze auch keines. Tatsächlich aber malte sie sich mit Mary Catherines schwarzem Eyeliner dicke Balken; sie machte großzügig Gebrauch von Clares pfirsichfarbenem Lippenstift; und dann beschwerte sie sich lauthals über verschütteten Gesichtspuder, obwohl es in Anbetracht ihres verdächtig matten Teints nahe lag, dass sie ihn regelmäßig selbst benutzt hatte. Mary Catherine hatte die Angewohnheit, überall im Zimmer Wattebäuschchen zu hinterlassen, mit denen sie vorher Wimperntusche, Lippenstift und die manchmal annähernd fingerdicke Make-up-Schicht auf Gesicht, Hals und Dekolletee entfernt hatte.
Clare wiederum warf man vor, dass sie ständig ihren Kamm herumliegen lasse, in dem noch büschelweise Haare steckten. Nur weil sie langes Haar habe, müsse sie dieses noch lange nicht im ganzen Zimmer verteilen.
Doch ihre Auseinandersetzungen dauerten nie länger als ein paar Minuten – bis auf das eine Mal, als Mary Catherine entdeckte, dass Clare mit ihrem einzigen Paar guter Schuhe ausgegangen war und

Valerie ihr Schächtelchen mit Wimperntusche nicht nur zerbrochen hatte, sondern sich das, was von der Tusche noch übrig war, in einer Wasserlache zu einer Ekel erregenden grauen Brühe aufgelöst hatte. *Diesmal* war der Streit nicht so schnell vorbei, und Mary Catherine drohte dreimal, wieder zurück in die Staaten zu gehen, wo die Leute normal seien.

Sie gingen zu Orten wie Bective, Palmerston, Belvedere oder Landsdowne. Das waren die Namen von Rugby-Klubs, in denen jedes Wochenende Tanz war. Natürlich war es ein seltsames Gefühl, einen Rugby-Klub zu besuchen. In ganz Castlebay gab es keinen Menschen, der Rugby spielte. Vielleicht spielte man in David Powers Schule Rugby, aber selbst in der Schule, die die Dillon-Jungs besucht hatten, gab es nur Fußball und Hurling. Und wenn einmal jemand aus Castlebay nach Dublin fuhr, um sich ein Spiel anzusehen, würde er sich für das Gaelic-Football-Endspiel im Croke-Park-Stadion entscheiden. Keiner käme auch nur im Traum auf die Idee, wegen eines Rugby-Länderspiels in die Landsdowne Road zu fahren.

Clare hingegen ging einmal an einem kalten Nachmittag zu einem Rugby-Spiel in die Landsdowne Road, um dort die eigene Universitäts-Mannschaft anzufeuern. Es war das Spiel, das alljährlich zwischen den beiden Dubliner Universitäten ausgetragen wurde. Die Studenten des Trinity College taten sehr vornehm, und um sich von ihnen abzuheben, skandierten die Anhänger des University College Dublin umso lauter in breitem Dubliner Akzent: »Los jetzt, COLLEGE, C-O-L-L-E-G-E, College.« Wie oft sie es auch wiederholten, sie mussten jedes Mal wieder lachen.

Clare hatte bei dem Spiel ein Rendezvous mit einem Jurastudenten namens Ian. Sie hatte ihn auf einem ihrer Ausflüge freitagabends kennen gelernt; er hatte sie zweimal ins Kino eingeladen und einmal in ein *Bona Fide*, einen Pub fünf Kilometer außerhalb der Stadt, der für Auswärtige eine längere Ausschankgenehmigung hatte. Clare machte sich eigentlich nichts aus Ian, sie fand ihn irgendwie wichtigtuerisch und überheblich. Er konnte nicht über normale Dinge reden, immer wollte er »Eindruck machen« und überlegte, »wie etwas klang« oder »nach etwas aussah«. Aber als sie mit ihren Freundinnen darüber gesprochen hatte, waren beide ganz anderer Ansicht und meinten, Clare werde immer anspruchsvoller, und man könne von einem Jurastudenten schließlich nichts anderes erwarten, als dass er rede und rede und auch ein bisschen angebe. Das würden sie schließlich an der Uni lernen, um Himmels willen, und nichts anderes würden sie auch den Rest ihres Lebens im Gerichtssaal tun.

Ian hatte sich das Auto seines Vaters geliehen, und im Anschluss an das Match fuhren sie zu einem Pub. Danach lud er sie in eines der großen Kinos ein, wo sie vor der Vorstellung noch eine Portion Eier mit Speck verdrückten. Während der Film lief, knutschten sie ein bisschen, aber Clare drehte immer wieder den Kopf weg, was Ian sehr verärgerte.

»Wie wär's mit später?«, fragte er.

»Gut, später«, erwiderte sie, die Augen starr auf die Leinwand gerichtet.

Als er sie dann zum Wohnheim zurückfuhr, machte er merkwürdige Umwege durch kleine Seitensträßchen. Schließlich landeten sie auf einem verlassenen Parkplatz, und Ian stellte den Motor ab.

Es war alles sehr peinlich. Später, als sie wieder in ihrem Schlafzimmer war, weinte Clare, und Valerie holte den Wermut, damit sich alle wieder beruhigten. Es sei kein bisschen wie im Film gewesen, wo man nur »nein« zu sagen brauchte, ohne dass man damit jemanden kränkte. Es sei einfach *schrecklich* gewesen! Wie bei einer Attacke in dem Rugby-Spiel, das sie zuvor gesehen hatten. Und zu allem Übel sei es auch noch ganz allein *ihre* Schuld gewesen; sie habe, wie Ian ihr vorgehalten habe, schließlich *später* gesagt. Er habe sie mit allen möglichen Namen beschimpft und gesagt, dass sie ihn zum Narren gehalten habe und es bei Männern gesundheitsschädlich sei, wenn sie erst dermaßen erregt würden und diese Erregung dann nicht loswerden könnten. Auch das bekümmerte sie. Es war alles ihre eigene, dumme Schuld! Deshalb sagten ja auch alle, man solle sich überhaupt nicht auf Knutschen und Fummeln und all das einlassen! Die Jungs würden dadurch nur ermutigt, und wenn sie dann mittendrin aufhören müssten, würden sie ganz krank davon!

Valerie fand es grotesk, dass man nicht einfach Ja oder Nein sagen konnte, wie man eben gerade aufgelegt war, nicht anders als bei der Frage, ob man Zucker in seinen Tee haben wollte oder nicht. Aber Mary Catherine wandte ein, dass es dabei um sehr viel mehr ging

als um gesüßten oder ungesüßten Tee. Alles sei so kompliziert, weil es ganz bestimmte Grenzen gebe. Solange man die nicht überschreite, sei alles in Ordnung, dann sei man ein liebes, süßes, entgegenkommendes Mädchen. Falls man allerdings weitermache, bedeute das automatisch, dass man bis zum Ende gehen müsse, und wenn man sich dann weigere, würden die Jungen ganz wild.
Obwohl sie sich in aller Ausführlichkeit auch über die technische Seite der Angelegenheit unterhielten, kamen sie aufgrund ihrer spärlichen Erfahrungen auf diesem Gebiet zu keinem einheitlichen Ergebnis, wo genau diese Grenze zu ziehen sei und wann man sie überschritt. Bei allen dreien war es ganz unterschiedlich gewesen. Vielleicht war es für jeden anders, weshalb um die ganze Sache auch immer so ein Wirbel gemacht wurde.
Clare sagte, es sei ihr eine Lehre gewesen. Sie sei nur aufgrund eines Stipendiums hier, und das Murray-Komitee erwarte von ihr, dass sie studiere und nicht ihre Zeit damit vergeude, in den Autos irgendwelcher Eltern irgendwohin gefahren zu werden, um herumzufummeln und befummelt zu werden und dann wutentbrannt, überhäuft von Anschuldigungen, nach Hause gebracht zu werden. Von jetzt an würde sie sich nicht mehr mit Männern einlassen.
Sie hatte alles genau geplant. Im Herbst 1960 würde sie den Bakkalaureus machen und danach noch zwei Jahre bis zu ihrem Magisterabschluss studieren. Das wäre dann 1962. Ja, gut. Anschließend würde sie nach Oxford oder Cambridge gehen, um dort ihren Doktor zu machen, wobei sie natürlich nebenbei als Tutorin arbeiten müsste. 1964 würde sie für drei Jahre als Forschungsstipendiatin nach Amerika gehen, an die Universität von Vassar oder Bryn Mawr, bevor sie 1967 nach Irland zurückkehrte und eine Professur für Neuere Geschichte am Trinity College oder am University College Dublin annahm – je nachdem, an welcher Universität zuerst der Geschichtsprofessor starb. Um sich an der jeweiligen Universität einen Namen zu machen, würde sie sieben Jahre lang dort arbeiten und nebenbei natürlich ihre eigenen Forschungen weiterführen. Mit vierunddreißig schließlich würde sie heiraten, dann wäre sie gerade noch jung genug, um genau zwei Kinder zu bekommen, und nicht mehr. Sie würde einen Dozenten aus einem anderen Fachgebiet heiraten, und sie hätten ein schlichtes, efeuüberwuchertes Haus voller Bücher. Sie würden in der Nähe eines

Cafés wohnen und abends meistens außer Haus essen, alle zusammen, auch die Kinder, sobald sie Pommes essen konnten.

Valerie und Mary Catherine bogen sich vor Lachen über Clares langfristige Zukunftspläne. Sie waren so durchdacht – die Namen der renommiertesten Universitäten der Welt, Clares jeweiliges Alter und sogar die Notwendigkeit einer nahe gelegenen Pommesbude waren berücksichtigt.

»Das ist kein Witz«, erwiderte Clare, und ihre braunen Augen blitzten entschlossen. »Ich werde ganz bestimmt keine Schulkinder unterrichten. Alle Möglichkeiten stehen mir offen, da werde ich mich nicht damit zufrieden geben, dumme, faule Kinder zu unterrichten, die gar nichts lernen wollen! Nein, ich werde keine Lehrerin. Und bevor ich nicht etwas aus meinem Leben gemacht habe und bereit dazu bin, werde ich auch nicht heiraten. Wenn ich nur darauf aus wäre zu heiraten, hätte ich ebenso gut zu Hause in Castlebay bleiben und in der Nase bohren können wie Chrissie.«

»Sie meint es ziemlich ernst«, sagte Valerie, als wäre Clare gar nicht anwesend.

»Ich wette, wenn sie erst mal eine nette Stelle hat und mit einem netten Mann verlobt ist, wird sie herzlich lachen über das, was sie heute gesagt hat«, entgegnete Mary Catherine.

»Ihr beiden seid fast genauso blöde wie Jungs«, war Clares einziger Kommentar. Dann nahm sie noch einen Schluck Wermut.

*

Am nächsten Morgen erhielt Clare einen Anruf von Dr. Power. Ihr stockte vor Schreck der Atem, aber Dr. Power kam schnell zur Sache.

»Mrs. O'Hara ist gestorben – der Herr schenke ihr die ewige Ruhe. Ich dachte, ich sollte dir Bescheid sagen, weil du und Angela doch befreundet seid.«

»Wann ist die Beerdigung, Dr. Power?«

»Am Sonntag. Aber gib bloß nicht dein ganzes Geld dafür aus, hierher zu kommen. Ich habe dich nur benachrichtigt, falls du eine Messe für sie lesen lassen willst.«

*

Sie rief Emer an, die sagte, sie würde Angela sofort telegrafieren. Dann ging Clare zur Universitätskirche.
Der Priester notierte sich Mrs. O'Haras Namen in seinem Notizbuch, damit er nicht vergaß, sie bei der Messe in seine Gebete einzuschließen. Clare streckte ihm zwei Zweieinhalbshillingstücke hin. Aber der Priester schüttelte den Kopf.
»Das macht doch fünf Shilling, Father, oder? Ich dachte, das wäre der Studentenpreis.«
»Das kostet gar nichts, mein Kind. Es wird mir eine Freude sein, für den Seelenfrieden dieser Frau eine Messe zu lesen. Warst du mit ihr befreundet? Oder verwandt?«
»Nein, nicht eigentlich befreundet. Sie war die Mutter meiner Lehrerin. Wenn diese Lehrerin mir zu Hause zusätzlichen Unterricht gab, saß sie immer dabei. Sie hat noch einen Sohn, der Priester ist und ihr sehr viel Freude bereitet – trotz ihres Zustandes. Sie war nämlich fast gelähmt.«
Der Priester hörte ihr wohlgefällig zu. »Nun, ihr Sohn wird wahrscheinlich viele Messen für sie lesen. Aber keine Sorge, ich lese ebenfalls für sie.« Er unterschrieb auf einer dafür vorgesehenen Karte an der Stelle, wo es hieß: »Zelebrant.« Clare dankte ihm für seine Großzügigkeit. Es hätte ihr zwar nichts ausgemacht, fünf Shilling für eine Messe für Angelas Mutter auszugeben, aber ohne diese zusätzliche Ausgabe war vieles einfacher. Mit einem leisen Schuldgefühl kaufte sie eine Briefmarke und schrieb einen Beileidsbrief. Sie fragte sich, was Angela jetzt wohl tat.

*

Es dauerte lange, bis Angela all die Beileidsschreiben beantwortet und sich für die Messen und Blumen bedankt hatte. Sie ging methodisch vor und erledigte jeden Abend ein paar Briefe. Doch zuvor stellte sie die Möbel in der kleinen Kate um und räumte den Lehnstuhl ihrer Mutter nach oben, damit sie nicht ständig zu ihm hinüberstarrte.
Die Menschen waren so gut zu ihr gewesen – sogar Immaculata hatte sich von ihrer menschlichen Seite gezeigt und ihr angeboten, länger freizunehmen, als ihr eigentlich zustand. Angela hatte dankend abgelehnt; lieber würde sie am Ende des Halbjahres ein paar

Tage freinehmen. Davon war Immaculata nicht gerade begeistert gewesen. So kurz vor Weihnachten, gerade dann, wenn das Weihnachtskonzert bevorstand! Genau deshalb, entgegnete Angela. Dieses Jahr würde es ihr schwer fallen, mit ganzem Herzen bei der Sache zu sein. Immaculata musste wohl oder übel ihr Einverständnis geben.

Geraldine und Maire waren während der ganzen Beerdigung eine größere Hilfe, als Angela zu hoffen gewagt hätte. In ihren schwarzen Mänteln und mit dem englischen Akzent lenkten sie die Aufmerksamkeit der Leute auf sich – und mit ihrer unschuldigen und aufrichtigen Betrübnis darüber, dass Father Sean es nicht hatte einrichten können, zur Beerdigung seiner Mutter nach Hause zu kommen. Schuldbewusst gestanden sie sich gegenseitig ein, dass sie ihm kaum geschrieben und in letzter Zeit auch von ihm höchstens eine Karte zu Weihnachten bekommen hatten. Geraldine erging sich sogar in Vermutungen, ob er wohl noch glücklich sei in seinem Priesterstand. Früher habe er doch gar nicht aufhören können, davon zu erzählen!

Angela selbst geriet kein einziges Mal in die Verlegenheit, eine Frage nach ihm direkt beantworten zu müssen. Sie musste lediglich ein paar Worte des Bedauerns murmeln, weil er nicht hier sein konnte, um selbst die Totenmesse zu lesen.

Und es gab ja auch so viel zu tun: Da waren die Besucher, denen man eine Kleinigkeit zu essen anbieten musste; für Geraldine und Maire mussten Betten aufgeschlagen werden; und die Sachen ihrer Mutter mussten geordnet werden, damit die beiden Schwestern ein paar Erinnerungsstücke mitnehmen konnten. Sie mussten auch darüber sprechen, was mit dem Haus geschehen sollte. Es war Angela nicht leicht gefallen, sich mit ihren Schwestern zusammenzusetzen, die ihr fast fremd geworden waren und über Geschäfte, Städte und Badeorte in England redeten, von denen sie noch nie gehört hatte. Aber es musste sein, sie hatten ein Recht auf einen Teil der Habseligkeiten, die ihre Mutter hinterlassen hatte.

Angela zeigte ihnen das Sparbuch ihrer Mutter; dort lagen etwas mehr als hundert Pfund. Eine Sterbeversicherung deckte die Kosten für das Begräbnis ab. Angela schlug vor, die hundert Pfund durch vier zu teilen. Aber Maire meinte, es wäre vielleicht mehr

im Sinne ihrer Mutter, alles Sean für die Mission zu geben; das habe Mutter immer am meisten am Herzen gelegen.
Einen Augenblick lang war Angela versucht, es ihnen zu erzählen. Es war schon spät, sie würden also nicht mehr durch Besucher gestört. Wenn sie es auf die Schultern ihrer Schwestern laden könnte, müsste sie nicht mehr so schwer daran tragen. Immerhin lebten die beiden in England, sie könnten ihn besuchen und sich ihr eigenes Bild davon machen, in welchem Dilemma er sich befand. Aber etwas an Sean und Shuya erregte so sehr ihr Mitgefühl, dass Angela es nicht übers Herz brachte, sie an Maire und Geraldine mit ihrem ganz anders gearteten, beschränkten Lebenshorizont auszuliefern. Nein, sie würde es ihnen jetzt noch nicht sagen.
Was würde ihre selige Mutter davon halten, dass sie Sean ihren Tod verschwiegen hatte? Hatte Angela dabei wirklich und wahrhaftig nur das Beste gewollt? Ihr graute bei dem Gedanken daran, dass einige der Einwände, die sie Sean gegenüber vorgebracht hatte, nur vorgeschoben waren. Warum wollte sie nicht, dass er jetzt heimkam und sich offenbarte? Seine Mutter lebte nicht mehr, musste nicht mehr darunter leiden oder sich seiner schämen. War es etwa möglich, dass Angela selbst schon so festgefahren war und nicht wollte, dass ihr Leben durcheinander gebracht wurde?
Sie fragte sich, warum sie Clare eigentlich nie eingeweiht hatte. In mancher Hinsicht stand Clare ihr näher als alle anderen Menschen. Und sie bewahrte auch ein Geheimnis, musste mit der Schande leben, dass der arme Tommy in London im Gefängnis saß. Aber irgendwie hatte es sich nie ergeben. Und jetzt war es fast zu spät dazu.
Angela betrachtete Clares Beileidsbrief und die von einem Priester der Universitätskirche unterschriebene Karte. Es war sehr lieb von ihr, dass sie so schnell geschrieben und ihr bescheidenes Taschengeld dafür verwendet hatte, eine Messe für ihre Mutter zu bezahlen. Angela wusste, welches Opfer das für Clare bedeutet haben musste. Clare hatte geschrieben, für Angela müsse es ein gewisser Trost sein zu wissen, dass sie immer für ihre Mutter da gewesen sei und ihr ein sicheres und glückliches Leben bereitet habe. Dies habe sie nicht mit Widerwillen, sondern frohen Herzens getan. Man könne seinen Eltern wohl kaum ein größeres Geschenk ma-

chen. Clare schrieb, sie selbst wäre nicht fähig, etwas so Großherziges zu tun. Ihr Brief war wahrscheinlich der Einzige, in dem nicht stand, welch großer Trost es sein müsse, dass Father Sean in diesem Augenblick für Mrs. O'Hara bete und wie schade es sei, dass er es nicht habe einrichten können, zur Beerdigung zu kommen.

*

In der letzten Woche vor den Ferien fuhr Angela nach England. Sie sagte ihren Schülerinnen, dass sie sich dieses Jahr keine Weihnachtskarten wünschte und das Weihnachtsfest wahrscheinlich bei ihren Schwestern oder bei Freunden in Dublin verbringen werde. Alle schienen der Ansicht zu sein, dass es das Beste war, was sie tun konnte. Es hatte ja keinen Sinn, in einem leeren Haus Weihnachten zu feiern, obwohl es auch genügend Leute gab, die Angela an diesem Tag zu sich nach Hause eingeladen hätten.

Auf dem Postschiff war es nass und kalt; und im Zug nach London stickig und unbequem. Als sie ein weiteres Mal umsteigen musste, in den Zug, der sie zu Seans Schule bringen würde, hatte sie vor Schlafmangel ganz verquollene Augen.

Vom Bahnhof aus ging sie noch einen Kilometer zu Fuß. Unterwegs musste sie daran denken, wie sie mit Sean zusammen zu der Villa in Ostia gefahren war, wo seine Frau und seine kleinen Kinder in einem der Nebengebäude für die Dienstboten lebten. Sie erinnerte sich noch daran, wie sehr sie sich davor gefürchtet hatte, seine Familie kennen zu lernen, und wie sich diese Furcht seither in Traurigkeit verwandelt hatte.

Angela war schon einmal hier gewesen; damals, als Father Flynn Sean den Posten an dieser Schule verschafft hatte, als sie noch Hoffnung auf eine baldige Laisierung hatten. Seans Eifer war damals noch ungebrochen, er schrieb seine Briefe an den Vatikan ebenso regelmäßig, wie er früher seine Besuche dort gemacht hatte.

Doch in letzter Zeit hatte er immer seltener davon berichtet. Er hatte geschrieben, dass Shuya sehr viel Arbeit angenommen habe; und dass Denis in der Schule gut lerne und Laki in einem nahe gelegenen Kloster ebenso; beide hätten viele Freunde gefunden. Es

sei zwar nichts auf Dauer, aber immerhin würde Denis auf diese Weise eine sehr gute und teure Schulbildung erhalten, die sie sich sonst nicht leisten könnten.
Angela dachte darüber nach, welche Art von Arbeit Shuya wohl angenommen hatte – an einer Schule wie dieser schickte es sich wahrscheinlich nicht, dass sie Näh- und Flickarbeiten erledigte wie in Rom. Aber vielleicht war man auch in England nicht mehr so engstirnig, vielleicht konnte man als Frau eines Lateinlehrers durchaus für andere Leute nähen oder sogar waschen.
Angela erreichte das kleine Lehrerhäuschen. Der Garten sah viel gepflegter aus als bei ihrem letzten Besuch, obwohl es jetzt mitten im Winter war. Da standen hübsche Silberbäume und als Kontrast dazu goldfarbene Büsche. Die Tür hatte einen leuchtend gelben Anstrich erhalten. Das ganze Haus wirkte sehr viel freundlicher, als sie es in Erinnerung hatte.
Sie wusste, dass Sean noch in der Schule war, und wollte ihn treffen, wenn er zum Mittagessen nach Hause ging. Er hatte ihr erzählt, dass es einer der schönsten Momente des Tages für ihn war, wenn er über den Schulsportplatz nach Hause spazieren und eine halbe Stunde in aller Ruhe mit Shuya verbringen durfte, bevor er sich wieder auf den Rückweg machte. Angela konnte nur zu gut nachfühlen, wie angenehm diese Pause nach dem schrillen Geschrei der Schülerstimmen war. Sie selbst musste derartigen Luxus entbehren, dafür sorgte schon Immaculata.
Sie klopfte an die gelbe Tür. Shuya öffnete. Eine freudig lächelnde Shuya mit weit ausgebreiteten Armen.
»Ich habe dich vom ersten Stock aus kommen sehen und bin gleich nach unten gerannt. Willkommen, willkommen, Angela! Ich kann es kaum fassen, dass du da bist. Ich freue mich so! Wir freuen uns alle. Und diesmal hast du auch einen Koffer dabei, diesmal bleibst du bei uns.«
»Diesmal bleibe ich bei euch, Shuya.«

*

Sie tranken zusammen Tee, und Angela sah sich um. Shuya wirkte irgendwie verändert, jünger, hübscher zurechtgemacht. Ihr Haar war zu einem Knoten gesteckt; sie trug einen hellgrünen Rock mit

hellgrünem Pulli, dazu einen großen weißen Kragen mit einer Brosche aus Connemara-Marmor darauf.
Angela hatte ihr diese Brosche bei ihrem letzten Besuch geschenkt, und die Vorstellung, dass es wahrscheinlich Shuyas einziges Schmuckstück war, rührte sie. Shuya erzählte von ihrer Arbeit. Es handelte sich keineswegs um Nähen oder Waschen. Sie tippte Doktorarbeiten ab, fertigte Übersetzungen für japanische Firmen in London an und machte für alle möglichen Leute Kopien und Abschriften – wobei einer ihrer besten Kunden die Schule selbst war. Dort erachtete man es als sehr viel sinnvoller, Mrs. O'Hara für sauber erstellte und ordentlich kopierte Prüfungsaufgaben, Mitteilungen und Broschüren zu bezahlen, als selbst die Kopiermaschine zu bedienen und dabei stapelweise Papier zu verschwenden. Wie Shuya Angela stolz erzählte, liefen ihre Geschäfte ziemlich gut, so gut, dass sie sogar ein Mädchen beschäftigte, das ihr drei Nachmittage die Woche half.
Auf dem Klavier standen Fotos der Kinder; sie waren in der Zwischenzeit so groß geworden, dass Angela sie kaum wiedererkannt hätte. Denis war mittlerweile über zehn Jahre alt und Laki acht. Eine andere Fotografie zeigte ihre Mutter; es war das einzige hübsche Foto, das von ihr existierte. David Power und James Nolan hatten es vor Jahren aufgenommen, als sie ihren ersten Fotoapparat bekommen hatten und eifrig jeden in Castlebay knipsten, um Gerry Doyle Konkurrenz zu machen. Das Foto hatte einen der seltenen Momente eingefangen, in dem ihre Mutter gelächelt hatte und man die Linien, die der Schmerz in ihr Gesicht zeichnete, nicht sah.
Ihr Blick blieb an dem Bild hängen. Shuya entging dies nicht. Sehr leise sagte sie: »Bist du gekommen, um Sean etwas über seine Mutter zu erzählen?«
»Ja«, flüsterte Angela.
»Ist sie sehr krank? Fragt sie nach ihm?«
»Nein, das ist es nicht.«
»Wenn es ihr nämlich helfen würde, muss Sean zu ihr gehen, ganz allein, in seiner Priesterkleidung. Wenn es das Beste ist, werde ich ihm das sagen.«
»Nein, Shuya, das ist es nicht. Sie ist tot. Sie ist vor einem Monat gestorben.«

»Vor einem Monat?«
»Ich weiß, ich weiß. Ich musste ganz allein eine Entscheidung treffen, und es schien mir am besten so.«
Shuya schwieg.
»Bitte, Shuya, sag doch, war es nicht das Beste? Ich habe ihm die Entscheidung abgenommen. Sean brauchte sich nicht zu entscheiden.«
»Vielleicht wäre es besser gewesen, er hätte selbst entschieden. Vielleicht kann man ihn nicht immer und ewig davor bewahren, eine Entscheidung zu treffen.«
»Jetzt weiß ich überhaupt nichts mehr«, sagte Angela traurig.
»Bitte verzeih, Angela, wo habe ich nur meinen Kopf? Deine Mutter ist gestorben, und ich zeige keinerlei Mitgefühl. Das war sehr grausam und gedankenlos von mir. Erzähl mir, wie sie gestorben ist. Kam es ganz plötzlich?«
»Ja. Sie hatte einen Herzanfall, weißt du. Wenn es ganz allmählich mit ihr zu Ende gegangen wäre, hätte ich Sean benachrichtigt. Aber er wäre sowieso zu spät gekommen, und ich wollte nicht ...«
»Bitte, bitte, Angela. Ich denke, so war es für Sean am leichtesten. Du warst wie immer um sein Wohl besorgt.«
Shuya stand auf und legte ihre Arme um Angelas Schultern. »Du hast getan, was am besten war. Ich bin dir dankbar dafür, dass ich all das nicht mit ihm zusammen durchmachen musste. Das ganze Leid. Danke, dass du unserer Familie diesen Frieden beschert hast. Er wird sich mit dem Tod seiner Mutter abfinden. Dreizehn Jahre lang, seit er sie zum letzten Mal sah, war sie für ihn nicht mehr als ein Traum. Er wird nicht um einen wirklichen Menschen trauern, sondern um das Bild, das er von ihr hatte.«
»Du bist sehr klug, Shuya.«
»Ich möchte Lehrerin werden. Ich mache gerade meine Prüfung als Schreibmaschinen- und Stenolehrerin. Dieser Abschluss wird doch in Irland bestimmt anerkannt, oder?«
»Ja, sicher. Wollt ihr denn nach Irland gehen?«
»Sean spricht von fast nichts anderem.«

*

Shuya zeigte ihr den Weg, auf dem sie Sean treffen würde. Sie sagte, sie selbst würde ausgehen, damit sie zu Hause ungestört sprechen könnten. Das Mittagessen sei schon fertig.
Er trug einen dicken Mantel mit hochgestelltem Kragen und hatte die Hände in den Taschen vergraben. Seine fast vierzig Jahre sah man ihm nicht an. Er verzog sein Gesicht zu einem breiten, einfältigen Lächeln und war schon dabei, auf Angela zuzulaufen ... doch dann besann er sich.
»Hast du schlechte Nachrichten?«, fragte er unvermittelt.
»Mam ist gestorben, ganz friedlich. Sie starb ohne Angst. Jetzt ist alles vorbei.«
Er bekreuzigte sich. »Der Herr sei ihrer Seele gnädig.«
»Ich wollte es dir erst jetzt erzählen, wo schon alles vorüber ist.«
»Du bist sehr, sehr gut zu uns.« Er nahm sie in die Arme und drückte sie an sich.
»Hoffentlich habe ich es richtig gemacht. Es kam alles so schnell und überraschend. Ich hätte dich telefonisch benachrichtigen können, wie Geraldine und Maire. Aber ich brachte es nicht über mich, Sean. Ich dachte, wenn Mam dich sehen kann, wird sie alles verstehen. Außerdem wäre es zu viel für dich gewesen, und, um ehrlich zu sein, auch für uns.«
Jetzt, da sie auch ihre selbstsüchtigen Beweggründe eingestanden hatte, fühlte sie sich besser. Sean legte seinen Arm um ihre Schulter, während sie zusammen zum Haus gingen.
»Weiß Shuya es schon? Hast du es ihr erzählt?«
»Ja.«
»Und was sagt sie? Glaubt sie auch, dass es am besten war, Mam zu beerdigen, ohne dass ich dabei war?«
Mit einem Mal begriff Angela, was Shuya gemeint hatte. Die Menschen beschützten Sean unwillkürlich. Sie hielten die böse Welt von ihm fern. Wenn sie jetzt sagen würde, dass Shuya es gebilligt hatte, würde er erleichtert lächeln, und alles wäre in Ordnung.
»Ja. Shuya fand, dass es so richtig war. Sie dankte mir dafür, dass ich euch diesen Frieden beschert habe, so hat sie sich ausgedrückt.«
Sean lächelte, genauso, wie sie es vorausgesehen hatte. »Ich wäre gerne da gewesen, um die Hand meiner Mutter zu halten. Aber wenn alles so schnell gegangen ist, dann danke ich dir nochmals,

Angela, dass du diese Last allein getragen hast.« Sein Arm lag noch immer freundschaftlich auf ihrer Schulter. »War es sehr schlimm und qualvoll für sie?«
»Nein. Es war wirklich, wie man so sagt, ein Segen für sie. Ganz bestimmt, Sean. Sie hatte doch ständig diese *schrecklichen* Schmerzen. Jede Bewegung tat ihr weh. Sie konnte sich weder selbst anziehen noch laufen.«
Sein Gesicht war schmerzerfüllt. So wollte er seine Mutter nicht in Erinnerung behalten.
»Dr. Power meinte, sie habe die schlimmste Arthritis gehabt, die ihm je vorgekommen sei. Außerdem litt sie an Inkontinenz, aber nicht aus medizinischen Gründen, sondern einfach nur, weil sie nicht mehr rasch genug aufstehen konnte, um zur Toilette zu gehen.«
Er schloss betrübt die Augen.
»Es war kein Leben mehr für sie. Da gab es keinen wachen Augenblick mehr, in dem es ihr wirklich gut ging. Jetzt hat sie ihren Frieden. Das denke ich mir jedes Mal, wenn ich in die Zimmerecke sehe, wo sie immer gesessen hat.«
»Wann ist sie denn gestorben?«
»Schon vor einem Monat. Ich konnte wegen der Schule nicht eher kommen. Du weißt ja, wie das ist.« Angela lächelte ihm resigniert zu. Von Lehrer zu Lehrer.
Sie waren am Haus angekommen. Sean machte den Eindruck, als wäre es ihm lieber, wenn Shuya jetzt nicht zu Hause wäre.
»Sie ist in die Stadt gefahren. Damit wir in aller Ruhe miteinander sprechen können, hat sie gesagt. Obwohl ich ihr versichert habe, dass es nicht nötig sei.«
Es war Angela, die anschließend die Suppe verteilte, auch wenn dies eigentlich nicht ihr Haus war. Dann setzte sie den Wasserkessel auf, damit sie später Tee machen konnte. Und sie schnitt das Brot. Ja, tatsächlich – kaum dass sie zur Tür hereingekommen war, hatte sie begonnen, Sean zu bemuttern.
»Ich wünschte, die Kinder hätten ihre Großmutter noch kennen gelernt. Jetzt haben sie keine Großmutter mehr«, sagte er.
»Das hatten wir doch auch nicht, Sean. Dads Mutter starb noch vor unserer Geburt, und Mams Mutter starb, als ich noch ein Baby war. Du kannst dich überhaupt nicht mehr an sie erinnern, oder?«

»Nein. Aber die Zeiten haben sich geändert, Denis und Laki werden es einmal besser haben als wir. Und sie wissen, dass sie eines Tages nach Irland gehen werden. Ich habe Bücher, sieh mal ... Viele Bücher über Irland, damit sie eine Vorstellung davon bekommen. Natürlich haben wir auch Bücher über Japan. Ich lasse nicht zu, dass meine Kinder in verworrenen Verhältnissen aufwachsen und nicht wissen, wer sie sind und woher sie kommen, so wie es bei uns war.«

»Dir liegt also sehr viel daran, wieder nach Irland zu gehen?«

»Das habe ich doch immer gesagt.«

»Ich weiß, ich weiß.«

Dann dachte Sean wieder daran, dass seine Mutter nicht mehr lebte, und er vergrub sein Gesicht in den Händen. Er sagte, das alles komme ihm so unwirklich vor. Wenn er an seine Mutter denke, habe er das Bild einer fröhlichen, redseligen Frau vor Augen, die immer vor Neuigkeiten übersprudelte und im Mittelpunkt stand. 1945, als Sean das letzte Mal zu Hause gewesen war, war sie vielleicht wirklich noch ein bisschen so gewesen. Damals, als der Glorienschein ihres Jungen, eines Priesters in Amt und Würden, sie für den Verlust ihres trinksüchtigen Ehemanns, der ihr nichts als Kummer bereitet hatte, weit gehend entschädigte. Ja wirklich, damals war Mutter fröhlich und heiter gewesen, auch wenn ihre Gelenke geschmerzt hatten. Und Sean hatte sie seitdem nicht wiedergesehen. Er konnte nichts dafür, dass er sie so sah wie die Frau auf der Fotografie, mit klarem Blick und heiterem Lächeln.

Angela stocherte in ihrem Käsesalat, während er von der Vergangenheit sprach.

»Heute Abend werden wir einen Rosenkranz für sie beten, alle zusammen«, sagte er. »Damit die Kinder die Bedeutung dessen, was geschehen ist, erfassen.«

Sie wünschte, sie könnte den Gedanken verscheuchen, dass ihr Bruder in Todsünde lebte und es ihm nicht gerade anstand, eine Gebetsstunde zu halten. Doch er schien nichts dabei zu finden.

»Denkst du, dass unter dem neuen Papst Bewegung in die Sache kommt?«, fragte sie plötzlich und griff dabei nach seiner Hand. »Er macht einen so gütigen Eindruck.«

»Mit Güte hat das nichts zu tun. Dort mahlen die Mühlen so lang-

sam wie in einer Behörde«, antwortete Sean betrübt. »Wenn ich erreichen könnte, dass Papst Johannes XXIII. die Papiere zu Gesicht bekommt, wäre die Sache in wenigen Tagen erledigt. Aber das wäre unter Pius XII. auch nicht anders gewesen.«
»Die Tatsache, dass es schon so lange dauert – ist das ein gutes oder ein schlechtes Zeichen?«
»Ehrlich gesagt, ich weiß es nicht. Es heißt wohl vor allem, dass sich mittlerweile ein beträchtlicher Aktenberg angesammelt hat, denke ich. Und wenn ein Fall schon durch mehrere Hände gegangen ist, übernimmt man ihn nicht gerne.«
»Wissen sie denn hier Bescheid?« Sie nickte mit dem Kopf in Richtung des Schulgebäudes.
»Nur die Schulleitung, sonst niemand. Ich habe großes Glück gehabt, dass ich diese Stelle bekommen habe.«
Sean war jetzt viel weniger zuversichtlich als früher. Es hatte Zeiten gegeben, da hätte er niemals zugegeben, dass er sich glücklich schätzen konnte, dies oder jenes erreicht zu haben. Damals hatte er noch gedacht, ihm stehe die ganze Welt offen, er könne sich aussuchen, wie er leben wollte. Die langwierigen Verhandlungen mit dem Vatikan hatten ihm einen Dämpfer versetzt.
Aber bevor die Kinder kommen würden, um mit ihnen gemeinsam niederzuknien und einen Rosenkranz zu beten für ihre verstorbene Großmutter, die sie nie kennen gelernt hatten und die ihnen auch fremd geblieben wäre, mussten sie noch einmal über seine Irlandpläne sprechen.
»Du würdest also gerne zurück nach Castlebay kommen?«
»Es würde dir nichts ausmachen?«
»Nein, natürlich nicht«, log sie.
»Ich kann mich noch daran erinnern, dass du das schon einmal gesagt hast – vor langer Zeit in Rom. Damals hast du gesagt, es gebe nur einen Grund, warum ich nicht zurückkommen könnte: Weil ich Mam damit das Herz brechen würde.«
»Das habe ich gesagt, und ich stehe zu meinem Wort.« Angela brachte es nicht fertig, es herzlicher zu formulieren. Es ging einfach nicht. Das wäre doch reiner Wahnsinn! Es würde alle vor den Kopf stoßen, dass man ihnen all die Jahre etwas vorgemacht hatte. Denis war mittlerweile schon zehn. Wie konnte Sean nur so blind sein?

»Ich weiß, dass du zu deinem Wort stehst. Du warst schon immer grundehrlich, Angela. Es gibt keine bessere Freundin oder Schwester als dich.«

Sie machte Tee und goss sich selbst eine Tasse ein. Ihre Hand zitterte.

»Das alles war bestimmt furchtbar für dich. Was willst du denn jetzt tun? Allein in dem Haus weiterleben?« Er klang besorgt.

»Ich weiß es noch nicht genau. Für die nächste Zeit bleibe ich auf alle Fälle dort.«

»Ja, ja.«

»Möchtest du vielleicht das Haus haben? Wenn du zurückkommst, meine ich?«

Jetzt war es heraus. Sie hatte es klar und deutlich ausgesprochen. Die wahnwitzige Idee, dass ein Priester in seinen Heimatort zurückkehrte, um dort mit seiner japanischen Frau und seinen Kindern zu leben.

Zu Angelas Erleichterung schienen Seans Überlegungen nicht zwangsläufig in diese Richtung zu gehen.

»Oh, ich glaube nicht, dass wir in Castlebay *leben* würden. Dort gäbe es ja keine Arbeit für mich. Und keine Schule für die Kinder.« Einen Moment lang kochte Angela vor Wut. Was war denn an der Klosterschule, wo sie unterrichtete, so furchtbar schlecht? Oder an der Jungenschule, die gut genug für Sean O'Hara gewesen war? Aber im Grunde kam ihr seine Überlegung ja sehr gelegen.

»Ich denke, du hast Recht. Aber nach Hause kommen willst du auf alle Fälle? Und alle wiedersehen – Mrs. Conway von der Post, Sergeant McCormack, die Murphys und die Dillons?« Sie hatte mit Bedacht sowohl unsympathische als auch nette Leute genannt. Sie musste nun behutsam vorgehen.

»Es ist doch schließlich mein Heimatort. Von da komme ich her.« Er verteidigte sich. Aber das war das Letzte, was sie von ihm hören wollte.

»Ich weiß sehr wohl, dass es dein Heimatort ist – schließlich habe ich dir Mams Haus angeboten. Ich habe nur gefragt, wie deine Heimkehr aussehen soll. Willst du im Sommer kommen? Soll ich den Leuten vorher von deiner Ankunft erzählen, oder erklärst du ihnen alles selbst, wenn du da bist?«

»Ich dachte, du könntest vielleicht ... Ich weiß es nicht. Das kann man alles noch später besprechen.«
»Natürlich.«

*

Sie besuchte Father Flynn, als sie auf der Rückreise Station in London machte. Er meinte, sie müssten unbedingt zusammen zum Essen ausgehen.
»Jetzt weiß ich, warum die Leute Priester werden – damit sie für den Rest ihres Lebens auswärts essen können. Nie zuvor und auch nie mehr danach habe ich so oft im Restaurant gegessen wie damals in Rom.«
»Ach, das waren noch Zeiten! Aber diesmal hat es gewissermaßen berufliche Gründe. Ned O'Brien hat mich in das Lokal eingeladen, in dem er arbeitet. Der Pächter des Pubs hat gerade einen neuen, separaten Speiseraum eröffnet, und kein Geringerer als der unerschrockene Ned O'Brien ist dort Oberkellner. Warten Sie nur, der wird Augen machen, wenn ich mit seiner ehemaligen Lehrerin auftauche.«
»Ich kann mir nicht vorstellen, dass er sich freuen wird. Gelernt hat er sowieso nichts bei mir. Aber ich denke, für seine Bildungslücken bin ich nicht allein verantwortlich. Und was ist mit Tommy? Er ist wieder draußen, nicht wahr?«
»Im Augenblick ja. Genau darüber wollte ich mich heute Abend mit ihm unterhalten.«
»Dann werde ich mich für eine Weile entschuldigen.«
»Das brauchen Sie gar nicht. Er weiß, dass Sie über alles im Bilde sind.«
»Bei Ihnen ist immer alles so wunderbar unkompliziert, Father Flynn!«

*

Sie entdeckten Ned, der sehr wichtig, aber auch ziemlich nervös wirkte. Father Flynn tat so, als wäre er zum ersten Mal in einem Restaurant. So fiel es Ned nicht schwer, ihn aufs Beste zu bedienen, und dabei taute auch der frisch gebackene Oberkellner auf.

Er erklärte ihnen, dass es drei Hauptgerichte gebe, Steak, Hühnchen oder Fisch; als Vorspeise in jedem Fall Suppe und als Nachspeise Eis. Der Preis richte sich dabei immer nach dem Hauptgericht. Er würde Father Flynn selbstverständlich einladen, aber ehrlich gesagt sei er nicht sicher, ob er auch Miss O'Hara freihalten könne. Angela sagte sehr bestimmt, dass sie selbstverständlich auf eigene Rechnung hier sei; und zwar hätte sie gerne Steak, das teuerste Gericht, und sie würde es sich schmecken lassen.

»Das mit Ihrer Mutter tut mir sehr Leid, Miss O'Hara«, sagte der Oberkellner des neuen Speiseraums, in dem sie noch immer die einzigen Gäste waren.

»Woher weißt du davon?«

»Clare schreibt Tommy jede Woche einen Brief, pünktlich wie die Maurer. Sie hat ihm davon erzählt. Und ich ... nun ja, ich lese ihm die Briefe vor. Es tut mir sehr Leid für Sie.«

»Vielen Dank, Ned. Aber meine Mutter war schon alt und hatte furchtbare Schmerzen. So war es am besten für sie.«

»Ich kann mir nicht vorstellen, dass Tommy lange bei Ihren Freunden bleibt, Father«, raunte Ned Father Flynn zu.

»Das ist sehr schade. Warum denn nicht?«

»Er denkt die ganze Zeit, dass diese Kerle nach ihm suchen. Ich glaube zwar nicht, dass sie große Sehnsucht nach ihm haben, aber er hat eine Nachricht erhalten, dass sie ihm nächste Woche eine bestimmte Geldsumme zukommen lassen wollen – seinen Anteil sozusagen.«

»Aber wenn sie ihn bei ihren nächsten Projekten gar nicht dabeihaben wollen, dann *könnte* er vielleicht bei den Carrolls bleiben, oder?« Father Flynn hatte Tommy Arbeit in einem kleinen Obst- und Gemüseladen besorgt, der einer irischen Familie gehörte; Tommy wohnte auch dort. Er sollte zunächst ausfegen und mithelfen, und sie würden ein Auge auf ihn haben.

Wenn er sich bewährte, könnte er später auch als Verkäufer arbeiten.

»Sie kennen doch Tommy, Father. Er ist immer noch ein großes Kind.«

Angela seufzte und fragte sich, ob wohl alle Brüder große Kinder waren.

»Was soll ich nur tun, wenn Sean zurück nach Castlebay kommt?«, fragte sie später.
»Sie werden es überleben, genau wie Sie bisher alles überlebt haben«, antwortete Father Flynn.

*

Angela kehrte rechtzeitig zum Weihnachtsfest nach Dublin zurück, um die Festtage mit Emer und Kevin zu verbringen. Auf der Fähre drängten sich heimkehrende Auswanderer, die Lieder sangen und froh waren, wieder einmal nach Hause zu kommen, in kleine Dörfer und Städte überall in Irland.
Das ganze Haus war mit Stechginster- und Efeuzweigen geschmückt, und quer durch die Diele ringelten sich Papiergirlanden. Emer hoffte, dass es nicht zu heiter wirkte; schließlich war Angela noch in Trauer. Aber Angela beruhigte sie: Es sei genau das, was sie jetzt brauche. Clare wollte am Abend noch hereinschauen, bevor sie zum Bahnhof ging. Sie hatte für Daniel ein Weihnachtsgeschenk, und außerdem hatte Emer sie zum Essen eingeladen.
Angela fand, dass Clare schmal geworden war und müde aussah, aber sie war guter Laune. Clare erzählte ihnen, dass sie, was Männer betreffe, ein hoffnungsloser Fall sei. Sie wolle, sobald ihr Studium es zulasse, bei jemandem Unterricht nehmen, der Erfahrung im Umgang mit Männern habe. Anscheinend verhalte es sich damit ähnlich wie beim Bridge und beim Autofahren: Man müsse nicht besonders intelligent dazu sein, sondern nur wissen, wie es gehe.
Clare wünschte, sie könnte Weihnachten in dieser angenehmen, ungezwungenen Umgebung verbringen, aber gleich verwarf sie diesen Gedanken wieder. Schließlich freute sie sich doch auf zu Hause. Da war keine Chrissie mehr, und kurz vor Ende der Sommerferien hatte sie noch ihr Zimmer frisch gestrichen. Aus London gab es gute Nachrichten von Ned und zumindest keine schlechten von Tommy. Angela hatte ihr alles genauestens geschildert und sogar Clares Mutter geschrieben, wie gut Ned sich in seiner neuen Stellung mache. Verglichen mit ihren Freundinnen erwartete sie ein harmonisches Weihnachtsfest.
Valerie zum Beispiel würde mit der Rückkehr ihres verloren ge-

glaubten Vaters konfrontiert werden, und Mary Catherine war von den Nolans über die Feiertage eingeladen worden, wünschte sich aber nichts sehnlicher, als dass sie abgelehnt hätte. Clare musste an die beiden denken, während sie fröstelnd am Bahnsteig des Kingsbridge-Bahnhofs auf den Zug wartete.

Einer plötzlichen Eingebung folgend lief sie mit einem Mal zu einer Telefonzelle und rief Val an, die immer noch im Wohnheim war.

»Hör zu, ich habe nicht viel Zeit; der Zug fährt in einer Minute. Sag ihm einfach, was du denkst. Mach's nicht so wie deine Mutter mit ihrem Geturtel; *du* bist schließlich nicht in ihn verliebt. Er ist dein Vater, und er hat dich im Stich gelassen. Erzähl ihm ruhig, dass es nicht leicht für dich war und es noch eine Weile dauern kann, bevor du wirklich glaubst, dass er jetzt für immer bei euch bleibt.«

»Was?« Val war vor Überraschung fast sprachlos.

»Ich meine, du musst nicht so tun, als wäre gar nichts passiert. Das würde nämlich bedeuten, dass du ihn für nicht zurechnungsfähig hältst. Er hat dich verlassen, als du dreizehn warst und ihn gebraucht hast. Du solltest gar nichts beschönigen, sonst denkt er nur, er hätte nichts Falsches getan.«

»Dann werden wir aber das ganze Fest lang streiten, und meine Mutter wird sehr böse auf mich sein«, meinte Val.

»Unsinn, du schaffst es auch ohne Streiten. Frohe Weihnachten.«

*

Dann schlug sie im Telefonbuch die Nummer der Nolans nach und rief auch dort an. James war überrascht, ihre Stimme zu hören. »Stimmt etwas nicht?«, fragte er.

»Um Himmels willen, James, du bist wirklich noch zu jung, um schon zu glauben, dass ein Telefonanruf automatisch etwas Schlechtes bedeutet.«

Er ärgerte sich – was sie beabsichtigt hatte – und zog los, um Mary Catherine zu holen.

»Erzähl ihnen, dass dein Vater Briefträger ist. Jetzt gleich«, sagte Clare.

»Was?«

»Der einzige Grund, warum du Weihnachten nicht genießen wirst, ist der, dass du dich die ganze Zeit über verstellen musst. Erzähl es ihnen, um Himmels willen, wenn sie dich danach fragen – oder besser noch *davor*. Sie werden dich bestimmt nicht gleich hinauswerfen.«

Mary Catherine begann zu lachen.

»Was ist, wirst du es tun?«, fragte Clare ungeduldig. »Ich muss los, mein Zug fährt gleich.«

»Ja, ich glaube schon«, sagte Mary Catherine. »Wenn man es so betrachtet, hat es keinen Sinn, es zu verschweigen.«

Der Schaffner verkündete schon aufgeregt, dass der Zug soeben eingefahren sei und man jetzt einsteigen könne.

Clare überlegte, was man wohl ihr als guten Ratschlag für Weihnachten mitgeben könnte. Sie kam zu dem Ergebnis, dass Angelas alte Devise schon immer der beste Rat gewesen war. Sie musste *optimistisch* bleiben, ihre *gute Laune* behalten und durfte ihrer Familie nie das Gefühl geben, dass ihre Ausbildung und ihre hoffnungsvolle Zukunft eine Bedrohung für sie darstellten.

Clare beherzigte diese Ratschläge wie eine Hausaufgabe, die sie über Weihnachten aufbekommen hatte. Ihrer Mutter half sie, in letzter Minute einen Weihnachtskuchen zu backen; sie besuchte ihre verheiratete Schwester in ihrem neuen Haus; auf einem Pferdewagen fuhr sie zusammen mit Jim und Ben zu einem Bauernhof, wo es Unmengen von Stechginster und Efeu gab und die Bauersleute froh waren, wenn ihn jemand mitnahm. Sie schmückten damit den Laden und das Haus.

Außerdem machte Clare mit ihrem Vater lange Spaziergänge die Far Cliff Road entlang und diskutierte in aller Ausführlichkeit mit ihm darüber, ob er sich eine Softeismaschine zulegen sollte oder nicht. Eigentlich gab es nicht viel dazu zu sagen, es ging im Grunde nur darum, ob ihr Vater beherzt genug war, einen Kredit dafür aufzunehmen oder nicht. Eine solche Maschine hatte zweifellos eine enorme Anziehungskraft, und früher oder später würde sich jemand anderer am Ort eine kaufen. Dann würde ein großer Teil der Kunden abwandern und dort einkaufen gehen, wo es diese köstlichen, sahnigen Eiswaffeln gab. Aber Clares Vater scheute vor einer Entscheidung zurück, zerbrach sich unentwegt den Kopf darüber, ob es denn klug wäre, sich für etwas, das nur elf Wochen im

Jahr benutzt wurde, in Schulden zu stürzen. Clare wandte ein, dass in Dublin sogar im Winter Softeis verkauft wurde. Man sehe nicht selten Leute in der Kinoschlange so ein Eis essen. Aber ihr Vater hörte nicht auf, hin und her zu überlegen ...

Dad wirkte alt und müde; und obwohl er beteuerte, wie gern er draußen an der frischen Luft mit ihr spazieren ging, war nicht zu übersehen, dass der Wind ihm Tränen in die Augen trieb und ziemlich zusetzte. Clare überlegte, ob sie ihm von Tommy erzählen sollte, kam aber schon bald zu einem Entschluss: Jemand, der sich nicht einmal entscheiden konnte, ob er eine Eismaschine kaufen sollte oder nicht, würde unmöglich mit der Tatsache fertig werden, dass sein Sohn auf die schiefe Bahn geraten war.

Josie war gut gelaunt, aber sehr beschäftigt. Sie hatte auf eigene Faust nachgeforscht, ob Interesse an einem Weihnachtsprogramm (wie man es in Hotels nannte) bestand, und das war tatsächlich der Fall. Über Weihnachten würden sie neunundzwanzig Gäste haben, und alle fieberten dem Ereignis entgegen. In der Familie hatte es wegen der Angelegenheit böses Blut gegeben, und Josies Schwester Rose, die von nun an eigentlich fest im Hotel hätte arbeiten sollen, änderte ihren Entschluss mit der Begründung, da ja Josie jetzt offensichtlich die Entscheidungen treffe, sei sie hier wohl überflüssig. Sie würde in ein anderes Hotel gehen.

*

David Power kam an jenem Abend ins Hotel, um etwas zu trinken und ihnen für das Weihnachtsprogramm viel Glück zu wünschen. Die Gäste versammelten sich bereits in der Halle, und die Dillons waren mit ihrem Latein am Ende: Sie hatten nicht daran gedacht, jemanden zu engagieren, der Klavier spielen konnte. Im Sommer fand sich immer ein Student, der sich für freie Kost und Logis am Abend im Gesellschaftsraum ans Klavier setzte.

Josies Mutter warf David einen flehenden Blick zu. »Nur für eine Stunde, David, ja? Du glaubst nicht, wie sehr du uns damit helfen würdest.«

»Aber ich bin nicht gut genug«, wehrte sich David.

»Clare, kannst du nicht spielen?«, beschwor er sie.

»Nein, in meiner Ausbildung war keine Zeit dafür vorgesehen.

Aber ein Mann wie du, der in allen Künsten bewandert ist, dürfte doch ...«
»Ich hasse dich von ganzem Herzen, Clare O'Brien«, entgegnete David augenzwinkernd.
Josie dankte ihm überschwänglich und führte ihn zum Klavier. Nach einer kurzen Einleitung ging David zu einer Version von »There is a Tavern in the Town« über, und Dick Dillon, der mitten unter den Gästen saß, begann zu singen. Bald stimmten alle mit ein. Nach etwa drei Liedern bestand kein Zweifel mehr daran, dass David den ganzen Abend lang spielen würde. Dick brachte ihm eine Pinte Bier und stellte sie aufs Klavier. Bones, der bisher in der Hoffnung darauf, dass die Musik bald aufhören würde, geduldig in der Halle gewartet hatte, wurde in die Küche gebracht und mit einem Teller Suppe versorgt. Neben dem Herd fiel er in einen tiefen Schlaf und träumte von Sanddünen, in denen es von Kaninchen wimmelte, und von langen Stränden mit festem Sand, wo gerade Ebbe war und jemand stundenlang Stöcke für ihn warf.

*

Im Sommer 1959 vertraten einige Leute die Meinung, dass der Weltuntergang nicht mehr fern sei: Es war der heißeste Sommer, den sie je erlebt hatten. Tom O'Brien verwünschte sich für seine Ängstlichkeit, als er mit ansehen musste, wie die Menschen in Scharen an seiner Ladentür vorbei zu Fergus Murphy und seiner Softeismaschine pilgerten. Fergus' Geschäft erlebte einen enormen Aufschwung, weil die Kunden nebenbei noch Süßigkeiten, Zeitschriften und Lebensmittel kauften, während sie um ein Softeis anstanden. Die Mitglieder des Castlebay-Komitees beglückwünschten sich dazu, dass sie weit blickend genug gewesen waren, die Eintragung der bereits eingegangenen Buchungen in ein Zentralregister zu organisieren. Jetzt konnte man die Urlauber sofort an die freien Zimmer am Ort verweisen, ohne dass sie sich selbst bei jeder einzelnen Unterkunft erkundigen mussten. Außerdem gab es nun zwei ganztägig beschäftigte Rettungsschwimmer, und wenn die Flut sehr hoch stand, durften die Badegäste nur in einem abgegrenzten Bereich schwimmen. In jenem Sommer ertrank nie-

mand in Castlebay, und auch auf den Wegen, die vom Strand nach oben führten, stürzte und verletzte sich niemand, weil man sie nun endlich richtig ausgebaut und mit Geländern versehen hatte. Die Leute besuchten immer noch die Echohöhle und riefen ihre Fragen hinein. Die Dillons waren sehr besorgt, als sie von dem geplanten Neubau eines riesigen Hotels hörten. Doch zu ihrer großen Freude stellte sich später heraus, dass zwei der fünf Geschäftsleute, die das Projekt finanzieren wollten, bereits bankrott waren, sodass die Pläne nie verwirklicht wurden. Dr. Power sagte, dass er allmählich alt und langsam werde und sehr froh und stolz sei, dass sein großer, blendend aussehender Junge bei seinen Abschlussprüfungen so glänzend abgeschnitten habe. Er würde jetzt noch ein Jahr in Dublin bleiben und als Medizinalassistent arbeiten, und dann werde man weitersehen.
James Nolan wurde als Strafverteidiger zugelassen und vertrat seinen ersten Fall vor Gericht. Er beteuerte, dass es seiner Einschätzung nach wohl sein einziger Fall bleiben würde, trug aber ständig eine beträchtliche Menge an Unterlagen, die mit rosafarbenem Band zusammengeschnürt waren, mit sich herum.
Fiona Doyle gab ihre Verlobung mit Frank Conway bekannt, Mrs. Conways ganzem Stolz. Diese war noch nie sonderlich erpicht darauf gewesen, dass ihr Junge überhaupt heiratete, und was die Doyles betraf, hatte sie sowieso ihre Zweifel. Gerry war ein Draufgänger, und wenn auch nur die Hälfte von dem, was man sich über ihn erzählte, stimmte, wäre er in einem Zoo am besten aufgehoben. Und die Mutter war auch seltsam – wie es hieß, litt sie an irgendwelchen Angstzuständen. Sie verließ kaum je das Haus. Aber gegen Fiona gab es beim besten Willen nichts einzuwenden: Sie war ein hübsches, anständiges Mädchen. Nie ließ sie einen Mann auch nur in ihre Nähe; auch nicht, als sie noch ein junges, unerfahrenes Mädchen war und sich leicht hätte den Kopf verdrehen lassen können. Mrs. Conway seufzte. Frank hätte es weiß Gott schlechter treffen können. Sie gab ihnen ihren Segen. Und dann besaß dieser Grünschnabel Gerry Doyle doch die Frechheit zu sagen, er hätte gern einmal mit Frank gesprochen, da Fiona ja keinen Vater mehr habe. Mrs. Conway fand nie heraus, worum es bei der Unterredung ging, aber sie hatte auf Frank nachhaltigen Eindruck gemacht.

Bei ihrem zweiten Besuch bei Dr. Power erfuhr Chrissie Byrne, dass sie wirklich und wahrhaftig in anderen Umständen war, und kaufte sich gleich auf dem Rückweg von der Praxis zur Metzgerei ein Umstandskleid. Ned O'Brien kam zu einem Kurzbesuch nach Castlebay und brachte seine Verlobte Dorothy mit. Dorothy fand alles in Castlebay einfach himmlisch, und wenn sie und ihr Neddy einmal alt wären, also ungefähr dreißig, würden sie hierher zurückkommen und ein Restaurant eröffnen.

In jenem Sommer bekam Agnes O'Brien einen eingeschriebenen Brief. Darin lagen fünfundzwanzig Zehnpfundnoten zusammen mit einer mit Fehlern gespickten Nachricht von Tommy, in der es hieß, er habe jahrelang gespart, um seiner Mutter ein Geschenk machen zu können. Und hier sei es nun.

Tom sagte sofort, dass sie es besser nicht herumerzählen sollten. Sie berieten lang und heimlich darüber, was Mammy mit dem Geld anfangen sollte. Chrissie wurde nicht eingeweiht, weil sie ja jetzt eine Byrne war, und wenn Bumper, Bid und Mogsy etwas davon erfahren würden, kämen sie wie der Blitz angelaufen.

Schließlich wurde beschlossen, dass Agnes einen neuen Mantel bekommen und mit dem Rest endlich der schon lange geplante Anbau an den Laden finanziert werden sollte. Das war Tom O'Briens einziges Zugeständnis an die einzigartige Lage des Geschäfts: Er hatte vor, einen zusätzlichen Raum mit einem Dach aus Plexiglas zu bauen, in dem sie Tische und Stühle aufstellen wollten. Dort könnten sich die Kunden setzen, um ihre Orangenlimonade zu trinken oder ihr Eis zu essen. Und im nächsten Sommer wollten sie auch noch Sandwiches und Tee anbieten. Tommys Geschenk machte all das möglich.

Im Sommer 1959 fragte Mutter Immaculata Angela O'Hara, ob sie beabsichtige, auch künftig an der Schule zu unterrichten, oder nun, da sie die Möglichkeit dazu habe, ins Ausland gehen wolle. Angela war sich bewusst, dass Immaculata sie nur allzu gerne losgeworden wäre, und entgegnete sehr bestimmt, sie würde in Castlebay bleiben. Im gleichen Sommer hielt Dick Dillon um Angela O'Haras Hand an. Sie gab ihm vorsichtig zu verstehen, dass sie glaube, sie würden einander nach kürzester Zeit furchtbar auf die Nerven gehen und wären bald reif für die Irrenanstalt. Dick hatte dies mit einem tapferen Lächeln hingenommen, und Angela hatte ihm das Knie getätschelt und ihn eingeladen, mit ihr zusammen zum Tanzabend des Castlebay-Komitees zu gehen, damit er merkte, wie gern sie ihn trotzdem hatte.

*

Clares Professoren teilten ihr mit, sie würde im Examen mit »sehr gut« abschneiden. *Clare O'Brien bekommt ein »sehr gut«* – sie musste es sich noch einmal vorsagen, damit sie es überhaupt glauben konnte. Wenn man im Examen eine Eins hatte, galt man etwas. Von nun an würde sie sich nie mehr rechtfertigen müssen. Sie ging in die Nationalbibliothek, um sich in Ruhe einer ihrer seltenen kleinen Tagträumereien hinzugeben. Die bloße Vorstellung! Nie wieder würde sie jemandem erklären müssen, dass sie nur aufgrund eines Stipendiums hier war oder dass sie dieses oder jenes wegen irgendeines Komitees tun müsse! Von nun an war sie ihr eigener Herr. Und außerdem eine Akademikerin. Sie riss eine Seite aus ihrem Ringordner und beschloss, Angela O'Hara auf der Stelle davon zu berichten. Clare schrieb ihr diesmal, wie sie es noch nie vermocht hatte. Zum ersten Mal habe sie das Gefühl, dass es tatsächlich wahr werde. Erst jetzt glaube sie wirklich, dass es einen Sinn gehabt habe: die Gebete in der Kirche; die Fragen in der Echohöhle und die ganze Lernerei; die vielen Stunden, die Angela ihr gegeben habe.
Angelas Antwort kam postwendend. Dies sei der schönste Brief gewesen, den sie jemals erhalten habe. Er sei der Beweis dafür, dass sich alle Mühen gelohnt hätten – sogar die Mühe, Immaculatas verkniffenes Gesicht zu ertragen. Clares Brief sei in einem Augenblick des größten Glücks geschrieben worden, und mit einer solchen Begeisterung könne man die Welt erobern. Sie hoffe, Clare würde sich diese Begeisterung für immer bewahren können.
Es war ein warmherziger und großmütiger Brief, und Clare faltete ihn zweimal und steckte ihn in die kleine Klappe hinten in ihrem großen schwarzen Ledernotizbuch. Dieses Notizbuch, das sie immer bei sich trug, hatten ihr die Nonnen der Oberschule geschenkt, als sie die Ausscheidung für das Murray-Stipendium gewonnen hatte. Immaculata hatte ihr zu diesem Anlass ein Bild von Maria Goretti in einem großen, wattierten, korallenroten

Samtrahmen geschickt. Glücklicherweise hatte es ihrer Mutter gefallen; sie hatte es in einer Ecke im Laden aufgehängt, wo es im Laufe der Jahre vergilbte und verstaubte. Gerry Doyle hatte ihr einen Füllfederhalter überreicht. Er hatte darauf bestanden, ihr diesen Füller schenken zu dürfen. Schließlich habe man ihn nur deshalb beauftragt, die Fotos zu machen, weil eine Kandidatin aus Castlebay unter den Teilnehmern war. Sie wusste, dass das nicht stimmte, aber es war nett von ihm, es zu behaupten. Den Füller hatte sie noch immer. Sie verlieh ihn niemals an andere Studenten und steckte die Kappe immer mit großer Sorgfalt auf. Dann klemmte sie ihn an ihr Notizbuch und sicherte das Ganze noch mit einem Gummiband. Da sie nur sehr wenig besaß, behandelte sie jedes einzelne Stück mit großer Wertschätzung. Clare dachte an Gerry. Natürlich konnte sie ihm nicht so schreiben wie Angela, aber trotzdem wollte sie sich ihm irgendwie mitteilen. Es wäre doch schön, wenn er wieder einmal nach Dublin käme und sie am Kanal entlang spazieren gehen würden oder sie mit ihm bei den Mädchen Eindruck schinden könnte. Clare seufzte. Wenn sie jetzt nicht allmählich zu träumen aufhörte, würde sie nie irgendeinen Abschluss machen.

Später kaufte sie aber doch eine Ansichtskarte von der O'Connell Street und schickte sie ihm. Es war eine fröhliche Karte; sie schrieb, dass sie ihn gerne wiedersehen würde, wenn er nach Dublin käme.

Er ließ eine Ewigkeit lang nichts von sich hören.

Sie ärgerte sich.

Gott sei Dank war sie nicht in ihn verliebt.

*

David fand schon bald heraus, dass man als Medizinalassistent keine eindeutige Position hatte. Manche dachten, er sei schon ein voll ausgebildeter Arzt, der einfach *alles* wisse; andere hielten ihn noch für einen Schuljungen, der sich nur einen weißen Kittel übergezogen hatte, und hätten ihn nicht einmal nach der Uhrzeit gefragt. Und die langen Arbeitszeiten! Im Wohnheim herrschte eine Solidarität wie in einem Kriegsgefangenenlager – verstörte junge Ärzte mussten mit fremden und Furcht erregenden Situationen fertig werden, und das ohne nennenswerten Schlaf. Hier würde man sich das Schlafen förmlich abgewöhnen, sagten sie zueinander. Und ihr Stoffwechsel würde sich nie mehr davon erholen, dass sie zu ungewöhnlichen Zeiten in rasender Geschwindigkeit Nahrung zu sich nehmen mussten. Doch was sich am unmittelbarsten und nachhaltigsten bemerkbar machte: Jede Art von Privatleben war von nun an bis auf weiteres gestrichen.

James Nolan, der mittlerweile ein blendend aussehender, bestens gekleideter junger Strafverteidiger war und seine schwarze Tasche mit Perücke und Talar lässig über der Schulter trug, meinte, er habe schon die Hoffnung aufgegeben, David jemals wieder zu Gesicht zu bekommen.

David wurde ausgerufen; es sei dringend. Er stürzte zum Telefon.

»Hier Dr. Power.«

»Dr. Power, hier spricht Strafverteidiger Nolan. Hätten Sie nicht Lust, mit mir essen zu gehen, zu einem ausgiebigen und feuchtfröhlichen Lunch? Ich habe einen Scheck über sieben Guineen bekommen.«

»Zum Lunch?«, fragte David ungläubig.

»Das *müssen* Sie doch kennen, davon haben Sie bestimmt schon mal gehört. Man nimmt ihn um die Mittagszeit ein. Nahrung und Wein. Man sitzt dazu an Tischen.«

»Hier sind die Gepflogenheiten verdammt nochmal anders«, antwortete David.

»Hast du Zeit? Heute ist so ein herrlicher Herbsttag. Ich dachte, du könntest mir ein bisschen entgegengehen und ich dir.«

David fühlte, wie Unmut in ihm aufstieg. Wie konnte James nur so wenig Einfühlungsvermögen zeigen? Er hatte nicht die geringste Vorstellung davon, wie Davids Leben aussah. Er war die ganze Nacht auf den Beinen gewesen – was jedoch für das heutige Tagespensum keinen Unterschied machte. Auf der Station würde alles seinen gewohnten Gang gehen. Hier ein Bluttest, dort eine Infusion, schnell mal bei einer Röntgenuntersuchung einspringen. Und die Stationsschwester, eine richtige Beißzange, enthielt ihm Informationen über die Patienten vor: Die gab sie nur an Fachärzte weiter. Die Medizinalassistenten machten sich folglich ständig lächerlich.

Am gleichen Morgen hatte sich ein schwieriger Patient dreimal die

Infusion herausgerissen, und man hatte sie dreimal neu legen müssen. Dann auf Visite mit dem Facharzt. Und jetzt war er auf der Ambulanzstation. Als James anrief, hatte er gerade einen geschwollenen Fuß untersucht.

David erklärte James so höflich, wie es ihm möglich war, dass er sich jemanden anderen suchen müsste, um die sieben Guineen mit einem Lunch zu feiern. Davids eigenes Mittagessen würde aus einem schnellen, nicht besonders schmackhaften Imbiss bestehen – sofern er überhaupt Zeit dazu finden würde. Danach würde er sich um die Neuaufnahmen kümmern, eine erste Untersuchung bei den Patienten durchführen, also den ganzen Kleinkram erledigen, bevor die hohen Tiere erschienen, um sich mit ihnen zu befassen. Und hinterher hätte er Bereitschaft. Anwälte? Auswärts essen? Guineen? Verdammte Parasiten!

Er ging wieder zu dem Mann mit dem geschwollenen Fuß. »Ich weiß nicht«, sagte er ehrlich. »Ich würde gern einmal den anderen Fuß sehen. Könnten Sie bitte den anderen Schuh und Strumpf auch ausziehen?«

Der Mann zögerte.

»Damit ich einen Vergleich habe«, erklärte David.

Widerwillig zog der Mann den anderen Schuh und Strumpf aus. Der geschwollene Fuß war gewaschen und sauber. Der andere Fuß starrte vor Schmutz. Er war schon lange Zeit nicht mehr mit Wasser und Seife in Berührung gekommen. David ging einen Schritt zurück, damit er die beiden Füße vergleichen konnte. Seine Augen begegneten denen des Mannes.

»Wissen Sie, ich hatte nicht damit gerechnet ...«, sagte der Mann.

»Ich weiß«, erwiderte David mit trauriger Stimme. »Das ist es ja. Das tun wir fast nie.«

*

Er war einsam. Als er noch an der Universität gewesen war, hatte er sich in Dublin nie allein gefühlt. Aber jetzt im Krankenhaus, so von allem abgeschnitten, war es anders. Das war jetzt sein Leben. Er konnte ihm nicht entfliehen – und wenn er es gekonnt hätte, hätte er niemanden gefunden, der mit ihm gegangen wäre.

Erfüllt von Selbstmitleid schlenderte er in der Abenddämmerung

die Kildare Street entlang. Ein Menschenstrom ergoss sich durch die Portale der Nationalbibliothek und des College of Art. An den Toren des Dail standen Wachtposten, und auch hier schien alles voller Leben. Außer David Power hatten alle etwas zu tun.
Plötzlich sah er Clare mit einem Stapel Bücher aus der Bibliothek kommen. Sie sah hübsch aus im Abendlicht.
»Clare! Clare! Ich habe gehofft, dass ich dich noch erwische«, log er.
Sie freute sich, ihn zu sehen. Er hakte sich bei ihr unter. »Gehen wir einen Kaffee trinken?«
»Ja, gern. Warum wolltest du mich sehen?«
»Ich wollte dich fragen, ob du heute Abend mit mir ausgehen möchtest. Ich weiß, es ist ein bisschen kurzfristig, aber im Krankenhaus wissen wir nie, wann wir freihaben.«
Clare schien nicht verärgert über die kurzfristige Einladung. Ja, sie habe große Lust. Aber zuvor müsse sie noch zurück ins Wohnheim und nachsehen, ob jemand eine Nachricht für sie hinterlassen habe. Sie würde nämlich Besuch von einem Bekannten erwarten, und das möglicherweise an diesem Abend. Falls er wirklich kommen würde, würde sie mit ihm und ihren Freundinnen zusammen ausgehen. Wenn nicht, hätte sie für David Zeit.
»Das ist alles, was ich dir anbieten kann«, sagte sie.
Während sie zum Wohnheim spazierten, beschwerte er sich: Warum drei Mädchen und nur ein Mann? Was musste das bloß für ein toller Bursche sein!
»Es ist Gerry Doyle«, sagte Clare schlicht, als würde das alles erklären.
David fühlte, wie ganz unerwartet der Zorn in ihm aufstieg. Gerry war doch so billig. So leicht zu durchschauen. Als kleiner Junge war David gerne mit ihm zusammen gewesen, Gerry hatte immer ein Hauch von Gefahr und Tollkühnheit umgeben. Aber jetzt nicht mehr. Gerry war zu glatt. Mehr noch, er war unerträglich.
»Ich dachte, über ihn wärst du hinaus«, sagte er sehr von oben herab.
Clare war überrascht. Es war normalerweise nicht Davids Art, so zu reden. »Über Gerry ist man nie hinaus«, entgegnete sie. Ihre Antwort erinnerte ihn an das, was Caroline Nolan zu ihm gesagt hatte. Wieder stieg Ärger in ihm hoch.

»Was ist denn an ihm eigentlich so besonders? Hat er als Liebhaber irgendeine neue Technik oder was?«
»Mag sein. Ich habe keine Ahnung.« Clare blieb ganz ruhig.
»Was ist es dann? Doch bestimmt nicht seine intellektuellen Gespräche, oder? Liegt unter seiner rauen Schale etwa eine Dichterseele verborgen?« Davids Gesicht verzerrte sich zu einer Grimasse. Clare hatte ihn noch nie so gesehen.
»Was ärgert dich denn so furchtbar?«
»Ich bin nicht verärgert. Ich bin nur enttäuscht von dir, weil du dich auf dieses niedrige Niveau herablässt. Du bist immer anders gewesen. Warum fällst du jetzt auch noch auf ihn herein? Gerry Doyle braucht nur mit dem kleinen Finger zu winken, schon bist du zur Stelle. Gerry ist ein Niemand, Clare. Er ist nichts *wert*, und du hättest etwas Besseres verdient.«
Clare bemerkte das Menschengewühl auf der Straße nicht, sie sah nicht einmal, dass manche Leute vom Bürgersteig auf die Straße ausweichen mussten, weil sie nicht an dem streitenden jungen Pärchen vorbeigehen konnten.
»Behalt deine Enttäuschung bitte für dich, David Power. Verschone mich damit! Mit deinen beleidigenden und höhnischen Bemerkungen kannst du mir gestohlen bleiben. Denn nicht ich, sondern *du* bist billig. Ich habe hier den ganzen Tag lang gearbeitet, und jetzt bin ich fertig und treffe mich mit meinen Freundinnen. Und wenn Gerry auch da ist, wird er uns alle aufheitern und zum Lachen bringen. Er wird sich nicht darüber auslassen, ob man auf jemanden hereinfällt oder nicht. Er wird nett zu uns sein. Und das wirst *du* niemals verstehen, David Power, nicht in einer Million Jahre. Dass Gerry *nett* zu den Leuten ist. Er freut sich *wirklich*, sie zu sehen. Er lächelt sie an und stellt ihnen Fragen und hört ihnen zu. Er *mag* die Leute. Und ich *freue* mich, dass er heute Abend nach Dublin kommt, und Val und Mary Catherine freuen sich auch.«
»Ich wollte dich nicht ...«
»Ach, geh endlich und lass mich bloß in Frieden. Ich bin müde.«
»Ich auch. Ich bin schon seit einer Ewigkeit im Dienst. Mir fallen vor Müdigkeit fast die Augen zu.«
»Ja«, entgegnete Clare knapp, »das sehe ich.«
»Kann ich nicht trotzdem mitkommen, auch wenn er da ist ...?«

»Nein, das kannst du nicht. Ich werde nicht mit euch beiden zusammen ausgehen, wenn ich immer daran denken muss, was du gerade über ihn gesagt hast – dass er kein Niveau hat und, wie war es noch gleich ... dass er nichts wert ist. Und dass du dich über seinen Mangel an Bildung lustig gemacht und über seine intellektuelle Konversation gespottet hast. Du musst dir heute Abend schon jemand anderen suchen. Und wer auch immer sie ist, sie tut mir schon jetzt Leid.«
Clare wandte sich ab. David sah ihr nach, während sie wutentbrannt den Stephen's Green entlangging.

*

Eine Woche später bekam Clare einen Brief von David.

Es werden oft Witze darüber gemacht, dass Ärzte ungebildet sind, und jetzt weiß ich auch, warum. Ich habe schon so lange nichts anderes mehr zu Papier gebracht als Antworten auf Prüfungsfragen, Krankenberichte oder Notizen zu einer Vorlesung. Und jetzt weiß ich nicht, wie ich anfangen soll. Jedenfalls wollte ich dir sagen, dass ich neulich, als ich dich traf, furchtbar schlechte Laune hatte und es mir Leid tut, dass ich sie an dir ausgelassen habe. Ich möchte mich bei dir entschuldigen. Es war schließlich deine Angelegenheit, du bist zu einem Freund gestanden. Ich habe mich wie ein Flegel benommen und weiß nicht, warum ich all diese Dinge über Gerry Doyle gesagt habe. Es gefällt mir zwar selbst nicht, und es ist auch nicht sehr schmeichelhaft für mich, aber ich muss zugeben, dass ich es aus purer Eifersucht tat. Ich habe ihn immer um seinen Charme und seine ungezwungene Art beneidet. Um seinen Ruf als Frauenheld. Und an jenem Abend habe ich ihn besonders deshalb beneidet, weil er mit dir ausgehen durfte, obwohl eigentlich ich es wollte. Es fällt mir schwer, dir all das zu sagen, und bestimmt habe ich mich auch ganz schlecht ausgedrückt, aber ich möchte, dass du weißt, dass es mir furchtbar Leid tut. Und ich würde dich gern zum Halloween-Tanz im Krankenhaus einladen. Willst du mit mir hingehen ...?

Clare schickte ihm als Antwort eine Postkarte. David holte sie mit James Nolans Wagen vom Wohnheim ab. Sie trug das gleiche gelbrote Kleid, das Mary Catherine bei ihrer Verabredung mit James getragen hatte.

»Gleiches Kleid, gleiches Auto. Nur die Besetzung hat gewechselt«, sagte Mary Catherine, als sie aus dem Fenster sah.

»Sind sie nicht ein hübscher Anblick? Wie machen die das in Castlebay bloß?«, meinte Valerie und sah dabei David zu, wie er in seinem dunklen Mantel mit weißem Seidenschal Clare in den Wagen half.

Das Wohnheim war dem Anlass entsprechend dekoriert, mit ausgehöhlten Rüben, in die man lustige Gesichter geschnitten hatte, und einer Kerze als Beleuchtung darin. Hexenbilder hingen an den Wänden, und die Lampen waren mit rotem und schwarzem Papier verhängt. Da waren Äpfel, die an Schnüren baumelten, und man musste auch nach Äpfeln tauchen. Überall standen Becken und Wannen, und etliche Hemden wurden nass, wenn die Köpfe zu weit ins Wasser gesteckt wurden. Der komische Effekt zählte dabei mehr als die eigentliche Eroberung des Apfels. Man hatte eine stattliche Auswahl an Schallplatten zusammengetragen, und eine temperamentvolle Krankenschwester mit einem Gipsbein legte sie auf, wobei sie nach jedem dritten Lied verkündete: »Vielen Dank, meine Herrschaften, die Runde ist zu Ende.«

David war sehr beliebt und bei Damenwahl ein gefragter Partner. Clare wurde von dem Ansturm der Krankenschwestern, die sich um Dr. Power rissen, fast umgeworfen. Sie fand es komisch, dass David als »Dr. Power« angesprochen wurde und erwartete jedes Mal, gleich seinen Vater zu sehen.

David stellte sie anderen Ärzten, Medizinalassistenten und sogar Fachärzten vom Krankenhaus vor.

»Wer kümmert sich denn heute Abend um die Kranken?«, wollte sie wissen.

Es gebe einen Bereitschaftsplan; und etwa ein Drittel der Gäste müsse nüchtern bleiben, für den Fall, dass sie gerufen würden.

»Vor denen müssen Sie sich hüten«, warnte sie ein bärtiger Arzt. »Da sie nicht trinken dürfen, sind sie auf Vergnügungen anderer Art aus.«

»Dann halte ich mich wohl besser an die Trinker, wenn ich meine

Tugend bewahren will«, lachte sie. David schien stolz auf sie zu sein, und auch Clare sah ihn mit neuen Augen. In seiner Welt war er locker und witzig. Sie hatte in David Power nie jemanden gesehen, mit dem man Spaß haben konnte. Wenn sie sein Bild vor Augen hatte, war es eigentlich immer das eines eher ernsten Menschen. Egal, ob als kleiner Junge mit seinen Eltern oder im Winter mit Bones am Strand.

Freilich, als die Nolans damals Castlebay besucht hatten, war auch er lebhaft und lustig gewesen. In jenen Sommern, als Clare an den Ladentisch gefesselt war ...

»Woran denkst du?« David tanzte Wange an Wange mit ihr.

»An dich«, entgegnete sie wahrheitsgemäß.

»Gut. War es etwas Angenehmes?«

»Ja, ich denke schon. Ich habe daran gedacht, wie gut du hierher passt und wie glücklich du wirkst.«

»Das Gleiche denke ich über dich. In Castlebay hattest du immer etwas an mir auszusetzen.« Es war halb scherzhaft, halb ernst gemeint.

»Das lag wohl an meiner Eifersucht. Du hattest viel mehr Freiheit als ich. Du konntest dir ein schönes Leben machen.«

David lächelte. »Ich habe euch alle beneidet. Ihr hattet einen Süßwarenladen, konntet ein und aus gehen wie ihr wolltet. Niemand hat ständig nur darauf gewartet, dass ihr zurückkommt, und ist dann an euren Lippen gehangen ...«

»Man ist nie mit dem zufrieden, was man hat. Das habe ich dir schon einmal gesagt, weißt du noch?«

»Ja. Aber ich hätte nicht gedacht, dass *du* es noch weißt«, sagte er.

»Ich kann mich noch daran erinnern, weil ich damals dachte, wie traurig es doch sein muss, so etwas zu sagen und auch noch zu meinen.« An seinem Lächeln konnte man ablesen, dass er sie damit aufmuntern wollte.

Sie lachte, und in dem Augenblick wurde die Musik schneller, und Mary Catherines gelb-rotes Kleid drehte sich zu einer sehr schwungvollen Version von »Down by the Riverside«. Eigentlich war Damenwahl, aber David und Clare hatten es gar nicht bemerkt. Einige Schwestern zogen enttäuscht davon.

Das Abendessen war fantastisch, ein richtiges Halloween-Essen: Kohleintopf und kleine Nester aus Kartoffelpüree, gefüllt mit

Zwiebelringen und Grünkohl – oder aber mit Geldstücken und Ringen. Würstchen, dass sich die Platten bogen, und danach Unmengen von geröstetem Rosinenkuchen; und auch darin waren Ringe versteckt, damit man möglichst oft loskreischen konnte bei dem Gedanken, dass man innerhalb eines Jahres verheiratet sein würde.

Clare erwischte einen Ring und verschluckte ihn beinahe. »Guter Gott, das ist ja ein schöner Schreck«, sagte sie.

»Wieso? Wärst du beinahe daran erstickt?«, erkundigte sich David besorgt.

»Nein, es war eher der Gedanke, dass ich in einem Jahr schon verheiratet sein könnte.«

Sie saßen in einer Fensternische des großen Saals, abseits der Menge. Sie hatten ihre Gläser mit Rotwein mitgenommen, und der ganze Trubel war weit weg.

»Wäre das denn der Weltuntergang?«, fragte er.

»Ja, allerdings. Zumindest der Untergang *meiner* Welt.« Sie erzählte ihm von ihren Plänen, dem Magister und dem Doktorgrad, von ihrem anschließenden Aufenthalt in den Vereinigten Staaten, dann in Oxford oder Cambridge; und schließlich von ihrem eigentlichen Ziel, der Habilitation als Geschichtsprofessorin. Sie spürte, dass ihn das amüsierte.

»Ich werde es schaffen, du wirst sehen. Ganz bestimmt. Wenn ich es bis hierher geschafft habe, schaffe ich es auch bis zum Mond.«

»Ich weiß«, sagte er sanft.

»Das weißt du eben nicht, David. Wirklich nicht. Auch wenn du mit mir aufgewachsen bist, kannst du dir nicht vorstellen, wie schwer es für mich war, so weit zu kommen. Ich möchte nicht ständig darauf herumreiten, aber es ist schließlich nicht so, als wollte ich Filmstar oder Papst werden, wenn ich sage, dass ich Geschichtsprofessorin werden möchte. Als ich zehn war, wollte ich mein Examen mit Auszeichnung bestehen. Und wer hätte damals schon gedacht, dass ich es schaffen würde?«

»Auch wenn du es mir nicht glaubst, aber ich weiß es wirklich. Natürlich weiß ich das. Aber du weißt nichts von mir. Wie, denkst du, sieht meine zukünftige Laufbahn aus? Los, sag schon.«

Sie zögerte. »Ich nehme an, du gehst wieder nach Hause und hilfst deinem Vater in der Praxis«, sagte sie schließlich.

»Da siehst du es, du weißt überhaupt nichts. Ich habe nicht vor, so bald nach Castlebay zurückzukehren – wenn überhaupt. Arzt in so einem kleinen Ort zu sein ... Das muss man schon mit Leib und Seele wollen. Das kann niemand für einen entscheiden.«
»Aber alle denken ...«
»Als du noch ein kleines Mädchen im Konvent warst, haben auch alle gedacht, dass du von der Schule abgehen und den Nächstbesten heiraten würdest, so wie Chrissie. Aber du hast es nicht getan.«
»Das ist etwas anderes. Wenn du nicht Arzt hättest werden wollen, warum bist du dann einer geworden?«
»Ich möchte ja Arzt sein. Aber ich bin mit meiner Ausbildung noch nicht fertig. Ich muss noch viele Jahre lernen, mindestens vier oder fünf, in verschiedenen Krankenhäusern, bei verschiedenen Spezialisten, und mir Wissen über die neuesten Entwicklungen aneignen ... Arzt zu sein, dazu gehört schon mehr, als nur ›Ach je, du armes Ding‹ zu sagen und zu wissen, wann man den Krankenwagen rufen muss.«
»Dann möchtest du dich also spezialisieren?«
»Ich weiß nicht. Ich glaube, ich würde schon gerne praktischer Arzt werden wie mein Vater. Aber jetzt noch nicht. Und nicht in Castlebay. Ich kann mir nichts Dümmeres vorstellen, als zu Hause bei Mammy und Daddy zu sitzen, wie damals, als ich noch klein war, und ihnen nach der Arbeit zu erzählen, was ich den Tag über gemacht habe.«
Sie kicherte. »Ich weiß, das klingt jetzt albern. Aber vielleicht bist du dann ja verheiratet, und dann wäre alles ganz anders. Viel normaler.«
»Jetzt noch nicht. Und wenn ich warten muss, bis du vierunddreißig bist, bin ich ja schon fast vierzig.«
»Oh, aber ich würde auch mit vierunddreißig nicht nach Castlebay zurückgehen. Mich heiratest du also besser nicht«, sagte Clare, um jegliche Missverständnisse diesbezüglich von vornherein aus dem Weg zu räumen. »Ich habe nur gesagt, dass ich mir mit vierunddreißig eine Heirat vorstellen kann, aber ich würde um nichts in der Welt meinen Lehrstuhl dafür aufgeben.«
»Ich glaube, du wärst sowieso zu schwierig für mich. Besser, ich heirate eine andere.«

»Caroline Nolan vielleicht? Wäre sie vielleicht die Richtige?«
»Eigentlich auch nicht.«
»Warum nicht?«
»Ich weiß nicht. Meine Mutter denkt, sie wäre die Richtige. Und ihre Mutter denkt, sie wäre die Richtige. Ihr Bruder ist derselben Ansicht. Wahrscheinlich deshalb.«
»Denkt sie selbst denn, dass sie die Richtige wäre?«
»Keine Ahnung«, sagte David lachend. »Komm, lass uns tanzen.«
Ein rothaariger Arzt mit Corker Akzent fragte David, ob er ihm freundlicherweise die reizende Dame in dem gelb-roten Kleid für einen Tanz überlassen könne. Er hieß Bar. Er sagte, die meisten Leute in Cork würden in irgendeiner Form nach Finbarr, dem Schutzheiligen des County, heißen. Bar sagte auch, er sei Facharzt im Krankenhaus und dort ein äußerst wichtiger Mann. Davids ganze Karriere würde davon abhängen, ob Clare nett, gefügig und kooperativ wäre und ihm in jeder Hinsicht entgegenkommen würde. Clare schüttete sich vor Lachen darüber aus und wollte wissen, ob er mit dieser Masche schon mal Erfolg gehabt habe.
»Gelegentlich«, entgegnete Bar düster. »Aber viel seltener als erhofft. Anscheinend sind die Frauen heutzutage klüger als früher. Sie haben ihre eigenen Vorstellungen und all das.« Ob sie Davids Freundin sei? Nein. Gut. Nur ein Nachbarmädchen aus seinem Heimatort, sehr schön. Clare meinte, »Nachbarmädchen« treffe es nicht ganz, aber das konnte man niemandem in Dublin begreiflich machen. Alle dachten gleich an das Märchen von Aschenputtel, wenn man die Kluft beschrieb, die zwischen den Powers und den O'Briens lag.
Bar drückte sie ganz eng an sich und meinte, er sei auf Bereitschaft, deshalb könne er nichts trinken, was dem Fest in gewisser Weise seinen Reiz nehme. Andererseits würden auf diese Weise seine Sinne geschärft, wenn es darum ginge, die hübschesten Mädchen ausfindig zu machen.
Diplomatisch befreite sich Clare aus seiner Umklammerung, um ihm dabei behilflich zu sein, die hübschesten Mädchen ausfindig zu machen. Bar ärgerte sich darüber, aber was sollte er sagen? Sie taxierten gerade eine Gruppe von Mädchen in einer Ecke, als David Clare zu Hilfe kam.
»Gott sei Dank«, sagte sie, als sie wieder mit David tanzte.

»Dieser Bursche ist wie eine Krake.«

»Schade, dass Fummeln aus der Mode ist«, meinte er.

»Aber David! Du würdest doch nicht fummeln. Wenn du dir ganz sicher wärst, dass deine Gefühle erwidert werden, würdest du sehr stilvoll die passenden Handbewegungen machen. Habe ich Recht?«

»Ja, du hast Recht«, entgegnete David und hielt sie ganz fest, ohne jedoch an ihr herumzufummeln wie dieser Facharzt Bar, die Krake, wie er von nun an heißen würde.

Auf dem Heimweg stellte er mit einem Mal den Motor ab. Clare sah beunruhigt auf.

»Ist schon in Ordnung. Ich habe mich nicht in eine Krake verwandelt. Ich wollte mich nur ein bisschen unterhalten. Heute ist eine der wenigen Nächte, in denen ich nicht todmüde bin. Nach James' Meinung bin ich der langweiligste Freund, den man nur haben kann. Ich habe nie frei, und wenn ich freihabe, kann ich mich kaum wach halten.«

Sie unterhielten sich ganz locker und ungezwungen, wie zwei alte Freunde.

»Wir sollten öfter zusammen ausgehen, ins Kino oder auf einen Kaffee. Was meinst du?« Er wirkte interessiert, aber nicht zu sehr. Er klang nicht so, als wollte er sich mit ihr zu einem Rendezvous verabreden oder mit ihr gehen. Es war reine Freundschaft.

»Ja, das wäre schön«, antwortete sie.

»Hier gibt es niemanden, der etwas dagegen haben könnte«, sagte David. Er brauchte nicht zu erwähnen, dass in Castlebay eine Menge Leute etwas dagegen hätten. Er gab ihr einen Kuss auf die Wange, um ihre Abmachung zu besiegeln, und brachte sie zurück zum Wohnheim. Beunruhigt sah er ihr dabei zu, wie sie die eisernen Sprossen an der Mauer hinaufstieg und durch ein Fenster verschwand.

»War er nett?«, fragte Mary Catherine schlaftrunken, als Clare durch das Fenster hereinkletterte.

»Ja, sehr.«

»Hat er dich bedrängt?«

»Nein, nein. Nichts dergleichen.«

»Aber schau doch mal, wie spät es ist! Was habt ihr denn sonst die ganze Zeit getan?«

»Geredet. Nur geredet.«
»O Gott, dann ist es ernst«, meinte Mary Catherine, die jetzt endgültig wach war.
»Sei nicht albern, schlaf weiter. Ich habe dein Kleid aufgehängt, es ist nicht besonders verschwitzt.«
»Clare ist wieder da. Sie haben die ganze Nacht nur *geredet*. Sie sind verliebt.«
»Na großartig«, murmelte Valerie und kuschelte sich wieder ins Bett.
»Ich bin *nicht* verliebt! Selbst wenn ich mich in David Power verlieben wollte, es ginge nicht. Und jetzt Schluss damit.«
»Warum? Ist er vielleicht in Wirklichkeit dein verloren geglaubter Bruder? Warum soll es nicht gehen?«
»Weil seine Mutter das große Haus auf den Klippen von der Polizei abriegeln lassen würde, wenn sie wüsste, dass ein Mädchen der O'Brien-Familie aus dem Krämerladen sich Hoffnungen auf ihren Sohn macht. Deshalb.«
Clare hatte sich in ihr Bett gekuschelt und die Decke bis ans Kinn gezogen. Mary Catherine war jetzt hellwach und besorgt. »Du darfst nicht dulden, dass euch so etwas Unsinniges im Wege steht. Du willst mir doch nicht erzählen, dass ...«
»Vor morgen Früh werde ich dir überhaupt nichts mehr erzählen. *Gute Nacht*, Mary Catherine.«

*

Neds Brief war kurz und knapp. Tommy habe Mr. Carrolls Gemüseladen an einem Freitag verlassen. Er habe gesagt, er verzichte auf seinen Wochenlohn, weil er jetzt nämlich eine andere Stelle habe, und da wäre es nicht fair, noch den Lohn für die letzte Woche zu verlangen. Die Carrolls hätten Father Flynn angerufen, aber niemand habe Tommy finden können – bis zum darauf folgenden Mittwoch. Da habe ihn die Polizei aufgegriffen, und zwar in einem gestohlenen Auto, das bei einer Verfolgungsjagd mit der Polizei verunglückte. Man habe das Auto verfolgt, weil beobachtet wurde, wie es nach einem Raubüberfall vom Tatort wegfuhr. Tommy habe sich bei dem Unfall die Schulter ausgerenkt und den Kiefer gebrochen. Außerdem sei er zu neun Jahren verurteilt worden. Ned wol-

le Clare nun fragen, ob sie es Mam und Dad jetzt sagen oder ihnen auch weiterhin etwas vormachen sollten.
Ach, armer, dummer, *dummer* Tommy! Wenn sie an ihn dachte, war er für sie nie der böse, gefährliche Tommy, der als Mitglied einer Verbrecherbande an Raubüberfällen teilnahm. Sie konnte sich kaum noch an ihn erinnern, aber in ihrer Vorstellung war er ein liebenswerter Mensch, so wie Ned, als er letzten Sommer nach Hause gekommen war.
Sie würde es ihnen sagen. Aber nicht in einem Brief. Und sie würde dafür auch nicht eigens nach Castlebay fahren.
Sie würde es ihnen in den Weihnachtsferien erzählen.

*

Es war schwer, den richtigen Moment zu finden. Nie schienen alle Familienmitglieder zugleich da zu sein. Mam war müde und abgezehrt, aber trotzdem immer auf den Beinen, eilte vom Herd zum Tisch, von der Küche in den Laden, vom Laden ins Lager. Dad war ständig mit irgendetwas beschäftigt, und Jim und Ben kamen zur einen Tür herein und gingen zur anderen gleich wieder hinaus.
An ihrem ersten Abend zu Hause, nach dem Tee, waren schließlich alle in einem Raum versammelt.
»Ich habe schlechte Nachrichten von Tommy«, sagte sie laut, um ihre Aufmerksamkeit zu wecken. »Er ist nicht verletzt oder krank. Aber es ist wirklich etwas Schlimmes.«
Alle horchten auf und hielten inne.
»Setzt euch bitte hin, dann erzähle ich es euch«, sagte sie.
»Mach doch nicht so ein Getue. Was ist los? Wenn du etwas zu sagen hast, dann sag es!«, meinte ihr Vater verärgert.
»Ich wollte euch alles von Anfang an erzählen. Jim, warum hängst du nicht das Schild an die Tür?«
»Wie lange soll denn das dauern, um Himmels willen?« Tom O'Brien war jetzt besorgt.
»Tommy ... Tommy ...« Mams Augen füllten sich bereits mit Tränen.
Einer nach dem anderen setzten sie sich an den runden Tisch, und nun gab es keinen Aufschub mehr.

»Ned hat mir geschrieben. Tommy ist im Gefängnis. Und er wird dort bleiben müssen ... für lange Zeit.«
»Für wie lange?« In Mams Stimme war nur ein leichtes Zittern. Sie fragte nicht danach, was er getan hatte oder warum er im Gefängnis saß. Nur wie lange er dort bleiben musste.
»Das wird jetzt sehr schwer für dich, Mam. Er muss sehr lange dort bleiben. Neun Jahre.«
Sie sah in die am Tisch versammelte Runde. Der Anblick ihrer erschütterten Gesichter war fast unerträglich. Bis vor zwanzig Sekunden hatten sie noch geglaubt, Tommy würde ein ganz normales Leben führen. Nun mussten sie das alles auf einmal begreifen. Sie hätte es ihnen schon vor Jahren sagen sollen.
»Du willst doch nicht etwa sagen, neun *Jahre* lang«, sagte Agnes. »Du kannst unmöglich *Jahre* meinen.«
Clare erzählte ihnen, was Tommy getan hatte. Und was er in den Jahren davor schon alles angestellt hatte. Es schien ihr, als würde sie gar nicht von ihrem eigenen Bruder sprechen. Und an Agnes' Gesichtsausdruck sah sie, dass es sich für sie auch nicht wie die Geschichte ihres Sohnes anhörte.
Während sie noch erzählte, kam Gerry Doyle herein.
Mam weinte. Dad warf den Kopf zurück und sagte, das sei ja auch nicht anders zu erwarten gewesen. Jim und Ben bekamen große Augen und schwankten zwischen zaghafter Bewunderung für ihren großen Bruder, weil er so mutig gewesen war, sich einer Räuberbande anzuschließen, und dem Entsetzen über die Schande, die er über die Familie gebracht hatte.
»Ich dachte, das Schild an der Tür gilt für mich nicht«, sagte Gerry grinsend in die Runde.
»Heute schon.« Clare lächelte ihn an. Aber in ihren Augen lag kein Lächeln, und zu ihrer Erleichterung verstand er sofort.
»Ist gut. Ich brauche nur Zigaretten. Ich nehme mir eine Packung und verschwinde gleich wieder. Das Geld bringe ich dann morgen vorbei. In Ordnung?«
Er war fort. Clare setzte sich wieder, um eine Standpauke über sich ergehen zu lassen. Wie habe sie es nur wagen können, Gott zu spielen und ihnen die Wahrheit so lange vorzuenthalten? Welches falsche Spiel hätten Ned und sie eigentlich gespielt? Wie könne man sicher sein, dass *dies* nun die ganze Wahrheit sei? Und schließlich,

wer sei dieser Priester, den keiner von ihnen kannte und der sich in ihre Angelegenheiten einmischte? Ob Neds Verlobte auch eingeweiht sei? Habe sie von dem Täuschungsmanöver gewusst?
Clare fuhr unermüdlich mit ihren Erklärungen fort, und Schritt für Schritt wurde es leichter. Gewiss, gab sie zu, wäre es besser gewesen, wenn sie es ihnen schon vor langer Zeit erzählt hätte. Aber sie habe gehofft, dass Tommy sein Leben ändern würde, und dann wäre es traurig gewesen, wenn ihm stets seine Vergangenheit angehaftet hätte.
Mam fragte, ob in Castlebay irgendjemand Bescheid wisse. Clare sah ihr in die Augen und verneinte. Sie entschied, dass sie Angela und Gerry trauen konnte. Die beiden hatten das Geheimnis die ganze Zeit für sich behalten; es gab keinen Grund, warum sie es jetzt ausplaudern sollten.
Es schien, als sei die ganze Familie gealtert, seit sie die Neuigkeiten erfahren hatte. Clare fragte sich, ob der erste Brief, den Ned ihr geschrieben hatte, auf sie wohl die gleiche Wirkung gehabt hatte. Mam schien ihre mageren Schultern unter der marineblauen Strickjacke jetzt noch mehr einzuziehen, und Dads Gesicht wirkte grau und erstarrt, während er den neuen Anbau strich; den Anbau, der ihm nun, da er wusste, dass er mit gestohlenem Geld errichtet worden war, kein bisschen Freude mehr machen würde. Auch Jim und Ben waren nicht mehr so munter und ausgelassen. Wie Clare auffiel, blieben sie nun öfter zu Hause, anstatt mit ihren Schulfreunden die Stadt auf den Kopf zu stellen.
Chrissie kam gelegentlich zu Besuch; sie war inzwischen ziemlich rundlich. Sie sagte, man käme sich vor, als besuche man einen Friedhof und nicht seine eigene Familie an Weihnachten. Wenn Clare diese Stimmung mitgebracht habe, hätte sie ebenso gut in Dublin bleiben können.
Clare kündigte an, dass sie einen Tag mit Angela verbringen wollte. Sie würden zusammen eine Menge Stoff durcharbeiten, den Clare für ihre Abschlussprüfungen brauchte.
»Erzähl ihr bloß nichts von der Sache«, gab ihr Agnes warnend mit auf den Weg.
»Warum sollte ich?«, fragte Clare. Dabei hatte sie eigentlich vorgehabt, stundenlang mit Angela darüber zu sprechen, falls Angela Zeit hätte.

Als sie dort war, verlor sie jegliches Zeitgefühl. Dunkel erinnerte sie sich, dass sie irgendwann einmal den Tee eingenommen und etwas gegessen hatten. Und sie hatten wohl auch etwas getrunken; auf dem Tisch stand eine Flasche Portwein.
Einmal kam Dick vorbei, aber Angela bat ihn, wieder zu gehen. An jenem Abend ging es nicht nur um Clares Geschichte.
Da wurde noch eine andere Geschichte erzählt: die von Father Sean O'Hara. Father O'Hara, der nicht nur vor Jahren sein Priesteramt aufgegeben, sondern inzwischen auch noch eine Familie mit zwei Kindern hatte. Und sie alle würden im Sommer nach Castlebay kommen. Sie hatten sich einen Wohnwagen gemietet. Father Sean O'Hara würde nach Hause kommen, um seiner japanischen Frau und ihren Kindern seine Heimat zu zeigen.

*

In Dublin konnte Clare sich mit David an jedem beliebigen Ort treffen. Entweder konnte er sie vom Wohnheim abholen, oder sie konnte einen Bus zum Krankenhaus nehmen und mit ihm in der Kantine einen Kaffee trinken. Sie konnten ins Kino oder in einen Pub gehen. Niemanden kümmerte das. Doch in Castlebay war an dergleichen nicht einmal zu denken. Ohne es aussprechen zu müssen, war beiden klar, dass sie in den zwei Wochen in Castlebay weiter voneinander entfernt sein würden, als wenn ein Ozean zwischen ihnen gelegen hätte. Es verstand sich von selbst, dass es undenkbar gewesen wäre, den anderen zu sich nach Hause einzuladen. Das war eine ebenso unverrückbare Tatsache wie der Wechsel der Gezeiten. Die Powers würden Clare nicht zum Abendessen einladen. Und David konnte mit den O'Briens ganz entspannt über den Ladentisch hinweg plaudern, aber sie würden ihn nie in ihre Küche lassen, wo er den rostigen Herd, das abgetretene Linoleum und die überall herumstehenden Schachteln sehen würde; denn die Küche diente gleichzeitig als äußerst unansehnliches, überfülltes und schlecht organisiertes Warenlager.
Sie konnten nicht in Dillon's Hotel gehen und sich dort stundenlang unterhalten, ohne dass es sich in kürzester Zeit im ganzen Ort herumgesprochen hätte. Clare spielte kein Golf, und wenn sie es versucht hätte, hätten die Leute über sie geredet, denn das ge-

hörte sich nicht für Leute wie Clare O'Brien. Also schieden der Golfplatz und die Dünen aus. Auch ein gemeinsamer Kinobesuch hätte zur Folge gehabt, dass man über sie tuscheln würde. Und sie wollten nicht, dass man über sie tuschelte. Das war es nicht wert. Sie waren kein Liebespaar, nur gute Freunde. Sehr gute Freunde. Aber für so eine Freundschaft war in Castlebay kein Platz, und falls doch, dann bestimmt nicht zwischen dem gut aussehenden, umschwärmten Sohn des Doktors und der klugen, aufgeweckten Kleinen aus dem Laden.

*

Sie machten einen langen Spaziergang mit Bones. David hatte am Morgen einen Streit mit seiner Mutter gehabt, und er wollte sich nicht nur um des lieben Friedens willen bei ihr entschuldigen. Er hatte ihr erzählt, dass er am Abend ins Kino gehen wolle, und zwar wahrscheinlich mit Clare. Molly hatte mit zuckersüßer Stimme geantwortet, das sei völlig ausgeschlossen. Es wäre dem Mädchen gegenüber nicht fair. Sie würde sich wer weiß was einbilden und sich Hoffnungen machen. Außer sich vor Zorn hatte er entgegnet, dass das Unsinn sei, dass er sich in Dublin oft mit Clare treffe und sich keiner von ihnen irgendwelche Hoffnungen machte, sie seien lediglich gute Freunde. Molly hatte sehr verwundert geantwortet, sie hätte gedacht, dass David als Akademiker jemand Besseren finden würde als ausgerechnet die Schwester von Mogsy Byrnes Frau Chrissie O'Brien. Er hatte ihr ins Gesicht gelacht und nur gemeint, sie habe sich natürlich das schwarze Schaf der Familie und ihren abscheulichen Ehemann herauspicken müssen, um über Clare herziehen zu können, weil an Tom und Agnes rein gar nichts auszusetzen sei. Molly war mit hochrotem Kopf aus dem Zimmer gestürzt und nach oben gerannt. Dr. Power war bereits aus dem Haus, aber am Abend würde die ganze Angelegenheit noch einmal aufs Tapet gebracht werden. Fast hätte David Clare davon erzählt, aber nur fast. Sie hätte es vielleicht als Beleidigung aufgefasst, auch wenn sie oft selbst Witze darüber machte, dass sie die gesellschaftliche Ordnung in Castlebay auf den Kopf stelle.
Clare war nahe daran, David von Tommy zu erzählen. Er war so nett und verständnisvoll, so verlässlich und durch nichts zu erschüttern

– vielleicht hätte er ihr daraufhin gestanden, dass seine Großeltern sowohl mütterlicher- als auch väterlicherseits Jahre hinter Gittern verbracht hatten! Aber sie wollte nicht, dass es noch mehr gab, wofür er sich rechtfertigen musste, wenn er mit ihr zusammen sein wollte. Nellie hatte ihr erzählt, dass es bei den Powers am Morgen schon einen fürchterlichen Streit gegeben hatte, und nur deswegen, weil David sich mit ihr treffen wollte. Es war weiß Gott schon schlimm genug, dass sie nur eine arme O'Brien war. Er musste nicht unbedingt erfahren, dass sie zu allem Überfluss auch noch einen kriminellen Bruder hatte, der in einem englischen Gefängnis saß.

*

In Dillon's Hotel wurde ein Silvesterempfang gegeben, aber Clare hatte keine Lust hinzugehen. Stattdessen schlug sie ihrer Mutter vor, Angela O'Hara zum Abendessen einzuladen.

»Wir gehören nicht zu den Leuten, die jemanden zum Essen einladen«, meinte ihre Mutter.

»Vielleicht sollten wir das jetzt ändern«, entgegnete Clare. Ihrem Vater war es einerlei; das sei Frauensache.

Der Abend entpuppte sich überraschenderweise als voller Erfolg. Angela brachte ihnen Rommé bei, und nach einer Weile gefiel es sogar Agnes, die zu Anfang gar nicht mitspielen wollte. Angela hatte mehrmals erwähnt, wie schön es sei, den Silvesterabend mit einer Familie zu verbringen.

»Ach, bei uns kann man kaum noch von Familie reden«, sagte Tom abschätzig.

»Warum denn nicht? Eine Tochter, die verheiratet ist und im Frühjahr ein Enkelkind zur Welt bringt. Die zweite Tochter, die der klügste Kopf der ganzen Stadt ist. Zwei Jungen, die in England ihren Weg gehen, zwei hier, die, so Gott will, nach der Schule auch Arbeit finden. Einen gut gehenden Laden ... wenn man da nicht von einer Familie sprechen kann!«

Wenn man es so sehe, hätten sie wirklich einigen Grund, dankbar zu sein, meinte Agnes. Aber während sie das sagte, seufzte sie tief.

»Es ist nicht alles so, wie es scheint«, setzte Tom O'Brien düster hinzu und schüttelte den Kopf.

Angela nickte eifrig. Da habe er völlig Recht. *Nichts* sei so, wie es scheine, jede Familie in Castlebay habe ihre eigenen Kümmernisse, Sorgen und Nöte. Das denke sie sich oft am Sonntag in der Kirche, wenn die Leute niederknieten und so ruhig wirkten, doch der Herr allein wisse, wie es in ihren Herzen aussehe. Jeder Einzelne von ihnen habe seinen Kummer. Angela hatte genau die richtigen Worte gefunden. Diese düstere, uralte Weisheit munterte die O'Briens beträchtlich auf. Nicht nur sie allein hatten ein Kreuz zu tragen. Clares Vater wurde sogar so fröhlich, dass er meinte, sie müssten nun unbedingt alle mit einem guten Tropfen auf die sechziger Jahre anstoßen. Sie tauschten Neujahrswünsche aus, und kurz darauf verabschiedete sich Angela, weil sie Dick Dillon versprochen hatte, im Hotel vorbeizuschauen und ihm alles Gute zum neuen Jahr zu wünschen.

Clare begleitete sie ein Stück, sie fühlte sich hellwach und war ruhelos. Sie ging zu der Bank, die das Castlebay-Komitee im letzten Sommer aufgestellt hatte, eine große grüne Bank an der Stelle, wo der Treppenweg anfing. Der ideale Aussichtspunkt, um an einem Sommertag das lebhafte Treiben unten am Strand zu beobachten. Heute Abend konnte man von dort aus allerdings nur in die sternenklare Nacht hinausblicken. Das Meer war von einem tiefen, dunklen Blau, und die Klippen wirkten wie ausgeschnitten.

Gerry kam lautlos heran und setzte sich neben sie.

»Du schleichst dich an wie eine Katze«, hielt Clare ihm vor. »Du hast mich zu Tode erschreckt.«

»Frohes neues Jahr«, sagte Gerry und zog eine kleine Flasche Weinbrand und zwei kleine Blechtassen aus der Tasche seiner Lederjacke.

Clare klatschte vor Freude in die Hände.

»Du bist wirklich ein wandelndes Weltwunder. Schleppst du eigentlich immer eine tragbare Picknickausrüstung mit dir herum, oder nur an Feiertagen?«

»Nur wenn ich feststelle, dass du allein unterwegs bist. Ich kam gerade aus dem Hotel, als ich dich hier auftauchen sah, da habe ich schnell zu Hause meine Vorräte geholt.«

Sie prosteten sich zu und sahen aufs Meer hinaus.

»Das ist ein besonderes Jahr für dich, nicht wahr? Dieses Jahr machst du dein Examen, deinen Abschluss.«

»Ja. O Gott, wenn ich wieder zurück bin, muss ich mich anstrengen und eine Menge arbeiten. Hier tue ich gar nichts. Ich hatte eigentlich gedacht, ich könnte viel lesen, aber bis jetzt habe ich noch kein einziges Buch aufgeschlagen.«

»Tut mir Leid, dass ich neulich so hereingeplatzt bin. Habt ihr Familienrat abgehalten?«

»Es war wegen Tommy.«

»Erzähl mir nichts davon. Das geht mich nichts an.«

»Du weißt es doch ohnehin schon. Aber er ist rückfällig geworden, und diesmal haben sie einen Mann so schwer verletzt, dass er künftig an den Rollstuhl gefesselt ist, und Tommy muss dafür neun Jahre ins Gefängnis.«

Gerry stieß einen Pfiff aus. »Neun Jahre, mein Gott.«

»Und so habe ich beschlossen, zu Hause davon zu erzählen. Sie haben ein Recht darauf. Die Stimmung war ziemlich gedrückt, wie du dir vorstellen kannst. Angela hat Mam und Dad heute ein bisschen aufgemuntert. Aber sie denken, dass es niemand weiß, das habe ich ihnen geschworen.«

»Klar.«

Mit ihm war alles ganz leicht, und Clares Unruhe legte sich allmählich. Vielleicht lag es auch an dem Weinbrand. Gerry hatte seine Jacke um sie beide gelegt. So waren sie vor dem Wind geschützt, und außerdem war es angenehm vertraut. Er gab ihr einen langen, zärtlichen Kuss. Sie ließ ihn gewähren. Er schob seine Hände unter ihren Dufflecoat und hielt sie ganz fest, während er sie noch einmal küsste.

Auf einmal spürte Clare etwas an ihrem Bein und fuhr zusammen. Es war Bones, der sie bittend ansah, als würde er darauf warten, dass sie sich von Gerry löste. Etwa zehn Meter hinter Bones stand David. »Ich wollte euch nur ein frohes neues Jahr wünschen«, sagte er. »Es tut mir Leid, wenn ich gestört habe.«

Dann drehte er sich schnell um und ging über die Cliff Road nach Hause.

Bones sah Gerry und Clare immer noch an, in der Hoffnung, dass sie mit ihm spielen würden. Aber schließlich begriff er, dass er umsonst wartete, und rannte eilends David hinterher, der mit ungewöhnlich raschem Schritt durch diese sternenklare Nacht ging.

*

Seine Eltern waren noch im Hotel. Nellie war bei ihrer Familie. Das Haus war leer. David knallte die Tür so heftig zu, dass sie beinahe aus den Angeln fiel.
Eigentlich wollte er noch ein bisschen im Wohnzimmer sitzen, wo die Glut im Kamin noch warm war, und etwas trinken, damit er sich beruhigte. Aber er fürchtete, dass seine Eltern zurückkommen könnten und mit ihm über belanglose Dinge plaudern würden. Deshalb goss er sich einen großen Whiskey ein und ging damit auf sein Zimmer. Dort zog er die Vorhänge am Fenster zurück und blickte aufs Meer hinaus. Vor vielen Jahren, als Gerry Doyle sein Zimmer zum ersten Mal gesehen hatte, hatte er voller Bewunderung gesagt, man käme sich vor wie auf einem Schiff. Es sei kein Land zu sehen, außer, wenn man sich am Fenster zur Seite drehte oder hinauslehnte, um nach unten in den Garten zu schauen.
Im ersten Stock gab es zwei große Zimmer mit je einem Erker; seine Eltern schliefen in dem Zimmer nebenan. In Davids Erker war rundherum unter allen drei Fenstern eine Fensterbank angebracht. Als er noch klein war, hatten sie darin seine Spielsachen aufbewahrt. Er sah nach, ob sie noch dort waren, und tatsächlich lagen da eine Kinder-Kricketausrüstung, eine Tafel mit Gestell, Schachteln mit kleinen Soldaten darin. Auch sein Baukasten und der Karton mit seinen Malsachen waren noch da.
Er ärgerte sich darüber, dass die Spielsachen immer noch am gleichen Platz waren. Aber was hätte seine Mutter sonst damit anfangen sollen? Sie verschenken? Schließlich gehörte das alles ihm, und eines Tages würde er die Sachen vielleicht für seine Kinder haben wollen ...
Aber an diesem Abend hätte ihn alles geärgert.
Es war ein langweiliger Abend gewesen. Bei einem Gespräch mit Josie Dillon war er ziemlich ins Fettnäpfchen getreten. Anscheinend hatte Clare ihr nie davon erzählt, dass Mary Catherine gelegentlich mit James Nolan ausging, und das schon seit ewigen Zeiten. Josie war über diese Neuigkeit sehr unglücklich gewesen, aber noch mehr über die Tatsache, dass Clare es ihr verschwiegen hatte. Sie hatte geweint und war früh zu Bett gegangen, noch bevor alle »Auld Lang Syne« sangen. Darüber würde er noch einmal mit ihr reden müssen.
Aber nie hätte er gedacht, dass der Anblick von Clare in Gerry

Doyles Armen solch einen Sturm von Gefühlen in ihm auslösen würde. Beim bloßen Gedanken daran wurde ihm so übel, dass er fast zu zittern begann. Ausgerechnet dieser Gerry Doyle hatte sie umarmt, seine Hände in ihren Mantel gesteckt, sie liebkost und geküsst, dort im Dunkeln auf der Bank, am Boden eine kleine Flasche mit billigem Weinbrand. David war nur zu ihnen gegangen, weil er Clares Dufflecoat und ihr blondes Haar im Mondlicht erkannt hatte. Es war ganz eindeutig Clare. Gerry hatte er eigentlich gar nicht gesehen; der Teil der Bank, wo er gesessen hatte, lag im Dunkeln, und als er zu ihnen hinübergegangen war, hatten sie sich noch nicht geküsst. Wenn nur Bones nicht so schnell hingerannt wäre, hätte er sich vielleicht noch davonstehlen können, ohne mit ihnen sprechen zu müssen.

Trotzdem, allein bei dem Gedanken daran, dass Gerry sein verschlagenes, kleines, dunkles Gesicht an das von Clare geschmiegt hatte, drehte sich ihm der Magen um. Ausgerechnet er gab ihr Weinbrand zu trinken und wurde zudringlich. Und die kluge Clare, die hübsche, kluge, fröhliche Clare war so dumm, auch noch auf ihn hereinzufallen. Warum ließ sie es nur zu, dass er sie anfasste?

David war jetzt so übel, dass er seinen Whiskey nicht mehr austrinken konnte. Er schüttete ihn ins Waschbecken und legte sich auf sein Bett.

Am nächsten Morgen beim Frühstück war er blass, und seine Mutter fragte ihn, ob er vielleicht eine Grippe bekäme.

»In diesem Haus hier wohnen zwei Ärzte, Mutter. Überlass die Diagnose bitte uns«, herrschte er sie an.

Dr. Power sah erschreckt hoch. »Ich habe nur gehört, dass sich deine Mutter, die sich um dich sorgt, höflich nach deinem Befinden erkundigt hat«, sagte er ruhig.

»Ja. Entschuldige bitte. So habe ich es auch gehört. Es tut mir wirklich Leid, Mutter.«

»Das ist schon in Ordnung«, sagte Molly großmütig. Wenigstens brachte er diesmal eine Entschuldigung zu Stande. Vor ein paar Tagen, als sie eine völlig harmlose Bemerkung über die kleine O'Brien gemacht hatte, war er ihr fast an die Kehle gesprungen. Und dafür hatte er sich *nicht* entschuldigt!

»Ich bin heute den ganzen Tag in der Praxis, David. Möchtest du

das Auto haben und ein bisschen spazieren fahren? Das wäre doch sicher eine schöne Abwechslung für dich.«
»Das ist sehr nett, Dad.« David zögerte einen Augenblick.
»Möchtest du vielleicht mitkommen, Mutter?«, fragte er dann.
Glücklicherweise hatte sie ihren Bridge-Nachmittag und musste sich dafür fertig machen. Aber es sei nett von ihm zu fragen. Er wusste, was sich gehörte.
Ob Neujahr oder nicht, die Leute würden wie an jedem anderen Tag auch ihre Wehwehchen haben, und so ging Dr. Power hinüber in die Praxis im anderen Teil des Hauses. Nellie machte David ein dick belegtes Truthahn-Sandwich und gab ihm eine Thermoskanne Tee mit. Er merkte gar nicht, wohin er fuhr, bis er schließlich zu einer wilden, felsigen Stelle kam, die er bisher nur von der Straße aus gesehen hatte. Er stellte das Auto ab und stieg den Steilhang hinunter zum Meer.
Hier hatte sich bestimmt seit Jahrhunderten nichts verändert, dachte er. Öde und abweisend, unaufhörlich schlug die Brandung gegen die Felsen. Dieser Ort war sommers wie winters gleich unzugänglich: Wer würde sich schon wie er eine halbe Stunde lang durch Dickicht und Büsche kämpfen, auf steinigem, unsicherem Grund, nur um dann nicht einmal einen Sandstrand vorzufinden?
Mechanisch warf er Steine ins Wasser, immer wieder, einen nach dem anderen. Er konnte doch unmöglich so verrückt nach Clare sein, dass er beim bloßen Gedanken daran, dass Gerry Doyle sie berührt hatte, zu zittern begann! Er hatte gestern Nacht nur deshalb nicht schlafen können, weil er zu viel getrunken hatte. Und wegen des dummen Streits mit Josie Dillon. Und weil er sich wie so oft Gedanken darüber machte, dass er einmal wieder zu Hause bei Mammy und Daddy würde leben müssen, wie früher als Kind. Nur dass er dann einen Arztkittel tragen würde.
Aber da waren ihr Gesicht, ihre Schultern, ihr Haar. Ihr fröhliches Lächeln und die Art, wie sie sich immer für alles interessierte und immer zu allem eine Meinung hatte. Er dachte daran, wie er sie vor der Nationalbibliothek getroffen hatte und so verärgert gewesen war, weil sie zurück ins Wohnheim wollte, um festzustellen, ob Gerry angerufen hatte. Er erinnerte sich an seine Erleichterung, als er erkannte, dass sie sich anscheinend nicht im Mindesten für diesen Mr. Doyle, der immer auf Eroberungen aus

war, interessierte. Ihre Zukunftspläne waren etwas hochgesteckt und ehrgeizig, aber den Bakkalaureus würde sie ganz bestimmt mit Auszeichnung bestehen und auch für das Magisterstudium zugelassen werden. Warum also hatte sie sich gestern Nacht wie ein billiges Flittchen benommen? Denn nichts anderes war es gewesen. Es war so billig gewesen, mit einer Flasche Schnaps und in aller Öffentlichkeit! Noch dazu ausgerechnet mit Gerry, der schon jedes Mädchen befummelt hatte, das nur halbwegs hübsch war – und auch so manche, die nicht einmal das von sich behaupten konnte.

Er hielt inne, ließ den Stein, den er gerade werfen wollte, auf den Boden fallen und ballte die Faust. Gerry Doyle würde sie nie mehr anrühren. Nie wieder. Er würde in Zukunft seine Finger von ihr lassen und sich hüten, ihr zu nahe zu kommen! Das letzte Nacht war nur eine Dummheit gewesen, ein Silvesterflirt, den man entschuldigen konnte – der sich jedoch nicht mehr wiederholen sollte. So würde er es Clare erklären, und sie würde es verstehen. Sie würden sogar zusammen darüber lachen.

Aber was wollte er ihr eigentlich sagen?

Er wünschte, er hätte Bones mitgenommen. Manchmal half es schon, wenn man nur in sein dämliches Gesicht sah. Aber er hatte ja vorher nicht gewusst, wohin er fahren würde, da wäre der Hund möglicherweise nur eine Last gewesen.

Was wollte er Clare sagen?

Der kluge Mann würde gar nichts sagen. Der kluge Mann würde einen kleinen Scherz machen und die Szene oben auf den Klippen vergessen.

Aber David gelangte allmählich zu der Überzeugung, dass er kein kluger Mann war. Er konnte den Anblick der beiden nicht vergessen, und er konnte nicht verhindern, dass ihm bei dem Gedanken daran der Schweiß ausbrach.

War es denn möglich, dass er Clare so sehr begehrte? Das konnte doch nicht sein. Sicher war es einfach nur seine verdammte Eifersucht, weil Gerry am Silvesterabend da draußen in der Kälte wieder einmal Glück gehabt hatte, während er selbst sich den ganzen Abend lang in der Gesellschaft von alten Leuten langweilte, die »Darling, you are growing old« sangen – was nur allzu wahr war – und ein völlig absurdes Gespräch mit einer in Tränen aufgelösten

Josie Dillon führte, um dann zu guter Letzt auch noch dem jungen Traumpaar auf dem Bänkchen über den Weg zu laufen.
Nein. Es war mehr als das. Er wollte Clare sehen, und zwar sofort. Er wollte ihr sagen, dass sie etwas Besonderes für ihn war. Und sie bitten, ihm eine Chance zu geben, ihr das zu zeigen.
Es war keine leichte Erkenntnis, aber er war sich nun ganz sicher, dass er sie liebte.

*

Clare wusste nicht, warum sie den ganzen nächsten Tag lang so wütend war. Sie konnte David nichts vorwerfen. Er war nicht ausfallend geworden. Angesichts der Umstände war er sogar höflich gewesen. Er hatte nicht sarkastisch geklungen – so wie damals in Dublin, als er Gerry schlecht gemacht hatte.
Aber sie wünschte, er wäre an jenem Abend nicht vorbeigekommen. Es war gar nichts passiert, nur ein paar Küsse, und sie glaubte auch nicht, dass es zu mehr gekommen wäre. Zum einen hatte sich das Ganze in aller Öffentlichkeit abgespielt; und außerdem hätte *sie* es ganz einfach nicht dazu kommen lassen. Aber seit einiger Zeit wurde sie das Gefühl nicht los, dass David den Wunsch hatte, ihre Beziehung zu vertiefen. Ihren Freundinnen gegenüber hatte sie das nie zugegeben. Beharrlich betonte sie immer wieder, wie unpassend eine solche Verbindung wäre, und machte Witze darüber. Aber Clare wusste, dass es mehr als nur Spaß war.
Sie konnte mit David sprechen wie nie zuvor mit einem Menschen. Sie sprachen nicht nur über Belanglosigkeiten oder ihre Zukunftspläne. Sie wollte immer wissen, wie er über bestimmte Dinge dachte. Er langweilte sie nie. Und sie hatte auch den Eindruck, dass er gern mit ihr zusammen war. Aber er hatte sie nie angerührt oder geküsst, deshalb wusste sie nicht genau, was er wirklich für sie empfand. Sie wäre ihm gerne näher gekommen, näher als bisher; aber sie wollte nichts überstürzen, weil sie sich über ihre eigenen Gefühle nicht im Klaren war.
Vielleicht war es ja nur eine Art Heldenverehrung. Als sie noch das arme kleine Mädchen aus dem Laden in dem schäbigen Baumwollkleidchen gewesen war, waren David und James Nolan in Castlebay herumstolziert wie junge Götter. Jetzt war sie ihnen in

gewisser Weise ebenbürtig. Er suchte ihre Gesellschaft und ging mit niemandem außer ihr aus.
Es war einfach nur ein Zusammentreffen dummer Zufälle gewesen. Wäre sie doch nur zu Hause geblieben! Oder hätte sie Nein zu Gerry Doyle gesagt! Wenn doch nur dieser große, dumme Hund sie nicht wie ein Detektiv aufgespürt hätte!
Nun würde sie nie erfahren, was David Power für sie empfunden hatte, falls sie ihm überhaupt etwas bedeutete. Gestern Nacht dort oben auf der Klippe waren mit Sicherheit alle seine Gefühle für sie erkaltet. Dieser verfluchte Gerry Doyle, zur Hölle mit ihm!
Am Neujahrstag kamen kaum Kunden in den Laden. Morgens war die ganze Familie zur Frühmesse gegangen. Clare hatte sich in der Kirche nicht umgesehen, um vielleicht David zu erspähen. Sie meinte, seinen Vater gesehen zu haben, aber keinem von beiden wollte sie begegnen. Nach der Messe ging sie durch den kalten, stillen Morgen schnell nach Hause.
Clare wollte Josie zum Abendessen einladen. Wenn nur ihre Mutter nicht immer so ehrpusselig wäre! Es gab keinen Grund, warum Josie Dillon nicht genauso wie sie in der Küche Würstchen mit Bohnen und Schwarzbrot mit Butter essen sollte. Es würde ihr bestimmt schmecken.
Clare hatte versucht, in der Kirche Josies Blick aufzufangen, aber die sah jedes Mal weg. Vielleicht hatte sie sie nicht bemerkt.
Die Ladenglocke läutete. Ihr Vater war hinter dem Haus und reinigte den Pinsel. Ben und Jim lasen in einer Zeitung Witze. Chrissie war gekommen, um mit Mam ein Gespräch von Frau zu Frau zu fuhren. Sie saß auf einem ungepolsterten Stuhl, während Mam bügelte. Clare las gerade eine ziemlich schwierige Abhandlung über die Unterschiede zwischen Gewohnheitsrecht, Billigkeitsrecht und Gesetzesrecht. Sie hoffte, dass die Lektüre ihr helfen würde, die Geschichte des englischen Gerichtswesens besser zu verstehen.
»Ich geh' schon.« Chrissie genoss es jetzt, sich in der Öffentlichkeit zu zeigen und Kunden zu bedienen, nun, da sie so eine wichtige Persönlichkeit in Castlebay war. Mrs. Maurice Byrne, und dazu noch im siebten Monat schwanger!
»Es ist der junge Dr. Power. Für Miss O'Brien«, sagte sie bissig, als sie zurückkam.

Clare ging hinaus und zog die Küchentür halb hinter sich zu.
»Bitte komm jetzt mit mir nach draußen«, sagte er, als ob er befürchtete, dass es darüber eine lange Diskussion geben könnte.
»Gut«, sagte sie und nahm ihren Dufflecoat vom Haken.
Sie war überrascht, als sie das Auto vor der Haustür sah.
Er hielt ihr die Wagentür auf und ging dann auf die andere Seite hinüber. »Ich würde gerne ein Stück mit dir fahren«, sagte er. Seine Augen blitzten, aber er wirkte völlig gefasst.
»Ja, sicher.«
Sie fuhren zu jener sonderbaren, abweisenden und gefährlichen Stelle an den Klippen. Sie stiegen aus dem Wagen und sahen hinunter. Bis auf die Möwen war kein lebendiges Wesen zu sehen.
»Ich war heute Morgen schon mal hier«, sagte David.
Clare schwieg.
»Ich war sehr lange hier und habe Steine ins Meer geworfen. Und ich bin mir über etwas klar geworden.«
Sie sah ihn an.
»Mir ist klar geworden, dass ich dich liebe«, sagte er.
»Ich liebe dich auch.«
Sie wusste nicht, warum sie dann weinte. Es war lächerlich, jetzt zu weinen. Das war doch das Beste, was überhaupt hatte passieren können! Warum musste sie ausgerechnet jetzt weinen? Sie konnte die Tränen schmecken, die über ihre Wangen liefen, vermischt mit der Gischt, der salzigen Gischt, die hochschäumte und sie mit einem feinen Sprühregen einhüllte, während sie sich küssten und in den Armen hielten, an jenem kalten Neujahrstag des Jahres 1960.

TEIL III

1960

Davids Eltern fuhren ihn zum Bahnhof; Clare wurde von Dick Dillon und Angela hingebracht.

»Da ist David«, sagte Angela erfreut, als sie am Bahnsteig standen. Clare tat ganz unbeteiligt. Sie hatte bereits ein Buch in der Hand. Jeder wusste, dass sie die ganze Fahrt nach Dublin über lernen würde. David winkte fröhlich, und seine Mutter nickte zu ihnen hinüber, aber so verhalten, als hätte sie einen steifen Hals. Dr. Power kaufte David noch am Kiosk eine Zeitschrift für die lange Fahrt.

Der Zug hatte sich noch keinen Kilometer von der Stadt entfernt, da lagen sie sich schon in den Armen, im Gang, und flüsterten wieder und wieder den Namen des anderen. Sie fuhren zurück nach Dublin. In die Stadt der Freiheit. Wo Clare in einem von Klosterschwestern geführten Wohnheim lebte und David Medizinalassistent in einem großen Krankenhaus war. Verglichen mit dem, woher sie gerade kamen, bedeutete das die große Freiheit.

Das Buch über die Geschichte des Rechts und die eben gekaufte Zeitschrift landeten ungelesen neben ihnen auf dem Sitz. Der Zug war nicht sehr voll; die meiste Zeit lang hatten sie das Abteil für sich, und als sich dann doch jemand zu ihnen gesellte, war es ein älterer Amerikaner, der meinte, dies sei das kälteste Land, in dem er je gewesen sei, und er kenne viele Länder. David ermunterte ihn, seine Füße warm einzupacken, da man an den Händen und Füßen oft am meisten friere. Der Amerikaner hatte einen dicken Schal, den sie locker um seine Knöchel wickelten. Nach kürzester Zeit war er eingeschlafen, und sie küssten sich und hielten Händchen und kuschelten sich in der Ecke glücklich aneinander, ohne noch einmal gestört zu werden.

*

In Dublin hatten sie zwei volle Tage für sich, bevor jemand erfahren würde, dass sie zurück waren. Clares Wohnheim wurde erst am Sonntag wieder geöffnet, und David wurde im Krankenhaus

nicht vor Montagmorgen um acht Uhr erwartet. Jetzt war erst Freitagabend. Sie hatten für die Zeit noch keine Pläne gemacht, fast so, als dächten beide, das könnte Unglück bringen.
Draußen vor dem Bahnhof gingen sie durch den kalten Winterabend an der Schlange wartender Taxis vorbei zum Bus. Clare hatte einen kleinen Koffer dabei, David zwei große. Sie warf ihm vor, dass er seine ganze Wäsche für Nellie zum Waschen mit nach Hause genommen habe, und David bekam große Augen. Machten das denn nicht alle so?
Clare wollte ihn fragen, was sie jetzt tun sollten. Oder besser, sie wollte ihm aufzählen, welche Wahlmöglichkeiten sie hatte: Sie könnte zum Beispiel bei Kevin und Emer bleiben, wenn er so lange bei James wohnen würde. Oder sie könnte die Nonnen in ihrem Wohnheim um Erbarmen anflehen. Da sie in deren Augen eines der zuverlässigsten Mädchen war, das sie je beherbergt hatten, würden sie nur ein bisschen murren und sie dann in ihr Zimmer lassen – auch wenn es noch nicht gelüftet war und in ihrem kleinen Eisenbett noch keine Wärmflasche lag.
In ihrer Geldbörse befanden sich achtzehn Pfund. Sie könnten auch in eine Pension gehen, in Glasnevin gab es viele, und Clare kannte viele Studenten, die dort billig untergekommen waren.
Aber sie beschloss abzuwarten, was David sich ausgedacht hatte. Bei dem Gedanken daran, er könnte vorschlagen, sie sollten zusammen ein Zimmer nehmen, schnürte sich ihr die Kehle zu. Sie hoffte und betete, dass er das nicht von ihr verlangen würde. Zumindest jetzt noch nicht. Sie brauchte Zeit, um darüber nachzudenken; es kam alles so plötzlich.
Als sie in den Bus in Richtung O'Connell Bridge stiegen, sagte David ganz unbefangen: »Du kennst doch die Wohnung, in der ich wohnte, bevor sie mich im Krankenhaus eingesperrt haben?«
»Ja.«
»Ich habe immer noch die Schlüssel und kann jederzeit hinein. Vor Montag wird niemand dort sein. Und in der Wohnung gibt es viele Räume. Du könntest mein ehemaliges Zimmer nehmen, es ist eines der schönsten. Und ich ... irgendein anderes. Am besten möglichst weit weg von deinem, damit ich nicht in der Nacht versuche, deine Tür aufzubrechen und dich zu überfallen.«
Sie lächelte ihn an, erleichtert darüber, dass sie nichts gesagt hatte,

glücklich darüber, dass er das Verlangen hatte, ihre Tür aufzubrechen, und sehr dankbar dafür, dass er es bestimmt nicht tun würde. Sie verbrachten ganz unschuldige Flitterwochen. Händchen haltend zeigte Clare ihm ihr Dublin. Er war noch nie in der Bank of Ireland gewesen, um sich den ehemaligen Sitz des irischen Parlaments von innen anzusehen. Er habe schon gewusst, dass hier einmal das Parlament gewesen sei, es aber irgendwie wieder vergessen. Sie versprach, an einem Wochentag noch einmal mit ihm herzukommen.

Dann wechselten sie die Straßenseite, und Clare zeigte ihm das Book of Kells im Trinity College. David sagte, er habe schon immer vorgehabt, es sich eines Tages anzusehen.

Sie bestiegen Nelsons Pillar, um die Aussicht auf die Stadt zu genießen. Eine lange, dunkle Wendeltreppe führte nach oben, auf der man oft Halt machen musste, um wieder Atem zu schöpfen und sich zu küssen. David erzählte eine lange Geschichte über einen verheirateten Arzt, der eine Affäre mit einer verheirateten Dame hatte. Da beide in der Stadt sehr bekannt waren, konnten sie sich nirgendwo zu einem Schäferstündchen treffen. Deshalb verabredeten sie sich zweimal die Woche in Nelsons Pillar und liebten sich auf der Wendeltreppe. Wenn irgendein Tourist, der nach oben oder unten wollte, sie lästigerweise dabei störte, drückten sie sich einfach flach gegen die Wand.

»Das ist natürlich auch der Grund, warum ich dich hierher gebracht habe.« Clare lachte und lief ein Stück vor ihm her, um nicht den Eindruck zu erwecken, dass sie es auch nur für eine Sekunde in Erwägung zog. Sie gingen weiter über die Quais zur St. Michan's Church, einer alten protestantischen Kirche, in deren Kellergewölbe eine vollständig erhaltene Mumie zu besichtigen war.

An den Abenden kochten sie zusammen, worin David sich weit mehr auszeichnete als Clare.

»Ich hätte eigentlich gedacht, du wärst die perfekte Hausfrau – bei so einer großen Familie, mit all den Brüdern, für die man Essen machen muss«, neckte er sie.

»Ein Abendessen für acht Personen wäre kein Problem für mich: ein großes Stück Speck und eine halbe Tonne Kartoffeln, fertig. Aber für einen oder zwei habe ich noch nie gekocht. Im Wohnheim müssen wir nicht selbst kochen.« Sie klang schuldbewusst.

»Das ist doch kein Weltuntergang, Clare. Schau nicht so traurig!«
»Was essen wir heute Abend? Sollen wir uns etwas holen?« Sie hoffte, er würde vorschlagen, unten an der Bude Pommes zu holen.
»Wir haben doch noch jede Menge Eier – warum machst du uns nicht einfach ein Omelett?«, erwiderte er abwesend, weil er sich gerade darauf konzentrierte, den Kamin auszuräumen.
Clare wirkte verzweifelt.
»Und es ist auch noch ein wenig Käse da, oder? Machen wir uns doch ein Käseomelett«, rief er.
»Ich mache Feuer, und *du* machst das Omelett.«
»Sag bloß, du kannst kein ...« David verstummte, als er ihr Gesicht sah.
»Das gab's bei uns zu Hause nie. Wenn du mir zeigst, wie es geht, kann ich es in Zukunft schon machen.«
»Hör mal, es ist doch nicht so wichtig, was es gibt. Mach einfach Rühreier, egal was ...«
»Zeig mir, wie man ein Omelett macht. Ich möchte es wissen.« Sie war fest entschlossen.
»In Ordnung.« David war nicht böse. »Hör mal, das ist alles gar nicht wichtig. Das weißt du doch hoffentlich, oder?«
Sie küssten sich über die Bratpfanne hinweg. Es war wirklich völlig unwichtig.

*

Am Sonntagabend fragte er sie: »Wie soll es jetzt mit uns weitergehen?«
»Ich weiß es nicht.«
Lange Zeit saßen sie am Boden, eine Flasche Wein zwischen sich.
»Es ist alles zu früh passiert, nicht wahr? Wir haben uns zu früh kennen gelernt.«
»Wir kennen uns schon seit unserer Kindheit, David.«
»Du weißt, wie ich es meine. Das jetzt. Es ist zu früh passiert.«
»Ich liebe dich. Alles andere erscheint jetzt so unwichtig. Ich möchte nicht irgendwo Geschichtsdozentin sein ohne dich.«
»Und ich möchte nirgendwo ohne dich sein.«
»Vielleicht können wir um die Welt ziehen und immer an Univer-

sitäten arbeiten, an denen es für uns beide Forschungseinrichtungen gibt.« Sie lächelte nervös.
»Aber im richtigen Leben ...«, begann er.
»Ja. Das richtige Leben. Es fängt morgen wieder an.« Sie wirkte betrübt.
Er küsste sie und wiegte sie in seinen Armen. »Jetzt kann nichts Schlimmes mehr passieren, glaub es mir. Ich werde dich immer lieben. Ich habe es zwar nicht gewusst, aber ich war schon immer ein bisschen in dich verliebt.«
»Nein, jetzt kann nichts Schlimmes mehr passieren«, sagte Clare.

*

Mary Catherine und Val kamen ihr natürlich sofort auf die Schliche. Es hatte keinen Sinn zu leugnen.
»Ich hoffe, es macht euch nichts aus, wenn ich nicht darüber sprechen möchte«, sagte sie.
»Verdammt nochmal, natürlich tut es das«, entgegnete Valerie aufgebracht. »Was soll das nun wieder bedeuten? Wir haben dir alles erzählt, bis ins kleinste Detail.«
»Es ist sehr unfair von dir, uns deine Geschichte jetzt vorzuenthalten. Diese Geheimnistuerei sieht dir gar nicht ähnlich. Ich verstehe das nicht.« Mary Catherine war verärgert.
»Aber es gibt nichts zu erzählen. Ich bitte euch, da gibt es keine pikanten Details. Im Grunde ist sehr viel weniger passiert als damals im Auto mit Ian. Zufrieden?«
»Nein, ganz und gar nicht. Wie ist es passiert? Hat er dir eine Liebeserklärung gemacht? Hing plötzlich der Himmel voller Geigen? Ich *muss* es wissen.« Valerie saß im Schneidersitz auf dem Bett. Clare fand, dass sie sehr jung aussah. Sie waren ja alle noch nicht einmal zwanzig.
»Weißt du, ich bin eigentlich noch zu jung dafür«, sagte sie naiv.
»Wofür? Um Himmels willen, Clare, du kannst einem ganz schön auf die Nerven gehen mit deinem Getue. Findet er, dass du zu jung für ihn bist, oder was?«
»Nein, aber bei ihm ist es nicht schlimm. Er ist ja alt, schon fünfundzwanzig. Er hat schon alles hinter sich ... das Studium, meine ich.«

»Das hört sich ziemlich öde an«, beklagte sich Valerie.
»Ich habe euch doch *gesagt*, dass es da nichts zu erzählen gibt«, wehrte sich Clare.
»Wahrscheinlich ist es bald wieder zu Ende. Im Ernst, du kennst ihn jetzt schon dein ganzes Leben lang, und bis vor zehn Tagen war er nichts Besonderes für dich? Das kann doch nicht gut gehen.«
»Doch, das wird es. Was ich euch jetzt gleich erzählen werde, wird euch furchtbar langweilen, aber ich kann es nicht anders ausdrücken. Ihr werdet es schrecklich finden.«
»Erzähl«, sagte Valerie grimmig.
»Es ist mir, als hätte ich seit jeher nach etwas gesucht, das ich verloren glaubte, und nun habe ich es gefunden. Es ist, als würde ich nach Hause kommen, nur dass alles viel schöner ist ... eben so, wie es sein *sollte*, wenn man nach Hause kommt.«
»Das hört sich ein bisschen kitschig an«, urteilte Valerie.
»Aber leider ist es so.«
»Glaubst du, dass man mit dir irgendwann mal wieder die Stadt auf den Kopf stellen kann?«, fragte Mary Catherine.
»Oh, das hoffe ich. Aber seht ihr jetzt, was ich gemeint habe? Es ist nicht gut, wenn ich darüber spreche. Ich kann es nur mit diesen fürchterlichen, absolut unerträglichen Worten ausdrücken.«

*

Er wollte alles von ihr wissen und erzählte ihr, dass er die O'Brien-Kinder immer beneidet habe, wenn sie mit ihren Marmeladendosen zum Brombeersammeln gingen oder mit an Schnüren befestigten Konservendosen versuchten, Stichlinge zu fangen. Zu jeder Jahreszeit seien im Laden Kinder ein und aus gegangen und hätten zusammen etwas unternommen, während sein eigenes Zuhause so groß und so still gewesen sei, dass man die Uhr in der Halle ticken hörte.
Sie erzählte ihm, wie abscheulich Chrissie gewesen war. Jetzt konnte sie über all die Quälereien lachen – wie sie Clare immer an den Haaren gezogen und ihr einzureden versucht hatte, sie sei nicht normal!
Er sprach von seinem Vater, erzählte, welche Mühe Dr. Power sich

gab, David nicht spüren zu lassen, dass er ihn am liebsten schon morgen in seiner Praxis gehabt hätte. David gab zu, dass seine Mutter ihn manchmal zur Verzweiflung trieb, sie sei wie ein kleines Kind; aber sein Vater habe ihn vor Jahren in einem Gespräch von Mann zu Mann gebeten, Geduld mit ihr zu haben. Molly habe vieles aufgegeben und auf ein aufregendes, unterhaltsames Leben verzichtet, um als Arztfrau mit ihm in einem Provinznest zu leben. David ärgerte sich, dass sein Vater seiner Mutter geradezu dankbar dafür war. Schließlich sei es doch ihre eigene Entscheidung gewesen! Und dann sei da noch die Geschichte mit den Fehl- und Totgeburten, hatte sein Vater beschwichtigend gesagt, man dürfe nicht zu streng mit ihr ins Gericht gehen und müsse ihr kleine Marotten von Zeit zu Zeit nachsehen.
Er erzählte auch, dass seine Mutter jedes Jahr ein paar Tage bei den Nolans in Dublin verbringe; und dass er sich immer für ihr Benehmen schäme, wenn sie zusammen im Shelbourne, im Ibernian oder im Gresham ihren Nachmittagstee nähmen. Wenn sie dort säße, in ihrer übertriebenen Aufmachung, und viel zu laut frage, wer dieser oder jener sei, um dann in ein schrilles, gekünsteltes Gelächter auszubrechen, wenn David ihr verärgert zuraunte, dass er keine Ahnung habe und eigentlich nicht sehr oft ausgehe. Clare hatte Verständnis für sie. Wahrscheinlich wollte Mrs. Power sich wenigstens für ein paar Tage als Dame der Gesellschaft fühlen; dann konnte sie wieder nach Hause fahren und stets daran zurückdenken, dass dieser oder jener sie gegrüßt und wieder ein anderer sich ihr gegenüber sehr zuvorkommend verhalten hatte. Sie war eben wie ein Kind. Und Davids Vater verhätschelte sie auch wie ein Kind. Manche Leute wurden automatisch so behandelt.
Nach einer Weile sprach sie mit ihm über Tommy. Ursprünglich hatte sie es ihm nicht erzählen wollen. Er musste es ja eigentlich nicht wissen, und außerdem war es unfair ihrer Familie gegenüber, die dieses traurige Geheimnis ängstlich hütete. Aber als er ihr dann so aufrichtig von seinem eigenen Leben berichtete und nichts verschwieg, konnte sie nicht anders. Sie erzählte es ihm in knappen, nüchternen Worten. Er griff über den Tisch nach ihren Händen und drückte sie ganz fest, bestürzt, aber nicht schockiert. Wenn Tommy schon so dumm gewesen sei, sich mit solchen Leu-

ten einzulassen, dann wäre er im Gefängnis vielleicht am besten aufgehoben. Und da er immer so ein netter Kerl gewesen sei, würden ihn seine Mitgefangenen und Wärter bestimmt nicht zusammenschlagen oder schikanieren.
»Wenn wir einmal zusammen nach London fahren ... werden wir ihn besuchen«, sagte David überschwänglich. »Damit er weiß, dass wir ihn nicht aufgegeben haben.«
Tommy besuchen? In einem *Gefängnis*, am *Besuchstag*? Sie nickte, brachte aber kein Wort heraus.
Er streichelte ihr Gesicht. »Ich glaube, du weißt gar nicht, wie sehr ich dich liebe. Du bist wie ein Teil von mir. Ich würde alles für dich tun. Wenn ich dir damit helfen und eine Freude machen kann, ist es mir ein Vergnügen, Tommy zu besuchen. Ich würde am liebsten noch heute Abend das Postschiff nehmen.«
Sie schloss die Augen und drückte seine Hand an ihre Wange. »Ich verdiene dich eigentlich gar nicht. Ich bin so engstirnig und eingleisig und denke immer nur an mich. Warum liebst du mich so sehr?«
»Ich weiß nicht, es ist einfach so. Du füllst all die Leere in mir aus. Ich bin mir jetzt ganz sicher: Ich will nur dich und was gut für dich ist.«
Er saß ihr in dem kleinen Café gegenüber, müde, mit offenem Hemdkragen, aber er strahlte übers ganze Gesicht.
»Du siehst aus wie jemand, der das große Los gezogen hat«, sagte sie und sah ihn bewundernd an.
»Du nimmst mir das Wort aus dem Mund, denn mit dir habe ich wirklich einen Glückstreffer gelandet.«
Als sie das Café verließen, fragte er, ob sonst noch jemand wisse, wo Tommy sei.
»Angela. Sie war es, die darauf bestand, dass ich ihm jede Woche schreibe. Ach, und Gerry Doyle«, erwiderte sie.
Seine Miene verdüsterte sich. Warum hatte sie es Gerry erzählt? Er versuchte, ungezwungen zu klingen, aber sie merkte, wie schwer er den Gedanken ertrug, dass Gerry das Geheimnis vor ihm erfahren hatte.
»Es ist schon lange her. Gerry wollte nach London fahren, und meine Mam hatte ihn gebeten, Tommy zu suchen. Ich musste es ihm erzählen. Sonst hätte er nach ihm geforscht und es herausge-

funden, und dann hätte er nicht gewusst, was er Mam sagen sollte. Also war es einfacher, ihm alles zu erzählen. Er hat natürlich nie ein Wort davon verraten.«
»Natürlich nicht.«

*

»Warum lernst du im Bett?«, beschwerte sich Valerie.
»Weil ich heute noch nichts gearbeitet habe. Ich war zwei Stunden lang mit David zusammen, dann bin ich in die Bibliothek gegangen und habe ihm einen Brief geschrieben. Das hat noch einmal eine Stunde gedauert. Daraufhin habe ich eine Stunde lang darüber nachgedacht, wie schön es wäre, mit ihm zusammen nach London zu fahren. Die nächste halbe Stunde habe ich damit zugebracht zu überlegen, wie er seinem Vater am besten beibringt, dass er erst nach Castlebay zurückkehren kann, wenn er mindestens drei Jahre an verschiedenen Krankenhäusern in Dublin gearbeitet hat. Und dann bin ich zu diesem Friseur gegangen, wo man sich nachmittags billig die Haare machen lassen kann. Anschließend bin ich mit meiner neuen Frisur zu David ins Krankenhaus gefahren, habe in der Kantine eine Tasse Tee mit ihm getrunken und ihm den Brief gegeben. Schließlich bin ich nach Hause gegangen. So habe ich heute den Tag verbracht. So also kämpft die Gewinnerin des Murray-Stipendiums um ein Examen mit Auszeichnung.«
»Schon gut, schon gut.« Valerie hatte keinen derartigen Wortschwall erwartet.
»Nein, es ist überhaupt nicht gut. Ich wusste nicht, dass es so kommen würde.« Clare machte einen bekümmerten Eindruck.
»Mein Gott, du hattest doch nur ein bisschen Spaß. Es war schließlich nur ein Tag, Clare O'Brien, ein einziger Tag mit diesem Burschen. Und bei dir ist es nicht so eine aussichtslose Geschichte wie bei uns – ich himmle einen Kerl an, der noch nicht einmal weiß, dass es mich gibt, und Mary Catherine geht mit James aus. Bei dir ist es die große Liebe, Clare, das, was wir uns alle wünschen. Hör bloß auf zu jammern.«
»Ich weiß, es hört sich wahrscheinlich so an, als würde ich jammern ...«

»Ja, allerdings«, entgegnete Valerie verdrossen.
»Aber wenn du wüsstest, wie sehr ich mich darüber ärgere, dass ich heute rein gar nichts getan habe!«
»*Allmählich* bekomme ich eine Ahnung davon. Um Himmels willen, steig bitte aus dem Bett, zieh deinen Mantel an und setz dich an die Frisierkommode, damit du richtig arbeiten kannst. Es macht doch keinen Sinn, sich halb aus dem Bett zu hängen und mit der Lampe am Boden zu lesen. Wenn du schon arbeiten musst, dann tu es richtig. Um mich brauchst du dir keine Sorgen zu machen; ich werde schon irgendwann einschlafen.«
»Valerie, hör auf, die ewig Leidende zu spielen«, erwiderte Clare.
Valerie lachte über diese spöttische Bemerkung; aber sie meinte, es könnte nicht schaden, wenn man Professor O'Brien wieder ein bisschen auf den Boden der Tatsachen zurückholen würde. Frau Professor würde nämlich schon über das Lernen sprechen, als wäre es eine heilige Handlung. Clare musste lächeln, als sie aus dem Bett kletterte und sich anzog, damit sie nicht fror.
Ein Mädchen, das sie nicht kannten, klopfte von außen ans Fenster. Clare ließ sie herein, und sie dankte ihnen überschwänglich.
»Ihr drei seid hier eine Legende«, sagte sie außer Atem. »Ich meine, ihr seid schon so alt und kennt euch aus und lebt nach euren eigenen Regeln.«
»Außerdem sind wir auch noch verrückt«, kam es von Valerie vom Bett herüber. »Immer muss sich eine mitten in der Nacht vollständig anziehen, um die anderen zu bewachen.«
Das Mädchen meinte verwirrt, sie müsse jetzt weiter.
»Dafür, dass du unser Zimmer als Einstieg benutzt hast, musst du uns noch eine Tasse Tee machen«, sagte Clare zum Spaß – aber nach zehn Minuten kam das Mädchen tatsächlich mit zwei Tassen Tee angeschlichen.
»Ich nehme an, eure Freundin ist noch aus«, sagte sie und blickte nervös auf Mary Catherines Bett.
»Natürlich. Es ist ja erst drei Uhr morgens.«
Clare sagte, dank Valerie würden alle anderen meinen, sie hätten nicht alle Tassen im Schrank. Val überhörte die Bemerkung und fragte, was um alles in der Welt Mary Catherine und James Nolan bis drei Uhr morgens treiben mochten, wenn sie nicht miteinander ins Bett gingen.

Ungefähr zehn Minuten später kam Mary Catherine durch das Fenster geklettert. Sie und James Nolan waren miteinander ins Bett gegangen, und es sei ganz in Ordnung gewesen. Nicht gerade überwältigend, aber in Ordnung. Und außerdem sollten sie bitte alle gleich anfangen, eine Novene für sie zu beten, weil ihre Periode genau in neun Tagen fällig sei. Wenn je eine Novene angebracht gewesen sei, dann wohl jetzt.

*

Dick Dillon sagte zu Angela, er stehe immer noch zu seinem Wort. Zwar sei er nicht gerade eine gute Partie und außerdem auch nicht so belesen wie Angela, aber zumindest könne sie bei ihm sicher sein, dass er niemals mit dem Trinken anfangen werde. Dann fiel ihm ein, dass Angelas Vater ein Säufer gewesen war, und er entschuldigte sich für seine Bemerkung so lang und breit, dass Angela ihm schließlich sagen musste, wenn er nicht sofort den Mund halte, würde sie ihn mit dem Fahrrad überfahren.
Aber mal ganz ernsthaft, meinte er. Wäre es nicht eine glänzende Idee? Angela in ihrem Häuschen sei einsam, und er sei ebenfalls ziemlich allein, so abgeschoben in seinen zwei Zimmern im Hotel. Er würde sich ganz ihren Wünschen fügen, sie könnten in ihrem Häuschen wohnen oder sich etwas Neues bauen, es sei kein Problem für ihn, an einen Bauplatz heranzukommen. Und Angela könnte, wenn sie wollte, auch weiterhin unterrichten. Verheiratete Lehrerinnen hätten ja jetzt die Möglichkeit dazu. Oder sie könnte eine Pause einlegen. Er sei so gerne mit ihr zusammen. Blumige Worte seien noch nie seine Sache gewesen, doch was er sage, komme von ganzem Herzen.
Angela überlegte lange. Sie sei noch immer davon überzeugt, dass es das unsinnigste Vorhaben seit der Teilung des Landes wäre, meinte sie. Doch im Moment könne sie ohnehin nicht darüber nachdenken, da es noch eine andere Sache gäbe, die all ihre Gedanken beschäftige. Aber das würde sich auf jeden Fall bis zum Ende des Sommers geklärt haben. So oder so.
Dann würde sie sich noch einmal mit ihm zusammensetzen und ernsthaft mit ihm über seinen Vorschlag sprechen, ohne Witze und dumme Bemerkungen zu machen.

»Es handelt sich eigentlich nicht so sehr um einen *Vorschlag*, eher um einen *Antrag*«, erwiderte Dick Dillon gekränkt. »Und bei dieser … Sache, die dich den Sommer über beschäftigt – kann ich dir da nicht irgendwie helfen?«
Sie sah ihn an. Sein Gesichtsausdruck war freundlich und voller Anteilnahme. »Nein, Dick. Aber trotzdem danke.«
»Es ist doch kein anderer Mann?«, fragte er besorgt. »Du überlegst nicht etwa, ob du dich für einen anderen entscheiden sollst oder etwas in der Richtung?«
»Nein, kein anderer Mann. Wenigstens nicht so, wie du meinst.«
»Denkst du vielleicht darüber nach, ins Kloster zu gehen?« Er zog ängstlich alle Möglichkeiten in Betracht.
»Immaculata würde das Kloster eher schließen, als dass sie mich aufnehmen würde«, sagte Angela.
»Nun, ein Ordensmann in der Familie genügt ja wohl auch«, entgegnete Dick Dillon und traf damit zielsicher Angelas wundesten Punkt: Father Sean O'Hara, der nach wie vor begeistert schrieb, wie sehr er und seine Familie sich auf den Sommer freuten.

*

Paddy Power schwärmte, es sei ein ausgesprochen klarer Tag, die Klippen und die Landspitze seien noch aus meilenweiter Entfernung zu sehen. Nellie hatte ihm erklärt, dass er zu früh zurückgekommen sei; das Mittagessen wäre erst in einer halben Stunde fertig, die Kartoffeln seien noch fast roh. Da hatte sich Molly bereit erklärt, noch ein bisschen mit ihm die Klippen entlang spazieren zu gehen, es sei so schönes, frisches Wetter.
»Besuchst du dieses Jahr wieder Sheila? Du fährst doch gewöhnlich im Januar hin.«
»Ja, ich habe auch schon daran gedacht. Aber David war nicht gerade begeistert, als ich am Telefon davon sprach.«
»Nicht begeistert?«
»Er meinte, er hätte vielleicht gar keine Zeit, um sich mit mir zu treffen. Er wolle mich gleich im Voraus warnen.«
»Nun, das ist doch sehr anständig von ihm. Ich kann mich noch daran erinnern, dass es bei mir auch so gewesen ist. Man hat keine Minute für sich.«

»Oh, für sich selbst hat er genügend Zeit.«
»Was meinst du damit?«
»Er hat mir erzählt, er habe gehört, dass man in Dillons Hotel die Polizei holen musste, und als ich ihn gefragt habe, woher er das wisse – von uns kann er es ja nicht erfahren haben –, hat er geantwortet, er hätte Clare O'Brien getroffen. Anscheinend hat es ihr Josie Dillon geschrieben.«
»Und?« Dr. Power wusste nicht, worauf sie hinauswollte.
»Nun, das zeigt wohl, dass er immerhin genügend freie Zeit hat, um sich mit dieser Clare O'Brien zu treffen.«
»Hack nicht immer auf dem Kind herum, Molly. Sie war dir schon seit jeher ein Dorn im Auge.«
»Nein, das ist nicht wahr. Ich habe dir gegenüber nur beiläufig erwähnt, wie merkwürdig ich es finde, dass unser Sohn die Zeit hat, sich mit diesem Mädchen zu treffen, während er für seine Mutter anscheinend keine Minute erübrigen kann.«
»Jetzt aber mal sachte. Er hat sie zufällig getroffen – da ist es doch ganz normal, dass sie sich über Castlebay unterhalten.«
»Nein, er hat nicht gesagt, dass er sie zufällig getroffen hat. Er hat gesagt, *als er sich mit ihr traf* – ganz so, als würde er sich dauernd mit ihr treffen. Und hör bitte auf, so zu tun, als würde ich mir das alles nur einbilden. Ich *weiß*, wovon ich spreche.«
»Und falls er sich tatsächlich mit ihr trifft, wäre das denn der Weltuntergang?«
Molly schaute ihn triumphierend an. »Noch vor einer Minute habe ich nur wilde Vermutungen angestellt, ins Blaue geredet, und nun gibst du mir plötzlich Recht?«
»Tja, Molly ...«

*

Valerie war der Ansicht, in einem Fall wie diesem sei es reichlich unangebracht, eine Novene zu beten, Gott würde gar nicht zuhören. Clare wiederum meinte, wenn wirklich etwas passiert sei, könne man es jetzt auch nicht mehr durch noch so viele Gebete ändern. Mary Catherine fand, keine von beiden hätte begriffen, was beten eigentlich bedeutete. In ihrer Gemeinde in den Vereinigten Staaten sei das ganz genau erklärt worden. Gott wisse schließlich im Voraus, dass man später beten würde. Es habe also mit einem nachträglichen Gnadenerweis überhaupt nichts zu tun. Sie diskutierten endlos darüber, aber zum Glück wurden sie durch den Lauf der Ereignisse allen Debatten enthoben, denn an dem vorausberechneten Tag gab es gute Nachrichten. Aus dem Zimmer der drei alternden Exzentrikerinnen war ein tiefer Seufzer der Erleichterung zu vernehmen.

Mary Catherine sagte, sie würde nicht noch einmal ein derartiges Risiko eingehen, obwohl James beteuert habe, dass er sich schon »darum« kümmern würde. Außerdem habe sie es im Grunde überhaupt nicht gewollt und wisse jetzt gar nicht mehr, warum sie damals eingewilligt habe. Wahrscheinlich sei sie es einfach nur leid gewesen, dass er ihr ständig damit in den Ohren lag und sie sich immer wieder neue Ausreden einfallen lassen musste. Als sie dann schließlich einwilligte, mit ihm in diese Wohnung zu gehen, habe ihn fast der Schlag getroffen. Es war die gleiche Wohnung, in der David gewohnt hatte ... Anscheinend brachten alle ihre Mädchen dorthin.

Mary Catherine meinte, dass wahrscheinlich viel mehr darüber geredet würde, als tatsächlich passiere. James habe behauptet, er sei schon sehr erfahren, aber ohne jetzt ins Detail gehen zu wollen, habe sie doch den Eindruck gewonnen, dass das nicht der Fall sei. Nein, mehr werde sie dazu nicht sagen. Sie habe James außerdem ganz beiläufig gefragt, ob er denn denke, dass David Power ein Frauenheld sei, und er habe geantwortet, dass David sich zu diesem Thema in Schweigen hülle, weswegen allgemein vermutet würde, er habe eine heiße Affäre mit einer leichtlebigen Krankenschwester, denn warum sonst würde er nicht mit ihnen ausgehen und sich amüsieren?

Mary Catherine konnte nicht verstehen, warum die Romanze geheim bleiben musste, aber wenn es für David und Clare so furchtbar wichtig sei, wolle sie sich daran halten. Es kümmere sie sowieso nicht großartig, sie habe andere Sorgen: Nämlich wie sie James auf höfliche Art und Weise loswerden könne. James hatte sie nämlich nicht nach der ersten gemeinsamen Nacht fallen lassen, sondern telefonierte ihr im Gegenteil ständig hinterher. Wahrscheinlich hoffte er, noch öfter bei ihr landen zu können. Mary Catherine wollte ihn nicht zu brüsk zurückweisen, aber vor allem wollte sie nicht, dass er überall herumerzählte, sie sei leicht zu haben.

*

Clare und David sprachen über das Thema Sex nur im Schutz des hellen Tageslichts und an öffentlichen Orten. David erzählte ihr, dass er noch völlig unerfahren sei, obwohl er vor seinen Freunden angebe, es ständig zu tun, doch das sei nicht wahr. Einmal wäre es fast dazu gekommen, aber er wolle ihr die Einzelheiten ersparen. Damals sei sowieso nicht Liebe der Auslöser gewesen, sondern Alkohol.

Sie sprachen auf einer ziemlich theoretischen Ebene darüber, was sie tun würden, wenn sich ihnen die Gelegenheit böte. Nur einmal angenommen zum Beispiel, Clare hätte eine eigene Wohnung, wo sie ungestört wären. Angenommen, David würde allein leben. Würden ihre guten Vorsätze dann ins Wanken geraten?

Clare sagte, sie würde das bange Warten danach nicht aushalten. Sie wollte nichts von Mary Catherine erzählen, aber es stellte sich heraus, dass David ohnehin schon Bescheid wusste. Das erschreckte sie ein wenig, aber sie konnten es James im Grunde nicht übel nehmen; Valerie und Clare wussten schließlich ja auch Bescheid.

David meinte, das mit dem bangen Warten ließe sich bestimmt vermeiden; er sei schließlich Arzt und könne daher besser an gewisse Dinge herankommen als jeder andere. Und viele Leute würden sich ihre Verhütungsmittel auch in Nordirland kaufen, wo sie legal waren. Das sollte also kein Problem sein.

»Natürlich nur, wenn wir es ernsthaft vorhätten«, sagte Clare. »Ja, natürlich nur für den Fall«, stimmte David ihr zu.

*

Emer rief im Wohnheim an und fragte Clare, ob sie ihr einen großen Gefallen tun könne. Kevin sei gebeten worden, nach London zu fahren, um sich dort über neue Lehrmittel zu informieren. Die Fahrt würde drei volle Tage dauern, und, man glaube es kaum, Emer dürfe mitfahren. Ihre Mutter würde sich um Daniel kümmern. Aber sie wäre sehr beruhigt, wenn jemand während ihrer

Abwesenheit das Haus hütete. Ob Clare vielleicht Lust dazu hätte? Clare sagte, sie hätte große Lust dazu.
Sie wollte es ihm nicht erzählen. Ganze zwei Stunden lang hielt sie durch.
Nachdem er es erfahren hatte, nahm er sich für die drei Tage frei.
»Ich hoffe, wir müssen nicht noch mehr Novenen beten«, murrte Valerie.

*

»Vielleicht möchte ich dich danach nie wiedersehen«, sagte sie zu David, als sie ins Schlafzimmer gingen.
»Wie kommst du denn darauf?«
»Mary Catherine ist es bei James so gegangen.«
»Die beiden lieben sich nicht. Sie tun nur so.«
»Wenn man sich liebt, ist also alles ganz anders?«
»Ja, so sagt man doch.«

*

Danach streichelte David ihr langes blondes Haar, das auf dem Kissen lag. Er strich mit seiner Hand unablässig vom Scheitel bis zu den Haarspitzen. Er hatte Angst davor, etwas zu sagen, für den Fall, dass sie verletzt oder unglücklich wäre.
Sie hatte die Augen weit offen, als sie so neben ihm lag, aber er konnte an ihrem Gesichtsausdruck nichts ablesen. War sie erschreckt? Oder enttäuscht? Hatte sie auch dieses Glücksgefühl gespürt, und den tiefen Frieden, den er jetzt empfand?
»David«, sagte sie. Sie sagte es sehr leise.
Er stieß einen Freudenschrei aus, nahm sie in die Arme und hielt sie ganz fest. Er konnte nicht glauben, dass es ein solches Glück überhaupt gab.

*

James Nolan spürte ihn schließlich auf.
»Ich dachte, man hätte dich ermordet und verscharrt«, sagte er.
»Niemand wusste, wo du steckst.«

»Ist irgendwas passiert?«, fragte David hastig.

»Das kommt darauf an, wie man es sieht. Deine Mutter kommt morgen meine Mutter besuchen. Und beide Mütter waren ein bisschen sauer, weil du unauffindbar warst. Es ist wohl besser, wenn du deine Mutter anrufst und die Wogen glättest. Wo warst du eigentlich?«

»Warum muss sie mich denn ausgerechnet an diesem Wochenende besuchen? Das hätte ich mir ja denken können!«

James zuckte die Schultern. »Ich habe getan, was ich konnte. Ich dachte, du bist vielleicht mit einer duften Biene ausgeflogen, und so habe ich ihr erzählt, dass dieses Wochenende ein Spiel ist und du vielleicht hingefahren bist.«

»Ein Spiel, das drei Tage lang dauert!«

»Ich habe gesagt, das Spiel wäre in Nordirland.«

»Gut, das wird genügen. Danke, James.«

»Leg nicht auf, David. Wo warst du denn wirklich?«

»Wie du schon gesagt hast, bei einem Spiel.«

»Mit dir bin ich noch nicht fertig. Du sollst am Sonntag zu uns zum Lunch kommen.«

*

Molly Power war vor Sorge schon tausend Tode gestorben, als er sie schließlich anrief.

»Glaub bitte nicht, dass ich dir nachspioniere. Es interessiert mich nicht, was du in deiner Freizeit machst. Dein Vater sagt immer, dass du ein erwachsener Mann bist, und ich stimme ihm völlig zu.«

»Es freut mich, dass du nach Dublin kommst«, sagte er und biss dabei die Zähne zusammen.

»Es ist nur, weil die Nolans es so *merkwürdig* fanden, dass niemand wusste, wo du warst. Ich meine, David, niemand will dich kontrollieren, das habe ich dir schon gesagt, aber wenn einmal etwas mit deinem Vater ist – was Gott verhüten möge – und wir nach dir suchen ...«

Er hielt den Hörer weit von sich gestreckt. Am liebsten hätte er ihn gegen die Wand geworfen.

»... glaubst du denn, du kannst dich von dem, was immer dich so beschäftigt, losreißen und dich mit mir in Dublin treffen?«

»Ich freue mich wirklich auf den Lunch am Sonntag«, antwortete David und zwang sich dabei, euphorisch zu klingen.
»Du meinst, wir werden uns nicht vor Sonntag sehen?«
»Nein ... Ich habe gemeint, darauf freue ich mich *besonders* ... Natürlich werden wir uns davor sehen.«
Nach den drei Minuten Sprechzeit lehnte er sich gegen die Wand.
»Clare«, flüsterte er vor sich hin, »Clare, Clare.«
»Ist mit Ihnen alles in Ordnung, Doktor?« Eine junge, sommersprossige Krankenschwester musterte ihn besorgt.

*

Angela war sehr überrascht, als sie den Brief las. Ihre Überraschung wäre geringer gewesen, wenn Clare sich einer politischen Gruppierung angeschlossen hätte. Aber ausgerechnet David Power, der hübsche, liebenswürdige große Junge, der nächstes Jahr nach Castlebay zurückkehren würde, um seinem Vater in der Praxis zu helfen! Wie war es nur dazu gekommen? Und was würde Clare tun, wenn sie geheiratet hatten? Und das würden sie tun, so schien es zumindest, wenn man zwischen den Zeilen las. Clare schrieb ihr, wie stark ihre Gefühle füreinander waren und dass sie es nicht aushielten, getrennt zu sein. David gehe es genauso wie ihr. Angela war verwundert, als sie diesen Herzenserguss las. Verwundert, weil es darauf nur eine Antwort zu geben schien. Und so schrieb sie:

Ich denke, du solltest weiterhin dein Bestes geben, damit du dein Examen mit Auszeichnung bestehst, denn du weißt, dass du das schaffen kannst. Dann legst du eine Pause ein, und danach machst du den Magister. Und was dann kommt, wer weiß das schon? Vielleicht bin ich bis dahin schon aus dem Schuldienst entlassen. Natürlich wärst du überqualifiziert; trotzdem bin ich sicher, dass sie dich an der Schule hier nehmen würden. Aber glaubst du, dass du als Mrs. Power, die junge Mrs. Power, wirklich noch den Wunsch hättest zu arbeiten? Würde es dir dann noch gefallen, den ganzen Tag lang zu unterrichten ...?

Clare las den Brief mit großer Bestürzung. Wie *dumm* war es gewesen, Angela davon zu erzählen, so *dumm*, so *dumm!* Diese Frau hatte einfach *nichts* begriffen. Es war überhaupt keine Frage, dass sie natürlich *nicht* nach Castlebay zurückkommen würde. Das war ja das Schlimme an der Geschichte. David wollte es nicht, und sie wollte es schon gar nicht. Das Grundproblem war nur, wie man das Davids Vater beibringen konnte, ohne ihm das Herz zu brechen. Aber Angela würde das nie begreifen, nicht in Tausenden von Jahren. Sie war eben schon zu lange in Castlebay, das war der Fehler.

*

»Am Sonntag treffe ich deine Schwiegermutter und deinen Auserwählten«, sagte Mary Catherine.
»Wie um alles in der Welt …?«
»James hat mich zum Lunch eingeladen. Er hat gesagt, Mrs. Power würde kommen und David auch. Hat er es dir nicht erzählt?«
»Ja schon, aber ich hatte es ganz vergessen.« David hatte ihr nichts davon erzählt. Sie war außer sich vor Zorn.

*

»Ich wollte nicht über etwas Unangenehmes reden, das ist alles.«
»Es ist doch nichts Unangenehmes, wenn deine Mutter nach Dublin kommt!«
»Doch. Wir werden dadurch mit der Realität konfrontiert.«
»Sie kommt jedes Jahr hierher. Du musst ihr ja nicht gerade beim Lunch mit den Nolans erzählen, dass sich deine Zukunftspläne geändert haben.«
»Nein. Aber ich wäre am Sonntag lieber mit dir zusammen und nicht dort.«
»Mary Catherine geht auch hin. Anscheinend ist es eine größere Gesellschaft.«
»Das ist doch *die* Idee! Ich könnte James bitte, dich auch einzuladen.«
»Bist du völlig verrückt geworden?«, fragte sie ihn.

*

Am besten wäre etwas in der Nähe des Krankenhauses gewesen, aber die Gegend dort war zu vornehm, und die Mieten waren entsprechend hoch. Am Stadtrand hätten sie sich zwar etwas Hübsches leisten können, aber das hätte keinen Sinn gehabt, weil sich für David der weite Weg kaum je gelohnt hätte. Sie lasen die Anzeigen in den Abendzeitungen und konnten es kaum fassen, wie schnell die günstigen Angebote weg waren. Manchmal fanden sie schon lange Warteschlangen vor, wenn sie ein Zimmer besichtigen wollten, das erst an diesem Abend in der Zeitung gestanden hatte. Auf ihrer Suche lernten sie andere junge Leute in der gleichen Lage kennen und tauschten Erfahrungen mit ihnen aus. Rathmines sei ganz in Ordnung, so sagte man ihnen. Zum University College waren es von dort etwa zwanzig Minuten zu Fuß. Und es würden viele möblierte Zimmer angeboten. David und Clare klapperten einfach ein Haus nach dem anderen ab, was angeblich keine geringeren Erfolgsaussichten hatte als die anderen Methoden. Clare sah sich in der Gegend um. Es gab eine breite Hauptstraße mit großen Häusern, die früher Einfamilienhäuser gewesen, jetzt aber in mehrere Wohnungen aufgeteilt waren. Manche waren in gutem Zustand, mit sauber getünchten Eingangsdielen und halbmondförmigen Garderobentischchen, wo säuberlich aufgestapelt die Post für die einzelnen Mietparteien lag. In anderen war das Linoleum zerschlissen, die Tapete kam von den Wänden, und ein unangenehmer Geruch lag in der Luft. Das waren die Häuser mit den Wohnungen, die sie sich würden leisten können.
Die Gegend war hübsch, fanden sie. Sie hatte einen eigenen kleinstädtischen Charakter und war nicht einfach nur ein Teil von Dublin, wie sie es kannten. Aber trotzdem fuhren regelmäßig Busse ins Zentrum; der Kanal, wo man spazieren gehen konnte, war nicht weit; und weil viele junge Leute dort wohnten, hatten auch die Geschäfte länger geöffnet. Außerdem gab es in der Nähe eine Pommesbude, was Clare dankbar zur Kenntnis nahm. Die könnte sich als äußerst nützlich erweisen.
Sie besichtigten das kleine, schmutzige Zimmer im dritten Stock des großen Hauses mit dem ungepflegten Garten und der abblätternden Farbe. Sie sahen sich an und nahmen es. Sie bezahlten die erste Monatsmiete und zogen an einem Samstag ein. Ihr Vermieter hatte gesagt, normalerweise möge er keine Studenten, aber in

ihrem Fall, bei einem jungverheirateten Paar, sei es etwas anderes. Er hoffe allerdings, dass sie sich in nächster Zeit kein Kind anschaffen wollten, denn sie müssten verstehen, dass dies ein ruhiges Haus sei. Sie schüttelten den Kopf. Nein, das sei gar keine Frage, und sie könnten seine Bedenken gut verstehen.

David hatte ihr einen einfachen Ring für fünfzehn Shilling geschenkt; irgendwann einmal würde sie einen richtigen bekommen. Genauso, wie sie irgendwann eine richtige Wohnung haben würden. In ihrem Zimmer gab es einen Ölofen, und es roch überall nach Paraffinöl; das Bett war ziemlich wuchtig, und die kleine Kochstelle starrte vor Schmutz, der noch vom Vormieter stammte. Das Badezimmer war zwei Stockwerke weiter unten. Aber es war ihr Zuhause. Und außer Valerie und Mary Catherine, die in alles eingeweiht wurden, wusste niemand, wo sie steckten.

Sie kauften die Zutaten für ihr erstes Abendessen ein: Würstchen, Speck und eine Flasche roten Wermut. Beim Trödler besorgten sie einen Bücherschrank, denn der Vermieter wollte nicht, dass die Wände beschädigt wurden. Dabei waren sie so rau und uneben, und der Putz saß so locker, dass es kaum möglich gewesen wäre, einen Nagel einzuschlagen, geschweige denn ein Bücherbrett daran zu befestigen. Als die Bücher alle ihren Platz hatten, fühlte Clare sich zu Hause.

Er küsste ihre Hände und sah ihr ins Gesicht. »Schau, es wird alles wunderbar werden. Du wirst studieren, und ich werde kommen, so oft ich kann. Du wirst dein Examen mit Auszeichnung bestehen, und ich werde dieses Jahr im Krankenhaus hinter mich bringen und dann irgendwo anders anfangen, als wäre es das Normalste der Welt. Ich bin dann kein Medizinalassistent mehr, und wir können uns etwas Besseres leisten. Ich werde gut verdienen.«

»Ich auch«, sagte Clare aufgeregt. »Wenn ich erst als Tutorin arbeite.«

»Es gibt nichts, worüber wir uns Sorgen machen müssten. Wenn wir dies hier ...«, er machte eine ausladende Handbewegung, die das schäbige Zimmer umschloss, »... wenn wir dies hier in der kurzen Zeit geschafft haben, können wir da nicht alles schaffen?«

*

Es war ein einsamer Sonntag. Aber die Sonntage in Dublin waren oft ein bisschen trostlos.
Clare kratzte eine Weile lang an der Kochstelle herum, um sie sauber zu bekommen; dann ging sie eine Sonntagszeitung kaufen. Die Glocken läuteten gerade, und viele Menschen gingen in die große Kirche an der Hauptstraße von Rathmines. Clare hastete daran vorbei. Seit fünf Sonntagen lebte sie jetzt schon in Todsünde. Am ersten Sonntag war sie wie immer zur Messe gegangen, aber es war ja lächerlich, sie konnte gar nicht beten; es war pure Heuchelei, dort niederzuknien in dem Wissen, dass sie wieder sündigen würde. Auch wenn sie es David gegenüber nie eingestanden hätte, aber es *war* schließlich eine Todsünde, daran gab es nichts zu rütteln. Es hatte keinen Sinn, so zu tun, als würde man beten. An Gottes Stelle wäre es Clare auch lieber gewesen, wenn solche Leute erst gar nicht in die Kirche kamen.
Val war zu einem Lunch gegangen; sie wollten zu sechst ein Curry kochen. Nach Vals Beschreibung zu urteilen, musste es einfach schrecklich sein, aber Clare wäre trotzdem gern dabei gewesen. Emer und Kevin konnte sie nicht fragen, ob sie bei ihnen vorbeikommen könnte; es wäre ihr so vorgekommen, als würde sie die beiden nur benutzen. Außerdem war es ihr ein bisschen peinlich, wieder ihr Haus zu betreten, obwohl die beiden nicht ahnen konnten, wieso. Mary Catherine war bei den Nolans zum Lunch, genauso wie David. Vielleicht hätte sie zusagen sollen, als er sie so unschuldig gefragt hatte, ob sie auch mitkommen wollte. Es wäre eine schwere Prüfung für sie gewesen: Jeder der Gäste hätte Mrs. Powers Zorn und Verachtung für sie gespürt, und Clare war sich nicht sicher, ob James oder Caroline Nolan in dieser Situation zu ihr gehalten hätten. Aber hier zu Hause herumzusitzen und zu warten war auch nicht leicht.
Es war, als wäre sie in einen verheirateten Mann verliebt, so wie das eine Mädchen im Wohnheim, das ständig niedergeschlagen war. Sie hatte letztes Jahr eine Affäre mit einem Dozenten gehabt, und an den Wochenenden war sie immer selbstmordgefährdet gewesen.
»Hör auf, so einen Unsinn zu denken«, sagte sich Clare laut. »Das kann man überhaupt nicht vergleichen. Wir wohnen zusammen in einer eigenen Wohnung. Er wird hierher zurückkommen. Mein

Gott, er trifft sich nur mit seiner *Mutter*, nicht mit seiner Frau.« Warum fröstelte sie jetzt, woher diese schicksalsschwangeren Ahnungen?

*

In der Auffahrt zum Haus der Nolans parkten fünf Wagen: der von Mr. Nolan, der seiner Frau, der von Caroline und der von James. David wusste nicht, wem der fünfte gehörte. Leichtfüßig lief er die Stufen hinauf. Breeda öffnete die Tür. Sie nahm ihm den Mantel ab und ging damit ins Frühstückszimmer, wo schon eine Menge Mäntel säuberlich aufgehängt waren.

Dann ging er die Treppe hinauf zum Salon im ersten Stock. Seine Mutter stand an den Kamin gelehnt da. David fand ihre Aufmachung ein bisschen übertrieben, da waren zu viele Rüschen am Kragen und an den Ärmeln. Noch bevor er Zeit hatte, sich nach den anderen umzusehen, kreischte Molly ihm schon zur Begrüßung entgegen: »Da ist ja der verlorene Sohn! Er hat sich tatsächlich losreißen können!«

David wünschte, sie hätte sich zurückgehalten und nicht so ein Spektakel gemacht. Er wäre viel lieber ganz ruhig und ohne Aufsehen hereingekommen, um dann zuerst James' Eltern zu begrüßen. Aber jetzt musste er gleich zu ihr gehen, weil sie so einen Wirbel um ihn gemacht hatte.

»Du siehst bezaubernd aus, Mutter«, sagte er und küsste sie auf die Wange.

»Oh, du bist ein noch schlimmerer Schmeichler als dein Vater«, erwiderte sie, wieder mit dieser albernen, hohen Stimme, die er so hasste.

Er sah sich um. Mrs. Nolan wirkte wie immer zerstreut und irgendwie nervös. David fragte sich wieder einmal, wie es seiner Mutter nur entgehen konnte, dass diese Frau höchst sonderbar war – schrullig, um es milde auszudrücken.

»Ich freue mich sehr über Ihre Einladung, Mrs. Nolan«, sagte er pflichtschuldig.

»Ah, David.« Sie sah ihn an, als sähe sie ihn zum ersten Mal, hätte aber eigens seinen Namen auswendig gelernt, damit er sich willkommen fühlte. »Wie schön, dass du uns besuchen kommst.

Deine Mutter ist auch hier, weißt du.« Sie sah sich geistesabwesend um.
»Ja, ja, ich habe sie schon begrüßt.« David war es mit einem Mal, als wäre er in eine Falle geraten; er fühlte sich verfolgt – eine Empfindung, die Mrs. Nolan oft in ihrer Umgebung auslöste.
»David, so viel ich weiß, magst du Sherry – süß oder trocken?«
Die Frau starrte ihn an, als erwartete sie von ihm die Antwort auf die Frage nach dem Sinn des Lebens.
»Trocken, wenn es geht, Mrs. Nolan.« Er konnte Sherry nicht *ausstehen*, egal ob süß oder trocken.
James hatte es offensichtlich geschafft, einen Gin-Tonic zu ergattern. Aber es war schon zu spät, er hielt das Glas Sherry bereits in der Hand. Caroline sprach am Fenster mit Mary Catherine. Zwei Priester unterhielten sich mit Mr. Nolan. Einer von ihnen kam David bekannt vor, obwohl er ihm bestimmt noch nie begegnet war. Breeda kam herein und reichte kleine Käsestangen und mit Käse gefüllte Selleriestückchen herum.
Er hörte die Stimmen von seiner Mutter und Mrs. Nolan, die scherzhaft mit ihm plauderten, wie durch Watte, und er wünschte sich, er wäre in dem kleinen Zimmer bei Clare und sie äßen zusammen eine Tomatensuppe aus der Dose. Er wünschte sich meilenweit fort von diesem überheizten Raum und dem Stimmengewirr. Wenn jemand eine Frage an ihn richtete, antwortete er mechanisch: Ja, seine Arbeit sei sehr anstrengend; nein, diesen Spezialisten kenne er nicht persönlich, nur dem Namen nach; ja, es wäre sehr nett von den Nolans, wenn sie sich bei ihm für David verwenden könnten. Er erkundigte sich bei seiner Mutter, wie es seinem Vater gehe und ob Bones sich schon von dem schrecklichen Unfall mit der Farbe erholt habe. Molly Power erzählte, dass Bones noch nie eine Augenweide gewesen sei, aber nun sehe er geradezu Furcht erregend aus. Sie hätten einen Großteil des Fells scheren müssen, denn die verschüttete Farbe darauf sei eingetrocknet und habe die Haare völlig verfilzt. Er sehe sehr seltsam aus, sei sich aber seiner veränderten Erscheinung nicht bewusst. Trotz seines hohen Alters renne er immer noch fröhlich bellend im Kreis herum. Leider könne man ihn nicht mehr auf einen Spaziergang mitnehmen, weil es zu lange dauern würde, den Leuten jedes Mal zu erklären, warum er so aussah. Außerdem sei es nicht

sehr angenehm, die Erinnerung daran, wie er auf dem Küchenboden in einer roten Farbpfütze gelegen hatte, immer wieder aufzufrischen.
»Kommst du vor Ostern noch einmal heim, um ihn zu besuchen? Und uns natürlich«, fragte sie.
»Keine Chance … oh, und wegen Ostern …«, fing er an, aber Sheila Nolan klatschte gerade in die Hände. Es war angerichtet.
Sie gingen in einen anderen, ebenfalls ziemlich überheizten Raum, in dem für neun Personen gedeckt war. Zwei Weinflaschen standen bereits geöffnet auf dem Tisch, und auf dem Tranchiertisch lag ein großer Rinderbraten.
»Das ist ein Leben!«, sagte Molly Power voller Wehmut, als sie das Zimmer mit den massiven dunklen Möbeln und den schweren Vorhängen betraten. Man hörte ihrer Stimme an, dass sie neidvoll an ein gesellschaftliches Leben wie hier im Hause der Nolans dachte; weit weg von Castlebay.
David bemühte sich, nicht mehr an das schmuddelige möblierte Zimmer zu denken, das keine drei Kilometer entfernt lag, und Mitgefühl für seine Mutter zu empfinden. Dad hatte immer behauptet, dass es nicht viel brauche, um sie glücklich zu machen. Und das stimmte auch, denn wie sehr genoss sie dieses pompöse Mittagessen, das Sheila Nolan ihr zu Ehren gab. Er würde heute nicht unhöflich zu ihr sein, ihr den Aufenthalt hier nicht verderben. Über Ostern würde er irgendwann später mit ihr sprechen.
David saß zwischen Caroline und einem der Priester. Caroline war in Hochform, tauschte Vertraulichkeiten mit ihm aus und flüsterte ihm Fragen zu.
»Glaubst du, James meint es ernst mit dieser Amerikanerin? Komm schon, er muss dir doch etwas erzählen. Ich glaube nicht an die Verschwiegenheit der Männer. Sie reden drüber, da bin ich sicher.«
»Aber du irrst dich, Caroline, Männer sind viel zu zurückhaltend und sensibel, um über ihre Gefühle zu sprechen. Wären wir doch so stark wie die Frauen! Sie reden über alles ganz offen.«
Sie lachte. »Denkst du, dass sie etwas miteinander haben, wenn du weißt, was ich meine? Früher schien er sich lediglich dafür zu interessieren, ob sie Geld hat, aber jetzt sieht er aus wie ein liebeskranker Kater.«

Sie sahen hinüber zu Mary Catherine, die mit Mrs. Powers bohrenden Fragen und Mrs. Nolans nervösen, feindseligen Blicken gleichermaßen zu kämpfen hatte.
»Warum fragst du sie nicht selbst? Sie würde dir bestimmt alles erzählen; das machen Frauen doch so.«
»Nein, die ist verschwiegen wie ein Grab. Bei der würde ich auf Granit beißen, um es mit ihren Worten zu sagen.«
»Und wie sieht es bei dir mit der Liebe aus? Bist du der umschwärmte Liebling der Rechtsanwaltskammer?«
»Das fragst du nur, um mir das Herz zu brechen. Du weißt, dass ich an keinen anderen denke.« Caroline klimperte scherzhaft mit den Wimpern.
»Wie könnte ich kleiner Hinterwäldler denn bei einem so weltklugen Geschöpf wie dir landen?« David lächelte. Er hatte Caroline schon immer gemocht. Als er noch sehr jung war, war er natürlich verliebt in sie gewesen, und seitdem immer wieder eine Weile lang. Man konnte sich so gut mit ihr unterhalten, sie war witzig und nahm nichts furchtbar ernst. Doch als er sich daran erinnerte, dass seine Mutter immer geglaubt hatte, sie würden einmal ein Paar werden, zuckte er zusammen. Und dann fiel ihm zu seiner großen Beunruhigung auch noch auf, dass Mrs. Power und Mrs. Nolan ihn und Caroline mit liebevollem Blick betrachteten.
Caroline bemerkte nichts davon. »Ich habe mich nie ernsthaft um dich bemüht, David, ich hasse nämlich Misserfolge. Ich glaube, bei dir muss ich Geduld haben, warten, bis du bereit für mich bist und wie eine reife Pflaume in meine Arme fällst. Vielleicht geradewegs aus den Armen einer anderen Frau.«
Sie warf ihr dunkles Haar zurück und lachte. Clare hatte einmal gesagt, dass Caroline Nolans Zähne zu gut, zu weiß und zu ebenmäßig seien. Das sei ein Zeichen von Wohlstand und einer guten Kinderstube. Denn reiche Leute würden die Zähne ihrer Kinder nicht mit klebrigen Süßigkeiten ruinieren und sie außerdem regelmäßig zum Zahnarzt schicken.
Caroline sah wirklich sehr gesund aus.
Und auch sehr attraktiv, mit ihrem zitronengelben Pullover und dem grün-golden karierten Rock. Um den Hals trug sie eine dicke Bernsteinkette. Sie erzählte, sie sei verrückt gewesen, den Nonnen zu glauben, die immer behauptet hätten, dass ein akademischer

Abschluss die Antwort auf alle Fragen wäre. In Wirklichkeit würden sich die Fragen nämlich dann erst stellen. Erst nach dem Abschluss müsse man sich nämlich überlegen, was man damit anfangen wolle. Zum Glück habe sie endlich die langweilige Sekretariatsarbeit in der Kanzlei ihres Vaters hinter sich und könne nun ihre Ausbildung zur Rechtsanwältin machen, was sie schon vor Jahren hätte tun sollen, als sie noch nicht alt und grau war.
Sie drehte sich weg, um die schweren Gemüseterrinen weiterzureichen, und David begann eine Unterhaltung mit dem Priester neben sich, dem mit den kleinen Knopfaugen.
»Ich kenne Ihr Gesicht von irgendwoher, Father. War vielleicht einmal ein Bild von Ihnen in der Zeitung?«
»Hoffentlich nicht! Ich bin beim Erzbischof auch so schon schlecht genug angeschrieben. Und ich glaube nicht, dass wir uns schon mal begegnet sind, aber ich weiß, dass Sie aus Castlebay sind. Ihre Mutter hat es mir vorher erzählt.«
»Ich bin nicht so ein Genie, wie sie behauptet«, sagte David.
»Sie hat Sie ganz und gar nicht als Genie dargestellt«, entgegnete der Priester.
»Ich weiß nicht, ob das gut oder schlecht ist.«
»Wir haben übrigens eine gemeinsame Freundin, Angela O'Hara. Ich habe sie auf einer Hochzeit in Rom kennen gelernt, vor etwa acht Jahren. Das ist zwar schon lange her, aber irgendwie sind wir gute Freunde geblieben, alle, die damals dabei waren. Ein Paar namens Quinn wurde getraut ...«
Jetzt fiel David ein, woher er den Priester kannte. Er war Father Flynn, dessen rundes Gesicht von Kevins und Emers Hochzeitsfoto in ihrem Schlafzimmer strahlte.
Das Foto, das er so lange betrachtet hatte, während Clare in seinen Armen geschlafen hatte. In Kevin und Emers Doppelbett ...
Mary Catherine konnte Davids Mutter nicht ausstehen. An der würde sich Clare die Zähne ausbeißen.
»Erzählen Sie mir von Castlebay«, sagte sie fröhlich mit ihrem strahlendsten Lächeln und tat so, als würde sie sich brennend dafür interessieren. »Wie ich gehört habe, ist es eine sehr lebendige Stadt.«
»Da hat man Sie falsch informiert«, entgegnete Mrs. Power sehr bestimmt. »Es ist nur eine kleine Gemeinde. Eine sehr, sehr kleine

Gemeinde, die im Sommer auf das Zwanzigfache ihrer Größe anschwillt. In letzter Zeit kommt immer mehr *Pöbel* dorthin, ganz *gewöhnliches, lärmendes Volk*. Früher allerdings war es ein herrlicher Ort für Familienferien. Weißt du noch, Sheila, als ihr damals alle gekommen seid ...?«
Molly begegnete Davids Blick und entschied, dass es besser war, den Ort, an den sie ihn zurücklocken wollte, nicht schlecht zu machen.
»... Aber wahrscheinlich liegt das nur an meinem Alter. Für junge Leute, die einen *ordentlichen Beruf* haben und dort arbeiten, für den *Doktor*, den *Rechtsanwalt* oder die Leute vom Hotel, ist es herrlich dort. Und ein paar Meilen landeinwärts wohnen ganz reizende Menschen. Sehr, sehr nette Leute. Mit wundervollen, stattlichen Anwesen und so.« Sie nickte zur Bekräftigung wie eine Eule.
David kochte innerlich vor Wut. Sie war noch nie in eines der großen Anwesen eingeladen worden und kannte auch niemanden, der dort verkehrte. Warum versuchte sie nur, die anderen ständig zu beeindrucken? Wie armselig das war!
»Ich denke darüber nach, im Sommer für ein paar Tage nach Castlebay zu fahren. Wenn ich mein Examen gemacht habe, muss ich wieder zurück in die Staaten. Deshalb sollte ich mir zumindest einen Teil von Irland ansehen, solange ich noch die Gelegenheit dazu habe.«
Molly war ein bisschen hilflos. Einerseits hatte das Mädchen davon gesprochen, dass ihr Vater Briefträger war und ihre Mutter in irgendeiner Kleiderfabrik Kleidungsstücke aufhängte. Auf der anderen Seite schienen die Nolans der Ansicht zu sein, dass James in Bezug auf sie ernste Absichten hegte. Wie sollte man sich da nur verhalten?
»Eine wundervolle Idee, meine Liebe«, sagte sie deshalb unverbindlich. »Sie müssen uns unbedingt mitteilen, wann Sie kommen, und uns besuchen.«
»Vielen Dank, Mrs. Power.«
»Werden Sie in Dillon's Hotel wohnen?«
Mary Catherine antwortete, ohne nachzudenken. »Ich glaube, Clare wird schon ein Bett für mich auftreiben ...«
»Clare?«
Es war zu spät. Clare hatte sie gebeten, ihren Namen nicht zu erwähnen, aber jetzt war es schon geschehen.

»Clare O'Brien. Ich teile ein Zimmer mit ihr ... das heißt, ich habe ein Zimmer mit ihr geteilt.«
Molly Power rümpfte die Nase. »Ich bezweifle, dass Sie bei den O'Briens unterkommen können, sie haben ja kaum selbst ihr Auskommen – aber vielleicht hat es Ihnen Clare nicht so genau beschrieben. Es ist wirklich kein Haus, in dem *Gäste* logieren könnten.«
Davids Gesicht verfärbte sich dunkelrot.
Mary Catherine antwortete hastig: »Ich habe mich wohl unklar ausgedrückt. Eigentlich meinte ich, dass Clare irgendwo für mich ein Zimmer reservieren lassen wird. Aber mein Gott, wer weiß, ob ich tatsächlich jemals hinfahren werde, ich habe ja immer so viel zu tun ... War dein letztes Jahr an der Universität sehr schlimm, Caroline?«
»Ja, es war schrecklich. Ich wusste gar nicht, dass du mit Clare O'Brien zusammenwohnst.«
»Du hast mich nie danach gefragt«, antwortete Mary Catherine schlagfertig.
»Ich kenne Clare O'Brien«, sagte der kleine Priester. »Sie ist ein kluges Mädchen. Hat sie nicht als Einzige aus unserem County dieses dreijährige Stipendium bekommen? Ich denke mir oft, welchem Druck die jungen Leute doch standhalten müssen, wenn sie an so einer Prüfung teilnehmen ...« Er redete in leichtem Plauderton weiter, denn er spürte, dass die Stimmung gespannt war, wenngleich er nicht ahnte, warum.
»Sie kennen Clare O'Brien also auch, Father? Meine Güte, das Mädchen kommt ganz schön herum.« Molly wandte sich an Sheila Nolan. »Erinnerst du dich noch an die O'Briens, Sheila? Eine große Familie mit vielen Kindern und arm wie die Kirchenmäuse.«
»Ich glaube nicht.« Sheila Nolans leere blaue Augen waren ausdrucksloser denn je.
»Oh, du *musst* dich an sie erinnern! Wir haben dort immer Eiswaffeln gekauft. Obwohl ich nicht besonders gerne dort eingekauft habe. Es ist nicht übermäßig sauber dort.«
»Und da haben wir unsere Eiswaffeln gekauft?« Mrs. Nolan klang bestürzt.
»Der Laden liegt so bequem in der Nähe des Strandes.«
»Ich hätte dort nie ein Eis gekauft, wenn ich geahnt hätte, dass es

nicht sauber zugeht.« Mrs. Nolans magere Hand wanderte an ihren Hals, als ob dort möglicherweise noch immer Keime lauern könnten.

»Darum geht es doch jetzt gar nicht. Ich wollte dir nur erklären, wer diese Familie ist. Eine von den O'Briens hat ihre Nase viel in die Bücher gesteckt und es weit damit gebracht. Jeder hier verkehrt mit ihr, außer dir und mir.« Molly Power war nervös und verärgert; Sheila Nolan hingegen verwirrt und besorgt wegen möglicherweise unhygienischer Eiswaffeln, die sie einst verzehrt hatte.

Father Flynn hatte mittlerweile erkannt, wie die Dinge lagen, und bat seinen Kollegen Father Kennedy, den neuen Kurat in der Pfarrgemeinde der Nolans, die Geschichte von dem Garten des Erzbischofs zu erzählen. Es war eine harmlose kleine Anekdote, aber sie lenkte alle ab.

Währenddessen sah Father Flynn David offen ins Gesicht. »Die Leute sind meist nicht so grausam wie das, was sie sagen. Meistens sind sie im Grunde ihres Herzens sehr liebevoll.«

»Ja«, murmelte David.

»Essen Sie doch. Der Braten ist wundervoll. Ich wette, im Krankenhaus bekommen Sie nicht so gutes Essen.«

David antwortete nicht.

»Und nichts hilft einem so sehr dabei, seine Gedanken zu ordnen, wie essen.«

David musste lächeln. »Ich habe gewusst, dass man sich bei Geistlichen vorsehen muss«, lachte er.

»So ist es schon besser. Grüßen Sie Clare von mir.«

»Sind Sie der Priester, der bei der Sache mit ihrem Bruder geholfen hat?«

»Sie müssen wirklich gut mit ihr befreundet sein, wenn sie Ihnen davon erzählt hat. Ja. Aber wie sich dann herausgestellt hat, konnte ich leider nicht viel ausrichten.«

»Clare hat gesagt, Sie seien großartig gewesen.«

»Wird sie ihr Examen mit Auszeichnung machen? Das war ihr doch so furchtbar wichtig.«

»Ich denke schon. Ich werde sie bei der Stange halten.«

Sie sprachen leise, und als Caroline sich zu ihnen wandte, verstummten sie.

Am anderen Ende des Tisches flüsterte Molly hinter vorgehaltener

Hand mit Sheila. »Ich kann es nicht erklären, aber irgendwie konnte ich dieses Mädchen noch nie leiden. Sie hat mir nichts getan, aber ich *traue* ihr einfach nicht. Kennst du dieses Gefühl?«
»Ja«, erwiderte Sheila im Verschwörerton. Ihr Blick ruhte auf Mary Catherine. »Diese Amerikanerin wird dorthin zurückkehren, wo sie hingehört«, sagte sie.
»Das Dumme ist nur, man kann schwer sagen, wohin Clare O'Brien jetzt gehört und wohin sie zurückgehen soll«, zischte Molly.

*

Sie lag auf dem Bett und las die Texte der Todesanzeigen. »David, hör dir bloß mal die an: ›Immer an deinem Todestag/Bohrt die gleiche Frage:/Warum du uns verlassen hast?/Lautet unsere Klage‹«
Clare bog sich vor Lachen. »Stell dir das mal vor! Jedes Jahr an ihrem Todestag grübeln alle und fragen sich: ›Warum ist das nur passiert?‹«
Er setzte sich neben sie. »Wieso arbeitest du nicht? Du hast gesagt, endlich hättest du mal einen ganzen Tag zum Arbeiten. Warum liest du dann diesen Blödsinn? Wo sind deine Bücher?« Er sah sich um, nichts deutete darauf hin, dass sie gelernt hatte.
»Hack nicht auf mir herum. Wie war's denn?«
»Ach, typisch Nolan eben. Du weißt schon.«
»Ich weiß nichts.«
»Männer sind einfach hoffnungslose Fälle, wenn sie etwas beschreiben sollen. Das sind deine Worte. Es gab viel zu viel zu essen.«
»Ich weiß, du riechst danach.« Sie schnupperte an ihm.
»Oh, und dein Freund Father Flynn war auch da. Er hat ein paar Tage Urlaub.«
Ihre Augen leuchteten auf; aber gleich darauf umwölkte sich ihre Miene. »Woher wusste er, dass du mich kennst?«
»Wir sprachen über Castlebay und so.«
»Ach ja?« Sie sah ihn an. »David, war da sonst noch etwas?«
»Ich habe meiner Mutter gegenüber beinahe die Beherrschung verloren und bin gegangen ...«

»Erzähl mir die ganze Geschichte.«
Es war nichts besonders Schlimmes. Nichts, was sie nicht schon gewusst hätten: dass Davids Mutter Clare nicht gerade in den Himmel lobte. Das war alles. Warum war David so außer Fassung?
»Ich wollte nicht dort sein. Ich wollte hier bei dir sein.«
»Jetzt bist du ja hier.«

*

Viel später machten sie dann etwas so Verwegenes, wie sie es noch nie getan hatten: Sie aßen eine Dose Birnen, und zwar mit Löffeln gleich aus der Dose. Dabei tropfte immer wieder ein bisschen Saft auf ihre Körper, und sie mussten ihn dann wieder ablecken, von den Schultern – oder wo immer der Saft sonst landete. Als sie die Dose fast leer gegessen hatten, waren sie über und über mit süßem Birnensaft verschmiert, genauso wie das Bett. Sie lachten, bis sie Bauchweh bekamen. Dann warfen sie die Birnendose auf den Boden und nahmen sich wieder in die klebrigen Arme.
»Führen wir nun eigentlich ein Lotterleben?«, fragte Clare.
»Egal, wie man dazu sagt, auf alle Fälle ist es sehr angenehm«, antwortete David.

*

Father Flynn beschloss, nach Castlebay zu fahren, um sich diesen Ort einmal mit eigenen Augen anzusehen. Er nahm sich ein Zimmer in Dillon's Hotel, machte bei Father O'Dwyer einen Höflichkeitsbesuch und erzählte Sergeant McCormack, dass er viel Gutes über sie gehört habe, was sie dazu bewegte, zum Tee eigens Scones für ihn zu backen. In einem günstigen Augenblick ging er zum Laden der O'Briens und erzählte ihnen, dass es Tommy gut gehe. Eine Besucherin würde ihm Bildbände mit Abbildungen von wild wachsenden Blumen bringen, und er würde sie manchmal abzeichnen. Sie wunderten sich, warum irgendeine Engländerin sich die Zeit nehmen sollte, um einen irischen Jungen ohne Zähne im Mund, der wegen bewaffneten Raubüberfalls im Gefängnis saß, zu besuchen. Father Flynn sagte, er wisse, wie schwer es für sie sei; aber hin und wieder ein Brief, in dem sie ganz einfach nur das Alltagsleben in Castlebay schilderten und Tommy nicht tadelten oder ihm Vorwürfe machten, würde Wunder wirken. Clare schreibe ihm immer noch regelmäßig. Agnes war stolz, als sie das hörte. Sie erzählte Father Flynn, dass Clare nie hochnäsig geworden sei, trotz alldem, was sie erreicht habe.

»Sie hoffen bestimmt, dass sie einen guten Mann findet, ihn heiratet und häuslich wird«, meinte der kleine Priester.

»Clare? Heiraten und häuslich werden? Die wird mal Professor, eher gibt sie nicht auf. Sie hat sich nie besonders für Jungs interessiert, auch nicht, als sie noch jung war. Ich habe das immer als Segen betrachtet. Chrissie hat sich viel zu sehr für Jungen interessiert. Aber Clare gar nicht. Ich kann mir höchstens vorstellen, dass sie in ein paar Jahren mal irgendwo einen Professor kennen lernt. Aber ganz bestimmt wird sie nicht wieder nach Castlebay zurückkommen; das habe ich schon immer gewusst. Seit damals, als sie in die Oberschule gekommen ist.«

»Und wenn sie doch heiraten und hierher zurückkommen würde?«

»Aber wen sollte sie hier denn heiraten, Father? Mit der kann es doch in der ganzen Gemeinde niemand aufnehmen, so viele Bücher, wie sie gelesen hat.«

Weil er im Grunde seines Herzens ein neugieriger Mensch war, stattete er auch den Powers einen Besuch ab. Sie hatten ein großes quadratisches Haus, das gebaut war, um Sturm und Gischt zu widerstehen. Wie Father Flynn auffiel, wurde es zweifellos jedes Jahr frisch getüncht. Zum Haus gehörte auch ein großer Garten, der an einen Klippenweg hinunter zum Meer grenzte. Das Haus war nicht elegant, aber robust und solide gebaut.

Im Innern war es komfortabel ausgestattet. Zwar nicht mit Antiquitäten, dafür aber mit hübschen Möbeln und hochwertigen Teppichen, dazu üppigen Arrangements aus Blumen und Zweigen auf den Fensterbänken und anderswo. Ein freundliches Hausmädchen mit strähnigem Haar und einem breiten Lächeln führte ihn in den Salon, während sie ihre Herrin holen ging. Molly freute sich, ihn wiederzusehen, und fühlte sich durch seinen Besuch geschmeichelt.

Davids Vater mochte Father Flynn ganz besonders: So ein ungekünstelter, freundlicher Mann, der seinen Patienten im alten Stil

mit Rat und Tat zur Seite stand! Der erledigt wahrscheinlich einen Großteil dessen, was eigentlich Aufgabe von diesem verknöcherten Father O'Dwyer wäre, dachte Father Flynn beschämt. Bei einem Drink unterhielt er sich mit dem großen, warmherzigen Mann, wobei er ausgiebig den prächtigen Seeblick bewunderte und auch ein paar mitfühlende Worte für einen alten, verrückten Hund übrig hatte, dessen Fell zur Hälfte abrasiert und zur Hälfte mit roter Farbe beschmiert war. Er erzählte von seiner Arbeit in England, wo er Auswanderer betreute, und von den Licht- und den Schattenseiten dieser Aufgabe. Oft seien gerade die Schwächsten und diejenigen, die am schlechtesten darauf vorbereitet seien, zur Auswanderung gezwungen.
Dr. Power schilderte ihm die guten und schlechten Seiten von Castlebay. Hier würden die Menschen zwar nicht an Vereinsamung sterben, wie es in einer großen englischen Stadt der Fall sein könnte; dafür seien aber die Ansichten der Menschen hier oft grausam, und es herrsche wenig Toleranz. In seiner fast vierzigjährigen Praxis sei er vielen Fällen von Intoleranz begegnet: Familien, die nicht über die »Schande«, wie sie es nannten, hinwegkamen. Father Flynn wisse bestimmt, was er meine. Man könne Liebe und Begehren bei jungen Leute nicht einfach dadurch unterdrücken, dass man sich weigere, den Folgen ins Auge zu sehen.
Dr. Power erzählte, mit welcher Befriedigung er verfolgt habe, wie die Tuberkulose im Laufe der Jahre ausgerottet wurde. Als er mit seiner Praxis anfing, hätten die Leute es noch verheimlicht, wenn sie einen Fall von Tuberkulose in der Familie hatten. Es sei einfach abgestritten worden, und wenn jemand einen Fleck auf der Lunge gehabt habe, sei es als Schande betrachtet worden und als ein Makel, der den anderen Familienmitgliedern die Aussicht auf eine gute Partie verbaute.
Father Flynn sagte, er habe das Vergnügen gehabt, Dr. Powers Sohn in Dublin kennen zu lernen. Ein prächtiger Junge. Welche Zukunftspläne habe David denn?
Dr. Power wusste es nicht genau. Falls der Junge vorhabe, hier zu Hause zu arbeiten, je früher, desto lieber. Er würde sich bestimmt eine Frau suchen wollen, und da wäre es besser, wenn er sich hier schon häuslich eingerichtet hätte und jemanden aus der Gegend heiraten würde, als sich erst irgendwo in einem großen, geselligen

Haushalt mit einem Mädchen ein Leben aufzubauen und dann das arme Ding bitten zu müssen, mit ihm hierher zu ziehen. Der traurige Unterton, den Father Flynn wahrzunehmen glaubte, rührte wohl von Dr. Powers eigenen Erfahrungen her.

»Und meinen Sie, dass er schon jemanden gefunden hat, der ihm gefällt?«, fragte er.

»Ach, da habe ich keine Sorge. Der amüsiert sich viel zu sehr mit all den Krankenschwestern im Krankenhaus«, entgegnete Dr. Power lachend.

*

Father Flynn sprach auch mit Angela darüber.

»Sind Sie nicht ein furchtbares altes Klatschweib?«, neckte sie ihn.

»Furchtbar. Darum bin ich auch so ein guter Beichtvater. Ich langweile mich nie dabei, und ich liebe es, mich in das Leben anderer einzumischen.«

»Mischen Sie sich bei David Power und Clare O'Brien auch ein?«, fragte sie.

»Ich mache mir ein wenig Sorgen, und dabei weiß ich nur so wenig darüber«, sagte er. »Doch ich werde das Gefühl nicht los, dass das Ganze zum Scheitern verurteilt ist. Das kommt mir immer wieder in den Sinn.«

»Vielleicht ist es nur die erste große Liebe.«

»Vielleicht.« Er zweifelte daran. »Aber ich muss aufhören, ständig Gott spielen zu wollen. Werden Sie es wirklich zulassen, dass Ihr Bruder hierher kommt und alle vor den Kopf stößt?«

»Ich habe es ihm in Rom versprochen. Ich habe ihm mein Wort gegeben. Auf diese Weise habe ich verhindert, dass er es schon vor Jahren tat. Ich kann jetzt keinen Rückzieher machen. Er ist wie ein Kind, und einem Kind gegenüber muss man sein Versprechen halten.«

»Kinder können auch gefährliche Dinge tun. Manchmal muss man das, was man versprochen hat, nicht unbedingt halten.«

»Was ist denn gefährlich daran, wenn er heimkommt? Sein Herz hängt daran. Weder Sie noch ich haben Kinder. Was wissen wir schon davon, wie wichtig es ist, dass sie ihre Wurzeln kennen? Ich meine, *ich* glaube nicht, dass es wichtig ist, und *Sie* glauben das auch nicht. Aber angenommen, es ist wichtiger als alles andere? Dann sollte er es tun. Ich werde es schon überleben, wenn ich muss.«

Sie schwiegen. Er trank seinen Tee und sah sich bewundernd im Zimmer um, in dem die Wände von den vielen Büchern verdeckt waren. Als er dann wieder sprach, hatte er Tonfall und Thema gewechselt.

»Ich habe den Eindruck, dass dieser Dick Dillon vom Hotel, der Bruder des Besitzers, ein sehr kultivierter Mann ist. Wirklich ein sehr netter Mensch. Ich könnte mir vorstellen, dass man sich in Notzeiten immer auf ihn verlassen könnte.«

»Ich bin sicher, dass Sie das ganz richtig erkannt haben, Father Flynn. Wie schade, dass Sie aufhören wollten, Gott zu spielen, nicht wahr? Sie hätten Ihren großen Tag haben können.«

*

Bevor er Castlebay wieder verließ, wollte Father Flynn noch ein paar Ansichtskarten von dem Ort kaufen; nicht die bunten, auf denen ein Ort wie der andere aussah, sondern diese ansprechenden schwarz-weißen Gegenlichtaufnahmen, die Angela ihm oft geschickt hatte.

Er erkundigte sich bei Josie Dillon, wo man sie kaufen konnte.

»Die haben wir schon lange nicht mehr. Früher hatte ich sie mal im Angebot, um Gerry Doyle – dem Fotografen – einen Gefallen zu tun; er hat sie nämlich gemacht, wissen Sie. Aber die Feriengäste wollten meistens die bunten haben. Doch jetzt, da Sie es erwähnen, fällt es mir auf, dass er nie welche nachgeliefert hat. Fragen Sie doch mal bei den Doyles nach, das ist das Haus mit dem großen auffälligen Schild, *Doyles Fotografien*. Sie können es gar nicht verfehlen.«

Josie Dillon hatte Recht. Man konnte es nicht verfehlen. In dem Geschäft stand ein kleiner, dunkelhaariger Mann.

»Was kann ich für Sie tun, Father?«

Er war ein liebenswürdiger Bursche mit einem sorglosen Lächeln.

»Das ist ja ein toller Laden.« Father Flynn sah sich bewundernd um. »Ich hätte nicht gedacht, dass Castlebay das richtige Pflaster für ein so elegantes Geschäft ist.«

»Lassen Sie das bloß nicht meine Mutter oder meine Schwester hören, oder – der Herr hab ihn selig – meinen Vater. Die würden Ihnen sofort zustimmen.«

»Na ja, ich bin kein Geschäftsmann – was verstehe ich schon davon. Ist es eine Zumutung, wenn ich frage, ob Sie diese reizenden Ansichtskarten führen, die schwarz-weißen? Sie sind nämlich sehr gut. Ich habe alle aufgehoben, die man mir geschickt hat.«

Gerry errötete vor Freude. »Tatsächlich?«

»In den Läden sind sie nirgends zu finden.«

»Ich hab' mich nicht darum gekümmert. Warten Sie einen Moment, dann seh' ich mal nach, wo sie sind.« Er zog mehrere Schubladen heraus und fragte einen Verkäufer. Sie ließen sich nicht auf Anhieb finden.

»Sieht ganz so aus, als wäre ich auch kein guter Geschäftsmann«, grinste Gerry.

»Wenn es zu viel Mühe macht ...«, setzte Father Flynn an.

»Nein, das ist jetzt Ehrensache.« Schließlich wurde Gerry doch noch fündig. »Na also, hier sind sie ja.«

»Könnte ich bitte ... ähm, ein Dutzend verschiedene haben?« Eigentlich hatte Father Flynn nur drei Karten kaufen wollen, doch nach all dem Aufwand ihm zuliebe erschien ihm das knauserig.

Gerry stellte einen Packen zusammen und schob ihn Father Flynn in die Hand.

»Das sind aber mehr als zwölf.«

»Außer Ihnen hat sie noch nie jemand gelobt. Ich möchte gerne, dass Sie sie nehmen. Als Geschenk.«

»Das ist aber ausgesprochen nett von Ihnen ... Mr. Doyle«, erwiderte Father Flynn etwas verlegen.

»Nein, gar nicht. Sie werden sie an Bischöfe und Priester schicken und mich als Fotograf für ihre Weihen und Inthronisationen empfehlen.«

»Sie machen gute Arbeit. Ich würde mich freuen, wenn ich Ihnen so ein paar Aufträge verschaffen könnte. Aber darauf sind Sie doch wohl nicht angewiesen.«

Noch einmal sah Father Flynn sich um. Sein Blick glitt über die eindrucksvolle Theke, den Teppichboden, die großen gerahmten Fotografien an der Wand. Der Laden unterschied sich in nichts von

einem Atelier in einer großen Stadt. Auf einem Bild an der Wand erkannte er Clare – die Aufnahme war zwar schon ein paar Jahre alt, aber es war unverkennbar das gleiche Gesicht.
»Ist das Clare?«, fragte er.
»Sie kennen Clare?« Gerry strahlte. »Das war, als sie den Murray-Preis gewonnen hat, das Stipendium für die Universität. Ich bekam den Auftrag, den Gewinner zu fotografieren. Aber ich hätte nie gedacht, dass Clare den Preis bekommen würde. Nun, ich habe nicht genug an sie geglaubt. Ihr hat es zum Glück an Selbstvertrauen nicht gemangelt.«
»Sie ist zweifellos sehr zielstrebig. Ich habe sie bei Freunden in Dublin kennen gelernt.« Etwas an der Art, wie Gerry das Foto betrachtete, machte Father Flynn nervös.
»Sie ist außergewöhnlich. Für Castlebay auf jeden Fall. Wahrscheinlich ist sie gar nicht von hier, sondern ein Findelkind. Wie ich. Davon war ich schon immer überzeugt.«
Gerry lachte ein wenig gezwungen über seine Bemerkung.
»Deshalb werde ich sie auch heiraten. Sobald sie soweit ist. Wenn sie vom Lernen genug hat.«
»Und sie wieder hierher zurückbringen?« Father Flynns Frage war höflich, aber man hörte seine Zweifel heraus; und es wurde ihm ein wenig flau vor Sorge.
»Oh, nein. Über Castlebay ist Clare längst hinausgewachsen. Ich übrigens auch, wenn ich das Geschäft hier erst mal in Schwung gebracht habe.«

*

»Erzählen Sie mir von Gerry Doyle. Dem Fotografen«, bat Father Flynn Dick Dillon.
»Nichts als Ärger mit dem Burschen«, meinte Dick. »Aber die Weiber lassen nichts auf ihn kommen. Sogar eine so vernünftige Frau wie Angela O'Hara behauptet, dass er ein netter Kerl ist.« Dick Dillon schnaubte verächtlich, und Father Flynn fröstelte ein wenig, obwohl die Sonne schien.

*

Manchmal waren sie schon gegen zehn Uhr fertig, und die anderen aus dem Wohnheim gingen dann vor der Sperrstunde noch einen trinken. Doch David war nie mit von der Partie. Er flitzte stets aus dem Krankenhaus direkt zur Bushaltestelle.
»Ich weiß beim besten Willen nicht, warum du es überhaupt noch Wohnheim nennst«, sagte einmal einer der anderen Ärzte zu ihm. »Du wohnst hier doch so gut wie nie.«
David grinste. »Ich hatte ja keine Ahnung, dass wir so oft Bereitschaftsdienst haben würden. Ich hatte mit sehr viel mehr Freizeit gerechnet.«
»Nein, das hast du nicht. Du hast gewusst, dass du hier festgenagelt sein wirst. Du hattest nur nicht damit gerechnet, ein so entgegenkommendes Mädchen kennen zu lernen.« Der rothaarige Arzt lachte befriedigt über seine scharfe Beobachtungsgabe.
Aber David Power verzog keine Miene. »Wie bitte?«, fragte er kühl.
»Das war doch nur ein Scherz.«
»Ich fand ihn überhaupt nicht komisch.«
»Nein ... nun ja, tut mir Leid. Ich meine, ich weiß ja eigentlich nichts. Rein gar nichts.«
»Genau. Du weißt rein gar nichts, was dir aber anscheinend das Recht gibt, allen möglichen Unsinn zu verzapfen. Und das sagt einiges über dich.«
Kalkweiß vor Wut marschierte David aus dem Aufenthaltsraum des Wohnheims; den Arztkittel, den er über eine Stuhllehne geworfen hatte, ließ er liegen.
»Was hab' ich denn eigentlich gesagt?«, fragte Bar in den leeren Raum hinein.

*

Es war nass und kalt. Erst kam stundenlang kein Bus, und dann dauerte es noch einmal eine halbe Ewigkeit, bis er endlich in Rathmines eintrudelte. Noch immer schäumte David vor Wut. Ein *entgegenkommendes* Mädchen. Wohl *leicht zu haben*. Und das ausgerechnet Clare! Wie konnte er es nur wagen?
Müde und ziemlich gereizt stieg David die Treppe hinauf. Clare saß an dem behelfsmäßigen Schreibtisch, den sie aus Holzbrettern

und Ziegelsteinen selbst gebaut hatten. Sie trug Fäustlinge, mit denen sie so liebenswert aussah, dass er den Blick nicht von ihr wenden konnte.

Aber sie wirkte erschöpft und hatte dunkle Ringe unter den Augen. »Ach je, du bist schon zu Hause? Ist es denn schon so spät?«

Es freute David, dass sie es Zuhause nannte. Doch dass sie nicht auf ihn gewartet, ihm entgegengefiebert hatte, enttäuschte ihn ein bisschen.

»Hast du heute viel geschafft?«

»Ich bin endlich wieder drin, Gott sei Dank. Und darüber habe ich völlig die Zeit vergessen! Und alles andere auch. Aber ich habe gehört, wie ein Mann Öl verkauft hat, da bin ich runtergerannt und habe welches geholt.« Stolz blickte sie zu dem kleinen Ölofen, in dem ein Feuer brannte.

»Es ist sehr gemütlich hier. Was gibt's zu essen?«

Clare sah ihn schuldbewusst an. »Es ist nichts da. Ich wollte noch was besorgen.«

»Irgendetwas muss doch da sein. Toast vielleicht?«

»Nein. Absolut nichts.« Sie öffnete den kleinen Wandschrank. »Schau, da ist nicht mal mehr für die Mäuse was zu holen. Ratzekahl leer. Aber wir könnten Pommes essen gehen«, fügte sie hinzu, als sie seine Enttäuschung bemerkte.

»Ich bin doch gerade erst gekommen«, brummte er. »Und hundemüde.«

Clare stand auf und nahm ihren Mantel. »Bleib hier, ich hole welche.«

»Und lässt mich hier ganz allein«, maulte David.

Bestürzt blickte Clare ihn an. Denn das war sonst nicht seine Art.

»Entschuldige, Liebling. Ich bin nur einfach furchtbar übermüdet. Ich weiß kaum mehr, was ich sage.«

Aber Clare war gleich rührend um ihn besorgt. »Du brauchst dich nicht zu entschuldigen. Setz dich hin und ruh dich zehn Minuten aus. Ich bin gleich wieder da, und dann veranstalten wir ein Festessen.« Sie wollte nichts davon hören, dass er mitkam.

Stattdessen zog sie ihm die Schuhe aus und stopfte ihm zwei Kissen in den Rücken. Auch sein Geld lehnte sie ab; sie habe selbst welches. Das Abendessen gehe auf ihre Kosten. Und schon stürmte sie die Stufen hinunter. David hatte ein schlechtes Gewissen.

Was war das für eine Art, nach Hause zu kommen und wie ein typischer Ehemann: »Wo ist mein Essen?«, zu brüllen! So konnte und durfte es nicht weitergehen. Sie waren beide derart erschöpft, dass sie kaum mehr reden konnten. Es fehlte an Geld und an Bequemlichkeit. Wenn sie nicht so knapp bei Kasse gewesen wären, hätte Clare in der Nähe des Krankenhauses wohnen können; dann hätten sie nicht mit diesem stinkenden Ofen und in diesem schmutzigen Haus leben müssen, wo sich unten im Eingangsflur die Fahrräder stapelten und es nach Urin stank.
Ruhelos stand er auf und ging zu ihrem Schreibtisch hinüber. Clare hatte mit dem komischen altmodischen Füllfederhalter, den sie immer noch anstelle eines Kugelschreibers benutzte, in ihrer großen, ordentlichen Handschrift seitenweise Notizen gemacht. Seit neuestem befasste sie sich vor allem mit Wirtschaftsgeschichte. Diese Woche war John Maynard Keynes an der Reihe. Offenbar hatte sie in der Bibliothek Notizen gemacht, die sie zu Hause auswertete und einer eigenen Gliederung entsprechend ordnete. Sie war so klug und wissbegierig. Er fragte sich, ob ihm sein Bildungshunger etwa abhanden gekommen war; er hatte doch in seiner Schulzeit manchmal auch diesen Drang empfunden, und James Nolan ebenfalls. Heutzutage allerdings war James so träge, dass man nicht wusste, woran man mit ihm war; und er selbst war ständig müde und so daran gewöhnt, auch im Schlaf mit einem Ohr darauf zu hören, ob er auf eine Station gerufen wurde, dass ihm Wissensdurst wie Luxus erschien.
Auf dem Schreibtisch lag in einem braunen Geschäftsumschlag auch ein Brief für Clare. Das Merkwürdige daran war, dass er hierher adressiert war, an diese Wohnung. Dabei wusste doch niemand, *absolut niemand*, dass sie hier wohnten! Und noch schlimmer war, dass er an Clare O'Brien gerichtet war, wo sie doch dem Vermieter erzählt hatten, dass sie verheiratet wären. Der Umschlag war in Castlebay abgestempelt worden.
David hatte in seinem ganzen Leben noch nie fremde Post gelesen. Doch diesmal fühlte er sich dazu berechtigt. Er musste Bescheid wissen. Wenn er Clare fragte, würde sie ihm zwar antworten und eine Erklärung dafür geben; aber er war heute Abend schon so gereizt und unwirsch gewesen, dass er sich nicht mehr traute. Er wollte nur einen kurzen Blick darauf werfen, dann würden sie erst

gar nicht darüber reden müssen. Also zog er den Brief aus dem Umschlag. Es waren nur wenige Zeilen auf Geschäftspapier mit dem Aufdruck *Doyles Fotografien*, unterschrieben mit: »Alles Liebe, Gerry.«

*

Clare hatte jedem von ihnen noch ein Schokoladeneis zum Nachtisch spendiert. Der Verkäufer hatte gemeint, sie müssten wohl hart im Nehmen sein, wenn sie bei so einem Wetter Eis äßen. Zu Hause wickelte sie die Pommes aus dem Papier und verteilte sie auf Teller. Sie hatten auch eine grässliche Plastiktopfblume, die sie bei ihren Mahlzeiten immer auf den Tisch stellten; manchmal machten sie Witze über diesen Blumenschmuck. Zu den Pommes gab es Ketchup, Salz und den Essig, den man von der Bude mitbekam. Fröhlich plapperte Clare über die Vorzüge, im Junggesellen-Schlaraffenland zu leben, wo man zu jeder Tages- und Nachtzeit nur aus dem Haus zu gehen brauchte, wenn man etwas zu essen haben wollte.

David sagte keinen Ton.

»Meine Güte, du bist wirklich müde! Vielleicht solltest du in den Nächten, in denen es ganz schlimm zugeht, lieber im Wohnheim übernachten. Dann musst du dich nicht bis hierher schleppen.«

»Vielleicht«, sagte er.

»Ist was passiert?«

»Nein.«

»Machst du dir Sorgen?«

»Ja. Wegen dem Brief.« Er deutete zum Schreibtisch.

»Wegen welchem Brief?« Sie stand auf. Es lagen zwei Briefe da: Der eine war von ihrer Mutter, adressiert an die Universität, Lesesaal für weibliche Studenten. Clare hatte ihr gesagt, dass sie die Post dort schneller bekommen würde, und ihre Mutter hatte sich nicht darüber gewundert.

»Deshalb?« Sie hielt den braunen Umschlag hoch.

»Ja.«

»Wenn du ihn gelesen hast, warum machst du dir dann Sorgen?« Ihr Ton war jetzt frostig.

»Ich habe ihn nicht gelesen, ich schwör's. Aber ich weiß, von wem

er ist. Und ich habe mich gefragt, warum du ihm unsere Adresse gegeben und gesagt hast, wo du wohnst. Das ist schließlich unser Geheimnis. Und außerdem hält man uns hier für Mann und Frau. Warum zum Teufel darf dieser verdammte Gerry Doyle eigentlich immer alles wissen? Und antworte mir jetzt bloß nicht damit, was jeder sagt, wenn sein Name fällt: *Es zählt doch nicht, wenn man es Gerry erzählt.* Oder: *Gerry erfährt nun mal alles.* Oder: *Jeder mag Gerry eben.* Denn das macht mich ganz krank.«
Clare hatte den Brief aus dem Umschlag genommen und las ihn laut vor:

Liebe Clare,
ich habe getan, worum du mich gebeten hast. Hoffentlich geht der Brief nicht verloren, sonst stehe ich da wie ein Gauner.
Hier ist die Hölle los. Eure Chrissie ist dabei, einen Neffen oder eine Nichte in die Welt zu setzen; unsere Fiona wird demnächst Frank Conway heiraten; Josie trifft sich mit einem sehr standesgemäßen älteren Herrn.
Ich nehme an, du kennst sämtliche Einzelheiten. Von der alten Garde sind nur noch wir beide übrig.
Schick mir eine Karte, damit ich weiß, dass es angekommen und alles in Ordnung ist.

Alles Liebe, Gerry.

Sie las den ganzen Brief vor und hörte nicht auf Davids Einwände, dass er es gar nicht hören wolle. Dann warf sie den Brief zu ihm aufs Bett, griff in eine Schublade, zog ein Postsparbuch heraus und warf es ihm ebenfalls zu.
»Ich habe ihn gebeten, aus meinem Zimmer zu Hause in Castlebay mein Postsparbuch zu holen. Ich wollte nicht, dass meine Mam mich fragt, wofür ich meine Ersparnisse brauche. Und ich brauche meine Ersparnisse, du verdammter, misstrauischer, eifersüchtiger Idiot, weil ich, seitdem ich hier wohne, Sachen kaufen muss, die ich im Wohnheim nicht kaufen musste. Milch zum Beispiel, und Brot und Tee und Zucker und Tütensuppen und Vim. Außerdem zahle ich einen Teil der Miete. Das alles kostet Geld. Und ich habe keinen Penny mehr. Im Gegenteil, ich schulde Valerie drei Pfund. Und damit ich nicht wie eine Frau dastehe, die sich aushalten lässt, die

dem Mann auf der Tasche liegt, und damit nicht wieder einmal bestätigt wird, dass ich eben nur die arme Clare O'Brien bin und du der reiche David Power, habe ich mir mein Sparbuch schicken lassen.«
Ihre Augen blitzten vor Zorn. »Ich habe Gerry gebeten, es hierher zu schicken, weil ich nicht wollte, dass etwas so Wertvolles wie ein Postsparbuch mit dreiundsechzig Pfund darauf, Geld, das ich drei Jahre lang gespart habe, irgendwo im College oder im Wohnheim verloren geht. Gerry Doyle gibt keinen verdammten Pfifferling darauf, ob ich hier wohne oder auf dem Himalaja, deshalb habe ich ihm diese Adresse hier gegeben. Und weil ich ihm eben *nicht* auf die Nase binden wollte, dass wir so tun, als wären wir Mann und Frau, habe ich ihm meinen ganz normalen Namen genannt. Und außerdem glaubt der Vermieter genauso wenig, dass wir verheiratet sind, wie er glaubt, dass die Miete, die er von uns verlangt, angemessen ist.«
Während sie sprach, war ihr das Haar ins Gesicht gefallen. Sie nahm ihre Pommes und schüttete sie brüsk auf Davids Teller.
»Mir ist der Appetit vergangen. Alles täte ich lieber, als mit jemandem zusammen zu essen, der so schlecht von anderen denkt.«
»Halt ... komm zurück!«, rief er.
»Nein, ich komme *nicht* zurück. Nicht heute Nacht. Ich komme morgen wieder, wenn du gegangen bist.«
Clare schnappte sich ein paar Papiere und stopfte sie in ihre große Tasche, unter dem Kopfkissen zog sie ihr Nachthemd hervor.
»Clare, du kannst doch bei dem Regen nicht raus ...«
»Ich bin vorhin doch auch rausgegangen, um dir dein Abendbrot zu besorgen, oder? Damit *du* Zeit hast, herumzuspionieren und dir Beschuldigungen aus den Fingern zu saugen. Ach, zum Teufel mit dir!«
Sie rannte schneller als er und sprang gerade noch auf den letzten Bus in Richtung Stadtmitte auf. Am Wohnheim stieg sie aus und schlich zur Rückseite des Gebäudes, wobei sie ständig nach links und rechts schaute. Dann kletterte sie die Sprossen hoch und betete dabei, dass Valerie und Mary Catherine außer Haus waren. Aber es war keine Nacht, in der Gebete erhört wurden.
Die beiden schmökerten in Zeitschriften und lauschten dabei den Klängen einer Chris-Barber-Platte, die sich auf dem kleinen trag-

baren Schallplattenspieler drehte. Als Clare wütend und tropfnass durchs Fenster kletterte, krümmten sie sich vor Lachen. Sie lachten auch noch, als sie eine jüngere und leicht einzuschüchternde Heimbewohnerin zum Teekochen scheuchten, und lachten weiter, als sie Clare ein großes Handtuch heraussuchten und ihr in dem geräumigen alten Badezimmer am Ende des Korridors ein Bad einließen.

Da sie das Gefühl hatten, dass Tee allein in dieser Situation nicht genügte, zauberten sie aus der Kommode den Brandy hervor. Und zu guter Letzt lachte Clare mit. Sie lachte, als sie sich die Haare trocknete, den Tee mit Brandy schlürfte und ihnen einen kurzen Abriss des Geschehenen gab. Schließlich legte sie sich in das dritte Bett schlafen.

Valerie und Mary Catherine hatten sich wie die Löwen dagegen gewehrt, dass man ein neues Mädchen in ihrem Zimmer unterbrachte. Clare habe schließlich bis Ostern bezahlt, argumentierten sie, es hieße, doppelt zu kassieren; so etwas Unehrenhaftes konnten die Nonnen doch nicht ernsthaft erwägen, oder? Insgeheim hatte Mary Catherine fest damit gerechnet, dass Clare zurückkommen würde; sie glaubte nicht, dass die Romanze mit David über das erste Stadium der Verliebtheit hinaus Bestand haben würde. Doch als Clare wohlig aufseufzte und sich an ihrem altvertrauten Platz ausstreckte, erwähnte sie das mit keinem Ton. Ebenso wenig wie Valerie.

»Es tut mir wirklich Leid. Ich komme mir vor wie ein Idiot«, sagte Clare.

»Unsinn, es macht dich viel sympathischer«, entgegnete Valerie. »Wir wissen jetzt, dass du immer noch ganz normal bist und nicht in höheren Gefilden schwebst, weil du jetzt endlich den Frieden gefunden hast, den nur wahre Liebe schenkt, und so. Das war das eigentlich Nervtötende.«

*

Bar entschuldigte sich in aller Form, als er und David am nächsten Morgen zusammen einen Kaffee tranken.

»Was ich gestern Abend gesagt habe, war wohl reichlich unangebracht. Ich wollte niemanden beleidigen.«

»Gut. Natürlich. Danke«, murmelte David.
»Du siehst ein bisschen mitgenommen aus. Ich möchte nichts sagen, was du missverstehen könntest, aber ist alles in Ordnung?«
»Ja ja. Es geht mir gut.« David trank seinen Kaffee aus und ging zurück auf die Station. Er hatte nachts fast drei Stunden lang die Wohnung aufgeräumt. Dabei hatte er den ganzen Müll heruntergetragen, einschließlich der Pommes, die niemand mehr gegessen hatte. Am Morgen dann war er einkaufen gewesen und hatte Tee, Kaffee, Milch, Zucker, Cornflakes, Sardinen und Orangen besorgt. So gut er es konnte, hatte er die Sachen eingeräumt. Außerdem hatte er auch noch eine Vase gekauft, die er mit folgendem Brief daneben auf den Schreibtisch stellte:

Die ist für die Blumen, die ich dir heute Abend mitbringen werde. Ich kann verstehen, wenn du jetzt nichts mehr von mir wissen willst. Aber es wird mir das Herz brechen. Du bist alles, von dem ich jemals geträumt, auf das ich je gehofft habe. Und noch viel, viel mehr. Weißt du, ich habe gar nicht bemerkt, dass ich eifersüchtig gewesen bin. Aber jetzt weiß ich, dass es so war. Ich möchte jedoch nicht, dass du mich umarmst und sagst, es wäre schon in Ordnung, dass du mir verzeihst. Ich möchte sicher sein, dass es wirklich so ist. Und du sollst wissen, dass ich dich lieben werde, solange ich lebe. Für mich gibt es keine Freude, keine Unbeschwertheit und kein Lachen mehr. So kann ich nur hoffen, dass wir an dem Punkt weitermachen können, wo wir noch zusammen gelacht haben, als die Welt noch farbig war und nicht schwarz, weiß und grau. Es tut mir so Leid, dass ich dir wehgetan habe. Ich könnte mich ohrfeigen dafür oder Schlimmeres, aber das würde nichts von dem ungeschehen machen, was ich dir angetan habe.

David hatte den Brief wieder und wieder neu geschrieben, denn er wollte nicht, dass er sich anhörte, als habe er nur nichts sagende Floskeln aneinander gereiht. Er sollte klingen wie aus seinem Mund. Aber David war in so ungewohnt schlechter Verfassung gewesen, dass es schließlich überhaupt nicht nach ihm klang. Vielleicht hätte er besser einfach nur eine Karte mit einem Herzen hingelegt? Oder hätte er ihr gestern Abend zum Wohnheim nachgehen sollen? Er hatte von einer Telefonzelle aus dort angerufen und Mary Catherine verlangt. Aber die Schwester hatte ihn nur gefragt, ob er denn nicht wisse, wie spät es sei; die jungen Damen seien längst im Bett. Wenn es sich um einen Notfall handle, könne er eine Nachricht hinterlassen. David hatte aufgelegt. Oder hätte er sich im Krankenhaus krankmelden und einen Tag blaumachen sollen? Dann hätte er am Fuß der Sprossen warten können; Clare musste auf diesem Weg das Heim verlassen, sie war ja keine rechtmäßige Bewohnerin mehr. Vielleicht hätte er sie auch in der Eingangshalle der Universität abpassen können, bevor sie zu ihren Vorlesungen ging.

Den größten Teil des Vormittags verbrachte er damit, sich zwischen der Visite das Gehirn zu zermartern.

Doch als er am Aufnahmeschalter vorbeiging, reichte ihm die Schwester ein Kuvert. »Das ist gerade für Sie abgegeben worden, Dr. Power.«

In ihrer großen, ordentlichen Handschrift hatte sie geschrieben:

Das war doch nur unser erster Streit. Nicht mehr und nicht weniger. Natürlich liebe ich dich. Ich bin hitzköpfig und ungeduldig, und es tut mir ebenfalls sehr Leid. Ich schäme mich, dass ich einfach weggerannt bin und dich niedergeschlagen und müde zurückgelassen habe. Ich liebe dich und freue mich sehr auf die Blumen und alles andere, was du dir für heute Abend einfallen lässt.

Sie waren oft zu müde zum Reden, zu müde auch, um miteinander zu schlafen, aber nicht mehr gereizt und müde. Beide freuten sie sich auf Davids freie Tage und planten sie bis ins letzte Detail. Sie besuchten den Zoo, ein schöner Ausflug, weil es jetzt im Winter dort nicht so überlaufen war. An einem anderen Tag fuhren sie mit dem Zug nach Bray und erklommen Bray Head, um von dort auf die Grafschaften Wicklow und Dublin herabzuschauen.

Manchmal gingen sie zum Essen aus, und an einem Abend besuchten sie gemeinsam mit Mary Catherine und Valerie eine Kinovorstellung. Allerdings verkehrten sie nicht viel mit Davids Kollegen aus dem Krankenhaus und trafen sich auch nicht mit alten Freunden. James hatte mit Mary Catherine Schluss gemacht und schien

jetzt zu einer sehr schicken Clique zu gehören. Doch David und Clare brauchten keinen James Nolan, sie brauchten niemanden – nur sich.
Sie hatten beschlossen, jetzt noch nicht weiter über die Zukunft nachzudenken. David stellte sich in verschiedenen Krankenhäusern vor, wo er nach dem Jahr als Medizinalassistent seine Ausbildung fortsetzen wollte; Clare konzentrierte sich auf ihren Studienabschluss.
Spätestens im September würden sie beide Geld verdienen; sie könnten sich dann eine bessere Wohnung leisten, wenn sie auch noch nicht gleich heiraten wollten. Diesen Punkt ließen beide offen; keiner wollte den Sturm entfachen. Hier in Dublin, in ihrer eigenen kleinen Welt, störte und bekümmerte sie nichts.
Es würde ihnen gut gehen, wenn nichts Unerwartetes geschah. Doch kurz vor Ostern passierten zwei Dinge.
Dr. Power erlitt einen leichten Schlaganfall.
Und Clare stellte fest, dass sie schwanger war.

*

Es war Angela, die Dr. Power bewusstlos auf dem Boden liegen sah. Er hatte gerade in seinen Wagen einsteigen wollen, den er eine Viertelmeile vom Golfclub entfernt geparkt hatte, damit er ein paar Schritte zu Fuß gehen konnte. Im Club hatte er den Finger des Barkeepers verbunden und einen ernsten Vortrag über die Gefahren beim Umgang mit scharfen Messern gehalten. Er hatte erklärt, dass es egal sei, ob die Zitrone für die Drinks vorschriftsmäßig geschnitten war – nicht egal sei es allerdings, ob gefährliche Messer dort herumlagen, wo sich Menschen daran verletzen könnten.
Fröhlich spazierte Dr. Power zum Wagen, doch plötzlich wurde ihm schwarz vor den Augen. Er merkte, dass er kurz davorstand, ohnmächtig zu werden; deshalb legte er sich neben dem Wagen auf den Boden. Zwar versuchte er noch zu rufen, doch das Rauschen in seinen Ohren sagte ihm, dass er bereits das Bewusstsein verlor.
Angela war gerade dabei, Wäsche auf die Leine zu hängen. Sie sah den Wagen, und als sie sich umdrehte, um zurück ins Haus zu gehen, fiel ihr Blick auf die schwarze Arzttasche, die am Boden lag.

Schnell rannte sie zum Wagen und kniete neben dem Arzt, als er das Bewusstsein wiedererlangte.
»Sind Sie hingefallen?«, fragte sie.
»Nee, Anschela«, nuschelte er. »Mehr 'n Schwindel ...« Er klang sehr seltsam. Als ob er betrunken wäre. Doch sie zeigte sich, wie er es nicht anders erwartet hätte, von ihrer praktischen Seite.
»Antworten Sie mir nur mit Ja oder Nein. Können Sie aufstehen, wenn ich Ihnen dabei helfe?«
»Jah.«
»Soll ich die Wagentür öffnen und Sie hineinsetzen?«
»Jah.«
Er wollte wieder zu sprechen anfangen, aber sie hatte die Tür schon geöffnet und den schweren Mann auf den Sitz gehievt. »Soll ich jetzt Ihre Frau holen oder lieber mit dem Krankenhaus telefonieren? Entschuldigung, das waren zwei Fragen.
Soll ich Mrs. Power holen?«
»Nee.«
»Soll ich das Krankenhaus anrufen?«
»Nee. Fahr'n.«
»Das geht nicht, Mr. Power. Ich könnte mich ohrfeigen, aber das würde nichts ändern: Leider kann ich nicht Auto fahren. Doch ich werde mich darum kümmern, dass Sie jemand hinbringt ... kann ich Sie allein lassen?«
»Jah.«
»Gut, dann schwing ich mich aufs Fahrrad. In fünf Minuten bin ich wieder da ...«
»Anschela.« Er wirkte aufgeregt.
»Keine Sorge, vertrauen Sie mir. Ich werde schon den richtigen Chauffeur auftreiben. Ist es für Sie in Ordnung hier, oder wollen Sie, dass ich Ihnen ins Haus helfe?«
»Inordnung.«
Das Fahrrad wischte an ihm vorbei, und bald darauf hörte er ein Auto näher kommen. Dick Dillon und Gerry Doyle stiegen aus. Genau die beiden, die er auch geholt hätte!
Im Krankenhaus verbargen sie ihren Schreck darüber, dass diesmal er selbst ein Bett brauchte und nicht nur einen seiner Patienten einwies. Alle verhielten sich ihm gegenüber großartig. Einer seiner ältesten Freunde, Tim Daly, stürzte herbei. »Das war nur ein leich-

ter Anfall, Paddy. Um dich an den Rollstuhl zu fesseln, braucht's schon mehr«, sagte er.
Es war genau das, was Paddy Power hören wollte: kein oberflächliches Geplauder, kein seichtes Gewäsch, dass eigentlich nichts passiert sei. Ein Schlaganfall war eine eindeutige Sache, das galt auch, wenn man selbst einen hatte.
Paddy Power deutete auf seinen Mund. »Schpreschen«, zischte er.
»Ja ja, das hat man auch bei den leichtesten ein oder zwei Tage lang. Das weißt du ja.«
»Scheite«, nuschelte er weiter und deutete auf die eine Körperhälfte.
»Das Gleiche. Sie ist nicht wirklich gelähmt, einfach nur ein bisschen taub.«
»Jah.« Dr. Powers Gesicht war traurig.
»Soll ich zu Molly fahren und ihr sagen, dass wir dich ein paar Tage hier behalten? Ich könnte sie dann gleich mitbringen.«
»Isch schu weit.«
»Nein, ist es nicht. Es macht gar keine Umstände. Und soll ich David Bescheid sagen? Das muss nicht sein, das weißt du. Du kannst hier gesund werden, nach Hause fahren, und er muss nie davon erfahren. Ist dir das lieber?«
»Jah.«
»Schlaf jetzt ein bisschen, Paddy. Das ist nicht einfach, ich weiß, aber es wird dir gut tun.«
»Tim ... Tim ... Erschatch«, brachte er mühsam heraus.
»Ich habe mich schon um eine Vertretung gekümmert. Für drei Wochen, hab' ich gesagt, aber du brauchst nicht zu erschrecken. Das ist nur, damit du mal richtig ausspannen kannst. Vielleicht fährst du ja mit Molly eine Woche weg?«
Dr. Power schloss die Augen. Er war jetzt sicher, dass alles in besten Händen lag.

*

Tim Daly sollte Recht behalten. Es war nur ein leichter Schlaganfall gewesen. Ein so leichter, dass man ihn nie als solchen bezeichnete. Denn wie Dr. Power anführte, würde eine junge Mutter bei ihrer ersten Entbindung wohl nur wenig Vertrauen zu dem Arzt

fassen, wenn sie befürchten musste, dass er im nächsten Augenblick gelähmt zusammenklappte. Deshalb wurde der Zwischenfall als Kreislaufschwäche umschrieben, was in Castlebay kaum Beunruhigung hervorrief. Außerdem war der Vertretungsarzt ein netter Mann und kein bisschen eingeschnappt, wenn die Leute sagten, dass er es ihnen bitte nicht verübeln solle, aber sie würden lieber warten, bis Dr. Power wieder da wäre, um ihre Fäden zu ziehen oder den Bluttest zu machen.
Dr. Mackey hatte lange in den Industriestädten Nordenglands gelebt. Und so hielt er den Frieden von Castlebay für ein Gut, das man in Flaschen abfüllen und all denjenigen verschreiben sollte, die nervös oder ängstlich waren.
»Glauben Sie mir, auch hier gibt es einige, die nervös und ängstlich sind«, meinte Paddy Power zu ihm. Er, Dr. Mackey and Dr. Tim Daly unterhielten sich über die Fortschritte, die er machte. Paddy war vor einer Woche aus dem Krankenhaus entlassen worden; Dr. Mackey sollte ihn noch zehn Tage vertreten. Inzwischen war Paddy Powers Sprachvermögen vollständig wiederhergestellt und das Taubheitsgefühl gänzlich verschwunden. Allerdings räumte er ein, dass es eine Warnung gewesen war und sein Rat für jemanden in einer ähnlichen Situation lauten würde, wesentlich kurzer zu treten. Er wusste, dass nächtliche Notfälle nichts mehr für ihn waren. Und er musste eine Menge Hausbesuche, die weiten Strecken über schlechte Straßen, streichen. Paddy Power brauchte jemanden, der ihn unterstützte. Und da es nicht genug Arbeit gab, um zwei Ärzte zu ernähren, würde er einen jüngeren Mann als Assistenten einstellen müssen. Den Mann, der in seine Fußstapfen treten sollte. David.
»Ich habe ihm geschrieben. Das ist leichter, als es ihm persönlich zu sagen.«
»Sie verlangen doch nicht viel«, schnaubte Dr. Mackey. »Er kommt in eine fertig eingerichtete Praxis, ins gemachte Nest sozusagen. Und Sie können ihm alles beibringen, was er noch nicht weiß. An dem Angebot ist wirklich nichts auszusetzen – Sie bieten ihm als jungem Arzt einen idealen Start.«
Doch Dr. Power seufzte. »Ja schon, aber unser junger Herr Doktor wollte sich noch mit Kinderheilkunde beschäftigen, und mit Geburtshilfe, und ich weiß nicht, mit was noch allem ... er hatte ein-

fach nicht vor, jetzt schon zurückzukommen. Und deshalb habe ich ihm geschrieben. Ich habe ihm geschrieben, dass ich wüsste, was für ein ungünstiger Zeitpunkt es sei. Morgen kommt er nach Hause. Das Krankenhaus hat ihm Urlaub wegen familiärer Gründe gewährt. Zwar hat er ihnen weismachen müssen, dass ich mit einem Fuß praktisch schon im Grabe stehe, aber immerhin wird er morgen hier sein.«
Seine Frau trat mit Nellie herein, die ein Tablett trug. Mollys Ruhe und Gelassenheit hatte sie alle überrascht. Man hatte damit gerechnet, dass sie völlig kopflos reagieren würde. Stattdessen offenbarte Molly eine bisher unbekannte, praktische Seite. Sie hatte sogar zugestimmt, dass es sinnvoller sei, David erst dann zu holen, wenn man die Lage genau beurteilen konnte.
Wahrscheinlich hatte er sie falsch eingeschätzt, dachte Tim Daly. Wie oft hatte er schon zu seiner Frau gesagt, dass Paddy Power Besseres verdient habe als diese oberflächliche Städterin; doch er hatte sich wohl geirrt. Immerhin hatte der Sohn, ein anständiger, gut aussehender, kräftiger und intelligenter Junge, nie Grund zur Sorge gegeben. Wieder einmal seufzte Tim Daly laut auf angesichts der Launen des Schicksals, das ihm fünf Tochter und keinen Stammhalter beschert hatte.

*

David wusste schon vor dem Brief seines Vaters, was diesem zugestoßen war. Angela hatte es ihm unmittelbar nach dem Schlaganfall berichtet. Sie schrieb, je älter sie würde, desto weniger sei sie anscheinend in der Lage, sich um ihren eigenen Kram zu kümmern, anstatt sich in die Angelegenheiten anderer Leute einzumischen; aber gerade in diesem Fall brauchte David vielleicht etwas Zeit, um über die Konsequenzen nachzudenken. Sein Vater habe vor, ihm in ein paar Tagen zu schreiben und von seinem leichten Schlaganfall zu erzählen, der wirklich nur leicht und nicht lebensbedrohlich gewesen war, davon sei auch sie überzeugt. Allerdings wäre die Folge, dass Doktor Power David vielleicht sehr viel früher brauche als erwartet. David müsse ihren Brief nicht beantworten; doch es sei ja manchmal sehr viel angenehmer, vorgewarnt zu sein.

Angela hatte den Brief an das Krankenhaus adressiert, und so wusste David – auch ohne dass sie es schrieb –, dass Clare von nichts ahnte. Angela wollte, dass er Zeit zum Nachdenken hatte. Es waren schlechte Nachrichten, aber er war ihr zutiefst dankbar.
Und David dachte nach. Er wurde dreimal zurechtgewiesen, weil er nicht aufgepasst hatte; einmal sagte ein Patient zu ihm, er sehe aus, als weile er auf einem anderen Planeten.
Daraufhin zog er sich in die Notaufnahme zurück und setzte sich auf die Liege. Was, wenn er nach Hause zurückkehrte? Im Juli, wenn sein Jahr als Medizinalassistent vorbei war? Clare könnte zwischen Castlebay und Dublin hin und her pendeln und fertig studieren. Aber was, wenn sie nach ihrem Abschluss von einem Doktorvater angenommen wurde? Nur mal angenommen. Man konnte eine Doktorarbeit überall schreiben, oder? Er wusste es nicht genau. Wäre es von Castlebay aus möglich?
Er rief beim Prüfungsamt der Universität an, doch die Stimme am anderen Ende der Leitung wiederholte nur immer wieder, er müsse persönlich erscheinen, um diese Frage zu erörtern.
»*Verdammt nochmal!*«, brüllte David. »Es *muss* doch eine Regelung dafür geben! Kann man seinen Doktor machen, wenn man keine Vorlesungen besucht? *Ja* oder *nein?* Ist das so schwer zu beantworten?«
Das war es anscheinend, oder aber sein Tonfall verleitete nicht dazu, näher auf die Frage einzugehen.
Er konnte sich nicht nochmals in die Notaufnahme verdrücken. Es war Zeit, wieder an die Arbeit zu gehen.
Bis jetzt hatte David nie etwas vor Clare verheimlicht, und auch diesmal gab es keinen Grund, um den heißen Brei herumzureden oder zuerst Vorschriften über Studienabschlüsse zu erfragen. Auf jeden Fall würden sie zusammenbleiben. Er würde Clare reinen Wein einschenken; das war er ihr schuldig.
Aber er würde nicht betteln.
Und er würde sich keine Mühe geben, ihr die Rückkehr nach Castlebay schmackhaft zu machen.
Er würde sich auch nicht für den schlechten Gesundheitszustand seines Vaters entschuldigen.
Er wollte ihr keine blumigen Märchen erzählen, wie sehr seine

Mutter Clare ins Herz schließen würde, wenn sie erst einmal verheiratet wären.
Er würde ihr nichts vormachen.
Aber er musste es ihr sagen.
Weil kein Bus kam, entschloss er sich, zu Fuß zu gehen. Da sah er, wie Clare, die Hände in den Taschen, gedankenverloren auf ihn zukam.
»Du kommst mich abholen«, freute er sich.
»Ja. Könnten wir irgendwo etwas trinken gehen?«
»Gute Idee.« Er hakte sie unter. In einem Pub würde es leichter sein, ihr zu sagen, dass ihr gemeinsames Leben in Dublin, ihre Freiheit, ihr Studium nur noch von kurzer Dauer waren.
Er brachte die Gläser zum Ecktisch. Ohne Umschweife wollte er zur Sache kommen.
»David. Du wirst nicht erfreut sein. Aber es hat keinen Sinn, so zu tun, als ob nichts wäre. Ich bin schwanger.«
Langes Schweigen folgte.
»Es tut mir Leid. Aber es besteht kein Zweifel. Ich habe in der Holles Street einen Test machen lassen. Er ist positiv, und ich ... na ja, ich weiß ...«
»Aber das *kann nicht* sein ... wir haben doch so aufgepasst!«
»Nicht genug, wie's aussieht.« Clare sah sehr jung und schmal und verängstigt aus.
»O Clare, Clare«, stöhnte er. »Was sollen wir nur tun?«
»Ich weiß es nicht. Das frage ich mich schon seit zwei Wochen, doch ich weiß keine Antwort.«
»Du hättest es mir sagen sollen.«
»Warum? Warum sollten wir uns beide zu Tode ängstigen, wenn noch gar nichts sicher ist.«
»Und jetzt ist es sicher? *Ganz sicher?*«
»Ja, David. Ganz sicher.«
Er legte den Kopf zwischen die Hände. »*Herr im Himmel*«,seufzte er. »Wie ungerecht. *Das* hat uns gerade noch gefehlt.«
Sein Glas war noch voll, ebenso wie das ihre. Niemand saß nahe genug, um mithören zu können, worüber sie sprachen.
Stocksteif und abweisend saß Clare da. Sie hatte gehofft, dass er sie streicheln, in die Arme schließen würde. Aber nun dachte sie, sie würde ihn umbringen, wenn er es auch nur versuchte.

David hob den Kopf. Sein Haar war zerzaust, sein Gesicht gerötet. »Entschuldigung«, sagte er.

»Wofür?«

»Dass es passiert ist. Ich bin schließlich Arzt. Einige medizinische Kenntnisse sollte ich haben.«

»Zerbrich dir *deshalb* nicht den Kopf. Du hast damit schließlich nicht das Examen verhauen. Niemand gibt dir dafür eine schlechte Zensur.«

»Clare!«

»Ja? Was gibt's sonst dazu zu sagen?«

»Ich weiß nicht. Wahrscheinlich sollten wir darüber nachdenken, was zu tun ist.«

Clare schwieg.

»Pläne machen ... Es ist nur ... es ist eben so ein Schock, und so verdammt schade. Ausgerechnet jetzt!«

»Ja«, stimmte sie zu.

Ihr Gesicht war schmal und bleich, sie wirkte verletzt. Plötzlich fiel ihm ein, dass er ihr noch nichts von seinem Vater erzählt hatte. Sie kannte nur ihre Hälfte der Katastrophe. Und er erinnerte sich auch daran, dass sie sich in der schlimmsten Lage befand, in die ein Mädchen aus einem kleinen – oder auch größeren – Ort in Irland überhaupt geraten konnte.

Er griff nach ihrer Hand. »Wir werden eine Lösung finden«, sagte er.

Doch sie entzog sie ihm wieder.

»Du hast dein Bier ja noch nicht einmal angerührt«, meinte er verlegen.

»Du deins auch nicht.«

»Ich glaube, ich nehme einen Brandy«, sagte David.

»Möchtest du auch einen, auf den Schreck hin? Ärztliche Empfehlung.« Er brachte ein schiefes Lächeln zu Stande.

»Nein, danke«, erwiderte Clare.

Als er zurückkam, beugte sie sich zu ihm hinüber. »Es tut mir entsetzlich Leid. Mehr kann ich dazu nicht sagen. Ich weiß, wie beängstigend das für dich sein muss, David. Ich werde versuchen, ruhig zu bleiben, damit wir überlegen können, was um Himmels willen zu tun ist. Aber du weißt im Augenblick wahrscheinlich gar nicht, was du empfindest. Es kommt dir vermutlich alles ganz unwirklich vor.«

»Ja. Das stimmt«, antwortete er, dankbar, dass sie ihn so gut verstand.
Wieder herrschte Schweigen.
David trank seinen Brandy aus. »Gehen wir nach Hause?«, fragte er. Sie standen auf und gingen. Keiner wagte es, den anderen zu berühren, und so liefen sie mehrere Schritte getrennt nebeneinander her.
Die gelbe Straßenbeleuchtung draußen ließ ihre Gesichter noch eingefallener wirken. Schweigend gingen sie zu der Bushaltestelle, zu der David vor nicht einmal einer Stunde schon einmal gegangen war. Auch im Bus schwiegen sie. Nur ein- oder zweimal sahen sie einander an, als ob sie etwas sagen wollten, aber ihre Lippen blieben verschlossen.
Zwei Stationen vor ihrem Ziel stand David auf. »Könnten wir schon hier aussteigen?«, fragte er schüchtern.
»Ja. Natürlich«, antwortete sie sehr höflich. Unter normalen Umständen hätte sie gefragt, warum, ihn aufgezogen oder protestiert.
Dann standen sie nebeneinander am Kanal. »Lass uns hier ein bisschen spazieren gehen«, schlug er vor.
Wieder schwiegen sie, während sie nebeneinander hergingen. Beide hielten im selben Augenblick inne, als ihnen zwei Schwäne entgegenglitten.
»Ich hab' nur Kaugummi bei mir«, sagte Clare mit beinahe normaler Stimme. »Aber ich glaube nicht, dass sie das mögen werden.«
»Willst du mich heiraten?«, fragte David.
»Was?«
»Willst du mich heiraten? Bitte.«
»David?« Ihre Stimme war rau und unsicher.
»*Bitte*«, sagte er noch einmal.
»Du musst mich das nicht fragen, David. Sag jetzt lieber nichts. Ich erwarte nicht, dass du mich ... du musst es nicht tun. Wirklich nicht. Wir können reden, Pläne machen. Es ist nicht der Weltuntergang.«
»Ich weiß. Ich liebe dich«, erwiderte er.
»Und ich liebe dich. Das war immer so und wird immer so sein.«
»Na also«, sagte er, und seine Augen leuchteten. »Wir werden hei-

raten. Nur eben schon jetzt und nicht erst in ein paar Jahren. Oder? Sag doch Ja. Sag: ›Ja, David.‹«
»Du weißt, dass ich das gerne tun würde. Aber es gibt Auswege, über die wir sprechen sollten. Du weißt, was ich meine?«
»Nicht mit unserem Baby, mit unserem Kind. Da gibt es keine andere Möglichkeit.«
Sie starrte ihn an, und ihre Augen füllten sich mit Tränen.
»Du hast mir keine Antwort gegeben, obwohl man das in Romanen immer so liest.« Ihr Zögern machte David ungeduldig.
Clare hielt inne und nahm sein Gesicht in ihre Hände. »Wenn du es wirklich willst ...«, begann sie.
»Das ist keine Antwort, sondern eine Bedingung«, sagte er.
»Ich würde dich gern heiraten. Ja. Ja, *bitte.*«

*

Sie gingen nach Hause und kauften Pommes, Wein und einen Schokoladenkuchen. Dann setzten sie sich neben ihren Ölofen, um Pläne zu schmieden und über die Zukunft nachzudenken.
»Könnten wir nicht hier heiraten? In Dublin? Zu Hause stehe ich das nicht durch.«
»So sollte meine Frau eigentlich nicht über den schönsten Tag ihres Lebens sprechen!«
»Du weißt doch, was ich meine.«
»Ja. Natürlich werden wir hier heiraten. Oder wo du sonst willst. In London? Paris? Rom?«
»Und dann kehren wir hierher zurück, sehen uns nach einer größeren Wohnung um, und ich bereite mich auf das Examen und das Baby vor. Da liegt fast ein ganzer Monat dazwischen. Die Abschlussprüfungen gehen bis Ende September, und das Baby kommt im Oktober, in der dritten Woche.«
Er hielt ihre Hände zwischen den seinen. »Ist es nicht großartig?«, fragte er noch einmal.
»Ich bin so glücklich, dass du dich freust. Ich hatte solche Angst, dass du abends nicht gern zu einem Baby nach Hause kommen würdest, wenn du erst diese Stelle im Krankenhaus angetreten hast.« Clare lächelte ihn an. Er sagte nichts.
»Ich meine, ein junger Doktor, ein Assistenzarzt in einem Kranken-

haus, kommt wahrscheinlich nicht gern in eine Wohnung, in der ihn ein Haufen Windeln und eine Frau, die über ihren Büchern sitzt, erwarten ...« Seine plötzliche Schweigsamkeit beunruhigte sie.
»Aber das Wunderbare ist, ich kann wirklich eine Menge zu Hause tun. Ich habe mit einer Studentin aus dem letzten Semester darüber gesprochen. Sie hat gesagt, wenn sie Bescheid wissen und sehen, dass man sich weiter mit der Materie beschäftigt und seine Aufgaben macht, reicht es, wenn man einmal in der Woche oder so vorbeikommt. Sie erwarten dann nicht, dass man täglich erscheint.«
»Oh.«
»Was ist denn los?«
Da erzählte er ihr von dem Schlaganfall seines Vaters und dass sie nach Castlebay würden zurückkehren müssen.

*

Dank Angelas Brief blieben ihnen fünf Tage. Fünf schreckliche Tage. Manchmal schrien sie sich an, dann wieder klammerten sie sich aneinander. Und es gab Zeiten, in denen sie ruhig blieben und einen Ausweg suchten. Aber sie waren in einer Sackgasse. Dann und wann verspottete Clare ihn und nannte ihn Muttersöhnchen. Kein richtiger Mann würde seine Karriere einfach so hinschmeißen. Dann wieder kränkte er sie und sagte, ihre Liebe sei nur Schall und Rauch, wenn sie einen Ortswechsel nicht überstand. Wahre Liebe existiere unabhängig von Zeit und Raum. Sie kannten auch einen Arzt, zu dem Clare hätte gehen können – ihm war zwar die ärztliche Zulassung entzogen worden, aber er führte noch immer regelmäßig Abbrüche durch. Da er Arzt war, wäre es ungefährlich. Dann könnten sie noch einmal von neuem überlegen. Allerdings zogen sie die Möglichkeit einer Abtreibung nie ernsthaft in Betracht, denn das Wunder eines eigenen Kindes schien ihnen das einzig Freude bringende inmitten von Tränen und Verzweiflung zu sein. Und sie würden das Dilemma auch nicht lösen, indem sie das Kind von der Bildfläche verschwinden ließen. Die Schwangerschaft und damit die Notwendigkeit, ihre Familien einzuweihen, war nicht das Schlimmste.
Das Schlimmste war, dass sie zurückkehren mussten. Keiner von ihnen wollte das.

Aber David war dazu bereit.
So weit waren sie gekommen, als David den Brief seines Vaters erhielt.

*

Clare weinte haltlos, als sie den Brief las. Denn er war so warmherzig und verständnisvoll. Der alte Mann hatte all die Dinge zu Papier gebracht, über die sie in den letzten Tagen gesprochen hatten. Er bedaure so sehr, David darum bitten zu müssen, dass ihm fast die Kraft fehle zu schreiben. Doch er legte auch klar, dass es unmöglich für ihn war, einen anderen Arzt darum zu bitten, drei oder vier Jahre lang in Castlebay die Stellung zu halten, bis David sich vielleicht zur Rückkehr entschließen würde. In seiner realistischen Einschätzung der Dinge zeigte er Verständnis für Davids Situation:

Am meisten macht uns beiden wohl zu schaffen, dass es aufgrund unserer engen Beziehung eigentlich Erpressung ist. Ich hasse es, dich um deine Rückkehr bitten zu müssen; und du hast nicht die geringste Lust, deine Pläne über den Haufen zu werfen. Aber ich muss dich fragen, und du musst mit Ja oder Nein antworten. Wäre ich gestorben, könntest du deine Entscheidung sehr viel freier treffen.
Denn dann könntest du dich ohne Probleme gegen die Übernahme der Praxis entscheiden. Deine Mutter könnte nach Dublin ziehen, und niemand müsste sich verletzt oder im Stich gelassen fühlen. So, wie die Dinge jetzt liegen, ist es der steinigste Weg, und ich bin mir dessen sehr wohl bewusst.
Alles, was ich tun kann, ist, es dir hier so angenehm wie nur möglich zu machen. Unser Haus ist auch dein Haus, das weißt du; doch vielleicht fühlst du dich freier, wenn du über eine eigene Wohnung verfügst. Wir könnten das Pförtnerhäuschen für dich herrichten, sodass du dein eigenes Leben führen kannst und dich nicht wie ein kleiner Junge fühlen musst. Doch andererseits, lieber David, kann ein junger Arzt in einem kleinen Ort wie diesem natürlich kein besonders aufregendes Privatleben führen, wenn du verstehst, was ich meine. Es ist

ein schwerer Schlag für dich, mein Junge, und ich hätte einiges darum gegeben, wenn ich diesen Brief nicht hätte schreiben müssen ...

Das Pförtnerhäuschen. Ein kleines Haus an der Grundstücksgrenze des zweitausend Quadratmeter großen Anwesens der Powers. Es brauchte ein neues Dach. Vier Zimmer, überlegte David. Und weder Küche noch Bad, nur eine Außentoilette. Sie hatten schon seit Ewigkeiten vorgehabt, es in Stand zu setzen. Im Augenblick wurden darin nur überflüssige Möbelstücke aufbewahrt.
Es würde ihr neues Heim werden.

*

Sie fuhren gemeinsam im Zug zurück.
Diesmal waren sie sehr still. Die Felder und Telegrafenmasten draußen flogen an ihnen vorbei. Als der Zug einmal die Fahrt verlangsamte, winkten Kinder hinter einer Schranke aufgeregt den Reisenden zu. Eine ungefähr Sechsjährige hielt ein pummeliges Baby hoch, das mit seinen molligen Ärmchen wie verrückt winkewinke machte; es strahlte und entblößte dabei einen einzigen Zahn. Unwillkürlich fassten David und Clare sich bei den Händen. Weihnachten würden sie auch so etwas haben. Nicht so groß und noch ohne Zahn, aber auch ein Baby. Aufmunternd lächelten sie sich an. Sie schwiegen nicht, weil sie verärgert oder verzweifelt waren. Sie hatten ihren Plan nur einfach schon so oft durchgesprochen, dass sie nicht schon wieder darüber reden wollten.

*

Der Plan war kompliziert. Clare wollte im Zug sitzen bleiben, während David als einer der Ersten aussteigen sollte. Seine Mutter würde ihn abholen kommen, und David würde sie drängen, so schnell wie möglich vom Parkplatz wegzufahren. Clare hatte Angela gebeten, dafür zu sorgen, dass jemand sie abholen kam. Sie hatte es gewagt, Angela in der Schule anzurufen. Das missbilligende Gesicht von Mutter Immaculata konnte sie sich genau vorstellen.

Clare hatte noch hinzugefügt, dass sie aus Gründen, die sie später näher erläutern würde, nicht von Gerry Doyle abgeholt werden wolle; wer sonst käme, sei ihr egal. Und aus anderen Gründen, die sie ebenfalls noch erläutern würde, wäre sie die Letzte, die aus dem Zug aussteigen würde, und zwar erst, nachdem Mrs. Power den Parkplatz bereits verlassen hätte. Sie verstehe vollkommen, hatte Angela erwidert.

*

Als David ohne einen Blick zurückzuwerfen durch die Bahnsteigsperre ging, fühlte Clare sich elend.

Sie wartete, bis ein Schaffner durch sämtliche Abteile ging und die Zeitungen einsammelte. Erst dann stieg sie aus.

Der Kontrolleur war überrascht. »Nanu? Ich war schon auf dem Weg zu meinem Tee! Wohl im Zug eingenickt?«

Clare lächelte ihn an. Der Glückliche! Keine größere Sorge auf der Welt als seinen Tee.

Auf dem Parkplatz stand Dick, winkte begeistert und kam ihr entgegen, um ihre Tasche zu tragen.

*

Molly Power trug Handschuhe zum Autofahren. Man hatte ihr gesagt, dass sie so das Lenkrad besser im Griff hätte. Gut sieht sie aus, dachte David; sie war beim Friseur gewesen und trug ein schickes lindgrünes Wollkostüm – und ähnelte in nichts der hektischen, unsicheren, aufgedonnerten Frau, die er vor ein paar Monaten bei den Nolans getroffen hatte.

Auch was seinen Vater betraf, war sie gelassen und dachte praktisch. Ihr war völlig klar, was für eine Art von Anfall er erlitten hatte und dass er sich keinesfalls anstrengen durfte. Dennoch reagierte sie weder panisch noch überängstlich. Mit großem Wohlwollen sprach sie von Dr. Mackey, dem Vertretungsarzt; aber auch darüber, wie sehr sie sich freue, dass David so schnell nach Hause kommen konnte, um die Konsequenzen zu erörtern. Sie habe bereits mit Bumper Byrne über die Renovierung des Pförtnerhäuschens gesprochen.

David sah ihr forschend ins Gesicht und überlegte, wie sie wohl in ein paar Stunden reagieren würde, wenn sie erfuhr, dass Clare O'Brien ihre Schwiegertochter wurde.

*

Mit Dick Dillon konnte man sich gut unterhalten. Denn er sprach über Dinge, nicht über Menschen. Clare fragte, ob es wohl schwer sei, Autofahren zu lernen, und er meinte, es sei kinderleicht. Dabei deutete er auf die Pedale unter seinen Füßen und sagte, bis sie in Castlebay wären, wüsste Clare zumindest theoretisch, wie man es anstellen müsste. Und er behielt Recht. »Rechts ist das Gas, in der Mitte die Bremse, links die Kupplung.«

Clare beobachtete seine großen Füße in den ordentlich geschnürten, glänzend braunen Schuhen, während Dick Dillon ihr immer genau erklärte, was er gerade tat.

»Verstehe. Sie treten mit dem einen Fuß fest auf die Kupplung und mit dem anderen leicht aufs Gas, und während Sie langsam die Kupplung loslassen, treten Sie fester aufs Gas. Alles klar«, sagte Clare aufgeregt. »Und jetzt treten Sie auf die Bremse, weil Sie wegen der Kreuzung dort vorne langsamer werden wollen.«

»Ich will an dieser Kreuzung *halten*, junge Dame. Weil ich dort nämlich ein großes Stoppschild sehe.«

»Toll. Ich hab's begriffen. Sobald ich kann, mache ich meinen Führerschein.« Sie würde ihn brauchen, den Führerschein, damit sie weit, weit weg fahren konnte, wenn sie künftig tatsächlich in Molly Powers Garten lebte.

*

Sein Vater hörte aufmerksam zu. David erklärte ihm, dass sie gehofft hätten, erst in ein paar Jahren zu heiraten; so wie er auch gehofft habe, zuerst noch mehr Erfahrung in Dubliner Krankenhäusern sammeln zu können. Doch nun, da sich die Umstände geändert hätten, würden sie sich darauf freuen, heimzukehren und ihr Eheleben zum gleichen Zeitpunkt zu beginnen wie David seine Laufbahn als praktischer Arzt.

Nachdenklich musterte ihn sein Vater. Waren sie für eine feste

Bindung nicht noch viel zu jung? Clare war nicht einmal zwanzig! Na gut, gerade zwanzig geworden. Auf jeden Fall noch sehr jung. Nein. David war fest entschlossen. Die Umstände hatten sich geändert, und deshalb würden sie sofort heiraten. In wenigen Wochen. In Dublin.

»Also ist Clare schwanger?«

»Wir freuen uns sehr darüber«, entgegnete David trotzig.

»Du hast vielleicht Grund dazu. Aber ist es auch der beste Anfang für eine Ehe? Für ein junges Mädchen wie Clare und für das Baby?«

»Dad! Der Anfang ist nun mal gemacht, ob wir wollen oder nicht. Und wir haben nicht einen Augenblick lang überlegt, ihn ungeschehen zu machen.«

»Ja. Schon gut. Darüber bin ich froh.«

»Was ich dir also zu sagen versuche, ist, dass wir unsere Pläne in die Tat umsetzen werden, sobald Mum und Clares Familie Bescheid wissen.«

»Ist Clare denn zu Hause?«

»Ja.«

»Du hast nicht ... Molly hat nichts davon gesagt, dass sie bei dir war.«

»Wir hielten es für besser, getrennt vom Bahnhof herzukommen.«

Dr. Power seufzte tief auf.

»Es tut mir Leid, Dad, dass ich es dir auf diese Weise beibringen musste.«

»Du hast wirklich sehr verantwortungslos gehandelt, weißt du.«

»Na ja, natürlich wollten wir beide nicht, dass es passiert. Doch wie du nach all den Jahren hier nur allzu gut weißt, passiert es eben.«

»Ich hätte nicht gedacht, dass es meinem eigenen Sohn passiert. Du hättest sie nicht so ausnutzen dürfen. Das war nicht recht. Nur weil du sie von zu Hause her kennst und wusstest, dass sie sich nicht trauen würde, sich zu weigern.«

»Ich habe sie nicht ausgenutzt. Du verstehst rein gar nichts! In Dublin ist Clare für niemanden die arme kleine Clare O'Brien vom Laden. Das ist nur hier der Fall. Und auch nicht überall. Nur Mutter und ein paar wenige andere sehen das so. Ich hätte nicht gedacht, dass *du* so denkst.«

»Ich denke gar nichts, Junge. Und ich weiß, dass du durcheinander bist. Ich will damit doch nur sagen, wie schade es ist, dass dir so etwas passieren muss. Wo doch noch das ganze Leben vor dir liegt.«

»Vor *uns*, Dad. In Zukunft heißt es *wir*. Das wollte ich dir damit sagen.«

»Aber sie ist doch selbst noch ein Kind, das nicht weiß, was es will.«

»O doch, das weiß sie sehr wohl. Sie wird auf jeden Fall ihren Abschluss machen. Die Prüfungen sind einen Monat vor dem Geburtstermin. Deshalb werden wir auch so schnell wie möglich heiraten.«

»Nicht schnell genug für Castlebay.«

»Mir ist es egal, was die Leute denken.«

Dr. Power goss sich einen sehr kleinen Brandy ein.

»Nur als Medizin. Von Zeit zu Zeit verschreibe ich mir einen.«

»Willst du damit auf mein Wohl trinken? Auf *unser* Wohl?«, fragte David.

»Noch nicht sofort.«

»Du bist doch nicht schockiert, Dad?«

»Nein, das nicht. Aber du bist noch sehr jung, David. Und du hast nur ein Leben. Weißt du, du musst Clare nicht heiraten, wenn du nicht willst. Es gibt sehr ehrenhafte Möglichkeiten, auch ohne Ehe. Du kannst das Kind als deines anerkennen und Alimente zahlen. Heute, im Jahre 1960, wird man nicht mehr mit der Flinte vor den Traualtar gezwungen.«

»Du verstehst nicht, worum es eigentlich geht. Die Tatsache, dass Clare schwanger ist, ist nicht ausschlaggebend. Das Entscheidende ist, dass ich sie liebe. Ich liebe sie wahnsinnig, Dad! Ich werde nie eine andere wollen. Und ich könnte es nicht ertragen, wenn Clare jemanden anderen heiraten würde. Offenbar habe ich das nicht richtig erklärt.«

»Du erklärst das am besten deiner Mutter. Da wirst du eine Menge zu erklären haben, mein Junge.«

»Könnte ich auch einen Brandy verschrieben bekommen?«

»Nein. Du solltest es auch ohne Medizin schaffen, ihr deinen Entschluss begreiflich zu machen.«

»Wenn ich in deiner Praxis mitarbeite, kann ich auch selbst Rezepte ausstellen. Und daher verschreibe ich mir jetzt einen Brandy, der mindestens doppelt so groß ist wie deiner.«

Dr. Power lachte und goss ihm einen ein. »Dann mal los, mein Junge«, sagte er.

»Kommst du nicht mit?«

»Nein. Ich soll Aufregungen meiden. Ich geh' rüber ins Arbeitszimmer.«

*

Agnes O'Brien war aufgefallen, dass das Geschäft mit den Urlaubern jetzt schon zu Ostern florierte. Immer mehr Leute, die oben auf dem Campingplatz ihren Wohnwagen stehen hatten, wollten das öfter als nur einmal im Jahr ausnutzen. Und so war sie nicht überrascht, als sie die Ladenglocke bimmeln hörte. Sehr überrascht war sie allerdings, als Clare vor ihr stand.

»Was bringt dich denn hierher? Du hast gar nicht gesagt, dass du kommst.«

»Es bot sich eine günstige Gelegenheit, ganz überraschend. Und da bin ich gekommen«, antwortete Clare.

»Du hast uns auch gar nicht geschrieben oder so.« Ihre Mutter war völlig verblüfft. In ihrer Welt schrieben die Leute Briefe und kündigten an, was sie vorhatten; erst *dann* taten sie es.

»Nein. Wie ich schon gesagt habe, es war eine günstige Gelegenheit.« Sie musste sich Mühe geben, nicht schroff zu reagieren. »Könnten wir vielleicht eine Tasse Tee zusammen trinken?«

»Wo habe ich nur meinen Kopf? Ich bin völlig durcheinander. Also, komm rein, gib mir deine Tasche.«

»Du siehst gut aus, Mam. Was macht dein Bein?«

»Ach, das ist schon längst vergessen und vorbei. Ich hab' wirklich genug um die Ohren; da kann ich mir nicht auch noch über alte Wehwehchen den Kopf zerbrechen. Gott sei Dank kann ich wieder ganz ordentlich laufen, ich hinke kein bisschen.«

»Das ist prima, Mam.«

»Komm schon rein und steh nicht draußen rum, als ob du den Laden noch nie gesehen hättest.«

»Wo sind denn die anderen?«

»Dein Vater ist mit Ben weggegangen, um ihm eine Stellung zu besorgen – das hoffen wir zumindest. Unten an der Kreuzung macht eine neue Werkstatt auf. Sie suchen zwei junge Burschen, die dort arbeiten wollen. Bis zum Sommer, wenn das große Geschäft losgeht, sollen sie ausgebildet sein. Dein Vater ist mitgegangen, weil Ben nicht so gut reden kann.«

»Wann sind sie los?«

»Sie wollten sich mit dem Mann dort um sechs Uhr treffen. Warum?«

»Weil ich mit dir sprechen will.«

Clare hatte das Schild »Geschlossen« an die Ladentür gehängt. Agnes stellte den Kessel ab, ohne ihn mit Wasser gefüllt zu haben. »Heilige Mutter Gottes, bist du etwa schwanger?«, sagte sie.

Es dauerte einige Zeit, bis ihre Mutter mit dem Weinen aufhörte. In der Zwischenzeit füllte Clare den Kessel, ließ das Wasser kochen, brühte Tee auf, schnitt zwei Stücke Obstkuchen ab und fand auch noch zwei Papierservietten, damit ihre Mutter sich die Augen trocknen und schnäuzen konnte.

»Wie kannst du nur hier sitzen und mir so etwas ins Gesicht sagen? Wie kannst du nur? Ich fasse es nicht!«, schluchzte ihre Mutter.

»Mam, ich habe keinen einzigen Ton gesagt. Du hast mich gefragt, ob ich schwanger bin, und ich habe genickt. Dann hast du angefangen zu heulen. Jetzt lass mich endlich zu Wort kommen und dir sagen, was ich eigentlich erzählen wollte und weshalb ich heimgekommen bin ...«

»Oh! *Darum* geht's also gar nicht, das macht der Dame doch kein Kopfzerbrechen! So etwas ist schließlich nicht etwa eine böse Überraschung, damit hätten wir rechnen sollen, bei jemandem, der die Nase so hoch trägt!«

»*Bitte*, Mam. Lass mich auch mal reden. Ich werde heiraten.«

»Ein bisschen spät, findest du nicht auch?«

»Nein. Hör zu. Ich hätte sowieso geheiratet, und jetzt heiraten wir eben früher, als wir ursprünglich vorhatten – das ist alles. Ehrlich, mehr gibt's dazu nicht zu sagen. Und darüber wollte ich mit dir sprechen, über die Hochzeit eben.«

»Nur zu, tu dir keinen Zwang an.« Agnes' Augen waren rot, und sie hatte weder Tee noch Kuchen angerührt.

»Es ist David. David Power. Wir werden in ein paar Wochen in

Dublin heiraten, und dann kommt er hierher zurück – ich meine, wir beide kommen dann hierher zurück. Seinem Vater ging es in letzter Zeit nicht besonders gut, und ...«

Agnes stand auf. »David Power! Du hast zugelassen, dass dich David Power, der *Arztsohn*, entehrt und in Schande stürzt? Ich hör' wohl nicht recht!«

Clare wusste, dass ihre Mutter immer so redete. Sie hatte damit gerechnet, dass sie ihr mit solchen Ausdrücken kommen würde. Trotzdem fiel es ihr nicht leicht, sich das anzuhören.

»Schade, dass du so darüber denkst. Gerade eben ist er oben bei sich zu Hause und erzählt es seinen Eltern. Und außerdem hätten wir sowieso geheiratet, also sprich nicht davon, dass er mich ›entehrt‹ und ›in Schande‹ gestürzt hat. Ich habe es genauso gewollt wie er, von Anfang an.«

»Da bist du wohl noch stolz drauf, du Flittchen! Du wagst es, dich hier wie eine Nutte in meine Küche zu stellen und zu erzählen, was du wolltest und was nicht! Du hast uns allen Schande gemacht. Wir werden zum Gespött von Castlebay werden – ausgerechnet in die Power-Familie einheiraten, ach ja? Glaubst du denn, dass Mrs. Power eine wie *dich* auch nur über ihre Schwelle lässt? Glaubst du im Ernst, dass diese Frau ihren Sohn, diesen gebildeten jungen Mann, ein Mädchen heiraten lässt, das aus einem einfachen Laden hier stammt? Das keinen Deut besser ist, als man erwarten konnte?« Agnes brach in ein bitteres Lachen aus. »*Ich* hab' noch nicht mal die Grundschule fertig gemacht; bin keine Studierte wie du. Und trotzdem hab' ich meine fünf Sinne beisammen und kann dir versichern, dass es keine Hochzeit geben wird. Es wird *Ausflüchte* geben. David, der geachtete David Power, muss seine Ausbildung eben plötzlich im Ausland beenden – oder Ähnliches. Mach dir nichts vor, mein Kind. Es wird keine Hochzeit für dich geben! Nur die *Schande* und ein Kind am Hals. Und für uns nichts als Hohn und Spott.« Wieder fing Agnes an zu weinen.

Clare tat die hagere Frau Leid, die am Küchentisch in die zusammengeknüllten Servietten heulte.

Deshalb antwortete sie sehr sanft. »Mam, hör doch mal. Ich weiß, es ist schwer zu glauben, aber es ist wahr. David ist jetzt fünfundzwanzig, er ist erwachsen und braucht keine Erlaubnis von seinen

Eltern – für nichts. Die Hochzeit ist bereits festgesetzt, mit Pfarrer und allem. Sie *wird* stattfinden. Und wenn seine Mutter sich gegen ihn stellt, was soll's? Das gibt sich schon wieder. Du kennst doch das Pförtnerhäuschen oben in ihrem Garten, direkt an den Klippen? Bumper Byrne wird es für uns herrichten, und dann werden wir dort wohnen, Mam! Und sobald Chrissies Baby auf der Welt ist, wird sie es hierher bringen und dich besuchen, Mam, und ich werde meins über die Cliff Road hierher spazieren fahren. Keine Schande. Kein Spott. Es wird alles einfach *wunderbar* werden! Verstehst du jetzt?«

Mit tränenüberströmtem Gesicht sah ihre Mutter zu ihr auf. »Für dich scheint das alles ganz einfach, Clare. Aber das Leben ist nicht so.«

»Doch, es ist so, Mam. Außerdem bin ich genauso viel wert wie David. In jeder Beziehung. Er weiß das so gut wie ich.«

»Wenn nur ihr beide es wisst, wo doch sonst niemand in Castlebay das denkt«, schniefte Clares Mutter.

»Mam, trink deinen Tee. Bitte, Mam.«

»Wann kommt es?« Sie musterte Clares Bauch.

»Ende Oktober. Direkt nach meinen Prüfungen.«

»Du wirst in diesem Zustand doch nicht Prüfungen machen wollen?«

»Aber das muss ich. Deshalb doch der ganze Aufwand, die drei langen Jahre. Außerdem liegen Wochen dazwischen. Vielleicht müssen sie eine Ausbuchtung in die Schreibplatte sägen, damit ich in die Bank passe, aber ich werd's schon schaffen.«

»Darüber scherzt man nicht.« Ihre Mutter hatte den Tee getrunken und fühlte sich bereits wieder besser.

»Jedenfalls wollte ich etwas vorschlagen: Wir sagen einfach, dass David und ich in Dublin heiraten, nur eine schlichte Zeremonie ohne großes Tamtam, weil wir beide noch studieren. Und sobald das Haus dann fertig ist, kommen wir her. Sonst braucht man nichts dazu zu sagen, oder?«

»Die Leute hier sind doch nicht dumm, Clare. Sie können bis neun zählen wie jeder andere auch. Wenn jemand im April heiratet und im Oktober ein Baby bekommt, wissen sie, was los ist.«

»Na und? Was wissen sie dann schon?« Clare konnte ihre Ungeduld nicht länger verbergen.

Ihre Mutter seufzte tief auf. »Du verstehst rein gar nichts, Kind. Und wenn du glaubst, dass man dich hier glücklich werden lässt, dann kann man dir jeden Bären aufbinden.«

*

David entschied sich, es schnell hinter sich zu bringen.
»Mutter, ich habe mich gerade lange mit Vater unterhalten, und wir haben alles besprochen. Ich mache mein Praktikum in Dublin zu Ende, und Anfang Juli komme ich dann hierher zurück.«
Ihr Gesicht leuchtete auf. »Ich wusste, dass es keine Probleme geben würde. Paddy hat immer wieder gejammert, wie schade es wäre, dich jetzt schon nach Hause zurückzuholen, aber ich habe stets dagegengehalten, dass du dich bestimmt freuen wirst.«
»Du hast Recht behalten. Und das mit dem Pförtnerhäuschen finde ich eine großartige Idee. Ich werde gleich morgen selbst mit Bumper Byrne darüber sprechen.«
»Das eilt doch nicht, oder? Du hast doch hier noch dein Zimmer.«
»Na ja ... weißt du ... ich habe noch andere Pläne. Mutter, es gibt große Neuigkeiten. Ich werde heiraten.«
»*David!* Das meinst du doch nicht ernst! Du hast nie ein Sterbenswörtchen verlauten lassen ... wir wussten ja noch nicht einmal, dass du dich für ein Mädchen interessierst. Paddy! Paddy ...«
»Er ist ins Arbeitszimmer gegangen. Ich wollte es dir unter vier Augen sagen.«
»Aber hast du es ihm denn nicht ...?«
»Doch. Er weiß Bescheid.«
Das machte sie stutzig.
»Ich hab' gedacht, ich erzähl' es dir besser allein. Ich werde Clare O'Brien heiraten. Schon sehr bald. In vier Wochen, in Dublin. Und sobald sie ihren Abschluss gemacht hat, kommt auch sie hierher zurück. Dann werden wir beide im Pförtnerhäuschen wohnen.«
Sämtliche Farbe war aus dem Gesicht seiner Mutter gewichen. Da sie in ihrer ersten Überraschung aufgesprungen war, stand sie nun leicht schwankend vor ihm. Sie klammerte sich an der Stuhllehne fest.
»Eigentlich wollten wir ja erst später heiraten und in Dublin leben.

Doch jetzt, da Dad mich hier zu Hause braucht, haben wir unsere Pläne selbstverständlich geändert.«
»*Clare O'Brien.*«
»Deshalb wollen wir auch keine große Hochzeit mit viel Wirbel. Aber erinnerst du dich noch an Father Flynn, er ist wieder in Irland und lebt jetzt in Dublin. Er wird uns trauen ...«
»Ich kann es nicht fassen.«
Bewusst verstand er sie falsch. »Ja doch, das hat er uns zugesagt. Er hat uns auch bisher schon viel geholfen mit allem.«
»Du weißt genau, was ich meine. Ich kann es nicht fassen, dass du gezwungen bist, dieses Mädchen zu heiraten. Ganz egal, was du getan hast.«
»Ich bin nicht gezwungen. Wir wollen es. Das habe ich doch gerade erklärt. Wir haben uns das schon seit langem überlegt.«
»Seit du weißt, dass sie in der Tinte sitzt.«
David schluckte schwer. Er hatte mit Clare geübt, wie sie sich verhalten wollten, wenn ihre Eltern unverzeihliche Dinge sagten, wenn sie mit ihren Anschuldigungen kamen. Doch irgendwie hatte er geglaubt, dass seine Mutter sich zartfühlender ausdrücken würde. »Das ist aber ein ziemlich gewöhnlicher Ausdruck für die Situation.«
»Sie ist auch ein gewöhnliches Mädchen.«
Ganz ruhig entgegnete er: »Nein, das ist sie nicht. Clare ist nicht im Mindesten gewöhnlich. Sie ist liebenswürdig und empfindsam, sehr klug, gebildet und taktvoll. Sie ist nicht gewöhnlich, ganz und gar nicht. Aber sie ist arm. Sie stammt aus einer armen und ungebildeten Familie. Und sie hat eine ausgesprochen gewöhnliche Schwester.« Er sprach ohne Zorn.
»David! Das *darfst* du nicht tun.«
»Ich werde jetzt ein für alle Mal etwas klarstellen. Also hör mir bitte gut zu. Reden kannst du später noch. Es ist mir nämlich sehr ernst. Nichts, absolut nichts, was du sagst, kann meine Meinung ändern. Ich liebe Clare. Ich werde sie heiraten. Und wir *werden* glücklich sein. Außerdem werden wir im Oktober ein Kind bekommen. Und jedes unüberlegte Wort, das du jetzt sagst, wird unser beider Verhältnis zueinander trüben, für immer. Deshalb bitte ich dich, lieber still zu sein, bis du Zeit zum Nachdenken hattest ...«
Sprachlos starrte sie ihn an.

David machte eine Bewegung auf sie zu, doch seine Mutter wurde stocksteif, als wollte sie sich von ihm nicht berühren lassen.
»Ich weiß nicht, wie ich mich jetzt verhalten soll, Mammy.« So hatte er sie seit Jahren nicht mehr genannt.
»Ich weiß es wirklich nicht. Eigentlich wollte ich mit dir über alles reden – darüber, wie glücklich ich bin und wie viel Clare mir bedeutet. Aber ich fürchte ... Ich habe Angst, dass du etwas so Verletzendes sagst, dass ich dir niemals verzeihen kann.«
Sie nickte stumm.
»Dann gehe ich am besten mit Bones spazieren. Um halb neun bin ich wieder zurück. Und um neun treffe ich mich mit Clare im Hotel. Bis dahin hat sie es ihrer Familie ebenfalls gesagt.«
»*David ...*« Es war ein verzweifelter Aufschrei. Doch er ging aus dem Zimmer und tat so, als würde er seinen Vater nicht sehen, der in der Tür zum Arbeitszimmer stand. David rief nach Bones. Und als er sich am Ende der Auffahrt umdrehte, sah er im Fenster zwei Silhouetten. Sein Vater hatte den Arm um seine Mutter gelegt, die augenscheinlich an seiner Schulter schluchzte.

*

Ben hatte die Stellung in der Werkstatt bekommen, und so kam Tom O'Brien bester Laune nach Hause.
»Was ist denn hier los? Das Schild ›Geschlossen‹ an der Tür?«, fragte er. »Ben wird uns mit seinem Verdienst aber nicht alle durchfuttern können. Warum haben wir geschlossen, kann mir das mal jemand sagen?«
»Clare ist gekommen. Ganz überraschend. Wir hatten eine Unterredung.«
»Clare ist da?«
»Sie ist verlobt, Tom. Sie wird heiraten.«
»Clare? Nie und nimmer! So einen Burschen vom College, oder?«
»David Power.«
»Unseren David Power? Ich hab' gedacht, sie sehen sich in Dublin so gut wie nie.«
»Offensichtlich war das ein Irrtum.«
»Das schlägt ja dem Fass die Krone ins Gesicht.« Er kratzte sich am Kopf und wusste nicht, was er sagen sollte. Hilfe suchend musterte

er seine Frau. Doch obwohl ihre Augen ein bisschen zu sehr glänzten, verriet nichts, dass Agnes geweint hatte.
»Ja, ist das nicht merkwürdig?«, fragte er, um ihre Meinung dazu zu hören, doch er bekam keine Antwort. »Ist das nicht höchst merkwürdig?«
Clare kam die Treppe herunter. »Hast du die Neuigkeit schon gehört?«
»Ich bin sprachlos«, meinte er.
»Ist das alles, was du dazu zu sagen hast? Willst du mir denn nicht gratulieren, und freust du dich denn gar nicht? Sieh mal meinen Verlobungsring!« Sie streckte ihm einen schlichten Diamantring entgegen, damit er ihn bewundern konnte. Den hatten sie mit Clares restlichen Ersparnissen und dem Geld aus der Pfandleihe, in der David seinen guten Lammfellmantel versetzt hatte, gekauft.
Überraschend trat sie auf ihren Vater zu und umarmte ihn. Tom O'Brien schielte zu Agnes hinüber, und als er Zustimmung zu erkennen glaubte, umarmte er sie ebenfalls. Dann umarmte Clare ihre Mutter.
»Mam sagt, es wird nicht leicht sein. Aber was ist schon leicht auf dieser Welt?«
»Da hast du sicher Recht, mein Kind. Aber ich würde sagen, dass du dich mit der Weltspitze misst, wenn du dich ausgerechnet mit Molly Power anlegst.«

*

Clare hatte ihrem Vater gegenüber nichts von dem Baby erwähnt, und obwohl sie den fragenden Ausdruck in seinen Augen sahen, gingen weder sie noch ihre Mutter darauf ein.
Sie sah auf die Uhr. Noch eine halbe Stunde, bis sie sich mit David im Hotel treffen wollte.
Auf einmal bekam sie es mit der Angst zu tun. Was, wenn sie es ihm nun ausgeredet hatten? Was, wenn er jetzt vor dem Hotel stand und ihr mit zerknirschtem Gesicht sagte, auch er halte es inzwischen für vernünftiger, mit der Hochzeit zu warten, bis das Kind geboren sei? Wenn er sie *im Stich* ließ?

*

Sie waren beide schon um fünf vor neun in der Hotellounge. Allerdings waren sie durch zwei verschiedene Eingänge hereingekommen. David hatte Bones dabei, der der höflichen Aufforderung, doch bitte draußen zu warten, einfach nicht nachkommen wollte.
Sie nickten einander zu.
Das Schlimmste war überstanden.
»Was möchten Sie trinken, Mrs. Power?«, fragte er zuvorkommend.
Sie lächelte ihn an.
Rose Dillon stand hinter dem Tresen. Sie hatte sich stets erfolglos bemüht, David zu ihren Partys und Picknicks einzuladen. Dennoch lächelte sie ihm kokett zu. »Welchem Umstand verdanken wir denn diese Ehre? Dich bekommen wir in Castlebay doch sonst kaum zu Gesicht.«
Clare beobachtete die Szene interessiert: Rose Dillon nahm überhaupt nicht zur Kenntnis, dass sie hier am Fenster saß. Rose hatte nur Augen für David.
»Ich werde schon sehr bald ganz zurückkommen.«
»Oh, das wird aber für Aufregung sorgen! Alle werden es darauf anlegen, dich vom Fleck weg zu heiraten«, sagte sie, und ihre Augen blitzten neckisch.
»Ich werde schneller verheiratet sein, als du denkst«, entgegnete David.
Rose runzelte die Stirn. Sie sah zu Clare O'Brien hinüber und schüttelte den Kopf. *Nein.* Das wäre ja geradezu lächerlich.

*

Sie gingen zu Angelas Kate hinauf, um ihr die Neuigkeit mitzuteilen. Angela war die Einzige, von der sie hoffen konnten, dass sie sich mit ihnen freute. Sie las es in ihren Gesichtern und war gerührt.
»Kommst du zu unserer Hochzeit? Bitte! Die Atmosphäre dort wird etwas gespannt sein.«
»Oh, für solche Gelegenheiten bin ich der ideale Gast«, erwiderte Angela.
»Father Flynn wird uns trauen.«

»Großartig. Wir beide sind ein gutes Team in schwierigen Situationen.«

»Du kommst also?«

»Wenn Immaculata mit sich reden lässt. Ich möchte sie nicht zu sehr verärgern – schließlich muss ich damit rechnen, dass im Sommer schwere Geschütze aufgefahren werden, wenn der verlorene Sohn zurückkehrt.«

»Wovon sprechen Sie?«, fragte David.

»Hat sie dir nicht von Sean erzählt? Das war sehr anständig von dir, Clare, aber wenn man sich liebt und bald heiraten will, sollte man keine Geheimnisse voreinander haben. Dann ist die Schweigepflicht aufgehoben.«

David sah verwirrt von Angela zu Clare.

»Hör zu, David, über deine Heirat werden sich sicherlich einige wundern, und die baldige Geburt eures Kindes – ihr habt mir zwar noch nichts davon erzählt, doch ich bin sicher, ich liege mit meiner Vermutung nicht falsch – wird bestimmt für noch mehr Aufregung sorgen. Aber ich versichere dir, dass das alles Schnee von gestern sein wird, wenn sich die nächste Sensation in Castlebay ereignet. Wenn nämlich Father Sean O'Hara, ein sehr angesehener Missionar und Priester, zurückkommt, um hier mit seiner japanischen Ehefrau und seinen beiden Kindern in einem Wohnwagen zu hausen.« Sie musste lachen, als sie Davids Gesicht sah. »Tut mir Leid, aber ihr werdet beide nicht lange im Rampenlicht stehen. Aber vielleicht seid ihr ja auch nicht allzu unglücklich darüber.«

*

Dr. Mackey brachte Chrissie Byrnes neun Pfund schweres Baby auf die Welt. Es war ein Junge, und Chrissie und Mogsy beschlossen, ihn nach dem amerikanischen Präsidenten John Fitzgerald zu nennen. Clare kam sie besuchen, doch Chrissies Freude darüber hielt sich in Grenzen.

»Du warst schon immer darauf aus, anderen die Schau zu stehlen, Clare. Du hast deine Verlobung aus reiner Gehässigkeit genau dann bekannt gegeben, als du erfahren hast, dass John Fitzgerald geboren wurde.«

»Du spinnst ja.«

»Es ist doch immer dasselbe«, schimpfte Chrissie.
»Also, jetzt zeig ihn mir doch mal«, meinte Clare ungeduldig.
»Fass ihn nicht an. Du lässt ihn noch fallen.«
»Ich will ihn mir doch nur mal ansehen.« Clare starrte auf das kleine Bündel in den Armen ihrer Schwester – ein knallrotes Gesicht und viele, viele schwarze Haare.
»Er ist wunderschön«, hauchte sie mit solcher Bewunderung, dass Chrissie etwas besänftigt war.
Clare entschied, dass es besser sei, sie zu fragen. Wenn sie es nicht täte, würde Chrissie ihr das Leben zur Hölle machen.
»Du weißt ja, David und ich werden unsere Hochzeit nur im ganz kleinen Kreis feiern. Lediglich seine Familie und wir. Und ein paar Freunde. Du und ... hm, Maurice ... würdet ihr kommen?«
Chrissie sah sie zweifelnd an. »Der Termin ist schon recht bald, nicht wahr? Ich müsste John Fitzgerald mitnehmen. Nein, ich fürchte, daraus wird leider nichts werden.«
Clare versuchte das Gefühl zu vermitteln, dass sie nicht völlig am Boden zerstört war. Nicht, dass Chrissie es sich am Ende doch noch anders überlegte! »Ich hebe euch was von der Hochzeitstorte auf«, versprach sie.
»Ich kann es immer noch nicht fassen, dass du in die besseren Kreise einheiratest«, meinte Chrissie. »Und was mir überhaupt nicht in den Kopf will, ist, warum du nach deiner Heirat noch weiter studierst. Dann hast du es doch geschafft! Dann hast du doch erreicht, was du wolltest, oder? Du hast dir einen reichen Mann geangelt.«

*

Es war alles ganz anders, als sie erwartet hatte. Mrs. Conway wirkte sehr erfreut. Sie kam extra über die Straße, um Clare zu sagen, dass sie ihnen beiden alles Gute wünsche. »Ich habe ja immer gedacht, meinem Frank könnte Schlimmeres passieren, als dich zur Frau zu bekommen«, sagte sie – was aus ihrem Mund ein dickes Lob war.
Josie schien eigenartigerweise nicht so erfreut zu sein, wie Clare angenommen hatte. Sie nahm die Neuigkeit sehr förmlich zur Kenntnis und gratulierte ihr ziemlich frostig.

Josie war mit Mr. Martin Harris, dem Auktionator, befreundet. Martin war ein Mann in den *besten* Jahren, was so viel hieß wie alt; und *verantwortungsbewusst,* was gleichbedeutend war mit langweilig. Josie, die bislang niemals auf Clare eifersüchtig gewesen war, war jetzt schrecklich neidisch. Da kam Clare einfach nach Castlebay zurück und schnappte sich den einzigen attraktiven Mann, der noch frei war!
Father O'Dwyer stellte ihr den Freibrief aus. Er fand es zwar eigenartig, dass sie nicht in ihrer Heimatgemeinde getraut werden wollte, doch dieser Father Flynn war ein sehr anständiger Mensch und machte seine Sache sicher recht ordentlich.

*

Sie hielten die Vorstellung bei den Familien so kurz wie möglich. David gab Tom die Hand und dankte ihm dafür, dass er ihm Clare zur Frau gab.
»Da hab' ich verdammt nicht viel mitzureden gehabt«, sagte Clares Vater.
»Ich weiß, dass Sie froh sind, sie wieder hier in Castlebay zu haben«, meinte er beherzt zu Clares Mutter.
»Tja, vielleicht wendet sich ja doch noch alles zum Guten«, sagte Agnes O'Brien mit zweifelndem Unterton.
Oben im großen Haus wartete Molly nervös am Kamin. Sie hatte bestimmt schon ein Dutzend Mal alles im Zimmer umgestellt und Nellie angeschrien, die in der Küche saß und schmollte. Und außerdem hatte sie sich schon zweimal umgezogen.
Sie sah, wie sie die Auffahrt hinaufkamen. Lachend. Dieses Mädchen *lachte!* Dabei sollten ihr die Knie zittern.
David hatte seinen eigenen Schlüssel.
»Mutter, wir sind da«, rief er.
Clare war groß. Das hatte Molly vergessen. Sie war groß und schlank, und sie sah blass aus.
»Also.« Molly musterte sie von oben bis unten. Das ging haarscharf an einer bewussten Beleidigung vorbei. Aber wirklich nur haarscharf.
»Hallo, Mrs. Power«, sagte Clare mit fester Stimme.
»So«, entgegnete Mrs. Power.

Ich werde mich nicht über sie aufregen, ich werde nicht auf ihr Spielchen eingehen, sagte Clare zu sich selbst. Allerdings hatte sie die Hände zu Fäusten geballt.

David schwieg, wie sie es vereinbart hatten.

»David hat Ihnen ja schon die Neuigkeit erzählt und mit Ihnen über unsere Zukunftspläne gesprochen, nicht wahr, Mrs. Power?«

»O ja.«

»Ich hoffe, dass er glücklich mit mir sein wird. Und dass schließlich auch Sie und Dr. Power unseren Schritt begrüßen werden.«

Woher nahm das Mädchen nur diese Dreistigkeit?, dachte Molly kochend vor Wut. »Ich bezweifle, dass das jemals der Fall sein wird«, sagte sie mühsam beherrscht. »Ich bin hier, um Sie willkommen zu heißen. Sie bleiben doch zum Tee?«

»Vielen Dank für die Einladung, aber ich kann leider nicht, Mrs. Power. Wenn Sie gestatten, gehe ich noch kurz zu Ihrem Mann. Vor meiner Abreise morgen habe ich noch sehr viel zu erledigen. Vielen Dank, dass Sie mich in Ihrem Haus empfangen haben. Ich freue mich darauf, Sie bei der Hochzeit wiederzusehen.«

Ich könnte sie umbringen, dachte Molly. Ich wünschte, sie wäre tot. Dieses Gefühl überkam sie ganz plötzlich und war genauso schnell wieder verschwunden. Sie war bestürzt und schuldbewusst. Das brachte sie aus dem Konzept.

»Was ... oh ... ja. Ja, der Hochzeitstag. Ja.«

Clare lächelte und war auch schon durch die Tür verschwunden.

»Danke, Mutter«, sagte David. Auf seinem Gesicht lag ein freundliches Lächeln, doch sein Blick war kalt.

*

Erst viel später begegnete sie ihm. Er saß auf der Mauer vor dem Hotel.

»Du wärst von hier verschwunden, ohne es mir zu sagen?« Er war abweisend und verzog keine Miene.

»Mach dich nicht lächerlich.« Sie zwang sich zu einem kleinen Lachen, doch sie fühlte sich eher bedrückt. »Natürlich hätte ich es dir gesagt. Wenn ich dich heute Abend nicht mehr gesehen hätte, hätte ich dir eine Nachricht hinterlassen.«

»Du bist eine Lügnerin.«
»Jetzt hör aber auf«, sagte sie und fühlte, wie langsam Wut in ihr hochstieg. Er würde sie nicht aus der Fassung bringen, o nein; aber, *zum Teufel,* er durfte sie doch auch nicht einfach eine Lügnerin nennen! Noch dazu, wo er ja Recht hatte.
»Du hattest nicht vor, es mir zu sagen«, meinte Gerry.
»Warum sollte ich es dir nicht sagen wollen? *Dramatisiere* doch nicht immer alles. Ich habe allen meinen Freunden erzählt, dass ich bald heiraten werde. Warum also nicht auch dir?«
»Weil du wusstest, was ich sagen würde.« Da war nicht die Spur eines Lächelns auf seinen Lippen.
»Und was würdest du sagen? Was sagst du?«
»Dass du verrückt bist. Du darfst das nicht tun.«
Ich mache noch einen Versuch, dachte Clare. Noch genau einen, damit die ganze Sache einigermaßen zivilisiert abläuft, doch dann gebe ich es auf. »Also, hör mir mal gut zu. Nur weil du und ich uns immer verstanden haben, heißt das noch lange nicht, dass ich unverheiratet bleiben muss, um dir Gesellschaft zu leisten.«
»Tu's nicht. *Clare.*«
»Sei still. Kannst du mir nicht einfach Glück wünschen? Wie jeder normale Mensch?«
»Ich wünsche dir ja Glück. Aber nicht an der Seite von David Power. Und du gehörst nicht zu den ›normalen‹ Leuten, das habe ich dir schon immer gesagt. Genauso wenig wie ich.«
»Du gehörst auf jeden Fall nicht zu den großmütigen oder wohl erzogenen Menschen«, erwiderte sie.
»Du kannst ihn nicht heiraten. Du musst *mich* heiraten. Das hast du immer gewusst.«
Sie suchte in seinem scharf geschnittenen Gesicht nach diesem spitzbübischen Grinsen, das bei jedem, der ihn ansah, ein Lächeln hervorrief. Doch keine Spur davon. Clare starrte ihn bestürzt an.
»Nun, ich glaube nicht, dass es noch etwas zu sagen gibt.« Sie ging auf den Eingang zu.
Geschmeidig wie eine Katze sprang Gerry zu Boden. »Geh noch nicht.«
»Natürlich gehe ich. Ich rede nicht eine Minute länger mit dir. Was fällt dir ein, mir wehzutun und solche Dinge zu sagen? Wie kannst

du es *wagen*? Wenn du dich verlobt hättest, würde ich mich von Herzen freuen und dir Glück wünschen.«

»Verlobt? Verlobt? David und du, ihr habt euch nicht *verlobt*. Du wirst in drei Wochen heiraten. Was hat das zu bedeuten? Na? Was heißt das?«

»Scher dich zum Teufel.« Sie drehte sich um und rannte an ihm vorbei.

Doch er rannte neben ihr her, halb hüpfte und halb lief er dabei. »Das ist genau das Falsche. Mädchen wie du oder Fiona, ihr dürft euch doch wegen dem Gerede der Leute nicht die Zukunft verbauen. *Ihr* seid keine Flittchen. Ihr seid nur zu vertrauensselig. Wenn mal irgendwas schief geht, dann solltet ihr das einfach ein für alle Mal aus der Welt schaffen ...«

Sie blieb stehen und sah ihn ruhig an. »In meinem Fall ist *gar nichts* schief gegangen. *Nichts*. Hörst du? Alles ist bestens, es könnte gar nicht besser sein. Unsere Hochzeit findet lediglich etwas früher statt als ursprünglich geplant, doch wir beide wünschten uns nichts sehnlicher als zu heiraten. Es ist alles in bester Ordnung.«

Gerry war vor ihr stehen geblieben. Er sah ihr direkt in die Augen. »Deine Ehe mit David Power wird mit Sicherheit nicht der Himmel auf Erden sein. Du bist ja blind, so blind. Deine Ehe ist zum Scheitern verurteilt.«

*

Die Mädchen hatten großartige Arbeit geleistet. Das ganze Wohnheim hatten sie nach Kleidungsstücken durchforstet, und weil alle so viel Respekt vor Valerie und Mary Christine hatten, waren eine Menge Kleider zusammengekommen. Und Clare hatte nun die Qual der Wahl.

Ein wunderschönes rosafarbenes Kostüm stand Clare besonders gut. Sie kombinierten es mit einem weinroten Hut von einem anderen Mädchen und einer sehr teuren schwarzen Tasche. Jetzt fehlten ihr nur noch weinrote Handschuhe und schwarze Pumps.

Die Mädchen legten zusammen und schenkten ihr die Handschuhe, und Clare kaufte sich das Paar Schuhe. Damit war sie perfekt eingekleidet.

Mary Christine sollte Brautjungfer sein, und James Nolan war der Trauzeuge des Bräutigams. Allerdings hatte sich Davids Freundschaft zu James etwas abgekühlt. Clare verstand nicht ganz, wieso. Aber da sie neben dem Studium und den Hochzeitsvorbereitungen auch noch die Wohnung in Rathmines räumen und eine bessere finden mussten, blieb ihr keine Zeit, sich auch noch darüber den Kopf zu zerbrechen.

Clare erhielt einen kurzen Brief von Caroline Nolan, die ihr alles Gute wünschte, ihre Verwunderung über die Eile zum Ausdruck brachte und bedauerte, dass die beiden das Angebot der Familie Nolan, die Hochzeitsfeier für sie auszurichten, ausgeschlagen hatten.

In diesem Punkt aber war Clare hart geblieben. Die Hochzeitsfeier sollte auf keinen Fall bei den Nolans stattfinden, sondern auf neutralem Boden, und zwar im Hotel gleich neben der Kirche. Father Flynn besprach mit ihnen die Speisenfolge und schlug ein Menü vor, das nicht zu übertrieben wirkte. Inzwischen hatten David und Clare ein Konto eröffnet. Der Bankdirektor hatte offensichtlich ein Herz für junge Ärzte, denn als David durchblicken ließ, dass er recht bald Facharzt am Fitzwilliam Square werden würde, bewilligte er ihnen anstandslos einen Überziehungskredit. Für die Hochzeit würde es reichen. Und so ergab sich für die Nolans nicht die Gelegenheit, sich an Clares großem Tag in irgendeiner Form einzumischen.

Sie gingen die Gästeliste durch. Es gab die *problemlosen* und die *problematischen* Gäste. So wie es aussah, waren die problemlosen in der Überzahl: Davids Vater, Angela, Father Flynn, Emer und Kevin, Mary Catherine und Valerie. Auch James und Caroline zählten sie eher zu dieser Kategorie. Zwar versnobt, sonst aber ganz in Ordnung, dachte Clare. Ben und Jim? »Problematisch«, entschied Clare, »mit viel Glück werden sie durch die übrigen Anwesenden so eingeschüchtert sein, dass sie sich nicht wie die Wilden aufführen.«

Eigentlich war doch eine ganz beachtliche Zahl problemloser Gäste zusammengekommen. Denen gegenüber standen: Davids Mutter, die den ganzen Tag wie ein leibhaftiger Racheengel aussehen würde; Clares Eltern, die schüchtern und gehemmt sein würden aus Angst, etwas falsch zu machen, und damit alle anderen in Verlegenheit brächten; und schließlich noch die Nolan-Eltern, die diese Heirat durchaus in einem Atemzug mit dem Untergang der *Titanic* nennen würden.

»Es ist doch schön, dass wir das Ganze mit Humor nehmen können«, sagte Clare.

»Das ist das Einzige, was mir das Gefühl gibt, dass diese Hochzeit nicht zwangsläufig zum Scheitern verurteilt ist«, stimmte David zu.

Clare mochte es nicht, wenn er so darüber sprach. Es ließ sie erschauern.

*

Die O'Briens reisten am Abend vorher mit dem Zug an. Jim war noch nie zuvor in Dublin gewesen und Ben nur einmal bei einem Schulausflug. Clare holte sie am Bahnhof ab. Mit dem Taxi brachte sie sie in das Hotel, wo die ganze Familie übernachten würde. Der Besitzer, Mr. Ryan, hatte ihnen einen guten Preis gemacht. Drei Zimmer waren für sie reserviert: Eines für Clares Eltern; eines für ihre Brüder; und eines für sie selbst, wo ihr die Mädchen morgen beim Ankleiden helfen würden.

Als sie sah, wie sie aus dem Zug stiegen, empfand sie auf einmal Mitleid mit ihnen: Was mutete sie ihnen nicht alles zu! Sie waren erschöpft und müde von der langen Reise, und aufgeregt wegen der bevorstehenden Ereignisse ... Ihr Koffer war riesengroß und furchtbar schäbig – sicher hätte es zu Hause auch ein paar kleine Taschen gegeben, oder? Nun ja, sie verreisten eben nur selten.

Ben und Jim waren angesichts der imposanten Größe des Kingsbridge-Bahnhofs regelrecht sprachlos und benahmen sich mustergültig. Sie saßen zusammengezwängt auf dem Vordersitz des Taxis. Ihre Eltern blickten während der Fahrt nervös aus dem Fenster, während Clare zwischen ihnen saß und munter drauflosplapperte: Im Hotel würden bereits Sandwiches und Tee auf sie warten. Es gebe zwar keine richtige Bar, aber Mr. Ryan habe zugesagt, auch ein paar Flaschen Bier für sie bereitzustellen. Clares Vater lebte auf, und auch Bens Augen begannen zu glänzen, aber es wurde ihm unmissverständlich klar gemacht, dass er auf keinen Fall eine

Flasche Bier bekäme. Ansonsten wussten sie einander nicht viel zu erzählen. Sie waren alle so erschöpft, dass die Aussicht auf Tee und Bier genügte, damit ihnen die Augen zufielen.
Mindestens zehnmal fragte Clares Mutter dann noch, wann sie denn morgen aufbrechen müssten. Und ebenso oft erklärte Clare ihr geduldig, dass sie für den Gottesdienst um elf Uhr nur über die Straße zu gehen bräuchten, die Kirche sei keine fünfzig Meter vom Hotel entfernt.

*

Es war ein schöner, sonniger Tag. Mary Catherine und Valerie trugen ihre besten Kleider und kicherten aufgeregt. Sie brachten auch den Hut und die elegante schwarze Handtasche für Clare mit. Denn beides war nur für diesen Tag ausgeliehen, und die Besitzerinnen hatten so fürchterliche Angst um ihre Sachen, dass sie ihnen hoch und heilig versprechen mussten, sie noch vor Sonnenuntergang zurückzubringen.
»Ich habe Brandy dabei. Für alle Fälle«, sagte Valerie.
»Doch nicht jetzt«, meinte Mary Christine, »wir müssen erst die Braut ankleiden.«
Clare sah ein bisschen blass aus, also legten sie ihr Rouge auf. Andererseits wirkte sie in »ihren« Sachen einfach umwerfend. Das ganze Ensemble war ein absoluter Geniestreich, und Clare war selig und dankte den anonymen Spenderinnen. Sie sagte eben, dass sie diesen Aberglauben von wegen »in etwas Geborgtem zu heiraten« doch wohl allzu wörtlich genommen habe; und alle drei wollten sich darüber vor Lachen ausschütten, als Clares Vater besorgt an die Tür klopfte und meinte, sie hätten nur noch zwanzig Minuten Zeit – ob sie denn auch wirklich nicht zu spät kommen würden?
Clare hatte nichts von der Musik gewusst. So zuckte sie überrascht zusammen, als sie die Orgelklänge vernahm, und der Arm ihres Vaters verkrampfte sich vor Schreck.
Der Altar schien kilometerweit entfernt zu sein, aber schon bald war sie nahe genug, um zu sehen, wie alle sich zu ihr umdrehten. Als Erstes bemerkte sie die Bewunderung in Angelas Gesicht, und das tat ihr gut. Sie sah, wie Angela sich bei Emer einhängte

und beide ihr freudig zunickten. Auch ihre ungewöhnlich ordentlich und sauber angezogenen Brüder schienen überrascht zu sein, wie schön sie aussah, und so schritt sie erhobenen Hauptes weiter. Dann sah sie, wie Caroline erstaunt die Brauen hob – auch das war wohltuend, ebenso Dr. Powers breites Lächeln. Doch am schönsten war, wie Mrs. Powers Miene sich, wenn auch nur für einen Sekundenbruchteil veränderte. Der überhebliche Gesichtsausdruck, der in ihr Gesicht eingemeißelt schien, verschwand für einen kurzen Moment, und sie flüsterte Mrs. Nolan etwas zu. Und da Clare so aufgeregt war, war auch ihr Lächeln einfach hinreißend.

Als David sich dann umdrehte, strahlte sie vor Selbstvertrauen und Glück. Während sie durch den Mittelgang der Kirche schritt, hatte sich in ihr eine Wandlung vollzogen. Nie hätte er gedacht, dass sie so schön aussehen könnte. Er blickte zu James, der neben ihm stand, und lächelte. Und James erwiderte sein Lächeln. Nichts erinnerte mehr an seine taktlosen Bemerkungen über die Braut seines Freundes. David trat aus der Kirchenbank, um seiner wunderschönen Clare den Arm zu reichen und sie zum Altar zu führen.

*

Die Powers fotografierten überhaupt nicht. Und falls die Nolans eine Kamera dabeihatten, dann wurde sie zumindest nicht hervorgeholt. Doch Kevin Quinn hatte einen Fotoapparat mitgebracht, und als Father Flynn bemerkte, wie spärlich geknipst wurde, drückte er Jim O'Brien Geld in die Hand und schickte ihn in die nächste Drogerie, um noch drei Filme zu kaufen.

»Fotografieren Sie nur«, ermunterte Father Flynn leise Kevin. »Sie sind der offizielle Hochzeitsfotograf.«

In einigermaßen vergnügter Stimmung zog die Hochzeitsgesellschaft anschließend ins Hotel hinüber. Mrs. Power betrachtete den alten Kasten naserümpfend und ärgerte sich, als die Nolans sagten, sie hätte gar nicht gewusst, dass die Feier hier stattfände, und was für hübsche antike Möbel doch in der Eingangshalle stünden! Mr. Ryan hatte beschlossen, die Getränke im Wintergarten zu servieren, von dem aus man in den Garten sah. Man war umgeben von

Blumen und Pflanzen, und die Sonne schien durch die farbigen Glasfenster.
»Das ist doch wunderschön hier«, zischte Valerie zwischen den Zähnen hervor. »So wie Clare immer getan hat, dachte ich, es sei eine Kneipe, in der es nach Kohl riecht und Ketchupflaschen auf dem Tisch stehen.«
»An diesem Lokal ist absolut nichts auszusetzen«, sagte Mary Catherine, »aber ist ihre Schwiegermutter nicht ein echtes Biest?«
»Sie wird bald merken, dass sie mit ihrer Haltung auf ziemlich verlorenem Posten steht«, sagte Angela. Die beiden jungen Frauen fuhren herum. Eigentlich war ihre Unterhaltung nicht für fremde Ohren bestimmt gewesen. »Es stimmt, sie benimmt sich wie ein Biest, aber sie hat kein Selbstvertrauen. Wenn sie merkt, dass wir anderen es alle wunderbar finden, wird sie einlenken.«
»Ich gehe mal zu ihr und unterhalte mich ein bisschen mit ihr«, meinte Val. »Ich tische ihr ein paar Märchen über meine Familie auf.«
Mr. Ryan bat nun alle zu Tisch. Auf jeder Tomatensuppe schwamm ein Sahnehäubchen, und darauf war etwas Petersilie gestreut.
Mrs. O'Brien überlegte gerade, ob das nur Dekoration war, doch Father Flynn beantwortete ihr diese unausgesprochene Frage, indem er die Suppe mitsamt dem Häubchen geräuschvoll in sich hineinschlürfte, kaum dass das Tischgebet gesprochen war. Agnes wusste nun also, was zu tun war, und ihre Familie tat es ihr gleich. Die Brötchen kamen frisch aus dem Ofen und waren noch warm. Diverse Flaschen waren über den ganzen Tisch kunstvoll in Grüppchen verteilt: Es gab Rotwein, Weißwein, Orangensaft und Bier.
Die Sitzordnung war ein Meisterwerk diplomatischen Geschicks. Kein O'Brien musste ohne einen freundlichen Nachbarn auskommen. Clare und David, die den ganzen Tag vor lauter Anspannung die Luft angehalten hatten, merkten nun, wie sie langsam wieder durchatmen konnten. Es waren zu viele Gäste für ein allgemeines Tischgespräch, aber die Einzelunterhaltungen fügten sich zu einem angeregten Stimmengewirr zusammen. Und als Mr. Ryan und seine beiden Kellnerinnen die Reste des Hühnchens à la crème abgeräumt und die Tische gesäubert hatten, um Kuchen und Eis zu

servieren, war die Atmosphäre doch wesentlich gelockerter, als man es vorher für möglich gehalten hätte.

Neben Molly Power saßen auf der einen Seite Kevin Quinn und auf der anderen Father Flynn. Sie hätte schon ausgesprochen unhöflich werden müssen, um etwas anderes tun zu können, als nur zu antworten.

Gegenüber von Father Flynn saß Agnes O'Brien, neben ihr Valerie. Clare und David hatten auf die traditionelle Sitzordnung verzichtet, denn das wäre ein todsicheres Rezept gewesen, um eine Katastrophe herbeizuführen.

Father Flynn hatte James mit einigen seiner Pflichten vertraut gemacht. Er bat ihn, Miss O'Hara zu einer Ansprache aufzufordern, und auch Davids Vater sollte doch ein paar Worte sagen.

»Das ist aber nicht so, wie es sich eigentlich gehört«, beschwerte sich James.

»Auf wessen Seite stehen Sie eigentlich, junger Freund?«, entgegnete Father Flynn schroff.

Es funktionierte. Tom O'Briens dahingestammelte Worte und seine verlegenen Blicke auf den Notizzettel wurden kaum registriert. Wenn aber außer Tom nur noch der redegewandte junge Rechtsanwalt James Nolan gesprochen hätte, wäre der Unterschied viel zu krass gewesen.

Dr. Power fand freundliche und warmherzige Worte. Ärzte neigen ja bekanntlich dazu, auf Hochzeiten zu erwähnen, dass sie der Braut oder dem Bräutigam auf die Welt geholfen haben – als ob ihnen diese Tatsache irgendeinen besonderen Status unter den Gästen verleihen würde. In diesem Fall hatte er sogar bei beiden Hand angelegt, und zusätzlich nicht unbeträchtlichen Anteil an der Existenz des Bräutigams. Er wünschte ihnen lange und glückliche Jahre in Castlebay – was, wie jedermann wusste, der Mittelpunkt der Welt war – und forderte all jene, die noch nie dort gewesen waren, auf, dieses Versäumnis schnellstmöglich nachzuholen.

Angela, hier sehr viel schüchterner als im Klassenzimmer, sprach darüber, wie sentimental Lehrer doch immer würden, wenn die Schüler nicht mehr unter ihrer Obhut stünden.

James' Rede war blumig, beinahe schon zu viel des Guten. Als Letzter erhob sich David, um einige Worte zu sagen.

Clare musste ganz starr auf den Stapel mit Telegrammen blicken, sonst hätte sie bei seinen Worten unweigerlich zu weinen begonnen. Er sprach ganz einfach und direkt über die Freude, die er empfand, und über seine Hoffnungen für ihre gemeinsame Zukunft. Dann bedankte er sich bei jedem namentlich für seinen Beitrag und fügte hinzu, niemand könne so glücklich sein wie er in diesem Augenblick.

Alle klatschten. Molly in ihre behandschuhten, Agnes in ihre dünnen, knochigen Hände und Jim und Ben in ihre sauber geschrubbten – bevor sie zur Kirche gehen durften, hatten sie sie erst noch vorzeigen müssen; Father Flynn klatschte in seine kleinen, rundlichen, weißen Hände und Angela in ihre schmalen Künstlerhände.

Clare ging nach oben, um sich umzuziehen. Sie zog das rosafarbene Kostüm aus – es hatte nicht den winzigsten Flecken oder Tropfen abbekommen – und wickelte den Hut und die Handtasche wieder in Seidenpapier. Dann zog sie Valeries gutes graues Kleid an; dazu legte sie eine weinrote Glasperlenkette an, die gut zu ihren Handschuhen passte. Sie griff nach ihrer eigenen, ziemlich schäbigen Handtasche und war reisefertig. James hatte gesagt, er würde ihnen ihr eigentliches Geschenk erst später geben, wenn sie sich in ihrem neuen Heim eingerichtet hätten; in der Zwischenzeit wäre vielleicht sein Auto von Nutzen. David dankte ihm noch einmal herzlich, als er die Autoschlüssel entgegennahm.

»Das ist wirklich nett von dir, James. Und nochmals vielen Dank für deine großzügige Unterstützung. Beim Essen. Du weißt schon.«

Sie standen verlegen herum und warteten darauf, dass Clare herunterkam. »Es war alles großartig«, sagte James.

»Ja«, sagte David.

Beide dachten sie an die Zeiten zurück, da sie miteinander über alles sprechen konnten. Das war lange her.

Clare und David hatten allen erzählt, dass sie ihre dreitägigen Flitterwochen in einem kleinen, ruhigen Hotel in Wicklow verbringen würden, und jeder hatte wissend genickt. In Wirklichkeit aber fuhren sie direkt in ihre neue Wohnung, wo ein heilloses Durcheinander herrschte. Sie wollten einfach nur allein sein. Sie brauchten keine ausgelassene Fröhlichkeit, keine romantischen

Abendessen bei Kerzenschein. Alles, was sie wollten, war Ruhe und die Gewissheit, dass dieser Tag, den sie so gefürchtet hatten, nun vorüber war.

*

James Nolan hatte Champagner kalt gestellt, und als sie nach Hause zurückkamen, stand Breeda schon mit einem Tablett voller Gläser bereit.
»Das entspricht schon eher dem Anlass«, sagte Caroline.
»Die Feier ist doch sehr schön gewesen, wirklich«, meinte ihr Vater.
Dr. Power nahm sich ein Glas Champagner und ging hinaus in den gepflegten Garten. Ein Mann mähte den Rasen. Für andere Leute war es ein ganz normaler Werktag.
Molly sah, wie er ganz allein dort stand, und ging zu ihm hinaus. Sie stellte sich wortlos neben ihn.
»Du hast dich tapfer gehalten, Moll«, sagte er.
»Tapfer?«
»Diese Hochzeit war zwar nicht dein Herzenswunsch, aber du hast ihnen deshalb nicht ihren Tag verdorben. Auch wenn du nicht mit dem Herzen dabei warst.«
»Clare ...«, sie hielt inne.
Er sagte nichts.
»Sie sah sehr gut aus, fand ich. Ihre Aufmachung war todschick.«

*

Drinnen floss der Champagner in Strömen. Caroline fragte, warum Clare nicht diese elegante Handtasche getragen hatte, als sie abgefahren war, und fügte geheimnisvoll hinzu: »Das Verhältnis zwischen James und David soll ja in letzter Zeit recht kühl geworden sein, habt ihr davon gehört? Beinahe wäre James überhaupt nicht Trauzeuge geworden.«
»Davon wusste ich gar nichts«, sagte Valerie und gab ihr damit das Stichwort weiterzuerzählen.
»*Anscheinend* ist es wohl so gewesen: Als David James von der Heirat erzählte und davon, dass es *eilig* und *dramatisch* und so weiter sei, da sagte James (übrigens völlig zu Recht, wie ich finde):

So ein Pech oder etwas in der Richtung, und David fragte: *Was meinst du damit?* Und James erwiderte, dass David es doch wirklich nicht *nötig* habe, ein *Flittchen* zu heiraten. Darauf hat David ihm den Inhalt seines Glases ins Gesicht geschüttet – das Ganze spielte sich in einer Hotelbar ab – und ist dann einfach gegangen. James musste ihm hinterherrennen. Mein Gott, es war einfach *schrecklich.*«

»O je!«, sagte Valerie scharf. »Das ist ja wirklich das *Schrecklichste*, was man über jemanden sagen kann.«

»Nein, was ich damit meine, ist …« Caroline merkte, dass sie ins Fettnäpfchen getreten war.

»Ist es nicht *ziemlich* sonderbar, wie es James mit einer derartigen Einstellung dennoch geschafft hat, Rechtsanwalt zu werden?«, bemerkte Mary Catherine verwundert.

*

Im Juni war es wie immer schwül, und alle sehnten das Semesterende herbei.

Angela hatte Sean und Shuya auf deren aufgeregten Brief geantwortet. Ja, sie sei im Sommer hier, sie sei wie immer in Castlebay; und wenn sie entschieden hätten, was sie nun tun wollten, könnten sie gern kommen und es ihr erzählen. Ja, sie würde sich freuen, sie alle wiederzusehen; sie freue sich immer, sie zu sehen.

Sean hatte ihr mitgeteilt, dass er niemandem in Castlebay von den Veränderungen in seinem Leben geschrieben habe. Doch in diesem Punkt war Angela hartnäckig geblieben: *Er* musste die Geschichte erzählen, nicht sie. Und er war es auch, der entscheiden musste, wem und mit welchen Worten er es erzählen wollte.

Es kam kein Brief, in dem von einer Änderung ihrer Pläne die Rede gewesen wäre.

Am Samstag würden sie nach Castlebay kommen.

Am Samstagmorgen geriet Angela in Panik, als sie gerade bei Dwyers Fleisch einkaufte. Chrissie, die wieder arbeitete, erkundigte sich, ob Miss O'Hara eine Party geben wolle.

»Nein. Warum?«, fragte Angela erschrocken.

»Na ja, Sie haben gerade genug Fleisch eingekauft, um eine ganze Armee zu verpflegen.«

Angela sah entsetzt auf die riesigen Fleischberge vor sich.
Ohne groß darüber nachzudenken, hatte sie Sean und seine Familie für das Abendessen mit eingeplant. Ihr wurde schwindelig, und sie lehnte sich gegen die Wand.
»Geht es Ihnen nicht gut?«, erkundigte sich Chrissie besorgt. »Jimmy! Hilf Miss O'Hara doch.«
Doch sie hatte sich schon wieder gefangen.
»Tut mir Leid. Ich glaube, ich habe eine kleine Sommergrippe.« Sie bezahlte das Fleisch, packte es in ihren Fahrradkorb und schob das Rad nach Hause. Sie traute sich nicht, damit zu fahren, aus Furcht, ohnmächtig zu werden. Aber irgendwie wäre es kein schlechter Zeitpunkt gewesen – wenn sie schon sterben musste, dann jetzt.
Den ganzen Tag saß sie niedergeschlagen zu Hause. Warum hatte sie nicht den Mut gehabt, es den Leuten zu sagen, nachdem ihre Mutter gestorben war? Warum hatte sie sie weiter belogen, warum hatte sie ihre Beileidsbekundungen und ihre Bitten um Gebete weiter angenommen? Selbstverständlich hatte sie nie auch nur einen Pfennig der Spenden angerührt; und sie hatte auch immer gesagt, dass man es besser an die Missionszentrale schicken solle. Aber daran würden sie sich nicht erinnern.
Sie musste an die freundlichen, redlichen Leute denken, die sich immer nach ihm erkundigt hatten und die sie hereingelegt hatte. Gegenüber diesen Menschen hatte sie wirklich ein schlechtes Gewissen – anders als bei Leuten wie Sergeant McCormack und Mutter Immaculata, die ihr höhnisches Frohlocken hinter gespieltem Entsetzen verbergen würden. Doch wenn sie an Dick Dillon dachte, wurde ihr das Herz schwer.

*

Es war ein schöner Tag, einer von jenen, an denen alle aufatmeten: die Tagesausflügler, die Urlauber, die für vier Wochen hier waren, und auch die Ladenbesitzer, die das ganze Jahr über auf solch ein Wetter warteten.
Auch Shuya und Sean würden vergnügt aufatmen. Und Denis und Laki würden sich über den langen, goldenen Sandstrand und das weite blaue Meer freuen. Aber sie konnte sich nicht erinnern, jemals so traurig gewesen zu sein.

Denn sie hatte sich selbst bewiesen, dass sie einfach feige war. Sie hatte weder den Mut, sie anzuflehen, nicht zu kommen, noch den Mut, zum Bahnhof zu fahren und sie mit offenen Armen zu empfangen. Was für eine nutzlose, feige Freundin und Schwester sie doch war!

Sie mussten jetzt schon seit mindestens drei Stunden da sein. Nachdem sie die Nachtfähre von England aus genommen hatten, waren sie mit dem Frühzug in die Stadt gefahren und hatten dann auf den Bus nach Castlebay warten müssen, weil niemand sie dort in Empfang genommen hatte. Doch jetzt mussten sie schon mindestens eine Stunde in ihrem Wohnwagen sitzen.

Waren sie vielleicht mit den Kindern schwimmen gegangen? Oder zu den O'Briens in den Laden, um ein paar Lebensmittel zu besorgen? Hatte Sean sich ungestüm über den Tresen gebeugt und Tom O'Brien die Hand geschüttelt?

»Erinnern Sie sich nicht mehr an mich, Mr. O'Brien? Ich bin Dinny O'Haras Sohn Sean. Und das sind meine Frau und meine Kinder. Sag guten Tag zu Mr. O'Brien, Denis.«

Waren sie schon auf dem Weg hierher? Hatten sie vielleicht bereits die Ecke erreicht? Gingen sie vielleicht schon den Golfplatz entlang?

Sie hatte gesagt, sie würde zu Hause sein. Aber sie wäre am liebsten davongelaufen.

Angela konnte sich nicht erinnern, dass die Uhr jemals so laut getickt oder ihr Herz in ihrer Brust jemals so merkwürdig geklopft hätte.

Sie saß da und wartete.

Und wartete.

Erst um die Zeit, als die Kinder eigentlich schon längst im Bett hätten sein sollen, klopfte es an der Tür. Sie nahm all ihren Mut zusammen und ging langsam hin, um zu öffnen. Draußen waren keine Geräusche oder Stimmen zu hören. Vielleicht waren sie gekränkt, weil Angela nicht gekommen war, sie abzuholen. Angela machte die Tür auf.

Es war Dick Dillon.

»Hallo«, sagte sie kaum hörbar, lehnte sich erschöpft an die Tür und machte keinerlei Anstalten, ihn hineinzubitten.

»Dürfte ich vielleicht hereinkommen? Oder kommt das nicht infrage? Ich pflege hier gelegentlich auf einen Sprung vorbeizukommen.«

»Dick, entschuldige. Komm herein.«

»Ich weiß, du hast gesagt, dass du mich diese Woche nicht sehen möchtest und mir alles später erklärst.«

»Na ja, es hat nicht gerade viel bewirkt, dass ich das zu dir gesagt habe, oder?«

»Ich wusste, dass es richtig wäre, vorbeizukommen.«

»Das war sehr anmaßend von dir.« Ihre Stimme klang matt.

»Nein. Das war nicht anmaßend. Ich wusste, dass ich kommen konnte. Ich wusste, dass sie nicht da sind.«

»Was?«

»Ich wusste, dass ich sie hier nicht treffen würde. Sie sitzen am anderen Ende von Castlebay auf einer Bank und schauen hinaus aufs Meer.«

*

Er hatte sie rein zufällig entdeckt. Er hatte gesehen, wie sie aus dem Bus ausgestiegen waren; sie fielen ihm wegen der fremdländisch aussehenden Frau und der ebenfalls fremdländisch wirkenden Kinder auf.

»Er erkannte mich nicht wieder. Als er das letzte Mal hier war, war ich in einer Trinkerphase. Ich war für ihn wahrscheinlich nur ein verschwommenes Etwas; jedenfalls war er das für mich.«

»Woher wusstest du denn, dass er es ist?«

»Der Junge fragte, wann sie denn nun Tante Angela besuchen würden, und die Frau meinte, sie würden erst zu ihrem Wohnwagen gehen und später, wenn sie sich eingerichtet hätten, Tante Angela einen Besuch abstatten. Vielleicht auch erst morgen.«

»Entschuldige, Dick. Es tut mir wirklich sehr Leid.« Angela weinte. »Ich bin so ein Feigling, so verdammt schwach, ich konnte es dir einfach nicht sagen.« Sie lehnte ihren Kopf an seine Schulter und schluchzte. Er legte seine Arme um sie und tätschelte sie tröstend. »Es wird schon alles gut«, sagte er wie zu einem völlig verzweifelten Kleinkind. »Dick ist ja da, er kümmert sich um alles.«

*

Bei Sonnenuntergang, saßen sie am Meer und sahen zu, wie die rote Kugel hinten am tiefblauen Horizont versank. Vom Rummelplatz drangen Musik und lautes Gelächter zu ihnen herüber, und um sich herum hörten sie das Geplauder der Urlauber.
Denis und Laki schliefen beide recht bald ein, so erschöpft waren sie. Er hatte ihnen schon die Klosterschule gezeigt, in die er jeden Tag gegangen war, und die großen Felsenbecken, wo er immer gespielt hatte. Und er war mit ihnen auch zur Echohöhle gegangen und hatte sie ein paar Fragen hineinrufen lassen.
Sean konnte sich auch noch an O'Briens Laden erinnern. Aber damals war er noch sehr jung gewesen. Den Jungen, der dort jetzt bediente, kannte er nicht – es war wohl einer der jüngeren Söhne. Im Hintergrund entdeckte er Mrs. O'Brien, doch auf einmal empfand er Hemmungen. Das war wohl nicht der geeignete Ort, um sie auf ihn aufmerksam zu machen und das große Wiedersehen zu feiern. In Miss O'Flahertys Laden hatte er ein Malbuch und Buntstifte gekauft, aber sie kümmerte sich gerade um einen anderen Kunden, und die junge Frau, die ihn bediente, kannte er nicht.
Auf der Straße sah ein ungefähr achtjähriges Kind Laki neugierig an. »Aus welchem Land kommst du?«, fragte das Mädchen.
»Ich bin in Japan geboren. Halb bin ich Ire und halb Japaner«, sagte Laki stolz.
»Als ich klein war, hatte ich eine japanische Puppe. Die sah überhaupt nicht aus wie du«, sagte das Mädchen verwundert. Sie aßen etwas und schmiedeten Pläne für den nächsten Tag: Sie würden schwimmen gehen und am Strand gegen Mittag ein Picknick machen. Doch zuerst würden sie bei Tante Angela vorbeischauen. Die Kinder waren damit vollkommen einverstanden.
»Das hier ist ein schöner Platz für ein zweites Zuhause«, fand Laki. Solange die Kinder zurückdenken konnten, hatte Sean Castlebay immer ihr »zweites Zuhause« genannt. Doch diesmal sagte er nichts.
»Ich zeige dir jetzt den Ort«, schlug er Shuya vor. Doch als sie an der Straße ankamen, zögerte er. Er wollte sie nicht zum Tanzen ausführen, und er war zu alt, um mit ihr auf den Rummel zu gehen. Ein erwachsenes Paar im Autoskooter? Sie würden sich lächerlich machen. Und wenn er mit ihr in die Hotelbar ging und die

anderen in Grüppchen zusammensaßen: Sollte er auf sie zugehen? Und wenn ja, sollte er seinen Namen nennen? Dunkel erinnerte er sich an die Dillons, aber er hatte niemanden aus dieser Familie gut gekannt.

Und so zögerte er auch noch, als sie sich der Church Street näherten. Shuya war es, die auf die hübsche Bank deutete.

»Die gab es damals noch nicht«, sagte Sean. »Höchstwahrscheinlich befürchtete man, dass die Leute sich hier hinsetzen könnten, um zu schmusen oder ähnlich empörende Dinge zu tun.«

Sie legte den Arm um ihn. Sie spürte sein Unbehagen, seine nachlassende Begeisterung.

»Natürlich hat sich vieles verändert. Eigentlich alles«, sagte er. »Das ist doch nur natürlich. Gab es den großen Rummelplatz damals schon?«

»Na ja, er war viel kleiner, schäbiger. Ich glaube auch nicht, dass es das Tanzlokal schon in dieser Form gab. Allerdings war ich in jenen Tagen nicht an solchen Dingen interessiert, deshalb habe ich auch kaum darauf geachtet.«

»Es ist schon sonderbar«, meinte Shuya, »die meisten Leute sind der Meinung, dass alles kleiner geworden ist, wenn sie nach langer Zeit irgendwohin zurückkehren. Du findest, dass alles viel größer geworden ist.«

»Man erkennt den Ort an manchen Stellen überhaupt nicht wieder«, sagte er. »Alles ist sehr bunt und leuchtend, und vor den Geschäften hängen lauter Sachen auf Ständern: Eimerchen, Schwimmflügel und Sonnenhüte. Zu meiner Zeit gab es das alles nicht.«

Sie schwiegen.

»Möchtest du, dass wir zu deinem Elternhaus hinaufgehen?«

Sie gab sich große Mühe. Und es half.

»Ja, das ist eine gute Idee. Aber wir sollten nicht die Church Street entlanggehen, sondern die Cliff Road. Das ist zwar der weitere Weg, aber sehr schön.«

»Dann nehmen wir eben die Cliff Road«, willigte Shuya ein.

Sie gingen die Straße zum Golfplatz hinauf. Ein paar verspätete Golfer, die nach dem letzten Loch noch einen Drink genommen hatten, kamen ihnen entgegen.

Es war ein warmer, milder Abend. Sie gingen, ohne stehen zu bleiben, bis sie das Haus sahen. Die Vorhänge waren zugezogen, und aus dem Wohnzimmer drang Licht. Angela wartete wahrscheinlich auf sie.

»Ist es gemogelt, wenn man herkommt und dann nicht hineingeht?«, fragte er.

»Angela hat gesagt, wir könnten kommen, wann immer wir dazu bereit seien. Ich glaube nicht, dass du jetzt dazu bereit bist«, erwiderte Shuya zärtlich.

»Nein. Irgendwie bin ich das nicht.«

»Also, dann ist es auch nicht gemogelt.«

Er zeigte ihr, wo sein Zimmer gewesen und durch welches Fenster er hinausgeklettert war, wenn er sich frühmorgens aus dem Haus hatte schleichen wollen, um schwimmen zu gehen. Sie staunten über die Energie eines Jungen, der fast einen ganzen Kilometer zum Meer und wieder zurück hatte laufen können – er war die Straße entlanggerannt, während die Kühe zum Melken getrieben wurden – und dann wieder in seinem Zimmer verschwand und über seinen Büchern saß, noch ehe irgendjemand anders in der Familie überhaupt aufgestanden war.

Er zeigte ihr die kleinen Geranien, die seine Mutter in Blumenkästen gepflanzt hatte, und sagte, es sei wunderbar, dass sie noch immer da wären. Er deutete auf den Schornstein, auf dem Vögel sich ihr Nest gebaut hatten, und auf das Vordach, von dem sie im Winter den Schnee fegen mussten, damit es nicht zu schwer wurde und das Glas zerbrach.

Shuya flüsterte, dass sie sich nun ganz genau vorstellen könne, wie er damals gelebt habe.

Arm in Arm gingen sie die Straße zurück zum Campingplatz. Und wieder wählten sie die ruhige Cliff Road und nicht die belebte und hell erleuchtete Church Street, in der die Sommergäste sich amüsierten.

*

Dick Dillon kam die Treppe herunter; er hatte durch das Fenster im dunklen Schlafzimmer gelugt.

»Sie sind weg«, sagte er.

Sie hatten draußen Stimmen gehört, und er war nach oben geschlichen, um nachzusehen. Angela war geblieben, wo sie war. Wenn sie geklopft hätten, hätte sie sie hereingelassen, und Dick wäre durch die Hintertür verschwunden. Er wollte nicht bleiben und sie begrüßen – sonst hätten sie womöglich den Eindruck bekommen, dass ganz Castlebay sie freudig in die Arme schließen würde. Sie sollten ihre Entscheidungen aufgrund von Tatsachen fällen, und nicht wegen eines zufälligen Eindrucks.

»Was glaubst du, was sie wollten?«, fragte sie.

»Das werden wir wahrscheinlich nie erfahren«, antwortete er.

»Würdest du über Nacht hier bleiben, Dick?«, erkundigte sie sich unvermittelt.

»Was?«

»Ich meine, mit mir in einem Bett, das würde ich dir nicht antun. Nur hier im Haus.«

»Ich würde sehr gerne bei dir bleiben, und da du es schon erwähnt hast, es wäre mir keineswegs unangenehm. Also, wenn du dir nicht die Umstände machen willst, noch ein Bett zu beziehen.«

»Ach, das macht doch keine Umstände, Dick«, sagte sie lachend.

»Ich hatte gehofft, dass du vielleicht keine frische Bettwäsche mehr hast.«

»Sie ist frisch und gelüftet; es ist schließlich Hochsommer. Schreit jemand Zeter und Mordio, wenn du nicht wieder ins Hotel zurückkommst?«

»Angela, meine Liebe, niemanden kümmert es, ob ich da bin oder nicht. Dort kräht kein Hahn nach mir.«

»Hör auf, an mein Mitgefühl zu appellieren, du bekommst dein eigenes Bett. Ich gehe und mache es für dich fertig.«

»Ich will dir wirklich keine Umstände machen. Du hast doch da oben ein schönes, großes Bett. Ich habe es mir gerade angesehen und mir große Hoffnungen gemacht.«

»Das lass schön bleiben. Dick?«

»Ja.«

»Vielen, vielen Dank.«

Sie hatte angenommen, dass sie in den Abendgottesdienst gehen würden; deshalb war sie überrascht, die vier in der Frühmesse zu sehen.

Als sie sah, wie Sean und die beiden Kinder zum Altar gingen, um die Kommunion zu empfangen, schloss sie die Augen. Castlebay konnte vieles verzeihen, aber das nicht.

*

Sie ging vor dem Segen. Und als sie sich draußen vor dem Portal die Sonntagszeitung bei Mickey Mack kaufte, hörte sie, wie ein Bauer zu seiner Frau sagte: »Hast du die Chinesin in der Messe gesehen und die beiden Mischlingskinder? Sie sind sogar zur Kommunion gegangen!«

»In China wimmelt es doch von Katholiken«, meinte Mickey Mack. Bloß, weil er die Zeitungen, die er verkaufte, nicht lesen konnte, hieß das noch lange nicht, dass er ungebildet war!

*

Sie hatte jede Menge frisches braunes Brot und Cornflakes für die Kinder im Haus. Dick war zurück ins Hotel gegangen und würde erst wieder zu ihr kommen, wenn sie ihn einlud. Falls etwas Dringendes anlag, konnte sie ja jederzeit vom Golfclub aus anrufen.

Sie setzte sich hin, um Zeitung zu lesen. Ihr war jetzt leichter ums Herz, denn niemand hatte bisher Sean und seine Familie erkannt.

Bestimmt hatten sich Sean und seine Frau etwas dabei gedacht, als sie letzte Nacht zur Kate gekommen waren, aber nicht angeklopft hatten.

Und obwohl sie sich noch immer vor der Begegnung mit ihnen fürchtete, klopfte ihr Herz längst nicht mehr so stark. Auch ihr schlechtes Gewissen machte ihr kaum mehr zu schaffen. Denn gestern Nacht hatte Dick ihr versichert, dass sie sich in der ganzen Angelegenheit höchst anständig verhalten habe. So fühlte sie sich heute stark genug für ihren Besuch.

Als sie kamen, waren sie ganz aufgeregt und schnatterten wie die Gänse. Man umarmte sich, überreichte Tante Angela ein Geschenk und freute sich über das Frühstück, das für sie bereitstand.

Shuya ging im Zimmer umher und war fasziniert von den Büchern und Gegenständen. »Du hast mir nie erzählt, dass es hier so aussieht, Sean.«

»Zu meiner Zeit sah es hier auch nicht so aus.« Er wirkte traurig. Shuya bewunderte nur, was es zu seiner Zeit noch nicht gegeben hatte.

Beiläufig, sehr beiläufig erkundigte sich Angela bei ihm, ob er schon irgendwelche alten Freunde getroffen und ihnen Shuya vorgestellt habe.

»Nein«, erwiderte er unwirsch, »noch nicht.«

»Sicher kamen bei den früheren Besuchen viele von Seans Freunden, weil sie von seiner Mutter oder durch dich, Angela, von seinem Besuch erfahren haben. Wenn er dann nach Hause kam, hatte sie schon alle versammelt. Und viele werden hauptsächlich vorbeigekommen sein, weil er Priester war«, erklärte sich Shuya die Situation.

»Mir kommt es vor, als würde ich hier niemanden aus meiner Schulzeit kennen.«

Angela ballte die Hände zur Faust. *Niemanden aus seiner Schulzeit kennen?* Dieser Mann war verrückt! Es waren immerhin dreißig Jahre vergangen, seit er mit seinen Kameraden die Schulbank gedrückt hatte! Wen, in Gottes Namen, wollte er da noch kennen?

»Nein, ich glaube, ihr habt euch inzwischen auseinander gelebt«, sagte sie vorsichtig.

»Weißt du, Angela, es hat sich alles so verändert. Findest du nicht?«, erkundigte er sich.

Das war es! Wenn sie es behutsam anstellte, war das vielleicht der Rettungsanker! Es gäbe ja keinen Grund, in ein *verändertes* Castlebay zurückzukehren.

»O doch, ja«, seufzte sie. »Wenn ich daran denke, wie es hier früher war! Da gab es kein Gedränge auf dem Gehweg, und am Strand sah man höchstens ein paar Familien ... Tja, damals kannte noch jeder jeden.«

Shuya spielte mit. »Sean hat mir gestern Abend erzählt, dass sich hier zu viel verändert hätte. Alles sei so groß geworden und ... wie sagtest du?«

»Etwas zu *aufdringlich*. Das stimmt doch, oder? Offen gesagt, Angela, es sieht hier beinahe so aus wie in manchen Orten in England, die ursprünglich recht hübsch waren, in denen es aber inzwischen sehr viel Trubel und jede Menge Touristen gibt.«

»Was soll man da machen?«, regte Angela sich auf. »Ich spiele selbst oft mit dem Gedanken, von hier fortzugehen und mir eine bessere Stellung an einer größeren Schule zu suchen. Ich weiß auch nicht, was mich hier noch hält, aber vermutlich bin ich, wie du ja anscheinend auch, in dieser Gegend sehr stark verwurzelt.«

Ruhig meinte Shuya: »Wenn *du* von hier weggingest, Angela, könntest du jederzeit hierher zurückkommen. Um die Menschen wiederzusehen. Schließlich hast du hier deine Freunde. Bei Sean ist das anders; er hat hier scheinbar kaum welche.«

»Das würde ich so nicht sagen ...« Er wollte nicht den Eindruck erwecken, ohne Freunde dazustehen.

»Natürlich hast du hier eine Menge Leute gekannt, Sean. Doch Shuya hat Recht. Es waren Mams Freunde, nicht unsere. Glaub mir, die Besten unseres Alters sind fortgezogen. Das ist doch in vielen kleinen Orten so.«

Er wiederholte, was sie gesagt hatte. »Die Besten unseres Alters sind fortgezogen. Das mag dir vielleicht so vorkommen, Angela. Aus deiner Sicht ist das bestimmt richtig.«

Die Kinder kamen aus dem Garten ins Haus gestürmt: Es sei glühend heiß draußen, ob sie nicht schwimmen gehen könnten?

Natürlich! Ob Angela mitkommen wolle? Nein, wenn es ihnen nichts ausmachte, würde sie lieber hier bleiben. Aber heute Abend wäre sie zu Hause. Sie habe einen Riesenberg Fleisch eingekauft, und wenn sie Lust hätten, sollten sie doch zu einem üppigen Abendessen vorbeikommen.

»Wo ist es denn am Strand schön ruhig ... hm ... für ein Picknick?«, wollte Shuya wissen.

Angela empfahl ihr den Strandabschnitt, wo die geringste Gefahr bestand, dass man Sean O'Hara erkennen würde.

*

»Angela, wir dachten, eigentlich wäre es doch schade, wenn wir nicht noch ein bisschen die Gegend erkunden würden, wo wir schon mal den ganzen weiten Weg hierher gemacht haben.«

Ihr stockte der Atem – jetzt war es soweit. »Ich denke, das ist eine gute Idee. Ihr wollt ein paar Tagesausflüge machen?«

»Nein, nein. Wir werden weiterfahren und uns noch ein paar an-

dere Orte ansehen; Orte, an die sich die Kinder später erinnern, über die sie Referate schreiben und Alben anlegen können.«
»Und ich will Dublin sehen«, ergänzte Shuya. »Du hast mir versprochen, dass wir dorthin fahren.«
»Ja, das wäre schön. Aber was macht ihr mit dem Wohnwagen?«
»Es gibt genügend Leute, die nur darauf warten, dass einer frei wird. Sie zahlen uns sogar den Restbetrag zurück, wenn wir früher abreisen. Das ist doch sehr entgegenkommend.«
»Aber ihr kommt nochmal nach Castlebay, bevor ihr Irland verlasst?«
»Nein. Das wäre nicht sehr vernünftig. Da müssten wir ja die gleiche Strecke wieder zurückfahren.«
»Ach ja. Da hast du Recht. Natürlich.«
»Wir wollen morgen aufbrechen«, erklärte Shuya. »Der Wohnwagen kann ab Mittag weiter vermietet werden.«
Angela sagte nichts. Ihr ging das Herz über.
Sean missdeutete ihr Schweigen als Enttäuschung. »Ich möchte nicht, dass du den Eindruck hast, wir wollten nicht bei dir bleiben. Ich werde dir niemals genug danken können, dass du uns so herzlich aufgenommen hast. Es ist nur ... nun ...«
»Ich glaube, ich verstehe schon. Manches hat sich eben doch sehr verändert.«
»Und manches überhaupt nicht.«
»Wir müssen sehr früh aufstehen. Der Bus fährt schon im Morgengrauen«, drängte Shuya.
»Dick Dillon, ein Freund von mir – du wirst dich nicht an ihn erinnern –, könnte euch in die Stadt bringen. Und von dort könnt ihr dann weiter ...«
»Macht es ihm nichts aus?«
»Bestimmt nicht. Ich werd's ihm heute Abend vorschlagen.«
»Angela ... nur noch eins ... wegen diesem Dillon.«
»Was?«
»Sag ihm bitte nicht, wer ich bin. Weißt du, in gewisser Weise wäre es mir lieber, wenn die Leute dächten ...«
»Ich werde ihm nicht sagen, wer du bist. Schließlich habe ich dir versprochen, dass es dir überlassen bleibt, wem du es sagst und wem nicht.«
Sie begleitete sie die Cliff Road hinunter und küsste sie zum Ab-

schied an der Kreuzung bei der Bank, von der aus man aufs Meer sehen konnte. Sean und seine Familie gingen dann weiter zum Campingplatz. Angela hatte ihnen versprochen, dass Dick Dillon sie dort morgen zu einer zivilisierten Zeit abholen würde, etwa gegen zehn Uhr.

Als sie nach Hause kam, dankte sie schluchzend und auf Knien Gott, den sie noch vor kurzem für sehr hartherzig gehalten hatte.

*

Die Tage verstrichen in beruhigender Gleichförmigkeit. Sie standen stets früh auf, und da um diese Zeit noch niemand am Strand zu sehen war, gingen sie die Stufen neben dem Pförtnerhäuschen hinunter und schwammen eine Runde. Bones wusste das, und obwohl er so alt war, dass man ihm beim Rückweg die Stufen hochhelfen musste, wollte er immer unbedingt mit. Niemand bemerkte, dass Clares Bauch allmählich dicker wurde, außer David, der ihn liebevoll tätschelte, wenn sie sich morgens in die Fluten stürzten.

Danach aßen sie Speck mit Tomaten, ihr Lieblingsfrühstück. David ging anschließend in die Praxis seines Vaters, und Clare spazierte die Cliff Road hinunter zu ihrem alten Zuhause, wo sie in der Küche eine Tasse Tee trank und die notwendigen Einkäufe erledigte. Dann, es war immer noch früh am Tag, schlenderte sie über die Cliff Road zurück und sah den Feriengästen dabei zu, wie sie sich für den Tag am Strand rüsteten. In ihrem Häuschen angekommen, verbrachte sie den Tag über ihren Büchern. Für gewöhnlich schaute David mindestens zweimal im Laufe des Tages vorbei, ehe er abends nach der Arbeit nach Hause kam. Sie gingen nur selten aus; außer der Einladung zum Wohltätigkeitsball des Castlebay-Komitees hatten sie auch keinerlei gesellschaftliche Verpflichtungen. Ihre Abende verliefen ruhig und friedlich; oft betrachteten sie versunken den Sonnenuntergang, der wie ein übergroßes Gemälde vor ihrem Fenster zu sehen war. Und gelegentlich unternahmen sie den halbherzigen Versuch, die Räume im oberen Stockwerk zu streichen. Denn Bumper Byrnes Vertrag hatte nur die Verpflichtung beinhaltet, das Haus bewohnbar zu machen und die Zimmer im Erdgeschoss zu tapezieren. »Wer außer Ihnen beiden bekommt denn schon die oberen Räume zu sehen?«, hatte er freundlich gemeint. Und David und Clare waren so glücklich über ihr Häuschen, dass sie sich nicht mit ihm streiten wollten.

Oben waren drei Räume: ihr Schlafzimmer, der Raum, der das Kinderzimmer werden sollte, und eine Abstellkammer. Clare hatte überlegt, ob man daraus vielleicht ein Arbeitszimmer machen könnte. Wäre es nicht wunderbar, einen Raum zu haben, in dem man seine Bücher und Unterlagen ausbreiten könnte und sie nicht jedes Mal wegräumen müsste, wenn es Essen gab oder geputzt werden musste? Aber, hatte David eingewendet, eigentlich sei es doch verlorene Liebesmüh, oben ein Arbeitszimmer einzurichten. Und wenn erst einmal das Baby da wäre ...

Clare gab nach. Sie würde es auf später verschieben.

Das Kinderzimmer strichen sie in einem leuchtenden Gelb, und sobald sie beiläufig davon zu reden begannen, dass sie hofften, um Weihnachten herum eine richtige Familie zu sein, wurde Nellie gleich ganz aufgeregt und machte Vorhänge für sie aus einem Stoff, der mit allen nur denkbaren Figuren aus Kinderreimen bedruckt war.

David räumte alle seine Spielsachen aus dem Kasten unter der Fensterbank seines ehemaligen Schlafzimmers in sein neues Heim; allerdings nach und nach und nur, wenn seine Mutter nicht da war. Er wollte einfach das Kind nicht vor ihr erwähnen. Denn als sie das Thema einmal andeutungsweise gestreift hatten, war das Gesicht seiner Mutter zu einer eisigen Maske erstarrt. David wagte nicht, sich vorzustellen, wie sie erst reagieren würde, wenn das Baby geboren war.

»Ich denke, dann kommt sie ab und zu vorbei. Nicht wegen mir, sondern wegen des Babys.«

»Wir sollten dafür sorgen, dass sie ein bisschen Zeit mit ihm allein verbringen kann. Beziehungsweise mit ihr.«

Sie waren ganz sicher, dass es ein Junge werden würde. Er sollte auf den Namen Patrick Thomas getauft werden.

Je mehr Zeit verging, desto unvorstellbarer wurde es für sie, dass sie je ein anderes Leben geführt hatten. Die hektischen und gehetzten Treffen in Dublin, die schmutzige Wohnung mit dem muffigen Korridor und dem ungestrichenen Treppenhaus in Rathmines, in dem nicht einmal ein Läufer lag, das alles schien zu einem anderen Leben zu gehören, das andere Leute geführt hatten. David sagte, er könne sich kaum noch an den Namen des Arztes mit dem feuerroten Haar erinnern, der sich immer mit jedem im Krankenhaus angelegt habe. Und Clare meinte, dass sie selbst unter Androhung von Folter nicht im Stande wäre, zu sagen, worüber Mary Catherine, Valerie und sie sich in den zweieinhalb Jahren eigentlich unterhalten hätten.

Jetzt redeten sie über Davids Patienten. Diesen Sommer brachte er drei Babys zur Welt. Doch eigentlich hatte Mrs. Brennan die Hauptarbeit getan. Sie sei eine wunderbare Hebamme, sagte er, so beruhigend und zupackend. Die Frauen liebten sie. Das interessierte Clare, die immer gedacht hatte, Mrs. Brennan sei eine unglaublich herrische Person. Nun erschien sie ihr in einem ganz neuen Licht. David vertraute Clare die Geheimnisse des Ortes an, denn er wusste, dass sie nichts ausplaudern würde. Josie Dillons Großmutter litt an Altersschwachsinn und war nun in einer Nervenheilanstalt; das Ganze sei sehr diskret über die Bühne gegangen, aber nun sei sie eben leider ein Pflegefall. Mrs. Conway würde in Kürze in die Stadt fahren und dort eine Totaloperation durchführen lassen. Father O'Dwyer hatte solche Probleme mit der Lunge, dass Davids Vater ihm erklärt hatte, es sei praktisch Selbstmord, wenn er weiterrauche, und das würde doch schließlich beim lieben Gott einen ziemlich schlechten Eindruck machen. Doch Father O'Dwyer hatte Dr. Power entgegnet, er solle seine Predigten gefälligst für sich behalten und sich lieber auf sein Fachgebiet konzentrieren. »Das tue ich doch, Sie blöder Kerl«, hatte Dr. Power daraufhin gebrüllt, und es habe eines langwierigen Aussöhnungsprozesses bedurft, bei dem David vermittelt habe.

Sie erfuhr, dass ihr eigener Bruder Jim sehr schlecht hörte – er war gar nicht langsam oder dumm, wie sie bisher immer alle gedacht hatten. Er bekäme nun ein Hörgerät, aber David sagte, leider wäre es möglich, dass er sein Gehör ganz verliere.

»Vielleicht kannst du ihm nach den Abschlussprüfungen das Lippenlesen beibringen.«

»Was soll ich ihm beibringen?«, fragte Clare lachend. »Ich weiß doch selbst nicht, wie man von den Lippen liest.«

»Aber du könntest es lernen, oder? Da sähe es schon gleich ganz anders aus. Denn sonst wird er schließlich enden wie Mickey Mack.«

Clare war schockiert. Ja, selbstverständlich könnte sie es lernen. Es musste ja Bücher zu dem Thema geben und Anschauungsmaterial. Natürlich war sie gerne bereit, etwas für ihren Bruder zu tun.

David wurde seinem Vater immer ähnlicher. An allem, was geschah, nahm er regen Anteil. Und schon nach wenigen Wochen hielt ihn niemand mehr für den Jungen, der bei seinem Vater aushalf und nur die Stellung hielt, bis der richtige Doktor wieder zurückkam. Eines Tages meinte eine Frau zu Davids Vater, sie habe ihre Behandlung bei dem jungen Dr. Power begonnen und wolle sie gern, falls möglich, bei ihm fortsetzen; er habe ihr so geholfen.

An dem Tag entkorkte Davids Vater beim Mittagessen eine Flasche Sherry. Molly lachte voller Stolz und erzählte Nellie gleich davon, als sie das Essen auftrug. Und während sie alle darauf anstießen, dass David sich in der Praxis so gut machte, wurde seine Frau, die keine fünfzig Meter entfernt bei einer Tasse Suppe über ihren Büchern brütete, mit keiner Silbe erwähnt.

*

Bislang hatten sie in ihrem Häuschen noch kein Telefon, aber es gab einen Summer vom Haus aus, sodass David bei nächtlichen Notfällen geweckt werden konnte. Das war nicht sonderlich praktisch, denn es bedeutete, dass er immer erst zu seinen Eltern hinübergehen musste, um Näheres zu erfahren, bevor er losfahren konnte. Nun, auf jeden Fall war ihnen zugesagt worden, dass sie so rasch wie möglich Telefon bekommen sollten; sie stünden ganz oben auf der Dringlichkeitsliste.

Eines Morgens hörte Clare überrascht den Summer. David war schon längst zu Hausbesuchen unterwegs; eigentlich hätten sie wissen müssen, dass sie allein war. Doch sie ging trotzdem zum Haus hinüber. Molly war in der Diele.

»Da ist ein Anruf für dich aus Dublin«, sagte sie und hielt den Hörer so weit weg, als sei er giftig.

»Es tut mir Leid, dass du gestört wurdest«, entschuldigte sich Clare.

Es war Mary Catherine. Sie und Val hatten eine wundervolle Wohnung gefunden, waren inzwischen auch schon eingezogen und würden dort ein Jahr lang bleiben. Val wollte einen Abschluss in Pädagogik und Mary Catherine ihr Bibliothekarinnen-Diplom machen. Wann immer Clare Lust habe zu kommen, sie sei jederzeit herzlich eingeladen. Sie könne auch gern länger bleiben; Platz gäbe es genug.

Clare überkam eine so große Sehnsucht, dass ihr ganz schwindelig wurde.

Sie wäre meilenweit von diesem Drachen entfernt, der seufzte, als ob das Telefon dringend gebraucht würde. Denn Molly stand natürlich in Hörweite und machte sich an ein paar Blumen zu schaffen, die überhaupt nicht geordnet werden mussten.

Clare seufzte ebenfalls.

»Na? Kannst du kommen? Sag schon Ja!«

»Ich schreibe dir deswegen noch.«

»Kannst du nicht reden?«

»So ist es.«

»Bitte versuch zu kommen. Wir würden uns freuen. David ist selbstverständlich auch eingeladen, wenn er aus Castlebay wegkann. Im Gästezimmer haben wir ein großes Doppelbett.«

»Das klingt fantastisch.«

»Also, versuchst du's?«

»Wie ich schon sagte, ich schreibe dir.«

Sie wollte freundlich sein; also erzählte sie Mrs. Power, dass ihre Freundinnen David und sie nach Dublin eingeladen hätten.

Mrs. Power lachte böse auf. »Das ist wirklich ganz reizend von den beiden, meine liebe Clare. Doch David mangelt es keineswegs an Übernachtungsmöglichkeiten in Dublin. Wirklich nicht. Wir haben sehr viele Freunde dort, und das Anwesen der Nolans war für ihn immer wie ein zweites Zuhause.«

Clare lächelte. Doch bevor ihr dabei das Gesicht einschlief, kehrte sie in das Pförtnerhäuschen zurück und fing an, mit einem langen Lineal kräftig auf alle möglichen Gegenstände einzuschlagen. Sie zitterte vor Wut. Und auch als sie versuchte, sich auf ihre Arbeit zu konzentrieren, klang ihr der hochnäsige Ton *dieser*

Frau noch immer in den Ohren. Sie brauchte dringend frische Luft.
Für den Fall, dass David nach Hause kam, hinterließ sie ihm eine Nachricht auf dem Tisch und riss beim Hinausgehen fast die Tür aus den Angeln. Zuerst suchte sie Bumper Byrnes Schuppen auf, den er als sein Büro bezeichnete, und sagte ihm deutlich ihre Meinung zu der »Gartenpforte«. Eigentlich sollte dort ein ordentlicher Eingang mit einem Türchen und einem asphaltierten Weg sein. Aber bis jetzt war da nur ein Loch im Zaun, oder? Nein, es genügte ihnen *nicht* fürs Erste. Sie wollte, dass er das endlich in Ordnung brachte, und zwar noch diese Woche. Ob er ihr sagen könne, wann genau? Nein? Na gut, dann würde sie eben hier warten, bis er wusste, wann jemand deswegen vorbeikäme. Nein, es mache ihr überhaupt nichts aus zu warten. In seiner Verzweiflung sagte Bumper, dass er am Donnerstag jemanden vorbeischicken würde, und sie bedankte sich herzlich.
Dann ging sie zu Peter O'Connor, der eine Säge hatte und damit auch Bäume beschnitt. Er war der einzige Mensch in Castlebay, der ihr beibringen konnte, wie man eine Hecke anpflanzte.
»Ich möchte eine Hecke haben, die jetzt ganz klein und harmlos aussieht, die aber in null Komma nichts zu einem hohen, dichten Wald heranwächst.«
Er begriff sofort, warum sie diese Hecke haben wollte.
»Ich weiß nicht, ob ich das richtig ausspreche, aber ich glaube, das, was Sie wollen, heißt *Cupressus.*«
»Das ist der lateinische Name zur Zypresse, meinen Sie die?«
»Genau. Ich könnte Ihnen einen Satz schöne kleine Pflänzchen besorgen ...«
»Sie dürfen aber nicht zu jung sein, Mr. O'Connor.«
»Wann möchten Sie sie haben?«
»Heute Nachmittag. Und ich will, dass sie nächste Woche schon sechs Meter hoch sind.«
»Na, hören Sie mal! So schlimm ist die Lady doch nun auch wieder nicht.«
Clare lachte. »Natürlich nicht. Trotzdem soll die Hecke möglichst schnell wachsen.«

*

Sie ging bei ihrer Mutter vorbei. Der Laden war voll.
»Soll ich mich nicht hinter den Ladentisch stellen und dir helfen?«
»Hast du den Verstand verloren? Die Frau des Doktors als Aushilfe im Laden? Sei doch vernünftig.«

*

Sie ging ins Hotel.
»Möchtest du mit mir zu Mittag essen, Josie? So richtig gut essen im Speisesaal? Ich bezahle ...«
»Das geht nicht, Clare. Nicht mitten in der Hochsaison. Mammy und Rose würden einen Aufstand machen. Wir müssen die Tische für zahlende Gäste freihalten.«
»Ich wäre ja ein zahlender Gast«, sagte Clare verärgert.
»Nein, richtige Gäste. Nicht wir. Es ist ja ewig her, dass wir uns gesehen haben. Wie geht's dir überhaupt?«

*

»Glänzend«, sagte Clare, winkte kurz zum Abschied und ging. Vielleicht sollte sie mal bei Angela vorbeischauen. Sie kaufte eine Flasche Sherry bei Costello's und rückte Teddy Costello den Kopf zurecht, als er Mrs. Power zu ihr sagte.
»Allmächtiger, Teddy, wir kennen uns nun doch schon seit der Grundschule, und bis vor ein paar Monaten hast du Clare zu mir gesagt! Muss ich dich jetzt etwa Mr. Costello nennen?«
Nun, er habe gedacht, sie wolle so behandelt werden wie Mrs. Power senior, stammelte er. Es täte ihm Leid.
»Wie heißt es doch immer so schön im Kino: ›Sie sehen bezaubernd aus, wenn Sie sich ärgern, Miss Jones.‹« Die Stimme von Gerry. Er hatte die ganze Zeit hinter ihr gestanden, und sie hatte es nicht bemerkt.
Clare musste lachen, sie konnte gar nicht anders. »Nein, ganz im Ernst, Gerry, diese Anrede mit *Mrs.* ist wirklich das Letzte.«
»Fiona gefällt es. Sie sagt, sie fühlt sich dann immer so erwachsen.«
»Ich nicht. Ich habe dann das Gefühl, als ob wir alle in einer Schulaufführung mitspielen.«

»Da siehst dus, ich habe es dir doch gesagt«, seufzte er. »Du hättest ihn nicht heiraten sollen. Na, dann zieh weiter und beschimpfe noch den Rest des Ortes. Teddy hast du jedenfalls ziemlich erfolgreich zusammengestaucht«, sagte er noch gutmütig und verschwand.
Gerade als sie den Laden verließ, sah sie, wie Angela Obst und eine große Flasche Orangensaft in Dick Dillons Auto lud.
»Macht ihr ein Picknick?«, fragte sie neidisch.
»Wir fahren nur ein Stück die Küste entlang. Dick hat einen Tag frei, und wir dachten, wir erkunden ein bisschen die Gegend.«
»Schön.«
»Warum sitzt du eigentlich nicht über deinen Büchern?«
»Ich brauchte dringend frische Luft.«
»Und was zur Aufmunterung, was?« Angela hatte die flaschenförmige Papiertüte erspäht.
»Ja. Das auch.«
»Ich hoffe, es hilft dir beim Studieren«, sagte Angela freundlich und hob zum Abschied kurz die Hand.
Niedergeschlagen ging Clare zum Häuschen zurück. Ihre Wut auf ihre Schwiegermutter war verraucht. Aber gleichzeitig auch ihre Energie. Sie hoffte, dass David in ihrer Abwesenheit nach Hause gekommen und wieder gegangen war. Sie war jetzt einfach nicht in der Stimmung, mit ihm zu reden. Es würde ihr nicht gelingen, ihre Mutlosigkeit zu verbergen. Neben ihren Büchern fand sie ein paar Zeilen von David.

Ich freue mich, dass du an diesem schönsten Tag des Sommers etwas frische Luft schnappst. Warum nehmen wir uns nicht beide einen Tag frei und fahren ein bisschen die Küste entlang? Ich musste zu Peter O'Connors Kind, weil es sich verbrannt hat; er erzählte mir, dass du junge Bäumchen für den Garten bei ihm bestellt hast. Das ist eine großartige Idee! Er wird welche für uns aussuchen und morgen vorbeibringen. Für Castlebay ist das ja schneller als der Blitz!
Ich liebe dich, mein Schatz. Bis heute Abend.

Um seinen Namen hatte er ein Herz gemalt.
Clare setzte sich an den Tisch und weinte so bitterlich, dass die

Tränen die großen Buchstaben ihrer Handschrift, mit der sie ganze Stapel von Notizen gemacht hatte, verwischten.
Er war der großzügigste und liebevollste Mann auf der ganzen Welt, und sie hatte nichts Besseres zu tun, als durch ganz Castlebay zu rennen und zu versuchen, zwischen ihn und seine Familie einen Wassergraben mit Zugbrücke zu legen! Sie kam sich niederträchtig und schäbig vor: Vielleicht hatte der Drachen ja Recht mit ein paar Dingen, die er von ihr behauptete? Sie war einfach nicht gut genug für David!

*

Sie picknickten unten am Strand und beobachteten dabei Möwen, zwei kleine Seehunde und sogar eine Tümmlerschule. Dann lagen sie zufrieden in der Sonne und dösten vor sich hin. Ab und zu nahmen sie ein kurzes, erfrischendes Bad im Meer, leerten dazwischen die mitgebrachte Flasche Wein und die Thermoskanne mit Kaffee, aßen ihre hart gekochten Eier mit dunklem Brot und Butter und vertilgten die Eiscreme, die nicht geschmolzen war, weil sie sie in sechs Lagen Zeitungen eingewickelt hatten.
Sie küssten sich und lachten miteinander. David warf ihr vor, sie müsse wohl zu Peter O'Connor geradezu unanständig entgegenkommend gewesen sein, um ihn dazu zu bewegen, möglichst schnell die Hecke anzupflanzen; und noch freizügiger habe sie sich wohl gegenüber Bumper Byrne und seinen Leuten gezeigt, die ihnen aus heiterem Himmel eine vernünftige Eingangspforte hingezaubert hatten, auf die sie schon seit April warteten!
Clare hielt ihm darauf entgegen, sie wisse nur zu gut, dass alle weiblichen Patienten in ihn verschossen seien. Rose Dillon vom Hotel sei auf jeden Fall hinter ihm her, ob er nun ein verheirateter Mann sei oder nicht. Sie bedauerten, dass sie den guten alten Bones nicht mitgenommen hatten. Er hätte bei diesem Ausflug seinen Spaß gehabt, aber leider war er schon ein wenig gebrechlich, und der Spaziergang hierher und wieder zurück wäre für ihn vielleicht zu anstrengend gewesen.
Sie waren so glücklich wie eh und je.

*

Am ersten September fuhr sie mit dem Zug nach Dublin. In zwei Wochen begannen die Prüfungen. David hatte vor, sie an zwei Wochenenden zu besuchen und dann abzuholen, wenn ihre Prüfungen vorbei waren.
Clare meinte, wenn er jetzt mit ihr käme, sei das für ihn reine Zeitverschwendung.
»Ich wünsche dir alles Glück dieser Welt, mein Mädchen«, hatte Dr. Power zu ihr gesagt, »aber du hast ja bisher bei allen Prüfungen, die du machen musstest, als eine der Besten abgeschnitten. Erinnerst du dich noch, wie ich dich damals, vor all den Jahren, in die Stadt gefahren habe, als du dich für dein erstes Stipendium beworben hast? Ich erinnere mich noch so genau, als sei es erst gestern gewesen ...« Dr. Power lächelte sie strahlend an und seufzte bei dem Gedanken daran, dass diese Jahre wie im Flug vergangen waren.
Molly hatte beschlossen, freundlich zu sein. »Ich hoffe, man stellt dir genau die Fragen, die du dir wünschst«, sagte sie.
Sie fuhren auch am Laden vorbei, und Clare ging hinein, um sich von ihrer Mutter zu verabschieden.
»Mein Gott, Kind, du fährst doch nicht ans Ende der Welt«, meinte Agnes.
»Das weiß ich, Mama, aber jetzt geht's schließlich ums Ganze! Um den Magister in Geschichte.«
»Ja, ja, ich weiß, Clare. Und wir alle hoffen, dass du deine Sache gut machst. Aber eigentlich spielt das doch keine Rolle mehr für dich, oder?«
Doch trotzdem kam ihre Mutter mit zur Tür und winkte zum Abschied. Sie war verwundert, dass ihre Worte Clare offensichtlich verärgert hatten. Schließlich hatte sie doch nur gesagt, was alle dachten. Eine Menge Leute waren der Ansicht, dass Clare sich nun eigentlich die Mühe mit dem Studium und den Prüfungen sparen könnte. Jetzt, da sie verheiratet war.
Irgendwie wollte sie wohl damit auch ein bisschen angeben.

*

»Müssen wir zuerst noch schnell einen Kurs in Erster Hilfe machen?«, erkundigte sich Val besorgt, als Clare ihre Schuhe auszog und sich ein Kissen in den Rücken stopfte.

»Wie kommst du denn jetzt darauf?«

»Gesetzt den Fall, dein Kleiner kommt hier zur Welt, was machen wir dann? Ich weiß lediglich, dass man eine Uhr braucht, um die Abstände zwischen den Wehen zu messen.«

»Mach dir da mal keine Hoffnungen. Die entscheidende Woche ist die nach dem 15. Oktober. Davids Vater hofft, dass das Baby am 18. Oktober geboren wird. Das ist der Tag des heiligen Lukas, und Lukas war seinerzeit Arzt. Was ist?«, fragte sie plötzlich, als sie merkte, dass Mary Catherine in einem Kalender blätterte.

»Ach du liebes bisschen. Du wirst die Zeugnisverleihung verpassen«, sagte sie.

»Ich werde die Zeugnisverleihung auf keinen Fall verpassen, verdammt nochmal. Wenn Patrick Thomas drei Tage alt ist, werde ich ja wohl schon wieder reisen können? Ich *darf* die Zeugnisverleihung nicht verpassen. Vielleicht kommt er ja zu früh ...« Clare streichelte ihren Bauch und sagte: »Sei ein guter Junge und tu Mammy den Gefallen, hörst du ... Komm doch schon Ende September, vielleicht so um den 29., damit Mammy rechtzeitig wieder auf dem Damm ist, um nach Dublin zu fahren und ihr Zeugnis in Empfang zu nehmen.«

Mary Catherine studierte noch immer ihren Kalender. »Das wäre wirklich ein ziemlich guter Tag. Der 29. ist nämlich der Tag des heiligen Michael und aller Engel.«

Clare klatschte in die Hände. »Na, hast du das gehört? Komm am 29., und du bekommst den Namen Michael noch dazu.«

»Ich dachte immer, dieses alberne Mammy-Getue ginge erst *nach* der Geburt los«, meinte Valerie.

*

Es war genau so, wie sie es sich erträumt hatte. Sie hatte viel Platz, überall im Zimmer lagen Bücher verstreut, Tag und Nacht wurde Kaffee gekocht, und Freunde kamen vorbei. In der Nationalbibliothek registrierten die Leute ihren Zustand und wünschten ihr lächelnd Glück. Auch in der Universität erging es ihr nicht anders, doch hier waren die meisten etwas verwundert. Sie war immer eine zurückhaltende Studentin gewesen, lediglich die Kommilitonen aus ihren Seminaren kannten sie näher.

Clare zahlte die Prüfungsgebühr und bekam ihre Nummer. Und als sie die Karte mit der Nummer in der Hand hielt, wusste sie, nun war es soweit.
Sie besuchte Emer und Kevin und merkte an der Reaktion der beiden, dass sie überrascht waren, wie weit Clares Schwangerschaft schon fortgeschritten war! Vielleicht hatte sie zu Hause den Bauch mehr eingezogen. Hier erregte ihr Zustand auf jeden Fall sehr viel Aufsehen.

*

Clare diskutierte ihre Arbeit mit ihrem Tutor.
»Ich hatte nicht erwartet, je wieder von Ihnen zu hören«, sagte er.
»Wieso denn das, um alles in der Welt?«, fragte Clare aufgebracht.
»Nun ja, das junge Eheglück, dazu ein Sommer in Castlebay... wohlgemerkt, ein richtiger Sommer, nicht nur eine Woche Sonne in der Regenzeit. Ich dachte, Sie würden nie wieder ein Buch aufschlagen.«
»Meine einzige Sorge gilt den Abschlussprüfungen.« Clare lächelte ihn an. »Ich schätze, das klingt in den Ohren mancher Leute übertrieben ehrgeizig und etwas lieblos meinem Mann und meinem Kind gegenüber. Aber wenn etwas so schwer zu erreichen ist, dann wird es für einen zu einer Art Heiligem Gral.«
»Das verstehe ich nur zu gut. Ich wünschte, allen Studenten würde der Abschluss so viel bedeuten wie Ihnen.«
»Dann wünschen Sie mir Glück!«
»Sie brauchen kein Glück, Clare O'Brien ... oder wie immer Sie jetzt auch heißen. Sie haben den Verstand und das Wissen, das weiß jeder hier im Fachbereich.«

*

Sie wussten es. Jetzt musste sie also nichts weiter tun, als es ihnen auch beweisen. Als sie an diesem Abend zu Bett ging, lächelte sie.
Sie hatte zuvor noch David angerufen, der gerade von seinem zweiten Besuch in Dublin nach Hause zurückgekommen war. Das

Pförtnerhäuschen kam ihm leer vor ohne sie, doch schon in knapp zehn Tagen würde sie wieder da sein, und dann würden sie warten. Gemeinsam.
Er wünschte ihr Mut und Kraft und Zuversicht. Wie sehr er sie liebte, konnte er ihr nicht sagen, denn er stand in der Diele.
Deshalb sagte er nur: »... und auch sonst.« Das war ihr geheimes Codewort.
Daran musste sie jetzt denken, als sie im Bett lag. Sie drehte sich um und schlief glücklich ein.

*

Mary Catherine schreckte aus dem Schlaf hoch.
»Komm schnell! Sie stöhnt und schreit!«
»Was? Wer?«
»Clare! Sie krümmt sich vor Schmerzen. Jesus, Maria und Joseph, ich glaube, das Baby kommt! Und wir haben noch Witze darüber gemacht.«
»Mach dich nicht lächerlich! Das kann nicht sein. Der Termin ist doch noch Wochen hin.«
»Ach, sei still. Vielleicht ist es ja eine Fehlgeburt. Nein, das kann nicht sein, dazu ist es zu spät ... Ich weiß doch auch nicht. Hol einen Krankenwagen.«
»Sie sagt dauernd Nein.«
Clare war weiß wie die Wand, und Schweiß rann ihr von der Stirn.
»Alles in Ordnung«, keuchte sie. »Es kann noch nicht so weit sein. Bestimmt nicht. Das sind nicht die typischen Schmerzen. Kein starkes Ziehen im Unterleib, oder wie das heißt.«
»Wir müssen den Notarzt holen. Valerie ruft gerade an.« Mary Catherine versuchte, Ruhe zu bewahren.
»Bitte nicht. Ich kann doch jetzt nicht ins Krankenhaus. Die Prüfung ... Mir fehlt nichts.«
»Bitte, Clare! Lass dich untersuchen, auch wenn es hoffentlich nur falscher Alarm ist. *Bitte.* Uns zuliebe! Dann bist du nach zwanzig Minuten wieder draußen, und wir können zusammen darüber lachen. *Bitte.*«
Mit dem Fuß schloss sie die Tür, damit Clare nicht hören konnte, wie Valerie am Telefon ihren schlechten Zustand beschrieb.

»Dann gehen wir alle wieder nach Hause und machen in aller Seelenruhe unsere Prüfungen.«
»Ich will nicht, dass ihr wegen mir die halbe Nacht aufbleibt«, sagte Clare mit tränenerstickter Stimme.
Valerie kam herein; auch sie sah ganz bleich aus. »Kommt, wir müssen uns anziehen. Wir fahren mit.«
»*Nein!*«, schrie Clare.
Nach zehn Minuten war der Notarztwagen da. Inzwischen hatten die Mädchen unauffällig Clares Sachen zusammengepackt.
Die Sanitäter waren die Ruhe in Person.
»Es ist nur falscher Alarm«, sagte Clare mit tränenüberströmtem Gesicht. »Es tut mir wirklich Leid. Wissen Sie, morgen fangen unsere Prüfungen an. Unsere Abschlussprüfungen.«
Sie krümmte sich vor Schmerzen.
Die Sanitäter wechselten einen kurzen Blick, dann schwang sich der Fahrer blitzschnell hinters Lenkrad und schaltete das Martinshorn ein.

*

Der Schmerz war schlimmer als alles, was sie sich je ausgemalt hatte. Nichts half: weder zu hecheln wie ein Hund, wie man es ihr beigebracht hatte, noch das ganz schnelle Aufsagen von Gedichten mit gedämpfter Stimme. Und auch dass sie versuchte, sich in immer wieder andere Stellungen zu wälzen und zu winden, brachte keine Linderung. Eine verhärmt wirkende Hebammenschülerin sagte ihr ständig, sie solle sich entspannen. Clare hätte sie am liebsten umgebracht.

*

Sie lag bereits zwei Stunden in den Wehen, als man ihr sagte, dass irgendetwas nicht stimme. Die Hebamme horchte zum dritten Mal die Herztöne des Babys ab und richtete sich mit einer noch düstereren Miene als vorher auf.
»Dem Baby geht es gar nicht gut.«
»Oh, mein Gott«, schrie Clare außer sich. »Was stimmt denn nicht? Können Sie mir denn nicht sagen, was nicht in Ordnung ist?«

»Sein Herz hält die Wehen nicht aus.«
»Aber das ist doch nur vorübergehend, oder? Das Baby schafft es bestimmt, nicht wahr?«
»Das kann ich nicht sagen«, meinte die Hebamme. »Ich muss Meldung machen.«
Eine Ewigkeit lang kam sie nicht wieder. Clare hatte panische Angst und wünschte sich sehnlichst, dass David bei ihr wäre. Sie hatte nie auch nur einen Gedanken daran verschwendet, dass die Geburt eventuell nicht reibungslos verlaufen könnte. Und jetzt sollte das Kind von irgendwelchen unkontrollierbaren Vorgängen in ihrem Leib getötet werden? Noch bevor sie es im Arm gehalten und geküsst hatte oder auch nur hatte ansehen können, würde ihr Kind sterben – und es gab nichts, was sie dagegen tun konnte!
Sie hielt den Atem an, als ob sie dadurch das Leid des Babys erträglicher machen könnte. Doch da schwang die Tür auf, und Bar, der rothaarige Doktor, den David nicht ausstehen konnte, trat ein. Er untersuchte sie nur kurz.
»Das Kind hat sich in die Nabelschnur verwickelt«, sagte er. »Es tut mir sehr Leid, aber wir müssen einen Kaiserschnitt machen. Dazu brauchen wir Ihre Unterschrift auf einem Formular, mit der Sie Ihr Einverständnis erklären.«
»Ein Kaiserschnitt«, sagte Clare, und ihre Stimme überschlug sich vor Freude. »Oh, Gott sei Dank. Gott sei Dank! Ich hatte ganz vergessen, dass man ja einen Kaiserschnitt machen kann.«
Später erfuhr sie, dass eine verwickelte Nabelschnur – abgesehen von einer Blutung – das Schlimmste war, was während einer Geburt passieren konnte. Doch jetzt nahm sie nur Doktor Bar wahr, der nun in einem grünen OP-Anzug steckte und einen weißen Mundschutz trug. Seine Anweisungen waren kurz und präzise. Und sein Gesicht, das zuvor eher herzlos gewirkt hatte, sah nun äußerst zuversichtlich und wissend aus. Schwester McClusky, die gerufen worden war, weil sie als »Expertin für verwickelte Nabelschnüre« galt, war eine enorm korpulente und herzliche Frau. Sie untersuchte Clare und hielt sie über den Zustand des Babys auf dem Laufenden, bis die Operationsvorbereitungen abgeschlossen waren.
»Danke, Sie sind alle so lieb zu mir«, sagte Clare. Dann begann die

Narkose zu wirken. Sie spürte noch den ersten schmerzhaften Schnitt des Skalpells, hörte, wie jemand sagte, dass es ein wunderhübsches Mädchen sei, und fiel dann in einen tiefen Schlaf.

*

Das Erste, was sie im Aufwachraum sah, war David, der ihr Baby in den Armen hielt.

»Sie hat gelächelt«, sagte er. »Während ich darauf gewartet habe, dass du wieder zu dir kommst, habe ich sie die ganze Zeit über im Arm gehalten. Und da hat sie mich auf einmal richtig angestrahlt.«

»Sie ist nicht gesund, oder?«, fragte Clare.

»Liebling, sie ist *perfekt*.«

»Du lügst mich an, sie ist mongoloid.«

»Hier, sieh selbst. Sie ist wunderhübsch.«

»Babys können einen erst anlächeln, wenn sie sechs Wochen alt sind.«

Genau an diesem Punkt ihrer Unterhaltung fing das Baby zu schreien an. Es klang durch und durch verärgert, und Clare, die es zum allerersten Mal in die Arme nahm, machte zwei bemerkenswerte Entdeckungen. Erstens, dass das Baby sofort zu weinen aufhörte, sobald es seine Mutter spürte; und zweitens, dass die Kleine tatsächlich und wahrhaftig ausgesprochen hübsch war. Nun gut, die Nase sah ein bisschen gequetscht aus, aber die Augen waren groß und klar, und sie hatte unendlich viele Haare. Die Fingerchen sahen aus, als ob man sie zu lange in Seifenlauge getaucht hätte, aber sie waren schlank und zierlich, mit langen spitzen Fingernägelchen – gerade so, als seien sie extra für diesen ersten großen Auftritt manikürt worden. Um eines der winzigen Handgelenke und einen der Füße waren Plastikbändchen, auf denen stand, dass sie das Töchterchen Power war, außerdem ihr Geburtstag und ihre Geburtsstunde.

Und mit einem Mal wünschte sich Clare nichts sehnlicher, als dass sie alle für immer hier in der Obhut des Krankenhauses bleiben könnten, so wie jetzt, als sie das Baby sicher in ihren Armen wiegte. Denn mit diesem neuen Gefühl der Liebe ging eine unbekannte, schreckliche Verletzlichkeit einher, vor der es kein Entrinnen geben würde. Wie soll ich das bloß alles überstehen, dachte sie bei sich: die Windpocken, das Klettern in den Bäumen, die Zeitungsartikel von Kindern, die bei einem Brand umgekommen sind? Das Leben lag vor ihr mit all seinen Gefahren, und sie bekam Angst.

TEIL IV

1960–1962

Jeder hatte eine andere Erklärung parat: Die einen meinten, der Geburtstermin sei zweifellos richtig berechnet worden, aber die innere Anspannung und Nervosität wegen des Examens hätten zu der Frühgeburt geführt. Andere behaupteten, die Kleine sei eines jener Babys, die es gar nicht abwarten können, endlich auf die Welt zu kommen. Und einige waren der Ansicht, Clare habe sich während der Schwangerschaft falsch ernährt und nicht genug geschont.

Die Kleine hatte ein winziges Gesicht, aber es war nicht annähernd so rot wie das anderer Babys in diesem Krankenhaus, und ihre Wimpern waren mit Abstand die längsten, die die Schwestern je gesehen hatten. Sie war so niedlich und zart, dass John Fitzgerald Byrne verglichen mit ihr auf einmal wie ein riesiges, unförmiges Wesen wirkte.

Da dieses Kind so außergewöhnlich war, sollte es auch einen außergewöhnlichen Namen bekommen. Molly oder Agnes passte einfach nicht zu der Kleinen, auch nicht Chrissie oder Caroline oder Angela oder Emer oder Valerie oder Mary Catherine. Und sie war auch keine Fiona oder Josie oder Bernie. Sie sollte einen Namen haben, den vor ihr noch keine gehabt hatte und der einzig ihrer würdig war.

Sie kannten beide keine Victoria und auch keine Martha, also kamen diese Namen in die engere Wahl. David fiel noch Olivia ein; und je häufiger er den Namen erwähnte, desto besser schien er zu dem winzigen Baby zu passen – und desto mehr gefiel er ihnen. Olivia Power. Der Name klang, als wäre er extra für sie gemacht worden.

»Aber als zweiten Vornamen braucht sie unbedingt den einer Heiligen«, sagte eine Krankenschwester, die immer alles besser wusste.

»Oh, da ist mir jeder recht«, meinte Clare fröhlich.

»Mary macht sich immer gut«, sagte die Schwester.

»Wie heißt deine Mutter?«, fragte Clare auf einmal David.

»Molly, aber das weißt du doch.«

»Ja, aber wie heißt sie richtig?«

»Margaret.«

»Richtig. Na ja, dann nennen wir sie Olivia Mary. Ich will nur nicht, dass sich die arme heilige Agnes zurückgesetzt fühlt. Dad hat sich über den Namen John Fitzgerald Byrne schon genug aufgeregt, das kannst du mir glauben ...«

Olivia Mary Power war zehn Tage alt, als sie das Krankenhaus verließ. Ihre Mutter sah immer noch blass und sehr mitgenommen aus. Olivia würde zwar mehr Fläschchen brauchen als ein Baby, das sich volle neun Monate Zeit gelassen hatte, aber es ging ihr ausgezeichnet und sie war kerngesund. Die Taufe fand im kleinen Kreis statt, und zwar in dem Einzelzimmer, das inzwischen extra für Clare freigemacht worden war, nachdem sich herausgestellt hatte, dass sie die Frau eines Arztes war und nicht irgendeine hysterische Studentin, für die man sie zuvor gehalten hatte. Es gab Champagner; Clare bekam eine Menge Blumen und Glückwunschkarten, und das Baby erntete viele bewundernde Blicke.

Keiner der Besucher äußerte auch nur einmal, wie schade es doch sei, dass ausgerechnet dieses Baby zu früh gekommen sei. Selbst wenn das Kind sechs Wochen zu spät auf die Welt gekommen wäre, hätten David und Clare in Castlebay ja behaupten müssen, es habe sich um eine Frühgeburt gehandelt.

Und keiner der Anwesenden erwähnte auch nur mit einer Silbe, wie schade es doch sei, dass Olivia Mary Power ihre Ankunft nicht um zehn Tage hatte hinausschieben können, damit ihre Mutter den Abschluss, den sie sich so sehnlich gewünscht hatte, noch hätte machen können.

Jeder war so entzückt von diesem Baby, dass es sehr respektlos geklungen hätte, in diesem Zusammenhang von einem schlecht gewählten Zeitpunkt zu sprechen.

*

»So ein Pech, dass das ausgerechnet jetzt passieren musste! Arme Clare.«

Dick und Angela versuchten sich im Kochen. Sie hatten sich ein Buch besorgt und trafen sich einmal in der Woche in Angelas Küche, um ein neues Gericht auszuprobieren.

Angela pflichtete ihm bei. »Ich hatte befürchtet, es wäre für sie der Weltuntergang. Aber anscheinend macht es ihr nicht das Geringste aus.«

»Ich denke, jetzt, da das Baby da ist ...« Dick stockte und sah stirnrunzelnd in die Schüssel. »Hat das nun die cremig-lockere Konsistenz, von der im Buch die Rede ist, oder soll ich die Masse noch länger verschlagen?«
»Man sollte die Leute, die solche Bücher schreiben, aufhängen! Ich finde, es sieht cremig und locker aus, aber woher soll man wissen, ob es so richtig ist? Dann steht hier noch: Kochen Sie es, bis es gar ist. Wenn wir wüssten, wann es ›gar‹ ist, brauchten wir so ein dämliches Buch nicht.« Wütend fuhrwerkte sie in der Küche hin und her.
»Sie kann bestimmt nächstes Jahr noch einmal zur Prüfung antreten.«
»Das schon, aber hier glaubt keiner mehr daran. So ist es doch, oder? Und mit einem kleinen Kind ist es auch schwer, sich ordentlich vorzubereiten. Wie soll das gehen?«
»Du machst dir Sorgen um sie.«
»Das tue ich, aber darüber brauchst du dir nicht den Kopf zu zerbrechen. Ich mache mir um alles Sorgen.«

*

Agnes las Tom den Brief vor: Die Haare der Kleinen wüchsen sternförmig vom Scheitel aus in alle Richtungen. Sie habe die schönsten rosigen Zehennägel, die man sich nur vorstellen könne. Und David, der die Babysachen mitbringen wollte, sei so überstürzt aufgebrochen, dass er nicht einmal die Hälfte gefunden und in der Aufregung statt kleiner Strampelanzüge und Hemdchen Küchenhandtücher eingepackt habe.
»Sie scheint sich ja sehr über das Kind zu freuen«, meinte Agnes glücklich.
»Ist es nicht ein bisschen zu früh gekommen? Das wird doch die Leute beschäftigen, oder?« Tom O'Brien sah sie über den Rand seiner Brille hinweg forschend an.
»Ist es nicht sogar *viel* zu früh gekommen? Hat sie nicht deswegen ihre Prüfungen verpasst?«, fuhr Agnes fort.
»Aber selbst wenn ...«
»Tom, hör jetzt bitte auf damit! Jeder weiß ganz genau, dass das Baby Wochen zu früh gekommen ist. Clare hat ja auch gedacht, sie könnte noch ihren Abschluss machen.«

»Ja, ja.« Im Stillen dachte er: Wie gut, dass sie es so sieht. »Sonderbarer Name, den sie der Kleinen da gegeben haben«, brummte er.
»Oh, du kannst sicher sein, dass da die Powers ihre Finger im Spiel haben. Wahrscheinlich eine von Mollys verrückten Ideen. Du wirst sehen, so war's. Aber besser, man hält sich da raus.«

*

Nellie wollte wissen, wann sie wieder zu Hause sein würden. Sie war an ihrem freien Tag extra im Pförtnerhäuschen gewesen, um nach dem Rechten zu sehen. Am Anfang hatte ihr die Vorstellung nicht gefallen, dass Clare dort einziehen würde – sie befürchtete, Clare würde die vornehme Dame spielen. Aber dann tat ihr das Mädchen Leid. Den ganzen Tag saß sie im Haus über ihren Büchern! Wann immer Nellie an ihrem Fenster vorbeiging, war sie so in ihre Arbeit vertieft, dass sie nicht einmal aufsah.
Im Dorf ging das Gerücht, dass ein Kind unterwegs sei, und Nellie wusste besser als jeder andere, wie wütend ihre Herrin gewesen war, als sie diese Neuigkeit erfuhr. Das Schlimme war nämlich, dass ihre Herrin keine Freunde hatte, mit denen sie darüber reden konnte, und so fraß sie alles in sich hinein – sie stand schon schlecht gelaunt auf und ging schlecht gelaunt schlafen.
Nellie bemitleidete sie. Sie war keine schlechte Frau – nun, sie hatte eine Menge Unsinn im Kopf, aber schließlich hatte ja jeder Mensch so seine Eigenheiten. Sicher hatte sie sich für ihren Sohn eine bessere Partie gewünscht als eine der O'Brien-Töchter aus dem Krämerladen. David Power hätte die Wahl gehabt, aber wenn er die kleine O'Brien nun mal in Schwierigkeiten gebracht hatte und anscheinend auch noch glücklich darüber war, sie heiraten zu müssen, dann, dachte Nellie, sollte man das Beste daraus machen. Es hatte keinen Zweck, über den Gartenzaun hinweg Krieg zu führen! Vielleicht würde sich ja alles einrenken, wenn das Baby da wäre. Doch man musste kein Genie sein, um zu erkennen, dass ihre Herrin jetzt sogar noch wütender war, weil das Kind so früh gekommen war. Jetzt konnte man die Sache wirklich nicht mehr vertuschen.
Molly sagte, dass sie am Sonnabend kämen.
»Soll ich für alle im Esszimmer zum Tee decken?«, erkundigte sich Nellie.

Molly wollte eigentlich Nein sagen, überlegte es sich dann aber anders. »Ja, das ist gut, deck für uns alle.«
Nellie lächelte in sich hinein. Wenigstens das hatte sie also für das junge Paar tun können. Sie würden nicht in ihre eigenen kleinen vier Wände verbannt werden, um dort darauf zu warten, dass die Herrin des Hauses sie zu sich rief.

*

Dr. Power wartete voll gespannter Ungeduld auf dem Bahnsteig. Da sie vorne im Zug saßen, fuhren sie an ihm vorbei und konnten ihn dabei beobachten, wie er freudestrahlend in jeden einzelnen Wagen sah. Clare merkte, wie ihr die Tränen in die Augen stiegen, und David sprang auf, um aus dem Fenster zu winken. »Vater, Vater.«
Dr. Power, der jetzt nicht mehr selbst Auto fahren wollte, war mit Mrs. Brennan gekommen, die ein paar Dinge in der Stadt zu erledigen gehabt hatte. Nun wartete sie bereits im Auto. Molly hatte erklärt, sie zöge es vor, zu Hause zu bleiben, und weil sie für David und Clare zur Begrüßung ein Abendessen vorbereitete, wollte Paddy nicht mit ihr streiten.
Dr. Power ging zunächst mit raschen Schritten David und Clare entgegen, aber schließlich lief er förmlich den Bahnsteig entlang, um endlich einen Blick auf das in weiße Tücher gewickelte Bündel werfen zu können. Er nahm seine Brille ab, putzte sie und setzte sie wieder auf.
»Sie ist einfach vollkommen! Gott segne sie, ein wunderhübsches kleines Mädchen«, sagte er.
Sobald jemand anders das Baby anfasste, wurde Clare unruhig; doch nun drückte sie es ihrem Schwiegervater energisch in den Arm. Er hielt es geschickt und schäkerte liebevoll mit dem Kind, sodass die Leute sich schon nach ihnen umdrehten.
»Na, wir veranstalten hier einen ganz schönen Zirkus, was?«, meinte er. »Komm, Clare, Mädchen, lass uns nach Hause fahren.«
Als sie zum Ausgang gingen, führte Dr. Power stolz sein Enkelkind vor. Und auch Mrs. Brennan im Auto war voller Bewunderung.
»Halte ich sie auch richtig, was meinen Sie, Mrs. Brennan?«, erkundigte sich Clare.
Damit hatte sie genau die richtige Frage gestellt. Mrs. Brennan

hatte Clare bisher immer für etwas eingebildet gehalten, doch jetzt hellte sich ihre Miene auf. Während der ganzen Fahrt nach Castlebay erging sie sich in wohlmeinenden Ratschlägen, wie man das Köpfchen richtig stützte, das Rückgrat stärkte und das Fläschchen am besten hielt. Dr. Power musste deswegen fast lachen, doch als er merkte, wie ernsthaft Clare und David ihren Worten lauschten, hielt er sich zurück.
Vor sechs Monaten noch hätten sie beide die Straßenseite gewechselt, um nicht mit Mrs. Brennan reden zu müssen, und jetzt hingen sie förmlich an ihren Lippen.

*

Dr. Power fuhr vor seinem Haus vor.
»Molly hat für uns alle ein Abendessen vorbereitet. Wollen wir gleich hineingehen und ihr das Baby zeigen, oder möchtet ihr lieber erst noch zu euch?«
David wechselte einen Blick mit Clare.
»Wir würden sehr gerne mit dir kommen und ihr das Baby zeigen«, sagte sie.
Molly war beim Friseur gewesen und trug ihr bestes Strickkostüm. Sie stand im Salon, als ob sie hohen Besuch erwartete. David lief zu ihr und küsste sie; dann trat er beiseite.
Clare legte ihr das Baby sofort in die Arme. Das überraschte Molly, die damit gerechnet hatte, dass sie sich lediglich über das Kind in Clares Armen beugen dürfte. Und nun hielt sie ihr Enkelkind selbst in den Armen.
Davids Eltern konnten gar nicht mehr aufhören, das Baby zu herzen. Von Zeit zu Zeit, wenn Molly es nicht merkte, beobachtete Clare sie aus den Augenwinkeln. Es bestand kein Zweifel: Der Drache war ganz vernarrt in das Kind.
Molly würde nie vergeben und vergessen, dass David ein Mädchen aus der Unterschicht hatte heiraten müssen und dass jetzt auch noch das Baby zu früh gekommen war. Aber dennoch schien Molly ihre Enkeltochter zu mögen; zumindest lehnte sie das Kind nicht ab. Das gab Anlass zur Hoffnung.

*

Am nächsten Morgen in der Kirche begegneten sie Gerry, der sie mit Glückwünschen überhäufte.
»Olivia, das ist ja wirklich mal ein vornehmer Name für Castlebay«, meinte er anerkennend.
»Ja, Leute mit langweiligen Allerweltsnamen wie David, Clare und Gerry haben wir hier schon genug«, sagte Clare lachend.
»Ich hoffe nur, sie wird später nicht Olly genannt«, warf David ein.
»Am besten, ihr erfindet gleich einen Spitznamen für sie«, meinte Gerry.
»Livy?«, schlug Clare vor.
»Oder Liffey?«, meinte Gerry. David ging, um sich wie gewöhnlich bei Mickey Mack eine Zeitung zu kaufen.
»Tut mir Leid wegen deiner Abschlussprüfung«, sagte Gerry leise.
»Ach, halb so schlimm«, entgegnete Clare, gelassen.
»Das glaube ich nicht.«
»Doch, wirklich. Es hat auf einmal keine Bedeutung mehr für mich. Ich hätte nie gedacht, dass es mal so kommt.«
»Das kannst du mir nicht erzählen. Ich weiß doch genau, wie sehnlich du dir das immer gewünscht hast. Wenn ich mir als dein Freund darüber Gedanken mache, musst du nicht so tun, als wenn nichts wäre.« Wütend ging er davon.
Sie bestanden darauf, dass Angela mit zum Pförtnerhäuschen kam, wo Nellie sich in ihrer Abwesenheit um Olivia gekümmert hatte. Während sie gemeinsam Kaffee tranken und dazu Toast aßen, sagte Angela, sie würde dem Baby lieber ein Buch schenken und keinen Strampelanzug, denn sie könne überhaupt nicht stricken, und außerdem würde ihr ja sicher jeder einen Strampelanzug schenken.
»Du hast mir mein erstes Buch geschenkt, weißt du noch?«, meinte Clare. »Zum Trost dafür, dass ich damals den Preis nicht gewonnen hatte.«
»*The Golden Treasury of Verse.* Und wie sich herausgestellt hat, hast du es letztendlich besser getroffen.«
Clare drückte das Baby an sich, und ihr schmales, blasses Gesicht verdüsterte sich, als sie an all die Strapazen zurückdachte, die sie vor gut zehn Jahren auf sich genommen hatte.
Als Angela sah, wie Clare dem Baby einen Kuss auf die Stirn drückte, fragte sie sich, ob sie dieses Kind wohl als Trostpflaster dafür betrachtete, dass sie ihren Abschluss in Geschichte nicht ge-

macht hatte. Dachte sie vielleicht gar, dass es letztendlich so besser war?

*

Chrissie war die Einzige, die erwähnte, dass sie ja erst fünf Monate verheiratet gewesen seien, als das Baby geboren wurde.
»Das hat mich vor den Byrnes ganz schön in Verlegenheit gebracht«, sagte sie.
Clare seufzte. »Hast du ihnen denn nicht erzählt, dass das Baby zu früh gekommen ist?«, fragte sie.
»Kein Baby kommt *so* früh.«
»Besteht eventuell dennoch die Aussicht, dass du sie dir mal ansehen möchtest? Ich habe sie mitgebracht, damit sie ihren Cousin kennen lernt. John Fitzgerald scheint es ja prächtig zu gehen.« Clare gab sich wieder einmal alle Mühe, mit ihrer Schwester ein halbwegs friedliches Gespräch zu führen.
»Oh, ich habe nichts gegen das Kind. Das arme Geschöpf kann ja nichts dafür.«
»Gut. Schau, das ist also meine Olivia«, Clare reichte ihr das Baby. Sie hatte festgestellt, dass das eine todsichere Methode war, um die Leute für das kleine Wesen zu begeistern. Wenn sie das Würmchen erst einmal im Arm hielten, verhielten sie sich völlig anders. »Ach, sie ist einfach goldig!«, sagte Chrissie.
»Allerdings ein bisschen schmächtig.«
»Sie ist eben zu früh gekommen, das habe ich dir ja schon erklärt«, meinte Clare.
Da musste Chrissie lachen.
»Komm mal zu deiner Tante Clare.« Clare nahm John Fitzgerald aus seinem Bettchen und knuddelte ihn.
»Na, du bist aber groß geworden. Jetzt bist du schon sechs Monate alt und so ein süßer großer Junge.«
»Wenn du wüsstest, was ich bei seiner Geburt durchgemacht habe«, sagte Chrissie.
»Na, ich kann's mir denken. Das ist kein Zuckerschlecken, was?«
»Wovon redest du? Du hast dich bei deinem kleinen Töchterchen ja nicht anstrengen müssen! Dir haben sie sie doch herausgeschnitten!«

»So kann man es wohl auch sagen.« Clare biss die Zähne zusammen.

»Mit Kaiserschnitt ist das doch gar kein Problem! Jede Frau hätte ein Dutzend Kinder, wenn es jedes Mal so einfach wäre. Wart's ab, Clare, warte bis zur nächsten Geburt, dann wirst du schon sehen, wie das ist. Ich lag vierzehn Stunden in den Wehen. *Vierzehn Stunden!* Aber das ist natürlich nichts für die Gattin eines Arztes. Die lassen sie natürlich nicht einen ganzen Tag lang bis in die Nacht hecheln und pressen.«

»Das war bestimmt schrecklich.« Auch sie hätte Olivia gerne auf natürliche Weise geboren, aber es war zwecklos, zu versuchen, Chrissie das klar zu machen.

»Ja, du kannst mir glauben, das vergisst man nicht so schnell! Außerdem ist es ja so auch natürlicher, nicht wahr? Wenn ich daran denke, dass wir beide jetzt Mütter sind, wo du doch so große Pläne hattest und so viel gelernt hast!«

»Ich weiß, ist merkwürdig, oder?«, sagte Clare ohne Bitterkeit.

Chrissie hatte auf einmal ein schlechtes Gewissen. »Na, du hast auch einiges hinter dir, was?«

»Oh, das kannst du laut sagen.«

*

Die Patienten freuten sich mit David, dass er jetzt Vater geworden war. Es sei schön, einen Familienvater zum Arzt zu haben, meinten sie. Sie brachten ihm Kinderspielzeug und bestickte Kleidchen für Olivia. Häufig bezahlten die Leute, die kein Geld für den Doktor hatten, auch in Form von Geschenken und nahmen das Kind dann gerne als Vorwand.

Ein Mann schenkte ihm zum Beispiel zwei frisch geschossene Hasen. »Ihre Frau soll daraus leckeren Hasenpfeffer machen, das ist sehr gesund für das Baby.« Ein anderer brachte ihm Kartoffelschnaps, mit dem man den Kopf des Babys einreihen solle; und eine Frau, deren Haus einen sehr zweifelhaften Ruf hatte, schickte dem kleinen Mädchen ein magisches Medaillon, das sie angeblich ihr ganzes Leben lang beschützen würde.

*

Clare wusste inzwischen, wie man dem Baby am besten das Fläschchen gab, aber es dauerte alles noch sehr lange. Überhaupt nahm alles, was mit Olivias Pflege zu tun hatte, sehr viel Zeit in Anspruch. Clare hatte großen Respekt vor Frauen, die sich um sechs oder sieben Kinder kümmerten. Wie schafften die das nur? Möglicherweise war alles nur beim ersten Kind so kompliziert, denn später hätte man ja eine ganze Mannschaft zur Unterstützung. Jetzt, da sie darüber nachdachte, fiel ihr wieder ein, dass sie oft Jim und Ben gefüttert hatte, wenn Mam im Laden gewesen war.

Olivia war niedlich. Man konnte stundenlang mit ihr spielen. Wenn man sie nur ein bisschen ins Bäuchlein stupste, dann wedelte sie gleich wild mit ihren Ärmchen und Beinchen.

Und sie lächelte. Lange bevor Babys normalerweise lächeln können, lächelte Olivia schon!

»Ich glaube, alle Eltern empfinden das so, auch wenn sie keine Zeit haben, darüber zu reden und nachzudenken«, sagte Clare und betrachtete das kleine weiße Bündel in der Wiege.

»Ich habe auch nicht länger Zeit, darüber zu reden oder nachzudenken. Ich muss schon wieder weg.« David trank im Stehen seine Tasse Tee aus und zog sich den Mantel über. »Ich weiß nicht, wie Dad es geschafft hat, auch nur ein Viertel der Patienten zu betreuen, aber er muss es wohl irgendwie bewerkstelligt haben, denn bis jetzt ist mir nicht eine Klage über ihn zu Ohren gekommen.«

Er küsste seine Frau und seine Tochter zum Abschied und rannte durch den Regen zum Auto. Sein Beruf und die Patienten nahmen ihn mehr und mehr in Anspruch; er sagte immer, man lerne hier in Castlebay in einem Monat so viel wie im Krankenhaus in einem ganzen Jahr.

*

In den ersten Wochen war gar nicht daran zu denken, sich wieder über die Bücher zu setzen, und Clare hatte auch nicht geplant, es noch vor Weihnachten zu versuchen. Jeder hatte ihr gesagt, dass Olivia in den ersten drei Monaten ihre ganze Aufmerksamkeit brauchen würde. Doch niemand hatte erwähnt, dass einem so ein Baby in der ersten Zeit auch das letzte bisschen Energie raubte. Aber vielleicht hätte sie das selbst wissen müssen.

Alle sagten, Olivia sei ein liebes Kind. Und zwar auch Leute mit Erfahrung, die selbst Babys gehabt hatten, wie Mam, Molly Power, die junge Mrs. Dillon, Anna Murphy und ein Dutzend anderer Frauen. Olivia schlief auch genügend, aber manchmal hörte sie einfach nicht auf zu schreien. Eines Morgens war Clare schon ganz verzweifelt und wollte gerade ihr Kind nehmen und zum Großvater in die Sprechstunde bringen, als sie entdeckte, dass eine Sicherheitsnadel in der Windel sich geöffnet hatte und Olivia ins Beinchen piekste.
»Wie konnte ich dir das bloß antun?« Clare weinte und drückte das Baby so fest an sich, dass das Gebrüll von neuem losging, weil das Kind nun kaum noch Luft bekam.
Das Baden nahm viel Zeit in Anspruch. Man musste ständig darauf achten, dass man das Baby sanft, aber nicht zu sanft festhielt, denn im Wasser wurde sein Körper glatt und rutschig. Außerdem musste man aufpassen, dass es keine Seife in die Augen bekam und es sich nicht erkältete.
Und dann das Fläschchen! An manchen Tagen trank Olivia es in einem Zug leer, aber heute war es mühsam mit ihr, sie stieß es immer wieder beiseite. Als sie es schließlich doch fast leer getrunken hatte, legte Clare sie in die Wiege, doch Olivia wollte keine Ruhe geben. Also nahm Clare sie immer wieder heraus und versuchte, sie zum Schlafen zu bringen. Clare hatte das Gefühl, es dauerte eine Ewigkeit, bis Olivia endlich einschlafen wollte, obwohl ihr die Äuglein schon zufielen.
Und dann die Wäsche. Nellie hatte sich bereit erklärt, zu helfen, doch unglücklicherweise hatte sie das Angebot in Gegenwart von Molly Power gemacht, die kritisch die Augenbrauen hochzog. Also dankte Clare ihr überschwänglich und erklärte, das sei sehr freundlich, aber sie würde auch allein damit fertig. Es war wirklich nicht zu fassen, wie viel Schmutzwäsche ein so winziges Kind produzieren konnte! Ganz zu schweigen von David und seinem Hemdenberg! Bei ihnen zu Hause wechselte kein Mensch täglich das Hemd. Dad trug seine Hemden bestimmt vier Tage lang. Und die Jungs ... Gott wusste, wann die mal ein frisches anzogen. Aber David musste jeden Tag ein sauberes Hemd haben. Am Anfang brauchte sie geschlagene siebzehn Minuten, um eines dieser verdammten Dinger zu bügeln. Jetzt waren es immerhin nur noch elf.

Aber das war immer noch viel zu viel. Elf Minuten. Das bedeutete, dass sie für fünf Hemden eine geschlagene Stunde benötigte, und es war besser, immer fünf auf einmal fertig zu machen, denn wenn David keine Auswahl hatte, wirkte er stets enttäuscht.
»Wenn du es so hasst, dann mach' ich es eben. Vielleicht ist es ja sogar ganz entspannend«, meinte er einmal, als sie sich beschwerte.
»Das wirst du, verdammt nochmal, nicht tun! Du kannst sicher sein, an dem Tag, an dem du das erste bügelst, taucht garantiert deine Mutter hier auf, und dann kann ich sowieso einpacken.«
Für heute hatte sie sich vorgenommen, drei Hemden zu bügeln. Doch als sie noch beim ersten war, wurde Olivia wach, und da es bald Zeit für das Fläschchen war, musste sie erst einmal mit dem Bügeln aufhören. Dann kam David zum Mittagessen nach Hause, und anschließend musste sie sich noch etwas zurechtmachen, denn am Nachmittag war sie zum Tee bei den Powers eingeladen. Molly redete fast die ganze Zeit nur mit Olivia und fragte das kaum drei Monate alte Baby mindestens zweimal, ob es denn nicht fände, dass der Strampelanzug etwas zu eng wäre.
Als Olivia nicht antwortete, tat Clare es für sie. Nein, er passe einwandfrei.
»Warum hast du denn dann diese kleinen roten Flecken am Ärmchen, Olivia, diese bösen, bösen Flecken? *Arme* Olivia.«
Clare hatte nicht übel Lust, Molly mit einem dieser großen, harten und unbequemen Sofakissen zu schlagen, doch stattdessen lehnte sie sich zurück und biss in ihr dünn belegtes Tomatensandwich.

*

David rief sie am Nachmittag an.
»Was ist los?«, fragte sie besorgt.
»Nichts, ich genieße lediglich die Tatsache, dass wir endlich Telefon haben; das ist alles.«
»Ja, es ist wunderbar. Jetzt werden uns deine Eltern endlich nicht mehr mit dem Summer belästigen.«
»Na, na, Clare!«, sagte er lachend.
»Entschuldige. Könntest du auf dem Heimweg von Dwyers ein paar Koteletts mitbringen?«
»Könnte sein, dass der Laden schon geschlossen hat, wenn ich

heimkomme. Warum rufst du nicht einfach an und bittest, sie dir ins Haus zu liefern?«
»Damit Chrissie mich dann die nächsten vier Wochen mit ›Euer Hoheit‹ anredet? Wirklich nicht, vielen Dank!«
»Nun, vielleicht schaffst du es ja doch noch. Ich muss wieder los. Ich wollte mich einfach nur kurz bei dir melden.«
»Du wolltest mir nichts Bestimmtes sagen?«
»Nur, dass ich dich liebe.«
Sie hängte ein und merkte erst dann, dass sie ihm eigentlich auch hätte sagen sollen, dass sie ihn liebe.
Sie bat Nellie, kurz auf das Baby aufzupassen, und machte sich auf den Weg zur Metzgerei Dwyer.
Ihre Schwiegermutter schob die Gardine im Wohnzimmer beiseite und sah ihr nach.

*

Am Abend schrieb sie an Valerie, aber sie zerriss den Brief wieder. Er war ein einziges Klagelied. Einer jener Briefe, die man nur widerwillig liest. Dann verbrannte sie die Schnipsel sicherheitshalber im Ofen, für den Fall, dass jemand sie im Abfalleimer entdeckte und wieder zusammensetzte. Sie fragte sich, ob sie nicht kurz davor sei, verrückt zu werden, denn wie sonst käme sie auf die Idee, dass jemand einen ihrer Briefe an Valerie wieder zusammensetzen wollte?

*

David wurde in der Nacht zweimal zu Patienten gerufen.
Als das Telefon zum zweiten Mal klingelte, wurde auch Olivia wach. Clare ging zu ihr und nahm sie auf den Arm. Während David mit der Frau am Telefon sprach, zog er sich Socken und Schuhe an.
»Das ist doch kein Leben so, oder?«, meinte sie und versuchte, die weinende Olivia zu beruhigen.
»Für diese Frau jedenfalls nicht«, sagte David mit einem Blick zum Telefon. »Die verfluchten Hunde, die sie draußen auf ihrem Hof haben, haben ihrem Baby gerade das Gesicht zerfetzt.«
»Nein!«
Inzwischen war David vollständig angezogen.

»Was wirst du tun?«, fragte Clare betroffen.
»Hoffen, dass das Baby tot ist, richtig tot. Und hoffen, dass man seine Mutter dazu überreden kann, sich ins Krankenhaus einweisen zu lassen. Zumindest für ein paar Tage. Nach diesem Schicksalsschlag wird sie mehr brauchen als nur ein paar Beruhigungstabletten.«
Und schon lief er die Treppe hinunter und stieg ins Auto. Drei Stunden später, es dämmerte bereits, kam er wieder. Clare hatte in der Küche auf ihn gewartet und machte ihm nun einen Tee. Dankbar nahm er den Becher.
»War das Baby tot?«, fragte sie.
»Nicht ganz«, sagte er.
Sie wartete. Er sagte nichts.
»Und Mrs. Walsh? Wie geht es ihr?«
David sagte noch immer nichts. Seine Schultern zuckten, aber er wollte in diesem Augenblick nicht von ihr getröstet werden. So ging er zum Fenster hinüber, sah aufs dunkle Meer und die Klippen, deren Umrisse schon sichtbar wurden. Dort stand er lange, und sie fand weder Worte noch Gesten, um ihm in seinem Kummer beizustehen.

*

Clare ging zum großen Haus hinüber, um die Zeitung zurückzubringen, die sie von vorne bis hinten gelesen hatte. Als sie wiederkam, hörte sie eine Stimme in der Küche, die mit Olivia redete. Sie nahm an, es sei David, aber sie konnte sein Auto nicht entdecken. Es war Gerry, der einen kleinen, grellbunten Ball aus Wolle vor den Augen des Babys auf- und abtanzen ließ. Olivia sah ihm fasziniert zu.
»Gerry?« Sie war nicht sehr erfreut. Er hatte ihr einen Schrecken eingejagt, und überhaupt, wie konnte er es wagen, ohne Einladung einfach bei ihr aufzutauchen?
»Ich kann mich nicht erinnern, dich hereingebeten zu haben«, sagte sie frostig.
»Und ich kann mich nicht erinnern, dass man in Castlebay schon jemals auf eine Einladung warten musste, wenn man einen Freund besuchen wollte. Doch vielleicht ist das ja hier in … äh … in diesem

Pförtnerhäuschen anders.« So, wie er es sagte, klang die Bezeichnung für ihr Haus ziemlich lächerlich.
»Was willst du?«
»Ich bin gekommen, um deine Tochter zu besuchen und sie zu fragen, ob sie gern fotografiert werden möchte. Das ist alles.«
»Sei nicht kindisch, Gerry. Was willst du?«
»Das habe ich doch gerade gesagt. Möchtest du ein Bild von deinem Baby ... sozusagen als verspätetes Hochzeitsgeschenk?«
»Nein«, sagte sie kurz angebunden.
»Was man in einer solchen Umgebung doch für gute Manieren bekommt.«
»Nein danke. Entschuldigung. Nein, danke vielmals.«
»Warum nicht? Ich mache hübsche Fotos von Babys. Sie mögen mich.«
Olivia gluckste tatsächlich vergnügt, während sie zu ihm und dem rot-schwarz-gelben Wollknäuel emporsah.
»Mir wäre es lieber, du würdest keins machen. Trotzdem, danke für das Angebot. Tut mir Leid, wie ich mich benommen habe; entschuldige bitte.« Sie lächelte in der Hoffnung, er würde gehen.
Er stand auf. »Sie ist niedlich«, sagte er. »Manchmal denke ich, es wäre schön, ein Kind zu haben.«
»Nun, was hält dich ab?« Sie versuchte, unbekümmert zu klingen.
»Du weißt doch, wies geht, oder?«
»Ach, aber es hätte nur dann Sinn, wenn es auch deins wäre.«
Sie zuckte zusammen.
Er hob beschwichtigend beide Hände. »Ich gehe schon, ich gehe schon, keine Sorge. Du brauchst mich gar nicht so anzusehen.«
Er hatte seine Kamera dabei, sie steckte in der schäbigen schwarzen Tasche, die er schon seit jeher benutzte. »Wenn du findest, dass sie alt genug dafür ist, würde ich gerne ein Foto machen. Jederzeit.«
»Sicher. Ich werde mit David darüber sprechen«, sagte sie.
»Tu das.« Er lächelte und verschwand.
Ihr war sehr unbehaglich zu Mute, und sie wusste nicht, wieso. Er wollte doch nur ein Foto machen. Und mit seinen Schmeicheleien versuchte er es doch bei jeder. Warum also war sie dann so beunruhigt?

*

Sie fragte ihre Schwiegermutter, ob sie nicht vorbeikommen wolle, um ihr dabei zuzusehen, wie sie das Baby badete. Doch vorher verbrachte sie einen Tag damit, das Haus aufzuräumen.
Molly kam, um dem Ritual beizuwohnen.
Mit dem Ellenbogen prüfte Clare die Wassertemperatur und fand sich sehr routiniert.
»So machst du das? Seltsam«, war Mollys Kommentar. »Äußerst seltsam. Es gibt doch Thermometer, oder? Na ja, ich will dir da nicht reinreden.« Sie seufzte, dass man den Eindruck hatte, ihre Enkelin würde von einer dicken, dummen Bäuerin großgezogen, die von nichts eine Ahnung hatte.

*

Eines trüben Morgens hörte sie ein schüchternes Klopfen an der Tür. Es war ihre Mutter.
»Du hast dich schon ewig nicht mehr bei uns blicken lassen. Da dachte ich, ich komm' mal vorbei.«
»Das ist aber eine schöne Überraschung. Komm rein.«
Agnes O'Brien sah sich um, als fürchte sie, gleich gefragt zu werden, was sie denn hier verloren habe. »Habt ihr den Salon schon hergerichtet?«, erkundigte sie sich.
»Das fragst du mich jedes Mal. Wozu sollten wir einen Salon oder ein Wohnzimmer oder Gesellschaftszimmer brauchen – oder wie auch immer so etwas heißen würde? Wir leben eben so.«
Agnes nickte mit dem Kopf in Richtung des großen Hauses.
»Aber erwarten die nicht …?«
»Die können erwarten, was sie wollen. Dies soll einfach ein schöner, freundlicher Raum werden, in dem David und ich uns wohlfühlen. Dazu brauchen wir nur ein paar Lehnstühle und Bücherregale. Außerdem finden wir es sehr praktisch, dass dieses Zimmer gleichzeitig auch die Küche ist.«
»Und wann fangt ihr mit dem Renovieren an?«, fragte ihre Mutter arglos.
»Möchtest du eine Tasse Tee?« Entnervt leerte Clare die Teeblätter aus der Kanne und setzte sie auf den Herd.
»Nimmst du keinen Wasserkessel?«
»Wir sind nur zu zweit, Mam.«

Da täuschte sie sich.
Molly Power stand in der Tür.
»Ich wollte dich fragen, ob du vielleicht etwas aus der Stadt brauchst. Ich gehe heute Nachmittag mit Mrs. Dillon einkaufen. Oh, hallo, Mrs. O'Brien.«
»Guten Morgen, Mrs. Power. Guten Morgen.« Agnes geriet ein bisschen ins Stottern.
»Sind Sie gekommen, um ein bisschen Ihre Enkeltochter zu bewundern?«
»Ja, also, Clare hat sie mir ja noch gar nicht gezeigt.«
»Clare, meine Liebe, dann zeig deiner Mutter aber mal das Baby.«
Clare kochte vor Wut. Ihre Mutter tat gerade so, als ob sie ihr Enkelkind noch nie zu Gesicht bekommen hätte. Und Mrs. Power gab ihr das Gefühl, als sei sie nur ein nicht besonders zuverlässiges Kindermädchen.
Sie ging nach oben zu Liffey. Zu allem Unglück war das Baby nicht nur nass, sondern es hatte auch noch die Windeln voll, und die frischen Windeln lagen unten.
Sie ging hinunter, um sie zu holen.
»Ach, du musst sie doch wegen uns nicht extra umziehen.«
»Das tu ich auch nicht«, zischte Clare.
Ruckzuck hatte sie das Baby frisch gewickelt, aber Liffey, die durch das Tempo und den Mangel an Zuwendung verärgert war, begann zu schreien. Clare wollte sie ihrer Mutter in die Arme legen.
»Ich weiß nicht, ob ich ...«
Warum nur musste Mam sich immer so klein machen?
»Du hattest doch selber sechs Kinder. Ich bin sicher, du lässt sie nicht fallen.«
Ihre Stimme klang schrill. Die Teekanne zischte. Clare, die versuchte, ihr Tun vor den Blicken ihrer Schwiegermutter zu verbergen, füllte vier Löffel Tee in das kochende Wasser und nahm die Kanne vom Herd.
»Das ist ja eine originelle Art der Teezubereitung«, sagte Mrs. Power laut und deutlich.
»Ich habe Clare schon x-mal gesagt, dass sie es nicht so machen soll«, sagte Agnes. Verlegen reichte sie Mrs. Power das Baby, und als die es ein paar Minuten lang geknuddelt hatte, hörte ihr Enkelkind wie durch Zauberhand zu weinen auf.

»So ist's brav«, meinte Molly triumphierend, als ob nur sie die Zauberformel kenne.
Nur mit Mühe unterdrückte sie ein Schaudern, als sie die ihr angebotene Tasse Tee ablehnte und ging.
Clare und ihre Mutter blieben mit düsterer Miene zurück.
»Du solltest sie das Haus nicht in einem solchen Zustand sehen lassen, Clare, wirklich nicht.« Agnes sah auf den Haufen dreckiger Wäsche in der Ecke und die schmutzigen Töpfe auf dem Abtropfgestell.
»Das ist mein Haus. Hier sieht es genau so aus, wie ich es haben will.«
»Oh, schon gut.« Ihre Mutter war gekränkt und drauf und dran, ebenfalls zu gehen.
»Nicht, Mam, setz dich. Ich meine doch sie. Warum sollen wir denn ständig vor ihr katzbuckeln? Ich denke nicht im Traum daran, alles so zu machen, wie Lady Molly es wünscht.«
»Aber du könntest hier wirklich ein bisschen Ordnung halten und ab und zu kochen. Das bedeutet noch lange nicht, dass du vor ihr katzbuckelst«, sagte Agnes kühl.
Clare wusste, dass ihre Mutter nie wieder zufällig vorbeikommen würde. Von nun an würde sie zu Agnes gehen und sie einladen müssen.

*

Eines Morgens hatte sie sich aufs Bett gelegt, um sich etwas auszuruhen. Sie wollte nur ein bisschen dösen und war wohl kurz eingeschlafen. Auf einmal kam David herein.
»He, ich habe mir Sorgen gemacht. Ich dachte, du wärst gar nicht hier.«
»Was ist? Stimmt was nicht?«
»Clare, was *tust* du hier? Olivia schreit sich unten die Seele aus dem Leib, Bones sitzt daneben und passt auf sie auf, und es steht kein Essen auf dem Herd.«
»Es ist doch noch gar nicht Zeit fürs Mittagessen.«
»Es ist halb zwei; ich bin eigentlich zu spät dran.«
»Du lieber Himmel! Entschuldige, David, ich muss eingeschlafen sein.« Sie sprang vom Bett auf und stürzte nach unten. Olivia auf

dem einen Arm, schnappte sie sich mit der anderen Hand eine Bratpfanne, schlug drei Eier hinein und gab etwas Butter dazu.
»Was machst du da?«
»David, Liebling, ich mache dir Rühreier. Tut mir Leid, heute Abend bekommst du ein richtiges Essen, das verspreche ich dir. Ich muss irgendwie kurz eingenickt sein. Manchmal fühle ich mich einfach so erschöpft.«
»Ich weiß, ich weiß. Ist schon gut.«
»Es ist nicht gut. Und es tut mir furchtbar Leid.«
»Soll ich Toast machen oder irgendwas anderes?«
»Nein, halt mal deine Tochter, ich kann das schneller.«
Hastig räumte sie das Frühstücksgeschirr vom Tisch und stellte es in die Spüle.
»Ich möchte nicht, dass du denkst, du müsstest mir jeden Tag was zu Mittag kochen ...«
»David, Liebling – hör bitte auf damit. Einmal, nur *dieses eine Mal* bin ich eingeschlafen. An all den andern Tagen ist mir nichts lieber, als mit dir zusammen Mittag zu essen. Ich fühlte mich immer so einsam, wenn du oben bei deiner Mutter und deinem Vater gegessen hast und ich hier unten am Fenster saß und arbeitete.«
Als sie das sagte, sahen sie beide zum Fenster hinüber. Dort stand jetzt kein einziges Buch mehr, sondern nur noch ein großer Strauß Trockenblumen.
»Willst du nicht wieder anfangen zu lernen?«
»Wozu?«
»Clare, bitte. Fang nicht wieder so an. Damit du deinen Abschluss machst natürlich.«
»Dafür habe ich schon mal gelernt, warum sollte ich es wieder tun?«
»Weil du deinen Abschluss noch nicht gemacht hast, darum. Das Lernen hat dir doch so viel Spaß gemacht.«
»Nicht immer. Eine Zeit lang habe ich nur Angst gehabt und mir ständig Sorgen gemacht.«
»Sollen wir heute Abend ins Kino gehen?«
»Du willst mich wohl um jeden Preis auf andere Gedanken bringen?«
»Ich denke schon.« Er sah beunruhigt aus.

*

Clare fragte Angela, ob sie nicht irgendetwas wisse, das man jemandem zu Weihnachten kochen oder backen könne und das den Eindruck erwecke, höchst kompliziert in der Zubereitung gewesen zu sein.

»Wie wäre es mit Pralinen?«, meinte Angela skeptisch. »Die kann man dann in schöne kleine Schachteln packen. Aber warum willst du unbedingt etwas Selbstgemachtes verschenken? Du bist ja schlimmer als ich. Und im Übrigen glaube ich, die Leute erwarten etwas mehr von dir als ein paar Süßigkeiten.«

»Wer erwartet etwas? Es kümmert mich nicht, was die Leute erwarten! Ich bin so erschöpft, Angela, dass ich mich kaum noch auf den Beinen halten kann. Allein der Gedanke, in die Stadt zu fahren und Weihnachtsgeschenke zu besorgen, strengt mich ungeheuer an, und hier gibt es einfach nichts ...«

»Na, einen Tag wirst du doch durchstehen! Mach eine Liste von den Sachen, die du kaufen willst, und am Samstagnachmittag fährst du mit Dick und mir mit.«

»Ja, das könnte ich machen. Ich werde Euer Hochwohlgeboren fragen, ob sie auf Liffey aufpasst.«

»Liffey. *Das* ist aber mal ein Name! Wie bist du denn auf den gekommen?«

»Ach, der ist mir einfach so eingefallen«, erzählte Clare. Sie wollte niemandem sagen, dass es eigentlich Gerry Doyles Vorschlag gewesen war.

*

»Soll ich dir das Fahren beibringen, Clare? Weißt du noch, wir haben doch schon mal darüber gesprochen. Und das Theoretische ist für dich doch wirklich nur ein Klacks.«

Hinten im Auto herrschte Schweigen.

»Ich glaube, sie ist eingeschlafen, Dick«, sagte Angela.

»Nein, entschuldige, was ist?«

»Soll ich dir nach Weihnachten ein paar Fahrstunden geben?«

»Ich weiß nicht, ob ich dafür Zeit habe. Das ist sehr nett von dir. Wenn ich Zeit habe ...«

*

Molly und David saßen im großen Haus am Kamin, als sie hereinkam.
»Du siehst erschöpft aus«, bemerkte David.
»David, du musst Clare unbedingt ein paar schöne Kleider kaufen. Sie trägt noch immer die gleichen Sachen wie zur Studentenzeit, schrecklich. Kein Wunder, dass das Mädchen immer so blass wirkt.«
Clare ließ sie reden.
»Warum trinken wir nicht alle einen Sherry? Du hast uns ja gerade einen wunderbaren Vorwand geliefert.« David sprang aus seinem Sessel auf.
»Ein wirklich schöner Mantel in einer kräftigen Farbe wäre genau das Richtige, um ihrem Gesicht etwas mehr Farbe zu verleihen.«
Molly dachte nach. »Kirschrot wäre nicht schlecht.«
David reichte ihnen beiden ein Glas Sherry.
»Vielen Dank, mein Lieber«, sagte Molly.
Clare sagte nichts.
»War es sehr anstrengend?«
»Es war äußerst ermüdend«, erwiderte Clare.
»Hast du deine Pakete im Pförtnerhäuschen gelassen?«
»Nein. Das ist alles, was ich gekauft habe.« Sie hatte nur eine kleine Einkaufstüte mit ein paar Sachen darin bei sich.
Clare hatte sich auf einen Hocker gesetzt und starrte ins Feuer. Schließlich nahmen David und seine Mutter wieder ihre Unterhaltung auf, die sie unterbrochen hatten, als sie hereingekommen war. Sie versuchten nicht einmal, sie in ihr Gespräch mit einzubeziehen.

*

Es endete damit, dass David alle Weihnachtsgeschenke besorgte. Er packte sie sogar ein und schrieb auch die Weihnachtsgrüße. Die Karten, die sie an Mary Catherine und Valerie hatte schicken wollen, legte er ihr vor, und sie schrieb auf jede »Liebe Grüße, Clare«.

*

Als David Clares Geschenk auspackte, sagte er, er freue sich über das Hemd. Genau so eins habe er sich gewünscht. Außerdem, Hemden könne man nie genug haben. Er meinte, dieses sei beson-

ders schön und räumte es hastig weg, ehe seine Mutter merken könnte, dass es in Castlebay gekauft worden war und genauso aussah wie ein halbes Dutzend anderer Hemden, die er schon hatte.
Den Christbaumschmuck hatte David in der Stadt besorgt. Er hätte es nicht ertragen, wenn ihn irgendjemand in Castlebay dabei beobachtet hätte. Von einem seiner Hausbesuche auf dem Land brachte er einen Weihnachtsbaum mit. Der Vater des kranken Kindes, zu dem er gerufen worden war, hatte sich sehr gefreut, dem jungen Doktor einen besonders schön gewachsenen Baum mitgeben zu können.
»Da wird Ihre Frau viel Spaß haben, wenn sie diesen Baum schmückt, Doktor«, meinte der Mann und strahlte übers ganze Gesicht, als sie ihn hinten in den Wagen luden.
»O ja, bestimmt«, sagte David mit einem aufgesetzten Lächeln.
An jenem Abend besah er sich genauestens den Weihnachtsbaum seiner Mutter und versuchte, ihren eigenen ähnlich zu schmücken. Während er auf dem Stuhl stand und den Baum behängte, sah ihm Clare dankbar zu.
»Er wird wunderschön, David, er sieht fantastisch aus. Ich würde es ja selbst machen, aber ich bin völlig erledigt.«
Draußen war es kalt und klar, und als David aus dem Fenster blickte, sah er seine Eltern, die sich warm eingemummelt hatten, mit dem Hund aus dem Haus gehen. Er wusste, sie würden einen langen Spaziergang entlang den Klippen von Castlebay machen. Zum Essen wären sie wieder zurück, und anschließend würden sie zusammen am gemütlich knisternden Kaminfeuer sitzen und lesen. David sah zu Clare hinüber, um sie zu fragen, ob sie nicht auch Lust auf einen Spaziergang hätte. Sie saß am Küchentisch und hatte gelesen, war aber über dem Buch eingeschlafen.
David erhielt einen Notruf. Ein fünfjähriger Junge war über ein verrostetes Gartengerät gestürzt und hatte sich am Auge verletzt. Er solle sofort kommen.
Clare hatte ihm einmal erzählt, dass sie sich vor Jahren an den rostigen Zacken einer im hohen Gras liegenden Harke das Bein aufgeschlitzt hatte. Er wurde richtig wütend auf Leute, die ihre Kinder solchen Gefahren aussetzten.
David redete beruhigend und tröstend auf den Jungen ein, während er ihm das angetrocknete Blut aus dem Gesicht wischte. Da-

mit die Eltern sich nicht weiter unnötig aufregten, sagte er, die Verletzung sei halb so schlimm und alles käme wieder in Ordnung. So, gleich wäre alles vorbei, und man könne schon mal das Teewasser aufsetzen. Dann holte er aus seiner Tasche Nadel und Faden und nähte die Wunde mit fünf schnellen Stichen. Er begutachtete sie nochmal eingehend. Es war wirklich nicht so schlimm, wie es ausgesehen hatte. Das Kind blickte ihn vertrauensvoll an.
»Sieht doch gut aus«, meinte David.
»Ich heiße Matthew.«
»Ich weiß. Und jetzt geht's dir schon wieder besser, was?« David umarmte ihn kurz, aber herzlich.
Matthews Mutter kam in diesem Moment gerade mit dem Tablett herein. »Sie sind vom gleichen Schlag wie Ihr Vater. Sie verstehen es, mit Menschen umzugehen«, sagte sie und drückte ihm fest mit beiden Händen die Hand.
»Danke.«
»Wir haben uns alle gefreut, dass Sie ein Mädchen von hier geheiratet haben und nicht so ein überspanntes Frauenzimmer aus Dublin.«
»Schön.«
»Und wie geht es Ihrer kleinen Tochter, Doktor?«
»Oh, sie ist einfach niedlich, danke. Ein richtiges Prachtkind.«
»Das ist schön. Sie tun anderen Kindern so viel Gutes, da wäre es ja traurig, wenn Ihr eigenes Ihnen keine Freude machen würde.«

*

Liffey weinte, als er nach Hause kam. Sie war ganz nass. Ihre Beinchen waren rot und rau, und die Windel war mehr als feucht. Da es in der Küche kalt war, lag das Kind offensichtlich schon eine ganze Weile so.
Er fand Clare oben im Bett. Sie las gerade in einem Kochbuch.
»Ich glaube, ich mache uns einen Butterkuchen. Das scheint nicht allzu schwierig zu sein«, meinte sie freudestrahlend zu ihm.
»Ja, mach das, eine gute Idee. Liffey ist übrigens ganz nass.«
»Ich sehe gleich nach ihr.«
»Sie liegt schon seit einer halben Ewigkeit in ihren nassen Windeln, Clare.«

»Oh, na gut.«
»Nein, ich werde es machen, dann geht's schneller«, erwiderte David gereizt.
»Ach, das ist lieb«, war Clares einziger Kommentar, bevor sie sich wieder in ihr Kochbuch vertiefte.

*

Clare ging früh zu Bett, damit sie, bis Liffey aufwachte, schon möglichst lange geschlafen hatte. Aber als das Kind weinte und weinte, drehte Clare sich nicht einmal um.
Also stand David auf. Er fütterte seine Tochter und wechselte ihre Windel, aber sie gab noch immer keine Ruhe. Er ging so lange mit ihr im Arm auf und ab, bis sie endlich einschlief.
Ungefähr zehn Minuten bevor David aufstehen musste, fing Liffey wieder an zu weinen. Er stupste Clare behutsam an.
»Diesmal musst du raus, Liebling. Ich möchte wenigstens noch ein paar Minuten schlafen.«
Clare quälte sich aus dem Bett und zog ihren wollenen Morgenmantel über das lange Nachthemd. Mit ein paar beruhigenden Worten hob sie Liffey aus ihrer Wiege und trug sie nach unten.
Als David gewaschen und rasiert zum Frühstück hinunterkam, saß Clare schlafend am Tisch. Der Kessel, der auf dem Herd stand, pfiff und das Wasser lief zischend über, während Liffey in ihrer Wiege lag und aus Leibeskräften brüllte.
An jenem Morgen erzählte David seinem Vater zögernd und stockend, er sei der Ansicht, dass Clare an einer postnatalen Depression leide.
Sein Vater sagte, dass man leider dazu neige, solche Dinge vorschnell mit irgendwelchen Etiketten zu versehen. Clare sei wahrscheinlich einfach nur erschöpft. Ihr Leben habe sich im letzten Jahr vollständig gewandelt und stelle lange nicht so hohe Anforderungen an sie wie früher. Außerdem dürfe man nicht vergessen, dass sie wegen des Kindes ihren Abschluss nicht machen konnte. Das sei sicher für jede Frau nicht leicht zu verkraften, aber für ein Mädchen, das wie eine Löwin dafür gekämpft hatte, überhaupt so weit zu kommen, müsse es erst recht ein harter Schlag sein.

David meinte, es sei wohl mehr als das, denn darüber könne man schließlich reden und versuchen, eine Lösung zu finden. Aber sie sei körperlich vollkommen erschöpft, ständig müde und habe scheinbar jedes Interesse an Liffey verloren.
David war blass, hatte dunkle Ringe unter den Augen und sah übermüdet aus. Mitfühlend betrachtete Dr. Power seinen Sohn.
»Ich finde, du solltest erst ein paar andere Dinge ausprobieren, ehe du dich für eine Behandlung entscheidest oder sie zu einem Spezialisten schickst.«
»Ich will sie zu niemandem schicken, aber können wir ihr nicht ein Antidepressivum verabreichen? Damit könnte sie in ein, zwei Monaten doch über dem Berg sein. Dad, bei jedem anderen würden wir das doch auch so machen. Warum nicht bei Clare?«
»Weil ihr derzeitiges Befinden viele Ursachen haben kann. Vielleicht fühlt sie sich einsam oder hat ihr Selbstwertgefühl verloren; vielleicht gibt Molly ihr das Gefühl, unzulänglich zu sein. Sprich mit ihr. Sprich mit ihr, und erzähl ihr was. Vielleicht erfährst du dadurch ja auch etwas. Sie gehört schließlich nicht zu diesen armen Frauen, die niemanden haben, der sie versteht. Sie hat einen wunderbaren Ehemann. Einen großartigen Ehemann.«
»Ich kann nicht so großartig sein, wenn sie sich derart verändert hat.«

*

»Liebst du mich noch?«, fragte er sie.
»David, was redest du? Ich liebe dich mehr als je zuvor.«
»Das war jetzt das dritte Mal, dass du keine Lust hattest, mit mir zu schlafen.«
»Entschuldige, aber ich war einfach völlig erledigt. Aber jetzt bin ich ja wach, also, wenn du willst ...«
»Jetzt ist es zu spät.«
»Ach, David, jetzt sei nicht eingeschnappt deswegen.«
Er schwang sich aus dem Bett und schaltete das Heizgerät ein. Er wollte mit ihr reden, aber nicht, wenn es dabei kalt und ungemütlich war.
»Clare, ganz ehrlich; ich bin wirklich nicht eingeschnappt. Aber wenn ich daran denke, wie wir letztes Jahr um diese Zeit immer

übereinander hergefallen sind, dann kommt es mir vor, als ob wir damals völlig andere Menschen gewesen sind.«

»Letztes Jahr um diese Zeit lebten wir in Dublin und hatten nicht diese Verantwortung wie heute«, sagte sie.

»Letztes Jahr um diese Zeit hast du vierzehn Stunden am Tag für deine Prüfungen gebüffelt, ich habe vierzehn Stunden am Tag in diesem Krankenhaus geschuftet, wir mussten mit dem Bus durch die ganze Stadt fahren, um uns zu sehen, und trotzdem konnten wir es kaum erwarten. Jetzt haben wir unser eigenes Haus, ein Kind und die Freiheit, wann immer wir wollen, miteinander ins Bett zu gehen; egal ob morgens, mittags oder abends. Ich habe jetzt eine schöne und interessante Arbeit und vor allem nicht mehr so viel zu tun wie in diesem chaotischen Krankenhausbetrieb; und du musst auf keine Prüfungen lernen. Und trotzdem sind wir ständig zu erschöpft.«

»Du nicht, sondern ich«, berichtigte sie ihn.

»Aber warum, Clare, *warum?* Ich stürze mich doch nicht auf dich wie ein wildes Tier, ich poche auch nicht dauernd auf irgendwelche Rechte. Ich wäre nur überhaupt mal gern wieder mit dir zusammen. Warum bist du denn ständig müde?«

»Es gibt immer so schrecklich viel zu tun«, sagte sie.

»Du bist sicher, dass du mich liebst, und du weißt auch, dass ich keinen Streit vom Zaun brechen will?«

»Ja, sicher.«

»Also, dann erzähle ich dir jetzt mal, was du heute den ganzen Tag über gemacht hast. Du bist aufgestanden, und *ich* habe Frühstück gemacht. *Ich* war es, der Liffey gewickelt hat. Und ich habe gesagt, ich würde auf dem Heimweg bei Dwyers eine Lammkeule besorgen. Daraufhin sagtest du, nein, das sei nicht nötig, *du* würdest das tun. Bevor ich zu meinem ersten Patienten gefahren bin, habe ich von draußen ein paar Kartoffeln aus der Miete geholt. Ich fing an, sie zu schälen, *du* sagtest, lass es, ich mach das schon. Als ich mittags nach Hause komme, stellt sich heraus, dass du den ganzen Vormittag geschlafen hast. Liffey war nass und brüllte wie am Spieß ... du warst ganz zerknirscht, weil das Essen nicht fertig war. Clare ... es ist furchtbar. Versteh mich bitte nicht falsch, ich will keinen Streit anfangen, ich versuche lediglich, herauszufinden, warum du ständig müde bist. Ich habe uns eine Suppe aus der Dose gemacht, und dazu gab es ein paar Scheiben von Nellies Brot. In der Zwischenzeit hast du Liffey das Fläschchen gegeben. Bevor ich wieder losgefahren bin, habe ich darauf bestanden, das Fleisch zu besorgen. Um drei Uhr habe ich es gebracht. Du hast auf dem Stuhl gesessen und geschlafen. Clare, *ich* habe das verdammte Stück Fleisch in den Ofen getan, denn sonst hätte es kein Abendessen gegeben. Ich schlug vor, ins Kino zu gehen, aber du sagtest, *du* seist zu müde. Du hast den ganzen Vormittag geschlafen, den ganzen Nachmittag auch und jetzt, wo du ins Bett gehst, sagst du, dass du völlig erledigt bist. Ich bin nicht nur dein Ehemann, sondern auch dein Arzt. Es ist doch nur zu verständlich, dass ich mir Sorgen um dich mache.« »Es tut mir wirklich Leid. So, wie du es darstellst, ist mein Verhalten wohl unentschuldbar.«

»Liebling, ich mache dir doch keine Vorwürfe. Ich bitte lediglich den Menschen, der mir der liebste und wichtigste auf der Welt ist, mir zu sagen, was los ist.«

»Ich weiß nicht. Ich dachte, alles sei in Ordnung.«

»Aber so können wir nicht weitermachen. Ich meine, es kann unmöglich mit dir so weitergehen – wenn ich nicht selbst Arzt wäre, würde ich dich zu einem bringen.« Er lächelte und nahm ihr Gesicht in seine Hände.

»Was glaubst du, was ich habe?« Sie sah ihn an wie ein verängstigtes Kind.

»Ich glaube, du hast eine Depression.«

»Ich bin nicht traurig.«

»Nein, eine klinische Depression.«

»Aber ich schwöre, ich bin nicht deprimiert.«

»Und die Sache mit deiner Abschlussprüfung?«

»Ja, aber darüber bin ich hinweg. Wirklich, ganz bestimmt. Vor zehn Jahren musste ich mit noch viel schlimmeren Sachen fertig werden. Jetzt bin ich eine nette Ehefrau, die der Mittelschicht angehört und keinerlei Geldsorgen hat. Wenn ich nicht den Mumm habe, mich nochmal zur Prüfung anzumelden, ist das einzig und allein meine Schuld, nicht Liffeys, nicht deine, sondern lediglich meine.«

»Und hast du den Mumm, sie zu wiederholen?«

»Ich glaube, dazu bin ich zu erschöpft. Da, jetzt habe ich es schon wieder gesagt.«

»Ich möchte dir gerne eine Antidepressivum geben.«
»Du meinst ein Stärkungsmittel?«
»Nein, ich werde nicht so tun, als würdest du nicht verstehen, wovon ich spreche. Dieses Mittel ist kein Eisen- oder Vitaminpräparat, sondern es wirkt auf die chemischen Prozesse in deinem Körper ein, auf die Aminosäuren im Gehirn und an den Nervenenden. Es wird circa drei Wochen dauern, bis eine Veränderung eintritt.«
»Was meint dein Vater dazu?«
»Ich werde ihn fragen.«
»Ich bin sicher, du hast ihn schon gefragt. Das macht mir nichts aus. Du fragst ihn ja sicher öfter um Rat.«
»Er glaubt, dass du einsam bist und dein Selbstwertgefühl angeknackst ist.«
»Und du glaubst, es ist eine postnatale Depression. Und ich glaube, ich bin einfach nur müde.«
»Es könnte ja ein bisschen von allem sein«, meinte David.
»Na gut, Onkel Doktor, dann verfüttere mal deine Medizin an mich. Hoffen wir, dass sie Wunder wirkt!« Als sie das sagte, lächelte sie ihn an. Es war ein Lächeln wie früher. David legte sich schlafen und fühlte sich ein bisschen besser als in den letzten Wochen. Am nächsten Tag schlug er vor, sie könnten doch gemeinsam Mr. Kenny besuchen – der freundliche alte Anwalt hatte ihnen einen hübschen Silberlöffel zur Geburt des Babys geschickt –, und Clare hielt das für eine großartige Idee. Doch als David nach Hause kam, um sie abzuholen, waren Liffey und Clare noch nicht fertig. Das Baby war weder gewickelt noch umgezogen, und Clare meinte lediglich, sie sei heute einfach zu erschöpft. David sagte, dass sei nicht weiter schlimm, sie könnten Mr. Kenny ja auch ein andermal besuchen. Und ohne großes Aufheben davon zu machen, erklärte er ihr, wie sie das Antidepressivum einzunehmen hatte.

*

»Ich kam zufällig hier vorbei und dachte, ich schau mal auf eine Tasse Tee rein.«
»Das Haus liegt viel zu weit oben, als dass hier jemand zufällig vorbeikommt. Aber eine Tasse Tee kannst du haben«, sagte sie.
»Im Ort lässt du dich ja nicht mehr blicken«, meinte Gerry.

»Woher willst *du* das wissen?«
»Als ich neulich bei euch im Laden war, hat deine Mutter es rein zufällig erwähnt.«
»Du lieber Himmel, ich wollte sie ja diese Woche besuchen!«
»Diese Woche? Clare, sie wohnt gerade mal zehn *Minuten* von hier. Sie denkt schon, du hältst dich jetzt für was Besseres.«
Clare hatte ein schlechtes Gewissen, aber irgendwie vergingen die Tage wie im Flug. Ja, es war tatsächlich schon eine Woche her, seit sie mit dem Baby bei ihrer Mutter gewesen war, und ihre Schwiegermutter hatte sie zuletzt vor drei Tagen gesehen.
»Sag mal, Clare, ist auch alles in Ordnung mit dir?«, erkundigte sich Gerry vorsichtig, während er sich an den Küchentisch setzte.
Sie goss das Wasser aus dem Kessel in die Teekanne.
»Vielen herzlichen Dank, dass Sie so um mich besorgt sind, Dr. Doyle. Haben Sie jetzt Ihre Tätigkeit als Berater in Familienfragen auch noch auf den medizinischen Bereich ausgedehnt und übermitteln mir die Ratschläge meiner Familie?«
»Ich mein's ernst, Clare.«
Sie stellte den Tee auf den Tisch.
»Ich bin müde, das ist alles. Es ist sehr anstrengend, sich um ein Baby zu kümmern.«
»Dies hier braucht offenbar nicht allzu viel Fürsorge. Deine Tochter schläft tief und fest.«
»Tja, leider haben Babys eine ganz dumme Angewohnheit, Gerry: Sie schlafen nicht nur tief und fest, sondern sind gelegentlich auch hellwach.«
Sie tranken ihren Tee.
»Und hat dir der nette junge Onkel Doktor etwas gegen deine Müdigkeit verordnet?«
»Aber sicher ... ich bekomme Tabletten.«
»Gut. Ich bin froh, dass es ihm aufgefallen ist.«
»Gerry, hör auf, schlecht über David zu reden! Das macht mich wütend.«
»Ich rede nicht schlecht über ihn. Ich sage nur, dass er der Falsche für dich ist.«
»Es ist besser, wenn du jetzt gehst«, meinte sie kühl und stand auf. »Freundschaft hin oder her, Gerry, du kannst nicht einfach herkommen, wenn David nicht da ist, und dann solche Sachen sagen.«

»Du regst dich nur deshalb so auf, weil es stimmt.«

»Ach, was du da sagst, ist doch lächerlich! Die Wahrheit ist, dass mich jede abfällige Bemerkung über David aufregt. Und wenn du je erfahren hast, was es heißt, jemanden zu lieben und ihn nicht nur ... wie soll ich sagen? ... zu benutzen ..., dann würdest du das verstehen.«

»Ich liebe dich«, sagte er.

Schweigen.

Dann warf sie den Kopf in den Nacken. »Lass den Quatsch. Das sagst du nur, weil du mal ein oder zwei Annäherungsversuche bei mir gemacht hast und ich nicht angebissen habe. Tja, und nun liegt deine Erfolgsquote nicht mehr bei hundert Prozent! Wirklich schade! Ist es das, worum es dir geht? Scheint so. Mir tut wirklich jedes Mädchen Leid, zu dem du sagst, dass du sie liebst, denn du weißt gar nicht, was dieses Wort bedeutet.«

Er trank seinen Tee in kleinen Schlucken. »Was dich betrifft, heißt das, dass ich alles tun würde, um dich zu bekommen. Wirklich alles.«

Bei seinen Worten jagte ihr ein Schauer über den Rücken.

»Bitte ...«, setzte sie an, doch er unterbrach sie.

»Letzte Woche sah ich David, wie er mitten auf der Straße kniete. Ich überlegte kurz, ob ich das Gaspedal durchtreten sollte. Kein Mensch hätte mich verurteilt. Er kniete wirklich mitten auf der Straße; jedes Gericht hätte mich freigesprochen. Dann sah ich, dass er sich um einen jungen Hund kümmerte, den jemand überfahren hatte. Ich konnte es nicht tun.«

Clare sprang auf. »Das kann nicht dein Ernst sein! Das sagst du doch nur, damit ich dich für ein Scheusal halte.«

»Nein, es ist wahr. Wirklich.« Seine Stimme klang ganz gelassen.

»Aber *warum*?«

»Wer weiß? Wer weiß überhaupt, warum Menschen sich in andere Menschen verlieben? Nun, ich bin jedenfalls zu dem Schluss gekommen, dass das nicht der richtige Weg ist. Selbst wenn David einen Unfall hätte – ich meine, einen echten Unfall –, und du wärst seine trauernde Witwe, würde das wahrscheinlich nichts nützen. Du brauchtest Jahre, um über diesen Verlust hinwegzukommen. Also muss es einen anderen Weg geben.«

»Das sagst du nur so im Spaß, oder?«

Wieder Schweigen.

Ihr gefiel es nicht, wie er dasaß und sie ansah. »Ich werde dir jetzt etwas erzählen, was ich vielleicht besser für mich behalten sollte, aber egal ... In letzter Zeit fühle ich mich nicht so besonders. Ich glaube, ich habe so was wie eine Depression, und ehrlich gesagt verkrafte ich im Moment nicht noch mehr Aufregung. Wenn ich den Eindruck hätte, dass auch nur ein einziges Wort von dem, was du gerade erzählt hast, stimmt, würde ich hier Tag und Nacht sitzen und panische Angst haben. Sag mir bitte, dass das alles nicht wahr ist! Bitte!«
»Ich habe mir schon gedacht, dass du eine Depression hast«, meinte er mitfühlend. »Fiona ging es damals in England genauso, weißt du noch? Aber sie hat sich wieder davon erholt, und du schaffst das bestimmt auch. Gibt er dir denn etwas dagegen?«
»Ja.«
»Das gibt sich schon wieder, du wirst sehen. Bald hockst du wieder über deinen Büchern, und die kleine Lady hier wird groß und schön werden und dein ganzer Stolz sein.«
All die schrecklichen Dinge, die er vorhin gesagt hatte, waren wie weggeblasen. Clare fühlte sich benommen.
»So, jetzt vergiss das mal alles. Ich werde dich einfach ganz im Stillen aus der Ferne lieben. Bis in alle Ewigkeit. Hörst du?«
»Oder bis nächsten Sommer«, erwiderte sie.
»Nein, bis in alle Ewigkeit. Aber du hast Recht, du solltest dich jetzt besser schonen. Sieh zu, dass du bald wieder gesund bist.«
Er stand auf, um sich zu verabschieden.
»Ja, ich versuchs, ich werd' mir Mühe geben.«
»Und besuch deine Mutter, ja? Und Josie.«
»In Ordnung. Auf Wiedersehen, Gerry.«
Genau in diesem Augenblick wachte das Baby auf und fing zu weinen an.
»Willst du sie nicht hochnehmen?«
»Ja, gleich. Ich will mich nur noch von dir verabschieden. Pscht, Liffey, ich bin gleich bei dir!«
»Liffey?« Er stand lächelnd an der Tür. »Du rufst sie ja so, wie ich sie genannt habe.«

*

»Ich finde, wir sollten uns allmählich mit den Backwaren befassen«, sagte Angela.
»Damit befasse ich mich schon seit Jahren. Ich liebe Backwaren.«
»Nein, ich meine, wir sollten versuchen, selbst etwas zu backen. Bisher haben wir um alle Rezepte einen großen Bogen gemacht, in denen davon die Rede war, einen Teig zuzubereiten. Heute Abend werden wir uns mal an so einem vertrackten Ding versuchen.«
»Okay«, willigte Dick ein. »Soll ich die Zutaten mitbringen?«
»Nein, auf dem Weg von der Schule gehe ich rasch bei den O'Briens vorbei. Ich glaube, wir brauchen nur Mehl und Butterschmalz, aber ich kann mich auch irren.«
»Ich kenne keine Frau deines Alters, die nicht weiß, was man für einen Teig braucht«, neckte er sie.
»Sei bloß still. *Du* hast dir schließlich eine Intellektuelle als Freundin ausgesucht. Jetzt freu dich gefälligst. Du kannst dich zu deiner Wahl eigentlich nur beglückwünschen!«
»Du bist also meine Freundin?«, erkundigte er sich hocherfreut.
»Natürlich. Ich hatte es zwar nicht vor, aber ich bin's«, erwiderte sie.
Am folgenden Abend wagten sie sich also an einen Teig. Es war ein Albtraum. Im Kochbuch stand, man könne Schmalz *oder* Butter *oder* Margarinc verwenden.
»Warum schreiben sie nicht einfach, was der normale Durchschnittsmensch nimmt?«, tobte Angela.
Weiter stand dort, man solle »das Fett in Flöckchen zum Mehl dazugeben und alles glatt verarbeiten«.
»Was soll denn das heißen? Da kann sich doch wirklich niemand was drunter vorstellen! Meine Güte, wer hat bloß dieses Buch verbrochen?« Sie gaben sich redliche Mühe, einen Teig herzustellen, der den Angaben entsprechend aussah. Die Angabe, man solle »immer schön locker schlagen«, stellte allerdings die größte Herausforderung dar.
»Das ist der größte Unsinn, den ich je gehört habe! Wie kann man denn bei dieser ganzen Kneterei locker bleiben?« Dick trug eine Schürze über seinem guten Anzug. Darauf hatte Angela bestanden.
»Ich weiß sowieso nicht, warum du deinen guten Anzug anziehst, wenn wir beide kochen«, schimpfte sie. Aber sie wusste es natürlich doch ...

Aus demselben Grund hatte sie nämlich eine schicke Bluse angezogen und sich das Haar gerichtet.
Aber die Frage, um die es sich eigentlich drehte, musste warten, bis sie herausgefunden hatten, was es mit dem Begriff »blind backen« auf sich hatte. Nachdem sie den Teig samt Belag gründlich misslungen aus dem Ofen gezogen hatten, kamen sie zu dem Schluss, dass damit wohl das Backen des Teigs *ohne* Belag gemeint war. Angela verfasste einen kurzen, aber geharnischten Brief an die Herausgeber des Buches und empfahl ihnen, dieses Machwerk wegen seiner ständigen Fehlinformationen vom Markt zu nehmen.
Erschöpft setzten sie sich und gossen sich nach diesen Strapazen erst einmal etwas zu trinken ein. Dick stand aber gleich wieder auf und fragte Angela, ob sie ihn heiraten wolle.
»Dick, bist du sicher? Dir ist schon klar, dass dann viele Jahre mit mir auf dich zukommen, oder?«
Er stellte sein Glas Orangensaft auf den Tisch und nahm ihre Hände. »Als es dir herausrutschte, dass du meine Freundin seist, da dachte ich, wir könnten vielleicht einen Schritt weiter gehen«, meinte er.
»Ich bin schrecklich schwierig«, sagte sie.
»Ich weiß.«
»Und, das darf man nicht vergessen, du hast natürlich viele festgefahrene Gewohnheiten«, fügte sie hinzu.
»Das ist nicht wahr. Als ich dich kennen lernte, und das ist ja nicht erst gestern passiert, da hatte ich, das gebe ich zu, feste Gewohnheiten. Jetzt mache ich lauter Dinge, die ich früher nie getan hätte. Ich lese dicke Bücher, koche großartige Mahlzeiten. Ich bin fröhlich statt schlecht gelaunt. Was meinst du eigentlich mit ›festgefahren‹?«
»Ja, gerne.«
»Was?«
»Ich sagte ›Ja‹. Ich würde dich sehr gerne heiraten.«

*

Angela steckte sich den schönen Rubinring an den Finger – den Ring, den Dick Dillon schon vor langer Zeit gekauft hatte, in der Hoffnung, dass er ihn eines Tages brauchen würde. Er passte wie angegossen.

»Ich werde dir eine gute Frau sein – natürlich werde ich nicht brav zu allem Ja und Amen sagen; aber ich werde gut zu dir sein, dich lieben und für dich sorgen.«
»Das mit der Liebe ist das Wichtigste«, wandte er schüchtern ein.
»Für mich auch. Es war mir nur ein bisschen peinlich, es auszusprechen.«
»Ab jetzt sollte uns nichts mehr peinlich sein«, sagte er, und sie saßen einträchtig vor dem prasselnden Kamin, während im Ofen der Teig langsam verkohlte und der rote Rubin im Schein des Feuers glänzte und funkelte.

*

»Hast du auch dieses merkwürdige Gefühl, als ob alles schon vorbei, schon gelaufen sei? Als ob alles, was wichtig war, sich bereits in der Vergangenheit ereignet hat und für die Zukunft nichts bleibt?«, fragte Clare.
David sah sie an. Nein, dieses Gefühl war ihm völlig fremd. »Ja, das kenne ich. Das kenne ich nur zu gut«, sagte er schweren Herzens.
»Oh, da bin ich beruhigt. Ich hatte schon befürchtet, dass es nur mir so geht. Ich denke, wir werden uns daran gewöhnen und damit abfinden.«
»Ich glaube, so ist es nun mal im Leben«, meinte er zu ihr. »Nicht, dass ich etwas bereue oder so. Das weißt du, oder?«
»Natürlich.«
»Aber dir muss es doch ähnlich gehen. Ich meine, du bereust sicher auch nicht, dass du wieder hierher zurückgekommen bist, aber die Arbeit, die du tust, das Leben, das wir führen, das kam doch alles ein bisschen zu früh, meinst du nicht?«
Er tätschelte ihr liebevoll die Hand. Clare war wesentlich lebhafter als noch vor einiger Zeit, sie kümmerte sich auch mehr um Liffey und spielte manchmal stundenlang mit ihr. Dick Dillon gab ihr Fahrstunden, und David hatte sogar wieder eines ihrer Geschichtslehrbücher am Fenster liegen sehen.
Vielleicht war Clare einfach zu jung und innerlich noch nicht bereit gewesen, so schnell ein geregeltes Leben zu führen. Vielleicht wollte sie das auch gar nicht. Das machte es nur umso schwerer für ihn, ihr zu sagen, dass ihm dieses Leben gefiel. Es

gefiel ihm, sich um kranke Menschen zu kümmern, ihnen die Angst zu nehmen, sie mit Arzneien aus seiner schwarzen Tasche wieder gesund zu machen oder ihre Wunden zu nähen, ihre Kinder auf die Welt zu bringen oder den Verstorbenen die Augen zu schließen. Noch vor ein paar Jahren hatte er die Ärzte vom Schlage seines Vaters milde belächelt und sich stattdessen gewünscht, in einer modernen Praxis zu arbeiten und sich auf ein Fachgebiet zu spezialisieren. Inzwischen aber konnte er sich nicht vorstellen was für die Patienten wohltuender sein sollte, als jemanden vor sich zu haben, dem sie vertrauten. Egal, ob es sich um den Vater oder um den Sohn handelte: Sie beide flößten den Menschen Vertrauen ein, und das hatte oft schon eine größere Wirkung als jede Medizin.
Die Sache mit Clare brachte ihn völlig aus dem Gleichgewicht. Nun sorgte er sich nicht mehr um ihre Gesundheit, aber er spürte, dass diese innige Vertrautheit, die sie füreinander empfunden und als naturgegeben hingenommen hatten, verschwunden war. Die Worte waren die gleichen, das Interesse füreinander war geblieben; Clare wartete noch immer gespannt darauf, etwas über seine derzeitigen Fälle zu erfahren, und unterhielt sich mit ihm darüber. Aber es kam ihm vor, als fände sie, dass man sie beide auf ein Abstellgleis geschoben und dort vergessen hätte; dass sie in diesem rückständigen Kaff in der Falle säßen und beide deshalb ihre Rolle als angegrautes Ehepaar so heiter wie möglich zu spielen hätten.

*

Dick und Angela wurden in Dublin getraut. Darüber hatte es keine großen Diskussionen gegeben, denn beide wollten niemanden aus Castlebay dabeihaben. Weder Dicks Verwandte und Bekannte aus dem Hotel, noch Mutter Immaculata und Angelas Bruder samt Familie. Es sollte eine ganz schlichte Feier werden. Father Flynn war natürlich mit von der Partie, außerdem hatten sie noch Emer und Kevin eingeladen.
So trafen sich diese fünf eines frühen Morgens vor einem kleinen Nebenaltar der Kirche.
»Schade, ihr beide hättet wirklich ein etwas größeres Fest verdient«, meinte Father Flynn bedauernd.

»Ach, unser Leben ist ein einziges Fest, Father! Da können wir an unserem Hochzeitstag gerne darauf verzichten. Wirklich.«
Nach der Trauung gingen sie zu Emer und Kevin, aßen Rührei mit Speck und den Kuchen, den Angela und Dick eigenhändig gebacken hatten, und zwar nach einem Rezept aus dem Kapitel mit dem Titel »Kuchenbacken leicht gemacht«. Ihrer Ansicht nach ein weiterer Beweis dafür, dass Kochbücher nichts als Lügen enthielten. Nach langem Hin und Her gestatteten sie Father Flynn schließlich, *ein* Foto von diesem Ereignis zu machen. Als sie später den Abzug bekamen, fanden sie sich darauf so lächerlich, dass Angela meinte, man könne damit gut einen Artikel mit der Überschrift »Weihnachtsfeier in der Irrenanstalt« bebildern. Von Zeit zu Zeit, wenn sie einmal wieder herzlich lachen wollten, kramten sie das Foto hervor, aber sie brauchten es nicht, um den schönsten Tag ihres Lebens in Erinnerung zu behalten. Denn genau das war er, fand Dick, der schönste Tag überhaupt. Und selbst Father Flynn hatte dem nichts mehr hinzuzufügen.

*

Die Neuigkeit, dass die Nolans beabsichtigten, wieder in die Cliff Road zu ziehen, war für alle eine große Überraschung. Mr. Nolan ging es gesundheitlich nicht gut, und man hatte ihm geraten, etwas kürzer zu treten und an die See zu fahren. Caroline hatte ihre Ausbildung beendet und war gerade auf der Suche nach einem Arbeitsplatz, aber im Grunde genommen hatte sie gegen eine kleine Verschnaufpause nichts einzuwenden. James sagte, dass er die paar Schriftsätze ebenso gut in Castlebay wie anderswo vorbereiten könne.
David erfuhr dies alles aus einem Brief von James. Als er ihn vorlas, kommentierte er jeden Satz mit den für seinen Freund typischen Gesten. Clare stellte überrascht fest, dass sich alle sehr über diese Nachricht freuten.
Sogar Nellie war entzückt. »Da wird Mrs. Power aber guter Laune sein, wenn sie alle anreisen. Und die Breeda, ihr Dienstmädchen, ist ja so ein netter Kerl! Ich freu mich richtig, sie wiederzusehen.«
Mrs. Power setzte alles daran, den Garten noch rechtzeitig herzurichten. Dort gab es ein gemütliches Plätzchen mit vielen Lupini-

nen, wo man ganz hervorragend den Nachmittagstee servieren könnte. Sie hatte zwar Liegestühle, aber die sahen schon alle etwas schäbig aus.
»Wie wäre es, wenn ich dir die Liegestühle blau streichen würde? Dann hätte man das Gefühl, an Deck eines Ozeandampfers zu sitzen. Was meinst du?« Clare sah ihre Schwiegermutter fragend an.
»Also, ich weiß nicht ...«
»Ach, komm schon. Du hast doch ein blauweißes Teeservice, und dazu besorgst du dann noch blaue Servietten. Das wird fantastisch aussehen.«
Mrs. Power bedauerte es sehr, dass sie Clare hatte merken lassen, wie aufgeregt sie wegen des anstehenden Besuches war, und wünschte, sie hätte ihr gegenüber nicht gezeigt, dass sie die Nolans gerne beeindrucken wollte. Nun musste sie einen Rückzieher machen. Sie versuchte, es möglichst diplomatisch zu tun.
»Nun ja, meine Liebe, jedenfalls danke ich dir für dein Angebot«, meinte sie.
»Also, dann machen wir es so, oder?«, rief Clare. »Wenn ja, dann rufe ich Bumper an und sage ihm, er soll gleich ein paar Eimer Farbe vorbeibringen.«
»Ich denke nicht, Clare. Danke, nein.«
Clares Wangen färbten sich puterrot. »Du meinst, es ist vielleicht ein bisschen zu aufdringlich, was?«
»Tja, wie du schon sagst, es ist vielleicht ein bisschen zu viel des Guten, weißt du. Etwas zu ... nun, etwas zu auffällig.«
»Gewöhnlich?«, fragte Clare.
»Nein, nein, um Himmels willen, so meine ich das nicht! Aber versteh doch ...«
»Ich habe schon verstanden ...«, sagte Clare grimmig und ging zurück zum Pförtnerhäuschen.
»Du hast eine ordinäre, aufdringliche Mutter«, sagte sie zu Liffey, »eine Mutter, die ein wenig ... wie war das Wort doch gleich ... zu auffällig ist.«
Liffey schien erfreut über Clares Bemerkung zu sein.
»Und außerdem, Liffey, hast du ein unvorstellbar böses Weib zur Großmutter! Vergiss das bloß nie! Sie gehört wirklich zur absoluten Spitzenklasse der bösen Weiber! Wie würde deine Patentante Mary Catherine sagen: Sie ist ein Aas.«

Clare fühlte sich besser, nachdem sie ihrem Herzen Luft gemacht hatte. Liffey war eine gute Zuhörerin.

*

Caroline sah elegant aus. Clare konnte sich noch gut daran erinnern, wie sie zum ersten Mal nach Castlebay gekommen war. Clare war damals neidisch auf sie gewesen, denn Caroline und ihre Freundin Hilary hatten viel Spaß mit David, James und Gerry gehabt.
Merkwürdig, wie sich die Dinge entwickelt hatten. Ihr wurde unbehaglich zu Mute, wenn sie an Gerry und sein seltsames Verhalten dachte.
Sie war überrascht, als Caroline, die es sich mit Liffey auf dem Schoß in einem der Liegestühle bequem gemacht hatte, neugierig fragte: »Und, ist Gerry Doyle immer noch die größte Attraktion?«
»Ich denke schon«, sagte Clare vorsichtig. »Aber ich bin da nicht mehr auf dem Laufenden. Vielleicht haben die jüngeren Mädchen mittlerweile einen anderen Schwarm, doch ich glaube, er ist immer noch gut im Rennen.«
»Na, *ich* glaube, ich muss nachher mal in den Ort gehen und einen Blick auf ihn werfen«, sagte Caroline. »Jetzt, da du dir den prachtvollsten Kerl von Castlebay geangelt hast, muss ich mich ja wohl unter den zweitbesten umsehen.«
Sie lachte. Alle lachten, auch David.
Clare war wütend. Dieses *Biest* – warum sagte sie so etwas im Beisein von Molly? Clare war Mollys bedauernder Gesichtsausdruck nicht entgangen. Angenommen, David und Caroline hätten geheiratet, das wäre doch eine Partie ganz nach ihrem Geschmack gewesen, nicht wahr? Dann säßen jetzt Sheila Nolan und sie bei Liffey, um mit ihr zu schäkern. Diese Variante hätte Molly sicher alle Mal der Tatsache vorgezogen, dass Liffey zugleich auch das Enkelkind der Krämer im Ort war.

*

Valerie kam für eine Woche zu Besuch.
»Ich kann Caroline Nolan nicht ausstehen«, sagte sie. »Hör auf, so nett zu ihr zu sein, Clare.«

»Ich bin nur höflich, nicht nett. In ein paar Wochen ist sie wieder verschwunden.«
»Darauf würde ich nicht wetten. Sie fragte diesen alten Freund von Davids Vater, du weißt schon, den Anwalt ...«
»Du meinst Mr. Kenny.«
»Ja, bei dem erkundigte sie sich, ob rund um Castlebay in letzter Zeit eine Kanzlei eröffnet hätte. Die Arbeit auf dem Land sei ja so viel interessanter als in der Stadt, denn hier bekäme man es schließlich mit sämtlichen Rechtsbereichen zu tun.«
»Aber sich in Castlebay als Anwalt niederzulassen ist nicht gerade lukrativ. Es gibt gerade genug für den alten Mr. Kenny zu tun, und die meisten Leute suchen sich sowieso einen Anwalt in der Stadt.«
»Aha, genau das sagte er ihr auch, und heute fährt sie in die Stadt, um sich genauer zu erkundigen. Gerry Doyle kutschiert sie hin.«
»Mary Catherine würde sagen, das ist doch alles nur heiße Luft. Im Grunde genommen braucht sie lediglich eine Ausrede, um mit Gerry etwas allein unternehmen zu können. Sie ist scharf auf ihn, das war sie schon immer. Sie tut immer so, als sei sie hinter David her, aber ich weiß noch genau, wie es früher war. Immer drehte sich alles nur um Gerry.«
»Hoffentlich liegst du mit deiner Vermutung richtig«, meinte Val
»Ich wünschte, du könntest noch bleiben; mit dir fühle ich mich sicher«, sagte Clare.
»Das kannst du sonst auch, Dummerchen.«
»Nun ja, mit dir fällt es mir eben leichter.«
»Komm, lass uns heute Abend tanzen gehen«, schlug Valerie plötzlich vor.
»Nein, ich bin zu alt, und mir fehlt der Elan. David hat vorhin angerufen und gesagt, dass er fast die ganze Nacht wegbleiben wird. Mrs. Brennan meint, es gäbe Komplikationen bei einer Entbindung.«
»Keine Widerrede, du kommst mit. David fände das gut, ich weiß es.«
»Ich mag nicht. Irgendwie hab' ich keine Lust.«
»Dann gehe ich auch nicht hin, obwohl ich mich schon so darauf gefreut habe.«
»Das ist gemein, Valerie! Jetzt muss ich ja mitkommen. Ich will mir allerdings vorher noch die Haare waschen.«

»Tu das«, meinte Valerie vergnügt.
Zuerst nahmen sie alle einen Drink im Hotel. Alle, das waren: Caroline, James, Josie und Martin, Valerie und Clare. Später gingen sie über die Straße zum Tanzsaal. Kaum hatten sie die Schwingtüren aufgestoßen, da dröhnte ihnen auch schon die Musik der Kapelle entgegen.
»Ich bin wieder genauso aufgeregt wie früher als Teenager«, sagte Caroline.
»Ich auch«, meinte James Nolan und warf einen nachdenklichen Blick auf Josie Dillon.
Martin sagte nichts.
Der Geruch nach Schweiß, Parfüm und Sonnenöl war ihnen sofort wieder vertraut, und um die nostalgischen Gefühle perfekt zu machen, spielte die Kapelle einen Titel von Paul Jones.
Dieses Lied weckte in Clare Erinnerungen an ihre Jugendzeit. Immer, wenn die Musik aufhörte, musste man mit demjenigen weitertanzen, vor dem man zum Stehen gekommen war. Doch mindestens die Hälfte der Mädchen wünschte sich damals nichts sehnlicher, als mit Gerry Doyle weitertanzen zu können. Sie zwang sich regelrecht, dieses alte Gefühl wieder aufleben zu lassen.
»Los, Mädels, stürzen wir uns ins Gewühl! Es ist Damenwahl!«, rief sie.
»Ach, die Strohwitwe gönnt sich mal 'ne Abwechslung«, sagte Caroline.
Clare wollte lieber nicht wissen, wie sie das gemeint hatte. Vielleicht hatte es ja auch gar nichts zu bedeuten und war nur eine dieser oberschlauen Bemerkungen, für die Caroline einfach berühmt war.
Ihr erster Tanzpartner war ein ungefähr sechzehn Jahre altes Bürschchen mit hochrotem Kopf und schweißnassen Händen. So nervös, wie er wirkte, war es gut möglich, dass er heute Abend noch gar nicht getanzt hatte.
»Hallo«, sagte sie und lächelte ihn aufmunternd an. »Ich glaube, ich gehöre dir, zumindest für diesen Tanz.«
»Äh, danke, ich bin kein großer Tänzer«, erwiderte er.
»Schlechter als ich kannst du gar nicht sein«, meinte Clare freundlich, und bei ihrem wilden Gehopse durch den Saal fasste er immer mehr Zutrauen zu ihr. Sie wusste, dass er versuchen würde, sie den

ganzen Abend in Beschlag zu nehmen, wenn sie es ihm nicht gleich sagte.
»Das war schön«, sagte sie. »Ich bin mit dem Doktor hier im Ort verheiratet. Wir haben ein Töchterchen. Aber wenn ich so mit dir tanze, habe ich wieder das Gefühl, jung und hübsch zu sein.« Wie der Blitz war er weg. Eine verheiratete Frau! Um Himmels willen!
Valerie wirkt glücklich, dachte Clare, als sie später das Treiben oben vom Balkon aus beobachtete. Ein Mann mit Sommersprossen in einem karierten Anzug hatte sie mehrmals hintereinander aufgefordert. Er sah nett aus, und sie amüsierten sich prächtig zusammen. James Nolan, die schmeichlerische, falsche Ratte, tanzte Wange an Wange mit Josie Dillon, die, das musste man der Ehrlichkeit halber sagen, aber auch ziemlich töricht war, wenn sie das zuließ und ihn sogar noch ermutigte. Clare hielt absolut nichts von solchen Spielchen, aber es war ja vorauszusehen gewesen. Genauso hätte sie vorhersagen können, dass Caroline und Gerry Doyle sich hier suchen und finden würden.
Sie stützte sich auf die Balkonbrüstung und sah ihnen zu. Caroline war größer als Gerry, aber wer war das nicht? Sie redeten nicht viel, lächelten sich aber dauernd an; sie schmusten auch nicht miteinander, tanzten aber auffallend eng. Jeder von ihnen war sich seiner Sache ganz sicher. Clare wünschte sich, Valerie würde den Mann im karierten Anzug für einen Augenblick vergessen und zu ihr heraufkommen. Dann würde sie aufhören, diesen Unsinn zu glauben, dass Caroline Nolan ein Auge auf David geworfen hätte! Von hier oben konnte man klar und deutlich sehen, dass sie nur Augen für Gerry Doyle hatte.
Clare dachte an die Zeit zurück, als Josie und sie zum Tanzen gegangen und ständig aufgefordert worden waren. Aber heute Abend wich Josie nicht von James Nolans Seite. Und Mrs. Clare Power, Gattin des Doktors und Mutter seiner Tochter, sah die Tanzfläche hauptsächlich von weitem. Keiner der Jungen, die sie früher häufig aufgefordert hatten, würde sich ihr jetzt noch nähern, und da dies keine Tanzveranstaltung des Castlebay-Komitees war, fanden sich auch keine älteren Herrschaften, die mit ihr tanzen würden. Es machte ihr nichts aus, das Mauerblümchen zu sein; sie wünschte sich eigentlich auch nicht, dass David jetzt hier wäre. Sie hatte einfach das Gefühl, aus dem Alter heraus zu sein,

wo man tanzen ging. Sie fühlte sich nicht zu alt, sie war dem einfach entwachsen.

Drei erwähnenswerte Dinge geschahen noch, ehe die Nationalhymne gespielt wurde und der Abend vorbei war. Martin fragte Josie mit leicht zitternder Stimme, ob sie, wenn er jetzt ginge, mit ihm käme oder nicht. Dahinter verbarg sich viel mehr als diese einfache Frage, doch Josie antwortete ihm schnippisch, nein, sie käme nicht mit. Sie wolle noch bleiben. Vielen Dank.

Dann kam Bernie Conway zu Clare hinauf und sagte, wie schön es doch sei, sie wieder einmal zu sehen! Sie habe ja in der ersten Zeit ein regelrechtes Einsiedlerdasein geführt.

»Vermutlich war es der Schock darüber, dass das Baby schon so früh kam.«

»Das wird es wohl gewesen sein«, meinte Clare kurz angebunden.

»Und wer passt heute Abend auf die Kleine auf? David?«

»Nein, wenn er frei gehabt hätte, wäre er sicher mitgekommen. Nellie Burke kümmert sich von Zeit zu Zeit gerne um sie.«

»Ach, das Hausmädchen. Wie nett«, meinte Bernie.

Es entstand eine Pause.

»Ich hätte nie erwartet, dich hier allein anzutreffen ... nach ... nach allem, was passiert ist«, sagte Bernie.

Clare hätte sie am liebsten gepackt und aus dem Fenster geworfen, aber sie beschloss, nicht die Nerven zu verlieren.

»Ich bin eigentlich gar nicht allein hier, ich bin mit fünf oder sechs Leuten gekommen, ich tanze nur gerade nicht«, sagte sie und fügte noch mit zuckersüßem Lächeln hinzu: »Genau wie du.«

Und die dritte Geschichte war, dass Gerry Doyle und Caroline kurz zum Abschied winkten und zusammen hinaus in die Nacht Richtung Campingplatz gingen.

*

Carolines Vater sagte, es sei sehr vernünftig von ihr, in einer Kleinstadt praktische Erfahrungen zu sammeln. Es gäbe nichts Nützlicheres, als diesen Beruf von der Pieke auf zu lernen. Alle gratulierten ihr, dass sie eine Stellung in der Stadt, die dreißig Kilometer von Castlebay entfernt lag, gefunden hatte.

James sagte, er hoffe, sie könne die Kanzlei dazu bewegen, in

schwierigen Rechtsfragen seinen Rat einzuholen; er brauche gute Kontakte in der Provinz. Sheila Nolan wollte Caroline helfen, sich einzurichten, und da es von dort ja nur ein Katzensprung nach Castlebay sei, würde sie Molly im Winter übers Wochenende besuchen. Dr. Power meinte, sie werde rasch den Unterschied zum Sommer bemerken. Einige Mitglieder des Castlebay-Komitees hätten sich doch tatsächlich dagegen ausgesprochen, Touristen auch im Winter hierher zu locken. Sie wollten lieber die Illusion aufrechterhalten, dass in dieser Gegend ewiger Sommer herrsche.
Clare beteiligte sich nicht an der Unterhaltung. Sie musste daran denken, wie sie noch gelacht hatte, als Valerie sagte, Caroline sei eine Intrigantin, die insgeheim vorhabe, sich hier niederzulassen. Hatte es Caroline vielleicht wirklich auf David abgesehen, wie Valerie glaubte? Das konnte nicht sein. Hatte nicht genau zu dem Zeitpunkt, als sie hierher zu ziehen beschloss, auch ihr Techtelmechtel mit Gerry Doyle angefangen? Aber vielleicht tat sie bloß so, als sei sie an Gerry Doyle interessiert! Nun, das war unwahrscheinlich. Dafür hatte Caroline dann doch zu viel Verstand.
Sie kamen alle häufig zum Tee in den Garten von Crest View. Caroline konnte scheinbar im Handumdrehen alles Nötige organisieren, während Molly Power sich erst mal drei Tage lang den Kopf über die Gästeliste zerbrechen würde. Sheila Nolan kam offensichtlich nicht auf eine solche Idee, und Clare hatte nie erwogen, sie alle zu sich einzuladen, da sie davon ausging, dass sowieso niemand zu ihnen kommen wollte.
Doch Caroline wusste einfach, was die Leute nachmittags gegen fünf Uhr am liebsten mochten: eine große Kanne Tee und ein paar Teller mit appetitlichen Tomatensandwiches. Sogar Dr. Power kam gerne vorbei, wenn auch nur für ein halbes Stündchen. Caroline hatte alle Liegestühle knallrot gestrichen.
»Gehören die uns überhaupt?«, fragte James.
»Natürlich nicht, aber sie waren schon etwas schmuddelig. Der alte Mann, dem das hier gehört, freut sich bestimmt, wenn wir alles in Schuss halten.«
Molly sagte, das sei wirklich eine *ganz* zauberhafte Idee gewesen, und so *geschmackvoll* Gelegentlich nahm Caroline auch das Baby. Ein zehn Monate altes Kind war lebhaft, und man musste immer darauf Acht geben, was es gerade tat! Das war ihr dann doch zu

anstrengend. Und diesen Sommer wollte Caroline offenbar unbedingt den Ton angeben. Denn schließlich hatte sie sich vorgenommen, hier heimisch zu werden.
David schien sich in ihrer Gesellschaft sehr wohl zu fühlen, aber das hatte er ja auch früher schon getan. Sie waren schließlich befreundet gewesen, und jetzt zog er anscheinend sogar ihre Gesellschaft der von James vor.
Clare saß da und schaukelte mit einer Hand den Kinderwagen, in dem Liffey lag und schlief. Mrs. Nolan beschrieb einen Traum bis ins kleinste Detail, und Molly Power hörte ihr gebannt zu. Dr. Power und James Nolan diskutierten über die Verpflichtung von Ärzten, als Gutachter in Gerichtsprozessen auszusagen. Breeda brachte frischen Tee und noch mehr Sandwiches. David und Caroline saßen auf der schneeweißen Mauer von Crest View und betrachteten den Strand unter ihnen.
Was tue ich hier?, dachte Clare. *Ich* gehöre nicht hierher. Ich habe mit all diesen Leuten doch gar nichts zu schaffen!
Es war, als ob die Worte von Gerry Doyle in ihr widerhallten.
»Ich fand es immer schrecklich, wenn der Sommer vorbei war und wir wieder von hier wegmussten«, sagte Caroline. »Aber diesmal ist es ja kein Abschied auf Dauer. Ich bin richtig froh, dass ich den Job bekommen habe.«
»Wir alle sind es«, meinte David galant. »Aber glaubst du nicht, dass du dich hier langweilen wirst? Wirklich, Caroline, du hast ja keine Ahnung, *wie* ruhig es hier ist. Ich weiß, das Städtchen ist größer als Castlebay, aber immer noch winzig, wenn man aus Dublin kommt.«
»Wie kann ein Ort, in dem es einen Gerry Doyle gibt, langweilig sein? Das musst du mir mal sagen.« Caroline war ausgelassen und zu Scherzen aufgelegt. Doch sie bemerkte gleich, dass sie etwas Falsches gesagt hatte.
»Oh, er schon wieder«, meinte David.
»Ich wollte dich doch nur ärgern. Ich denke nicht, dass er in meinem Privatleben eine große Rolle spielen wird. Er ist wohl kaum die passende Begleitung für eine Rechtsanwältin.«
»Deine Freunde musst du dir schon selbst suchen. Ich bin ja nur der rettende Strohhalm.«
Das stimme überhaupt nicht, und außerdem habe sie immer

Schwierigkeiten, von sich aus auf Leute zuzugehen. »Ich zähle in dem Fall auf Clare und dich. Ihr könnt mich sicher ein paar netten Leuten vorstellen.«

»Wir kennen hier kaum jemanden.« Das war keine Ausrede, sondern die reine Wahrheit.

»Wir sollten wieder anfangen, Golf zu spielen. Wir könnten uns doch gelegentlich zu einer Partie treffen. Wie wäre das?«

»Aber liebend gern«, sagte David. »Ja, das würde mir Spaß machen. Eigentlich habe ich nämlich einen Nachmittag in der Woche frei, aber ich mache fast nie Gebrauch davon.«

»Also dann!« Caroline strahlte angesichts dieser wunderbaren Aussicht. »Der alte Landarzt und die alte Provinzanwältin treffen sich zu einer Nachmittagspartie Golf.« Sie lachte schallend. »Wer hätte das gedacht, David, dass es mit uns noch einmal so weit kommt?«

Clare hörte ihnen von ihrem rotlackierten Liegestuhl aus zu. Da saßen sie nun also, der Landarzt, die Provinzanwältin und sie, Clare, die Landpomeranze.

*

Die Wespen starben, der Seetang wurde angespült, und die Touristen packten ihre Sachen. Das war das Zeichen für Angela, ihre Bücher und Unterlagen für den Unterricht in Ordnung zu bringen.

Clare kam an der Kate vorbei. Sie fuhr Liffey in einem Sportkinderwagen spazieren.

»Wird sie nicht bald ein Jahr alt?«

»Ja, nächste Woche. Ist Dick da, Angela?«

»Nein ... ach, Unsinn, natürlich ist er da; er hat nur gesagt, ich solle sagen, er sei weg, falls jemand vorbeikäme. Aber gegen deinen Besuch hat er sicher nichts einzuwenden. Komm herein.«

Dick saß am Tisch, der mit Plänen und Zeichnungen übersät war. Als sie hereinkamen sprang er auf, als hätte man ihn auf frischer Tat ertappt.

»Es ist nur Clare, Liebling«, sagte Angela. »Wir hätten es ihr doch ohnehin erzählt.«

Sie hatten vor, aus der Kate eine kleine Pension zu machen. Dick wollte sich seinen Anteil an Dillons Hotel auszahlen lassen – was jedem dort nur recht war – und zusammen mit Angela eine kleine

Pension mit zwölf Betten eröffnen. Angela gehörte der Grund hinter dem Haus: Sie planten ein reines Golfhotel mit Unterstellmöglichkeiten für die Golfkarren und -schläger. Außerdem sollte man schon am Morgen Frühstück bekommen und bis spät abends eine warme Mahlzeit. Ob sie die Lizenz zum Ausschank von Alkohol bekämen, war nicht sicher, aber die Leute könnten sich ja eine Flasche Whiskey oder was auch immer bestellen und sich aufs Zimmer bringen lassen. Im Juni nächsten Jahres wollten sie bereits eröffnen, und zu dem Zeitpunkt würde Angela dann auch aus dem Schuldienst ausscheiden.

»Habt ihr deswegen versucht, Kochen zu lernen?«, erkundigte sich Clare neugierig.

»Das Einzige, was wir seitdem mit *hundertprozentiger* Sicherheit wissen, ist, dass wir vor allem einen Koch einstellen müssen. Wir können die Betten machen und abwaschen, aber auf keinen Fall kochen!«

Sie tranken Tee und studierten die Pläne. »Das kostet doch sicher eine ganze Stange Geld«, sagte Clare.

»Dillons schulden mir auch eine ganze Stange Geld«, erwiderte Dick.

»Wird dein Bruder sich darüber freuen, oder wird er wütend sein?«

»Er wird froh sein, dass er mich los ist, aber er wird wütend sein, wenn er von unserem Projekt erfährt. Deshalb halten wir das Ganze ja auch geheim, außerdem geht das mit dem Geld diese Woche über die Bühne. Ein Anwalt aus der nächsten Stadt erledigt das für mich. Sie haben sogar jemanden deswegen vorbeigeschickt, eine junge Frau ... Wie hieß sie doch gleich?«

»Etwa Caroline Nolan?«

»Genauso hieß sie. Nettes Mädchen, wenn man bedenkt, dass sie aus Dublin kommt. Sehr offen.«

»Hm, hm«, sagte Angela.

»Hm, tatsächlich«, sagte Clare.

»Was wolltest du eigentlich von Dick?«

»Ich wollte fragen, ob du mir vielleicht heimlich ein paar Golfstunden geben könntest. Ich dachte, wenn Angela wieder in die Schule muss, hättest du sicher etwas Zeit. Aber ich sehe schon, es geht nicht.«

»Ich spiele viel zu schlecht, als dass du von mir etwas lernen könntest.«
»Das macht nichts, ich will bloß kein kompletter Anfänger sein, wenn ich später mit anderen spiele.«
»Nein, Clare, du verstehst nicht das Problem. Ich könnte dir weder die richtige Schlägerhaltung noch die richtige Grundstellung beibringen. Du müsstest dann später wieder ganz von vorne anfangen.«
»Warum wendest du dich nicht an Jimmy, den Golflehrer?«, wollte Angela wissen.
»Ich wollte es heimlich lernen; es sollte niemand wissen.«
»Aha. Deshalb kannst du auch David nicht fragen«, schlussfolgerte Angela.
»Genau.«
»Wie wär's mit Gerry Doyle? Er spielt gut«, schlug Dick vor.
»Nein, da würde ich ja die meiste Zeit des Unterrichts mit ihm in den Sanddünen liegen müssen«, lachte Clare.
»Jetzt hab ich's – diese Caroline! *Sie* liebt Golf, hat sie gesagt, und sie will sowieso so oft wie möglich nach Castlebay kommen und spielen. Da wäre sie doch genau die Richtige.«
Dick Dillon strahlte zufrieden, weil ihm diese wunderbare Lösung eingefallen war.
»Tut mir wirklich Leid, Clare«, sagte Angela, »aber manche Männer sind etwas begriffsstutzig, da kann man nichts machen. Doch wir werden schon eine Lösung finden, sei unbesorgt.«
»Ich weiß gar nicht, was ihr habt. Ihr habt ja nicht einmal *einen* guten Vorschlag gemacht. Ich dagegen sogar zwei, und die werden dann gleich als unbrauchbar abgetan.« Dick schmollte.
»Da fällt mir was ein«, sagte Angela. »Wie wäre es denn, wenn ich ein paar Stunden bei Jimmy nehme, und du kommst einfach zufällig vorbei und machst ein bisschen mit? Kein Mensch würde merken, dass du es lernst.«
»Das stimmt. Aber du willst es ja eigentlich auch nicht lernen.«
»Da ich aber in naher Zukunft die freundliche Miteigentümerin eines Golfhotels sein werde, sollte ich zumindest den Hauch einer Ahnung haben, wie man dieses dämliche Spiel spielt«, meinte Angela. »Ich rede mal mit Jimmy, und du tauchst dann rein zufällig in der zweiten oder dritten Stunde auf.«

»Du hilfst mir immer aus der Patsche, danke«, sagte Clare. »Wahrscheinlich ist das nur eine dumme Idee von mir.«
»Nein, ich glaube, du liegst da schon richtig«, sagte Angela so ernst, dass Clare ein kalter Schauer über den Rücken lief.

*

Josie kam am Abend in Tränen aufgelöst zu Clare. Martin wolle sie nie mehr wiedersehen. Er sagte, durch ihr Verhalten gegenüber James Nolan habe sie ihn wie einen Trottel dastehen lassen. Oh, warum sei sie bloß so dumm gewesen? Am liebsten würde sie sich selbst den ganzen Tag ohrfeigen, so sehr ärgere sie sich. Was solle sie bloß tun? Clare könne doch so gut mit Männern umgehen.
»Ich kann überhaupt nicht gut mit Männern umgehen. Wie kommst du denn auf diese Idee?«
Na, sie habe immerhin David Power geheiratet. Und der »Romeo« von Castlebay, Gerry Doyle, habe neulich abends im Hotel gesagt, er wünschte, er wäre dem jungen Doktor zuvorgekommen.
»Das hat Gerry gesagt? Vor allen Leuten?«
»Ja, ja.« Mehr war allerdings nicht von Josie zu erfahren, denn momentan war sie viel zu sehr mit ihrem privaten Desaster beschäftigt. Sollte sie Martin schreiben? War James *ernsthaft* an ihr interessiert? Was meinte Clare dazu …?
»Wie soll ich dir sagen, was ich meine, wenn ich nicht einmal weiß, was du eigentlich willst«, erregte sich Clare.
»Ich will James Nolan, aber ich glaube nicht, dass er mich will. Wenn ich also sicher wüsste, dass ich mir bei James keine Hoffnungen zu machen brauche, dann will ich Martin. Ist das klar genug?«
»Du möchtest nicht zufällig eine Weile allein bleiben und das Leben nehmen, wies kommt? Vielleicht läuft dir dann jemand anderer über den Weg.«
»Nein, danke«, sagte Josie entschieden.
»Ich denke aber, das wäre das Beste für dich.«
»Ich habe dir gesagt, was ich will. Du kannst mir leicht erzählen, dass ich meine Unabhängigkeit genießen soll! Du hast einen Ehemann, ein Kind und auch noch Gerry Doyle, der dir schöne Augen macht.«
»Also gut. Ich fahr' dich zu ihm, damit du einen Brief unter seiner

Tür durchschieben kannst. Schreib: ›Lieber Martin, ich habe mich blöd benommen. Ich wollte wohl einfach herausfinden, ob du es ehrlich mit mir meinst ...‹, so was in der Art. Sei bloß nicht zu reumütig, aber auch nicht zu abweisend. Wir können den Brief gleich hier und jetzt schreiben, wenn du willst.«

»Ich glaube nicht, dass James Nolan jemals ...«

»Da hast du Recht. Ich glaube auch nicht, dass James Nolan jemals ...«

Zwei Wochen später kauften Josie und Martin die Verlobungsringe.

»Du bist ein Genie, Clare«, hauchte Josie ihr ein paar Tage später ins Ohr, nachdem Martin und sie gerade das Aufgebot bestellt hatten.

»Ich hoffe doch«, pflichtete Clare ihr bei.

Aber was sie selbst betraf, hatte Clare leider keine so glückliche Hand.

Sie verachtete Frauen, die Männern um jeden Preis gefallen wollten, und damals, als David und sie frisch verliebt waren und Dublin ihnen wie die Kulisse auf einer Bühne erschien, die nur ihnen allein gehörte, da hatten er und sie sich oft über das Gebaren von Frauen amüsiert, die glaubten, Koketterie wirke attraktiv. Allerdings auch über die Männer, die dumm genug waren, sich davon einwickeln zu lassen. Sie hatten sich beide geschworen, einander immer zu sagen, was sie dachten, und zwar rundheraus. Der andere dürfte dann maximal zehn Minuten lang gekränkt sein, aber dann müsste er beziehungsweise sie sich sofort wieder in Erinnerung rufen, dass ihre Liebe ja die Liebe des Jahrhunderts war und jedes offene Wort ein Teil ihrer ganz besonderen Beziehung zueinander.

Clare fragte sich, ob es so wie früher sein würde, wenn sie wieder nach Dublin gingen und in Dufflecoats im Regen durch die Stadt laufen würden. Im Winter und Frühjahr des Jahres 1960 war es ganz leicht gewesen, miteinander zu reden, im Winter und Frühjahr des Jahres 1962 konnten sie es nicht mehr.

Eines Tages schrieb sie ihm einen Brief. Einen langen Brief, in dem sie versuchte, das Gefühl von damals wiederaufleben zu lassen. Aber als sie ihn noch einmal durchlas, fand sie, dass er wie eine ellenlange Beschwerdeliste klang, und zerriss ihn.

Sie versuchte sogar, mit seinem Vater darüber zu sprechen. Allerdings machte sie nur ein paar Andeutungen. Doch wie sie bald merkte, glaubte Dr. Power, zwischen ihnen sei alles in bester Ordnung. Natürlich hatte er bemerkt, dass Clare nach der Geburt des Kindes etwas erschöpft gewesen sei – unter diesen Umständen nichts Ungewöhnliches –, doch er sah keine Anzeichen von Entfremdung oder Leere. Es wäre ebenso grausam wie zwecklos gewesen, ihm die Wahrheit zu erzählen.

Es fiel ihr ausgesprochen schwer, sich wieder an den Schreibtisch zu setzen und zu lernen. Es war ihr fast unmöglich.

Sie richtete einen Brief an den freundlichen Tutor, der sich damals so erstaunt gezeigt hatte, dass sie trotz der Heirat und des Umzugs nach Castlebay ihr Examen machen wollte. Sie schrieb, er habe ja vielleicht inzwischen erfahren, was an dem Tag vor ihrer Abschlussprüfung geschehen sei; aber nun sei das Baby bereits anderthalb Jahre alt, und sie, Clare, habe jetzt vor, sich nochmal auf die Prüfungen vorzubereiten. In seinem Antwortbrief meinte er, sie müsse sich ganz regulär noch einmal anmelden; im Übrigen gehe er davon aus, dass man ihr angesichts dieses wirklich dramatischen Ereignisses dabei keine Steine in den Weg legen würde. Er bewundere ihren Mut, es noch einmal zu versuchen, denn nach achtzehn Monaten müsse sie sich vermutlich doch wieder in den Stoff einarbeiten. Sie solle ihn unbedingt aufsuchen, wenn sie nach Dublin käme.

Tja, das war's wohl. Es gab offensichtlich keine andere Möglichkeit, als zu lernen, wenn sie wieder so klug werden wollte wie früher. Sie sah ihre alten Unterlagen durch. Wie hatte sie nur so scharfsinnige Dinge schreiben können? Wie hatte sie je diese Abschnitte zu Stande gebracht, die auf der linken Hälfte jeder Doppelseite unter der Überschrift »Zusammenfassung« standen? Und rechts hatte sie Querverweise, Quellenangaben, weitere Einzelheiten notiert. Hatte sie das wirklich alles mal gewusst?

Sollte sie vielleicht für ein paar Tage nach Dublin fahren? Vielleicht würde es ihr dann wieder realer vorkommen.

Sie sprach mit David darüber. Er fand, sie solle fahren.

Sie wollte bei Emer und Kevin und dem mittlerweile erstaunlich gewachsenen Daniel wohnen. Die drei waren schon sehr gespannt auf Liffey, die sie zuletzt bei der Taufe gesehen hatten. Ob David auch mitkäme? Wenigstens für ein paar Tage?

Nein, meinte er. Momentan könne er unmöglich weg. Zu dieser Jahreszeit bekämen viele alte Leute eine Lungenentzündung. Aber sie solle ruhig fahren, wirklich.

»Hast du mich eigentlich satt, David?«, fragte sie ihn an jenem Abend ohne jede Bitterkeit.

»Also, was redest du da für einen Unsinn«, sagte er. »Bist du etwa beleidigt, weil ich nicht mitkommen kann?«

»Nein, bestimmt nicht. Ich meinte es mehr allgemein.«

»Natürlich habe ich dich nicht satt, mein Schatz. Wie könnte ich denn?«

»Nun, wer weiß denn schon, warum sich Menschen in andere Menschen verlieben?« Sie stand an derselben Stelle wie damals, als Gerry Doyle am Küchentisch saß und diese Worte zu ihr sagte. Ganz unwillkürlich waren sie ihr jetzt wieder in den Sinn gekommen.

Sie zitterte.

»Nun, ich weiß es. Ich weiß, dass ich dich liebe und dich nicht satt habe. Zufrieden?«

»Bist du glücklich, David?«

»Was heißt ›glücklich‹?«, fragte er und zuckte die Schultern. »Dieses Haus wird langsam zur Echohöhle«, sagte Clare. »Vor einem Jahr hast du mir diese Frage gestellt. Damals, als du mir vorgeworfen hast, dass ich immer keine Lust hätte. Dann hast du mich gefragt, ob ich glücklich sei.«

»Das muss ja einen tiefen Eindruck auf dich gemacht haben. Was hast du geantwortet?«

»Erinnerst du dich nicht mehr?«

»Nein, mein Liebling, aber bitte fang jetzt keinen Streit an, nur weil ich mich nicht mehr genau an jedes unserer Gespräche in den letzten zwei Jahren erinnern kann. Wenn ich dich jetzt nach bestimmten Dingen fragen würde, würde sich bestimmt herausstellen, dass du auch manches vergessen hast.«

»Ja, du hast Recht. Gut, ich werde dir sagen, was ich geantwortet habe. Ich sagte, ich sei glücklich. Im Lauf unseres Gesprächs meinte ich dann irgendwann, dass ich das Gefühl hätte, unser Leben würde in festgefahrenen Bahnen verlaufen, und du sagtest, ja, du hättest auch das Gefühl.«

»Und was willst du mir damit sagen?«

»Tja, damals wolltest *du* unbedingt wissen, was mit mir los ist. Und heute will ich es bei dir wissen.«
»Ich hatte einen schweren Tag. Einen wirklich schweren Tag. Heute ist weiter unten an der Küste eine Frau gestorben. Sie war vierundvierzig, und es hat ihr nie etwas gefehlt. Aber innerhalb von zwei Monaten war ihr ganzer Körper von Krebs befallen. Sie hat sechs Kinder hinterlassen.
Ich kam zurück und nähte das Auge eines fünfjährigen Kindes, das von seinem Vater mit einem Stuhl verprügelt worden war.
Der Vater war in einem schlimmeren Zustand als das Kind. Ich muss für Frank Conway über diesen Vorfall einen Bericht schreiben. Und als Frank Conway mich fragte, wie es seiner Mutter gehe, musste ich ihm sagen, dass sie das Krankenhaus nicht mehr lebend verlassen würde.
Dann wollte Dad wissen, ob es mir was ausmachen würde, wenn ich in etwa einem Monat mal für eine Woche allein die Praxis machen müsste. Er sei ziemlich abgespannt, wache in der Nacht mit Herzrasen auf und brauche ein bisschen Ruhe.
Ruhe? Er macht kaum noch ein Viertel der anfallenden Arbeit. Wenn dieser Mann also nach dem bisschen Arbeit schon Ruhe braucht, dann muss es ihm wirklich schlecht gehen. Dann komme ich nach Hause und werde bedrängt, doch mit nach Dublin zu kommen, was völlig unmöglich ist, so gerne ich auch mitfahren würde. Und anschließend wird dann mein ganzes Leben analysiert.«
Stille.
»Tut mir Leid«, sagte sie.
»Das muss es nicht. Das sind die Freuden und Schrecken meines Tages gewesen. Du kannst nichts dafür.«
»Wie sollten wir deiner Ansicht nach einen Abend wie heute verbringen? Was würde dir gefallen? Sag's mir.«
»Ich wünsche mir ein bisschen Ruhe und dass wir uns über etwas anderes unterhalten. Nicht über uns und was aus uns wird und wer wen mehr liebt.«
Er stand auf und nahm sie in den Arm. »Schon gut, Clare. Es ist nicht immer alles so rosig, besonders nicht bei einem Beruf wie meinem. Als du dich auf dein Examen vorbereitet hast, ging es dir genauso ... in deiner Freizeit möchtest du dich dann bloß noch er-

holen und nicht dauernd darüber nachdenken müssen, was Liebe ist und was nicht.«

»Ich verstehe. Ich werd's mir merken«, sagte sie.

Das Telefon klingelte. David nahm den Hörer ab.

»Ach, hallo.« Er strahlte über beide Ohren. Das konnte nur Caroline Nolan sein. Sie wusste genau, was Leute in ihrer Freizeit wollten. Keinen tiefgründigen Gedankenaustausch, nein. In ihrer Freizeit wollten die Leute über angenehme Dinge plaudern und sich zum Golf verabreden.

*

Sie schrieb an Emer, dass sie jetzt doch nicht käme. Sie wolle zu Hause bleiben, weil sie noch ein paar Dinge klären müsse. Emer antwortete, das sei nicht weiter schlimm: Sie hätten immer ein Bett für sie frei. Die Erwähnung der Betten in Emers Haus löste bei Clare immer Schuldgefühle aus.

*

Jimmy meinte, Angela sei eine gute Golferin. Sie habe einen Schwung wie ein Mann. Angela wertete das nicht als dickes Lob, obwohl Jimmy es so gemeint hatte.

»Und Ihre kleine Freundin hier spielt auch nicht übel.« Clare schnitt eine Grimasse. »Wenn Sie jetzt noch ein freundlicheres Gesicht machen, können Sie sich durchaus auf dem Platz sehen lassen.«

»Na, großartig«, sagte Clare.

»Warum kommen Sie nicht mal vorbei und spielen eine Partie mit Ihrem Ehemann? Wenn die Anwältin nicht da ist. Ich wette, David hätte nichts gegen eine Partie Golf am Samstag.«

»Schön wär's. Aber ich bin nicht gut genug.«

»Ach, Sie könnten durchaus gegen ihn antreten. Am zweiten Loch haben Sie ziemlich gut gespielt. Sie waren mit drei Schlägen auf dem Green und haben mit zwei Schlägen eingelocht.«

»Aber das sind drei Schläge über Par.«

»Das ist ganz ordentlich. Glauben Sie mir.«

*

»Und, wie war's heute?«, fragte sie ihn, als er das nächste Mal vom Golfplatz kam.
»Ganz schlecht, ich habe nicht einen Ball getroffen.«
»Wie warst du am zweiten Loch?«, fragte sie ihn mit Unschuldsmiene.
»Frag mich bloß nicht nach dem zweiten Loch! Da habe ich doch tatsächlich sieben Schläge über Par gebraucht«, jammerte er.
»Mach dir nichts draus. Es gibt eben gute und schlechte Tage, hab' ich Recht?«
Er sah sie dankbar an.

*

Frauenzeitschriften rieten ihren Leserinnen immer, auf die äußere Erscheinung zu achten, abzunehmen und sich wieder in das Mädchen zu verwandeln, das ihre Männer einst geheiratet hatten. Also versuchte Clare es mit Schminken, aber sie wischte fast alles wieder ab. An ihr wirkte es zu dick aufgetragen und für Castlebay viel zu mondän. Ihre Kleidung war in Ordnung, sie hatte ein paar sehr schöne Röcke und trug dazu entweder einen Pullover oder eine schicke Bluse. Abnehmen musste sie wirklich nicht, sie war eher zu dünn. Sie fand, sie sah besser aus als das Mädchen, das er geheiratet hatte. Daran konnte es also nicht liegen. Garantiert waren diese Frauenzeitschriften noch nie mit einer Ehefrau konfrontiert worden, die so anstrengend und anspruchsvoll war, dass sie damit ihren Gatten in die Arme einer Provinzanwältin trieb. In so einem Fall wären diese scheintoten Redaktionstanten wahrscheinlich mit ihrem Latein am Ende. Aber Clare wollte nicht aufgeben. Sie beherzigte sämtliche Ratschläge eines Artikels aus *Woman's Own*, in dem haargenau erläutert wurde, wie man sich für den Abend aufs Vorteilhafteste zurechtmachte.
Lidschatten und Eyeliner hatte sie wie beschrieben aufgetragen. Sie zog den Taftrock an, den sie erst einmal zu einem Tanzabend getragen hatte. Dazu ein hübsches Oberteil. Ihr Haar hatte sie sich zu großzügig fallenden Locken frisieren lassen.
Als Clare beim Friseur saß, kam Chrissie in ihrem verdreckten Kittel vorbei.

»Ich habe gesehen, wie du reingegangen bist. Wo willst du denn heute Abend hin?«
»Nirgendwohin«, zischte Clare unter der Trockenhaube hervor.
»Aber irgendwohin musst du doch gehen. Warum solltest du sonst beim Friseur sitzen?«
»Ach, verzieh dich, Chrissie«, sagte sie.
»Hier kann ich kommen und gehen, wann ich will. Egal, ob es dir passt oder nicht.«
Clare wusste nur zu gut, dass in Kürze der ganze Ort von dieser liebenswürdigen schwesterlichen Unterhaltung zwischen der Gattin des jungen Doktors und der Verkäuferin aus Dwyer's Metzgerei erfahren würde.

*

Sie ging bei ihrer Mutter vorbei.
»Geht's dir gut, Clare? Du siehst aus, als ob du geweint hast.«
»Das ist Make-up, Mum.«
»Wo ist Liffey?«
»Bei Nellie, ich war beim Friseur.«
»Das ist reine Geldverschwendung bei diesem Wind, den wir zur Zeit haben. Ehe du zu Hause bist, ist die Frisur hin.«
Jim kam in den Laden. Clare drehte sich zu ihm um und sprach mit ihm, wobei sie die Worte mit ihren Lippen absichtlich ganz deutlich und langsam formte.
»Clare, hör auf, so mit Jim zu reden«, unterbrach sie ihre Mutter. »Er denkt bestimmt, du hältst ihn für einen Schwachkopf. Jim ist kein Schwachkopf, er ist nur ein bisschen träge, nicht wahr, Jim?«

*

Sie sagte das ganz liebevoll, bekam aber keine Antwort. Da Jim nicht gesehen hatte, dass sich ihre Lippen bewegten, konnte er auch nicht wissen, dass sie mit ihm gesprochen hatte.
Sie hatte sich abgerackert und ein schönes Abendessen für David gemacht. Doch er war müde und zerstreut und bemerkte weder ihre neue Frisur noch ihr Augen-Make-up. Auch über das Essen verlor er kein einziges Wort.

Er sagte, er sei völlig erschöpft. Sie gingen früh zu Bett, und David schlief ein, als sie sich gerade zu ihm legen wollte.

*

»Caroline?«
»Oh, hallo, David! Sag jetzt bloß nicht, dass du die Golfpartie absagen willst. Ich habe mich schon den ganzen Vormittag darauf gefreut.«
»Ich auch. Nein, natürlich sage ich nicht ab. Aber hör mal, du hast doch nach dem Spiel noch einen weiten Rückweg vor dir. Was hältst du davon, wenn wir anschließend noch eine Kleinigkeit essen, bevor du wieder fährst?«
»Oh, das ist lieb, aber ich möchte Clare keine Umstände machen …«
»Nein, ich dachte, wir könnten essen gehen. Was meinst du?«
Pause.
»Ja, das ist eine fabelhafte Idee. An was hattest du gedacht?«
»Nun, es gibt ja nicht viele Möglichkeiten in Castlebay, eigentlich nur eine: das Hotel. Da kann man ganz ordentlich essen.«
»Großartig. Dann muss ich nicht hungrig nach Hause fahren.«
»Gut, dann bestelle ich also einen Tisch für uns.«

*

Anfangs hatten sie immer nur eine Partie Golf gespielt und anschließend noch ein paar Drinks im Club genommen. Jetzt spielten sie erst Golf, tranken dann noch etwas und gingen anschließend zusammen essen. Am nächsten Tag rief Josie an. Sie wollte nur ein bisschen mit Clare plaudern.
»Ich hoffe, das Essen gestern Abend war nicht zu gut. Sonst kann ich womöglich nicht mithalten«, sagte Clare lachend.
»Wie meinst du das?«
»Nun, ich wollte die Golfer nächste Woche *zu uns* einladen. Wollt ihr, Martin und du, nicht auch kommen?«
Josie bedankte sich für die Einladung und meinte, sie kämen gern. Sie war erleichtert. Clare wusste also Bescheid darüber, dass David mit Caroline ausgegangen war. Ihre Schwester Rose war gestern

Abend ganz aufgeregt aus dem Speisesaal gekommen und hatte ihr brühwarm berichtet, dass David Power und Caroline Nolan unter dem Tisch Händchen hielten. Aber das stimmte vielleicht überhaupt nicht. Rose hatte schon immer eine Schwäche für David gehabt, und seit Josie ihre Verlobung bekannt gegeben hatte, war Rose sehr verbittert und übellaunig gewesen.

*

Clare fragte Molly, ob sie nicht nächsten Donnerstag zum Abendessen kommen wolle.

»Du planst aber weit im Voraus, meine Liebe«, sagte Molly. »Aber wir kommen natürlich sehr gern. Meinst du, du wirst es schaffen?«

*

Angela meinte, dass sie normalerweise alles andere abgesagt hätte, um auf gar keinen Fall Clares Einladung zu verpassen, aber die Mutter Oberin habe ihren Besuch angekündigt, und die Nonnen würden aus diesem Anlass ein kleines Fest vorbereiten, zu dem sie ebenfalls eingeladen worden sei. In all den Jahren, die sie dort schon als Lehrerin arbeite, sei sie noch nie von der Schulleitung zu einem Essen eingeladen worden, und nun sei es soweit. »Es wird garantiert schrecklich, ich werde mir heimlich ein paar Notizen machen und dir später alles haarklein berichten.«

»In all den Jahren, die du *mich* jetzt kennst, bist du von mir auch noch nie zum Essen eingeladen worden. Warum muss das jetzt ausgerechnet auf den gleichen Abend fallen«, seufzte Clare.

»Gibt es einen besonderen Grund für deine Einladung?«

»Man könnte sagen, es geht ums Überleben.«

»Ach, deine Schwiegermutter kommt?«

»Und die Golfpartnerin meines Mannes.«

»Da hast du dir ja was vorgenommen! Was wirst du kochen?«

»Das weiß ich bis jetzt noch nicht.«

»Tja, wenn ich dir da einen Vorschlag machen darf: Fang mit einer kalten Vorspeise an, gefüllte Eier oder etwas in der Richtung. Emer hat so etwas neulich in einem Restaurant in Dublin gegessen. Es muss sehr gut gewesen sein.«

»Das geht vielleicht in Dublin als Vorspeise durch, aber wenn du hier nicht allen als Erstes eine Suppe vorsetzt, läufst du Gefahr, dass sie dich ins Irrenhaus sperren. Am besten, du drückst mir die Daumen. Ich kann's gebrauchen.«
»Du schaffst das schon«, sagte Angela, aber es klang nicht sehr überzeugend.

*

Der alte Mr. Kenny fand es reizend, dass ihn die jungen Leute zu einem Abendessen einluden. Er war ganz gerührt, und somit wären sie acht.
Sie lieh sich bei Nellie zwei Stühle und sah ihr Geschirr und Besteck durch, um sicherzugehen, dass alles in ausreichender Zahl vorhanden war. Immer, wenn David aus dem Haus war, machte sie sich an die Vorbereitungen. Schließlich wollte sie ihn in gewisser Weise ja auch überraschen. Er hatte die Idee mit dem Abendessen gut gefunden, und das hieß ja wohl, dass er nicht viel zu verbergen hatte. Wenn zwischen ihm und Caroline mehr sein sollte als ein paar unverfängliche Gespräche und ein flüchtiger Kuss auf die Wange zum Abschied, dann – so dachte sie – könnte er sie nicht mit zu ihnen nach Hause bringen und so tun, als wenn nichts wäre. Sie hatte Caroline in der Kanzlei angerufen, und auch ihr hatte die Idee, nach dem Golfspielen zu einem Abendessen vorbeizukommen, gefallen.
»Das ist ja ein ganz reizender Vorschlag, Clare. Wirst du auch alles schaffen?«
»Was schaffen?«, erkundigte sich Clare betont freundlich, obwohl sie vor Wut innerlich kochte.
»Nun ja, das Abendessen und alles.«
»Na, das will ich aber meinen!«, sagte Clare und ging zornentbrannt in die Küche.
Sie nahm Liffey aus der Wiege und redete ernst auf sie ein: »Liffey, ich kann dir nur sagen, diese Welt ist eine Scheißwelt, wie meine Freundin Mary Catherine, deine Patentante, in ihren weniger kultivierten Augenblicken immer zu sagen pflegt. Wir beide, du und ich, wir werden das hier jetzt durchstehen und nicht auf uns herumtrampeln lassen. Hast du gehört, Liffey Power. Und ich

verspreche dir jetzt hoch und heilig, wenn du am Donnerstag ein braves Mädchen bist, wenn du niemanden nass machst, dich nicht übergibst oder anfängst zu weinen, dann schenke ich dir ein Leben voller Freiheit und Abenteuer. Und wenn du später mal in einem Sputnik fliegen willst und dein Vater verbietet es dir, kannst du sicher sein, dass ich Himmel und Hölle in Bewegung setzen werde, um ihn umzustimmen.«
Liffey klatschte vergnügt in die Hände.
»Gut, dann ist das also abgemacht.«
Bones kam in die Küche.
»Und für dich, Freundchen, gilt das Gleiche. Wenn die Gäste hier sind, kratz dir gefälligst nicht das Hinterteil, fang bloß nicht an zu kläffen, weil du eine Fliege oder sonst irgendwas entdeckt hast, und heul nicht den Mond an. Das wäre sehr nett. Tu einfach so, als wärst du ein liebes süßen Hundchen, das Frauchen gern hat. Wenn du allerdings aus Versehen Miss Nolan ins Hinterteil beißen solltest, sorge dafür, dass jeder denkt, sie hätte angefangen. Und was bekommst du zur Belohnung? Nun, ich verspreche dir, dass ich nicht zulassen werde, dass sie dich einschläfern. David hat vor kurzem mal so etwas erwähnt.«
Bones lächelte sie dankbar an, und sie stürzte sich wieder auf ihr Kochbuch.

*

Mit Nellies Hilfe wäre alles ganz einfach gewesen. Und Nellie hätte ihr sicher auch gerne geholfen, aber der Punkt war, dass es schlicht und einfach nicht ging. Sie *musste* es alleine schaffen. Sie durfte Nellie gegenüber nicht einmal andeuten, wie aufgeregt sie wegen dieser Einladung war. Nellie war in erster Linie natürlich ihrer Herrschaft gegenüber verpflichtet, und wie schnell konnte es passieren, dass sie Molly gegenüber leichtsinnigerweise erwähnte, was für ein Chaos drüben im Pförtnerhäuschen herrschte! Damit wäre die ganze Mühe dann umsonst gewesen. Sie hatte Valerie angerufen, um sich von ihr ein paar Tips geben zu lassen. Val schlug vor, sie solle etwas Einfaches machen und ihnen so viel zu trinken geben, dass sie hinterher nicht mehr wüssten, was sie gegessen hätten. Das funktionierte vielleicht bei Valeries Gästen, war aber für diesen Anlass nicht sonderlich ratsam. Val meinte noch, sie solle die Brötchen aufbacken und Sahne an die Suppe tun und vielleicht Kartoffelpüree oder Ofenkartoffeln als Beilage machen. Damit liege man immer richtig, und es sei kinderleicht zuzubereiten. Chrissie fand es fantastisch, wenn man sich ein so großes Stück Rindfleisch leisten konnte.

»Warum hast du nicht angerufen? Wir hätten es dir doch auch liefern können.«

»Ich hatte gehofft, wenn ich selbst vorbeikomme, gibst du mir vielleicht ein besonders schönes Stück und zeigst mir, wie man das Fleisch am besten schneidet«, sagte Clare betont freundlich zu ihrer Schwester.

»Tja, schneid einfach jedem eine Scheibe runter, so wie immer«, sagte Chrissie, die hilfreiche und einfühlsame Fachkraft aus der Metzgerei, auf die man stets zählen konnte, wenn man vor großen Anlässen nicht weiterwusste.

*

Donnerstags machten die Geschäfte in der dreißig Kilometer entfernten Kleinstadt früher zu. Außerdem war es Davids Golftag und der Tag des großen Abendessens.

Clare fand, die Frauenzeitschriften konnten stolz auf sie sein. Sie hatte David gesagt, er könne jederzeit mit Caroline vorbeikommen; sie wolle sich doch sicher zum Abendessen umziehen. Die anderen würden etwa gegen sieben Uhr eintreffen; also blieb ihnen noch genügend Zeit für ein paar Drinks im Club ...

»Sind wir dir auch nicht im Weg?«

»Überhaupt nicht«, trällerte Clare.

Er küsste sie zum Abschied auf die Nase und gab dann noch Liffey einen Kuss.

»Bones schleppt sich nur noch mühsam dahin, findest du nicht auch? Ob er wohl Schmerzen hat?«

»Ach, Bones ist doch noch ganz munter«, sagte Clare und tätschelte den Kopf des Hundes. Das war ein Versprechen. Solange sie da war, würde Bones auf keinen Fall eingeschläfert werden.

*

Liffey schmierte sich den Möhren- und Kartoffelbrei auf ihr bestes Kleidchen. Clare zog es ihr aus und wusch es. Vielleicht würde es ja rechtzeitig trocken, damit Liffey es doch noch anziehen konnte. Es war nämlich das Kleid, um das Molly so viel Aufhebens gemacht hatte. Ihr zu Ehren sollte die Kleine es tragen. Als Clare den Löffel, den schönen Silberlöffel, den Mr. Kenny dem Baby zur Taufe geschenkt hatte, spülte, hielt Bones ihn für etwas zum Spielen und schnappte ihn sich.
Dreimal umrundete er mit seiner Beute den Garten und vergrub den Löffel schließlich in einem Blumenbeet.
Natürlich war die Sahne ausgerechnet heute sauer, und zwei von den guten Stoffservietten hatten Löcher. Und als sie hektisch am gedeckten Tisch vorbeilief, stieß sie einen Krug mit Wasser um. Sie hing die feuchten Kissenbezüge auf und betete, dass sie noch rechtzeitig trocken wurden.
Da Caroline sich bestimmt in ihrem Schlafzimmer umziehen würde, hatte Clare sich bemüht, dieses Zimmer behaglicher und freundlicher zu machen. Sie schüttelte die Kissen auf und legte sie dicht nebeneinander, damit es so aussah, als ob sie nachts beide immer ganz eng beieinander lägen. Außerdem drapierte sie ihr schwarzes Nachthemd aufs Bett, das, wenn man es anhatte, furchtbar hässlich aussah, so aber sehr exotisch wirkte. Sie stellte noch einen Strauß Blumen ins Zimmer und eine Lampe, die sanftes, stimmungsvolles Licht verbreitete.
Zudem hatte sie sich die Mühe gemacht, alle Schränke und Schubladen aufzuräumen, für den Fall, dass Caroline herumschnüffeln würde. Sämtliche alten Schuhe oder etwas schäbige Kleidungsstücke, die Caroline besser nicht zu Gesicht bekommen sollte, räumte sie in die Abstellkammer, in der sie vorsichtshalber die Glühbirne herausdrehte, damit Caroline in diesem Durcheinander nicht auch noch Licht machen konnte, falls sie aus Versehen diese Tür öffnen sollte.

*

Sie kamen alle zur gleichen Zeit.
David schenkte jedem ein Glas Sherry ein, und jeder sagte mindestens dreimal, wie nett es doch hier sei.
Caroline sah fantastisch aus. Ihr Haar glänzte und war schick fri-

siert. Clare hatte inständig gehofft, es wäre verfilzt und vom Wind zerzaust. Caroline sagte, sie wolle sich nur rasch ein wenig frisch machen und kam nach sagenhaft kurzer Zeit in einem langen roten Wollrock und einer weißen Spitzenbluse wieder die Treppe herunter.
»Heute war es draußen einfach wunderbar«, sagte sie. »Du solltest wirklich auch Golfspielen lernen, Clare.«
»Hat mir nicht jemand erzählt, du würdest bereits Stunden nehmen, Clare?«, fragte Josie.
Clare wäre ihr am liebsten an die Gurgel gegangen. »Ich? Wie kommst du denn darauf? Aber vielleicht hat mich mal jemand mit Angela auf dem Golfplatz gesehen. Sie nimmt ja Unterricht.«
»Ach ja.« Angela Dillon war ein heikles Thema für die Dillons. Die Familie fürchtete, Onkel Dick und die Lehrerin könnten dem alteingesessenen Hotel womöglich sämtliche Golfgäste abspenstig machen.
»James spielt sehr oft in Dublin. Manche Leute sind sogar der Ansicht, dass er viel zu viel Zeit auf dem Golfplatz verbringt«, sagte Caroline. Nun, *dieses* Thema sollte man besser auch nicht vertiefen, denn kaum war der Name James Nolan gefallen, umklammerte Martin krampfhaft sein Glas.
Clare fand, dies sei der richtige Augenblick, um alle zu Tisch zu bitten.
Zur Hölle mit allen Frauenzeitschriften!
Die Brötchen kamen völlig verkohlt aus dem Ofen. Da war nichts mehr zu machen.
Also schnitt Clare ein paar Scheiben von Nellies frisch gebackenem braunen Brot ab und legte sie auf einen Teller. Als sie ihn auf den Tisch stellte, schwärmte Molly, niemand könne so ausgezeichnet backen wie Nellie, bei ihr werde der Teig einfach immer schön locker.
»Dieses Brot ist aber auch sehr köstlich«, sagte Mr. Kenny. »Das ist ja von Nellie«, gestand Clare verzweifelt.
Das Fleisch war zäh, das Kartoffelpüree trocken, der Rosenkohl verkocht und die Soße klumpig.
Clare sah lauter Teller, auf denen noch Essensreste lagen, und musste sich schließlich eingestehen, dass wohl niemand mehr nachnehmen wollte. Dunkelrot vor Scham räumte sie den Tisch ab. Es gab keine Sahne zum Schokoladenpudding. Als sie gemerkt hat-

te, dass die Sahne sauer war, war es schon zu spät gewesen, um noch welche zu besorgen. Sie hatte ihre Eltern verflucht, weil sie kein Telefon hatten, denn dann hätten sie Ben oder Jim mit Sahne oder sogar mit Eiscreme vorbeischicken können. Sie hatte noch überlegt, Liffey einfach ins Auto zu packen und selbst schnell zum Laden zu fahren, aber dann hatte sie es für besser gehalten, auf ihrem Posten zu bleiben, damit sie nicht noch nervöser wurde.

Die Gäste quälten sich durch den Pudding, und niemand nahm von dem Käse, den sie so hübsch mit Salzgebäck garniert hatte. Sie ging in die Küche, um Kaffee zu kochen, und stellte fest, dass die volle Kaffeedose, die sie im Wandschrank gesehen hatte, keineswegs Kaffee enthielt. Es war vielmehr die Dose, in der sie vorübergehend ihre Kaurischneckenhäuser aufbewahrte, bis sie einen geeigneten Platz für sie gefunden hatte.

Unter dem Vorwand, sie müsse mal nach Liffey sehen, schlich sie sich in der Dunkelheit aus dem Haus, um in der Küche ihrer Schwiegermutter nach Kaffee zu suchen. Es war Donnerstag, Nellies freier Abend. Sie würde also nicht da sein. Clare stolperte über Bones und fiel der Länge nach hin. Bones bellte fröhlich los, und zwar so laut, dass Dr. Power es hörte und aus dem Pförtnerhäuschen lief, um zu sehen, was los war.

»Mein Gott, Molly«, rief er. »Da ist jemand in unserer Küche.« David reagierte souverän. Er griff sofort nach einem Golfschläger und bestand darauf, allein hinüberzugehen.

Als Clare aus der Küche der Powers mit aufgeschürften Händen, einem blauen Fleck auf der Stirn und einem verdächtig lockeren Zahn herausgeschlichen kam, kläffte Bones aufgeregt den Mond an.

»Ich bring' dich um«, sagte sie zu dem Hund. »Du kommst in den Fleischwolf, und ich werde nicht einen Finger krumm machen, um dir zu helfen.«

Plötzlich bemerkte sie die ganze Gesellschaft, die im Licht des Pförtnerhäuschens dastand und auf sie wartete, während David mit dem Golfschläger in der Hand langsam auf sie zukam.

Aus der Ferne drang der vertraute Klang von Liffeys Stimme zu ihr herüber, die aufgewacht war und nun schrie. Und daran sollte sich auch in den nächsten zwei Stunden nichts ändern.

*

Angela lachte, bis ihr die Tränen kamen.
Clare hatte auch Tränen in den Augen, als sie die ganze Geschichte erzählte, aber nicht, weil sie sie besonders lustig fand.
»Nein, ich finde daran absolut nichts komisch. Hör gefälligst auf zu lachen! Ich habe die Nase gestrichen voll! Ich habe mich zum Gespött gemacht. Ebenso gut hätte ich aufstehen und in Unterwäsche auf dem Tisch tanzen können. Es war furchtbar. Alle haben sie mich bedauert, alle, sogar Josie.«
»Es ist doch deine eigene Schuld«, sagte Angela. »Wer hat denn immer die guten Ratschläge parat? Wer hat zum Beispiel Mary Catherine gesagt, sie soll James Nolan und seiner Familie ruhig erzählen, dass ihr Vater kein Millionär, sondern Briefträger ist? Warum konntest du ihnen nicht einfach sagen, dass du eine Kaffeedose voll Schneckenhäuser hast?«
»Nicht nach den verkohlten Brötchen, der klumpigen Soße und dem zähen Fleisch. Ich wette, Chrissie hat das mit Absicht gemacht. Wahrscheinlich hat sie mir für meinen Braten das Hinterteil von einem alten Maulesel angedreht.«
»Und wie hat David reagiert?«
»Der hat mir nachher noch den Rest gegeben. Er meinte, der erste Abend als Gastgeberin bei einem großen Essen sei immer schwierig. *Der erste!* Wohl eher der erste und letzte. Wie war's bei Mutter Oberin?«
»Sie redete über den Verfall von Anstand, Sitte und Moral. Dazu gab es Eiersandwiches und Tee.«
»Das hätte mir gefallen«, sagte Clare inbrünstig. »Verglichen mit meinem gestrigen Abend klingt das geradezu paradiesisch.«

*

An einem verregneten Donnerstag kam Gerry vorbei.
»Ich habe ziemlich viel zu tun, Gerry.«
»Das sehe ich«, sagte er und blickte auf die aufgeschlagene Zeitung, die auf dem Küchentisch lag.
»Na ja«, meinte sie verlegen.
»Nun, es hat einige Zeit gedauert, aber jetzt ist es passiert.«
»Was?« Plötzlich hatte sie große Angst.
»David.« Er stand da und lächelte.

Sie fasste sich erschreckt an die Kehle. »Was ist mit ihm?«
»Ich glaube, er hat seine große Liebe gefunden, Clare, in einem Wohnwagen.«
»*Was?*«
»Nun, findest du nicht, dass es ein bisschen zu regnerisch ist, um Golf zu spielen? Sieh doch mal aus dem Fenster. Sie müssten inzwischen nass bis auf die Knochen sein.« Er hatte sich unaufgefordert zu ihr an den Küchentisch gesetzt, doch sobald er ihr die Neuigkeit mitgeteilt hatte, stand er auf.
»Bis bald«, sagte er und war verschwunden.

*

David kam ziemlich trocken nach Hause.
»Habt ihr eine Partie spielen können, oder war es zu nass?«
»Nein, wir haben gespielt. Es war ganz erfrischend, weißt du, ein bisschen Wind und Regen.«
»Das glaube ich.«
»Nur ist es für Caroline bei diesem Wetter natürlich nicht sonderlich angenehm, noch diese weite Strecke zurückzufahren«, sagte er.
»Ach, meinst du, wir hätten ihr anbieten sollen, hier bei uns zu übernachten?«
»Nein, nein, aber sie erwägt ernsthaft, sich hier einen Wohnwagen zu mieten, für den Fall, dass sie mal über Nacht bleiben will. Hört sich vernünftig an, oder?«

*

»Gerry Doyle ist ganz schön in Schwierigkeiten«, meinte Clares Mutter.
»Inwiefern?«
»Na ja, er hat bei uns eine ziemlich hohe Rechnung offen stehen. Drei Monate hat er nichts bezahlt. Die ganzen Lebensmittel und Zigaretten, da kommt einiges zusammen.«
»Das glaube ich.«
»Dein Vater meinte, dass ich mal mit ihm reden sollte, weil er findet, ich komme ganz gut mit Gerry zurecht.«

»Und?«
»Ja, er hat mir erzählt, dass er gerade knapp bei Kasse ist. Chrissie sagt, bei Dwyer's hat er auch eine ellenlange Rechnung offen, und bei Costello's kann er schon nicht mehr anschreiben lassen. Gerry hat sich mit seinem Laden übernommen, er bekommt nicht genug Aufträge für die Größe. Es ging ihnen gut, solange sie nur den kleinen Kiosk hatten und alle Filme zu Hause selbst entwickelt haben. Dick meint, er wird verkaufen müssen.«
»Gerry steht das schon durch.«
»Das habe ich auch immer gesagt, aber als ich ihn auf seine Schulden bei uns ansprach, antwortete er, er sei pleite. Ich sagte, dann zahl doch hin und wieder ein bisschen was ab, damit Tom Ruhe gibt ... und er meinte, ich brauchte nicht freundlich zu ihm zu sein, er würde sich nicht einfach winselnd davonstehlen. Wenn er ginge, dann mit einem Paukenschlag, den man im ganzen Land hören würde. Was kann er damit wohl gemeint haben?«

*

»Ich werde mit Liffey nächste oder übernächste Woche nach Dublin fahren. Dann zeige ich ihr mal die andere Liffey – den Fluss.«
»Das ist eine gute Idee.«
»Wenn ich nicht da bin, gehst du dann zu deinen Eltern zum Abendessen?«
»Ja sicher, manchmal. Vielleicht koche ich mir ab und zu auch mal selbst etwas, wenn ich Lust habe. Ach, und Caroline wird zu der Zeit hier in ihrem Wohnwagen sein. Eventuell werde ich ein paar Mal mit ihr essen, damit sie sich etwas einlebt.«

*

Gerry kam wieder vorbei.
»Diesmal habe ich Fotos für dich«, sagte er.
»Was für Fotos?« Sie fütterte gerade Liffey, was ihre ganze Aufmerksamkeit in Anspruch nahm.
»Kann ich eine Tasse Tee haben?«
»Nein, Gerry. Du weißt, dass ich es nicht gern sehe, wenn du herkommst.«

»Ach, jetzt mach deswegen doch nicht immer so einen Aufstand. Komm, ich werde sie füttern, und du setzt den Wasserkessel auf.«

»Und dann gehst du?«

Er fütterte Liffey sehr geschickt, ließ den Löffel gerade lang genug in ihrem Mund, damit sie alles, was darauf war, hinunterschlucken konnte.

Clare goss den Tee auf. Sie war völlig arglos. Wie er so dasaß, mit Liffey auf dem Schoß, mit ihr schäkerte und an sie den Brei verfütterte, vermutete man nichts Böses.

»Ach, die Fotos. Hier.« Er schüttete den Inhalt eines Umschlags auf den Tisch. Es waren etwa ein Dutzend Schwarz-Weiß-Fotos von David und Caroline, wie sie sich in dem schmalen Bett eines Wohnwagens liebten.

Clare hielt sich die Hand vor den Mund, ging zur Spüle und übergab sich.

Er schob sie beiseite und drehte den Wasserhahn auf. Dann spülte er das Becken aus und gab ihr ein Glas Wasser.

»Trink das«, sagte er.

Sie wollte es ihm ins Gesicht schütten, verfehlte ihn aber, und der Inhalt ergoss sich stattdessen über den Fußboden. Sie zitterte am ganzen Körper.

Ruhig nahm er ein Handtuch, befeuchtete es unter dem Wasserhahn, trat ganz dicht an sie heran und wischte ihr damit das Gesicht ab, so wie man es bei einem Kind macht. Sie hatte nicht die Kraft, ihn davon abzuhalten.

Sie füllte das Glas noch einmal mit Wasser und trank es aus.

»Was wirst du jetzt tun?«

»Nichts«, sagte sie.

»Okay.« Er legte die Hand auf die Türklinke.

»Nimm sie mit.« Sie sammelte mit zitternder Hand die Fotos auf.

»Sicher«, sagte er.

Lange Zeit saß sie einfach nur da und starrte vor sich hin.

*

Zu David sagte sie, sie glaube, bei ihr sei eine Grippe im Anmarsch. Wenn es ihm nichts ausmache, würde sie lieber unten schlafen.

Er war besorgt, befühlte ihre Stirn. Sie schien tatsächlich leichtes Fieber zu haben.
Sie machten ein Bett für sie zurecht. In der Küche neben dem Ofen.
»Das sieht sehr gemütlich aus«, sagte er. »Vielleicht sollten wir zusammen nach unten umsiedeln.«
»Erinnerst du dich an unsere Zeit in Rathmines? Die Wohnung war so winzig. Das Bett, der Herd, der Esstisch – alles stand immer im Weg.«
»Stimmt«, sagte er und seufzte.
Sie legte sich ins Bett und deckte sich bis zum Hals zu, wie ein artiges Kind.
Er gab ihr einen Kuss auf die Stirn.
»David?«
»Ja?« Er sah sie besorgt an.
»Nichts. Danke für alles. Schlaf gut.«
Sie hörte, wie er nach oben ging. Dann die Toilettenspülung und schließlich das Knarren der Bettfedern. Er lag im Bett.
Sie sah, wie das Licht der Nachttischlampe erlosch. Er schlief ein.
Sie stand auf, war hellwach. Was, in Gottes Namen, sollte sie jetzt bloß tun?
Sie machte sich einen Becher Kaffee.
Die ganze Nacht saß sie da und grübelte. Erst als sie oben das Bett knarren hörte, schlüpfte sie hastig wieder unter die Decke. Er kam auf Zehenspitzen herunter und machte sich einen Tee.
Voller Stolz brachte er ihn ihr ans Bett.
»Wer ist ein guter Ehemann?«, fragte er.
»David ist ein guter Ehemann«, sagte sie mechanisch.

*

Sie sieht sehr krank aus, dachte David, als er zum großen Haus hinüberging. Seltsam, dass sie keine Temperatur hatte – er hatte ganz automatisch auch Fieber gemessen. Doch ihre Augen glänzten, ihre Stirn glühte, und sie war weiß wie die Wand. Vielleicht lag es aber auch daran, dass er in den letzten Tagen das Gefühl hatte, ihr nicht in die Augen sehen zu können, ohne dabei Schuldgefühle zu empfinden.

Wenn er mit Caroline zusammen war, fiel es ihm leicht, sich einzureden, dass niemandem wehgetan wurde und niemand Ansprüche stellen würde. Es würde keinen Skandal geben, und Clare würde sich niemals gedemütigt fühlen müssen. Niemand würde es erfahren. Sie würden das erste Liebespaar in der Geschichte von Castlebay sein, dem es gelang, seine Beziehung geheim zu halten.

Mit Caroline war alles so unkompliziert. Nie wollte sie von ihm wissen, was er dachte oder empfand. Sie wollte keine Versprechungen, keine Liebesschwüre und ganz gewiss auch keine Gespräche über die Zukunft.

Nach einer endlosen Debatte mit Clare darüber, was wohl in zehn Jahren sein würde und ob er sie wirklich liebe und auch geheiratet hätte, wenn Liffey nicht gewesen wäre, war das so wohltuend wie ein warmes Bad.

Caroline sagte, natürlich solle er mit Clare schlafen. Wieso denn nicht? Sie wolle nichts von getrennten Betten hören. Sie habe nicht das Gefühl, dass David und Clare ihr etwas wegnahmen, wenn sie miteinander schliefen. Genauso wenig, wie sie Clare etwas wegnahm, wenn David zu ihr in den Wohnwagen kam.

Manchmal fragte er sie, wie es wohl mit ihnen weitergehen würde. Würden sie sich irgendwann ganz fürchterlich streiten und gegenseitig wehtun, oder würde die ganze Sache im Sande verlaufen? Dann lachte Caroline und meinte, es sei unsinnig, sich über die Zukunft Gedanken zu machen. Das war irgendwie beruhigend, und alle Schuldgefühle waren dann wie weggeblasen.

*

Als David zu seinen Hausbesuchen fuhr, lag Clare noch in ihrem provisorischen Bett in der Küche.

Keine Minute später stand Gerry Doyle in der Tür. »So ist es richtig«, sagte er, als er ihr Lager in der Küche sah.

»*Raus!*«, schrie sie.

»Immer mit der Ruhe.«

»Gerry, ich rufe Mrs. Power. *Hilfe!*«

Er presste sanft seine Hand auf ihren Mund und legte den Arm um

sie. Ihr schlanker Körper in dem rosafarbenen, langärmligen Nachthemd zitterte. Ihre Augen funkelten vor Wut.
»Was schuldest du ihm schon? Du hast ja gesehen, was er dir angetan hat. Clare?«
Sie befreite sich mit einem Ruck aus seiner Umklammerung und stürzte schnell zur Tür. Im Vorbeigehen griff sie nach dem Brotmesser.
»Lass den Quatsch!« Er war kein bisschen ängstlich. »Leg es hin, Clare, ich fass' dich nicht an. Komm, leg es wieder hin. Du wirst dir noch wehtun.«
Sie legte es hin.
»Ich gehe jetzt und komme später nochmal vorbei.«
»Was willst du?«
»Ich finde, wir sollten von hier weggehen, du und ich und Liffey. Ganz weit weg.«
»Du bist verrückt.«
»Nein, ganz und gar nicht. Wir lassen die Fotos hier auf dem Tisch, dann wissen sie schon, wieso du gegangen bist. Und dann verschwinden wir.«
»Ich weiß, dass du in Schwierigkeiten steckst, Gerry. Soll ich dir Geld leihen oder besorgen?«
»Wir werden schon bald viel Geld haben. Du und ich, wir könnten nach London gehen. Dort bekomme ich problemlos Aufträge, und wir werden ein Zuhause haben.«
»Das sind doch Hirngespinste ... Hör auf damit.«
»Red nicht so geschwollen daher. Das kannst du dir für die Powers aufheben. Also, ich komme heute Abend wieder.«
»Nein, tu das nicht. Ich werde es David sagen und Dr. Power. Du darfst nicht wiederkommen.«
»Du wirst zu niemandem was sagen, das weiß ich. Du wirst mit mir von hier verschwinden.«
»Warte, geh nicht. Lass mich dir das erklären!«
»Nun entscheide dich mal! Erst sagst du, ich soll verschwinden und bedrohst mich mit dem Brotmesser, und jetzt soll ich hier bleiben.«
»Komm heute Abend nicht noch einmal her! Tu's nicht! Ich werde nicht hier sein. Oder die Polizei ist auch da – und David und sein Vater und überhaupt alle. Du musst endlich begreifen, dass ich

nicht mit dir weggehen will! Was auch immer David getan hat, ich gehe nirgendwo mit dir hin!«
»Bis heute Abend.«
Und schon war er weg.

*

Sie hatte solche Angst, dass ihr die Zähne klapperten.
David rief gegen sechs Uhr an. Sein letzter Hausbesuch hatte ihn in die Nähe der Kleinstadt geführt, und er hielt es für sinnvoller, dort etwas zu essen, als bei diesem Sturm sofort den weiten Weg nach Hause zu fahren. Er wollte sich nur erkundigen, was ihre Grippe mache.
»David, bitte komm nach Hause! *Bitte!*«
»Was ist denn?«
»In der ganzen Zeit, die wir jetzt hier leben, habe ich dich nie gebeten, nach Hause zu kommen. Ich habe mich nie an dich gehängt wie eine Klette. Das stimmt doch, oder?«
»Liebling, aber ja, natürlich. Doch das bringt mich jetzt in ziemliche Verlegenheit. Ich habe Caroline getroffen und mich zufällig vorhin mit ihr zum Essen verabredet.«
»Du kannst von mir aus dreihundertfünfundsechzig Tage im Jahr mit ihr essen gehen, wenn du nur *heute Abend* nach Hause kommst.«
»Ich *komme* ja nach Hause.«
»Nein, nicht irgendwann, sondern *gleich*. Ich habe Angst.«
»Ich beeil' mich mit dem Essen«, sagte er. »Dann bin ich bald zu Hause, und du kannst mir erzählen, was dir so Angst macht.«
»Ich verstehe«, sagte sie und legte auf.

*

Sie hinterließ eine Nachricht auf dem Küchentisch. Auf dem Zettel stand: »Ich bin heute Abend sehr nervös und fühle mich gar nicht wohl. Deshalb bin ich drüben im großen Haus, wo mir heute Abend eine Menge Leute Gesellschaft leisten werden.«
Die Nachricht war für Gerry gedacht, falls er auftauchen sollte. Und für David.

Um halb sieben pochte sie an die Haustür ihrer Schwiegermutter.
»Du musst doch nicht klopfen, Clare«, sagte Dr. Power, der sich gerade die Nachrichten anhören wollte. »Komm rein und setz dich.«
Molly saß am Kamin und stopfte Strümpfe. Die beiden hatten schon zu Abend gegessen.
»Ich hoffe, ich störe nicht. Ich fühle mich den ganzen Tag schon nicht besonders wohl, und David ist aufgehalten worden. Vor neun oder zehn Uhr wird er nicht zurück sein. Macht es euch was aus, wenn ich bei euch bleibe?«
Die beiden wechselten einen überraschten Blick.
»Aber natürlich nicht«, meinte Molly.
»Ich denke, du gehörst ins Bett. David sagte, du hast eine leichte Grippe.«
»Es ist keine Grippe, ich bin nur so unruhig. Ich habe das Gefühl, dass irgendetwas passieren wird.«
»Unsinn, das macht der Sturm. Ihr wohnt ja noch dichter am Meer als wir. Du darfst dich nicht verrückt machen, Kind. Bleib eine Weile bei uns, und nachher bringe ich dich nach Hause und decke dich ordentlich zu. Und unser kleines Prinzesschen natürlich auch.« Liffey gluckste in ihrem Körbchen. Clare konnte ihren Besuch lediglich auf anderthalb Stunden ausdehnen. Gegen acht Uhr war sie wieder im Pförtnerhäuschen.
Dr. Power warf einen kurzen Blick auf den Zettel. »Na, den kannst du jetzt zerreißen. Wenn er nach Hause kommt, schläfst du schon.«
Er bestand darauf, ihr eine Wärmflasche zu machen, und ging damit nach oben. Sie genierte sich, weil sie im Schlafzimmer das Bett nicht gemacht hatte.
Doch Dr. Power tat, als hätte er nichts bemerkt.
Sobald er gegangen war, verriegelte sie die Tür und schob einen Stuhl davor. Dann vergewisserte sie sich, dass alle Fenster verschlossen waren.
Sie würde hier unten am Feuer bleiben. David musste doch spätestens in einer Stunde hier sein. Und Gerry hatte keine Chance, hereinzukommen.
Sie hörte ein Geräusch hinter sich. Da stand er in seiner Lederjacke und lächelte sie an, als wenn nichts wäre.
»O mein Gott!«

»Ich war im Esszimmer. Ist ja gut, ist schon gut.«

»Du begreifst rein gar nichts. Alles, was ich sage, verstehst du *falsch*. Ich gehe *nicht* mit dir weg.«

»Du wolltest mich doch schon immer. Wir sind vom gleichen Schlag, Clare. Das habe ich dir schon vor Jahren gesagt. Wir sind gierig, und wir wollen alles. Nun, wir werden es auch kriegen. David ist anders, er ist zahmer, er stammt aus anderen Kreisen und hat immer alles bekommen, was er wollte, ohne sich dafür anstrengen zu müssen.«

»Falls ich irgendetwas in meinem Leben getan haben sollte, was dir das Gefühl gab, dass ich dich liebe, so schwöre ich dir: Ich kann mich nicht daran erinnern.«

Sie hatte keine Angst mehr – jetzt nicht mehr –, dass er ihr etwas antun würde. Sie fürchtete sich nur vor dem erbitterten Streit, der ausbrechen würde, wenn David nach Hause käme. Und dann auch noch die Fotos! David hatte immer geglaubt, dass sie Gerry mochte. Es war so ungerecht, so verdammt ungerecht! Schließlich war es David, der untreu war, aber sie war jetzt hier mit Gerry Doyle zusammen eingesperrt!

»Willst du nicht deine Sachen packen? Das Auto steht oben am Weg.«

»Du redest wie ein Verrückter. Wie kommst du auf die absurde Idee, dass ich das tun würde?« Und dann, in einem sanfteren Ton: »Ich habe dich bewundert und gemocht, wie jeder in Castlebay. Aber das ist auch schon alles.«

»Gut, wenn das so ist –«

»Was?«

»Was du da gesagt hast. Ich nehme an, du meinst es auch so.«

»Allerdings.«

Er ging zur Tür. Augenblicklich ließ Clares Anspannung nach.

»Eines Tages wird es dir Leid tun. Es wird dir Leid tun, dass du heute Abend nicht mit mir gekommen bist. Es wird dir ewig Leid tun. Du wirst neben deinem untreuen Mann liegen oder hier unten im Bett, und es wird dir Leid tun, dass du heute Abend nicht mit mir weggegangen bist.«

»Nein, Gerry. Bestimmt nicht. Doch wir beide, du und ich, werden immer miteinander reden können ... immer.«

»Nein«, sagte er.

Als er gegangen war, wartete sie auf das Geräusch des startenden Motors. Doch sie hörte nichts. Aber vielleicht hatten auch der Wind und das Meeresrauschen das Motorengeräusch übertönt.

*

David hätte sich am liebsten dafür geohrfeigt, dass er zu Hause angerufen hatte. Dabei wollte er doch nur wissen, wie es mit ihrer Grippe stand. Da hatte er sich ja etwas eingebrockt! Das hätte er eigentlich kommen sehen müssen – trotz Carolines vieler schöner Worte. Nun konnte er es keiner von beiden recht machen. Clare wartete ungeduldig zu Hause und war über irgendetwas verstört; und Caroline würde sich ärgern, weil er schon so früh wieder aufbrechen musste. Sie hatte bei solchen Gelegenheiten ein paar Mal leicht verächtlich geäußert, *selbstverständlich* müsse er nach Hause zu der *armen, armen Clare,* wenn sie ihn denn gar so dringend brauche! Und mehr als einmal hatte Caroline zu ihm gesagt, er würde ja offensichtlich an *ihrem* Rockzipfel hängen. Das war für ihn sehr demütigend gewesen, und sonderbarerweise hatte er dann das Gefühl gehabt, Clare in Schutz nehmen zu müssen. Wie auch heute Abend wieder. »Sie hat doch Grippe«, würde er einwerfen, und es würde feige und dumm klingen.

Er parkte sein Auto in dem kleinen Hof des Hauses, das Caroline gemietet hatte. Und dabei hatte er sich so auf diesen Abend gefreut. Vielleicht sollte er besser gar nicht erwähnen, dass er Clare versprochen hatte, früh nach Hause zu kommen. Vielleicht sollte er Clare kurz anrufen und sagen, dass ihm leider etwas dazwischengekommen sei.

Er betrat das Haus durch die Hintertür. Caroline war nicht in der Küche. Ein mit Wasser gefüllter Kochtopf zischte auf der hinteren Flamme des Gasherdes. Geistesgegenwärtig nahm er den Topf vom Herd. Der Boden glühte schon.

»Caroline«, rief er. Keine Antwort.

Sonderbar. Sie musste zu Hause sein, denn sie hatte diese Angewohnheit, die man nur bei Städtern antrifft: Sie schloss immer die Tür ab, wenn sie fortging.

»Caroline«, rief er noch einmal. Vielleicht war sie oben im Bad. Er wollte nicht, dass sie erschreckte, wenn sie herauskam und er plötzlich vor ihr stand. »Ich bin da«, rief er wieder.

Von oben hörte er ein Geräusch.

»Alles in Ordnung?«, rief er, und da er mittlerweile ziemlich beunruhigt war, lief er die Treppe, immer zwei Stufen auf einmal nehmend, hinauf.

Caroline saß auf dem Bett. Ihr Gesicht war aschfahl, und sie hielt sich beide Hände vor den Mund.

»Was ist los?« War sie vielleicht überfallen, oder, noch schlimmer, vergewaltigt worden? Wieso sagte sie nichts?

»O mein Gott, mein Gott«, waren die einzigen Worte, die sie schließlich herausbrachte.

David sagte sich, dass er doch genau wisse, wie man mit Leuten umging, die unter Schock standen, aber es half nichts. Falls er es tatsächlich jemals gewusst haben sollte, hatte er es in diesem Augenblick vollständig vergessen. Er kniete sich vor Caroline hin. Er strich ihr über den gesenkten Kopf, nahm ihre ineinander verkrampften Hände in seine und wollte, dass sie ihm in die Augen sah. Das war das Schwierigste. Sie wich seinem Blick aus.

»Caroline, Liebes, sag es mir. Sag mir, was passiert ist.«

»Ich kann nicht.«

»Hat dir jemand wehgetan, dich angefasst?«

Sie schüttelte den Kopf.

»Bitte, ich will dir doch nur helfen. Hast du schlechte Nachrichten von zu Hause? Ist etwas mit deinem Vater oder deiner Mutter passiert?«

»Nein, nein.«

»Hast du irgendetwas Schreckliches gesehen, vielleicht einen Unfall? Nun sag schon, Caroline? Sag es mir, und ich werde dir helfen.« Er strich ihr noch immer übers Haar und sah zu ihr auf, während sie auf dem Bett saß, mit schmerzerfülltem Gesicht und verstörtem Blick.

»David«, sagte sie.

»Hat es irgendwas mit mir zu tun?«

»Er ist verrückt. So verrückt, dass er in eine Anstalt gehört. Er muss für immer eingesperrt werden.«

»Wer? Von wem sprichst du? Sag es mir.«

»Gerry Doyle.«

»Was hat er denn nun wieder angestellt?« David stand ruckartig auf. Er folgte Carolines Blick hinüber zur Frisierkommode und entdeckte, was sie in diesen Zustand versetzt hatte.
Der Reihe nach sah er sich etwa ein Dutzend Fotos an, und die blanke Wut stieg in ihm hoch. Wie hatte Gerry etwas derart Privates durch den Dreck ziehen können? »So war es nicht«, sagte er schließlich. »Es war etwas Besonderes. Das weißt du.«
Das schien sie etwas zu trösten. »Warum hat er das bloß getan?«, fragte David, während er die Aufnahmen noch einmal durchsah und sie dann mit der Bildseite nach unten auf die Frisierkommode zurücklegte.
»Weil er verrückt ist«, sagte Caroline nur.
David zog sich einen Stuhl heran und griff nach ihren Händen. Sie waren eiskalt. »Hat *er* dir die Fotos gegeben?«, erkundigte er sich behutsam.
»Nein. Sie waren schon da, als ich nach Hause kam.«
»Lag eine Nachricht oder irgendwas in der Art dabei?«
Caroline bückte sich und hob ein Stück Papier auf. Darauf stand *Doyle's Fotoladen*. Und darunter, in kleiner Schrift:

Lieferung der Abzüge ausschließlich an:
a) Miss Caroline Nolan
b) Dr. David Power, Praxis Castlebay
c) Mrs. Clare Power, Castlebay.

»Mein Gott.« David stand auf. »Das ist es, worüber Clare reden wollte. Deshalb hat sie angerufen.«
»Sie hat sie schon gesehen?« Caroline hielt vor Schreck die Hand an den Mund.
»Ich weiß es nicht. Sie rief mich vollkommen aufgelöst an ... vielmehr habe ich sie angerufen, um ihr zu sagen, dass ich noch hierher kommen würde. Sie sagte, ich solle unbedingt nach Hause kommen. Und ich meinte zu ihr, ich würde versuchen, nicht allzu spät zurückzufahren.«
»Nein, bitte, sie darf sie auf keinen Fall sehen! Sie *kann* sie noch nicht gesehen haben, oder?«
»Nein.« David rief sich noch einmal Clares Worte in das Gedächtnis.

»Nein, eigentlich nicht. Sie sagte, ich könne dreihundertfünfundsechzig Tage im Jahr mit dir essen gehen oder so ähnlich …«
»Was?«
»Sie sagte, ich müsse heute Abend unbedingt nach Hause kommen, und ich sagte, ich hätte mich mit dir zum Abendessen verabredet. Daraufhin meinte sie: Du kannst an jedem anderen Abend mit ihr essen gehen, aber bitte komm heute Abend nach Hause.«
Sie sahen einander beunruhigt an.
»Er kann ihr die Fotos nicht gegeben haben. Wenn sie sie gesehen hätte, hätte sie anders reagiert.«
»Aber wieso will sie dann, dass ich nach Hause komme?«
»Willst du denn zurückfahren?« Ihre Stimme klang verängstigt.
»Ich kann dich nicht allein lassen.«
»Aber angenommen – nur mal angenommen –, er *hat* sie ihr gezeigt.«
»Das kann nicht sein. Ich hätte es an ihrer Stimme gemerkt.« David stand auf und ging nervös im Zimmer auf und ab. »Weißt du was, ich rufe sie einfach an.«
Er wählte die Nummer des Pförtnerhäuschens, aber niemand ging an den Apparat. Sie wechselten einen Blick. War das ein gutes oder ein schlechtes Zeichen?
»Vielleicht ist sie zu deinen Eltern hinübergegangen?«, meinte Caroline.
»Nein. Ganz egal, wie schlecht es ihr auch geht, das würde sie bestimmt nicht tun.« Er war ratlos.
Sie blickte scheu zur Frisierkommode hinüber. »Von wo aus hat er bloß die Fotos gemacht? Stand er etwa am Fenster des Wohnwagens?«
»So muss es wohl gewesen sein. Aber wieso? Ich meine, will er Geld? Angeblich läuft sein Geschäft ja ziemlich schlecht. Aber er glaubt doch wohl nicht, dass wir ihm für diese Fotos etwas zahlen?«
»Aber das würden wir doch tun, oder etwa nicht?«, meinte Caroline.
»Ja, ich fürchte fast, das würden wir. Aber er verlangt ja gar kein Geld. Glaubst du, er hat das getan, weil er hinter dir her und eifersüchtig ist?«
Sie schüttelte den Kopf.

»Aber wieso hat er es dann getan? Warum macht jemand so etwas? Das ist doch pervers! Durchs Fenster zu schauen, während ... mein Gott! Er muss von dir besessen sein, das ist die einzige Erklärung. Er kann dich nicht haben, also tut er alles, was in seiner Macht steht, damit dich auch niemand anders haben kann.«
»Ach, er hat mich schon so oft gehabt. Das kann wirklich nicht der Grund sein. Er hat einfach den Verstand verloren und ist vollkommen durchgedreht.«
Caroline hatte den Kopf in die Hände gestützt und sah deshalb nicht, welchen Schock und welchen Schmerz ihre Worte bei David auslösten. Sie redete weiter.
»Das Schlimme ist, wir können unmöglich die Polizei verständigen, denn die würden natürlich alles wissen wollen. Aber man muss ihn doch aus dem Verkehr ziehen!« Sie sah ihn fragend an.
»Du meinst, du hast mit ihm geschlafen?«, fragte David fassungslos.
»David, das spielt doch jetzt gar keine Rolle. Du schläfst ja auch mit Clare. Kümmert mich das, habe ich mich je darüber beklagt? Auch nur ein einziges Mal?« Ihre Stimme klang immer schriller und hysterischer. »Du lieber Himmel, das ist nun wirklich nicht der passende Augenblick, um den Biedermann herauszukehren! So ziemlich jede Frau in der Umgebung hat etwas mit Gerry Doyle gehabt. Aber die Frage ist doch: Was machen wir jetzt?«
Sie wirkte verängstigt und einsam.
»Ich weiß, das hilft uns jetzt am wenigsten weiter. Aber ich denke, ich sollte zurück nach Castlebay fahren. Und unter diesen Umständen solltest du besser nicht mitkommen ...«
»Nein.«
»Ich werde dich anrufen, wenn ich zu Hause bin. Um zu hören, ob bei dir alles in Ordnung ist.«
»Sicher.«
»Morgen Früh komme ich als Erstes zu dir. Dann können wir uns in aller Ruhe überlegen, was wir tun.«
»Gut.«
»Gibt es irgendjemanden, Bekannte oder Freunde, zu denen du gehen könntest?« Er sah unruhig umher und überlegte, was er noch für sie tun konnte. Dass er sie ausgerechnet jetzt verlassen musste!

»Nein.«
Ein Kloß saß in seinem Hals.
Sie wandte sich zur Frisierkommode, auf der, mit der Bildseite nach unten, die Fotos lagen.

*

Wind und Regen peitschten das Auto; die Straße war übersät mit Zweigen und Ästen.
Davids Herz hämmerte mit gleichmäßig hartem Schlag. Hoffentlich ist mit Clare alles in Ordnung, hoffentlich ist mit Clare alles in Ordnung. Hoffentlich hat er ihr die Fotos nicht gezeigt, hoffentlich hat er ihr die Fotos nicht gezeigt ...

*

Clare stand lange Zeit am Fenster. Sie hatte sein Auto nicht wegfahren hören. Vielleicht würde er ja noch einmal wiederkommen. Doch als er gegangen war, hatte er sehr entschlossen gewirkt.
Bitte, lieber Gott, mach, dass er gelogen hat, als er sagte, er werde David die Fotos zeigen, und Caroline. Bitte mach, dass David nichts von ihnen weiß. Wenn er Bescheid weiß, wenn er sie gesehen hat, dann ist alles schon entschieden. Wenn David sie fragen sollte, würde sie bestreiten, die Fotos jemals gesehen zu haben. Eine Auseinandersetzung darüber würde sie jetzt nicht ertragen. Sie war jetzt nicht wütend, sie war einfach nur traurig. Aber wenn sie ehrlich war, hatte sie es eigentlich schon seit Monaten gewusst, oder? Gerry Doyle hatte lediglich dafür gesorgt, dass sie nicht mehr die Augen davor verschließen konnte.
Bitte mach, dass Gerry Doyle aus Castlebay verschwindet und weit, weit weggeht. Bitte!

*

Gerry schloss leise die Tür hinter sich. Er hatte in seinem ganzen Leben noch nie eine Tür zugeknallt, doch am liebsten hätte er sie jetzt aus den Angeln gerissen.
Clare hatte ihn angesehen, als sei er verrückt. Als sei *er* verrückt.

Dabei war doch Clare diejenige, die verrückt war. Sie hatte allen Ernstes gehofft, dass sie von dieser Familie akzeptiert werden würde, sie hatte die Wahrheit schwarz auf weiß vor sich gehabt und *dann* beschlossen, zu bleiben. Das war nicht mehr die Clare O'Brien, die er einmal gekannt hatte, die Clare, für die er Pläne geschmiedet hatte. Er war ihr gegenüber so *nachsichtig* gewesen, hatte so viel *Verständnis* gehabt. Er hatte fast nichts gesagt, als sie sich wie ein gewöhnliches *Flittchen* aufführte und sich mit dem Jungen aus besserem Hause einließ. Er hatte ihr keine Vorwürfe gemacht. Und heute Abend stand sie nun da, hatte vor ihm *Angst* und *misstraute* ihm.

Wutentbrannt schlug er auf einen Stechginsterzweig, der aus der Hecke ragte, die das Pförtnerhäuschen von den Klippen trennte. Er dachte an das alte Sprichwort, das hundert, wenn nicht gar noch mehr Frauen, von ihm gehört hatten: »Wenn der Ginster nicht mehr blüht, dann ist das Küssen aus der Mode.« Alle hatten die Stirn gerunzelt und gemeint, das hieße ja, der Ginster blühe das ganze Jahr über! Und Gerry hatte gelacht ... Wieder versetzte er der Hecke einen Schlag und riss sich die Hand an den dornigen Zweigen auf.

Wie war es möglich, dass Clare völlig verängstigt und zähneklappernd vor ihm stand? Wie konnte sie es wagen, ihn anzusehen, als ob sie fürchtete, dass er ihr gleich etwas antun würde? Sie hatte doch, weiß Gott, mehr von ihrem treulosen Ehemann zu befürchten als von ihm ... von Gerry, der sie immer gewollt hatte, der auf sie *gewartet* hatte.

Zornig erklomm er die höchste Stelle der Klippen und sah aufs Meer hinaus.

Jetzt war alles hin. *Alles.* Nicht nur das Geschäft, das hatte er schon vor Monaten kommen sehen, aber Clares Gesicht heute Abend ... Damit hatte er nicht gerechnet. Sie hatte solche Angst vor ihm gehabt, als wäre er ein Fremder, der ihr etwas Böses antun wollte und nicht Gerry, dessen Seele mit der ihren verwandt war. Ihr einzig wahrer Freund und Geliebter, der ihr und ihrem Baby ein Heim schaffen und ihr dennoch keine Vorwürfe machen würde. Sie hatte lediglich Pech gehabt, genau wie er.

Sein Atem ging stoßweise.

Das konnte sie ihm nicht *antun* ... Sie konnte doch jetzt nicht einfach einen *Rückzieher machen* ... Jetzt, nach *alledem* ... Wo er alles geplant hatte ...

Clare! Es war einfach zu viel für sie. Alles kam zusammen.

Sie würde es für den Rest ihres Lebens bereuen.

Heute Nacht würde sie nicht in seinem Lieferwagen mit ihm nach England fahren.

Für sie würde es kein neues Leben geben.

Warum hatte sie ihn zurückgewiesen?

Schon bald würde sie es bereuen, aber dann war es zu spät. Dann war er schon weg. Und niemand würde wissen, wo er steckte. Und sie würde hier auf den Klippen stehen und wünschen, dass sie in jener Nacht mit ihm gefahren wäre.

Er merkte, dass er vor Wut bebte. So etwas hatte er noch nie zuvor empfunden – es war, als hätte ihn ein starker Wind mit sich gerissen und hoch in die Lüfte getragen ...

Er zitterte zu sehr, um fahren zu können. Besser, er ging noch ein wenig am Strand entlang, um wieder einen klaren Kopf zu bekommen.

Er rutschte und kletterte den Pfad hinunter. Der Strand wirkte dunkel und unheimlich, aber die großen Wellen legten sich – die Flut ging offenbar zurück. Er lief am Ufer entlang, und sein Haar wurde nass von der salzigen Gischt und dem Regen, doch das war ihm gleich.

Jetzt war wirklich alles zerstört.

In seinem Laden herrschte ein heilloses Durcheinander. Er konnte nicht eine einzige der vielen Rechnungen begleichen, die er auf seinem Schreibtisch ordentlich zu einem Haufen für denjenigen gestapelt hatte, der sich eines Tages damit würde befassen müssen. Er hoffte, dass es nicht Fiona sein würde, aber sonst fiel ihm niemand ein. Wenn die Angestellten morgen nicht in den Laden kamen, würde es einen Aufschrei geben. Doch er hatte niemandem gesagt, dass er nach England gehen würde. Die Polizei würde wegen der ungedeckten Schecks nicht nach ihm fahnden können. Er würde sich weiter auf Kredit durchmogeln; so hatte er es ja schon immer gemacht.

In Castlebay brannten noch ein paar Lichter. Er sah hinüber zu den Umrissen der dicht aneinander gedrängten Häuser und der dunklen Spitze des Kirchturms. Nie wieder würde er diese Häuser sehen. Wenn er erst einmal in London wäre, würde ein neues Leben für ihn beginnen. Ein *aufregendes* Leben. Es wäre überhaupt nicht aufregend, hier zu bleiben und die mitleidigen Blicke der Leute auf sich zu spüren, nicht mehr sein eigener Herr zu sein und mitansehen zu müssen, wie Clare, die schöne, *süße* Clare, sich mit diesem *Mistkerl* abfand. Er war *froh*, dass er das getan hatte. Er war in der Nähe der Felsentümpel. Schon als Kind war er gerne hierher gekommen und auf dem schmalen Rand schwankend entlangbalanciert. Wenn man stolperte und hineintappte, war das Wasser immer nur ein paar Zentimeter tief. Heute Abend waren die Wellen so stark, dass riesige Brecher die Felsentümpel überspülten ... Trotzdem konnte er der Versuchung nicht widerstehen.

Er umrundete sie, dachte sich kleine Spielchen aus, bis er nass war bis an die Knie. Es war kindisch, aber spannend.

Eine Welle riss ihn um, und er schnitt sich die Wange an einem scharfkantigen Felsen auf.

Plötzlich war es kein Spaß mehr, denn schon kam die nächste Welle auf ihn zugerollt. Die Strömung riss ihn mit sich, und er spürte, wie sein Bein an den Felsen aufgeschürft wurde. Verzweifelt suchten seine Hände nach einem Halt.

Doch die Strömung war zu stark.

Als die dritte Woge über ihm zusammenschlug, wusste er, dass er entweder ertrinken oder an den Felsen zu Tode zerschmettert werden würde – an jenen Felsen, auf denen er, seit er laufen konnte, immer gespielt hatte.

*

»Clare.« Er rüttelte an der Tür. Sie war verschlossen.

»Clare? Ist alles in Ordnung?« Sie öffnete ihm die Tür, war blass, aber ganz ruhig.

Er wollte sie in seine Arme schließen, doch sie wich ihm aus.

»Es tut mir Leid. Ich hatte furchtbare Angst wegen des Sturms. Aber jetzt geht es schon wieder. Entschuldige, dass ich dich gebeten habe, zu kommen.« Sie redete, als wäre sie eine Fremde.

»Ich habe zweimal versucht, dich anzurufen. So gegen sieben; und dann noch einmal um Viertel vor acht.«

»Ich war bei deinen Eltern.«

»Geht es dir jetzt wieder besser?«
»Ja, ich denke schon. Aber mir ist nicht nach Reden zu Mute. Möchtest du einen Tee oder etwas essen? Hattest du noch Zeit für dein Abendessen?«
»Nein, nein, das ist doch jetzt nicht wichtig.« Er war verwirrt.
»War die Fahrt schlimm?« Wieder klang es so, als mache sie Konversation.
»Ja. Auf der Straße lagen lauter Äste und einmal sogar ein ganzer Baum. Man musste fast in den Graben fahren, um daran vorbeizukommen.«
»Ach.«
»Clare.«
»Erinnerst du dich noch? Ich sagte dir, dass ich gerne für ein paar Tage nach Dublin fahren würde. Und du meintest, das sei eine gute Idee, weil du dich dann um ...«
»Ja?« Seine Stimme klang dumpf.
»Ich möchte bald fahren. Vielleicht schon morgen.«
»Warte doch lieber noch ein paar Tage. Bis du dich besser fühlst.«
»Ich will nicht warten.«
»Es ist unvernünftig, mit Liffey eine so weite Reise zu machen, wenn es dir nicht gut geht.«
»Es ist noch unvernünftiger, hier ganz allein zu sitzen und Stunde um Stunde dem Meer zu lauschen, wenn es mir nicht gut geht.«
»Du musst doch nicht hier allein sitzen.«
»Nein. David, tust du mir bitte einen großen Gefallen? Mach mir jetzt keine Szene. Dieser Tag war wirklich aufregend genug, und ich bin sicher, auch du hattest einen schlimmen Tag. Sei mir nicht böse, aber ich möchte heute lieber bei Dick und Angela übernachten.«
Sie wusste es.
Er musste ihr die Fotos gezeigt haben. David wurde das Herz schwer.
»Warum? Wieso?«
»Ich glaube, wenn ich heute Nacht hier bliebe, wäre das schlecht für uns. Wir würden uns vielleicht Dinge sagen, die sehr verletzend sind.«
Er lachte gezwungen. »Mein Gott, findest du das nicht etwas übertrieben?«
»Nein«, sagte sie, »keineswegs.«

»Willst du Liffey mitnehmen?«
»Ja.«
»Ich könnte ja versuchen, dir zu erklären ...«, fing er an.
»Das könnte ich auch. Aber wir wissen beide nur zu gut, wie leicht man Dinge sagt, die unverzeihlich sind, weil sie den anderen kränken oder ärgern. Wir haben einander bisher nie wehtun oder verletzen wollen. Lass uns das nicht heute Abend alles aufs Spiel setzen.«
»Hast du schon gepackt?«, fragte er.
»Nur ein paar Sachen für diese Nacht. Morgen, wenn du schon fort bist, komme ich zurück und suche alles zusammen, was wir für Dublin brauchen.«
»Ich bin einverstanden. Nicht, weil ich keine Meinung hätte ..., sondern weil ich denke, dass du dir deiner Sache ganz sicher bist, ich aber nicht.«
Er lächelte sie an, und beinahe hätte sie einen Schritt auf ihn zu gemacht.
»Danke«, sagte sie förmlich.
»Weiß Angela, dass du kommst?«
»Ja.«
»Na, dann.« Er ließ die Schultern hängen.
»Sie fragt nicht weiter. Du kennst doch Angela, sie würde nie fragen.«
»Das meinte ich nicht.«
»Es ist besser so.«
»Wahrscheinlich hast du Recht.«
Wie oft hatten sie sich gewünscht, Liffey würde schlafen, anstatt sich herumzuwälzen, zu plappern und zu versuchen, sich aus ihren Armen zu befreien. Heute Abend jedoch, wo sie sich beide ein wenig Ablenkung gewünscht hätten, lag sie friedlich in Clares Armen, atmete ruhig und gleichmäßig, und ihre langen Wimpern warfen Schatten auf ihre Wangen.

*

David drückte seine Tochter ganz fest an sich, und zwei Tränen liefen über sein Gesicht. »Es tut mir Leid, Liffey«, sagte er.
»Wofür entschuldigst du dich?«, fragte Clare freundlich. »Ich muss

sie viel dringender um Verzeihung bitten. Aber solange sie uns nicht versteht, ist das doch alles eher ein Selbstgespräch.«

»Auf Wiedersehen, Clare.«

»Leb wohl, David. Zumindest eine Zeit lang.«

Sie vermieden jede Berührung.

Angela hatte gesehen, wie das Auto auf ihre Kate zufuhr, und Dick sofort wieder ins Bett geschickt. Für den Fall, dass Clare mit ihr reden wollte.

Clare stand mit Liffey auf dem Arm da und blickte dem Auto nach, das wendete und dann auf der Straße am Golfplatz entlang davonfuhr. Sie winkte kurz, doch David sah starr geradeaus und bemerkte es nicht.

»Komm rein«, meinte Angela.

»Es ist schwer zu erklären.«

»Die meisten Dinge kann man überhaupt nicht erklären. Dieser Meinung bin ich seit jeher«, sagte Angela.

Sie zeigte Clare ihr Bett. In der Küche kochte bereits das Wasser, und so machte Angela ihr noch eine Tasse Tee.

»Mit ins Bett nehmen kannst du die Tasse ja selbst«, sagte sie.

Clare lächelte die Lehrerin voll Dankbarkeit an. Sie wusste immer ganz genau, ob man noch reden wollte. Oder ob es nichts mehr zu reden gab.

*

Jim O'Brien stürzte in den Laden.

»Dad, Dad! Wo bist du, wo bist du?«

»Wo soll ich schon sein, wenn ich gerade aufgestanden bin?«, brummelte Tom O'Brien.

»Dad, komm schnell!«

Der Junge sah verängstigt aus.

»Dad, komm mit raus ... los, schnell.«

Tom O'Brien zog hastig den Mantel über sein Pyjamaoberteil. Socken, Hose und Schuhe hatte er bereits an. So weit war er gekommen, als sein Junge aufgeregt nach ihm rief.

Sie liefen oben auf den Klippen entlang, und Jim deutete mit dem Finger auf den Strand. »Ich glaube, da liegt ein Mensch, Dad. Ein Toter.«

Der Wind blies, und die Gischt spritzte. Tom O'Brien nahm seine Brille ab und putzte sie. »Du hast Recht, da liegt etwas, aber ich glaube nicht, dass es ein Mensch ist. Wer würde denn schon bei diesem Wetter ins Wasser gehen?«

»Doch, Dad, es ist bestimmt ein Mensch. Ich gehe runter. Holst du die Polizei und Dr. Power?«

Jim O'Brien war inzwischen fast völlig taub und hörte nicht, wie sein Vater ihn warnte, vorsichtig zu sein. Er ging den Stufenweg hinunter an den breiten, trügerischen Strand von Castlebay, wo nahezu jeden Sommer jemand ertrank. Aber noch nie war hier eine Leiche im Winter angespült worden.

*

Man musste es ihnen nicht sagen, die Menschen schienen zu spüren, dass etwas passiert war. Sie kamen aus ihren Häusern und gingen die Hauptstraße hinunter. Das Murmeln wurde lauter, und ohne genau zu wissen, was sie taten, blickten sie sich nach ihren Familienmitgliedern um. Da war die Gestalt eines Menschen, der, das Gesicht nach unten, im Wasser lag. Man konnte nicht genau erkennen, ob es ein Mann oder eine Frau war.

»Vielleicht ist es ja ein Matrose von einem Schiff«, hieß es. Aber eigentlich war jedem klar, dass es kein Matrose war, der über Bord gegangen war. Kein angenehm anonymer Tod von jemandem, den man nicht kannte. Es war nicht damit abgetan, dass man die Behörden informierte und ein paar Gebete für die Seele des unbekannten Matrosen sprach. Diesmal war es jemand aus Castlebay.

Sie standen schweigend in Grüppchen oben auf den Klippen und sahen zu, wie die Ersten zum Strand hinuntergingen: der Junge, der das schreckliche Strandgut, das die Wellen ans Ufer gespült hatten, zuerst erspäht hatte; dann noch andere Männer, Menschen aus den Geschäften in der Nähe und junge Burschen, die rasch den Weg zum Strand hinunterlaufen konnten. Jetzt eilte auf dem anderen Weg, vom Haus des Arztes her, jemand herunter und kniete neben dem reglosen Körper, für den Fall, dass irgendetwas aus der schwarzen Tasche ihn wieder zum Leben erwecken könnte.

Als Father O'Dwyer mit wehender Soutane eintraf, war das Gemurmel einem monotonen Gesang gewichen – die Menschen aus Castlebay beteten einen Rosenkranz, erflehten Frieden für die Seele, welche dem Körper, der mit dem Gesicht nach unten an ihrem Strand lag, entflohen war.

*

David hatte erst zwei Stunden geschlafen, als er von den lauten Rufen geweckt wurde. Erst dachte er, er hätte geträumt, aber es war Wirklichkeit. Er setzte sich im Bett auf – Clare war nicht da. Er erinnerte sich an ihr gestriges Gespräch und dass er sie zu Angela gebracht hatte. Er wusste auch noch, dass er hierher gekommen war und das ganze Haus auf den Kopf gestellt hatte, um die Fotos zu finden. Er wusste, dass Clare sie nicht mitgenommen hatte – er hatte in ihrer Tasche nachgesehen, doch darin waren nur ein paar Sachen für das Baby und ihr Nachthemd.

Er hatte den Anruf bei Caroline immer wieder hinausgeschoben, bis es schließlich zu spät war. Dann hatte er sich eingeredet, es sei rücksichtslos, sie zu wecken, wenn er ihr nichts Tröstliches zu sagen hätte.

Er hatte geträumt, dass Leute hinter ihm her waren. Sie schwangen drohend Zettel und große Briefumschläge und trieben ihn mit wütendem Geschrei durch die Church Street. In seinem Traum wusste er nicht, warum sie alle so aufgebracht waren, aber er hatte Angst und versuchte, wegzulaufen.

Dann erkannte er, dass das Geschrei Wirklichkeit war. Er hörte die Stimmen von Mogsy, Bumper Byrne und seinem Vater.

»Komm schnell! Da liegt jemand unten am Strand, es ist jemand ertrunken.«

Sein Herz zersprang fast vor Angst.

Da er sich gestern Abend vor dem Schlafengehen nicht mehr ausgezogen hatte, rannte er in seinen verknitterten Sachen die Treppe hinunter.

An der Haustür lief ihm der unglückselige Mogsy Byrne in die Arme. »Wer ist es, verdammt nochmal, *wer*?«

»Ich weiß nicht ... ich. Ich ...« Mogsy fing unwillkürlich zu stottern an, als er in die wild funkelnden Augen von David Power sah, der doch sonst stets ruhig und besonnen war.

»Sag schon«, brüllte David ihn an. »Sag's mir, oder ich brech' dir das Genick!«
»Er liegt mit dem Gesicht nach unten, David.« Mogsy gelang es, sich aus seiner Umklammerung zu befreien. »Als ich loslief, wussten sie es noch nicht. Sie sagten nur, du sollst sofort kommen.«
Mogsy hatte von einem »er« gesprochen. Es war also ein Mann, Gott sei Dank, ein Mann. O Gott, ich danke dir, dass es ein Mann ist. David wurde etwas ruhiger. Er schnappte sich seinen Mantel und rannte in die Praxis, um seine Tasche zu holen. Sein Vater war schon dort.
»Wenn wir an den Klippen sind, bleib du bitte oben, Dad. Ich werde runtergehen. Du kannst den anderen Weg nehmen, der nicht so rutschig ist.«
»Ich bin den Stufenweg schon hinuntergegangen und habe Leichen aus dem Wasser gezogen, da warst du noch gar nicht geboren.«
»Wer ist es, ist er tot?«
»Sie wissen es nicht, aber sie glauben, dass es Gerry Doyle ist.«
David streckte die Hand aus, um sich an der Schreibtischplatte festzuhalten. Und zwar genau neben einem großen braunen Umschlag mit dem Stempel von Doyle's Fotoladen.
Sein Vater machte sich sofort auf den Weg zur Unglücksstelle. So blieb David Zeit, ein paar Mal tief durchzuatmen und sich wieder zu beruhigen. Er nahm den Umschlag und legte ihn ganz zuunterst in die Schublade mit seinen persönlichen Dingen. Mit zitternden Knien folgte er seinem Vater zu den Klippen.
Sie sahen die Menschentraube, die sich um den angeschwemmten Körper gebildet hatte, und erkannten bereits von weitem, dass ihre Hilfe nicht mehr benötigt wurde. Man hatte nach Father O'Dwyer geschickt, denn er war der Einzige, der möglicherweise noch etwas für diesen Unglücklichen tun konnte. Es regnete, und ein starker Wind blies, aber schon aus dieser Entfernung konnte David erkennen, dass es Gerry Doyle war, der dort leblos am Boden lag. Er reichte seinem Vater den Arm, damit er sich bei ihm einhängen konnte.
»Dieser Dummkopf«, sagte Dr. Power. »Dieser verdammte Narr! Er war jung und hatte doch sein ganzes Leben noch vor sich. Warum hat er das nur getan? Das eine Leben, das Gott ihm geschenkt hat, einfach wegzuwerfen ...«

Davids Herzschlag stockte, als sie den Leichnam umdrehten und er all die Schürfwunden und Tränenspuren in Gerry Doyles Gesicht sah. Und als wolle er seinem Vater Achtung erweisen, trat er zurück und ließ den alten Mann aussprechen, was ohnehin jeder wusste: Dieses Leben war erloschen.

*

»Wo ist Clare? Wollt ihr beide nicht zu uns herüberkommen und mit uns frühstücken?«
»Sie ist nicht da, Dad. Sie hat bei Angela Dillon übernachtet.«
»Sie hat *was*?«
»Dad, bitte. Du hast mich gefragt, wo Clare ist, und ich habe es dir gesagt.«
»Ja, ja, das hast du. Nun gut, willst du einen Happen bei uns frühstücken? Nach all der Aufregung hast du doch sicher Hunger.«
»Nein. Nein danke. Ich werde mir eine Tasse Tee machen. Mehr will ich im Augenblick nicht.«
»Und mein Enkelkind? Wird es in Zukunft ebenfalls bei Mr. und Mrs. Dillon leben, oder sollte ich das besser auch nicht fragen?«
Als er das sagte, huschte der Schatten eines Lächelns über sein Gesicht, als wolle er seiner Frage die Schärfe nehmen. Doch seine Besorgnis war nicht zu übersehen.
»Es war nur für diese eine Nacht, Dad. Das renkt sich schon wieder ein.«
»Clare ist ein bisschen krank. Gestern Abend zitterte sie am ganzen Körper und war sehr nervös. Versteh mich nicht falsch, ich will mich nicht in eure Angelegenheiten einmischen. Ich sage es dir bloß.«
»Hat sie gesagt, was ihr fehlt?«
»Sie sagte, sie hätte Angst. Dann trank sie eine Tasse Tee mit uns, und ich habe sie nach Hause gebracht. Du warst nicht da.«
Plötzlich kniff Dr. Power die Augen zusammen. »Du lieber Himmel, ist das nicht Gerrys Lieferwagen, der da am Wegrand steht? Das *ist* er. Warum, in aller Welt, steht sein Wagen hier? Was für ein Dummkopf! Gott sei seiner Seele gnädig! Er konnte, wenn er wollte, so ein netter Kerl sein!«

*

Zu Clares großer Überraschung hatte sie schlafen können. Sie schlief sogar ganz ausgezeichnet in dem fremden weißen Bett mit den gestärkten, sauberen Laken und der Wärmflasche. Liffey lag in einem Kinderbettchen und schlief ebenfalls. Clare war erstaunt gewesen, als Angela ihr sagte, sie habe ein Kinderbett. Sie hatte ganz vergessen, dass Angela früher ja immer Sommergäste beherbergt und es schon vor Jahren, als ihre Mutter noch lebte, für klug gehalten hatte, zwei Kinderbetten anzuschaffen.
Auch Liffey hatte durchgeschlafen. Vielleicht weil sie nun weit weg vom Rauschen und Donnern des Meeres war. Oder weil sie nicht länger dieser gespannten Atmosphäre ausgesetzt war.
Clare wachte erst auf, als Angela ihr eine Tasse Tee brachte. Zu ihrem Erstaunen holte sich Angela einen Stuhl ans Bett und setzte sich. Wollte sie ihr jetzt am frühen Morgen einen Vortrag halten oder ein Gespräch von Frau zu Frau fuhren?
Angela sah abgespannt und überanstrengt aus.
Clare dankte ihr für den Tee und blickte sie erwartungsvoll an.
»Nimm einen ordentlichen Schluck.«
Irgendetwas stimmte nicht. Schlechte Neuigkeiten lagen in der Luft. Clare stellte die Tasse ab und sah unwillkürlich nach Liffey, um sich zu vergewissern, dass ihr nichts fehlte.
»Was ist los?«
»Es hat einen Unfall gegeben. Gerry Doyle ist ertrunken. Gerade haben sie seinen Leichnam vom Strand heraufgebracht.«
Völlige Stille. Nur aus Liffeys Bettchen hörte man, wie die Kleine mit dem roten Stoffkaninchen spielte, dem sie schon vor langer Zeit die Ohren abgerissen hatte.
»Clare?«
»Er ist tot. Er ist tot?«
»Ja, es ist unbegreiflich. Ausgerechnet Gerry! Es gab niemanden, der so voller Lebensmut war.«
Angela schwieg, als sie Clares vollkommen ausdrucksloses Gesicht sah. Sie saß bleich und kerzengerade in dem weißen Bett und starrte ins Leere. Mit den Händen umklammerte sie ihre Knie.
Es war nicht normal, wie sie reagierte. Angela war beunruhigt.
Sicher, Clare war mit Gerry befreundet gewesen – möglicherweise sogar zu eng befreundet. Viellcicht war Gerry jetzt, da es in Clares Ehe kriselte, zur Stelle gewesen, um sie zu trösten. Konnte das die

Erklärung für ihre Fassungslosigkeit sein? Angela streckte zaghaft ihre Hand aus. Vielleicht erwachte Clare ja aus ihrer Trance, wenn sie ihren Arm streichelte oder sie sanft berührte.
Doch was nun geschah, traf Angela vollkommen unvorbereitet. Clare warf sich ihr schluchzend und zitternd in die Arme, und die einzigen Worte, die Angela aus all dem Gestammel immer wieder heraushören konnte, waren: »Er ist wirklich tot? Gott sei Dank, Gott sei Dank!«

*

Man gab an, es sei ein Unfall gewesen, denn sonst hätte man Gerry Doyles Leichnam nicht in geweihter Erde bestatten können. Und auch ohne diesen Schicksalsschlag hatten es die armen Doyles schon schwer genug.
Seine Familie sagte, er müsse wohl einen Spaziergang gemacht haben und dabei ausgerutscht sein. Sein Gesicht und eine Hüfte wiesen viele Schürfwunden auf. Wahrscheinlich war er an den Felsentümpeln herumgelaufen. Jeder in Castlebay wusste, dass Gerry Doyle schon immer gerne am Rand entlangbalanciert war. Dies war die offizielle Version, aber niemand glaubte daran, nicht einen Augenblick. Alle glaubten, dass es Selbstmord gewesen war.
Es sprach ja auch einiges dafür. Sein Geschäft war ruiniert; in wenigen Wochen hätte es ihm nicht mehr gehört. In der Umgebung von Castlebay lebte ein Bauer, der ganz offen gedroht hatte, ihm aufzulauern, da er die Tochter des Bauern geschwängert hatte und sich in keiner Weise verantwortlich fühlte. Zu Fiona Conway, die ebenfalls schwanger und todunglücklich war, hatte Gerry gesagt, er würde nicht mehr lange in Castlebay bleiben. Sie hatte angenommen, er wolle nach England gehen. Mary Doyle, seine Mutter, berichtete, zwei Tage vor seinem Tod habe er ihr ohne nähere Erläuterung, nur mit den Worten »von Gerry«, zwanzig Pfund geschickt. Agnes O'Brien meinte, sie habe ja schon vor Monaten gesagt, dass der Bursche in Schwierigkeiten stecke, aber auf sie habe ja niemand hören wollen. Josie Dillon wusste zu erzählen, dass er im Hotel zwei – ungedeckte – Schecks eingelöst habe. Sie habe aber darüber geschwiegen, und Gerry hätte sich bei ihr bedankt und gesagt, wenn er in einem anderen Land sein Glück gemacht

habe, werde er daran denken. Natürlich hatte sie angenommen, dass er auswandern wollte. Nie und nimmer wäre sie auf die Idee gekommen, dass er so etwas vorhatte!
Die Formalitäten wurden so rasch wie möglich erledigt. Dann wurde die Leiche zur Bestattung freigegeben.
Gerry Doyle werde am Donnerstag nach der Zehn-Uhr-Messe zur letzten Ruhe gebettet, verkündete Father O'Dwyer von der Kanzel und putzte sich anschließend geräuschvoll die Nase.

*

David erledigte seine Arbeit mechanisch. Wohin er bei seinen Hausbesuchen auch kam, überall sprach man von der Tragödie. Eine Frau, die Schmerzen in der Brust hatte, deutete auf die gerahmten Fotografien an ihren Wänden. Es waren Aufnahmen von Erstkommunionen und Firmungen. »Er war so ein hübscher Bursche, immer fröhlich. Und er hat doch alles stets auf die leichte Schulter genommen.« Sein nächster Patient, ein alter Mann mit Arterienverkalkung war mehr an dem Schicksal des armen jungen Doyle interessiert als an seinem unmittelbar bevorstehenden Umzug ins Altersheim, den David ihm schmackhaft zu machen versuchte.
»Der Bursche fühlte sich ja pudelwohl im Wasser. So was findet man hier in der Gegend nicht oft. Die Hälfte der Leute aus Castlebay meidet das Meer, aber dieser Doyle konnte ja schwimmen wie ein Fisch!«
Bei der Untersuchung eines zehnjährigen Mädchens, das Gelbsucht hatte, redete man ebenso ausführlich über Gerry Doyle wie über die kleine Patientin. David sagte den Eltern, sie müssten sich wegen der Verfärbung des Urins keine Sorgen machen. Es sei vollkommen normal, dass er die Farbe von Portwein annehme. Sie nickten und meinten, sie hätten gehört, dass Gerry Doyle in finanziellen Schwierigkeiten gesteckt habe, aber deswegen sei er doch bestimmt nicht ins Wasser gegangen, oder? Da müsse doch wohl noch mehr dahinter gesteckt haben.
»Wenn sich alle Leute gleich ertränken würden, bloß weil die Geschäfte schlecht gehen, dann müsste es im Meer ja nur so von Leichen wimmeln, was?«, meinte der Vater des Kindes.

David stimmte ihm geistesabwesend zu, während er die Augen des kleinen Mädchens untersuchte. Sie waren gelb, und er erklärte der Kleinen, dass ihre Gesichtshaut auch bald ein bisschen gelblich werden würde, wie bei den Chinesen.
»Sind Chinesen gelb?«, fragte das Mädchen. »Richtig gelb?«
»Wenn ich es recht bedenke, nein. Alle, die ich bisher gesehen habe, waren es jedenfalls nicht.«
»Du hast schon mal einen echten Chinesen gesehen?«, erkundigte sich das Mädchen ganz aufgeregt.
»Ja, in Dublin. An der Universität waren chinesische Studenten. Und ganz in der Nähe gab es ein chinesisches Restaurant, in das wir oft gegangen sind.«
Darüber hätte sie sich noch stundenlang mit ihm unterhalten können. David fragte sich, ob das bei Liffey wohl eines Tages auch so sein würde, und sein Herz wurde schwer.
Irgendwie ging dieser Tag vorüber, und er fuhr zurück in die Praxis. Hastig öffnete David seine Schublade, zog den Umschlag heraus und ging damit zum Pförtnerhäuschen. Er sah seine Mutter, die ihn verstohlen hinter der Gardine beobachtete, aber er ging weiter, als ob er nichts bemerkt hätte.
Die Küche war aufgeräumt. David hoffte, ein paar Zeilen von Clare zu finden. Er hatte sofort bemerkt, dass sie im Laufe des Tages hier gewesen war. Das Frühstücksgeschirr, das er hatte stehen lassen, war abgewaschen und weggeräumt worden. Außerdem war sie einkaufen gewesen: Ein Paket Tee, ein Pfund Butter, ein Laib Brot und ein paar Scheiben Speck lagen auf dem Tisch neben dem Herd. Im Schlafzimmer war das Bett gemacht. Ein paar Sachen von ihr hingen noch im Schrank, aber das meiste hatte sie wohl mitgenommen, genauso wie Liffeys Spielsachen. Und einer der beiden Koffer war auch weg. Er sah nach, ob auch ihre Bücher verschwunden waren. Das wäre ein gutes Zeichen gewesen, denn dann hatte sie bestimmt ihr Vorhaben wahr gemacht und war nach Dublin gefahren.
Bitte, lass sie nach Dublin gefahren sein. Lass sie nicht zur Beerdigung hier sein, bitte.
Nachdem David die Tür abgeschlossen hatte, setzte er sich in die Küche und nahm die Fotos aus dem Umschlag. Er sah sie sich noch einmal an. Es waren genau dieselben wie letzte Nacht bei Caroline.

Letzte Nacht? War noch etwas in dem Umschlag? Nur wieder die handschriftliche Liste aller Personen, denen diese Fotos zugestellt worden waren. Gerry musste Clare die Fotos gegeben haben. Er musste hier gewesen sein. Warum hätte er sonst sein Auto, diesen großen, hässlichen Lieferwagen mit dem Namenszug seines Geschäftes, oben auf dem Weg zu ihrem Häuschen abstellen sollen? Davids Vater hatte deswegen die Polizei verständigt, die den Wagen sicherstellte, darin aber keine brauchbaren Hinweise fand. David wurde jetzt allerdings einiges klar. Gerry musste bei Clare gewesen sein. Deshalb hatte sie solche Angst gehabt. Und deshalb hatte sie unbedingt gewollt, dass er nach Hause kam. Aber war er im Haus gewesen und hatte ihr die Bilder persönlich gezeigt? Oder hatte er sie einfach unter der Tür durchgeschoben und gesagt, er käme später wieder?
David machte die Herdklappe auf und warf ein Foto nach dem anderen hinein. Diese Bilder, die durch die Fensterscheibe eines Wohnwagens fotografiert worden waren, hatten nichts Erotisches. Sie taugten lediglich dazu, das Leben der drei Menschen zu Grunde zu richten, denen sie geschickt worden waren. Das war Gerry Doyles letzte Tat gewesen, bevor er sein eigenes Leben vernichtet hatte.
Warum? David, der den ganzen Tag über versucht hatte, während der Arbeit jeden Gedanken an diese Geschichte aus seinem Hirn zu verbannen, wollte noch einmal über alles nachdenken – nun, da das Feuer die Beweise für seine Affäre mit Caroline verschlang. Eine Affäre, die – wie er sich selbst eingeredet hatte – niemandem schadete, weil keinem etwas genommen und keiner verletzt wurde ... Erneut fragte er sich, warum Gerry ihnen aufgelauert hatte. Erpressung konnte nicht der Grund sein. Es hätte sich rasch herausgestellt, dass Caroline und David nicht über die Geldsummen verfügten, die zur Sanierung von Doyle's Fotoladen erforderlich gewesen wären. Mehr als ein paar Pfund pro Woche hätten sie ihm nicht geben können. Gerry hasste David auch nicht. Als Kinder waren sie immer sehr gut miteinander ausgekommen, und später? Nun ja, da hatte David gelegentlich ein paar bissige Bemerkungen darüber fallen lassen, dass alle Mädchen hinter Gerry her waren, aber davon dürfte Gerry eigentlich nie etwas erfahren haben. Und selbst wenn er es gewusst haben sollte, hätte es ihm nicht so viel

ausgemacht, dass er David deswegen gleich derart unter Druck gesetzt hätte. David hatte angenommen, dass Caroline der Grund für diese Fotos war, aber sie hatte es hartnäckig bestritten und mit einer geradezu abstoßenden Aufrichtigkeit, die ihn empörte, gesagt, dass sie schon häufig mit Gerry Doyle zusammen gewesen sei. Unerwiderte Leidenschaft war also nicht der Grund.

Was blieb dann noch?

Es blieb Clare.

Clare.

Er erinnerte sich wieder, wie er sie damals überrascht hatte, als sie sich auf der Bank oben am Strand küssten. Wie wütend er damals gewesen war ... Ihm fiel wieder ein, wie Clare aus der Nationalbibliothek zurück ins Wohnheim gelaufen war, um nachzufragen, ob Gerry Doyle angerufen hatte. Und er sah auf einmal wieder vor sich, wie leichtfüßig Gerry und sie im Ballsaal unter der sich drehenden Glitzerkugel miteinander getanzt und wie sie sich dabei angelächelt hatten.

Seinerzeit hatte sie auch Gerry Doyle gebeten, ihr Postsparbuch an sich zu nehmen. Und hatte sich Gerry Doyle nicht erst vor ein paar Wochen darüber beklagt, dass Clare ihm nicht erlaube, Liffey zu fotografieren? »Sie hat Angst, dass ich ihr das Kind irgendwie wegnehme, wenn ich Fotos von ihm mache«, hatte er lachend gesagt. Und Clare hatte dazu geschwiegen.

Die Fotos waren vollständig verbrannt, aber um sicherzugehen, stocherte er noch etwas in der Asche. Dann schloss er die kleine Herdklappe wieder zu und blickte sich um. Außer dem Ticken der Uhr und dem Meeresrauschen war nichts zu hören. Das waren die einzigen Geräusche. Das waren die Geräusche, die die begabte und intelligente Clare O'Brien den lieben langen Tag und auch die ganze Nacht hörte! Das war das Leben, das er ihr beschert hatte.

Sie hatte sich zu sehr verändert, um mit Chrissie oder ihrer Mutter noch vollkommen ungezwungen umgehen zu können. Und sie hatte sich nicht genug verändert, damit ihre Schwiegermutter sie in ihr Herz schloss. Und Gerry Doyle hatte sie geliebt und wollte, dass sie mit ihm fortging. Er hatte die Fotos gemacht, um ihr zu beweisen, dass es in Castlebay nichts mehr gab, was sie hielt. Und Liffey mochte er auch sehr gern. Das musste Clare gespürt haben, als er von der Kleinen Fotos machen wollte.

War Gerry etwa hierher gekommen und hatte sie gebeten, mit ihm wegzugehen?
Hatte er sich ertränkt, weil sie nicht mit ihm gehen wollte?
Wie meinte der Vater des kranken Kindes heute Nachmittag doch so treffend? Wenn jeder, dessen Geschäfte gerade schlecht gehen, sich ertränken würde, dann würde es im Meer ja nur so von Leichen wimmeln. Gerry Doyle hatte sich bestimmt nicht umgebracht, weil seine Schecks geplatzt waren und er seine Rechnungen nicht bezahlen konnte. Wenn er aber nicht davor zurückschreckte, solche schmutzigen Fotos zu machen, um ihren Ehemann in Misskredit zu bringen, dann musste er Clare wirklich begehrt haben. So sehr, dass er nicht länger leben wollte, als sie nicht bereit war, mit ihm zu gehen.
Die Uhr tickte, und das Meer rauschte unablässig. Unruhig lief er in dem kleinen Haus umher. Es gab nichts mehr, was auf Clares Anwesenheit hingedeutet hätte. Die Bilder, die sie aufgehängt hatte, waren nicht mehr da, und auch die Bücher nicht. Es gab noch ein paar im Gästezimmer, aber sie wirkten, als stünden sie nur vorübergehend hier, und nicht, als gehörten sie zur Einrichtung. Auf dem Fensterbrett lag ein Kochbuch. Darin steckte ein Zettel, auf dem in Clares großer, kraftvoller Handschrift die Anweisungen für das Abendessen standen, das so katastrophal verlaufen war. Das war der einzige Beweis dafür, dass diese Frau hier einmal gelebt hatte.
David Power vergrub sein Gesicht in den Händen und weinte.
Wegen *allem*, was geschehen war.

*

Dienstagabend. Es war erst vierundzwanzig Stunden her, dass er zu ihr gekommen war in dem Glauben, sie würde ihre Sachen packen und mit ihm in seinem Lieferwagen fortfahren. Hätte er sie dann alle umgebracht? Hätte er den Wagen mit Liffey und ihr ins Meer gesteuert? Clare wusste es nicht. Vielleicht war er auch gar nicht verrückt, vielleicht hatte er es ernst gemeint und wirklich mit ihnen nach England gehen wollen. Aber schon dieser Plan klang ja alles andere als vernünftig. Wieder und wieder war sie es in Gedanken durchgegangen, aber sie wusste beim besten Willen nicht, wie er auf die Idee gekommen war, dass sie ihn hingehalten hatte. Vor Jahren hatte sie ihn ein paar Mal geküsst, ein paar Mal eng mit ihm getanzt. Aber das, und weitaus mehr, hatte Gerry Doyle von jedem Mädchen bekommen, das ihm über den Weg lief. Das konnte er doch nicht als Affäre oder Verhältnis missverstanden haben. Na gut, er wusste, dass sie mit David nicht besonders glücklich war, dass ihr Leben keineswegs so verlaufen war, wie sie es sich erträumt hatte ..., aber dennoch.

Angela und Dick waren einfach wundervoll gewesen. »Du kannst ruhig den Wagen nehmen«, hatte Dick gesagt. »Ich brauche ihn gerade nicht. Wenn du also irgendwohin fahren und etwas holen willst ...«

Sie nahm sein Auto und fuhr zum Pförtnerhäuschen. Beide, sowohl Molly als auch Nellie, standen jetzt garantiert hinter der Gardine und verfolgten gespannt ihr Treiben. Das kümmerte sie aber nicht weiter. Sie wusste selbst nicht genau, was sie vorhatte.

Systematisch räumte sie das Haus für David auf, machte das Bett und packte seine ganze Schmutzwäsche in einen Kopfkissenbezug. Sie wollte alles in einem ordentlichen Zustand hinterlassen, für den Fall, dass Molly oder Nellie rüberkämen, um sich um den armen David zu kümmern. Sie schrubbte sogar den besonders hartnäckigen Schmutz aus einem Eckchen in der Vorratskammer, das sie schon seit Ewigkeiten hatte sauber machen wollen, und legte alles mit neuem Schrankpapier aus.

Den anderen Kopfkissenbezug funktionierte sie zu einer großen Mülltüte um, in die sie alle kaputten Strümpfe und fast leeren Marmeladengläser warf. Dann saß sie fast eine geschlagene Viertelstunde in der ungewöhnlich sauber aufgeräumten Küche und versuchte, David ein paar Zeilen zu schreiben. Schließlich kam sie zu dem Schluss, dass es nichts zu sagen gab.

Er hatte ihr auch keine Nachricht hinterlassen, dabei war er die ganze Nacht über hier gewesen. Doch dann hatte sie von Angela und Dick erfahren, dass er an den Strand gerufen worden war, als man Gerry gefunden hatte. Vielleicht war keine Zeit mehr gewesen.

Sie saß da, den Kopf in ihre Hände gestützt. Ob Gerry wohl tatsächlich David diese Fotos geschickt hatte? Oder hatte er sie womöglich im Lieferwagen liegen gelassen? Nein, die Polizei hatte gesagt, im Lieferwagen sei nichts gewesen, nicht einmal seine

Fotoausrüstung. Das hatte Angela ihr erzählt. Der Wagen war leer gewesen, als ob er ihn extra leer geräumt hätte.
Angenommen, Gerry hatte die Fotos in der Praxis eingeworfen. Angenommen, Dr. Power hatte den Umschlag geöffnet. Ihr Herz begann zu rasen, wenn sie daran dachte, dass dieser nette alte Herr womöglich derart eindeutiges Beweismaterial für den Ehebruch seines Sohnes mit einer Freundin der Familie zu Gesicht bekommen hatte. Sie zwang sich zur Ruhe. Was kümmerte sie das? Schließlich hatte sie diese Bilder ja nicht gemacht! Sie hatte sich um den Haushalt und das Kind gekümmert, während all das geschehen war. Sie würde doch jetzt nicht auch noch Mitleid für andere haben, wo sie es doch war, die wirklich viel, sehr viel Mitleid verdient hätte.
Sie stand auf, stellte die Sachen, die sie für ihn zum Abendbrot eingekauft hatte, dahin, wo er sie sofort sehen würde, und trug dann den Koffer, den sie gepackt hatte, ins Auto. Den Kopfkissenbezug mit dem Abfall brachte sie hinter das Haus, tat noch ein paar Briketts in den Herd und zog die Tür hinter sich zu.

*

»Mach dir keine Sorgen, ihr seid mich bald wieder los«, meinte Clare zu Angela.
»Du bist noch nicht einmal zwei Tage hier. Hör auf, ein Drama daraus zu machen. Du bist doch ein angenehmer Gast.«
»Nein, zurzeit wirklich nicht.«
Liffey verlangte, von Clare auf den Schoß genommen zu werden, wollte aber gleich wieder hinunter. Dann wackelte sie unsicher mit demselben Anliegen zu Angela hinüber.
»Es ist schade, dass Gerry nicht mehr Fionas Baby sehen wird.«
»Was?«
»Fiona bekommt in den nächsten Tagen ihr Kind, das weißt du doch.«
»Ja, natürlich, ich dachte an ... Wie kommst du jetzt darauf?«
»Er mochte Kinder so gern. Er konnte sehr gut mit ihnen umgehen. Er sprach oft von deiner kleinen Liffey. Wusstest du das?«
»Nein.« Clare lief ein Schauer über den Rücken.
Angela wechselte das Thema. »Auf dem Rückweg von der Schule

habe ich Fiona in der Church Street getroffen. Sie war gerade auf dem Weg zu Doyle's Fotoladen und wollte dort Ordnung machen ... Clare? Was hast du?«
»Ach, du meine Güte, das habe ich ja völlig vergessen! Kann ich noch einmal das Auto haben, Angela? Bitte. Nur für fünf Minuten.«
»Selbstverständlich, aber ...«
Doch Clare war schon aus der Tür. Die Schlüssel steckten immer im Zündschloss. Als das Auto mit quietschenden Reifen davonfuhr, sah Dick Dillon erstaunt oben aus dem Fenster.

*

Fiona trug ein graues Kittelkleid mit einem großen weißen Kragen. In Geschäften mit Umstandsmode führten sie anscheinend keine Trauerkleidung. Vielleicht wird so etwas gar nicht hergestellt, dachte Clare.
Fiona sortierte die braunen Umschläge nach Bestellnummern und Abgabedaten.
»Mein herzliches Beileid«, sagte Clare.
»Danke.« Fiona sah kurz auf, ohne in ihrer Arbeit innezuhalten.
»Irgendwie hilft es, wenn man sich beschäftigt. Dann denkt man, alles sei wie immer.«
»Ja.«
Beide schwiegen.
Clare hatte vollkommen spontan gehandelt, als ihr plötzlich die Fotos wieder eingefallen waren. Deshalb hatte sie bisher noch nicht darüber nachgedacht, wie sie sie bekommen wollte. Jetzt, da sie schon hier war, musste sie auch nach ihnen fragen. Sie konnte nicht zulassen, dass irgendwer sie entdeckte. Kein Mensch durfte je diesen Umschlag öffnen und sehen, was sie am Sonntagabend zu Gesicht bekommen hatte.
»Fiona?«, begann sie zögernd.
Ihr makelloses ovales Gesicht war blass. Fragend sah sie Clare aus ihren großen schwarzen Augen an, die in dunklen Höhlen lagen.
Clare schluckte und begann zu sprechen. »Kennst du das Gefühl, wenn du glaubst, dass es aus einer Situation keinen Ausweg gibt ... du siehst einfach keinen Ausweg, und dann hilft dir plötzlich jemand. Das kann dein Leben völlig verändern.«

Fiona sah sie verwirrt an.
»Bestimmt gab es in deinem Leben irgendwann mal ein Problem, einen großen Kummer, und vielleicht hat dir damals Gerry geholfen. Er hat nichts gesagt und keine Fragen gestellt, sondern dir einfach unter die Arme gegriffen.«
Fiona musterte Clare forschend. Wusste die junge O'Brien von ihrer ersten Schwangerschaft? Wusste sie, dass Gerry nach England gekommen war, um sich um sie zu kümmern? Clare spürte, dass sie sich auf sehr dünnem Eis bewegte.
»Ich gehe davon aus, dass jeder in seinem Leben schon eine solche Situation durchgemacht hat. Und nur wenn jemand bereit ist, dir dann zu helfen, kann das Problem gelöst werden.«
»Ja.« Fiona war noch immer misstrauisch.
»Nun, Gerry hat vielen Leuten geholfen, die in Schwierigkeiten steckten. Du weißt wahrscheinlich gar nicht, wie vielen Menschen. Und jetzt will ich ihm helfen.«
»Wie kannst du ihm jetzt noch helfen?« Fiona brach in Tränen aus.
Clare sagte hastig: »Es gibt ein paar Fotos, entweder hier oder in seinem Privatarchiv. Ich glaube, es wäre ihm nicht recht, wenn die Leute sie zu sehen bekommen.«
»Was sind das für Fotos?«
»Wenn du mir glaubst, dann spielt es doch keine Rolle, was für Fotos das sind, oder? Wenn du mir glaubst, dass Gerry nicht gewollt hat, dass man sie findet.«
»Ist es sehr wichtig?«
»Ich denke schon.«
»Aber wieso hat Gerry sie dann nicht aussortiert, ehe er ... ehe er ...«
»Er hat sich nicht umgebracht, Fiona.«
Fiona sah sich nach rechts und links um. Noch keiner hatte in ihrer Gegenwart laut ausgesprochen, dass Gerry Selbstmord begangen habe, aber jeder dachte es.
»Aber ...«
»Er kann es nicht getan haben, Fiona. So ein Mensch war er nicht, *du* weißt das.«
»Ich glaubte auch nicht, dass er es getan hat. Aber wie ist es dann passiert?«
»Er war durcheinander, ich meine, er war wohl durcheinander und

ist dann auf den Felsen herumgeklettert. Das hat er doch oft gemacht.« Ganz bestimmt hatte es sich nicht so abgespielt, aber für Fiona war es besser, wenn sie diese Version glaubte.

»Ich vermute …«

»Und vielen Leuten wäre damit wirklich sehr geholfen, wenn niemand diese Fotos zu Gesicht bekäme. Das weiß ich einfach, genauso wie ich weiß, dass ich eine zweite Chance habe und du bestimmt auch …«

Fionas große, traurige Augen füllten sich mit Tränen. »Vor Jahren hat Gerry mir eine zweite Chance gegeben. Ich wollte etwas tun, und er wollte, dass ich etwas anderes tue. Und wie sich herausstellte, hatte er Recht.« Unbewusst fuhr sie zärtlich über ihren Bauch, als ob sie an ihr erstes Kind dächte, das jetzt bei einer anderen Familie lebte.

»Genauso eine Situation meinte ich.« Clare wollte sie nicht zu einem Geständnis bewegen. »Wenn ich nur …«

Fiona gab ihr einen Schlüssel. »Wahrscheinlich sind sie in dem Stahlschränkchen in seinem Zimmer. Neben dem Fenster.«

»Danke, Fiona.«

Sie musste nicht lange nach den Fotos und den Negativen suchen. Sehr viel mehr war nicht in dem Schränkchen. Nur noch die lustige Postkarte, die sie ihm aus Dublin geschrieben hatte; der Brief, in dem sie ihn bat, ihr Postsparbuch abzuholen; und ein Kärtchen als Dankeschön dafür, dass er ihr den Gefallen getan hatte.

Es war genauso ein brauner Umschlag wie der, den er ihr im Pförtnerhäuschen gezeigt hatte. Doch in diesem war noch eine Bestätigung, auf der stand, dass Abzüge dieser Fotos auch an Miss Caroline Nolan und David Power geschickt worden waren. Ihre ganze Mühe war umsonst gewesen. Müde packte sie den braunen Umschlag in ihre Aktentasche. Warum hatte er ihre harmlosen Briefe und Nachrichten aufgehoben? Sie steckte sie auch ein und ließ das Stahlschränkchen offen.

Sie lehnte den Kopf an die Fensterscheibe.

Was sollte sie Fiona jetzt erzählen? Dass nichts in dem Schränkchen gewesen war oder dass sie das, was sie suchte, gefunden hatte?

Fiona klopfte an die Tür. »Darf ich hereinkommen?«
»Ja.« Clare blickte noch immer aus dem Fenster auf die Church Street, wo alles seinen gewohnten Gang ging.
»Ich bin froh, dass du gekommen bist«, sagte Fiona.
»Wieso?«
»Weil ich jetzt zum ersten Mal *glaube*, dass es ein Unfall war. Gerry hätte sonst nichts zurückgelassen, was peinlich für ihn gewesen wäre ... oder für dich, Clare. Er betete dich an. Ganz bestimmt war es ein Unfall.«
»Ja, ich glaube auch«, antwortete Clare, die noch immer auf die Straße hinuntersah.
»Also wird er auch nicht in die Hölle kommen. Seit Montagmorgen denke ich die ganze Zeit daran. Ich könnte es nicht ertragen, wenn Gerry in die Hölle kommt, weil er sich das Leben genommen hat.«
Clare schloss Fiona verlegen in die Arme. Über ihre Schulter hinweg sah sie immer noch zum Fenster hinaus. Es war derselbe Ausblick, den Gerry tagtäglich gehabt hatte, wenn er in seinem lächerlichen, überfrachteten Büro saß und den kleinen florierenden Betrieb seines Vaters herunterwirtschaftete.

*

David und sein Vater sahen sich eine Röntgenaufnahme an.
»Diese kaputte Hüfte macht ihr bestimmt ganz schön zu schaffen.« Dr. Paddy Power war voller Mitgefühl für die Patientin, eine ältere Frau, die außerhalb von Castlebay lebte. »Sie muss ziemliche Schmerzen haben.«
»Sie beklagt sich kaum, aber sie hinkt sehr stark.«
»Nun, leider kann man da nichts machen. Das ist das Schreckliche daran: Man kann ihr lediglich sagen, dass es sich weiter verschlechtern wird.«
»Aber das wirst du doch nicht tun, oder, Dad?«
»Nein. Ich sage meinen Patienten in so einem Fall, sie könnten von Glück sagen, dass es sich nicht um ein bösartiges Geschwür handelt, oder irgendetwas in der Richtung. Ich versuche immer, das Positive hervorzuheben, und möchte meine Patienten nicht nur mit der niederschmetternden Diagnose konfrontieren, dass sie

Arthritis haben und es dagegen kein Mittel gibt ... David? Was ist?«
David war plötzlich wie von der Tarantel gestochen aufgesprungen.
»Mir ist nur gerade etwas eingefallen. Ich muss sofort weg.«
»Hey ... lass gefälligst das Krankenblatt von Mrs. Conolly hier.«
»Was? Ja, natürlich. Entschuldige.«
»Ist alles in Ordnung, mein Sohn?«
»Ich brauche ein bisschen frische Luft. Gleich bin ich wieder da.«
Die *Negative*. Warum hatte er nicht schon früher daran gedacht? Sie waren wahrscheinlich in irgendeiner Schublade in Doyle's Fotoladen. Es sei denn, dieser kleine Bastard hatte sie jemand anderem geschickt. Zum Beispiel der Anwaltskanzlei, in der Caroline arbeitete. Oder Clares Eltern.
Er lief an diesem trüben Nachmittag ziellos umher, wobei er immer wieder nervös die Hände zusammenballte.
Er würde es tun müssen. Entschlossen ging er die Church Street entlang.

*

Fiona war allein im Laden. Sie sah jung und unschuldig aus. Zu jung für die beachtliche Wölbung, die sich unter ihrem grauen Kittelkleid mit dem weißen Kragen abzeichnete.
»O hallo, David«, sagte sie. »Du hättest auch anrufen können.«
Er schluckte kurz. »Ich finde nicht die richtigen Worte. Mein Vater ist da anders, er weiß den Leuten immer etwas Tröstliches zu sagen. Ich nicht. Vielleicht später, wenn ich älter bin und schon vieles habe mitansehen müssen.«
»Wenigstens kommst du vorbei. Das ist sehr nett von dir«, meinte sie.
Jetzt war es noch schwerer.
»Ich bin sicher, viele Leute waren schon hier, um dir ihr Beileid auszusprechen.«
»Nein. Es ist ihnen wohl peinlich, weißt du.«
»Warum?«
»Ich glaube, viele denken, dass er ..., dass er sich etwas angetan hat.«
Er konnte unmöglich hier stehen und diesem wunderschönen, ru-

higen Mädchen zuhören, das der Ansicht war, ihr Scheusal von einem Bruder sei einfach von der Flut weggespült worden.
»Nun, ich nehme an, das werden wir nie erfahren ...«, unterbrach er sie.
»Aber *ich* weiß es. Ich weiß genau, dass er nicht die Absicht hatte, sich umzubringen.«
»Gut, gut«, sagte er besänftigend.
»Ich weiß es einfach.«
»Natürlich.«
Er brachte es nicht übers Herz. Er konnte ihr nicht sagen, dass er eigentlich gekommen war, um sie zu bitten, in den Unterlagen ihres verstorbenen Bruders herumschnüffeln zu dürfen.
»Was machst du eigentlich hier? Du solltest zu Hause sein und dich ausruhen«, sagte er ihr in seiner Eigenschaft als Arzt.
Fiona sah ihn dankbar an. »Nein, ich fühle mich besser, wenn ich mich beschäftige.«
Wie hatte es mit dieser Familie nur so weit kommen können? Das war sicher das letzte Mal, dass er sich mit Fiona normal unterhalten konnte. Sie würde bestimmt die Fotobestellungen systematisch durchgehen und auf Abzüge oder Negative stoßen, vielleicht auf *die* Negative. Wenn sie sie entdeckte, würde sie möglicherweise aufschreien oder ohnmächtig werden. Womöglich wäre sie derart entsetzt, dass sie sie jemandem zeigte, auf dessen Rat sie vertraute – zum Beispiel Father O'Dwyer. Sie war ein einfaches und unerfahrenes Mädchen, und sie würde nicht begreifen, wie Gerry so etwas tun konnte. Sollte er es also wagen?
»Fiona, ich wollte wissen ...«, begann er.
Sie sah auf, und erst jetzt bemerkte er die dunklen Schatten unter ihren Augen.
»Ich wollte wissen ...«, versuchte er es noch einmal und stockte abermals.
»Ach nichts«, sagte er, machte auf dem Absatz kehrt und wollte gehen.
»Clare hat vorhin hier ihr Halstuch vergessen. Kannst du es ihr bitte geben?«
»Clare war hier?«
»Ja. Vor gut einer Stunde.«

»Was, um alles in der Welt, wollte sie?« Dieser Satz war ihm einfach so herausgerutscht.
Fiona sah ihn nachdenklich an. »Sie kam einfach so vorbei. Ohne besonderen Grund.«
»Natürlich.«
Er ging wie ein begossener Pudel aus dem Laden.
Clare war wegen der Fotos hier gewesen, und nicht nur, um Gerry Doyles Schwester ihr Beileid auszusprechen. Wenn dem so gewesen wäre, hätte Fiona es gleich gesagt.
David nahm nichts und niemanden um sich herum wahr, als er die Church Street hinunter und dann nach links ging, um nach Hause zu gelangen.
Chrissie rief ihm etwas hinterher, als er an Dwyer's Laden vorbeikam, aber er hörte es nicht. Er registrierte auch nicht, dass Rosie Dillon auf ihrem Motorroller an ihm vorbeifuhr und ihn anhupte. Genauso wenig wie er Ben O'Brien, seinen Schwager, bemerkte, der ihm von einem Kleinlieferwagen aus zuwinkte.
Er schlug den Kragen hoch und blieb an der Kreuzung stehen. Sollte er zu ihr gehen und mit ihr reden? Oder sollte er Angela und Dick fragen, ob sie kurz Zeit für ihn hätten? Was konnte er sagen? »Ich glaube, du hast die Fotos. Es tut mir Leid.«
Nein, da gab es nichts zu sagen. Er machte kehrt und ging am großen Haus vorbei zum Pförtnerhäuschen. Wieso hatte er nie bemerkt, wie still es hier war? Und wie traurig.

*

Clare saß regungslos im Auto. Sie musste die Fotos verbrennen. Jetzt sofort. Doch das war leichter gesagt als getan, wenn man kein Zuhause hatte. Und im Augenblick hatte sie wirklich nicht das Gefühl, eines zu haben. Sie konnte wohl auch schlecht zu ihren Eltern in den Laden gehen: »Ah, hallo, Mam, hallo, Dad, entschuldigt, aber ich geh' mal kurz in die Küche und verbrenne ein paar Sachen im Ofen. Ihr wisst ja, ich mag ein schönes Feuerchen ...«
Und Dick Dillon und Angela gegenüber hatte sie sich schon verrückt genug benommen. Da wollte sie sie jetzt nicht noch fragen, ob sie wohl in ihrem Ofen ein paar Zettel verbrennen dürfe.
Und wenn sie zu Josie ginge? Würde sie einwilligen, wenn Clare

sie bat, sie für kurze Zeit allein in der Hotelküche schalten und walten zu lassen? Wohl kaum. Clare überlegte fieberhaft. Doch sie musste die Fotos und die Negative unbedingt vernichten. Sie konnte das Risiko nicht eingehen, dass jemand sie zufällig fand. Diese Aufnahmen waren so widerwärtig, dass sie einfach die Genugtuung brauchte, sie in Flammen aufgehen zu sehen. Nur auf diese Weise konnte sie die Bilder aus ihrem Kopf verscheuchen.

Warum gab es keinen öffentlichen Platz, an dem es gestattet war, alles zu verbrennen, was einen deprimierte oder ängstigte? So etwas sollte es in jedem Ort geben.

Plötzlich erinnerte sie sich wieder, dass Dr. Power ganz aufgebracht gewesen war, weil oben auf dem Campingplatzgelände keine Möglichkeit zur Müllverbrennung vorgesehen war. Wie konnte man von den Urlaubern verlangen, den Platz sauber zu halten, hatte er gewettert, solange die Müllabfuhr nicht regelmäßig vorbeikam und es keinen Platz zur Abfallverbrennung gab? Nun, mit der Müllabfuhr klappte es noch immer nicht, aber es gab inzwischen eine gemauerte Grube, in der man den Abfall verbrennen konnte. Dort brannte den ganzen Sommer über ein Feuer, um zumindest des gröbsten Drecks, den die Urlauber produzierten, Herr zu werden.

Der Campingplatz. So etwas nannte man wohl Ironie des Schicksals, wenn sie die Beweise am Ort des Verbrechens verbrennen würde. Im Augenblick brannte in der Müllgrube kein Feuer, aber sie konnte ja eines machen. Streichhölzer hatte sie in der Handtasche, und im Kofferraum von Dick Dillons Auto stand ein Benzinkanister. Je länger sie darüber nachdachte, desto besser gefiel ihr die Idee. Langsam fuhr sie die Church Street hinunter, am Laden ihrer Eltern und an der Bank auf den Klippen vorbei, von der aus man aufs Meer hinaussehen konnte, dann bog sie in die Far Cliff Road und fuhr Richtung Campingplatz.

*

David wählte erneut Carolines Nummer. Als er es das erste Mal nach jener schicksalhaften Nacht probiert hatte, hatte ihm die Dame mit der schweren Erkältung aus der Anwaltskanzlei mitgeteilt, dass Miss Nolan nicht da sei. Ohne jede weitere Erklärung. Caroline war auch nicht zu Hause. Inzwischen hatte er schon dreimal bei ihr und dreimal in ihrem Büro angerufen und sie nirgends erreicht. Mittlerweile war er ziemlich beunruhigt. Erst hatte er nicht mit ihr reden wollen, und ihr war es wahrscheinlich anfangs ähnlich gegangen. Aber jetzt war es schon Mittwochabend, und seit der Entdeckung der Fotos waren immerhin zwei Tage vergangen. Sie mussten unbedingt miteinander reden.

Schließlich fragte er die Dame mit der chronischen Erkältung: »Wenn Miss Nolan nicht im Büro ist, wo kann ich sie dann erreichen?«

»In Dublin«, sagte die Stimme.

»Hat sie Urlaub genommen?«, fragte David.

»Nein, sie hat die Kanzlei ganz plötzlich verlassen. Hals über Kopf.« Aus ihrem erkältungsbedingten Schniefen klang tiefe Missbilligung für das ungewöhnliche und unverantwortliche Gebaren einer jungen Anwältin aus Dublin, die nicht im Stande war, ihre Angelegenheiten zu regeln.

David wusste nicht genau, ob er nun erleichtert oder wütend sein sollte. Erleichtert, dachte er. In Dublin hatte Caroline zumindest genügend Bekannte und Freunde, die sich um sie kümmerten, mit denen sie reden konnte. Hier in der Kleinstadt hatte sie niemanden. Bei diesem Gedanken packte er den Küchentisch mit beiden Händen.

Er verbrachte sehr viel Zeit an diesem Tisch. Er saß einfach nur da, während die Minuten verstrichen. Sie hatten beide eine Küche gewollt, die zugleich auch Wohnzimmer war. So hatten sie es ursprünglich geplant, aber bisher war nichts daraus geworden. Clare musste sich hier wie in einem Gefängnis gefühlt haben.

Er stellte sich vor, wie Caroline – das Kinn energisch vorgestreckt und mit entschlossenem Gesichtsausdruck – in ihrem kleinen Auto durch Regen und Nebel nach Dublin zurückfuhr. Er dachte an Caroline, als sie gesagt hatte, dass Gerry Doyle ganz sicher nicht hoffnungslos in sie verliebt gewesen war. »Er hat mich gehabt.« So hatte sie sich ausgedrückt. War Gerry Doyle mit ihr auch auf dem Campingplatz gewesen, teilten sie sich denn alles? O Gott! Wenigstens hatte er davon keine Fotos! Er konnte nur seine Fantasie spielen lassen.

*

Auf dem Campingplatz war es windig und ungemütlich. Man konnte sich beim besten Willen nicht vorstellen, was im Sommer so viele Menschen aus Irland und England hierher zog. Es sah aus wie auf einem fremden Planeten.
Clare wusste, welcher Wohnwagen Caroline gehörte. Sie hatte stumm dabeigesessen, als David erzählte, was für eine gute Idee es doch gewesen sei, sich einen Wohnwagen anzuschaffen. Caroline könne ihn den ganzen Sommer über nutzen, und im Winter habe sie auf diese Weise einen Platz, wo sie sich umziehen oder eventuell mal übernachten könnte, wenn es zu spät geworden sei. Sie hatte sich gezwungen, das Gehörte aus ihrem Gedächtnis zu streichen.
Genauso wie sie sich geweigert hatte, sich vorzustellen, dass David und Caroline miteinander schliefen.
Selbst in den Nächten, in denen sie wusste, dass die beiden zusammen waren, gestand sie es sich nicht ein. Man sägte nicht an dem Ast, auf dem man saß. Sie hatte es sich nie eingestanden, bis sie die Fotos zu Gesicht bekam. Gerry Doyle war wirklich ein cleverer Bursche! Ein paar Tage später wäre sie vielleicht zu dem Schluss gekommen, dass er durchaus eine passable Alternative zu ihrem treulosen Ehemann sein könnte. Diese Fotos, die sie nun in Händen hielt, hatten einen Großteil der Wirkung gehabt, die Gerry, der verrückte, wahnsinnige Gerry, bezweckt hatte. Sie musste sie unbedingt verbrennen. Auf der Stelle.
Vielleicht würde sie sich dann etwas wohler fühlen.
Der Wind strich durch ihr Haar, als sie den Benzinkanister aus dem Kofferraum nahm. An einem Tag wie diesem konnte man kein Feuer machen ohne einen Lappen, der zuvor mit einer brennbaren Flüssigkeit getränkt worden war.
Da stand er also, der graue, unpersönliche Wohnwagen, den Caroline für sechs Monate gemietet hatte. Er wirkte auf sie wie eine große, bedrohliche Gestalt. Hierher kam also ihr Ehemann, wenn er angeblich Golf spielte. Die Fotos waren am helllichten Tag aufgenommen worden; Gerry musste den beiden unauffällig gefolgt sein. Sie fühlten sich so sicher, dass sie nicht einmal die Vorhänge zugezogen hatten. Wer sollte hier schon vorbeikommen? Der Wohnwagen stand mit dem Fenster zum Meer ...
Sie konnte nicht anders, sie musste hineingehen. Sie schaute erst

vorsichtig nach links und nach rechts, bevor sie sich auf Zehenspitzen dem Wagen näherte. Alle persönlichen Gegenstände, Lampen, Decken oder sonstige Kleinigkeiten, waren verschwunden. Sie erinnerte sich, dass ihre Schwiegermutter Caroline zwei sehr schöne Kissen geschenkt hatte. Eigenartigerweise waren sie noch da. Dafür aber keine der Decken mit Schottenkaro, die man auf den Fotos sah. Vielleicht war Caroline fortgegangen. Vielleicht war sie, als sie die Bilder gesehen hatte, weggelaufen. Vielleicht versuchte sie nur, die Beweise zu vertuschen. Diese Frau war ungeheuer raffiniert, bei ihr wusste man nie, was sie als Nächstes im Schilde führte.
Clare nahm den großen braunen Umschlag aus ihrer Tasche und legte ihn auf den kalten Eisenrost der Müllgrube, schüttete etwas Benzin auf einen alten Lappen und sah zu, wie die Fotos, die Negative und die Briefe, die sie Gerry Doyle geschrieben hatte, in Flammen aufgingen. Es war ein kurzes Feuer. Sie stocherte so lange, bis alles zu Asche zerfallen war, bis kein Mensch mehr, auch nicht ein ganzes Heer von Detektiven, herausfinden konnte, was auf den Fotos zu sehen gewesen war.
Sie atmete tief die salzige Luft ein. Noch immer fühlte sie sich ruhelos und unstet. Irgendwie hatte sie gehofft, dass das Verbrennen der Fotos helfen würde, aber so war es nicht. Alles war immer noch da: ihre Erinnerungen, der Wohnwagen. Er verkörperte für sie das Wissen, was sie getan hatten und vielleicht noch immer taten. Er stand für ihre Einsamkeit, für die Lügen, die er ihr aufgetischt hatte. Der Wohnwagen.
Fast ohne es zu merken, war sie auf ihn zugegangen. Er stand etwas abseits. Sie hatte noch immer den Benzinkanister in der Hand und die Streichhölzer in der Tasche.
Sie blieb lange reglos stehen und machte sich bewusst, was sie da jetzt vorhatte. »Ja«, sagte Clare laut und deutlich. »Ja, verdammt nochmal, ich will es tun.«
Das Benzin sickerte in das Bett. Darüber hatte sie das meiste gegossen. Den Rest schüttete sie in der Nähe der Tür aus. Sie zündete den Lappen an, warf ihn in den Wohnwagen und rannte, so schnell sie konnte, davon. Als sie Dick Dillons Auto erreichte, das sie auf der Straße vor dem Campingplatz abgestellt hatte, schlugen die Flammen schon aus den Fenstern.
Mit wild pochendem Herzen fuhr sie nach Castlebay zurück und

stellte das Auto nicht weit vom Laden ihrer Eltern ab. Sie konnte den Feuerschein weithin leuchten sehen ...

Jetzt fühlte sie sich so gut wie schon lange nicht mehr. Sie sah auf einen Sprung bei ihrer Mutter vorbei.

»Warum fährst du mit Dicks Auto durch die Gegend?«

»Mam, deine Begrüßungen sind immer so herzerfrischend, das kann ich dir sagen.«

»Wirklich, Clare, ich habe keine Ahnung, wovon du sprichst.«

»Kann ich vielleicht eine Tasse Tee haben, Mam? Oder bekomme ich hier bloß Vorwürfe zu hören?«

»Die musst du dir schon selbst machen. Es gibt Leute, die arbeiten müssen.«

»Bist du heute einfach schlecht gelaunt, oder ist dir was Bestimmtes über die Leber gelaufen, Mam?«

»Ich weiß bloß nicht, was du eigentlich vorhast, das ist alles«, sagte Agnes mit verkniffenem Mund.

»Das weiß ich selbst noch nicht, Mam. Eigentlich wollte ich nach Dublin, um herauszubekommen, ob ich die Abschlussprüfung nachmachen kann. Liffey und ich sind praktisch schon auf dem Weg dorthin.«

»Du wirst dieses Baby niemals von seinem Heim wegbringen und mit nach Dublin nehmen!«

»Doch nicht für immer, Mam. Ich will nur, dass Liffey mal ein bisschen Stadtluft schnuppert, und sehen, ob es mir dort noch gefällt.« Clares Augen strahlten, strahlten viel zu sehr.

Sie saß noch bei ihren Eltern im Laden und trank einen Becher Tee, als Rufe ertönten, dass auf dem Campingplatz Feuer ausgebrochen sei.

»Wozu denn die ganze Aufregung?«, meinte Clare unbekümmert.

»Mein Gott, Kind, vielleicht verbrennt da jemand.« Agnes war kreidebleich geworden.

»Wer soll denn schon da oben sein, mitten im Winter?«, fragte Clare.

»Wie kann ein Wohnwagen in Flammen aufgehen, wenn nicht irgendjemand den Herd angelassen oder eine Öllampe umgeworfen hat!«

*

Sie wollten David zur Unglücksstelle mitnehmen, aber er war völlig verstört.
»Frag meinen Vater, und nimm ihn in deinem Wagen mit«, stammelte er, als Brian Dillon die Nachricht vom Feuer brachte.
David zitterte so stark, dass er ganze fünf Minuten brauchte, um den Hörer abzunehmen.
Es kam ihm vor, als würde die Vermittlung eine halbe Ewigkeit brauchen, bis sie ihn mit Dublin verbunden hatte. James Nolan war am Apparat. Er tat, als sei David ein seit langem Vermisster, der gerade erst wieder in die Zivilisation zurückgekehrt sei. »Wir haben nicht geglaubt, je wieder von dir zu hören!«
»Lass den Quatsch«, entgegnete David grob.
»Wie bitte?«
»Ist Caroline da? Sag schon, schnell!«
»Egal, ob schnell oder langsam, ich kann dir diese Frage nicht beantworten. Wenn ich mich nicht irre, wohnt sie irgendwo auf dem Lande ganz in deiner Nähe.«
»James, bitte! Ich bitte dich!«
»Na, hattet ihr beiden Turteltäubchen Krach?«
»Bitte, ich flehe dich an!«
»Nun, da du mich so nett bittest: Sie ist hier, aber ich darf es dir nicht sagen.«
»Bist du ganz sicher? Hast du sie gerade gesehen, ist sie zu Hause?«
»Ich weiß nicht, wo sie momentan steckt, aber beim Frühstück habe ich noch mit ihr gesprochen. Und später rief sie mich noch in der Bibliothek an, um etwas für heute Abend auszumachen. Aber, pst, von mir hast du es nicht.«
»Nein.«
»David? Ist alles in Ordnung?«
Er hatte bereits aufgelegt.

*

Der Wohnwagenbrand war ein Rätsel. Möglicherweise hatten ein paar Kinder mit Benzin gespielt, denn alles war damit durchtränkt gewesen. Arme Caroline Nolan!
Die Polizei hatte sie benachrichtigen wollen, aber nicht ausfindig

machen können. Doch war es nicht Glück im Unglück, dass niemand verletzt worden war?

Clare fuhr zu der Werkstatt, in der ihr Bruder Ben arbeitete. Sie ließ Dick Dillons Wagen und auch den Reservekanister voll tanken. Dann fuhr sie zu Angela.

»Sagtest du nicht, du wolltest nur kurz weg. Ich habe mir Sorgen gemacht«, meinte Angela.

»Hör bitte auf. Du klingst ja wie meine Mutter.«

»Geht's dir gut? Du siehst sehr mitgenommen aus«, erkundigte sich Angela beunruhigt.

»Oh, mir geht es jetzt sehr viel besser. Ich hatte noch etwas zu erledigen.«

Da kam Mrs. Corrigan von gegenüber und erzählte ihnen, dass draußen an der Far Cliff Road ein Wohnwagen völlig ausgebrannt war.

Angela wollte wissen, ob jemand verletzt worden sei.

»Wer ist schon mitten im Winter da draußen«, meinte Clare, und ihre Augen strahlten noch immer zu sehr.

»Gelegentlich ist dort schon mal jemand«, widersprach Angela vorsichtig.

»Tja, die führen dann aber auch nichts Gutes im Schilde.«

Angela sah sie derart erschrocken an, dass Clare Mitleid mit ihr empfand.

»Es ist alles in Ordnung, Angela, wirklich. Es war niemand drin. Ich habe vorher nachgesehen«, sagte sie, als sie wieder allein waren.

Dann nahm sie Liffey hoch und drückte sie an sich. Das Mädchen wog inzwischen schon einiges.

»Na, Liffey, in ein oder zwei Tagen werden du und ich aufbrechen und unser Glück in der großen weiten Welt versuchen – na ja, in erster Linie wird Mammy wohl ihren Abschluss nochmal machen.«

»Ich werde nie ein Sterbenswörtchen sagen. Und du hoffentlich auch nicht.«

»Nein, natürlich nicht, aber du bist auch anders als alle anderen. Dir kann ich ruhig alles erzählen. Das Gute und das Schlechte.«

»Wenn man's recht bedenkt, hatte doch das Schlechte auch seine guten Seiten, oder?«, meinte Angela lächelnd.

»Da hast du nicht ganz Unrecht.« Clare schien wieder ganz die Alte zu sein.

*

»Hast du gewusst, dass Clare zurzeit bei Angela ist?«, fragte Agnes ihren Mann an diesem Abend.
»Na, bei der war sie doch ständig, seit sie zehn ist. Was ist denn daran ungewöhnlich?«
»Ungewöhnlich ist, dass sie dort richtig *wohnt*, und zwar schon seit drei Tagen.«
»Unsinn, Agnes, da musst du irgendwas falsch verstanden haben. Sie hat doch selbst ein schönes Haus.«
»Ja, ich weiß, aber das war mir zu Ohren gekommen, also habe ich sie einfach gefragt.«
»Und?«
»Hast du schon mal eine klare Antwort von Clare bekommen? Nun ja, sie sagte, sie sei auf dem Weg nach Dublin, weil sie sich wegen der Prüfung erkundigen will.«
»Besser, du sagst nichts. Keiner würde es dir danken, glaub mir.«
Agnes dachte, dass er dieses eine Mal vielleicht Recht hatte. Dies könnte einer dieser Anlässe sein, bei denen man sich besser völlig heraushielt.

*

Man erzählte sich, Gerry Doyles arme Mutter müsse so viele Beruhigungstabletten schlucken, dass sie wohl kaum mitbekommen würde, was sich auf der Beerdigung abspielte. Fiona hatte ihr einen schwarzen Mantel kaufen wollen, doch das hatte sie abgelehnt. Sie sagte, sie habe Schwarz immer gehasst, weil diese Farbe sie so an Beerdigungen erinnere. Behutsam hatte Fiona ihr zu erklären versucht, dass sie den Mantel in der Tat für einen solchen Anlass brauchte. Sie wusste nicht, ob sie froh oder beunruhigt sein sollte, dass die Mutter den Tod ihres Gerry einfach nicht wahrhaben wollte.

*

Nellie Burkes Familie bestürmte sie mit Fragen, ob es denn wahr sei, dass David Power und Clare getrennt lebten. Nellie, standhaft und loyal wie immer, behauptete, sie wisse rein gar nichts. Ihre Schwägerinnen – allesamt berüchtigte Klatschtanten – waren enttäuscht. Sie hatten angenommen, sie sei die ideale Informationsquelle. So mussten sie sich damit begnügen, zu behaupten, dass eine solche Ehe ja niemals gut gehen konnte. Aber das hätten sie ja von Anfang an gesagt. Es war wohl ziemlich naiv von ihr, zu glauben, dass ein bisschen Bildung schon ausreiche, um aus ihr eine ebenbürtige Ehefrau für den Sohn des Doktors zu machen.

*

»Hat David dir übrigens erzählt, dass Caroline Nolan ihre Stelle hier aufgegeben hat und nach Dublin zurückgegangen ist?«, erkundigte sich Paddy Power bei Molly.

»Das glaub' ich nicht.«

»Ich weiß es von Mr. Kenny. Er hatte sich sehr für sie eingesetzt, und auf seine Empfehlung hin bekam sie die Stelle. Er ist über ihr Verhalten mehr als aufgebracht. Sie hat wohl einfach erklärt, sie sei nicht für das Landleben geschaffen. Anschließend arbeitete sie Tag und Nacht, um ihre Arbeit zu erledigen, und ging dann einfach. Ähnlich lief es mit ihrem Häuschen. Sie hat einfach einen Scheck für das nächste Quartal ausgestellt und ward nicht mehr gesehen.«

»Ich muss sofort Sheila anrufen.«

»Vielleicht besser nicht, Moll. Lass erst einmal ein bisschen Gras über die Sache wachsen.«

»Wieso sagst du das?«, fragte sie besorgt.

»Wir wissen doch nicht mal die Hälfte von dem, was hier vor sich geht. Womöglich machen wir alles bloß schlimmer.«

»Warum denn? Wir sind doch schließlich ihre Freunde! Wir haben nichts getan, was Caroline hätte verärgern oder sie von hier vertreiben können.«

»Nein, Moll, du nicht und ich auch nicht«, sagte er ruhig.

Sie sah ihn äußerst beunruhigt an und merkte, dass er nicht näher darauf eingehen würde.

*

»Es werden so viele Leute da sein. Da wird es keinem auffallen, dass ich nicht dabei bin. Ich werde nicht zu dieser Beerdigung gehen«, sagte Clare.
Es war ein kalter, regnerischer Morgen. Das Glockenläuten klang zu ihnen herüber.
»Denk doch mal an Fiona und seine Mutter. Das kannst du ihnen nicht antun.«
»Ich kann mich nicht dort hinstellen und beten, dass Gott seiner Seele gnädig sein möge. Das wäre scheinheilig.«
»So ist es nun einmal Brauch. Sieh es doch einfach so.«
»Du hast ja keine Ahnung ... nicht die geringste Ahnung ...«
»Clare, hör jetzt sofort auf damit. Natürlich habe ich keine Ahnung, du hast mir ja nichts erzählt, und du wirst mir auch jetzt nichts erzählen, zehn Minuten bevor wir in der Kirche sein müssen. Wir können Liffey zu Mrs. Corrigan bringen. Sie geht nicht zur Beerdigung und passt bereits auf fünf Babys auf.«
»Nein, ich muss hier bleiben und mich um Liffey kümmern.«
»Clare, hör auf, dich so kindisch zu benehmen. Zieh deinen Mantel an. Auf der Stelle!«

*

»Sollen wir zusammen in die Kirche gehen, mein Sohn?«
»Dad, ich gehe vielleicht gar nicht zu der Beerdigung. Für alle Fälle sollte einer von uns beiden hier die Stellung halten.«
»Falls jemand einen Arzt braucht, weiß er doch, wo er uns an einem Tag, an dem die Totenglocke für einen jungen Mann läutet, finden kann.«
»Ich weiß, aber ...«
»Es wird Gerede geben, wenn du nicht da bist.«
»Unsinn, die Kirche wird so voll sein. Da fällt es keinem auf, dass ich nicht da bin.«
»Du solltest aber da sein.«
»Es gibt eine Menge Dinge, die ich dir jetzt nicht erklären kann ...«
»Und du sollst mir auch gar nichts erklären. Du gehst jetzt einfach mit in die Kirche. Komm schon, David, das ist doch keine große Mühe, aber wenn du es nicht tust, wird sehr viel Aufhebens darum gemacht werden.«

»Wenn du meinst ...«
»Das meine ich. Komm jetzt, die Glocken läuten, und deine Mutter wartet schon im Auto.«

*

Ganz Castlebay hatte sich in der allen so vertrauten Kirche eingefunden. Das Einzige, was an diesem Tag ungewohnt war, war der vor dem Altar aufgebahrte Sarg. Er war mit Beileidskarten bedeckt, und vor ihm lagen zwei Kränze. Einer war von Gerrys Mutter und einer von Fiona und Frank; beide hatte Frank gebunden. Aus irgendeinem unerklärlichen Grund hatte sonst niemand Blumen gebracht. Das lag vermutlich daran, dass niemand bei dem Gedanken an Gerry Doyle an Blumen für einen Toten dachte.
Bei Beerdigungen wirkte die Kirche immer kühler. In der ersten Reihe kniete Mary Doyle in einem geliehenen schwarzen Mantel. Sie starrte mit gefalteten Händen ins Leere. Neben ihr saß Fiona. Ihr Gesicht war noch blasser als sonst, und mit ihrem weiten schwarzen Umhang und dem schwarzen Schleier hätte niemand sie für eine Irin, sondern eher für eine trauernde spanische Witwe gehalten.
David und sein Vater kamen im selben Augenblick vor der Kirche an wie Angela, Dick und Clare. Man tauschte die für diesen Anlass üblichen Floskeln aus: Was für eine Tragödie, ein so junger Mensch, sein Tod sei so sinnlos.
David und Clare ließen die anderen vorgehen.
»Hast du den Wohnwagen angezündet?«, fragte er.
»Ja, und mit ihm die Fotos und die Negative.«
»Das ändert nichts, denke ich, oder?«, meinte er schließlich.
»Nein.«
Als sie gemeinsam die Kirche betraten, waren sie sich so fremd wie nie zuvor. Dennoch ergab es sich zufällig, dass sie nebeneinander zu sitzen kamen.

*

Clare konnte sich an keine Messe erinnern, die so lange gedauert hatte wie diese. Zumindest kam es ihr so vor. Ein nicht enden wollendes Aufstehen, Hinknien, Hinsetzen, Aufstehen, und das immer neben David. Sie sah, wie er die Hände zum Gebet faltete, stellte fest, dass er mal wieder zum Friseur musste; bemerkte, dass seine Schuhe blank poliert waren. Ob das wohl Nellies Werk war? Und jedes Mal, wenn sie aufschaute, fiel ihr Blick auf den Sarg, in dem Gerry Doyle lag.

Wenn sie die Zeit zurückdrehen könnte, wie weit würde sie sie zurückdrehen wollen?

Bis zu der Zeit, bevor sie schwanger war? Nein, das würde bedeuten, es gäbe keine Liffey. Und Liffey war schließlich das einzig Gute, was ihr diese ganze Zeit gebracht hatte.

War sie nach Liffeys Geburt wirklich so furchtbar gewesen? Es war seltsam, sie konnte sich kaum an jenen Winter und Frühling erinnern. Sie musste David damals wirklich eine schlechte Gefährtin gewesen sein. Abgestumpft und bis obenhin mit Medikamenten voll gepumpt.

Sollte sie an diesem Punkt noch einmal beginnen?

*

David wünschte, sie säße nicht neben ihm. Als sie sich hinknieten, fiel ihm auf, wie dünn ihr Handgelenk war. Das Armband der Uhr, die er ihr geschenkt hatte, war viel zu groß.

Es gab vieles, worüber er nachdenken musste. Er spürte, wie eine große Müdigkeit ihn überkam. Er war zu erschöpft, um ihr Versprechungen zu machen, sie zu bitten, nach Hause zurückzukommen, ihr zu sagen, dass alles wieder gut werden würde. Vielleicht würde es nicht mehr gut werden. Und richtig belogen hatten sie einander nie. Sie hatten sich vielmehr nicht alles gesagt. Er hatte ihr gegenüber nie bestritten, dass er sich mit Caroline traf, weil sie ihn nie gefragt hatte, weswegen er sich mit Caroline traf. Wenn diese Fotos nicht wären, dann hätten sie vielleicht eine Chance. Diese Fotos. Wenn er doch nur an jenem Punkt seines Lebens noch einmal anknüpfen könnte, als es die Fotos noch nicht gab ...

Hatte sie sie wirklich verbrannt? War sie ursprünglich zu diesem Zweck auf den Campingplatz gefahren? War sie erst dort auf den Gedanken gekommen, den Wohnwagen anzuzünden? Bei dem Gedanken an den Brand lief ihm ein Schauer über den Rücken. Wenn nun der Wind aus der falschen Richtung gekommen wäre und das

Feuer zu ihr hinübergeweht hätte? Aber wieso, in Gottes Namen, hatte sie bloß auf den Campingplatz fahren müssen, um die Fotos zu verbrennen? Hätte sie das nicht genauso gut woanders tun können? Wenn er sie jetzt so ansah, fragte er sich, ob er Recht gehabt hatte, als er zu ihr sagte, dass das alles wohl nichts mehr ändern würde. War es zu spät?

*

Der Priester schwenkte das Weihrauchfass, als er einmal um den Sarg schritt. Der süßliche Duft erfüllte den Raum. Dann kamen vier junge Männer, die mit Gerry zusammen groß geworden waren und die machtlos hatten mitansehen müssen, wie er ihnen ihre Freundinnen ausspannte. Sie hoben den Sarg hoch und trugen ihn so mühelos, als hätte er kein Gewicht. So verließen sie, gefolgt von der Trauergemeinde, die Kirche.

Sie gingen, den Kopf gegen den Wind gestemmt, ungefähr einen halben Kilometer zu dem Friedhof, der oben auf einem Hügel lag. Dort hatte man das Grab ausgehoben, und die beiden Totengräber nahmen die Mützen ab, als der Trauerzug näher kam.

*

Viele Urlauber, die an diesem kleinen Friedhof vorbeikamen, sagten, es sei ein wundervolles Fleckchen, um zur letzten Ruhe gebettet zu werden. Da er auf einem Hügel lag, konnte man von hier aus den ganzen Strand überblicken und sah die weiße Gischt auf den Wellen, die sich unablässig am Ufer brachen und Sand und Steine mit sich fortschwemmten. Jeder, der an diesem Tag hinunterblickte, dachte daran, dass man Gerry dort gefunden hatte.

Die Einzigen, die mit Sicherheit keinen Blick auf den Strand werfen würden, waren Gerrys Mutter und seine Schwester. Mrs. Mary Doyle sah verstört umher. Es war wie ein Albtraum für sie. Ihre Schwester und ihre Tochter stützten sie, aber sie konnte nirgends Gerry entdecken. Er arbeitete sicher noch, würde aber bestimmt bald kommen.

Fionas Tränen vermischten sich mit dem salzigen Wind und dem Regen, aber seit ihr klar geworden war, dass Gerry sich nicht das

Leben genommen haben konnte, fühlte sie sich innerlich ruhiger. Was auch immer auf diesen Fotos zu sehen gewesen war, Gerry hätte sie niemals absichtlich zurückgelassen … nicht, wenn damit jemand verletzt oder das Leben eines anderen zerstört werden würde.

Sie hörte Father O'Dwyer zu. Sie verstand zwar nicht die lateinischen Worte, aber sie wusste, dass sie notwendig waren, damit Gerrys Seele Frieden fände.

*

Angela sah zu Dick hinüber. Immer, wenn ihn etwas sehr mitnahm, machte er ein ganz böses Gesicht, und die Ereignisse der letzten Zeit hatten ihn wirklich sehr mitgenommen. Letzte Nacht hatte er ihr zugeraunt, dass es in Castlebay viel Gewalt gäbe, eine Form der Leidenschaft, die sehr zerstörerisch wirke.

»Vielleicht legt sich das wieder. Jetzt, wo der arme Gerry Doyle tot ist«, hatte Angela gemeint.

»Nein, es scheint erst loszugehen. Was ist bloß in den Burschen gefahren, warum hat er das getan? Was kann so schlimm gewesen sein, dass er auf diese Idee verfallen ist? Und denk nur an den Wohnwagen, der in Brand gesteckt wurde. Möglicherweise besteht da ja gar kein Zusammenhang, aber die Ereignisse der letzten Zeit waren alle voller Gewalt. Früher hat es so was doch nicht gegeben.«

Angela sagte nichts dazu. Eines Tages würde sie schon alles erfahren.

*

Als sich alle auf dem Friedhof eingefunden hatten, sah Molly Power zu den O'Briens hinüber. Da standen Agnes, zart und zerbrechlich wie immer, ihre beiden Söhne und, etwas abseits, Tom. Das war Agnes nun von ihrer riesengroßen Familie geblieben. Zwei Söhne lebten in England, Chrissie hatte bei den Byrnes eingeheiratet. Und Clare … Wer wusste schon, was in Clare vorging. Ihre Eltern mit Sicherheit nicht, und Molly auch nicht. Ihr Blick wanderte zu der jungen Frau, die kerzengerade und reglos dastand.

Sie trug einen ordentlichen schwarzen Mantel und nicht diesen schrecklichen Dufflecoat, den sie früher immer angehabt hatte. Sie war ein merkwürdiges Mädchen. Kein Wunder, dass David sich mit ihr so schwer tat.

*

Father O'Dwyer hatte in seiner Gemeinde schon viele Tote zur letzten Ruhe gebettet. Das tat er seit Jahren. Aber dieser Todesfall war anders. Für gewöhnlich beerdigte er alte Männer und Frauen, die den Winter nicht überlebt hatten. Oder jemanden, der tragischerweise sehr früh verstorben war und eine Familie mit kleinen Kindern hinterließ. Ganz selten musste er auch ein Kind bestatten – das war besonders hart. Aber in so einem Fall konnte man in der Predigt etwas Tröstliches sagen wie: Gott rufe unschuldige kleine Seelen zu sich.

Paddy Power fragte sich, was Father O'Dwyer wohl der Trauergemeinde sagen würde, denn jeder der Anwesenden wusste, was Gerry Doyle für ein Leben geführt hatte, und es hatte damit geendet, dass er sich selbst das Leben nahm. Doch erst heute Morgen wieder hatte Dr. Power sich in Erinnerung gerufen, dass Gott barmherzig war. Und wenn Er es war, dann sollte Father O'Dwyer es auch sein.

Der Priester blickte in die verfrorenen Gesichter der Trauergemeinde. Er wollte ihre Aufmerksamkeit nicht zu lange beanspruchen, jedoch zumindest so lange, bis sie dem Toten die letzte Ehre erwiesen hatten. Was hätte diese Zeremonie sonst für einen Sinn?

»Liebe Gemeinde, jeder von uns kannte Gerry Doyle, und wenn wir jetzt hier an seinem Grab stehen und beten, dass seine Seele erlöst werden möge, sollten wir uns in Erinnerung rufen, wie sehr er das Leben liebte und wie sehr er Anteil nahm an allem, was in Castlebay vor sich ging …

Ich denke, der Tod dieses jungen Mannes, der das personifizierte Leben war, Jugend und Energie verkörperte, macht uns einmal mehr deutlich, wie rasch das Leben zu Ende gehen kann. Wenn wir also heute Morgen an Gerrys Grab stehen und für ihn beten, sollten wir auch daran denken, wie vergänglich unser Leben ist. Nächstes Jahr um diese Zeit werden nicht mehr alle, die jetzt hier stehen, unter uns weilen, und in zehn Jahren werden noch mehr

von uns von ihrem Schöpfer abberufen worden sein. Aber es sterben nicht nur alte Menschen und solche, die auf ihren Tod vorbereitet sind, sondern auch so ein junger Mann, der seiner Familie und seinen Freunden sicher noch so vieles zu sagen gehabt hätte. Doch der Herr lässt uns nicht wissen, wann unsere Zeit gekommen ist. Er ruft uns zu sich. Jeder hier kennt Gerry als fröhlichen Menschen. Lasst uns diese Erinnerung an ihn in unseren Herzen bewahren und uns beten, dass der Herr seiner Seele gnädig ist.«
Der Sarg wurde in die Grube hinabgelassen, und nach drei Ave Maria und dem Vaterunser griff Fiona zu der Schaufel und ließ als Erste Erde auf den Sarg hinabfallen. Sie sah in das offene Grab.
»Danke, Gerry«, sagte sie unerwartet.
Die Leute waren beinahe peinlich berührt. Niemand der Trauernden hatte je am offenen Grab etwas gesagt, und am allerwenigsten hätte man eine solche Reaktion von der zurückhaltenden Fiona erwartet. Nun trat ein Mann nach dem anderen vor und ließ eine Schaufel mit Erde auf den Sarg hinabfallen.
Dieser Teil der Beerdigung, die letzten Handreichungen, war für alle immer am schwersten. Unbewusst rückten die Menschen enger zusammen, als erhofften sie sich von den übrigen Anwesenden etwas Wärme und Geborgenheit.
Clare und David traten gemeinsam vor. Teils, weil sie praktisch zusammen nach vorne geschoben worden waren, teils, weil sie es so wollten.
Nun war David an der Reihe, den Spaten in die Hand zu nehmen. Er hielt inne und sah zu Clare. Sie erwiderte ruhig seinen Blick, wich ihm nicht aus.
David stieß mit dem Spaten in die Erde, die neben der Grube angehäuft war, ließ eine Schaufel voll auf den Sarg fallen, trat dann drei Schritte zurück, sodass er wieder neben Clare zu stehen kam. Er griff nach ihrer behandschuhten Hand, und gemeinsam sahen sie den Totengräbern dabei zu, wie sie das Werk, das die Gemeinde begonnen hatte, vollendeten. In einem Jahr würden sie einen Grabstein für Gerry Doyle aufstellen: »Geboren 1935, gestorben 1962«, und jeder, der an dem Grab vorbeikam, würde den Kopf schütteln und sagen, wie jung dieser Mann doch gestorben sei.
Die Trauergemeinde löste sich auf. Einige gingen zu Craig's Bar, andere zu Dillon's Hotel, und wieder andere zurück an ihre Arbeit.

Vor langer Zeit in Dublin, als das Leben von David und Clare noch unbeschwert gewesen war, hatte er oft ihre behandschuhte kleine Hand genommen und sie in seine Manteltasche gesteckt. Er fragte sich, wie sie wohl reagieren würde, wenn er das jetzt wieder täte. Behutsam zog er ihre Hand zu sich hin, und ohne sein Zutun fand sie ihren Weg in seine Tasche.

Gemeinsam gingen sie die gewundene Straße hinab. Den Hügel hinunter zurück nach Castlebay.